Aus Freude am Lesen

KIM NOVAK BADETE NIE IM SEE VON GENEZARETH
Ein ungesühntes Verbrechen aus der Vergangenheit, ein Mord aus Liebe – und ein Täter ohne Gewissensbisse. Der schwedische Bestsellerautor Håkan Nesser mit dem Buch, das in Schweden seinen Ruhm begründete und dort inzwischen als Schullektüre eingesetzt wird.

UND PICADILLY CIRCUS LIEGT NICHT IN KUMLA
Ein kleines Dorf in Schweden. Idylle pur. Doch dann geschieht etwas Unerwartetes – Uhrmacher Kekkonen, ein mürrischer, wortkarger Mann, wird im ehelichen Schlafzimmer brutal ermordet aufgefunden. Wer war der Täter? Etwa jemand vom Dorf?

HÅKAN NESSER, geboren 1950, ist einer der bekanntesten Autoren Schwedens. Für seine Kriminalromane um Kommissar Van Veeteren und Inspektor Gunnar Barbarotti erhielt er zahlreiche Auszeichnungen, sie sind in über zwanzig Sprachen übersetzt und wurden erfolgreich verfilmt. Daneben schreibt er Psychothriller, die in ihrer Intensität und atmosphärischen Dichte an Georges Simenon und Patricia Highsmith erinnern.

Håkan Nesser

Kim Novak badete nie im See von Genezareth

Und Piccadilly Circus liegt nicht in Kumla

Zwei Romane in einem Band

btb

Die schwedische Originalausgabe von »Kim Novak badete nie im See von Genezareth« erschien 1998 unter dem Titel »Kim Novak badade aldrig i Genesarets sjö« bei Albert Bonniers Förlag, Stockholm.

Die schwedische Originalausgabe von »Und Piccadilly Circus liegt nicht in Kumla« erschien im selben Verlag 2002 unter dem Titel »Och Piccadilly Circus ligger inte i Kumla«.

Mix
Produktgruppe aus vorbildlich bewirtschafteten
Wäldern und anderen kontrollierten Herkünften
www.fsc.org Zert.-Nr. GFA-COC-001223
FSC © 1996 Forest Stewardship Council

Verlagsgruppe Random House FSC-DEU-0100
Das FSC-zertifizierte Papier *Munken Pocket* für dieses Buch liefert Arctic Paper Munkedals AB, Schweden.

Einmalige Sonderausgabe August 2010
Kim Novak badete nie im See von Genezareth
Copyright © 1998 by Håkan Nesser
Copyright © der deutschsprachigen Ausgabe 2003
by btb Verlag in der Verlagsgruppe Random House GmbH, München
Und Piccadilly Circus liegt nicht in Kumla
Copyright © 2002 by Håkan Nesser
Copyright © der deutschsprachigen Ausgabe 2004
by btb Verlag in der Verlagsgruppe Random House GmbH, München
Umschlaggestaltung: semper smile, München
Umschlagmotiv: plainpicture / Gorilla
Druck und Einband: CPI – Clausen & Bosse, Leck
RK · Herstellung: SK
Made in Germany
ISBN 978-3-442-74092-5

www.btb-verlag.de

Kim Novak badete nie im See von Genezareth

*Aus dem Schwedischen
von Christel Hildebrandt*

ZUR ERINNERUNG AN GUNNAR

I

1

Das, was ich jetzt berichten will, soll von dem SCHRECKLICHEN handeln, natürlich soll es davon handeln, aber auch von ein paar anderen Dingen. Schließlich hat das verhängnisvolle Geschehen dazu geführt, dass ich mich an den Sommer von 1962 besser erinnere als an alle anderen Sommer meiner Jugend. Es hat seinen düsteren Schatten auf so vieles andere geworfen. Auf mich selbst und auf Edmund. Auf meine armen Eltern und meinen Bruder, einfach auf alles damals: den Ort draußen auf dem flachen Land mit seinen Menschen, Ereignissen und Meinungen – das hätte ich vielleicht niemals vom Grunde des Vergessens wieder hervorziehen können, wenn es nicht das Unheimliche gegeben hätte, das damals geschah. Das SCHRECKLICHE.

Wo ich nun anfangen soll, was der ideale Ausgangspunkt wäre, das ist eine Frage, an der ich eine Weile zu beißen hatte, es gibt so viele denkbare Möglichkeiten. Schließlich war ich all diese losen Anfangsfäden so leid, all die verschiedenen Einstiege in diesen Sommer, dass ich mich dazu entschieden habe, einfach an einem ganz normalen Tag daheim in unserer Küche in der Idrottsgatan zu beginnen. Nur mit meinem Vater und mir, an einem milden Maiabend 1962. Gesagt, getan.

* * *

»Das wird ein schwerer Sommer«, sagte mein Vater. »Am besten stellen wir uns gleich darauf ein.«

Er kippte die angebrannte Soße ins Spülbecken und hustete. Ich betrachtete seinen etwas krummen Rücken und überlegte. Es kam nicht oft vor, dass er mit bösen Prophezeiungen um sich warf, also konnte ich davon ausgehen, dass er es ernst meinte.

»Ich glaube, ich bin satt«, sagte ich und rollte die noch halb rohe Kartoffel auf die Fleischseite des Tellers, damit es so aussah, als hätte ich wenigstens die Hälfte gegessen. Er trat an den Küchentisch und betrachtete die Überreste ein paar Sekunden lang. Ein etwas betrübter Gesichtsausdruck zeigte sich, mir war klar, dass er mich durchschaut hatte, aber trotzdem nahm er den Teller und kratzte ihn über dem Mülleimer unter der Spüle kommentarlos ab.

»Wie gesagt, ein schwerer Sommer«, sagte er stattdessen, wieder seinen krummen Rücken mir zugewandt.

»Es kommt, wie es kommt«, antwortete ich.

Exakt diese Worte waren eines seiner Rezepte gegen alle möglichen Beschwernisse im Leben, und ich nahm sie in meinen Mund, damit er verstand, dass ich ihm eine Stütze sein wollte. Ihm zeigen wollte, dass wir das hier gemeinsam durchstehen würden und dass ich im Laufe des Jahres das eine oder andere wohl doch gelernt hatte.

»Das ist wahr gesprochen«, sagte er. »Der Mensch denkt, Gott lenkt.«

»Wie gesagt«, erwiderte ich.

* * *

Weil es ein richtig schöner Maiabend war, ging ich nach dem Essen zu Benny hinüber. Benny war wie immer auf der Toilette, deshalb saß ich zunächst einmal mit seiner schwermütigen Mutter in der Küche.

»Wie geht es deiner Mutter?«, fragte sie.

»Es wird ein schwerer Sommer«, antwortete ich.

Sie nickte. Holte ihr Taschentuch aus der Kitteltasche und putzte sich die Nase. Bennys Mutter war während des Sommerhalbjahrs immer mal wieder allergisch. Sie hatte Heuschnupfen, so hieß das. Wenn ich genauer darüber nachdenke, glaube ich, sie hatte das ganze Jahr über Heuschnupfen.

»Das hat mein Vater gesagt«, fügte ich hinzu.

»Ja, ja«, sagte sie. »Kommt Zeit, kommt Rat.«

Zu der Zeit lernte ich, dass die Erwachsenen so zu reden pflegten. Nicht nur mein Vater sprach so, man musste so sprechen, damit man überhaupt dazu gehörte, um zu zeigen, dass man schon trocken hinter den Ohren war. Seit meine Mutter ernsthaft krank geworden und ins Krankenhaus gekommen war, hatte ich mir die wichtigsten Floskeln eingeprägt, damit ich sie nach Bedarf anwenden konnte.

Es kommt, wie es kommt.

Jeder Tag bringt neue Sorgen.

Es könnte schlimmer sein.

Man weiß ja so wenig.

Oder: »Kopf hoch und mit beiden Beinen fest auf dem Boden bleiben«, wie der schielende Karlesson im Kiosk hundertmal am Tag konstatierte.

Oder: »Kommt Zeit, kommt Rat«, à la Frau Barkman. Benny hieß nämlich auch noch Barkman. Benny Jesaias Conny Barkman. Viele gab es, die fanden, das wäre eine merkwürdige Namensaneinanderreihung, aber er selbst beklagte sich nie darüber.

Ein geliebtes Kind hat viele Namen, pflegte seine Mutter jedes Mal zu sagen und kicherte dabei, dass ihr leberpastetenfarbenes Zahnfleisch zu sehen war.

»Halt die Klappe«, sagte Benny dann immer.

Obwohl ich also schon mit einem halben Bein in der Erwachsenenwelt stand, konnte ich nicht umhin, ich musste mich immer wieder wundern, warum die Leute nicht einfach still waren, wenn sie doch ganz offensichtlich nichts zu sagen hatten. Wie Frau Barkman. Wie der Kiosk-Karlesson, der manchmal, wenn er viele Kunden hatte, sogar beim Luftholen weiterredete, was, um die Wahrheit zu sagen, fürchterlich klang.

»Wie geht es ihr?«, fragte Frau Barkman, als sie das Taschentuch von der Nase genommen hatte.

»Jeder Tag bringt neue Sorgen«, sagte ich und zuckte mit den Schultern. »Ich glaube, nicht so gut.«

Frau Barkman knetete ihre Hände im Schoß und hatte ganz feuchte Augen, aber das kam sicher nur vom Heuschnupfen. Sie war eine große Frau, die immer geblümte Kleider trug, und mein Vater behauptete, sie wäre ein bisschen debil. Ich hatte keine Ahnung, was das bedeutete, und es interessierte mich auch nicht. Es war Benny, mit dem ich reden wollte, nicht seine Mutter mit ihren feuchten Augen.

»Er scheißt ja lange«, sagte ich, in erster Linie, um erwachsen zu wirken und die Konversation weiterzuführen.

»Er hat einen nervösen Magen«, sagte sie. »Den hat er von seinem Papa geerbt.«

Nervösen Magen? Das war das Dümmste, was ich an dem Tag gehört hatte. Ein Magen konnte doch nicht nervös sein? Ich nahm an, dass sie so etwas nur sagte, weil sie debil war, und dass es nichts war, worüber man sich weiter Gedanken machen musste.

»Ist sie noch im Krankenhaus?«

Ich nickte. War nicht der Meinung, dass es Sinn haben würde, weiter mit ihr darüber zu reden.

»Hast du sie besucht?«

Wieder nickte ich. Natürlich hatte ich das. Was dachte sie sich denn? Es war eine Woche her seit letztem Mal, aber so war es nun einmal. Mein Vater fuhr jeden Tag ins Krankenhaus, und das war doch irgendwie die Hauptsache. Das müsste doch sogar so eine wie Frau Barkman kapieren.

»Jaha ja«, sagte sie. »Jeder hat sein Päckchen zu tragen.«

Sie seufzte und putzte sich die Nase. Ich hörte die Toilettenspülung, und Benny kam herausgestürmt.

»Hallo, Erik«, sagte er. »Jetzt habe ich wie ein Pferd geschissen. Wollen wir rausgehen und Scheiße bauen?«

»Benny«, sagte seine Mutter resigniert. »Achte auf deine Sprache.«

»Ja, verdammt, ja«, erwiderte Benny.

Es gab niemanden, der so viel fluchte wie Benny. Niemanden in unserer Straße. Niemanden in unserer Schule. Vermutlich niemanden im ganzen Ort. Als ich in die dritte oder vielleicht in die vierte Klasse ging, kriegten wir eine neue Lehrerin, eine fürchterlich kleinliche mit Unterbiss. Auch noch aus Göteborg. Es hieß, sie hätte eine pädagogische Ader, und am liebsten unterrichtete sie Religion. Als sie sich ein paar Tage Bennys schwefelstinkende Tiraden hatte anhören müssen, beschloss sie, das Problem anzupacken. Mit Zustimmung des Rektors Stigmans und des Klassenlehrers Wermelin durfte sie Benny zwei Stunden die Woche Sprachunterricht geben. Es fing im September an, soweit ich mich erinnere, den ganzen Herbst über waren sie dabei, und zu Weihnachten hatte Benny so ein Stottern entwickelt, dass kein Mensch verstehen konnte, was er sagen wollte. Im Frühling wurde die Göteborgsche gefeuert, Benny fing wieder an zu fluchen, und zu den Sommerferien war der alte Zustand wiederhergestellt.

An diesem Maiabend, als mein Vater gesagt hatte, dass es ein schwerer Sommer werden würde, gingen wir raus und setzten uns in die Zementröhre, Benny und ich. Jedenfalls für den Anfang. Es war wie immer. Die Zementröhre war eine Art Ausgangspunkt für das, was uns im Laufe des Abends noch erwarten würde. Sie lag in einem ausgetrockneten Graben, fünfzig Meter in den Wald hinein, und Gott mag wissen, wie sie dahin gekommen war. Sie hatte einen Durchmesser von ungefähr eineinhalb Metern, war genauso lang, und da sie auf die Seite gekippt war, war sie ein prima Versteck, wenn man in Ruhe und Frieden irgendwo sitzen wollte. Oder wenn man Schutz vor dem Regen haben wollte. Oder wenn man nur ein bisschen überlegen und heimlich einzelne John Silver rauchen wollte, die ein paar Gören gezwungenermaßen für uns in Karlessons Kiosk gekauft hatten. Oder die wir notfalls auch selbst gekauft hatten.

An diesem Abend hatten wir noch ein paar, in einer Dose unter einer Wurzel ganz in der Nähe vergraben. Benny grub sie aus. Wir rauchten andächtig, wie immer. Dann diskutierten wir, was am besten klang. Ziggi oder Lulle. Und wie man die Zigarette halten sollte. Daumen-Zeigefinger oder Zeigefinger-Mittelfinger. Auch an dem Tag kamen wir zu keiner endgültigen Entscheidung.

Dann fragte Benny nach meiner Mutter.

»Deine Mutter«, sagte er. »Oh Scheiße, wird sie ...«

Ich nickte. »Denke schon«, sagte ich. »Vater hat es gesagt. Die Ärzte haben es gesagt.«

Benny kramte in seinem Wortschatz.

»Verdammtes Pech«, sagte er schließlich.

Ich zuckte mit den Schultern. Benny hatte eine Tante, die gestorben war, deshalb wusste ich, dass er wusste, wovon er sprach. Ich selbst hatte keine Ahnung.

Tot?

Wenn ich daran dachte – und ich hatte während dieses kalten, trostlosen Frühlings ziemlich oft darüber nachgedacht –, dann kam ich meistens nur darauf, dass es wohl das sonderbarste Wort war, das es überhaupt gab.

Tot?

Unbegreiflich. Und das Schlimmste war, dass mein Vater genauso wenig Zugriff zu diesem Wort zu haben schien wie ich. Ich hatte es vor nicht allzu langer Zeit bemerkt, als ich ihn das einzige Mal fragte, was es eigentlich bedeutete. Was es beinhaltete, tot zu sein.

»Hmm ja«, hatte er gemurmelt und weiterhin auf den Fernseher gestarrt, der mit leise gestelltem Ton lief. »Das weiß man nicht. Die, die leben, werden sehen.«

»Ein schwerer Sommer«, wiederholte Benny nachdenklich. »Zum Teufel, Erik, du musst mir schreiben. Ich sitze da oben in Malmberg, bis die Schule wieder anfängt, aber wenn du einen guten Rat brauchst, dann weißt du, wo du mich finden kannst.«

Da ging ein Engel durch die Zementröhre. Er war ganz deutlich zu spüren, und ich weiß, dass auch Benny ihn fühlte, denn er räusperte sich und wiederholte sein Angebot mit feierlicher Stimme.

»Verfluchter Mist, Erik. Schreib mir, wie es dir geht.«

Wir teilten noch eine letzte zerknitterte Zigarette. Ich glaube, dass ich später Benny sogar einen Brief geschrieben habe, wahrscheinlich irgendwann im Juli, als es am allerschlimmsten war, aber ich bin mir dessen nicht sicher. Ich weiß jedenfalls, dass er mir nie einen Rat gegeben hat.

Er war nicht so gut mit Papier und Bleistift, der Benny Barkman. Absolut nicht.

* * *

In diesem Jahr Anfang der Sechziger arbeitete mein Vater im Gefängnis. Das war wahrscheinlich ein anstrengender Job, vor allem für eine Person mit seiner Empfindsamkeit, aber er sprach nie darüber; wie er sowieso nicht gern über unangenehme Dinge sprach.

Jeder Tag bringt neue Sorgen. Das ohnehin.

Er war Ende der dreißiger Jahre in den Ort gekommen, mitten in der Depression, hatte meine Mutter kennen gelernt und sie ungefähr zu der Zeit geschwängert, als die Welt verrückt wurde und sich selbst zum zweiten Mal in diesem Jahrhundert an die Gurgel sprang. Mein Bruder Henry wurde am ersten Juni 1940 geboren, mein Vater besuchte seine Ehefrau und seinen Sohn im Krankenhaus drei Tage später, er kam mit frisch gepflückten Maiglöckchen und vierzig Dosen Armeeleberpastete direkt von seinem Regiment oben in Lappland.

So wurde es zumindest immer erzählt.

Er kehrte nie wieder in den Norden zurück. Auf irgendeine Weise gelang es ihm, nachdem sein erster Sohn geboren worden war, sich für den Rest des Kriegs dem Militärdienst zu entziehen. Ich glaube, er gab irgendwie seinem Rücken die Schuld. Bekam dann stattdessen einen Job in einer der vielen Schuhfabriken des Ortes, hier stellte man Winterstiefel für die Armee her, und auf diese Art und Weise trug auch er noch sein Scherflein dazu bei. Ein paar Jahre nach Kriegsende zog die Familie dann in die Wohnung in der Idrottsgatan.

Was mich betrifft, so wurde ich ungefähr acht Jahre und acht Tage nach meinem Bruder geboren, und ich bin in dem Bewusstsein aufgewachsen, dass es einen bedeutend größeren Altersabstand zwischen meinem Bruder und mir gab als zwischen ihm und unseren Eltern. Inzwischen, Anfang der Sechziger, wurde mir langsam klar, dass das ein Irrtum sein musste, vielleicht half mir auch die Krebserkrankung meiner Mutter dabei, mir bildhaft klar zu machen, wie es sich wirklich verhielt.

Denn sie waren schon ziemlich alt, meine Mutter und mein Vater. In dem Sommer, in dem meine Mutter sterben sollte, waren sie beide siebenundfünfzig. Zusammen einhundertvierzehn, eine fast Schwindel erregende Zahl. Henry wurde im Juni zweiundzwanzig. Oder war es dreiundzwanzig? Ich selbst wurde vierzehn. So war die Lage, und mein Vater arbeitete inzwischen im Gefängnis, seit man vor eineinhalb Jahren dessen Tore für die gefährlichsten Verbrecher des Landes geöffnet hatte.

Oder besser gesagt, sie hinter ihnen geschlossen hatte.

Er war ein Schließer; ein Wort, das niemand im Ort kannte, bevor der große graue Kasten draußen auf dem Freigelände errichtet worden war.

Wächter, nannte er es selbst. Alle anderen sagten Schließer. Schließer im großen grauen Kasten.

Vorher war er Ledernäher in verschiedenen Fabriken gewesen. Ledernäher war ein Wort, das zu dem Zeitpunkt verschwand, als die letzte Fabrik geschlossen wurde und an ihrer Statt die Schließer kamen. So ging es nun einmal in der Welt zu, das hatte ich inzwischen gelernt. Einige Dinge verschwinden, und andere tauchen stattdessen auf. Ereignisse und alle möglichen Erscheinungen. Und Menschen.

Allein im Kopf ist alles zu finden. Obwohl es manchmal auch den Anschein haben mag, als sei dort etwas verschwunden.

Eine Fabrik, die bis zu dem Jahr noch nicht dicht gemacht hatte, war Sylt & Saft, dort arbeitete meine Mutter. Jedenfalls bis sie krank wurde. Es bringt so einige Vorteile mit sich, wenn man einen Vater in der Schuhfabrik und eine Mutter in der Saftherstellung hat. Man hatte immer flotte Schuhe, und meistens gab es ein riesiges Lager Apfelsaft im Vorratskeller.

Aber in dem besagten Sommer waren diese Zeiten fast vorbei. Einen Vater zu haben, der Schließer war, hatte eigentlich keinerlei Vorteile.

* * *

Was meinen Bruder Henry betrifft, so war geplant, dass er studieren und sich dadurch eine Gesellschaftsschicht oder zwei nach oben arbeiten sollte, aber es lief nicht so wie geplant. Er begann zwar in der Oberschule der Provinzhauptstadt. Die hatte einen ehrwürdigen Ruf, nahm nur Jungen auf und lag in einem tausendjährigen Schloss mit einem Burggraben drum herum. So weit lief alles glatt. Er paukte und nahm jeden Tag den Zug hin und zurück.

Aber nach gut zwei Schulhalbjahren haute Henry ab. Es war im Herbst 1957, und es dauerte mehr als ein Jahr, bis er wieder daheim an der Tür in der Idrottsgatan anklopfte, mit einem Seesack und einem Sack Bananen auf dem Rücken. Er war um die ganze Welt gefahren, erklärte er, aber in erster Linie war er in Hamburg und

Rotterdam gewesen, und auf den Arm hatte er sich eine Rose tätowieren lassen. Allen war danach klar, dass er nicht viel Lust hatte, sich eine oder mehrere Stufen in der Gesellschaft nach oben zu arbeiten, jedenfalls nicht in der Art und Weise, wie es von ihm erwartet worden war. Meine Mutter weinte, als Henry zurückkam, ob jedoch aus Freude oder aus Kummer über die Tätowierung, die sie nicht mochte, das weiß ich nicht.

Nachdem er sich ein paar Monate ausgeruht hatte, zog Henry erneut los. Befuhr die sieben Meere bis 1960. Dann kam er wieder nach Hause – am gleichen Tag, an dem Dan Waern in Rom über eintausendfünfhundert Meter die Bronzemedaille verfehlt hatte – und sagte, er hätte genug von der Seefahrt. So fing er als Freelance, als freier Journalist, bei der Regionalzeitung Kurren an und verschaffte sich eine feste Freundin. Eine gewisse Emmy Kaskel, die bei Blidbergs Herrenausstatter arbeitete und den schönsten Busen der Stadt hatte.

Vermutlich der ganzen Welt.

Ungefähr zur gleichen Zeit besorgte er sich in der Provinzhauptstadt, die ungefähr zwanzig Kilometer entfernt lag, eine Wohnung, nicht weit von der Zentralredaktion des Kurren. Seine Einzimmerwohnung war ungefähr so groß wie zwei Tischtennisplatten, hatte weder Klo noch fließend Wasser, trotzdem ist anzunehmen, dass Emmy Kaskel ihm in diesem Verschlag ab und zu ihre herrlichen Brüste und auch mehr zeigte.

Jedenfalls nahmen Benny und ich das an.

Aber sie zog nicht mit ihm zusammen. Emmy war zwei Jahre jünger als Henry und wohnte immer noch bei ihren Eltern, diese waren Missionare und bekamen bei Blidberg Prozente. In irgendeiner Form hatte unser halber Ort etwas mit der Freikirche zu tun, deshalb war das kein Grund zur Beunruhigung, meinte Henry, mein Bruder.

Was sie haben wollen, das kriegen sie auch in der Freikirche, pflegte er mit einem schiefen Grinsen zu sagen.

* * *

»Ach, du bist das?«, fragte mein Vater, als ich an diesem warmen Maiabend nach Hause kam.

»Ja«, antwortete ich, »ich bin's nur.«

Es schien, als hätte er noch etwas auf dem Herzen, deshalb setzte ich mich an den Küchentisch mit Apfelsaft vom Vorjahr und etwas Knäckebrot. Ich blätterte in einem alten Reader's Digest, von denen wir immer fünf Kilo zu Weihnachten geschenkt bekamen von Onkel Wille, der Zwölfter in der schwedischen Schachmeisterschaft geworden war und eine Milchbar in Säflle hatte.

»Es ist schwer«, sagte mein Vater.

»Es ist, wie es ist«, erwiderte ich.

»Du wirst wohl den Sommer in Genezareth verbringen.«

»Von mir aus gern«, sagte ich.

»Das wird schön für dich sein. Ich habe mit Henry geredet. Emmy und er werden auch dort sein und sich um dich kümmern.«

»Ich komme schon zurecht«, sagte ich.

»Ich weiß«, nickte mein Vater. »Vielleicht kommt Edmund ja auch.«

»Edmund?«, fragte ich.

»Warum nicht?«, entgegnete mein Vater und kratzte sich angestrengt am Hals. »Dann hast du etwas Gesellschaft in deinem Alter.«

»Tja«, sagte ich. »Jeder Tag bringt neue Sorgen.«

2

Das Schulgebäude hatte drei Stockwerke. Es war rechteckig wie ein Schuhkarton und aus gelblichweißen Ziegeln gebaut, die im Laufe der Zeit bräunlich geworden waren. Auf der einen Längsseite gab es einen Kiesplatz, auf dem man in den Pausen Fußball spielen konnte – auf der anderen Seite einen Kiesplatz, auf dem man auch hätte Fußball spielen können, es aber nicht tat.

Auf dieser anderen Seite hielten sich die Antifußballer auf; wie die Mädchen, die sich in immer den gleichen Grüppchen zusammenstellten, verschiedene Sachen untereinander tauschten und kicherten. Genau genommen weiß ich gar nicht, ob sie wirklich etwas untereinander tauschten oder was sie da eigentlich taten, da ich mich immer in einem sicheren Abstand von ihnen befand.

Ansonsten gehörte ich nämlich zu dem Dutzend Jungs, die nicht Fußball spielten und sich nicht jede Pause einsauten. Die Antifußballer. Im Grunde meines Herzens war ich zweifellos ein Sporthasser. Ich konnte nie begreifen, wie all die Fußballspieler eigentlich in jeder Pause Platz auf dem Feld fanden, es muss sich um mindestens fünfzig Jungs gehandelt haben. Aber vielleicht war es ja auch nur die Elite, die wirklich spielte, während die anderen herumstanden, schrien und sich so gut es ging dreckig machten. Ich weiß es nicht. Ich war nie dabei und habe nie zugeguckt. Ich gehörte auf die Mädchenseite, wie gesagt, das war nichts besonders Ehrenwertes, aber ich versuchte mir einzureden, dass es auf der Welt andere Werte gab.

Und ich war keineswegs einsam. Benny war auch dort. Und Snukke. Balthazar Lindblom und Veikko und Arsch-Enok. Sowie noch ein paar.

Und Edmund.

* * *

Als ich über ihn nachdachte – nachdem mein Vater den Vorschlag gemacht hatte, dass wir doch den Sommer zusammen verbringen könnten –, fiel mir auf, dass ich eigentlich überhaupt nichts von ihm wusste.

Abgesehen von den üblichen Sachen natürlich. Dass sein Vater Pornoblätter las und dass er mit sechs Zehen an jedem Fuß geboren worden war.

Ansonsten war er ein unbeschriebenes Blatt, das wurde mir jetzt klar. Ziemlich groß und ziemlich kräftig – und mit einer Brille, der immer entweder ein Glas oder ein Bügel fehlte. Wir waren nur dieses letzte Jahr in einer Klasse zusammen gewesen, es kursierten irgendwelche Gerüchte, wonach er eine enorm große Modelleisenbahnanlage hatte und eine riesige Sammlung von Westerngroschenromanen, aber ich wusste nicht, wie viel an diesen Behauptungen dran war.

Sein Vater war Schließer, da fand sich das Bindeglied. Er hatte das ganze letzte Jahr mit meinem Vater zusammengearbeitet, und da hatten sie wohl über den Sommer gesprochen. Und über das eine und andere mehr.

Ich hatte eigentlich keine festeren Freundschaften – abgesehen von Benny möglicherweise, aber der fiel ja für den Sommer aus –, deshalb streckte ich meine Fühler aus, nachdem ich ein paar Pausen um ihn herumgeschlichen war.

»Hallo, Edmund«, sagte ich.

»Hallo«, sagte Edmund.

Wir standen an der Ecke des Fahrradständers mit dem Wellblechdach und traten ohne großen Ehrgeiz Kieselsteine gegen ein paar Mädchenräder.

»Mein Vater hat mir was gesagt«, sagte ich.

»Ich habe es gehört«, sagte Edmund.

»Aha, ja«, sagte ich.

»So ist es«, sagte Edmund.

Dann klingelte es zur Stunde, und mehrere Tage lang sprachen wir nicht mehr drüber. Aber ich fand, es war eine vielversprechende Einleitung gewesen.

* * *

Genezareth war kein See. Es war ein Haus, das an einem See lag, und der hieß Möckeln. So heißt er noch heute.

Fünfundzwanzig Kilometer außerhalb der Stadt. Gut zwei Stunden mit dem Fahrrad hin. Gut eineinhalb zurück. Der Zeitunterschied ergab sich durch den Klevabuckel, einem fürchterlichen Muskelfresser von ungefähr dreihundert Metern Länge genau auf halber Strecke.

Es lagen einige Häuser am Möckeln – einem relativ großen und fast kreisrunden See mit braunem Wasser –, aber meistens waren es bewaldete Strände. Genezareth lag auf einer Kiefernlandzunge in ziemlich einsamer, majestätischer Lage und kam von mütterlicher Seite in unsere Familie. Eine baufällige, zweigeschossige Holzhütte ohne jeden größeren Komfort außer einem Dach über dem Kopf und frischem Seewasser in zehn Metern Entfernung. Jeden Winter zerbrach das Eis den Steg, und für den Kahn gab es einen Außenbordmotor, der eigentlich seit meiner Geburt auseinander genommen in einem Schuppen lag.

Meiner sterbenden Mutter gehörte das Haus nicht allein. Es gab noch eine Tante Rigmor, ihr gehörte die Hälfte davon, aber sie war nicht zurechnungsfähig und konnte keine Ansprüche stellen.

Der Grund für Rigmors traurigen Zustand lag in einem traumatischen Unglück während einem der ersten Kriegssommer. Der ging in unsere Familiengeschichte mit der gleichen Selbstverständlichkeit ein wie der Sündenfall in die biblische – sie war mit einem Elch zusammengestoßen, und die Tatsache, dass sie mit einem Fahrrad gefahren war, warf einen starken, fast mythologischen Schein auf das Geschehen. Gemeinsam mit einer Freundin war sie in den Ferien mit dem Fahrrad unterwegs in Småland gewesen, und von irgendeinem Hügel im Hochland war sie zuerst direkt in einen prächtigen Zwölfender gerast und anschließend ins allgemein bekannte Dingle-Irrenhaus an der Westküste gekommen.

Lebenslänglich, wie es schien. Ich hatte sie nur einmal kurz gesehen und fand, sie ähnelte meiner Mutter in keiner Weise. Eher erinnerte sie mich an einen Seehund. Mit Brille statt Schnauzbart, aber ich nahm an, dass man genau so aussehen sollte, wenn man im Dingle saß.

Es ist zwar nicht ganz sicher, dass meine Eltern versucht hätten, Genezareth zu verkaufen, wenn es nicht diese tragische Tante gegeben hätte, aber ich nehme es stark an. Ich hatte nie das Gefühl, dass sie sich dort draußen wirklich wohl fühlten.

Vielleicht, weil es so unbequem war. Vielleicht, weil meine Mutter nie schwimmen gelernt hatte. Es war ein tiefer See. Zumindest an bestimmten Stellen. Zumindest vor unserer Landzunge.

Wie es sich mit dem ein oder anderen nun auch verhielt, jedenfalls hatte ich an diesem Tag im Mai Probleme, mir vorzustellen, wie der Sommer sich wohl gestalten würde.

Mit Henry und Emmy. Ich konnte nicht an Emmy denken, ohne ihren Busen vor mir zu sehen. Vollkommen bedeckt, aber trotzdem. Und ich konnte ihren Busen nicht vor mir sehen, ohne einen Steifen zu kriegen. So war es nun mal.

Und der Gedanke daran, was mein Bruder wohl mit Emmy Kaskel vorhatte, war ebenfalls nicht so leicht zu bewältigen, oh nein. Genezareth war kein großes Haus.

Und dann noch das mit Edmund. Ich wusste ganz einfach nicht, wie es werden würde.

Obwohl, scheiß drauf, dachte ich. Kommt Zeit, kommt Rat.

* * *

Es war ein Donnerstag, als Ewa Kaludis ihre Stelle in der Stavaschule antrat. Wir hatten gerade eine Doppelstunde in der Holzwerkstatt gehabt, und ich hatte letztendlich den Zeitungsständer demoliert, an dem ich seit sieben Monaten gearbeitet hatte. Holz-Gustav war nicht begeistert gewesen, aber ich hatte ein gutes Gefühl. Ich mochte das Werken nicht, weder Nähen noch Holzarbeiten, irgendwie wurde es nie so, wie ich es mir gedacht hatte, und es dauerte immer so verdammt lange.

Wie üblich hing ich mit Benny und Arsch-Enok unter dem Fahrradständerdach herum, wir warteten darauf, dass die Pause zu Ende ging, da tauchte sie auf der Straße auf.

Ich würde ja behaupten, dass ich sie zuerst gesehen habe, aber Benny und Arsch-Enok waren sich genauso sicher, sie wären es jeweils gewesen. Eigentlich spielt das auch keine Rolle, die Hauptsache war, dass sie kam. Auf jeden Fall musste sie zuerst am Fußballplatz vorbeigekommen sein, denn innerhalb weniger Sekunden war die Mädchenseite proppevoll mit Leuten, die glotzend herumstanden. Schmutzige Fußballspieler massenweise.

»Ich glaube, ich bepiss mich«, sagte Benny und sperrte den Mund auf, als säße er beim Zahnarzt Slaktarsson und warte auf den Bohrer.

»Ja, ja, aber ...«, stotterte Arsch-Enok. »Das ist Kim Novak.«

Ich selbst sagte nichts. Zum einen, weil ich normalerweise nicht unnötig den Mund aufmachte, zum anderen, weil es mir die Sprache verschlagen hatte. Es war wie in einem Film. Nur noch besser. Die Biene, die da auf ihrem Moped direkt auf den Schulhof geknattert kam, sah wirklich aus wie Kim Novak. Dickes, weizenblondes Haar, schick hochgesteckt mit einem roten Tuch. Eine dunkle, elegante Sonnenbrille und ein Mund, der so groß und atemberaubend war, dass mir die Knie weich wurden. Schwarze, enge Stretchhose und ein schwarz-rot-kariertes Hemd, das im Wind flatterte.

»Verflucht, ist die scharf«, sagte Balthazar Lindblom.

»Das ist eine Puch«, sagte Arsch-Enok. »Meine Fresse, Kim Novak fegt auf einer Puch auf unseren Schulhof. Küss mich da, wo ich schön bin.«

Dann wurde Arsch-Enok bewusstlos. Er hatte so eine Art leichte Epilepsie und fiel ab und zu um. Es wäre eher merkwürdig gewesen, wenn er dem hier gewachsen gewesen wäre, dachte ich.

Kim Novak stellte ihre Puch aus. Sie stand einen Augenblick breitbeinig über ihm, die Füße im Kies, während sie lächelnd die hundertacht erstarrten Figuren auf dem Schulhof betrachtete. Dann stieg sie ab, schob das Moped elegant auf den Ständer, zog die flache Aktentasche vom Gepäckträger und marschierte quer durch das Wachsfigurenkabinett ins Schulgebäude hinein.

Als sie verschwunden war, drehte ich den Kopf und stellte fest, dass Edmund neben mir stand. Fast Schulter an Schulter, obwohl er etwas größer war.

»Die da«, sagte er mit belegter Stimme. »Die würde ich eine reife Frau nennen.«

Ich nickte. Dachte an die Pornoblätter seines Vaters und nahm an, dass er wusste, wovon er sprach.

* * *

Innerhalb von zwei Stunden hatte sich alles aufgeklärt. Die Leute von der anderen Seite der Schule hatten schon lange gewusst, dass Berra Albertsson in die Stadt ziehen würde, vielleicht hatten wir es sogar auch gewusst, zumindest, wenn wir genauer darüber nachdachten. Berra war eine Handballlegende, er hatte mehr als hundertfünfzig Länderspiele mitgemacht, und es hieß, er würde so hart wie mit Kanonenkugeln werfen, dass die Torwarte stürben, wenn sie den Ball an den Kopf kriegten. Nach zwölf Saisons in der obersten Liga und in der Nationalmannschaft wollte er es jetzt etwas ruhiger angehen lassen, indem er Spielertrainer der Handballmannschaft unserer Stadt wurde und sie in die oberste Klasse bringen wollte. Das kapierte sogar jemand wie Veikko, und außerdem war das alles vor ein paar Wochen im Kurren zu lesen gewesen. Kanonen-Berra sollte in eins der Neubauhäuser hinten auf dem Ångermanland ziehen, und er würde am ersten Juli seinen Dienst als Vizechef der Parkanlagen antreten.

Nicht in der Zeitung gestanden hatte, dass er mit Kim Novak verlobt war, und dass sie eigentlich Ewa Kaludis hieß.

Und dass sie die alte, hoffnungslose Eleonora Sintring vertreten sollte, die sich schon Anfang des Monats bei einer Grätsche über den Kasten während der Hausfrauengymnastik den Oberschenkelknochen gebrochen hatte.

Bereits am folgenden Tag ließen einige Fußballspieler eine Liste herumgehen, auf der man sich eintragen konnte, falls man bereit war, der Sintring noch mal ein Bein zu brechen, wenn sie wieder zurückkam. Es war geplant, den Täter unter den Freiwilligen auszulosen, sobald die Sache aktuell werden sollte.

Als Benny und ich uns eintrugen, war die Liste schon ziemlich lang.

* * *

An diesem Samstag stieß ich in der Bibliothek auf Edmund.

»Gehst du oft hierher?«, fragte ich ihn.

»Manchmal«, antwortete Edmund. »Na, genau genommen sogar ziemlich oft. Ich lese eine Menge.«

Das konnte schon stimmen. Denn ich selbst ging höchstens einmal im Monat dorthin, weshalb es nicht so verblüffend war, dass wir uns hier noch nie getroffen hatten.

Edmund war ja auch ziemlich neu in der Stadt.

»Was liest du denn am liebsten?«, fragte ich.

»Detektivromane«, antwortete er, ohne zu zögern. »Stagge und Quentin und Carter Dickson.«

Ich nickte. Von denen hatte ich noch nie gehört.

»Und Jules Verne«, fügte er nach einer Weile hinzu.

»Jules Verne ist verdammt gut«, sagte ich.

»Verdammt gut«, stimmte Edmund zu.

Wir starrten noch eine Weile aneinander vorbei.

»Was wird nun mit dem Sommer?«, fragte er dann.

»Was soll damit werden?«, fragte ich zurück.

»Na, das mit dieser Hütte«, sagte Edmund. »Eurem Haus.«

Ich verstand nicht so recht, was er meinte oder worauf er hinauswollte.

»Wieso?«, fragte ich.

Er nahm seine Brille ab und justierte das Klebeband neu, das sie zusammenhielt. Diesmal war das Gestell offensichtlich direkt über der Nasenwurzel gebrochen.

»Ach, Scheiße«, sagte er.

Ich entgegnete nichts. Es verging eine halbe Minute.

»Kann ich nun mitkommen oder nicht?«, fragte er schließlich.

»Mitkommen?«, wiederholte ich. »Wie meinst du das?«

Er seufzte.

»Oh, Scheiße, schließlich entscheidest du das doch«, sagte er.

Da kapierte ich.

Und begann mich plötzlich wie ein Hund zu schämen. Bekam direkt eine Gänsehaut, das ganze Rückgrat hinauf.

»Natürlich, ist doch klar«, sagte ich.

Edmund setzte sich die Brille auf.

»Bestimmt?«

»Selbstverständlich«, sagte ich. Die Gänsehaut verschwand. Es entstand eine kleine Pause.

»Toll«, sagte er dann mit der gleichen belegten Stimme wie auf dem Schulhof. »Eh ... findest du Märklin oder Fleischmann besser?«

3

Henry, mein Bruder, war ein langer Lulatsch, das sagten alle.

Er war offensichtlich auch hübsch, das behaupteten jedenfalls die Frauen. Ich selbst hatte damals keinen Blick für das Aussehen von Männern, aber ich sah schon, dass er Ricky Nelson ein wenig ähnelte, und ich ging davon aus, dass das ein ganz gutes Vorbild war.

Oder Rick, wie er sich genau seit diesem Jahr zu nennen pflegte.

Er rauchte auch Lucky Strike, Henry, meine ich. Er zog sie immer so theatralisch aus der Brusttasche seines weißen Nylonhemds, als wolle er sagen, dass er nun verdammt hart gearbeitet hatte und es an der Zeit war, sich eine Zigarettenpause zu gönnen.

In dem Jahr, in dem meine Mutter im Sterben lag, hatte er sich sein erstes Auto gekauft, das erste in unserer Familie überhaupt. Ein schwarzer VW-Käfer, mit dem er für seine Reportagen in der Stadt herumfuhr. Er hatte sich auch eine Kamera besorgt, damit er Fotos von seinen Unglücksfällen und seinen Interviewopfern machen konnte, und ich hatte den Eindruck, dass er sich als Freelancer ganz gut durchschlug.

Unser Vater pflegte das immer zu sagen. »Er schlägt sich ganz gut durch, der Henry.«

Ich wusste nicht so recht, was der Begriff Freelance eigentlich zu bedeuten hatte. Henry schrieb doch offensichtlich nur für den Kurren, aber dieses magische Wort hing irgendwie mit allen anderen zusammen. Lucky Strike. Beat. Freelance. Den VW-Käfer hatte er Killer getauft.

»Du, Erik«, sagte er eines Sonntagvormittags.

»Ja, Henry?«, erwiderte ich.

Er hatte gerade den Killer in der Idrottsgatan geparkt. Wir saßen in der Küche, er hatte sich eine Lucky angesteckt und schlürfte einen lauwarmen Kaffeerest, den Vater zurückgelassen hatte, als er den Bus zum Krankenhaus genommen hatte.

»Wir werden den Sommer zusammen verbringen.«

»Papa hat's mir gesagt.«

Er nahm einen Zug.

»Das ist bestimmt am besten für dich.«

Ich nickte und schaute aus dem Fenster. Die Sonne schien kräftig. Es war so ein Tag, an dem man im Möckelnsee hätte baden können.

»Ist ja ziemlich anstrengend, das mit Muttern«, sagte Henry.

»Ja«, sagte ich.

Er stützte sich mit den Ellbogen auf den Tisch und schaute in die Sonne hinaus.

»Schönes Wetter.«

Ich nickte.

»Könnte mir vorstellen, mal hinzufahren und nachzugucken, wie's da aussieht. In Genezareth, meine ich.«

»Ja, klar«, sagte ich.

»Hast du Lust?«

»Passt schon«, erklärte ich.

* * *

Henry und ich räumten an diesem Sonntag ein wenig in Genezareth auf.

Wir räumten und bereiteten das Haus für den Sommer vor. Schleppten alle Matratzen, Kissen und Decken auf den Rasen hinaus, damit der Sonnenschein die Winterfeuchtigkeit aufsaugen konnte. Öffneten die Fenster sperrangelweit und wischten den Boden. Oben und unten. Das war genau genommen nicht so viel Arbeit. Denn im Erdgeschoss gab es nur zwei Zimmer und eine kleine Küche mit Spülbecken, Kühlschrank und Herd. In den ersten Stock kam man über eine Treppe, die außen am Haus hochführte. Zwei Zimmer hintereinander. Schräge Wände und heiß wie die Hölle, wenn die Sonne drauf stand.

Wir badeten auch. Holten den Steg aus dem Schilf an der Südseite der Landzunge, wo er immer nach dem Winter lag. Henry meinte, wir sollten ihn dieses Jahr zu einem Ponton umbauen. Ich nickte und meinte, dass das wie eine verdammt gute Idee klang.

Obwohl man dazu bessere Bretter bräuchte, wie Henry meinte.

Wir lagen eine Weile auf den Matratzen, sonnten uns

und unterhielten uns. Oder rauchten jedenfalls. Henry bot mir zwei Luckys an und versprach, mich umzubringen, wenn ich das unserem Vater verraten würde.

Ich dachte natürlich nicht im Traum daran, ihn zu verpetzen. Wir fuhren nachmittags heim, als es am allerheißesten war. Henry musste am Abend noch zu einem Fußballspiel. Wir nahmen beide Gasflaschen mit, die für den Herd und die für den Kühlschrank, um sie auszuwechseln.

Es war insgesamt ein schöner Sonntag gewesen, und ich bekam langsam das Gefühl, dass es auch ein erträglicher Sommer werden könnte.

Schwer, aber erträglich.

* * *

Ehrlich gesagt war ich mehr an den Pornoblättern von Edmunds Vater als an Edmunds Fleischmann interessiert, aber das ließ ich nicht durchblicken.

Edmunds Zimmer war ungefähr acht Quadratmeter groß, und die Hartfaserplatte mit der Eisenbahn nahm sechs davon ein. Eigentlich war es ganz praktisch geregelt. Er schlief auf einer Matratze unter der Platte, dort hatte er auch noch eine Lampe, ein Bücherregal und ein paar Schubladen mit Kleidung. Irgendwelche Westernhefte sah ich nicht.

»Wollen wir umbauen?«, fragte Edmund.

»Okay«, sagte ich.

Wir bauten die ganze Landschaft in zwei Stunden um, fuhren herum und arrangierten ein paar tolle Zusammenstöße, dann wurden wir es leid.

»Eigentlich macht es am meisten Spaß, die Bahn aufzubauen«, sagte Edmund. »Danach steht sie ja einfach nur so da.«

»Ganz deiner Meinung«, sagte ich.

»Ich hab das alles von einem Cousin gekriegt«, sagte Edmund. »Er hat geheiratet, und seine Frau hat ihm nicht mehr erlaubt, sie aufzubauen.«

»Aha«, sagte ich. »Ja, so kann es gehen.«

»Man muss gut aufpassen, wenn man sich eine Frau sucht«, sagte Edmund. »Wollen wir in die Küche gehen und eine Limonade trinken?«

Wir tranken in Edmunds Küche eine Limonade, und ich dachte an die Porno-Zeitschriften und daran, dass er zwölf Zehen statt zehn hatte, aber irgendwie ergab sich nie die Gelegenheit, darauf zu sprechen zu kommen.

Stattdessen radelten wir zu mir in die Idrottsgatan und tranken einen alten Apfelsaft. Ich nahm Edmund auch mit in den Wald und zeigte ihm die Zementröhre. Er fand sie absolut verschärft, jedenfalls sagte er das. Danach fiel ihm ein, dass er schon vor einer halben Stunde hätte zu Hause sein müssen zum Essen, und so trennten wir uns.

* * *

Das Lehrerzimmer unserer Schule lag auf der Mädchenseite im dritten Stock. Dort gab es auch einen großen Balkon, den einzigen im Gebäude, und vor den Sommerferien saßen die Lehrer oft da draußen unter kunterbunten Sonnenschirmen und tranken Kaffee und rauchten. Wir konnten sie von unten vom Schulhof aus nicht sehen, aber wir hörten ihre Stimmen und ihr Lachen, und wir konnten die Rauchwolken verfolgen.

Während Ewa Kaludis' kurzer Vertretungszeit in der Schule veränderten die Balkonrituale sich etwas. Man rauchte jetzt im Stehen statt im Sitzen. Die Lehrer standen da, hingen am Geländer und guckten nun lässig auf den Schulhof hinunter. Sie hatte damit angefangen, und so war es nicht weiter verwunderlich, dass die männlichen Füchse sich um sie scharten, qualmend und grinsend.

Stellvertretender Rektor Stensjöö. Der Hengst Håkansson. Brylle.

»Guck dir mal Brylle an, verdammte Scheiße«, sagte Benny. »Der rutscht gleich von hinten auf sie drauf.«

»Quatsch«, erwiderte Balthazar Lindblom. »Die trauen sich doch gar nicht, sie anzufassen. Glotzen sie nur an. Wenn die sie bumsen, kommt Kanonen-Berra und bringt sie um.«

»Genau«, stimmte Veikko zu. »Schießt ihnen einen Ball an die Birne, ganz einfach. Ein Teufelskerl.«

In diesen Tagen Ende Mai standen ungewöhnlich viele auf der Mädchenseite. Eine Menge Fußballspieler hatten plötzlich edlere Interessen bekommen, wie es schien, und am Fahrradständer wurde es richtig eng. Denn nur unsere Klasse und noch eine andere wurden von Ewa Kaludis unterrichtet, deshalb mussten die meisten sich damit begnügen, sie zu sehen zu bekommen, wenn es nur irgend ging.

Zum Beispiel während der Pausen, wenn sie auf dem Balkon stand. Kim Novak. Ewa Kaludis. Kanonen-Berras Superbraut. Was mich betraf, so gehörte ich zu den Bessergestellten. Wir hatten die unerträgliche Sintring in Englisch und Geographie gehabt, bis sie über den Kasten gegrätscht war. Der Hengst Håkansson war eingesprungen und hatte sie ein paar Wochen vertreten, aber jetzt wurden wir also von Ewa Kaludis betreut. Die drei letzten Wochen vor den Sommerferien.

Betreut.

Denn eigentlich unterrichtete sie gar nicht. Das war auch nicht nötig. Wir arbeiteten auch so wie die Tiere. Wenn sie hereinkam, entstand sofort eine andächtige Stille im Klassenzimmer. Sie lächelte und funkelte ein wenig mit den Augen. Ein Beben ging durch die Klasse. Dann setzte sie sich auf das Lehrerpult, schlug ein Bein über das andere und sagte, wir sollten auf Seite soundso weitermachen. Ihre Stimme erinnerte an das Schnurren einer Katze.

Sofort fingen wir an zu arbeiten. Ewa Kaludis saß auf dem Pult und funkelte, oder sie ging herum und ließ ihre Hüften zwischen den Bänken kreisen. Wenn man sich meldete, stellte sie sich fast immer dicht hinter einen, beugte sich vor und lehnte ihre Brüste gegen die Schülerschulter. Oder zumindest eine. Fast nur Jungs baten um Hilfe, und die Luft im Klassenzimmer war schwer von ihrem Parfüm und von junger, unterdrückter Brunst.

Ich weiß nicht, wie die Mädchen Ewa Kaludis eigentlich fanden, da ich so gut wie nie irgendwelche Erfahrungen mit den Mädchen austauschte, aber ich nehme an, dass auch sie ihren Nutzen aus der Anwesenheit von

Ewa Kaludis zogen. Auf ihre spezielle Frauenart. Aber vielleicht irre ich mich da ja auch. Vielleicht waren sie einfach nur verflucht eifersüchtig.

Einmal, als ich die Hand gehoben hatte und ihre Brust an meiner Schulter und meiner Wange spürte, war ich kurz davor, in Ohnmacht zu fallen. Mir wurde schwarz vor Augen, und ich weiß, dass ich noch dachte, dass es mich nicht stören würde, wenn ich genau in diesem Moment sterben würde.

Ich glaube, sie merkte das, denn sie legte mir ihre Hand auf den Arm und fragte mich, was denn sei. Das machte die Sache natürlich nicht besser, aber schließlich biss ich mir auf die Zunge, und das half ein wenig.

»Mir geht's nicht so gut«, sagte ich. »Ich glaube, ich kriege meine Tage.«

Ich weiß nicht, warum ich ausgerechnet das sagte, aber Ewa Kaludis lachte nur, und Benny, der neben mir saß und der Einzige war, der meine geniale Replik hörte, meinte hinterher in der Pause, dass das verflucht noch mal einsame Spitze gewesen war.

»Erik, zum Teufel, nach dem Spruch liegst du verdammt gut im Rennen, dass du's nur weißt.«

Ich war mir nicht so sicher, ob er Recht hatte, aber auf jeden Fall war ich froh, dass sie nicht böse geworden war.

* * *

»Wir müssen noch ein bisschen warten«, sagte mein Vater. »Die Visite ist noch nicht durch.«

Ich nickte. Umklammerte die Tüte vom Zeitungskiosk mit den Weintrauben, sodass sie noch schrumpliger wurden.

»Zerdrück die Trauben nicht«, sagte mein Vater.

»Nein«, sagte ich.

Wir saßen eine Weile stumm auf den grünen Bänken. Verschiedene Krankenschwestern eilten hin und her und lächelten uns freundlich zu.

»Die Visite braucht immer ziemlich lange«, sagte mein Vater. »Da gibt's so viel zu besprechen.«

»Ich weiß«, sagte ich.

»Du schaffst es noch, dich vorher zu kämmen. Da hinten in der Ecke gibt es eine Toilette.«

Ich ging dorthin und kämmte mich mit meinem neuen Metallkamm. Am schmalen Ende hatte ich fünf Zinken abgebrochen – damit man das Kloschloss im Bahnhof öffnen konnte, aber es hatte nicht geklappt. Was aber auch egal war.

Das Wichtigste war, dass die Zinken fehlten. Wenn man nur immer auf der Mädchenseite stand und keinen Metallkamm hatte, dann war man nicht mehr als ein geplatzter Fahrradschlauch wert. Höchstens. So war es nun mal.

»Gleich können wir rein«, sagte mein Vater, als ich zurückkam.

»Ich weiß«, sagte ich. »Obwohl es keine Eile hat.«

»Da hast du Recht«, sagte mein Vater.

* * *

Sie versuchte, mich in den Arm zu nehmen, aber ich streichelte ihr lieber den Arm, das war genauso gut.

Mein Vater setzte sich auf ihre rechte Seite und ich auf die linke.

»Wir haben ein paar Weintrauben gekauft«, sagte mein Vater.

»Das ist aber nett«, sagte meine Mutter.

Ich legte die Tüte vom Zeitungskiosk auf die gelbe Krankenhausdecke.

»Was macht die Schule?«, fragte meine Mutter.

»Läuft gut«, sagte ich.

»Hast du dir heute freigenommen?«

»Ja.«

Sie schaute in die Tüte und schloss sie dann wieder.

»Und zu Hause?«

»Keine Probleme«, sagte ich. »Papa lässt zwar manchmal die Soße anbrennen, aber er wird von Tag zu Tag besser.«

Meine Mutter lächelte, und als wenn das sehr anstrengend für sie wäre, schloss sie dabei die Augen. Ich schaute sie an. Sie war graublau im Gesicht, und ihr Haar sah aus wie trauriges Gras.

»Keine Probleme«, wiederholte ich. »Gibt es hier 'n Klo?«

»Ja, natürlich«, sagte meine Mutter mit müder Stimme. »Draußen auf dem Flur.«

Ich nickte und ging hinaus. Setzte mich aufs Klo und versuchte fünfundzwanzig Minuten lang zu scheißen, dann ging ich zurück. Meine Mutter und mein Vater saßen jetzt ganz dicht beieinander und flüsterten. Als ich hereinkam, verstummten sie. Ich setzte mich wieder auf den Stuhl links von ihr.

»Ihr fahrt bald nach Genezareth?«, fragte meine Mutter.

»Ja«, antwortete ich. »Henry und ich waren schon da und haben ein bisschen aufgeräumt.«

»Wie schön, dass Henry und Emmy sich um dich kümmern wollen.«

»Ja«, sagte ich.

»Henry schlägt sich ganz gut durch«, sagte mein Vater.

Eine Weile schwiegen alle.

»Es ist nett von dir, dass du heute mitgekommen bist«, sagte meine Mutter.

»Ach was«, sagte ich.

»Ich glaube, wir gehen jetzt«, sagte mein Vater. »Dann kriegen wir noch den Viertel-nach-Bus.«

»Macht das, ihr beiden«, sagte meine Mutter. »Ich habe hier ja alles, was ich brauche.«

»Ich komme morgen nach der Arbeit«, sagte mein Vater.

»Es hat keine Eile«, sagte meine Mutter.

Ich stand auf und klopfte ihr leicht auf den Unterarm, und dann gingen wir fort.

* * *

Ich holte die Oberst-Darkin-Bücher heraus und zählte sie. Es stimmte. Sechs Stück. Sechs schwarze Wachspapierhefte mit jeweils achtundvierzig Seiten. Fünf der Hefte waren voll, das sechste war bald unter Dach und Fach.

Ich stopfte die fertigen Abenteuer in eine Plastiktüte

und schob sie ganz hinten in die Schublade, in der ich meine Unterwäsche aufbewahrte. Das war kein ideales Versteck, ich hatte schon oft überlegt, ob ich mir kein besseres besorgen sollte, vielleicht die Tüte ganz einfach im Wald vergraben. Ein bisschen weiter hinten in dem ausgetrockneten Graben, da würde sie so sicher liegen wie das Amen in der Kirche.

Aber daraus war nie etwas geworden. Und natürlich war die Unterhosenschublade jetzt, wo meine Mutter im Krankenhaus lag, sehr viel sicherer geworden. Mein Vater gehörte nicht zu denen, die zwischen den Sachen ihrer Söhne herumwühlten. Es war schon ganz ungewöhnlich, dass er mal in mein Zimmer kam.

Ich hatte vor ungefähr zwei Jahren damit angefangen. Damals hatte ich so ein Heft als Geburtstagsgeschenk von Linda-Britt bekommen, einer dicken Cousine mit Hasenzähnen, die meinte, ich sollte doch anfangen, Tagebuch zu schreiben. Das tat sie nämlich, und es war unglaublich entwicklungsfördernd.

Es gab nicht einmal Linien in dem Heft, was ich komisch fand, da sie doch geplant hatte, dass ich was reinschreiben sollte. Stattdessen nahm ich ein Lineal und teilte die Seiten in Comic-Art auf, vier Kästchen auf jeder Seite, nur auf den rechten, insgesamt achtundvierzig Stück, und dann fing ich schon bald mit *Oberst Darkin und die Goldbande* an. Das war ein Abenteuer, das sich in London, Askersund und im Wilden Westen abspielte, und es enthielt alles, was man sich nur wünschen konnte, von verzwicktem Doppelspiel, unbestechlicher Ritterlichkeit bis hin zu messerscharfen Dialogen.

»Sie haben genau eine Sekunde Zeit für Ihre Antwort, Ingenieur Frege, meine Zeit ist kostbar.«

»Das ist ein reizender Körper, den Sie da haben, Miss Carlson. Wollen Sie ihn behalten?«

»Bei allen Elchgeweihen, Nessie, du hast vergessen, Rum in den Tee zu kippen.«

Oberst Darkin selbst war ein vernarbter Spürhund, der sich in sein Holzhaus in den Bergen zurückgezogen hatte, aber wieder auszog, wenn die Geschehnisse in der Weltgeschichte es erforderten. Sein Kompagnon war eine blonde Nichte mit großem Busen und viel Macht über die Männerwelt. Ich nannte sie Vera Lane und war schon vom ersten Bild an in sie verliebt.

Im Augenblick saß sie in einem hohen Turm, eingesperrt von einem verrückten Wissenschaftler namens Finckelberg. Er war gerade in seinem Ferrari davongebraust, um Benzin zu kaufen, damit er sie verbrennen konnte. Darkin befand sich hundert Kilometer weit entfernt, auf seinem Motorrad, einem BSA-3001t mit Diamantzahnkranz. Ich war gezwungen, ihn heranbrausen zu lassen, bevor die Flammen um Vera Lanes schönen Körper züngelten, denn einerseits hatte ich nur noch acht Seiten im Heft übrig und andererseits konnte ich Feuer so schlecht zeichnen.

Ich war kein hervorragender Serienzeichner, das musste ich selbst zugeben. Aber ich hatte den Gestalten gegenüber, die ich geschaffen hatte, eine gewisse Verpflichtung. Wenn ich nicht über sie schrieb oder sie zeichnete, lagen sie sozusagen wie vergessene Marionetten einfach in der Unterhosenschublade.

Manchmal fand ich das fast anstrengend. Aber meistens – vor allem, wenn ich richtig in Fahrt gekommen war – war es mit das Sinnvollste, was ich während meiner ganzen Jugend getan habe. Zumindest hatte ich das Gefühl, vielleicht weil das Comiczeichnen eine der wenigen Beschäftigungen war, bei denen es mir gelang, den ganzen Mist zu vergessen, den es auf der Welt gab.

Ich hatte es noch nie einer Menschenseele erzählt. Noch nie hatte ich einem Außenstehenden etwas von Oberst Darkin gesagt.

Um so eine Art von Zeitvertreib handelte es sich.

Ich öffnete einen Apfelsaft. Nahm zwei Schluck und überlegte.

»Verflucht noch mal!«, schrieb ich in Darkins oberste Sprechblase. »Ich hätte wissen müssen, dass hier der Hund begraben liegt.«

4

Henry, mein Bruder, schrieb für den Kurren alles Mögliche.

Über die Versammlung des Gemeinderats, über Motorradrennen, über mögliche Brandstifter. Über Kälber mit zwei Köpfen und Geschwister, die sich nach siebenundfünfzig Jahren wiederfanden. Was er nicht in der Redaktion oder in der Stadt aufschnappen konnte, fand er in anderen Zeitungen, in schwedischen oder auch in ausländischen. Er verbrachte mindestens eine Stunde am Tag damit, Neuigkeiten und Sensationen aus aller Welt in der Stadtbibliothek von Örebro zu durchforsten. Um eine Idee oder einen Hinweis für eigene Recherchen und Artikel zu finden.

Alles, was er geschrieben hatte, schnitt er aus und klebte es in große Mappen ein. Zu der Zeit, in dem Sommer, als meine Mutter sterben sollte, hatte er bereits ein halbes Dutzend solcher Mappen, in denen er mich manchmal blättern ließ, wenn ich ihn in seiner Bude in der Grevgatan besuchte. Ich saß gern dort zusammengekauert auf seinem wackligen Bett mit den Metalltrallen an Kopf- und Fußende, und guckte mir die Überschriften an. Nur selten las ich den Text, aber die Überschriften gefielen mir. Ich wusste damals nicht, dass es fast immer jemand anders war, der diese Aufreißer getextet hatte, und nur ganz selten Henry.

Schlaue Sau siebzig Kilometer schwarzgefahren
Branntwein prima für Blutdruck
Deutsche Minister auf Stippvisite in Arboga

Wenn ich so eine prima Überschrift gelesen hatte, schloss ich für eine Weile die Augen und versuchte, mir die komplizierte Wirklichkeit vorzustellen, die sich dahinter verbarg. Manchmal gelang mir das, manchmal nicht.

* * *

»Da ist noch was«, sagte Henry, mein Bruder, eines Tages, es war nicht einmal mehr eine Woche bis zu den Sommerferien.

Ich schaute von einem Zeitungsausschnitt auf, auf dem ein Famoser Feuerwehrmann sich beide Beine in Broby gebrochen hatte.

»Jaha?«, fragte ich.

Henry betrachtete seine Zigarette und drückte sie im Affenschädel voll feuchtem Sand aus, der neben der Facit-Schreibmaschine auf dem Schreibtisch stand.

»Was den Sommer betrifft.«

Jetzt macht er einen Rückzieher, dachte ich. Verdammte Scheiße.

»Was denn?«, fragte ich.

»Ein paar Sachen sogar«, sagte er und sah Ricky Nelson noch ähnlicher als sonst. Oder Rick. Ich klappte die Mappe mit den Ausschnitten zu.

»Ich arbeite nicht mehr für den Kurren.«

»Mhm?«

»Jedenfalls diesen Sommer nicht.«

»Diesen Sommer?«

»Ja. Ich will ein Buch schreiben.«

Er sagte das, als handelte es sich darum, zu Karlesson zu gehen und ein Eis am Stil zu kaufen.

»Ein Buch?«, wiederholte ich.

»Genau. Irgendwann muss man das einfach tun.«

»Ja?«

»Jedenfalls müssen das einige Menschen tun. Und ich bin so ein Mensch.«

Ich nickte. Davon war ich überzeugt. Ich wusste nicht so recht, was ich sagen sollte.

»Wovon soll es denn handeln?«

Er antwortete nicht sofort. Legte die Füße auf den Schreibtisch, nahm einen Schluck aus der Flasche mit Rio Club, die auf dem Boden stand, und fischte sich eine neue Lucky Strike heraus.

»Vom Leben«, sagte er. »The real thing. Vom Existenziellen.«

»Jaha«, sagte ich.

Er zündete sich die Zigarette an, und eine Weile saßen wir da, ohne etwas zu sagen.

Henry nahm ein paar tiefe Züge, während seine Schulterblätter wie festgegossen am Stuhlrücken lehnten. Er starrte an die Decke, wo sich der Rauch ins Nichts auflöste.

»Prima«, sagte ich schließlich. »Ich finde es toll, dass du ein Buch schreibst, ich glaube, es wird saugut.«

Henry schien es gar nicht zu interessieren, was ich sagte.

»Und was noch?«, fragte ich.

»Wieso?«, fragte Henry zurück.

»Du hast gesagt, es sind ein paar Dinge. Und das mit dem Buch ist doch wohl erst eins, oder?«

»Du kannst verdammt gut rechnen, Brüderchen«, sagte Henry. »Bist ein richtiger Taschenrechner.«

»Jedenfalls kann ich noch bis zwei zählen«, sagte ich.

Henry lachte. Er hatte so ein kurzes Lachen, das irgendwie scharf klang. Ich fand, es klang gut, und ich hatte versucht, es mir auch zuzulegen, aber ich war nicht besonders erfolgreich gewesen. Ein bestimmtes Lachen war nicht so einfach zu erlernen, das hatte ich dabei begriffen.

»Ja, es geht dabei um Emmy«, sagte Henry und stieß einen Rauchkringel aus, der wie ein dicker Sputnik durchs Zimmer glitt.

»Klasse«, sagte ich, als er an die Wand stieß und sich dort auflöste. »Was ist mit Emmy?«

»Sie wird nicht kommen«, sagte Henry.

»Was?«, fragte ich.

»Sie kommt nicht nach Genezareth.«

»Und warum nicht?«

»Ich habe sie gestrichen«, erklärte Henry.

Ich war mir nicht ganz sicher, was das bedeutete. Ob

das hieß, dass er sie umgebracht hatte und mit einem Zementklumpen an den Füßen in irgendeinen Kanal geschmissen hatte, aber das konnte ich mir nicht vorstellen. Vera Lane war in Darkin III nahe daran gewesen, so behandelt zu werden, aber ich hatte Schwierigkeiten, mir vorzustellen, dass Henry so etwas tun würde.

»Aha«, sagte ich ganz neutral.

»Das heißt, dass nur noch du, ich und dein Kumpel übrig sind. Wie heißt er eigentlich?«

»Edmund«, sagte ich.

»Edmund?«, wiederholte Henry. »Blöder Name.«

»Er ist aber in Ordnung«, erklärte ich.

»Ja, sicher«, sagte Henry. »Man kann die Leute ja nicht nach ihren Namen beurteilen. Ich war mal mit einer Braut zusammen, die hieß Frida Arschel. In Amsterdam. Und die war gar nicht übel.«

Ich nickte und saß still eine Weile da, dachte an all die Bräute mit komischen Namen, die ich gehabt hatte.

Und an all die Bräute, die ich gestrichen hatte.

»Aber Vater und Mutter halten wir dabei raus, nicht wahr?«, sagte Henry.

»Wie meinst du das?«

»Wir erzählen nicht, dass Emmy nicht mitkommt. Sonst machen sie sich nur Sorgen, dass wir das mit dem Essen und so nicht hinkriegen«, erklärte Henry, mein Bruder. »Aber das schaffen wir schon. Drei Kerle in der Blüte ihres Lebens.«

»Na klar«, sagte ich. »No problem. Ich bin der Tarzan der Pfannkuchen.«

Da lachte Henry wieder sein scharfes Lachen. Es

klang gut. Wenn ich heute darüber nachdenke, fühlte es sich so an, als würde man am Rücken gekrault, wenn mein Bruder lachte.

* * *

An einem Tag in der letzten Woche machten wir noch einen Schulausflug zum Brumberga-Tierpark. Ich war die ganze Zeit mit Edmund, Benny und Arsch-Enok zusammen, und auch wenn wir bei der Rallye von einer Mädchengruppe um nur einen bescheuerten Punkt geschlagen wurden und uns somit ein Riesenbecher Eis entging, hatten wir einen recht anregenden Nachmittag. Arsch-Enok hatte gerade Geburtstag gehabt und einen ganzen Fünfziger von seinem geistesschwachen Onkel einkassiert, deshalb waren wir gut bei Kasse. Und Arsch-Enok gehörte nicht zu den Geizigen; er verdrückte vierundfünfzig Dixibonbons und musste auf der Rückfahrt auf einem der Kotzplätze sitzen. Ich selbst aß sechsunddreißig Revalbonbons, und mir ging es ausgezeichnet.

In der darauf folgenden Nacht hatte ich einen Traum. Ich war wieder im Zoo, und die ganze Klasse stand vor einem großen grünen Aquarium mit Delfinen, Rochen und Robben. Ich glaube, sogar Haie waren dabei. Wir alle standen still da und hörten zu, denn es war Ewa Kaludis, die uns etwas erzählte. Hinter ihrem Rücken glitten die großen, spulenförmigen Tiere auf ihrer ewigen Wanderung in dem grünen Wasser vorbei.

Plötzlich hörte ich Benny fluchen. Er streckte seinen schmutzigen Zeigefinger aus, und ich konnte sofort sehen, was er entdeckt hatte.

Meine Mutter kam in dem Aquarium angeschwommen. Zwischen den Rochen und den Robben. Meine Mutter.

Das war ganz schrecklich. Sie hatte ihren abgetragenen blauen Kittel mit den verblichenen Rosen an und sah ganz aufgedunsen und glubschäugig aus. Ich stürzte an die Glasscheibe, bedeutete ihr mit großen Gesten, dass sie zur anderen Seite schwimmen sollte, aber sie hing einfach nur im Wasser herum und starrte uns mit ihren traurigen Augen an. Es schien aussichtslos, sie dort wegzubekommen, deshalb drehte ich mich stattdessen weg. Ich drückte mich an die Scheibe, breitete die Arme aus und versuchte, sie zu verdecken. Ewa Kaludis verstummte und sah mich mit überraschtem Blick an. Fast sah sie etwas enttäuscht aus, und am liebsten hätte ich geheult, mir in die Hose gepinkelt und wäre im Erdboden versunken.

Als ich aufwachte, war es Viertel vor fünf Uhr, und ich war mit kaltem Schweiß bedeckt. Mir war klar, dass der Traum etwas mit den Revalbonbons zu tun haben musste. Ich stand auf und setzte mich für eine Weile auf die Toilette, aber erfolglos.

Während ich dort saß, dachte ich über den Traum nach. Ich fand ihn sonderbar. Es gab kein Aquarium im Brumberga-Tierpark, und Ewa Kaludis war bei dem Ausflug gar nicht dabei gewesen.

In der Nacht machte ich kein Auge mehr zu.

* * *

Ich war noch gar nicht richtig bei Edmund in die Wohnung gekommen, da fragte er mich: »Weißt du, was der größte Unterschied auf der Welt ist?«

»Zwischen dem Universum und Åsa Lenners Gehirn?«, probierte ich.

»Nix da«, schüttelte Edmund den Kopf. »Der größte Unterschied auf der Welt ist der zwischen meinem Vater und meiner Mutter. Nur dass du das weißt.«

Und damit hatte er gar nicht so Unrecht, das wurde mir bei dem Essen, zu dem sie mich eingeladen hatten, klar. Es sollte so eine Art Vorschussdank sein dafür, dass Edmund den ganzen Sommer in Genezareth bleiben durfte, nehme ich an.

Albin Wester, Edmunds Vater, war klein und kräftig, mit hängenden Armen und einem Watschelgang. Er sah aus wie ein Gorillamännchen, jedenfalls fast. Und dazu ein bisschen abgehetzt und resigniert; obwohl ich Antifußballer war, kam mir ein Fußballtrainer in den Sinn, der versucht, nach der ersten Halbzeit die Moral aufrecht zu halten, obwohl die Mannschaft mit 6:0 im Rückstand liegt. Fröhlich, obwohl es irgendwie aussah, als ginge es ihm hundserbärmlich. Während wir aßen, redete er fast die ganze Zeit, am meisten, wenn er den Mund voll hatte.

Frau Wester dagegen war korrekt wie eine Standuhr in Trauerkleidung. Während des ganzen Essens sagte sie kein Wort, versuchte aber ab und zu zu lächeln. Dann sah es so aus, als würde sie gleich platzen, und jedes Mal bekam sie einen Schluckauf und schloss schnell die Augen.

»Nehmt euch noch, Jungs«, sagte Albin Wester. »Man weiß nie, wann es wieder was gibt. Signes Wursteintopf ist in ganz Nordeuropa berühmt.«

Edmund und ich aßen wirklich große Portionen, denn es war ein guter Wursteintopf. Mir fiel die Haushaltsfrage für den Sommer ein, und ich sagte Edmund, er sollte seine Mama doch bitten, das Rezept aufzuschreiben.

Ich wusste, dass so etwas der Gipfel von Höflichkeit war, und ganz richtig öffnete sich die Wanduhr und hickste.

»Wursteintopf à la Signe«, sagte Albin Wester aus den Mundwinkeln. »Eine Götterspeise.«

Auch er lächelte, wobei ihm ein paar Wurststückchen auf den Schoß fielen.

* * *

»Sie ist Alkoholikerin«, erklärte Edmund anschließend. »Sie muss jeden einzelnen Muskel im Körper angespannt halten, um so ein Essen zu überstehen.«

Ich fand, das klang merkwürdig, und das sagte ich auch. Edmund zuckte mit den Schultern.

»Ach was«, sagte er. »Das ist überhaupt nicht merkwürdig. Sie hat drei Geschwister. Und die sind alle gleich. Das kommt von Großvater, er war ein verfluchter Suffkopf, aber ein Frauenkörper kann das irgendwie nicht vertragen.«

»Ja?«, wunderte ich mich.

»Man soll Frauenzimmern keinen Schnaps einflößen. Und kein Kraut in den Tabak mischen. Das geht nicht gut.«

Ich überlegte.

»Das klang wie von Salasso«, sagte ich. »Liest du oft Westernhefte?«

»Manchmal«, murmelte Edmund. »Aber inzwischen lese ich lieber Bücher.«

»Ich wechsle immer mal«, erklärte ich diplomatisch. »Aber wie lange geht das denn schon so? Kann man sie denn nicht irgendwie heilen?«

Die Nebenwirkungen des Alkohols waren mir nicht ganz unbekannt. Holger, ein Cousin meines Vaters, war aus diesem Holz, und in der Vierten hatten wir das halbe Schuljahr einen Lehrer gehabt, der unter dem Namen Fusel-Jesus lief. Er predigte uns immer vom Lehrerpult aus etwas vor, und als er einmal im Lehrerzimmer eingeschlafen war und sich vollgepisst hatte, wurde er gefeuert.

Jedenfalls wurde das erzählt.

Edmund schüttelte den Kopf.

»Das bleibt in der Familie«, sagte er. »Das dringt nicht nach außen, wird nicht offiziös.«

»Ach so«, sagte ich. »Aber ich glaube, das heißt offiziell.«

»Ist doch scheißegal, wie das heißt«, sagte Edmund. »Immerhin ziehen wir ihretwegen so oft um. Das nehme ich jedenfalls an.«

Mir tat Edmund Wester Leid.

Und sein Vater auch.

Vielleicht tat mir sogar Frau Wester ein bisschen Leid.

* * *

Abends guckten wir uns im Saga-Kino einen Jerry-Lewis-Film an. Dazu hatten mich die Westers auch eingeladen.

»Verdammte Scheiße«, sagte Edmund, als wir nach Hause gingen. »Alle sollten wie Jerry Lewis sein. Dann wäre die Welt prima.«

»Wenn alle wie Jerry Lewis wären«, erwiderte ich, »dann wäre die Welt schon vor mehreren tausend Jahren untergegangen.«

Edmund dachte darüber eine Weile nach.

»Du bist nicht doof«, sagte er dann. »Man braucht auch Perry-Mason-Typen, da hast du ganz Recht.«

»Paul Drake und Della«, sagte ich.

»Paul Drake ist verdammt gut«, sagte Edmund. »Wenn er mitten während eines Kreuzverhörs in den Gerichtssaal tritt und Perry mit einem Auge zuzwinkert. Verdammte Scheiße, was für ein Typ!«

»Er hat immer eine weiße Jacke und eine schwarze Hose an«, erklärte ich. »Oder umgekehrt.«

»Immer«, nickte Edmund.

»Della liebt ihn«, sagte ich.

»Einspruch«, sagte Edmund. »Della liebt Perry.«

»Verflucht noch mal«, widersprach ich. »Sie liebt Paul Drake.«

»Okay«, sagte Edmund. »Sie liebt beide. Das ist ja auch nicht so ungewöhnlich.«

»Und deshalb kann sie sich nie für einen von beiden entscheiden«, erklärte ich. »Einspruch stattgegeben.«

Wir wiederholen die Sprüche eine Weile.

»Einspruch abgelehnt.«

»Einspruch stattgegeben.«

»Ihr Zeuge.«

»Keine weiteren Fragen, Euer Ehren.«

»Nicht schuldig!«

An Karlessons Kiosk trennten sich unsere Wege. Edmund wohnte weiter hinten in der Mossbanegatan und ich nahe beim Idrottsparken. Karlesson hatte gerade eben geschlossen, die grünen Läden waren vorgeklappt und die Kaugummiautomaten mit Eisenketten und Vorhängeschloss am Fahrradständer festgezurrt.

»Weißt du, dass man mit einer abgebrochenen Wurstgabel in den Kaugummiautomaten kommt?«, fragte ich Edmund

»Hä?«, fragte Edmund. »Was meinst du?«

Ich erklärte es ihm. Man brach einfach nur einen Zentimeter von dem flachen Ende des Wurstpieksers aus Holz hinten ab. Das ging übrigens mit den kleinen Eislöffeln genauso gut, aber die waren nicht so leicht zu finden. Dann drückte man das kleine Holzstück in den Schlitz für die Fünfundzwanzig-Öre-Münze und drehte das Rad. No problem. Klicketi klicketi klick. Rassel Rassel. Klappte jedes Mal.

»Stimmt das?«, fragte Edmund. »Oder flunkerst du nur rum?«

Wir wühlten eine Weile im Papierkorb, der an der Wand hing, und fanden schließlich einen klebrigen Eislöffel. Ich nahm Maß und brach ein Stück mit dem Daumennagel ab. Wartete eine Weile, weil eine Horde kichernder Mädchen vorbeischlenderte, und dann führte ich das Kunststück vor.

Vier Kugeln und ein Ring.

Wir nahmen jeder zwei Kugeln, und Edmund bekam den Ring, um ihn seiner alkoholisierten Mutter zu schenken.

»Echt toll«, sagte Edmund. »Wir sollten im Sommer nachts mal herkommen und den ganzen Automaten leeren.«

Ich nickte: Das war ein Plan, den auch ich schon im Kopf gehabt hatte.

»Man muss nur genügend Gabeln haben«, sagte ich. »Aber um die Wurststände liegen ja immer reichlich welche rum. Bei Hermans und Törners auf dem Markt.«

»Eines Nachts machen wir das«, erklärte Edmund.

»Abgemacht«, sagte ich. »Eines Nachts im Sommer.«

Dann verabschiedeten wir uns voneinander und gingen nach Hause.

* * *

Ich wusste, dass mein Bruder Henry ein ungewöhnlicher Mensch war, aber wie ungewöhnlich er wirklich war, begriff ich erst, als er eines Abends etwas Bestimmtes sagte, es muss in der allerletzten Schulwoche gewesen sein.

»Kanonen-Berra ist ein Arschloch«, sagte er.

Ich hatte das Thema aufgebracht. Oder genauer gesagt das Thema Ewa Kaludis, und danach hatte ich wohl etwas in der Richtung gesagt, dass sie mit Berra zusammen war.

»Wie gesagt, ein richtiges Arschloch.«

Das stellte er einfach so fest. Ich war so überrascht,

dass ich gar nicht wusste, was ich sagen sollte, und dann sprachen wir über etwas anderes, und später fuhr Henry in seinem »Killer« zu einem Maranatha-Treffen.

Nachdem er weg war, dachte ich über seine Worte nach. Und wunderte mich darüber, wie um alles in der Welt er so etwas sagen konnte, und dann fiel mir ein, dass er ja Berra Albertsson für den Kurren interviewt hatte, damals, als er Anfang Mai in unsere Stadt gezogen war.

Kanonen-Berra ein Arschloch?

Ich schrieb das auf einen Zettel und schob ihn in *Oberst Darkin und die Goldbarren.* Das war ein so sonderbarer Ausspruch, dass ich ihn irgendwie aufbewahren wollte.

Im Laufe des Sommers sollte ich Gelegenheit bekommen, ausführlicher darüber nachzudenken. Reichlich Gelegenheit. Aber das wusste ich ja damals noch nicht, und der Zettel muss auf irgendeine merkwürdige Weise verschwunden sein, denn ich habe ihn nie wieder gefunden.

5

In dem Jahr hatten wir das letzte richtige Abschlussfest in der Volksschule.

Ein Teil der Klasse würde natürlich mit der achten Klasse weitermachen, aber ungefähr die Hälfte von uns wechselte zum Herbst in die KKR, die Kommunale Realschule. Die, die noch nicht nach der Sechsten gewechselt hatten. Das war natürlich eine Zäsur, nie wieder würde ich beispielsweise im gleichen Klassenzimmer wie Veikko, Sluggo, Gunborg und Balthazar Lindblom sitzen.

Das war nicht so schlimm. Aber einige andere würde ich vermissen. Benny und Marie-Louise zum Beispiel; mit Benny würde ich mich natürlich weiter treffen, in der Zementröhre und an anderen Orten, aber Marie-Louise und ihre reizenden dunklen Locken und ihre braunen Augen würde ich nie wieder in der Klasse sehen und darüber ins Träumen geraten können. Jedenfalls nicht so nah.

Aber deshalb ging die Welt nicht unter. Schließlich war es mir doch nie gelungen, Marie-Louise irgendwie näher zu kommen. Sicher gab es auch andere tolle Mädchen in der Realschule, dachte ich optimistisch. Verlierst du eine, gewinnst du tausend neue. C'est la vie.

Wie ich ohne Ewa Kaludis leben sollte, war hingegen eine Frage, die sofort und ohne Wenn und Aber in den Abgrund führte. Irgendwie hatte ich das Gefühl, als wäre ihre Brust seit damals, als ich behauptete, ich würde meine Regel kriegen, auf meiner Schulter geblieben. Ewa kam am letzten Schultag genau in dem Moment in die Klasse, als Brylle sein Geschenk ausgepackt hatte, das die Mädchen ihm gekauft hatten: ein großes Bild in Glas und Rahmen, einen Elch darstellend, der an einer Waldlichtung stand und finster dreinschaute. Es war allgemein bekannt, dass Brylle jeden Herbst auf Elchjagd ging, und jetzt stand er da hinter dem Lehrerpult, glotzte das Bild an und versuchte, so gut es ging zu lächeln.

»Ich wollte mich nur für die schöne Zeit bedanken«, sagte Ewa Kaludis. »Es hat Spaß gemacht, euch zu unterrichten. Ich hoffe, ihr habt schöne Sommerferien.«

Mit dem Abstand von Lichtjahren war das das Geistreichste, was ich in meinem ganzen vierzehnjährigen Leben gehört hatte. Sie knickte die Hüften ein, verließ das Zimmer, und eine eiskalte Hand ergriff mein Herz.

Verdammte Scheiße, dachte ich. Soll sie mich wirklich auf diese Art und Weise verlassen?

Der Augenblick war vollkommen lähmend. Ich saß in meiner Bank und begriff plötzlich, was es hieß, etwas zu verlieren, was unentbehrlich ist. Wie man sich wohl fühlte, fünf Sekunden, bevor man vor den Zug sprang.

Aber es fuhr kein Zug durchs Klassenzimmer, zum Glück.

»Was ist denn mit dir los?«, fragte Benny, als wir hinaus in den Sonnenschein auf dem Schulhof traten. »Du siehst verflucht noch mal total k.o.-geschlagen aus. Wie Henry Cooper in der zwölften Runde.«

»Ach«, wehrte ich ab. »Was mit dem Magen. Wann fährst du?«

»In zwei Stunden«, sagte Benny. »Dann bin ich morgen Nachmittag da. Ist ein verdammt langes Stück bis Malmberg. Ich hoffe, das mit deiner Mutter geht klar.«

»Bestimmt«, nickte ich.

»Ich muss noch zu Blidbergs und ein Bonanzahemd kaufen«, sagte Benny. »Und so einen blöden roten Schlips auch, ich muss schließlich meinen Cousinen imponieren. Tschüss dann. Wir sehen uns im Herbst.«

»Ja, tschüss«, sagte ich. »Grüß die doofen Lappen und die Mücken.«

»Wird gemacht«, nickte Benny. »Und schreib mir, wenn es ein schwerer Sommer wird.«

* * *

Henry, mein Bruder, war schon vorgefahren und hatte sich bereits in Genezareth eingerichtet. Mein Vater ging davon aus, dass auch Emmy Kaskel dort war, aber ich wusste es besser. Es war geplant, dass Edmund und ich am Sonntag die fünfundzwanzig Kilometer mit dem Rad hinfahren sollten. Henry hätte uns natürlich abholen können, aber wir brauchten da draußen auch unsere Räder, das war ja klar. Es gab reichlich interessante

Ecken in den Wäldern rund um den Möckeln, und wir ohne Drahtesel, das wäre genauso problematisch wie ein Cowboy ohne Pferd, da waren Edmund und ich einer Meinung.

Am Samstagabend fuhren mein Vater und ich wieder ins Krankenhaus, ich in den guten Kleidern vom Schulabschluss, Vater in Hose, Hemd und Schlips. Er trug nie einen Schlips, wenn er Schließer war oder zu Hause, aber sobald er ins Krankenhaus wollte, fühlte er sich gezwungen, sich gut anzuziehen. Obwohl er doch fast jeden Tag mit dem Bus dorthin fuhr. Ich überlegte, woran das wohl lag, hatte ihn aber nie fragen wollen. Und das tat ich auch an dem Tag nicht.

Meine Mutter lag im selben Bett, im selben Zimmer und sah ganz unverändert aus. Nur ihr Haar war frisch gewaschen und wirkte etwas besser, wie ich fand; fast wie eine Art Heiligenschein auf dem Kopfkissen.

Wir hatten eine Tüte Weintrauben mitgebracht und eine Tafel Schokolade, aber als wir sie nach einer Stunde verlassen wollten, steckte sie mir die Schokolade zu.

»Nimm du sie, Erik«, sagte sie. »Du musst dir ein bisschen was anfuttern.«

Ich wollte sie nicht haben, nahm sie aber dennoch.

»Ich hoffe, ihr werdet in Genezareth eine schöne Zeit haben«, sagte meine Mutter.

»Ganz bestimmt«, sagte ich. »Pass auf dich auf.«

»Grüße Henry und Emmy«, sagte sie.

»Wird gemacht«, sagte ich.

Im Bus auf der Heimfahrt erzählte mir Vater alles Mögliche, was wir in Genezareth machen dürften und was nicht. Woran wir denken sollten und was wir auf keinen Fall vergessen dürften. Die Gasflasche und so. Er hatte einen Zettel in der Hand, den er vor mir verbergen wollte, und ich begriff, dass meine Mutter das alles aufgeschrieben und ihm gegeben hatte, während ich im Krankenhaus auf der Toilette war. Ich konnte seiner Stimme anhören, dass es ihn selbst eigentlich herzlich wenig interessierte. Er vertraute da voll und ganz auf Henry und Emmy. Er leierte die Ermahnungen nur aus Pflichtbewusstsein und Mitleid für meine Mutter herunter. Er tat mir Leid.

Ich glaube sogar, dass er auch mir vertraute.

»Vielleicht schaue ich ja mal bei euch vorbei«, sagte er. »Und ihr kommt sicher auch ab und zu mal in die Stadt?«

Ich nickte. Wusste, dass auch das in erster Linie nur Sprüche waren. Was man halt so sagt, damit man ein besseres Gefühl hat.

»Aber ich muss noch drei Wochen arbeiten. Und an den Wochenenden will ich ja sie besuchen.«

Ich fand, es klang etwas künstlich, dass er »sie« sagte statt »Ellen« oder »deine Mutter«, wie er es sonst tat.

»Es kommt, wie es kommt«, sagte ich. »Wir kommen schon zurecht.«

Ich zog die Tafel Schokolade hervor – eine Taragona –, die meine Mutter hatte haben sollen, die sie mir jedoch zurückgegeben hatte. Streckte sie meinem Vater hin.

»Willst du?«, fragte ich.

Er schüttelte den Kopf.

»Nimm du nur. Ich habe keinen Hunger.«

Ich stopfte sie zurück in die Innentasche meiner Jacke. Dann saßen wir still nebeneinander, während wir durch Mosås und am Torfmoor vorbeifuhren, in dem Henry ein paar Sommer, bevor er zur See gefahren war, gearbeitet hatte; ich versuchte, mich an Ewa Kaludis' Gesicht zu erinnern, aber es gelang mir nicht besonders gut.

»Vielleicht könnt ihr ja das Boot ein bisschen teeren«, sagte mein Vater, als wir am Markt in die Stadt einbogen. »Wenn ihr Zeit habt. Das wäre nicht schlecht.«

»Machen wir«, nickte ich.

»Von dem Steg ist wohl nicht mehr viel übrig, oder?«

»Den werden wir auch reparieren.«

»Macht das, wenn ihr Zeit habt«, sagte mein Vater und versteckte den Zettel, den er von meiner Mutter bekommen hatte. »Und dann macht es euch so schön wie möglich.«

»Es ist immer schwer, etwas über die Zukunft zu sagen«, erklärte ich.

»Man muss nur mit beiden Beinen auf dem Boden bleiben«, sagte mein Vater.

Als wir in der Mossbanegatan aus dem Bus gestiegen waren, warf ich die Taragona in den Papierkorb, der an der Haltestelle hing. Den ganzen Weg über nach Hause zur Idrottsgatan bereute ich es, aber trotzdem ging ich nicht zurück, um sie wieder rauszuholen.

»A man's gotta do what a man's gotta do«, dachte ich.

* * *

Als Edmund und ich uns am Sonntag auf den Weg machten, war es abwechselnd sonnig und bewölkt. Mit leichtem Gegenwind. Als wir durch Hallsberg strampelten, kam ein Regenschauer, deshalb kehrten wir in Lampas Konditorei hinter dem Bahnhof ein und tranken jeder eine Limonade und aßen eine Semmel. Edmund stopfte eine Krone in die Jukebox. Während wir dasaßen, unsere Limonade tranken und in den Regen starrten, hörten wir dreimal hintereinander *Cotton Fields*. Edmund behauptete, es gäbe keine andere Platte in dem Kasten, die es wert wäre, sich anzuhören, und ich glaubte ihm unbesehen.

Cotton Fields war sowieso eine saustarke Platte.

Ich hatte Edmund vor dem Klevabuckel gewarnt, aber das hatte ihn nur noch mehr herausgefordert.

»Ich nehme ihn in einem Schwung«, behauptete er. »Darauf wette ich fünfzig Öre.«

»Du kriegst 'ne Krone«, sagte ich, denn ich wusste, wovon wir redeten. »Ohne Rennrad ist der ganze Kleva nicht zu schaffen.«

Edmund und ich, wir hatten beide alte Räder ohne andere Finessen als den Gepäckträger und eine Klingel. Keine Stange. Keine Gänge. Keine Handbremse. Edmunds war jedenfalls ein Crescent. Meine hellgrüne Gurke hieß Ferm und war nichts, mit dem man sich brüsten konnte.

»Ich will einen ehrlichen Versuch machen«, verkündete Edmund feierlich, als wir näher herankamen und die Steigung vor uns sahen. »Keine weiteren Fragen.«

Er schaffte es fast bis zur Hälfte. Danach mussten wir

eine Viertelstunde am Wegrand sitzen, bis Edmunds Beine ihm wieder gehorchen wollten. Als ich bei ihm angekommen war, war er ganz bleich im Gesicht, und kleine Speichelbläschen hingen ihm in den Mundwinkeln. Er lag mit zitternden Beinen am Grabenrand, das Rad neben sich.

»Unglaublicher Buckel«, stöhnte er. »Als wir in Sveg wohnten, gab es da einen richtigen Teufelsberg, aber der hier ist ja tausendmal schlimmer. Ich hab da hinten etwas gekotzt, setz dich nicht rein.«

Er zeigte auf die Stelle, und ich legte mich in sicherem Abstand hin. Faltete die Hände hinter dem Kopf und blinzelte in den Himmel und zu den Wolken hinauf, die sich mal zusammenballten, mal wieder auseinander faserten. Edmund schnaufte immer noch und hatte anscheinend Schwierigkeiten, etwas hervorzubringen, deshalb lagen wir einfach ein paar Minuten so da und versuchten irgendwie, wieder zu uns selbst zu finden.

Da fanden wir uns also am Straßenrand wieder, auf halben Weg den Klevabuckel hinauf. An einem Sonntag im Juni 1962.

Mir kam der Gedanke, dass es unmöglich gewesen wäre, einfach so still nebeneinander zu liegen, wenn Benny statt Edmund bei mir gewesen wäre. Dann hätten wir auf jeden Fall reichlich geflucht und geschimpft, aber mit Edmund zusammen konnte ich ganz still sein, ohne dass es mir irgendwie sonderbar erschienen wäre.

Damals nicht und auch später bei anderen Gelegenheiten nicht – wenn er vor Milchsäureschock nicht gerade kurz vor der Ohnmacht war. Man konnte miteinander reden oder auch nicht reden, so einfach war das. Ich dachte eine Weile darüber nach, aber ich konnte nicht sagen, was der Grund dafür war, ob es daran lag, dass seine Mutter Alkoholikerin war, oder daran, dass er so lange im Norden gelebt hatte. Aber es war ja auch egal. Die Hauptsache war doch, dass es so war. Ich fand, Edmunds Ruhe war eine äußerst vorteilhafte Eigenschaft, und ich beschloss, ihm das zu sagen, wenn ich ihn erst einmal etwas besser kennen gelernt hätte. In ein paar Tagen oder so.

Henry hatte sechzehn Dosen Ulla-Bellas Fleischklöße in brauner Soße zum reinsten Schleuderpreis bei Laxmans erstehen können – bei dem Supermarkt in Åsbro, dem Ort, der nur ein paar Kilometer von Genezareth entfernt war –, und am ersten Abend aßen wir zwei davon.

Zusammen mit Pellkartoffeln und Preiselbeeren, die Henry aus der Stadt mitgebracht hatte. Und Milch oder Apfelsaft, ganz nach Belieben.

Es schmeckte gar nicht so schlecht. Hinterher übernahmen Edmund und ich den Abwasch, während Henry sich mit Kaffee und Zigaretten draußen in einen der Liegestühle setzte. Er hatte einen Schreibblock auf den Knien, in den er ab und zu ein paar Zeilen schrieb, wobei es aussah, als nickte er sich selbst bestätigend zu.

Später am Abend hackte er am Schreibtisch in seinem Zimmer auf die Facit ein. Mir war klar, dass es sich dabei um das Buch handelte, das er zur Welt bringen wollte. Das über das Leben. The real thing.

Und ich begriff, dass es bei uns jetzt die nächste Zeit so ablaufen würde.

Ulla-Bellas Fleischklöße mit Kartoffeln und Preiselbeeren.

Henry und der existenzielle Roman.

Edmund und ich beim Abwasch.

»Verdammte Scheiße, geht es uns gut«, stellte Edmund fest, als wir fast fertig waren. Er klang beinahe gerührt, und ich musste ihm zustimmen.

»Es könnte schlimmer sein«, sagte ich.

* * *

Aber Henry hatte natürlich schon ein Stück weiter gedacht.

Dass er im Schlafzimmer im Erdgeschoss und Edmund und ich oben schliefen, war nur selbstverständlich. Darüber brauchte kein Wort gewechselt zu werden.

Wie auch darüber, dass die Küche und das Wohnzimmer uns allen dreien zur Verfügung stehen würden.

»Mit einer Ausnahme«, warf Henry ein.

»Was für eine Ausnahme?«, fragte ich.

»Mit der Ausnahme, falls ich mal eines Abends ein Mädchen mitbringe. Dann macht ihr um das Erdgeschoss einen riesengroßen Bogen.«

»Genehmigt«, sagte ich.

»Gentlemen's agreement«, sagte Edmund.

»Einen Tag macht ihr das Essen, am anderen ich. Natürlich nur das Mittagessen, aber keine Pupsportionen. Ebenso läuft es mit dem Abwaschen. Okay?«

»Okay«, stimmten wir zu.

»Wir kaufen bei Laxmans ein. Ich fahre mit dem Killer

hin, aber wenn ihr wollt, könnt ihr auch das Rad oder das Boot nehmen.«

Wir nickten. No problem.

»Die Scheißtonne«, sagte Henry dann.

»Die Scheißtonne«, wiederholten wir seufzend.

»Je weniger wir scheißen, umso besser«, erklärte Henry. »Und keiner darf reinpissen, das ist eine verdammt blöde Angewohnheit. Wenn wir drauf achten, schaffen wir es mit einer Leerung alle zwei Wochen. Du weißt, wie das geht, Erik… ein Loch graben, hinschleppen und auskippen. Es gibt angenehmere Jobs. Okay?«

Erneut nickten wir ernsthaft.

»Das war alles«, schloss Henry. »Man muss sich ja nicht unnötig das Leben schwer machen. Es soll doch wie ein Schmetterling an einem Sommertag sein.«

Letzteres klang gut, wie ich fand. Ich dachte eine ganze Weile darüber nach.

Das Leben soll wie ein Schmetterling an einem Sommertag sein.

Da war es noch genau einen Monat hin bis zu dem SCHRECKLICHEN.

* * *

»Du, das mit deinen Zehen«, fragte ich, nachdem wir am ersten Abend ins Bett gegangen waren. »Wie ist das eigentlich?«

Unsere Betten standen an der einzigen Stelle, wo Platz für sie war. Jedes parallel zur Wand, die Dachschräge so dicht darüber, dass man sich nicht aufsetzen konnte. Ungefähr ein Meter war dazwischen, wo eine Kommode mit unseren Klamotten stand und außerdem jede Menge Hefte und Bücher. Edmund hatte Henry fünf Schuhkartons mit Zeitschriften und einen Kasten mit Büchern mitgegeben.

»Meine Zehen?«, fragte Edmund.

»Ich habe davon gehört«, erklärte ich.

»Ja, wirklich?« Edmund musste kichern. »Davon sieht man gar nichts mehr.«

Er streckte den linken Fuß heraus und wackelte mit den Zehen. »Wie viel siehst du?«

»Ich komm auf fünf«, antwortete ich. »Ziemlich hässliche.«

»Stimmt«, bestätigte Edmund. »Aber als ich noch sechs hatte, sah es noch hässlicher aus, deshalb haben sie einen weggemacht.«

»Wer?«, fragte ich.

»Die Ärzte, natürlich«, antwortete Edmund. »Wenn du dir den Zeigezeh, oder wie er nun heißt, genauer anguckst, dann ist da unten am Ansatz eine kleine Narbe zu sehen. Da saß der Extrazeh.«

Ich kniete mich auf den Boden und musterte Edmunds schmutzigen linken Fuß. Was er sagte, stimmte. Ganz tief im Winkel zum großen Zeh hin war eine kleine Schramme zu erkennen, dünn wie ein Bleistiftstrich und nicht länger als ein Zentimeter.

Ich nickte und kroch wieder in mein Bett.

»Danke«, sagte ich. »Ich wollte es nur mal wissen.«

»Ist schon in Ordnung«, erwiderte Edmund und zog seinen Fuß wieder unter die Bettdecke zurück. »Willst du den anderen auch sehen?«

»Ist nicht nötig«, wehrte ich ab. »Hat es wehgetan?«
»Was?«
»Als sie ihn weggemacht haben?«
»Weiß ich nicht«, sagte Edmund. »Ich habe geschlafen. Ich meine, ich hatte eine Betäubung. Aber hinterher tat es ein bisschen weh. Ich war ja damals erst sechs.«
Ich nickte.

Und dann wunderte ich mich, wie überhaupt jemand herausbekommen hatte, dass Edmund zwölf Zehen gehabt hatte, wo ihm der elfte und zwölfte doch schon vor so langer Zeit wegoperiert worden waren. Er wohnte doch erst seit einem Jahr in unserer Stadt.

Auf diese Frage gab es natürlich nur eine Antwort: Er musste es selbst erzählt haben.

Zuerst erschien mir das merkwürdig, aber je länger ich darüber nachdachte, um so unsicherer wurde ich in meinem Urteil.

Vielleicht hätte ich es auch einfach erzählt, wenn ich zwölf Zehen gehabt hätte. Vielleicht aber auch nicht.

Eine eindeutige Antwort konnte ich darauf nicht geben, und das irritierte mich ziemlich, ich weiß gar nicht, warum.

* * *

Wie in fast allen kommenden Nächten schliefen wir zum Klappern von Henrys Schreibmaschine und zur Musik von Henrys Tonbandgerät ein.

Elvis. The Shadows.
Buddy Holly, Little Richard, The Drifters.
Und zu dem leisen Kratzen eines Baumzweigs gegen

das Fenster, wenn der Wind vom See her durch den Wald strich.

Das klang schön.

Fast ein wenig zu schön, aber dabei zählte ich nur das mit, was ich wirklich dabeihaben wollte. Was nah und erreichbar war, wenn man abends einschlief und wenn man am nächsten Morgen erwachte.

6

An den ersten Tagen erkundeten wir die Gegend.
Zu Wasser und zu Land. Möckeln hatte einen Durchmesser von ungefähr vier Kilometern, das konnte man sich auf der Karte ausrechnen. Beim Rudern erschienen diese Entfernungsangaben ziemlich sinnlos. Es dauerte eine Weile, dann war man da, ganz gleich, wo man hin wollte, das Wichtigste war, dass man seine Kräfte einteilte, damit man nicht plötzlich mit vollkommen erschöpften Armen dasaß. Man brauchte sich ja nie zu beeilen, weil es doch Sommer war, unter keinen Umständen. Die Zeit lag wie ein Meer vor uns, das tausendmal größer war als der Möckeln, man konnte sich nach Lust und Laune daraus bedienen.

Auf dem Seeweg gab es eigentlich nur drei Ziele, die man ansteuern konnte. Fast mitten im See lag Tallön, eine karge kleine Felsinsel von ein paar Hundert Quadratmetern, auf die die Möwen gern schissen. Eigentlich bestand sie nicht aus viel mehr als aus der Vogelscheiße, Steinen und den zehn knorrigen Kiefern, die wie in einem Kreis mitten auf der Insel standen und ihr den Namen gegeben hatten. Den offiziellen Namen wohlgemerkt. Denn für Edmund und mich war der Name Scheißinsel – oder Möwenscheißinsel – viel geläufiger. Bei normalen Windverhältnissen dauerte es eine Ruderrunde, um dorthin zu kommen; mit einer Ruderrunde war ungefähr so lange gemeint, wie wir es aushielten, ohne einander abzuwechseln.

Ungefähr ebenso lange dauerte es, nach Fläskhällen zu kommen, einer kleinen Badestelle mit Café und zwanzig Meter Sandstrand am nördlichen Ende des Sees. Von Genezareth aus konnte man dorthin auch auf dem Kiesweg durch den Wald fahren, und mit dem Fahrrad ging es natürlich erheblich schneller als mit dem Boot.

Das dritte mögliche Ziel einer Bootsfahrt war Laxmans Geschäft in Åsbro. Dafür musste man einen halben Nachmittag einplanen, besonders, wenn man einkaufen wollte, und das war ja eigentlich der Sinn des Ganzen. Wenn man Glück hatte, stand Britt hinterm Tresen. Sie hieß auch Laxman, war ungefähr so alt wie wir und hatte den Ruf, ein wenig leichtsinnig zu sein. Was das genau bedeutete, wusste ich nicht, auch nicht, wie sich das zeigte, aber sie hatte solch funkelnde Augen und einen großen Mund, und Edmund behauptete, er würde schon einen Steifen kriegen, wenn er nur an sie dachte.

Mir gefiel es nicht, wenn Edmund in einer derart unverblümten Art von seinen Gefühlen sprach. Auch wenn ich mir problemlos eingestehen konnte, dass ich durch das ein oder andere eine Erektion bekam, so war das doch eine Privatsache. Und nichts, über das man lautstark Reden hielt, was Edmund mit der Zeit dann auch verstand. Derartige, etwas verzwickte und peinliche Dinge, begriff er gut, der Edmund.

Wie dem auch sei, es machte Spaß, die Stunden zu nutzen, um zu Laxman zu rudern und sich dort mit Proviant zu versorgen, darin waren wir uns einig. Man glitt an dem Gelände mit den Ferienhäusern und den Stegen vorbei, hielt verstohlen nach Mädchen in dem richtigen Alter Ausschau, auch wenn es fast nie welche gab, und dann ging es weiter den Mörkå hinauf. Das war ein schönes Flüsschen, das Schilf stand so hoch und dicht, dass die Schiffsrinne an einigen Stellen nur noch einen Meter breit war. Es war unbestreitbar von Vorteil, wenn man in diesen engen, grünschimmernden Passagen keinem Motorboot begegnete – und diese Flussfahrten hatten zweifellos eine gewisse Ähnlichkeit mit dem langsamen und zielbewussten Eindringen in den Sumpfdschungel des Amazonas, da waren Edmund und ich einer Meinung.

Es vergingen nur wenige Tage, und dann vereinbarten wir mit Henry, dass wir die Sache mit dem Proviant ganz und gar übernahmen, und zwar den ganzen Sommer über. Bis dann das, was geschah, eine Tatsache war, machten wir jeden zweiten oder dritten Tag die Mörkåtour, Edmund und ich. Wir wechselten uns mit dem Rudern ab; der, der gerade nicht an den Riemen war, lag meistens vorn im Boot halb auf dem Bauch und hielt Ausschau, auf die Strände und ins schlammige Wasser, alle Sinne aufs Äußerste gespannt, um auch ja nicht das erste Zeichen eines herannahenden Krokodils zu verpassen.

Oder einer Wasserschlange. Oder eines Indianers.

* * *

Oder er dachte an Britt Laxman.

»*Das Blockhaus am Lingkingfluss*«, sagte Edmund an einem dieser ersten Tage. »Hast du das gelesen?«

»Nein«, sagte ich. »Ich glaube nicht.«

»Verdammt gutes Buch. Das hier erinnert mich dran. Es spielt auch an einem Hochsommertag, Erik. Verflucht noch mal, ich hoffe, es geht nie zu Ende.«

»Natürlich tut's das nicht«, erklärte ich. »Wirf mir mal einen Lakritzstreifen rüber.«

»Ay, ay, Käpt'n«, erwiderte Edmund. »Übrigens, was meinst du: Ob Fräulein Laxman vielleicht eines schönen Tages mal Lust auf eine Bootsfahrt hätte?«

»Weißer Mann reden mit gespaltener Zunge«, sagte ich. »Die Laxmans sind verdammt gläubig. Sie ist todsicher hinter dem Tresen festgekettet.«

»Hm«, meinte Edmund. »Dann müssen wir nächstes Mal Schusswaffen und eine Metallsäge mitnehmen. Ich kann ihr doch ansehen, dass sie zu allem bereit ist, was ein junger Mann sich so wünscht.«

»Kommt Zeit, kommt Rat«, erklärte ich. Das war ein Zeichen, dass ich das Thema wechseln wollte, und ganz richtig verfolgte Edmund diese Spur nicht länger. Wie gesagt, er war sehr aufmerksam, der Edmund. Außergewöhnlich aufmerksam.

* * *

Zwischen Genezareth und dem Ferienhausgebiet Sjölycke gab es, wie wir es nannten, zwei richtige Häuser.

Das Erste, das uns am nächsten lag, war eine rote Bruchbude direkt am Seeufer, umwachsen von Schilf und Erlen, Himbeersträuchern und Brennnesseln.

Und unzüchtigem Laubwald, wie mein Vater immer mit einem wissenden Lächeln behauptete, dessen tiefere Ursache ich jedoch nie verstand.

Wenn das Haus bewohnt war, dann lebten darin irgendwelche Mitglieder der Familie Lundin, aber oft stand es auch leer, da die männlichen Lundins häufiger für das ein oder andere im Kittchen brummten, während die weiblichen Lundins Huren, Nackttänzerinnen oder Puffmütter waren und es vorzogen, sich mehr in städtischen Gefilden aufzuhalten.

Der berüchtigtste Lundin war ein gewisser Evert, der bereits in jungen Jahren einen Polizisten mit einem Messerstich von hinten fast umgebracht hätte und auf dessen Konto danach Bankraub, Brandstiftung und mehrere Körperverletzungen gingen. Soweit ich hatte erforschen können, verprügelte er am liebsten zart besaitete Frauen, aber wenn solche nicht zu kriegen waren, dann maß er auch gern seine Kräfte mit Rentnern oder Kindern. Es hieß, er wäre Analphabet und hätte trotz emsigen Trainings nie gelernt, links und rechts zu unterscheiden, aber über die Familie Lundin wurde sowieso immer viel geredet.

Man kann sagen, dass wir den Parkplatz mit den Lundins teilten, denn weder zu deren Haus noch zu unserem Genezareth konnte man mit einem Fahrzeug gelangen.

Stattdessen gab es oben an der Straße eine kleine Lichtung, wo man Autos, Fahrräder und Mopeds parken konnte. Dann musste man die letzten hundert Meter einen holprigen Pfad entlanggehen. Im Falle der Lundins hundertfünfzig Meter. In die entgegengesetzte Richtung natürlich. Der Genezarethweg und der Lundinweg unterschieden sich gewaltig.

Wie der breite und der schmale Weg in der Bibel, so hatte meine Mutter es mir einmal erklärt.

Obwohl der Lundinweg holprig und eng war, weshalb es eigentlich nicht ein so ganz passender Vergleich war.

Das andere so genannte Haus war eine alte Soldatenkate, die in einer Biegung hinter dem sich schlängelnden Kiesweg durch den Wald lag, ein gutes Stück vom See entfernt. Hier wohnten die Levis, ein altes jüdisches Ehepaar, das Treblinka überlebt hatte und das mit keinen anderen Menschen verkehrte. Sie kauften einmal in der Woche bei Laxmans ein, wobei sie dorthin beide auf einem alten Tandem mit Anhänger fuhren, den sie mit den Vorräten für die kommende Siebentageperiode füllten.

Zu der damaligen Zeit wusste ich nicht genau, was es hieß, dass sie Treblinka überlebt hatten, eigentlich nur, dass es etwas so Schreckliches war, dass man nicht darüber sprach.

Mein Vater nicht, meine Mutter nicht und auch sonst niemand. Man konnte fast den Eindruck gewinnen, dass es besser gewesen wäre, wenn sie in Treblinka gestorben wären. Wenn ich auf dem Rad an der friedlichen Kate im Wald vorbeifuhr, dachte ich immer, dass die Welt wohl so aussah. Sie war so schlimm, dass man gar nicht versuchen sollte, gewisse Sachen zu verstehen. Besser war es, sie in Ruhe zu lassen; und die Worte, die man dafür benutzte, sollten am liebsten wie Pflaster wirken, die die Wunden unsichtbar machten und sie zum Schweigen brachten.

Die Welt, sowohl das Gute in ihr als auch das Schlechte, das sie beherbergte, war um ein Unendliches größer als das, was wir benennen konnten, das hatte ich verstanden, und es war eine Tatsache, die mich sonderbar ruhig und zugleich erschrocken werden ließ.

Ich weiß nicht, warum.

* * *

»Was hat deine Mutter eigentlich?«, fragte Edmund eines Nachmittags, als wir nach Fläskhällen geradelt waren, um uns ein Eis zu kaufen. Wir saßen an dem grauen Tisch aus Knüppelholz gegenüber vom Sandstrand, der vollkommen menschenleer war, da es ein bewölkter Tag war. Ich knabberte von meinem Nusseis ringsherum die Schokolade ab, bevor ich antwortete.

»Krebs«, sagte ich dann.

»Aha«, sagte Edmund, als hätte er verstanden. Ich glaubte nicht, dass er das Wort verstand. Krebs war auch eines dieser Worte. Wie Treblinka. Wie Tod. Wie Bumsen.

Ich wollte nicht drüber reden. Liebe?, überlegte ich im Stillen. Gehörte das auch dazu?

Und während wir still dasaßen, unser Eis leckten und die Einritzungen auf dem Tisch betrachteten – alle die

Herzen und all die Mösen und Schwänze und Bengt-Göran am 22/7/1958 – da dachte ich den ganzen Vers.

Krebs-Treblinka-Liebe-Bumsen-Tod.

Mir war klar, dass es das alles auf der Welt gab. Es gab es, es gab es, und später, den ganzen Sommer über, tauchte diese Litanei immer wieder in meinem Kopf auf, genau diese fünf Worte, wie ein sinnloses Gebrabbel. Nein, vielleicht doch nicht so sinnlos, eher wie eine Art Schuss auf etwas, das ich begriff, aber nicht begreifen wollte, glaube ich.

Etwas fast Peinliches, für das sich die ganze Welt – nicht nur ich – schämte. Pflastersprache.

Natürlich ganz besonders, wenn wir bei Levis vorbeifuhren.

Krebs-Treblinka-Liebe-Bumsen-Tod.

Ich brauchte sie, diese Worte. Manchmal überlegte ich, ob sie wohl ein Zeichen dafür waren, dass ich langsam wahnsinnig wurde.

* * *

»Dein Bruder Henry«, sagte Edmund an einem anderen Nachmittag. »Was schreibt der eigentlich?«

»Ein Buch«, erklärte ich.

»Ein Buch?«, wiederholte Edmund. »So eins wie *Rex Milligan immer dabei*?«

Das gehörte zu seiner mitgebrachten Büchersammlung. Wir beide hatten es schon ein paar Mal gelesen, und ich gab ihm dahingehend Recht, dass es wirklich große Superklasse war. *Rex Milligan immer dabei* von Anthony Buckeridge.

»Nein«, entgegnete ich. »Ich glaube, es ist was anderes. Irgendwas Ernstes.«

Edmund runzelte die Stirn und nahm seine Brille ab. Er hatte sie für den Sommer neu bekommen, und sie war noch immer heil, obwohl schon fast eine Woche der Ferien vergangen war.

»Es ist nicht schlecht, ernst zu sein«, erklärte er. »Ich glaube, es ginge uns allen auf der Welt besser, wenn die Leute etwas ernsthafter wären.«

Ich hatte noch nie jemanden in unserem Alter so etwas sagen hören, noch nicht einmal eines dieser Mädchen in der Klasse, die immer ihre Hand hochstrecken mussten, aber als ich darüber nachdachte, freute ich mich richtig.

»Ich auch«, sagte ich.

Gleichzeitig war es auch etwas beunruhigend.

»Aber er darf nicht zu weit führen, der Ernst«, meinte Edmund nach einer Weile. »Sonst kann man sozusagen darin hängen bleiben.«

»Wie in einem Sumpf«, sagte ich.

»Genau wie in einem Sumpf«, bestätigte Edmund.

Dann redeten wir nicht weiter über die Sache.

* * *

Während der ersten Woche draußen in Genezareth war das Wetter gemischt, aber meistens schön. An dem Tag, an dem wir zur Möwenscheißinsel ruderten und nur Zwei-Wort-Sätze wechselten, war es brütend heiß, und wir badeten vom Boot aus und auf der Insel.

»Unerträglich heiß«, sagte Edmund.

»Deiner Meinung«, sagte ich.

»Vielleicht rudern?«, fragte Edmund.

»Danke, ja«, antwortete ich.

»Will baden«, sagte Edmund.

»Ich später«, sagte ich.

Die Regeln waren einfach. Jede Äußerung musste zwei Worte enthalten, nicht mehr, nicht weniger. Wir mussten immer abwechselnd sprechen, einmal Edmund, dann ich. Wenn jemand den anderen zwingen wollte, zu schweigen, musste er nur den Mund halten.

»Wasser erfrischt«, sagte ich.

»Jedenfalls Füße«, stimmte Edmund zu.

Wir hatten uns in einer Felsspalte mit der richtigen Neigung zum Anlehnen niedergelassen. Die Beine im Wasser. Den Proviantbeutel in Reichweite. Das Kofferradio eingeschaltet. Dion war am Singen, daran erinnere ich mich noch. Und Lill-Babs mit Klas-Göran.

»Beine auch«, korrigierte ich ihn.

»Erfrischt Beine«, nickte Edmund.

»Ganz genau.«

»Ein Butterbrot?«, fragte Edmund.

»Noch nicht.«

»Vielleicht durstig?«

»Oh ja.«

»Prost, Bruder.«

»Selber Prost.«

»Schönes Leben.«

»Ja, klar.«

»Ein Wort!«

»Zwei Worte!«

»Ja … klar?«

»Ja, natürlich.«

»Nicht jaklar?«

Ich war an der Reihe, und um zu zeigen, dass ich diese Haarspalterei leid war, schwieg ich. Nach einer Weile fing Edmund an, übertrieben künstlich zu husten, ich wollte gerade sagen: »Sei still!«, konnte mich aber gerade noch zurückhalten. Stattdessen saß ich lange da, in der Sonne, hatte die Augen geschlossen und kontrollierte das Schweigen zwischen uns.

Es war, als hätte man Macht über etwas, über das man sonst eigentlich keine Macht hatte. Worte. Die Sprache.

Gleichzeitig war es ein komisches Gefühl. Wie es schnell entsteht, wenn man über eine Sache ein wenig zu lange nachdenkt.

* * *

»Dein Vater?«, fragte ich, ohne die Augen zu öffnen.

»Mein Vater?«, wiederholte Edmund.

»Hat Zeitschriften?«, fragte ich weiter.

»Nix verstehen«, sagte Edmund.

»Besondere Zeitschriften«, erklärte ich.

Edmund seufzte.

»Besondere Zeitschriften«, sagte er mit müder Stimme.

Ich dachte nach.

»Entschuldige bitte«, sagte ich.

Edmund reckte einen Fuß hoch und spreizte die Zehen, sodass die rosa Narbe ungewöhnlich gut zu sehen war.

»Keine Ursache«, sagte er.
»Magen knurrt«, sagte ich.
»Meiner auch«, nickte Edmund.

* * *

Am Samstagmorgen kam Henry zu uns hoch und weckte uns.

»Ich fahre in die Stadt«, sagte er. »Ihr kommt doch allein klar, nicht wahr? Zum Mittag gibt es noch Würstchen und Kartoffelpüree. Wahrscheinlich wird es später werden, ihr müsst heute allein zurechtkommen.«

»Was hast du denn vor?«, fragte ich.

Henry zuckte mit den Schultern und zündete sich eine Lucky an.

»Hab einiges zu erledigen. Übrigens ...«

»Ja?«

»Wolltet ihr nicht heute Abend in den Lackapark?«

»Möglich«, sagte ich. »Warum?«

Henry rauchte eine Weile und schien nachzudenken.

»Wir brauchen ein Zeichen«, sagte er.

»Ein Zeichen?«, fragte Edmund.

Es war ungewöhnlich, dass Edmund sich einmischte, wenn Henry und ich miteinander sprachen, und Henry betrachtete ihn mit gespielter Verwunderung.

»Falls ich eine Braut mitbringe«, sagte er.

»Ach so«, sagte ich.

»Na, klar«, sagte Edmund.

»Hört mal her«, fuhr Henry fort, nachdem er noch zwei Züge von seiner Lucky genommen hatte. »Wenn um die Fahnenstange ein Schlips gebunden ist, dann bedeutet das, dass ihr direkt hochgeht und euch schlafen legt, falls ihr später als ich nach Hause kommt. Okay?«

Edmund und ich nickten einander zu.

»Geht klar«, sagte Edmund. »Ein Schlips am Fahnenmast.«

»Dann ist es ja gut«, sagte Henry und verschwand.

Zurück blieb eine Spur von Rauch und Verwunderung im Zimmer. Wir blieben noch eine Weile liegen und warteten, dass es sich legen würde. Dann hörten wir, wie Henry unten die Tür zuschlug und sich auf den Weg machte.

»Dein Bruder mag mich nicht«, sagte Edmund nach ein paar Minuten.

Ich überlegte, was ich darauf antworten sollte.

»Natürlich mag er dich«, sagte ich schließlich. »Warum sollte er nicht?«

»Es macht nichts«, wiegelte Edmund ab. »Du brauchst nicht zu tun, als wenn nichts wäre.«

Krebs-Treblinka-Liebe-Bumsen-Tod, dachte ich. Warum sollte ich so tun, als ob?

»Keine Ahnung, wovon du redest«, sagte ich und ging hinaus aufs Klo.

7

An unserem ersten Samstag blieben wir vormittags eine Stunde unten an den Sjölyckestegen, aber dort trieben sich nur Erwachsene und Kleinkinder herum, die ins Wasser pissten, deshalb ruderten wir gegen zwölf Uhr lieber zur Scheißinsel.

Ich hatte aus Henrys diversen geöffneten Zigarettenschachteln sechs Lucky Strike gemopst, und so lagen wir dort zwischen dem Vogeldreck, tranken Apfelsaft und rauchten, während wir die Sendung für die Autofahrer und die Sommerhitparade hörten. Das Wetter war genauso schön und heiß wie an den vorangegangenen Tagen, und Edmunds Haut auf dem Rücken begann sich bereits zu schälen. Wir spielten eine Weile Zwei-Wort-Sätze, wurden dessen aber bald überdrüssig, und eigentlich redeten wir überhaupt nicht viel miteinander.

Wie schon gesagt war es kein Problem, mit Edmund zu schweigen. Wir lagen da und pafften, teilten eine Zigarette nach der anderen und warfen uns die leeren Apfelsaftflaschen zu. Mir fiel auf, dass wir uns fast wie ein altes Paar verhielten, das sein ganzes Leben lang zusammen verbracht hat und keinen Grund mehr sieht, sich etwas zu sagen.

Zumindest keinen besonderen Grund.

Das war genau betrachtet ein ganz schönes Gefühl.

* * *

»Denkst du eigentlich öfter über dein Leben nach?«, fragte Edmund plötzlich, als wir mehrere Minuten lang schweigend nebeneinander gelegen und *Young World* zugehört hatten. Einfach die Augen geschlossen, die Musik genossen und die Wellen an die Unterschenkel schwappen gespürt. *Young World* war fraglos erste Sahne, fast zu vergleichen mit *Cotton Fields*, der Meinung waren wir beide.

»Über mein Leben?«, fragte ich. »Wie meinst du das?«

»Nun ja, wie es nun mal so ist«, meinte Edmund. »Zum Beispiel, wenn man es mit dem anderer vergleicht.«

»Nein«, erklärte ich. »Darüber denke ich nicht nach.«

»Oder ob es irgendwie auch anders sein könnte«, fuhr Edmund fort.

Ich überlegte eine Weile, dann sagte ich:

»Man hat ja nur ein Leben. Das, das man eben hat. Wozu sollte das gut sein, wenn man sich ein anderes herbeifantasiert?«

Edmund trank etwas Apfelsaft und kratzte sich auf dem Nasenrücken, was er fast immer tat, wenn er keine Brille aufhatte.

»Wenn man andere Eltern hätte, oder so.«

Ich ging nicht darauf ein.

»Wie geht's eigentlich deiner Mutter?«

»Sie hat Krebs«, sagte ich nach einer Weile. »Das ist nun mal so.«

»Wird sie dran sterben?«, fragte Edmund.

»Das weiß man nicht«, sagte ich.

»Wir und unsere Mütter«, lachte Edmund.

»Was meinst du damit?«, hakte ich nach.

»Irgendwie sind sie gleich«, sagte Edmund. »Deine hat Krebs und meine hat den Schnaps.«

»Sie sind ganz und gar nicht gleich«, widersprach ich. »Sie sind verdammt verschieden.«

Ich spürte, wie verunsichert ich war, und Edmund begriff das auch, denn als er weitersprach, klang seine Stimme anders: »Meine Mutter ist in diesem Sommer auf Entzug.«

Ich wusste nur vage, was das bedeutete.

»Entzug?«

»In Vissingsberg«, erklärte Edmund. »Den ganzen Sommer lang. Sie soll lernen, ohne Schnaps zu leben, das hat sie schon ein paar Mal versucht. Deshalb passt es ja so gut, dass ich mit dir hier rausfahren konnte. Wusstest du das nicht?«

»Nein«, sagte ich. »Und ich weiß auch nicht, was das für eine Rolle spielen soll. Wenn wir uns unterhalten wollen, finde ich, dann sollten wir über etwas anderes reden.«

»Okay«, sagte Edmund.

Mir war klar, dass er lieber weiter über seine Alkoholikermutter geredet hätte, aber ich hatte keine Lust dazu.

Stattdessen lagen wir einfach da und hörten weiter der Sommerhitparade zu. Rauchten die letzte Lucky auf, dann ruderten wir zurück nach Genezareth, um Wurst mit Püree zu futtern und uns für den Abend herauszuputzen.

* * *

Wir rechneten uns aus, dass wir, wenn wir uns daheim in Genezareth den Magen vollschlugen, zumindest kein kostbares Geld für Würstchen im Lackapark ausgeben müssten. Also verdrückten wir ein ganzes Fünfzehnerpack an Würsten, Edmund aß acht, ich sieben. Sechs Portionen Kartoffelpüree. Hinterher war mir etwas übel, während Edmund behauptete, er sei in Topform. Wir nahmen von der Bootskante aus ein schnelles Bad – der Pontonsteg war damals noch nicht fertig, und vom Ufer aus ins Wasser zu gehen, war ziemlich modrig –, schmierten uns etwas Pomade ins Haar, zogen uns saubere Nylonhemden an und machten uns auf unseren Rädern auf den Weg durch den Wald.

Es waren nicht mehr als fünf Kilometer den Kiesweg entlang von Genezareth bis zum Lackapark, aber wir verfuhren uns ein paar Mal, und so brauchten wir eine Stunde, bis wir endlich da waren.

Der Frühsommerabend war wie alle Frühsommerabende zu dieser Zeit. Voller Versprechungen und voller Düfte. Flieder, Jasmin und Selbstgebrannter in ausgewogener Mischung. Zumindest um den Lackapark herum. Wir waren uns einig, dass es dumm wäre, drei Kronen für den Eintritt auszugeben, und stellten unsere

Räder deshalb ein Stück weiter im Wald ab. Schlossen sie sogar mit einer Kette zusammen, es wäre ja zu blöd, wenn so ein Besoffener sich ein Rad klauen würde und wir dann mitten in der Nacht zu Fuß nach Hause gehen müssten. Man konnte nie wissen.

* * *

Vor dem Eingang trafen wir Lasse Schiefmaul, seine Eltern hatten ein Ferienhaus in Sjölycke. Schiefmaul war etwas älter als wir, er hatte die Stavaschule schon vor ein paar Jahren beendet, und seinen Namen hatte er seinem deformierten Kopf zu verdanken. Es hatte den Anschein, als wäre die untere Hälfte seines Gesichts nicht vorhanden, und wenn er redete, sah es aus, als wollte er sich selbst was ins Ohr flüstern. Ich kannte ihn nicht besonders gut. Das tat eigentlich niemand; meistens blieb er für sich, ich weiß nicht, ob das nun an seinem Aussehen lag oder einen anderen Grund hatte.

»Der Blöd-Raffe steht am Eingang«, sagte er und sah besorgt und dadurch noch deformierter aus.

»Oh, Scheiße«, sagte ich.

Dass der Blöd-Raffe am Eingang stand, bedeutete, dass es ein Problem werden könnte, umsonst hineinzukommen. Zwar boten die morschen alten Holzlatten, die den Festplatz umgaben, hier und da gute Möglichkeiten, durchzuschlüpfen – besonders hinter der stinkenden so genannten Bedürfnisanstalt in der dunkelsten Ecke –, aber Blöd-Raffe war bekannt für seine Fähigkeit, die Besucher herauszufischen, die keinen Eintritt bezahlt hatten, schon allein dadurch, dass er ihnen einen scharfen Blick zuwarf. Und da das wahrscheinlich die einzige Fähigkeit war, die er besaß, benutzte er sie auch gern. Besonders wenn er einen schwächlichen Minderjährigen entdeckte, der keine gültige Eintrittskarte vorzuweisen hatte, zeigte er sich gern höhnisch und unerbittlich. Und ging mit harter Hand vor. Deshalb wurde er wohl so oft als Wache angeheuert. Ich glaube nicht einmal, dass er dafür etwas bezahlt bekam. Die Uniform genügte ihm schon. Wie auch immer, es hatte keinen Zweck, mit Blöd-Raffe diskutieren zu wollen, möglicherweise zu behaupten, man hätte bezahlt, aber die Eintrittskarte verloren, das war ungefähr genauso sinnlos, wie mit einem Polizisten zu streiten, wenn man ohne Licht am Fahrrad gefahren war.

»Wollt ihr etwas bezahlen?«, wollte Lasse Schiefmaul wissen.

Edmund und ich gruben in unseren Taschen und machten Kassensturz.

»Ich weiß nicht«, sagte ich. »Ist es voll?«

»Stinkvoll«, erklärte Lasse Schiefmaul. »Ach, Scheiße, ich riskiere es. Hab sowieso kein Geld.«

Edmund und ich entschieden uns für einen Kompromiss. Ich würde bezahlen, während Edmund sich Schiefmaul auf dem Weg hinters Pissoir anschloss. Blöd-Raffe hatte noch nicht richtig kapiert, wer Edmund war, da er ja neu hinzugezogen war, mich hingegen kannte er umso besser. Benny und ich waren erst vor weniger als einem Monat aus Tajkon Filipsons weltberühmtem Jahrmarkt auf dem Gelände von Hammarberg rausgeschmissen worden.

Die Rechnung ging auf, wie sich herausstellen sollte. Eine halbe Stunde später stieß Blöd-Raffe auf uns drei, als wir uns vor der Bude mit den Luftgewehren herumtrieben. Edmund zog sich diskret zurück, ich zeigte mit unterdrücktem Triumph meine gültige Eintrittskarte, und Lasse Schiefmaul wurde mit Donner und Doria rausgeschmissen.

»Du verfluchter Idiot, lass dich doch begraben!«, schrie er, sobald er in Sicherheit draußen auf der Straße war.

Blöd-Raffe grinste nur und schob sich mehr Kautabak rein. Er rollte mit seinen gelben Augen, zog seine Uniform zurecht und begab sich ins Menschengetümmel, um sogleich nach neuen Opfern zu suchen.

Die Pflicht rief.

* * *

Ich war schon vorher zweimal im Lackapark gewesen, beide Male im letzten Sommer. Eigentlich gab es da für uns nicht besonders viel zu tun, für Edmund und mich. Die Angebote zum Tanz, zum Knutschen und Saufen richteten sich in erster Linie an etwas ältere Kaliber als uns.

Aber wir nahmen trotzdem etwas mit. Das ein oder andere Interessante, das uns einen Einblick darin geben konnte, was das Leben uns in ein paar Jahren zu bieten haben würde.

Das Pokerzelt zum Beispiel, in das wir uns begaben, sobald Lasse Schiefmaul aus dem Spiel ausgeschieden war. In diesem verqualmten Wirtshaus drängten sich etwa zehn Talente aus der Umgebung, die das Profiteam Harry Diamond und seine Ehefrau Vicky Diamond herausfordern wollten, übrigens ein sehenswertes Paar. Ihre Sündhaftigkeit war so offenbar, dass es schon in den Hosen juckte, wenn man nur in die Nähe des Zelts kam.

Bei dem Spiel handelte es sich um eine Art Poker mit hohen Einsätzen. Harry spielte gegen drei oder vier gleichzeitig, und Vicky hielt die Bank. Sie behandelte das Kartenspiel, als wäre sie mit ihm in der Hand geboren worden, und es war unmöglich festzustellen, ob sie von oben oder von unten gab. Wenn es besonders kritisch war, beugte sie sich gern weit vor, sodass ihr ihre glänzend polierte Brust fast aus dem Ausschnitt fiel, und dann gab es niemanden mehr, der darauf achtete, was sie mit den Karten machte. Alle, die spielten, kannten diesen Trick, aber das nützte nichts. Trotzdem glotzten sie auf die Titten und wurden angeschmiert, so lief das nun einmal.

An diesem Abend sahen wir, wie Doppel-Anton, der ältere Bruder von Balthazar Lindblom, fünfzig Kronen in weniger als einer Viertelstunde verspielte, und wie ein fetter Eierhändler aus Hjortkvarn das Zelt mit der Drohung verließ, später zurückzukommen und Harry die Eier und Vicky die Titten abzuschneiden.

Nach dem Pokerzelt gingen wir zu den Spielautomaten. Es gab nur acht einarmige Banditen unter dem durchhängenden Planendach, aber es gelang uns, ziemlich schnell zwei Kronen loszuwerden, weshalb wir etwas trüben Gedanken nachhingen, als wir dieses Etablissement verließen und plötzlich Ewa Kaludis entdeckten.

Sie stand ganz allein zwischen dem Spielzelt und der Tanzfläche und rauchte eine Zigarette. Sie war ganz in Weiß gekleidet, die Handtasche, die ihr nachlässig über die Schulter hing, war auch weiß, und mir wurde schlagartig bewusst, warum sie dort mitten in dem Menschengemenge so allein stand.

Sie war ganz einfach zu schön. Wie eine Göttin oder wie eine Kim Novak. Man kann der Sonne nicht unbegrenzt entgegenfliegen, und das spürten alle, die sie an diesem Sommerabend sahen. Es war inzwischen an einigen Stellen des Parks schummrig geworden, besonders dort, wo die Lampen nicht hinreichten, und Ewa Kaludis stand an einer der dunkleren Stellen. Obwohl das gar keinen Zweck hatte, sie hatte so etwas wie einen Schein um sich herum – als wäre sie ein Engel oder mit einer dieser selbstleuchtenden Farben bemalt, die Spielzeug-Jonsson immer für seine Schneemänner im Schaufenster für die Weihnachtsdekoration im Dezember benutzte.

Wir blieben abrupt stehen, Edmund und ich.

»Oh«, sagte Edmund.

Ich sagte gar nichts. Kniff fest die Augen zusammen, nahm all meinen Mut zusammen und ging zu ihr hin. Das dauerte zwei Sekunden, die eine Ewigkeit lang währten, und als ich angekommen war, fühlte ich mich sehr viel älter.

»Hallo, Ewa«, sagte ich, viel mutiger als Oberst Darkin und Jurij Gagarin zusammen.

Sie sah auf.

»Na, so was«, sagte sie freudig überrascht. »Wie schön. Seid ihr auch hier?«

Leider ließ mich diese herzliche Begrüßung gänzlich verstummen, aber Edmund stand nur zwei Schritte hinter mir und kam mir zu Hilfe.

»Aber klar«, antwortete er. »Und Sie stehen hier ganz einsam und verlassen herum?«

Ich fühlte einen heftigen Stich voller Neid, dass nicht mir dieser Satz eingefallen war. Männlich beschützend und gleichzeitig etwas verwegen frech im Ton.

Sie lachte auf und zog an ihrer Zigarette.

»Ich warte auf meinen Verlobten«, sagte sie.

»Und wo ist der?«, fragte Edmund.

Sie gab keine Antwort. Zuckte nur kurz mit den Schultern, und im gleichen Augenblick tauchte Berra Albertsson zusammen mit Atle Eriksson, einem anderen Handballspieler, aus der Dunkelheit auf. Sie hatten einander die Arme um die Schultern gelegt, lachten über irgendetwas laut und künstlich. Es war ganz deutlich, dass sie nur hinter dem Zelt verschwunden waren, um zu pinkeln und sich einen zu genehmigen. Berra ließ Atle los und legte stattdessen seinen Arm um Ewa Kaludis. Dann bohrte er seinen Blick in uns.

»Was sind denn das hier für Spanferkel?«, fragte er.

Atle Eriksson lachte, dass eine Schnapsdunstwolke aus seinem Mund kam.

»Das sind Erik und Edmund«, erklärte Ewa Kaludis.

»Ich habe sie in der Stavaschule kennen gelernt. Das sind zwei nette Jungs.«

»Das will ich glauben«, erwiderte Kanonen-Berra und drückte sie noch fester an sich. »Aber jetzt lass uns verflucht noch mal endlich tanzen. Bis später, ihr Lausbuben!«

»Bis später«, sagten Edmund und ich wie aus einem Munde. Und dann verschwanden sie. Wir blieben eine Weile auf der Stelle stehen und schauten ihnen nach.

»Was für ein Arschloch«, sagte Edmund. »Ich begreife nicht, was sie an dem gut findet.«

»Ich auch nicht«, sagte ich. »Es ist nicht leicht zu verstehen, was Frauen denken.«

»Das ist so einer, dem man am liebsten eins in die Fresse hauen möchte«, fuhr Edmund fort.

»Genau«, bestätigte ich.

* * *

Wir trieben uns ein paar Stunden im Lackapark herum. Stellten fest, dass Britt Laxman offensichtlich an diesem Abend etwas anderes vorhatte und gaben unseren jämmerlichen Etat so langsam aus, wie es nur ging. Zuckerwatte. Ein Schokoladenrad. Eine Limonade und eine sauteure Waffel mit Schlagsahne und Himbeermarmelade.

Gerade als wir beschlossen hatten, uns auf den Rückweg nach Genezareth zu machen, wurden wir gewahr, dass wir nicht die Einzigen waren, die an diesem Abend Lust hatten, Kanonen-Berra Albertsson eins aufs Maul zu hauen.

Insgesamt hatte es schlecht mit Prügeleien ausgesehen, aber jetzt war es an der Zeit, es schien sozusagen in der Luft zu liegen. Edmund und ich waren gerade hinter der Tanzfläche gewesen und hatten gemeinsam die letzte der drei Lucky Strikes vernichtet, die ich von Henry geschnorrt hatte, als wir die ganze Bande sahen.

Die Banden, besser gesagt. Die Rivalen und ihre Sekundanten. Auf der einen Seite Kanonen-Berra, Atle Eriksson und zwei, drei nicht mehr ganz standfeste Handballer. Auf der anderen Seite ein überheblicher rotwangiger Kerl, den ich noch nie zuvor gesehen hatte. Er schien am ganzen Körper tätowiert zu sein und wirkte alles in allem brandgefährlich. Sowie sein Anhang: ein halbes Dutzend von ungefähr der gleichen Sorte.

»Ich bringe dich um, du verfluchter Handballaffe!«, nuschelte der Rotgesichtige und versuchte, sich von seinen Sekundanten loszureißen.

»Beruhige dich, Mulle«, bemühte sich einer von ihnen. »Du sollst diesem Negersack ja eins verpassen, aber erst mal müssen wir ein Stück weitergehen ... die Polizei, weißt du.«

Mulle nickte routiniert. Ich verstand das mit dem Negersack nicht so recht, zwar hatte Kanonen-Berra schwarze, ganz kurz geschnittene Haare, aber ein Neger war er deshalb noch lange nicht.

Er sagte nichts. Machte nur einen ruhigen, verkniffenen Eindruck, und als alle hintern Zelt in Deckung gegangen waren, reichte er seine gestreifte Jacke einem der Handballspieler, krempelte umständlich seine Hemdsärmel auf, stellte sich zurecht und wartete. Breitbeinig, mit halber Deckung und einem schiefen Grinsen. Er hatte leicht gebeugte Knie und schwankte ein wenig, als würde er hin- und herwogen, von einer Seite zur anderen, die Hände halb zu Fäusten geballt. Ich spürte, wie ich den Atem anhielt und dass Edmund sich dicht an mich drängte und vor lauter Aufregung mit den Zähnen knirschte. Abgesehen von den beiden Banden waren Edmund und ich die einzigen Zuschauer, der Platz für den Zweikampf war sorgfältig gewählt, daran gab's keinen Zweifel. Ich schloss kurz die Augen und holte tief Luft. Merkte, dass es nach Sommer und Schnaps roch. Überlegte, wo sich wohl Ewa Kaludis im Augenblick befand. Von der Tanzfläche her war *Twilight Time* zu hören, es wurde langsam reichlich spät.

Dann ließen Mulles Kumpel Mulle los. Er stieß ein imposantes »Aarrgh!« aus und raste mit gesenktem Kopf direkt auf Kanonen-Berra zu. Selbst in meiner Aufregung war mir klar, dass das eine erbärmliche Taktik war. Berra brauchte nur einen Schritt zur Seite treten – sidestep, wie es in der Boxersprache hieß –, dann konnte er die Geschwindigkeit des Gegners ausnutzen und ihn fällen.

Und das war genau das, was er tat, doch damit nicht genug. Der rotwangige Mulle fiel ganz richtig wie ein gefällter Ochse durch den ersten harten Faustschlag, aber dann hob Berra ihn am Hemdkragen wieder hoch und verpasste ihm noch drei, vier Schläge auf die Nase, bevor er ihn einfach umdrehte und sein Gesicht mit voller Kraft zweimal auf den Boden donnerte.

Ich spürte es jedes Mal, wenn Mulles Kopf wieder dran war, bis in den Bauch hinein, und als es vorbei war, merkte ich erst, dass es um die Streithähne herum vollkommen ruhig war. Mulles Kumpane und auch die Handballspieler standen unbeweglich da und sahen mit aufgerissenen Augen zu, und als Kanonen-Berra sich aufrichtete und ein Zeichen gab, dass er seine Jacke wiederhaben wollte, reichte Atle Eriksson sie ihm ohne ein Wort. Dann wandte man sich von Mulle ab und ging fort.

Irgendwie fast feierlich. Wie nach einer Beerdigung oder so. Edmund und ich schlichen uns auch davon. Aus irgendeinem Grund fühlte ich mich beschämt, und das Gefühl hatte Edmund offensichtlich auch, denn keiner von uns sagte ein Wort, bis wir den Park hinter uns gelassen und an den Rädern angekommen waren, die wir aufschlossen.

»Das war verdammt fies«, sagte Edmund da, und mir war, als würde seine Stimme leicht zittern.

»Das war unfair«, sagte ich. »Verflucht unfair. Man schlägt keinen, der schon am Boden liegt.« Danach fuhren wir durch den Wald nach Hause, und ich überlegte noch einmal, wo sich nur Ewa Kaludis während der Prügelei aufgehalten haben mochte, und ob das die Art und Weise war, wie man eine Frau wie sie für sich gewann.

Wie Berra Albertsson?

Ich erinnere mich noch daran, dass ich still vor mich hinweinte, während wir durch die laue Juninacht dahinradelten.

Ja, es war mitten in der Nacht, von Edmunds Hinterrad war ein rhythmisches Knarren zu hören, und ich weinte lautlos, ohne zu wissen, warum.

8

Am Sonntag kam Vater zu Besuch. Es war eine kurze Visite, Ivar Bäck hatte ihn mitgenommen, und der wollte nur einem Sjölyckebewohner bei einer Fernsehantenne helfen.

Jedenfalls saßen wir eine Stunde lang draußen auf dem Rasen, aßen Erdbeeren, die er mitgebracht hatte, und unterhielten uns. Obwohl es damit nicht besonders weit her war. Meiner Mutter ging es den Umständen entsprechend gut, erzählte mein Vater. Man wollte eine neue Reihe von Probeuntersuchungen bei ihr durchführen. Das würde ein paar Wochen dauern. Vielleicht einen Monat.

Danach würde man wohl sehen.

Kommt Zeit, kommt Rat.

Henry bot an, unseren Vater im Killer zurückzufahren, wenn er später am Abend sowieso in die Stadt fuhr, aber unser Vater schüttelte den Kopf.

»Ich fahre mit Bäck zurück«, sagte er. »Das ist am ruhigsten so.«

Hinterher fragte Edmund, was er denn mit letzterem

gemeint hätte. Warum es am ruhigsten war, wenn er mit Bäck fuhr.

Ich zuckte mit den Schultern.

»Er denkt, Henry fährt wie ein Henker«, sagte ich. »Er traut sich kaum bei ihm einzusteigen.«

Nachdem mein Vater wieder weg war, fiel mir auf, dass er gar nicht nach Emmy Kaskel gefragt hatte. Ich dachte eine Weile darüber nach. Vielleicht hatte Henry es ihm ja doch erzählt.

* * *

»Junge, Junge«, sagte Edmund, nachdem er *Oberst Darkin und die Goldbarren* gelesen hatte. »Das ist absolut nicht von Pappe. Du wirst noch mal Millionär.«

Ich war mit *Oberst Darkin und die Goldbarren* schon fertig geworden, bevor wir nach Genezareth fuhren, hatte es aber trotzdem mitgenommen und dazu noch ein neues Heft. Falls es regnen sollte oder mir der Sinn danach stehen würde.

Der Sinn stand mir danach, und es war natürlich vollkommen unmöglich, es vor Edmund zu verheimlichen, wenn ich meine Comics zeichnete. Nach einiger Seelenpein hatte ich das Heft einfach wie zufällig zwischen den anderen Büchern liegen lassen, und es dauerte nicht lange, bis Edmund es erspäht hatte. Und nicht sehr viel länger, bis er es gelesen hatte.

»Es ist nichts Besonderes«, sagte ich. »Du kannst es ehrlich sagen.«

»Nichts Besonderes!«, empörte sich Edmund. »Das ist verflucht noch mal das Beste, was ich gelesen habe, seit sich meine Großmutter den Busen in der Mangel eingeklemmt hat.«

Das war so eine nordländische Redewendung und wurde als Ausdruck höchsten Lobes und Bewunderung angesehen. Mir wurde plötzlich so leicht ums Herz, dass ich es kaum verbergen konnte.

»Ach«, wehrte ich ab. »Mach dir doch nicht ins Hemd, du Heringslaich.«

Das war eine andere nordländische Redewendung.

Dass der Zeichnergeist über mich gekommen war, hatte etwas mit dem Samstagabend im Lackapark zu tun. Ich musste unbedingt über eine Frau wie Ewa Kaludis schreiben und zeichnen, das schien in mir zu brennen. Vielleicht wollte ich auch gern ein paar richtige Prügeleien darstellen – in einem etwas saubereren Stil, als wir es bei Kanonen-Berra und dem rotwangigen Mulle hatten mit ansehen müssen. Wir hatten versucht, uns vorzustellen, wie Mulle wohl am nächsten Tag ausgesehen hatte, aber im Grunde überstieg das unsere Vorstellungskraft.

Außerdem zogen am Sonntagabend noch ein paar Regenwolken auf, und während Edmund auf seinem Bett lag und versuchte, einen Brief an seine Mutter in Vissingsberg zu schreiben, lag ich auf meinem und zeichnete die ersten Bilder von *Oberst Darkin und das geheimnisvolle Erbe*.

Es war ein sehr angenehmer Abend, ich erinnere mich, dass ich das schon damals dachte.

* * *

Je weiter der Sommer fortschritt, umso mehr wurde Henry, mein Bruder, von seinem existenziellen Roman vereinnahmt. Auf fast mysteriöse Weise. Meistens schlief er bis weit in den Tag hinein, stand auf, sprang kurz in den See und setzte sich mit Kaffee und einer Zigarette hinter die Schreibmaschine. Am liebsten draußen auf dem Rasen an dem wackligen Gartentisch, wenn das Wetter es zuließ. Was meistens der Fall war. Wenn es Zeit für die Essensfrage wurde, wehrte er diese Verantwortung fast immer ab. Er gab Edmund und mir einen Fünfer dafür, dass wir uns um alles kümmerten. Den Einkauf, die Zubereitung und den Abwasch.

Wir hatten nichts dagegen. Das Geld war bei uns immer knapp, natürlich brauchten wir eigentlich auch keins, aber es war doch ganz schön, sich zumindest hin und wieder ein Eis leisten zu können. Bei Laxmans oder auch in Fläskhällen. Oder ein paar einzelne Zigaretten, schließlich konnten wir sie nicht die ganze Zeit Henry mopsen, auch wenn er vermutlich nie etwas davon gemerkt hätte.

Nach dem Essen verschwand Henry immer mit seinem Killer, und mindestens an zwei von drei Abenden hatten Edmund und ich uns schon ins Bett gelegt, ehe er zurückkam. Manchmal wachte ich mitten in der Nacht auf und hörte ihn. Das unregelmäßige Knattern der Facit und das Tonbandgerät mit Eddie Cochran und den Drifters. Elvis Presley. *Muß i denn ...* das hatte er mehrmals auf dem Band. Wenn die Musik aufhörte, fingen draußen in den Büschen vorm Fenster die Vögel an zu zwitschern. Manchmal fragte ich Henry, wie es mit dem

Schreiben und seinem Buch so lief, aber er hatte nie Lust, dazu etwas zu sagen. »Es läuft so«, sagte er dann nur und nahm einen Zug seiner immer präsenten Lucky. »Es läuft so.«

Auf eine verschämte Art war ich trotzdem ziemlich neugierig, was er da wohl so schrieb, aber er zog nie irgendwelche Seiten hervor, und ich wollte nicht wieder davon anfangen. Eines Abends, als er gerade mit dem Killer fortgefahren war, entdeckte ich trotzdem eine Seite, die noch in der Maschine auf dem Schreibtisch klemmte. Es waren nur ein paar Zeilen drauf, ich setzte mich vorsichtig auf den Stuhl und drehte die Walze etwas höher, um besser lesen zu können.

Ich glaube, ich las den Text fünf- oder sechsmal. Vielleicht weil ich fand, dass er gut war, aber sicher auch, weil er mich so überraschte. Er war überraschend und ein wenig eklig:

> *kam von hinten über ihn, plötzlich und genau im richtigen Abstand. Ein Schritt über den Kies, nicht mehr als dieser eine, die Hand fest um den Stiel gepackt, dann ein kurzer, tödlicher Schwung. Das Geräusch, das entsteht, wenn Stahl auf Schädelknochen trifft, ist lautlos. Eine Inversion von Geräuschen, die zu vernehmen ist, weil es stiller als die Stille ist, und während der schwere Körper sich mit der Erde vereint, steht über ihm die Sommernacht schwer und geheimnisvoll lächelnd da; alles fügt sich zusammen und*

Da hörte es auf. Ich drehte die Schreibwalze wieder zurück und fühlte mich plötzlich wie ein Dieb in der Nacht. Wie Bennys Mutter immer sagte.

Krebs-Treblinka-Liebe-Bumsen-Tod, dachte ich. Was ist das für ein Buch, das du da schreibst, Henry, mein Bruder?

* * *

Ein paar Tage lang planten wir die nächtliche Attacke auf Karlessons Kiosk, und am Donnerstagabend, dem Tag vor der Mittsommernacht, gingen wir zum Angriff über. Henry hatte offensichtlich vor, an diesem Abend zu Hause zu bleiben, aber wir erklärten ihm, dass wir bis spät in die Nacht etwas zu erledigen hätten, und kurz nach neun machten wir uns auf den Weg. Henry schien das nicht zu interessieren. »Wenn ihr irgendwas anstellt, passt nur auf, dass man euch nicht erwischt«, sagte er bloß, ohne von der Schreibmaschine aufzusehen.

Wir hatten vier Apfelsaft und ein Baguette als Proviant mitgenommen. Sowie gut zehn Kronen, damit wir uns bei Törners auf dem Markt jeder eine Wurst kaufen konnten, bevor er um elf schloss.

Der Plan schien anfangs gut zu klappen; es war ein etwas windiger Abend, auf dem freien Feld hatten wir meistens Gegenwind, aber trotzdem kamen wir gegen Viertel vor elf auf dem Marktplatz von Kumla an. Regen lag in der Luft, und die Straßen waren fast menschenleer. Nachdem wir unsere Wurst gegessen und unseren Apfelsaft getrunken hatten, tuckerte Törner mit seinem Grillwagen nach Hause, und wir begannen, die Gabeln zu suchen. Nachdem wir den Marktplatz abgegrast hatten, machten wir an den Papierkörben vor dem Zeitschriftenkiosk am Bahnhof weiter und bei dem anderen Würstchenstand der Stadt: bei Hermans hinten am Hochhaus. Um zwölf Uhr waren wir der Meinung, dass es jetzt reichte. Dreiundfünfzig Stück. Wenn man im Durchschnitt mit drei Kugeln und einem Plastikding bei jeder Drehung rechnete, kämen wir auf einhundertneunundfünfzig Kugeln und dreiundfünfzig Plastikteile.

Mehr konnten wir sowieso nicht verdrücken und mehr gab es auch gar nicht in Karlessons Automat. Voller Zuversicht marschierten wir die fehlenden zweihundert Meter gen Süden die Mossbanegatan entlang. Uns begegnete kein einziger Mensch. Nicht einmal eine Katze. Ein dünner Nieselregen hatte eingesetzt. Wir konnten davon ausgehen, dass wir unsere Arbeit ungestört im Schutze der Nacht ausführen konnten, keine Frage. Ich fühlte, wie ich innerlich vor Erwartung kribbelte, und Edmund begann vor lauter Aufregung zu kichern. Vor dem schlafenden Kiosk hielten wir an.

Vor dem leeren Glasbehälter klebten zwei handgeschriebene Zettel. Auf dem einen stand »Kaputt«, auf dem anderen »Außer Funksion«. Karlesson war noch nie gut in Rechtschreibung gewesen.

Ich starrte den Automaten drei Sekunden lang an. Dann hatte ich das Gefühl, als würde ein rotes Tuch vor meinen Augen herabfallen. Ich gehörte nicht zu denjenigen, die so schnell aus dem Konzept gebracht werden konnten, aber jetzt wurde ich so ungemein wütend, dass ich jede Kontrolle verlor.

»Verfluchter Scheiß-Furz-Karlesson!«, schrie ich und trat dann gegen die Eisenstange, an der der Glasbehälter aufgehängt war, so fest ich konnte.

Ich trug nur dünne, blaue Turnschuhe, und der Schmerz, der von dem gebrochenen Zeh nach oben stieg, war so heftig, dass ich meinte, in Ohnmacht zu fallen.

»Beruhige dich«, sagte Edmund. »Du weckst ja die ganze Stadt, du blöder Schreihals.«

Ich stöhnte und rutschte an der Kioskwand hinunter.

»Oh Scheiße, ich glaube, ich habe mir einen Zeh gebrochen«, jammerte ich. »Aber warum zum Teufel muss auch ausgerechnet heute Abend dieser blöde Apparat kaputt sein? Der war doch die letzten drei Jahre nie kaputt.«

»Tut's weh?«, wollte Edmund wissen.

»Wie die Hölle«, presste ich zwischen zusammengebissenen Zähnen hervor.

Obwohl der erste, weißglühende Schmerz bereits am Abebben war. Ich zog den Schuh aus und versuchte, die Zehen etwas zu bewegen. Das ging kaum.

»Gottes Fingerzeig«, sagte Edmund, nachdem er meine Versuche eine Weile betrachtet hatte.

»Was?«, fragte ich.

»Das mit dem Automaten«, erklärte Edmund. »Dass der kaputt ist. Das soll bestimmt heißen, dass wir den heute Nacht besser nicht plündern sollen. Irgendwie soll es eben nicht sein. Gottes Fingerzeig, so nennt man das.«

Ich hatte nur wenig Interesse für anderer Leute Fingerzeige, solange mein eigener Zeh so wehtat, aber ich ahnte, dass Edmund auf etwas Bestimmtes hinaus wollte.

»Gibt es denn keinen anderen Automaten hier in der Stadt?«, fragte er.

Ich überlegte.

»Nicht draußen. Sie haben noch einen drinnen bei Svea, glaube ich.«

»Hm«, sagte Edmund. »Was sollen wir tun?«

Ich versuchte, mir den Schuh wieder anzuziehen. Unmöglich, also stopfte ich ihn in den Rucksack und öffnete stattdessen einen Apfelsaft. Edmund ließ sich neben mir nieder, und wir nahmen jeder einen Schluck.

Da kam der Polizeiwagen.

Der schwarzweiße Amazon bremste direkt vor uns, und der Fahrer kurbelte das Seitenfenster herunter.

»Warum sitzt ihr denn da?«

Ich wurde stumm, noch stummer als damals, als ich im Lackapark Ewa Kaludis direkt gegenüber gestanden war. Stummer als ein toter Hering. Edmund stand auf.

»Mein Kumpel hat sich den Fuß verletzt«, sagte er. »Wir sind auf dem Heimweg.«

»Ist es was Ernstes?«, fragte der Polizist.

»Nein, nein, wir kommen schon zurecht«, sagte Edmund.

»Wenn ihr wollt, können wir euch mitnehmen.«

»Vielen Dank«, wehrte Edmund ab. »Vielleicht ein andermal.«

Ich stand auch auf, um zu zeigen, dass es nicht so schlimm war. »All right«, sagte der Polizist. »Dann seht mal zu, dass ihr nach Hause kommt, es ist schon spät.«

Damit fuhren sie davon. Wir blieben stehen und schauten den roten Rücklichtern nach. Als sie weg waren, sagte Edmund:

»Wie gesagt: Die Wege des Herrn sind unergründlich. Gibt es denn in Hallsberg keinen Automaten?«

* * *

Wir erleichterten den Kaugummiautomaten am Bahnhofskiosk in Hallsberg um einhundertsechsundsechzig Kugeln, fünfundvierzig Ringe und ein Dutzend anderer nicht taxierbarer Plastikartikel. Es lief wie geschmiert, die Uhr an dem Bahnhofsgebäude zeigte fünf nach zwei, als wir fertig waren, und mein Zeh tat überhaupt nicht mehr weh. Er war steif, geschwollen und gefühllos, aber was macht das schon, wenn man für eine Woche im Voraus Kaugummi hat?

In dieser Nacht nahm Edmund den Klevabuckel nicht in Angriff. Stattdessen schoben wir die ganze Zeit bergauf, was wegen meines gebrochenen Zehs ziemlich lange dauerte. Es war bedeutend leichter zu radeln als zu Fuß zu gehen, das würde ich auch an den folgenden Tagen merken.

Auf dem letzten Abschnitt, zwischen Åsbro und dem Wald, kam ein heftiger Regenschauer, und wir waren ziemlich müde, als wir unsere Räder auf den Parkplatz schmissen.

Neben dem Killer und ein paar alten Drahteseln der Lundins stand da ein Moped. Eine rote Puch, und wenn ich nicht so durchnässt und müde gewesen wäre, hätte ich ihn vielleicht wiedererkannt.

Als wir beim Haus ankamen, hatte der Regen aufgehört. Es war schon richtig hell, und um den Fahnenmast hing einer von Henrys Schlipsen.

9

Am Nachmittag des Mittsommertags kamen unsere Väter für ein paar Stunden, sowohl Edmunds als auch meiner. Herr Wester war in strahlender Sommerlaune, neben Hering und neuen Kartoffeln hatte er ein Bündel blaugelber Papierflaggen und ein Akkordeon mitgebracht. Es war ganz gutes Wetter, wir saßen draußen auf dem Rasen um den Tisch und aßen, und er spielte dazu. *Avestaforsens brus, Afton vid Möljaren* und ein paar andere, an die ich mich nicht mehr erinnere. Sowie eine eigene Komposition, die er *Till Signe* nannte.

Als er die spielte, hatte er Tränen in den Augen, und mir fiel auf, dass wir hier so ganz ohne Frauen waren. Ausgegangen, wie Karlesson immer sagte, wenn man etwas haben wollte, was er nicht auf Lager hatte.

Fünf Männer, die zusammensaßen und nach bestem Wissen Mittsommernacht feierten, und ich versuchte es mit einem kleinen Zeitsprung, wie ich es ab und zu gerne tat. Wie würde es in zehn Jahren aussehen? Würden mein Vater und Edmunds Vater dann ganz allein sein? Würde Henry zur Ruhe gekommen sein und eine Familie gegründet haben? Und Edmund? Das war schwer, sich das vorzustellen. Edmund mit Frau und Kindern! Vier kleine Edmunds mit verschmierter Brille und sechs Zehen an jedem Fuß.

Und ich?

»Das ist wehmütig«, sagte Edmunds Papa und stellte die Quetschkommode hin. »So ist es mit dem Leben im Sommer. Kaum hat es richtig begonnen, schon ist es Herbst. Wehmütig.«

Aber dann lachte er laut auf und schaufelte noch eine Portion Kartoffeln und Hering in sich hinein.

»Das war ein wahres Wort«, sagte mein Vater.

Henry seufzte und zündete sich eine Lucky Strike an.

* * *

Sie verließen uns gegen fünf, unsere Väter. Sie hatten sich nur für den Nachmittag ein Auto von einem Arbeitskollegen geliehen, und außerdem hatten alle beide Spätschicht im Knast. Edmunds Papa schlug vor, dass sie neun verschiedene Blumen pflücken sollten, aber mein Vater schien von der Idee nicht besonders viel zu halten.

»Wir wissen auch so, von welchen Frauen wir träumen werden«, stellte er mit einem halbherzigen Lächeln fest. Dann winkte er noch einmal zum Abschied und ging zum Parkplatz.

Edmund und ich hatten beschlossen, die Lage in Fläskhällen zu sondieren, wo sie die Mittsommernacht immer mit geschmücktem Pfahl, Tanz und dem ganzen Drumherum feierten. Es müsste doch mit dem Teufel zugehen, meinte Edmund, wenn nicht Britt Laxman dort auftauchen würde, und nachdem wir abgewaschen hatten, nahmen wir das Boot und ruderten los. Als wir mitten auf dem See waren, fragte Edmund:

»Warst du letzte Nacht irgendwann wach?«

»Wach?«, fragte ich nach. »Wie meinst du das?«

»Ja, ob du irgendwas gesehen oder gehört hast?«

»Was sollte ich denn gehört haben?«

Edmund hörte auf zu rudern.

»Na, deinen Bruder natürlich. Und diese Braut, wer immer es auch war. Die waren reichlich zu Gange, weißt du.«

»Ach, so«, sagte ich und versuchte, desinteressiert zu klingen. »Nein, ich habe wie ein Stein geschlafen.«

Edmund sah mich etwas zögernd an, und dann sagten wir eine Weile nichts mehr.

»Soll ich dich ablösen?«, fragte ich, als wir ungefähr die halbe Strecke hinter uns hatten.

»Nein, nein«, sagte Edmund. »Du musst deinen Zeh schonen.«

»Na, hör mal, ich rudere doch nicht mit den Zehen«, widersprach ich.

Aber Edmund ließ die Ruder nicht los, und während die Musik von Fläskhällen immer deutlicher zu hören war, lehnte ich am Achtersteven, hielt eine Hand ins Wasser und versuchte, nicht daran zu denken, was mir letzte Nacht entgangen war.

Oder am Morgen, musste man wohl besser sagen. Denn wir waren erst um drei im Bett gewesen, und da war noch kein Laut aus Henrys Zimmer zu hören gewesen.

Irgendwie bekam ich keine richtige Ordnung in meine Gedanken, gleichzeitig, während ich das Gefühl hatte, dass es ziemlich erregend war, dass mein Bruder mit einem Mädchen direkt unter uns gelegen hatte, fand ich es trotzdem irgendwie peinlich. Als hätte Edmund ein unanständiges Familiengeheimnis entdeckt oder so. Als wäre ich gezwungen, mich für das zu schämen, was Henry machte. Es war natürlich die Hölle, so zu denken, das sah ich als Allererstes ein. Wenn es etwas gab, was auf dieser Welt beneidenswert war, dann doch die Möglichkeit, sich ein Mädchen anzulachen und sie zu dem rumzukriegen, was man wollte. Irgendwie ging doch eigentlich alles nur darum. Das Leben und so.

Ich tauchte den ganzen Arm ins Wasser. Versuchte mit aller Macht, an etwas anderes zu denken, aber es wollte mir nicht so recht gelingen, wie gesagt. Edmund ruderte unbekümmert weiter und schien gar nicht zu versuchen, an etwas anderes zu denken. Ganz im Gegenteil.

»Das ist ein Spitzensommer, Erik«, sagte er, als wir ins Schilfgebiet kamen. »In jeder Hinsicht. Der beste, den ich je erlebt habe.«

Da wurde mir plötzlich klar, wie sehr ich Edmund mochte. Es waren nur noch zwei Wochen bis zu dem SCHRECKLICHEN, meine Mutter lag im Krankenhaus und starb an Krebs, ich hatte mir einen Zeh gebrochen, aber natürlich war es ein Spitzensommer.

In jeder Hinsicht. Jedenfalls bis dahin.

* * *

Überhaupt schienen Edmund und ich an diesem Mittsommerabend in Fläskhällen einfach in Spitzenform zu sein. Zwar war Britt Laxman fast der erste Mensch, den wir erblickten, als wir das Boot an Land gezogen hatten, aber sie war offensichtlich in Begleitung eines rothaarigen Typen mit Sonnenbrille und Wichserstiefeln, und was sonst noch so herumlief, war nicht erwähnenswert. Ein paar besoffene Kerle in Trainingsanzügen, die Kaffee mit Selbstgebranntem soffen. Eine Dreimannkapelle, die Pause machte, als wir ankamen und das anscheinend die ganze Zeit schon getan hatte. Akkordeon, Gitarre und ein Stehbass, der mit alten Gummibändern gespannt zu sein schien. Vier Paare taten so, als tanzten sie, mit oder ohne Holzschuhe, mit oder ohne Musik, und ein paar lose Cliquen in unserem Alter liefen ziellos herum und versuchten auszusehen wie Herr oder Frau Kennedy. Wir spielten eine Runde Minigolf und versuchten, uns an zwei kichernde Jacquelines aus Schonen ranzumachen, aber die zogen sich schnell zurück zu den Campingwagen ihrer Familien, die auf dem Zeltplatz standen.

Der Campingplatz war nicht besonders groß, und er war auch nicht besonders dicht bevölkert: vier Campingwagen, ebenso viele schlaffe Zelte und ein halbes Dutzend Kühe, die sich entweder verlaufen hatten oder absichtlich als Rasenmäher vom Landwirt Grundberg, der den Laden ums Fläskhällbad schmiss, hierher gebracht worden waren.

Im Café gab es zumindest einen neuen Daddelautomaten. Er hieß Rocket 2000, wir taten unser Bestes, ihn zu erobern, aber eine Gang Jugendlicher aus Askersund hatte offensichtlich eine unendliche Anzahl von Ein-Kronen-Stücken, die sie in den Apparat warfen. Schließlich beschlossen wir, das Spiel aufzuschieben, und als wir gleich danach mit ansehen mussten, wie Britt Laxman und der Rothaarige am Feuer unten am Strand eine Wurst am gleichen Spieß grillten, gaben wir ganz auf und ruderten zurück nach Genezareth.

Man soll nicht stur sein und darauf bestehen, wenn die Dinge gegen einen sind, das war eine Regel, die ich von meinem Vater gelernt hatte, und Edmund war darin ganz und gar meiner Meinung.

»Geh in die Falle, wenn alles daneben geht, du uneheliches Kind einer Mücke!«, sagte er. So spräche ein Mann zum anderen in den tiefen Wäldern von Hälsingland, behauptete er, und ich hatte keinen Grund, an seinen Worten zu zweifeln.

* * *

Als wir auf dem See waren, vertraute Edmund mir ein Geheimnis an. Er begann mit einer Frage.

»Hast du schon mal Schläge gekriegt? Ich meine, richtige Prügel.«

Ich dachte nach und sagte, dass ich die noch nie gekriegt hätte. Höchstens mal eine Backpfeife oder eine Kopfnuss oder einen Hieb ins Zwerchfell. Ein paar Hiebe mit Bennys schmutzigem Hockeyschläger, als ich mich aus Versehen draufgesetzt hatte und er kaputtgegangen war.

»Ich aber«, sagte Edmund, fast feierlich. »Als ich klein war. Von meinem Vater. Reichlich Prügel.«

»Von deinem Vater? Was erzählst du da? Warum sollte dein Vater ...?«

»Der doch nicht«, unterbrach Edmund mich. »Der andere, mein richtiger Vater. Albin ist nur mein Stiefvater, er hat meine Mutter geheiratet, nachdem mein richtiger Vater verschwunden war. Meine Fresse, was hat er uns geprügelt ... meine Mutter und mich. Einmal hat er Mutter so geschlagen, dass sie taub wurde.«

»Warum denn?«, fragte ich, denn ich wusste nicht, was ich sonst hätte sagen sollen.

Edmund zuckte mit den Schultern.

»Er war nun mal so.« Er dachte eine Weile nach. »Irgendwie vergisst man das nie. Was für ein Gefühl das ist und so. Wie ... wie verdammt ängstlich man sein kann, wenn man daliegt und wartet. Das Warten ist fast noch schlimmer als die Schläge selbst.«

»Ich verstehe«, sagte ich. »Und deshalb ist deine Mutter Alkoholikerin?«

»Ich glaube, ja«, nickte Edmund und tauchte seine Brille ins Wasser, um sie zu säubern. »Er trank wie ein Loch, deshalb denke ich schon, dass sie es von ihm gelernt hat ... obwohl sie wie gesagt die erbliche Veranlagung dazu hat. Ihr Vater hat wie der Teufel gesoffen.«

»Und wo ist er jetzt, dein richtiger Vater?«

»Keine Ahnung«, erklärte Edmund. »Er ist abgehauen, als ich fünfeinhalb war, und Mutter weigert sich, über ihn zu reden. Und dann tauchte Albin ja auch bald auf der Bildfläche auf.«

Ich nickte.

»Es ist einfach widerlich, wenn Leute prügeln«, sagte

Edmund und setzte sich seine triefende Brille wieder auf. »Und besonders, wenn sie auch noch auf welche losgehen, die schwächer sind als sie. Ich kann das nicht ausstehen.«

»Das ist einfach eklig«, stimmte ich ihm zu. »So eine Scheiße sollte einfach nicht erlaubt sein.«

* * *

Als wir zurückkamen, war Henry verschwunden, und wir verbrachten den Rest des Abends damit, Halma zu spielen und Kaugummi zu kauen. Wir erfanden eine neue Variante, bei der mit Kaugummikugeln gespielt wurde und bei der die gegnerischen Kugeln, die übersprungen wurden, aufgegessen werden durften, aber irgendwie kamen die Regeln nie so recht hin. Deshalb gingen wir lieber rechtzeitig ins Bett, in den vorherigen Nächten waren wir etwas zu kurz gekommen, was den Schlaf betraf, besonders Edmund, und wir verzichteten ganz und gar auf Blumen unter dem Kopfkissen und all diesen romantischen Quatsch.

Bevor ich einschlief, zeichnete ich noch ein paar Comicbilder, und Edmund schrieb einen Brief an seine Mutter in Vissingsberg. Er war mit seinen früheren Versuchen nicht zufrieden gewesen, und jetzt versuchte er es mit einem neuen Anlauf, etwas männlicher und humoristischer. Als er fertig war, riss er die Seite aus seinem Schreibheft und reichte sie mir rüber.

»Wie findest du das?«, fragte er und kaute auf seinem Stift. Ich las:

Hallöchen Muttern!
Hier tost das Leben, hier läuft alles wie geschmiert. Ich hoffe, du bist nüchtern und fühlst dich pudelwohl. Wir sehen uns im Herbst.

Immer Dein
Edmund

»Saustark«, sagte ich. »Das rahmt sie sich bestimmt ein und hängt es übers Bett.«

»Glaube ich auch«, nickte Edmund.

In dieser Nacht war kein einziges Geräusch von unten zu hören, nicht einmal das Tonband und das übliche Maschinengehämmere, aber irgendwann gegen Morgen wachte ich davon auf, dass drüben bei den Lundins Knaller geschmissen und Raketen abgefeuert wurden. Offensichtlich hielten sie eine Art Familienfeier ab. Wir hatten die letzten zwei Wochen nichts von ihnen gehört oder gesehen, aber es sah ihnen natürlich ähnlich, dass man genau in dieser Art und Weise von ihnen hörte. In der Mittsommernacht und so.

Ich schlief schnell wieder ein, und dann träumte ich einen sonderbaren Traum, in dem Henry mit seinem Schlips in der Schreibmaschine festsaß. Er hämmerte fieberhaft auf die Tasten ein, um loszukommen, aber mit jeder neuen Zeile wurde er natürlich immer mehr gewürgt. Schließlich – als er schon fast mit der Nase an der Walze war – rief er um Hilfe. Oder krächzte vielmehr, denn er konnte kaum noch atmen. Ich lief zu ihm und schnitt den Schlips ab, und als Dank dafür gab er mir eine Ohrfeige und erklärte, dass das ein verdammt teurer Schlips gewesen sei und dass ich ihm ein ganzes Kapitel versaut habe. Schon während ich ihn träumte, fand ich den Traum merkwürdig, und als ich aufwachte, war ich immer noch sauer auf Henry. Ich fand, es war gemein von ihm, mir eine Ohrfeige zu geben, immerhin hatte ich ihm das Leben gerettet. Ganz gleich, ob es nun ein Traum war oder nicht, es war einfach ungerecht.

Doch als ich aufstand, saß er bereits draußen auf dem Rasen, schrieb und rauchte. Nur in Unterhose und ohne jede Andeutung einer Krawatte. Ich überlegte, dass der Traum so einer von der Sorte gewesen sein musste, der einfach aus dem Gleis geriet. Der überhaupt nichts bedeutete, wie man ihn auch drehte und wendete. Ich ging zu ihm hinaus.

»Na, alles klar?«, fragte ich. »Ich meine, mit dem Buch.«

Er lehnte sich zurück.

Blinzelte in die Sonne, die gerade durch die Wolken brechen wollte.

»Wie geschmiert«, sagte er. »Es läuft wie geschmiert, kleiner Bruder.«

Dann lachte er sein kurzes, lautes Lachen und hieb weiter auf die Tasten ein.

Ich zögerte eine Sekunde.

»Hast du ein neues Mädchen?«, fragte ich.

Er schrieb bis zum Zeilenende, ehe er antwortete.

»Es ist was in Gange«, sagte er und sah etwas nachdenklich aus. »Doch, ja, so ist es. Es ist eine ganze Menge in Gange.«

Ich dachte eine Weile nach und fragte dann, was das bedeutete.

»Das bedeutet alles«, sagte Henry, mein Bruder, und dann lachte er von neuem. »Alles.«

10

Die letzte Juniwoche war in diesem Jahr so heiß, dass es in der Plumpsklotonne kochte.

Zumindest konnte man das Gefühl bekommen, wenn man vergaß, ordentlich mit Torfstreu abzudecken, und es war ganz klar von Vorteil, wenn man es schaffte, sich mit dem Scheißen bis zur Nacht zurückzuhalten.

Das Bedürfnis, sich möglichst oft im See abzukühlen, stieg deutlich – wie gleichzeitig der Wunsch, die Pontonbrücke fertig zu kriegen. Es war ziemlich umständlich, jedes Mal mit dem Boot rauszurudern, wenn man einmal ins Wasser springen wollte, und keiner von uns, weder ich noch Edmund oder Henry, war sehr erpicht darauf, auf dem schmierigen Uferboden entlangzuwaten, auf dem man unversehens bis zu den Knien in einem Schlammloch versinken oder über eine Wurzel stolpern konnte.

Ein Steg also. Es war eindeutig an der Zeit dafür. Wir hatten uns bereits sechs leere Tonnen von den Laxmans besorgt, und Henry hatte eine Zeichnung gemacht. Hammer, Taue, Nägel und Säge gab es im Schuppen neben dem Plumpsklo. Was uns fehlte, war eigentlich nur Bauholz.

Bretter.

»Die Lundins«, sagte Henry, als die Sonne zu einem neuen Tag hochgestiegen war, heißer als Marilyn Monroes Küsse. »Ihr müsst ein paar Bretter vom Stapel der Lundins klauen.«

»Wir?«, fragte ich.

»Ihr«, bestätigte Henry. »Ich muss noch einiges erledigen. Und ihr wollt doch einen Steg, oder?«

»Ja, klar«, sagte ich.

»Na, also«, sagte Henry. Setzte sich seinen alten Strohhut auf, den er auf dem Flohmarkt in Beirut gekauft hatte, und ging zu seiner Schreibmaschine auf der Schattenseite des Hauses. »Einen Zwanziger, wenn er heute Abend fertig ist!«, rief er, als er sich niederließ. »Das dürfte doch für zwei solche pfiffigen Kerle wie euch kein Problem sein, oder?«

»Wer redet hier von Problemen?«, fragte Edmund. »So ein Quatsch.«

Obwohl er das lieber leiser sagte, damit es Henry auch ja nicht mitbekam.

* * *

Der Holzvorrat der Lundins lag neben dem Pfad zu ihrem Haus, nicht weiter als zehn Meter vom Parkplatz entfernt. Es war ein recht ansehnlicher Stapel, der von einer verschimmelten Plane abgedeckt war, und er lag da, solange ich denken konnte. Vermutlich hatten ein paar von ihnen das Ganze vor langer Zeit auf irgendeiner Baustelle mitgehen lassen und es nur so weit geschleppt, dass es außer Sichtweite der Straße kam – und vermutlich interessierte es niemanden auch nur die Bohne, wenn ein paar Bretter von dem Stapel verschwanden.

Schon gar nicht, wenn sie es überhaupt nicht merkten.

Am sichersten wäre es wohl gewesen, wenn wir des Nachts angegriffen hätten. Andererseits wusste man bei den Lundins nie so recht. Sie hatten irgendwie einen ganz eigenen Tagesrhythmus, und es war alles andere als selbstverständlich, dass sie auf der Matratze schnarchten, wenn andere Menschen das zu tun pflegten. Es war auch ganz offensichtlich, dass sie jetzt für die Zeit des Sommers gekommen waren. Ein paar von ihnen jedenfalls, wir hatten in den letzten Tagen einigen Budenzauber vernommen. Flüche, Glas, das kaputtging, und das eine und andere mehr.

Ein weiterer Grund, die Nacht nicht abzuwarten, bestand natürlich darin, dass uns zwanzig Kronen lachten, wenn wir den Steg bis zum Abend fertig hatten. Also hieß es nur, sich ein Herz zu fassen und loszulegen. Kein Zögern, keine Einsprüche, darin waren wir vollkommen einer Meinung, Edmund und ich.

Die Operation glückte uns auch ganz ausgezeichnet. Innerhalb von ein paar Stunden schleppten wir Bretter durch die sumpfige, unzugängliche Mücken- und Bremsenhölle, die zwischen den Lundins und Genezareth lag. Wir fluchten und wurden gestochen, fluchten und wurden gebissen, fluchten und kratzten uns blutig. Hatten am ganzen Körper Stellen und Quaddeln und wurden fast wahnsinnig vor Hitze, aber wir schafften es. We made it.

Um halb eins hatten wir einen ansehnlichen Bretterstapel angehäuft, den Henry als ausreichend bewertete, indem er sich zurücklehnte, den Hut abnahm, blinzelte und sich eine Lucky Strike anzündete.

»Prima«, sagte er. »Braucht ihr Hilfe beim Bauen? Aber dann fällt der Lohn natürlich etwas niedriger aus.«

»Hilfe?«, riefen wir. »Verdammt noch mal, nein.«

* * *

Während wir sägten, hämmerten und zusammenbanden, redeten wir über Edmunds richtigen Vater. Und warum er geprügelt hatte. Denn das war doch irgendwie merkwürdig, das fand jedenfalls ich.

»Er war krank«, erklärte Edmund. »Er hatte eine ganz außergewöhnliche Krankheit im Gehirn. Und wenn er trank, dann musste er einfach zuschlagen.«

»Einspruch«, sagte ich. »Warum trank er dann?«

»Das war der andere Teil seiner Krankheit«, behauptete Edmund. »Er musste einfach Schnaps haben. Sonst wurde er wahnsinnig. Ja, so war das nun mal ...«

Ich dachte nach.

»Entweder er wurde wahnsinnig oder er wurde wahnsinnig?«, sagte ich.

»Genau«, stimmte Edmund zu. »Manchen Menschen geht es so. Nur schade, dass ausgerechnet mein Vater so sein musste.«

»Verdammt schade«, sagte ich. »Er hätte überhaupt kein Vater sein dürfen.«

Edmund nickte.

»Obwohl, am Anfang war er nicht so. Als ich geboren wurde und so. Die kam irgendwie so angeschlichen, diese Krankheit ... und dann war es nun mal so.«

»Hm«, sagte ich. »Ist das erblich?«

»Keine Ahnung.«

Es vergingen ein paar Sekunden.

»Aber ich hasse ihn trotzdem«, sagte Edmund schließlich mit etwas mehr Wut in der Stimme. »Es ist so verdammt feige, sich auf die zu werfen, die sich nicht wehren können. Und dann mit dem Gürtel ... warum musste er mich unbedingt mit dem Gürtel schlagen, kannst du mir das sagen?«

Das konnte ich nicht.

»Einen zu schlagen, der schon am Boden liegt ...«

Er brach ab. Ich sah Mulles rotwangigen, ohnmächtigen Kopf vor mir, und wie Kanonen-Berra ihn hochzog und auf den Boden warf. »Hm«, sagte ich. »Das ist der Punkt. Willst du ihn suchen, wenn du größer bist? Deinen richtigen Vater, meine ich. Ihn suchen und ihn an die Wand stellen und so?«

»Yessir«, sagte Edmund. »Da kannst du einen drauf lassen, das werde ich. Nur deshalb hoffe ich, dass er noch lebt. Ich habe schon alles geplant. Zuerst werde ich ihn suchen, und dann werde ich nicht sagen, wer ich bin und werde scheißfreundlich zu ihm sein, ihn zu Kaffee und Kuchen einladen und einem kleinen Schnaps dazu ... und dann, wenn er am wenigsten Verdacht schöpft, dann werde ich ihm sagen, wer ich bin, und dann werde ich ihm eine Tracht Prügel verpassen, dass er zu Boden geht. Und dann ...«

Da schlug Edmund sich auf den Daumen und begann zu fluchen und zu schimpfen, wie es nicht in der Bibel steht. Deshalb erfuhr ich nie, wie er sich weiter an seinem Vater rächen wollte, ich überlegte, ob ich es genauso gemacht hätte wie Edmund, wenn ich an seiner Stelle gewesen wäre ... wenn ich in gleicher Art gedacht und gefühlt hätte, aber ich kam zu keinem Ergebnis.

Kam nur so weit, dass das hier so eine Tatsache war, über die ich eigentlich überhaupt nicht nachdenken wollte. Noch eine. Krebs-Treblinka-Liebe-Bumsen-Tod.

Und Edmunds Vater.

Ich stopfte ihn zwischen Bumsen und Tod. Vorläufig.

* * *

Auch wenn es verdammt heiß war, machte es doch Spaß, zu sägen, zu hämmern und zu bauen. Besonders das Hämmern. Wenn man einen Nagel hineinrammte, war es, als bräuchte man nicht mehr an das zu denken, an was man nicht denken wollte. Es genügte, wenn man sich auf das konzentrierte, was man tat. Peng. Man musste nur draufhauen. Den Nagel ins Holz treiben. Peng. Und ihm noch eins verpassen. Peng. Peng. Peng. Und dann noch ein extra Peng, wenn er schon drin war. Wenn er gar nicht mehr weiter reinkommen konnte.

Peng. Um zu zeigen, so, du blöder Nagel, jetzt bist du da, wo du hingehörst. Auch wenn du versucht hast, dich starr und steif zu machen und die ganze Zeit nach rechts und links ausgewichen bist. Du Mistnagel. Peng. Hier habe ich das Sagen. Hol's der Teufel. Ich dachte an Holz-Gustav in der Schule, und mir wurde klar, dass es einen verdammten Unterschied zwischen Werken und Werken gab.

Als wir fertig waren, schien die Sonne immer noch. Henry kam, das acht Meter lange Bauwerk zu inspizieren, prüfte, ob die Tonnen auch richtig fest saßen, und erklärte, dass er Pfannkuchen machen wollte, während wir den Steg an seinen Bestimmungsort brachten. »Okay?«

»Sure«, antwortete Edmund, und wir schleppten unser Meisterwerk ans Seeufer. Henrys Skizzen folgend banden wir den Steg mit vier Seilen an zwei stämmigen Birken fest und verankerten ihn mit Trossen im See und an Land. Er brauchte ein bisschen Spielraum, das hatte Henry uns erklärt, aber nicht zu viel. Danach bewunderten wir unser Werk eine Weile vom Ufer aus und schritten sodann langsam und würdevoll über die Planken. Sie waren etwas wacklig, und hier und da kam man mit den Füßen unter den Wasserspiegel, besonders, wenn man zu zweit drauf war, aber es funktionierte. Zum Teufel, wir hatten einen Steg gebaut.

Einen Pontonsteg und zwanzig Kronen. Wir sahen einander an.

»Spitzensommer«, sagte Edmund mit einem leichten Zittern in der Stimme. »Alles im Kasten, wie sie in Ångermanland sagen.«

Ganz draußen war es fast zwei Meter tief, und wir schafften es, achtunddreißigmal zu tauchen, bevor Henry rauskam und schrie, dass die Pfannkuchen fertig seien. Wir aßen, als hätten wir noch nie zuvor etwas zu essen bekommen, und dann gingen wir wieder raus und sprangen noch achtunddreißigmal ins Wasser. Die Sonne wollte an diesem Abend anscheinend überhaupt nicht untergehen, deshalb legten wir uns auf den Steg, lasen und spielten Karten, nachdem Henry seinen Premierenköpfer gemacht und jedem den versprochenen Zehner gezahlt hatte. Kartenspielen war nicht ganz so einfach, man musste drauf achten, dass man in die richtige Windrichtung pisste – wie Edmund es in seiner nordländischen Art ausdrückte –, sonst wurden die Karten nass.

Aber das war ja egal. Hauptsache war, dass wir auf den Brettern liegen konnten, die wir selbst geklaut und zusammengenagelt hatten. Und dass wir auf Tonnen schwammen, die wir selbst von den Laxmans geholt und nach allen Regeln der Kunst zusammengebunden hatten. Genau das war angesagt an diesem heißen Tag, der nie zu Ende gehen wollte. Auf seinem eigenen Steg liegen.

»Pik König«, sagte Edmund. »Da kommt ein Moped.«

Ich lauschte. Ja, das charakteristische Knattern eines Mopeds war durch den Wald zu hören. Ungefähr in der Höhe der Levis, wenn ich mich nicht irrte.

»Ja«, sagte ich. »Ich passe. Eine Puch, glaube ich.«

Wir spielten noch ein paar Runden, während der Lärm näher kam. Als wir hörten, dass das Moped auf dem Parkplatz anhielt und der Motor abgestellt wurde, war es vorbei mit unserer Konzentration. Wenn wir vorher überhaupt so etwas gehabt hatten.

»Ach«, erklärte Edmund. »Ich habe keine Lust mehr zu spielen. Lass uns aufhören.«

»Von mir aus gern«, erwiderte ich und sammelte die Karten zusammen. Setzte mich aufrecht auf den Steg, die Beine im Wasser, und spähte zum Waldrand hinüber. Henry kam auf den Rasen heraus, und mir fiel auf, dass er seine Jeans und ein weißes Nylonhemd angezogen hatte.

Ich weiß nicht, ob ich so eine Vorahnung hatte – Edmund behauptete hinterher, dass er sie jedenfalls gehabt hätte –, aber eine gute Minute nachdem das Moped dort hinten an der Straße ausgestellt worden war, tauchte Ewa Kaludis auf dem Rasen von Genezareth auf. Sie trug ein kurzes weißes Kleid und ein rotes Hemd. Als sie Henry erblickte, strahlte sie und holte eine Weinflasche aus ihrer Schultertasche – und dann presste sie sich an sein weißes Hemd.

Im gleichen Moment bekam Edmund einen Schluckauf, ein Leiden, das mehrere Stunden lang anhielt.

»Oh Scheiße, hick«, sagte er. »Dein Bruder und Ewa Kaludis. Die waren es, hick, die ich gehört habe ... oh Scheiße.«

Ich stand auf. Schwankte ein wenig und war kurz davor, ins Wasser zu fallen, fand aber doch mein Gleichgewicht wieder. Ging an Land. Henry und Ewa Kaludis wandten sich mir langsam zu. Edmund hatte wieder einen Schluckauf. Plötzlich hatte ich das Gefühl, als könnte ich mich nicht mehr bewegen. Als wären meine Beine vollkommen gefühllos, und als müsste ich auf diesem Fleckchen Gras und Erde für den Rest meines Le-

bens stehen bleiben. In tropfender, verblichener Badehose, nun ja, die würde wohl irgendwann trocknen...
Ich schluckte, schloss die Augen und zählte bis eins, dann sagte Henry:

»Ja, also, Erik, mein Bruder. Hier ist so einiges am Laufen, wie gesagt. Einiges ist am Laufen.«

»Hallo, Erik«, sagte Ewa Kaludis. »Und hallo, Edmund.«

»Hallo, hick«, sagte Edmund hinter mir. Er klang wie ein Frosch vom Seeufer her. Ich öffnete die Augen, und Beine und Zunge funktionierten wieder.

»Guten Tag, Fräulein Kaludis«, sagte ich. »Ich wollte grade aufs Klo. Bis gleich.«

* * *

Dort blieb ich eine Weile sitzen. Ich las die Seite *Aus dem Garten unseres Herrn* aus einem alten Reader's Digest fünfzigmal. Ich weiß nicht, wo es wilder zuging – in der dreiviertelvollen, sommerheißen Abtritttonne unter mir oder in den kurzgeschlossenen Makkaronis oben in meinem Kopf –, aber ich blieb sitzen, wo ich war, und zwar ziemlich lange. Erst als Edmund an die Tür klopfte und wissen wollte, ob ich Scheiß-Thrombose hätte – eine seltene Krankheit aus dem inneren Medelpad –, zog ich die Badehose hoch und gab auf. Öffnete die Tür und trat wieder in die Welt.

»Hick«, sagte Edmund und versuchte wie Paul Drake zu lächeln. »Was hältst du von der Lage? Berra Albertsson und so weiter und so weiter.«

»Ich weiß nicht«, erwiderte ich.

»Einen Wahnsinnsbruder hast du«, meinte Edmund, aber es war deutlich zu hören, dass er besorgter war, als er zeigen wollte.

»Er ist nicht ganz richtig im Kopf«, sagte ich.

»Hick«, sagte Edmund. »Das riecht nach Ärger.«

Krebs-Treblinka ... fing ich an zu denken, aber ich hatte schon vergessen, wo ich Edmunds Vater zwischengeschoben hatte.

»Das Beste ist jetzt wohl eine Abkühlung, oder?«, schlug ich vor.

»Dann man los«, stimmte Edmund zu.

Wir badeten, bis die Sonne ganz und gar untergegangen war und die Mücken aggressiv am Seeufer summten. Ewa Kaludis und Henry kamen auf den Ponton und probierten ihn aus, und Ewa meinte, dass es eine solide Arbeit zu sein schien.

Solide Arbeit. Ich lag auf dem Rücken im Wasser und wurde am ganzen Körper rot. Dachte plötzlich daran, wie es wohl heute Nacht werden würde.

»Genau«, stimmte Edmund zu und spie Wasser wie ein bekloppter Seehund. »Für die Ewigkeit gebaut, hick. Nicht mehr und nicht weniger.«

Ewa Kaludis lachte.

»Du bist ein witziger Kerl, Edmund«, sagte sie.

Dann schob sie ihren Arm unter Henrys, und die beiden gingen wieder ins Haus. Henry, mein Bruder, und Ewa Kaludis. Sie badete nicht, obwohl es ein so heißer Tag war. Vielleicht hatte sie ja keinen Badeanzug dabei.

Aber den Steg hatte sie angesehen und ausprobiert. Solide Arbeit.

11

Bevor meine Mutter an Krebs erkrankte, sagte sie eine Menge sonderbarer Dinge. Genau in den Wochen, bevor sie den Bescheid bekam, vielleicht fühlte sie sich ja damals unglücklich und wollte uns unbedingt ein paar Weisheiten zukommen lassen. Uns ein paar Worte mit auf den Weg geben, bevor es zu spät war.

Ja, wahrscheinlich war es so.

»Du bist eine Taube, Erik«, konnte sie einfach so sagen und mich dabei mit ihren sanften, wässrigen Augen ansehen. »Henry ist der Adler, er kommt immer klar. Aber auf dich müssen wir aufpassen, und auch du selbst musst vorsichtig sein.«

Genau diese Worte fielen mir ein, als es Edmund und mir klar wurde, dass Henry ein Verhältnis mit Ewa Kaludis hatte. Dass er tatsächlich mit ihr zusammen war. Ich dachte über das mit der Taube und dem Adler nach und kam zu dem Schluss, dass es, wenn man Berra Albertsson mit in Betracht zog, sicher von Vorteil war, dass Henry ein Raubvogel war. Denn wenn Berra von dem Verhältnis zwischen seiner Ewa und meinem Bruder Wind bekam, dann würde sicher so manches geschehen. Davon ging ich zumindest aus, aber mir war natürlich auch vollkommen klar, welch blutiger Amateur ich war, wenn es um die Labyrinthe der Liebe ging.

Und Edmund war zweifellos keinen Deut besser. Nicht einen Deut.

Die Liebe ist wie ein Zug, hatte ich Bennys Mutter mal sagen hören. Sie kommt und geht. Ich dachte darüber nach. Vielleicht war ja etwas Wahres dran, man konnte das nicht so einfach abtun, andererseits war Bennys Mutter aber auch nicht gerade ein Profi in Sachen Liebe.

Eigentlich machte ich mir jedoch gar nicht so viele Gedanken darüber, irgendwie war es gar nicht richtig in Worte zu fassen. Mein Bruder und Ewa Kaludis. Kim Novak auf der roten Puch. Ihre Brust an meiner Schulter in der Klasse. Berra Albertsson und der rotwangige Mulle im Lackapark.

Das war ganz einfach zu viel. Alles zusammen genommen. Viel zu viel.

Wie auch immer, in der Nacht hörten wir nicht besonders viel. Nichts, was darauf hindeutete, dass die beiden es miteinander trieben. Das Tonband lief leise vor sich hin, und ab und zu lachte Ewa. Irgendwie fast girrend. Ihr helles Gelächter drang zwar ein paar Mal durch die Dachbodenplanken hindurch, aber mehr war nicht. Vielleicht unterhielten sie sich ja nur, was weiß ich. Vielleicht war das manchmal so, dachte ich. Wenn nichts anderes anstand.

Dennoch lagen wir im Dunkeln wach, Edmund und ich. Wir lagen ganz still in unseren Betten und taten so, als schliefen wir, bis wir hörten, wie Ewa und Henry sich draußen auf der Wiese voneinander verabschiedeten. Es verging eine Minute, dann startete die Puch auf dem Parkplatz. Edmund seufzte tief und drehte sich zur Wand. Ich guckte auf meine selbstleuchtende Armbanduhr. Es war halb drei. Wahrscheinlich dämmerte es draußen schon, aber wir hatten wie immer die Rollos heruntergelassen.

Krebs-Treblinka-Liebe-Bumsen-Tod, dachte ich etwas resigniert.

Und Edmunds Vater. Und Henry und Ewa Kaludis. Nein, das war ein wenig zu schwer, wie schon gesagt. Es lohnte sich nicht, darüber nachzudenken.

Das war nichts für eine zarte Taube, um sich ihre niedlichen Gehirnwindungen darüber zu zerbrechen.

* * *

»Das ist eine etwas heikle Sache, ich gehe davon aus, dass euch das klar ist. Wirklich heikel.«

Henry sah uns ernst über den Esstisch hinweg an. Zuerst mich, dann Edmund. Wir schauten ernst zurück und schluckten jeder unseren Klumpen Makkaroniauflauf hinunter. Es war bedeutend einfacher, ernst und Vertrauen erweckend auszusehen, wenn man nicht die Fresse voll mit Makkaronis hatte. Vor allem, wenn man etwas zu viel Mehl in die Soße gekippt hatte, und das hatte Edmund diesmal gemacht.

»Selbstverständlich«, sagte ich.

»Diskretion Ehrensache«, sagte Edmund.

Ich hatte keine Ahnung, was das bedeutete, aber er

kam immer mit solchen merkwürdigen Ausdrücken, der Edmund.

Diskretion Ehrensache.

Es ist was faul im Staate Dänemark.

Sä la gär, sagt der Deutsche.

Ganz zu schweigen von den vielen norrländischen Redewendungen.

»Gut«, sagte Henry. »Ich verlasse mich auf euch. Und denkt dran: Auch wenn ihr meint, ihr wüsstet eine Menge, so ist es doch herzlich wenig, was ihr eigentlich kapiert.«

»Und das gilt nicht nur für euch, sondern auch für mich«, fügte er nach einer Weile hinzu. »Das betrifft alle.«

Er fuchtelte eine Weile mit seiner Gabel in der Luft herum, als wollte er das, was er sagte, ins leere Nichts schreiben. »Uns Menschen würde es sowieso viel besser gehen, wenn wir nicht immer, sobald wir die Gelegenheit dazu haben, sofort unsere Schlüsse ziehen würden. Stattdessen sollten wir lieber in dem glitzernden, funkelnden Jetzt leben.«

Er schwieg und zündete sich eine Lucky Strike an. Saß da, schaute nachdenklich vor sich hin und blies den Rauch über den Tisch. Es kam nicht oft vor, dass Henry mehrere Sätze hintereinander von sich gab, zumindest nicht uns gegenüber, und es sah so aus, als wäre diese Anstrengung schon fast zu viel für ihn gewesen.

»Das funkelnde, glitzernde Jetzt«, sagte Edmund. »Genau, was ich mir immer gedacht habe.«

»Wie läuft es mit dem Buch?«, warf ich schnell ein.

»Was?«, fragte Henry und starrte Edmund an.

»Das Buch«, sagte ich. »Dein Buch.«

Henry löste seinen Blick von Edmund und nahm noch einen Zug von seiner Zigarette. »Das läuft ausgezeichnet«, sagte er und streckte die Arme über den Kopf. »Nur dass du es erst lesen darfst, wenn du zwanzig bist, vergiss das nicht.«

»Warum denn?«

»Weil es eben so ein Buch ist«, erklärte Henry, mein Bruder.

Der Adler beschützt die Taube, dachte ich, und dann tauchte diese halbe Manuskriptseite in meinem Kopf auf. Die ich vor ungefähr acht, zehn Tagen gelesen hatte – von dem Körper, der auf dem Kiesweg landete, der Schwüle des Sommerabends und so. Plötzlich schämte ich mich. Ich fühlte mich ohne Vorwarnung ertappt bei etwas Verbotenem, das nicht für Kinder geeignet war, ich wusste gar nicht, warum. Ich murmelte etwas Unverständliches als Antwort, obwohl das eigentlich gar nicht notwendig war, und sah zu, schnell weitere Makkaronis in mich hineinzuschaufeln.

»Ich will morgen mal zu Mutter fahren und sie besuchen«, erklärte Henry, nachdem er seine Zigarette ausgedrückt hatte. »Willst du mitkommen?«

Ich kaute und schluckte. »Nein, vielen Dank«, sagte ich. »Ich glaube nicht. Vielleicht in ein paar Wochen.«

»Wie du willst«, sagte Henry.

»Aber du kannst sie doch grüßen, oder?«, fragte ich.

»Na klar«, versicherte Henry.

* * *

»Die Seele sitzt direkt hinter dem Kehlkopf«, war so ein anderer Spruch, den meine Mutter von sich gab, bevor sie ins Krankenhaus kam. »Wenn man dort nachfühlt, weiß man immer, was richtig und was falsch ist. Denk dran, Erik.«

Am Tag nach dem Tag E (E wie Ewa Kaludis) ruderten wir den Fluss hinauf, um uns bei Laxmans mit Proviant einzudecken, und ich fragte Edmund, was er meinte, wo sich die Seele wohl im Körper befinde. Und über richtig und falsch.

Es schien so, als hätte Edmund noch nie in dieser Richtung nachgedacht, denn er ließ einen Ruderschlag aus, und wir rutschten direkt ins Schilf. Sicher, das war schnell geschehen, denn der Fluss schien jeden Tag enger zu werden, die Ferienhausbesitzer säuberten ihn immer einmal im Sommer, und dieses Jahr waren sie noch nicht so weit gekommen.

»Mit dem richtig und falsch kennt sie sich bestimmt aus, deine Mutter«, meinte Edmund, nachdem wir wieder auf richtigem Kurs waren. »Klar, man fühlt das, wenn man etwas falsch macht. Wenn man sich einem anderen gegenüber hässlich verhält oder so ...«

»Oder einen Kaugummiautomaten plündert?«, fragte ich.

Edmund überlegte eine Weile.

»Einen Kaugummiautomaten leer machen, das kann nicht ganz falsch sein«, meinte er dann. »Kaugummis sind Gift für die Jugend, das weiß ich nur zu gut.«

»Aber so ganz in Ordnung kann es auch nicht sein?«, bohrte ich nach. »Bretter zu klauen und so.«

»Na, so ein ganz bisschen«, räumte Edmund ein. »Aber das ist nur Kleinscheiß, wenn man es vergleicht mit ... na, wenn man es eben vergleicht.«

Plötzlich schaute er ganz finster drein, und mir wurde klar, womit er das verglich. Eine ganze Zeit lang schwiegen wir beide, aber dann zog er die Ruderblätter ins Boot und fing an, mit den Händen an seinem ganzen Körper herumzutasten.

»Aber wo sie nun sitzt, das weiß der Teufel. Ich glaube, sie fliegt überall herum, die Seele. Wenn ich esse, dann sitzt sie im Magen. Wenn ich lese, ist sie im Kopf. Und wenn ich an Britt Laxman denke ...«

»Das genügt«, unterbrach ich ihn. »Ich habe verstanden. Du hast eine Nomadenseele, das kommt sicher daher, weil du in deinem Leben so viel umgezogen bist.«

»Kann sein«, stimmte Edmund zu und nahm die Ruderblätter wieder auf. »Übrigens, hast du deinem Bruder eigentlich von der Prügelei im Lackapark erzählt?«

»Nein«, sagte ich. »Warum fragst du?«

»Weil ich in meiner Zigeunerseele spüre, dass das gut wäre.«

Ich schwieg einige Sekunden.

»Henry kommt immer zurecht«, erklärte ich dann. »Er ist zweimal zur See gefahren.«

»Ach so«, sagte Edmund. »Ich dachte nur. Himmel, ist das heiß.«

»Long hot summer«, sagte ich.

»Das ist eine verflucht gute Scheibe«, sagte Edmund. »Aber es kann auf jeden Fall nicht schaden, wenn wir beide ein bisschen auf der Hut sind. Auf Henry und Ewa aufpassen, und was die beiden so treiben. Oder was meinst du?«

»Weißer Mann reden mit gespaltener Zunge«, sagte ich.

Das war einer der besten Sprüche, die ich kannte. Den konnte man in allen Lebenslagen anwenden, wenn man nicht gerade mit einem Indianer sprach, und Edmund fiel darauf auch nichts mehr ein.

»Keine weiteren Fragen«, sagte er nur und ruderte weiter durch die Schilfrinne.

* * *

Ein paar Nächte später wachte ich davon auf, dass Edmund schnaufend in seinem Bett saß.

»Was ist denn mit dir los?«, fragte ich.

»Er muss sie mit dem Auto abgeholt haben«, sagte Edmund. »Im Killer. Ich habe kein Moped gehört.«

»Wovon quatschst du?«

»Hör doch«, sagte Edmund nur, und da hörte ich es auch.

Zweierlei. Zwei verschiedene Geräusche.

Das eine war Henrys Bett, das quietschte und knarrte. Rhythmisch und langsam. Das andere war Ewa Kaludis, die jammerte. Oder stöhnte. Oder gurgelte. Ich konnte es nicht genau bezeichnen, denn ich hatte noch nie gehört, dass eine Frau derartige Geräusche von sich gab.

»Oioioi«, flüsterte Edmund. »Die rammeln ja, dass das ganze Haus wackelt. Ich glaube, ich platze gleich.«

Ich wurde stinksauer, als ich solch unreifes Gewäsch hörte.

»Halt die Schnauze, Edmund«, sagte ich. »So redet man nicht über diese Dinge.«

Edmund sagte nichts mehr. Nur die Geräusche von Henrys Bett unten erklangen rhythmisch weiter und pflanzten sich hartnäckig durch die Nacht hindurch fort. Durchs Haus.

»Entschuldige«, sagte Edmund. »Du hast natürlich Recht. Aber ich werde trotzdem mal rausschleichen und nachgucken.«

»Nachgucken?«, wiederholte ich.

»Klar«, bestätigte Edmund. »Wir können sie ja von der Treppe aus sehen. Unten gibt es doch kein Rollo. Nur damit wir auch was lernen. Nun komm schon mit und sei kein Feigling.«

Zum ersten Mal in meinem vierzehnjährigen Leben bekam ich eine Erektion, die so steif war, dass sie wehtat.

* * *

Edmund hatte wohl gedacht, wir könnten jeder auf einer Treppenstufe hocken und reingucken, aber das klappte nicht. Die wacklige Treppe ging zwar an der Außenseite des Giebels zu unserem Zimmer hoch, aber sie verlief ein Stück oberhalb von Henrys Zimmer. Wenn wir etwas sehen wollten, mussten wir uns schon ins Blumenbeet stellen – ins ungepflegte, überwucherte Blumenbeet am Haus mit den Pfingstrosen, Reseda und hunderterlei verschiedenem Unkraut. Vorsichtig wie die Indianer schlichen wir uns dorthin, und noch ein Stück vorsichtiger reckten wir unsere Köpfe über die Fensterbank.

Und da sahen wir es.

Es war wie in einem Film, obwohl es zu der Zeit, Anfang der sechziger Jahre, noch keine solchen Filme gab. Nur vage hatte ich damals das Gefühl, dass es sie in zwanzig Jahren geben würde. Oder in dreißig. Oder in hundert, wie auch immer, jedenfalls würde es irgendwann solche Filmrollen geben, ganz einfach allein aus dem Grund, weil sie gebraucht wurden.

Vage hatte ich so eine Ahnung. Was sonst noch lief, war alles andere als vage.

Ewa Kaludis saß auf meinem Bruder. Sie war nackt, und ihr Busen wippte auf und ab, als sie sich über ihm senkte und wieder erhob. Wir sahen die beiden ein wenig von der Seite, schräg von vorn – ich meine, nur sie, und sie war ja schließlich die Hauptsache. Sie hatten Kerzen in leeren Flaschen brennen, die Flammen flackerten und warfen ein Feuermuster über ihren Körper und ihre Bewegungen.

Über ihr nacktes Gesicht, ihre nackten Schultern und ihre nackte Brust. Ihren leicht gewölbten glänzenden Bauch, der sich vorstreckte und rollte, und über ihren dunklen Schoß, der nur teilweise zu sehen war und immer wieder von ihrem eigenen Schenkel und Henrys Händen verdeckt wurde.

Ich glaube, wir hielten fünf Minuten die Luft an, Edmund und ich. In dem nur schummrig erleuchteten Zimmer liebte Ewa Kaludis meinen Bruder, ruhig und zielbewusst, wie es aussah. Nur für den Bruchteil von Sekunden konnten wir ihren ganzen Schoß sehen und erkennen, dass Henry wirklich in ihr war, aber mehr war auch gar nicht notwendig. Es war so unbeschreiblich schön. So verdammt schön, dass mir klar war, dass ich niemals wieder in meinem Leben etwas Ähnliches sehen würde. Niemals. Obwohl mein dürrer, erigierter Vierzehnjährigenschwanz wehtat wie ein Beinbruch, begann ich zu weinen. Ebenso ruhig und leise wie damals, als wir in der Sommernacht vom Lackapark nach Hause geradelt waren, ließ ich meine Tränen einfach fließen. Ich stand da im Unkraut, starrte hinein und weinte. Weinte und starrte. Nach einer Weile merkte ich, dass Edmund wichste. Er atmete jetzt mit offenem Mund, und seine rechte Hand fuhr wie ein Kolben in seiner Pyjamahose hin und her.

Ich holte tief Luft und tat es ihm gleich.

Hinterher schlichen wir uns davon. Ohne ein Wort gingen wir über das taunasse Gras zum See. Liefen über den Pontonsteg und tauchten so leise wir konnten ins Wasser, damit es nicht im Haus zu hören war. Mit Pyjamahosen und allem.

Das Wasser war spiegelblank, warm und weich. Ich drehte mich um und schwamm lange Zeit auf dem Rücken. Dann ließ ich mich eine ganze Weile einfach treiben. Edmund war auch weit hinausgeschwommen, hielt sich aber etwas von mir entfernt. Wir brauchten den Abstand, das war deutlich zu spüren, zwei einsame Vierzehnjährige mitten in der Nacht in einem juliwarmen Sommersee.

Edmund und ich.

Nun hatten wir nicht gerade unsere Jungfernschaft verloren, aber irgendetwas war mit uns geschehen. Etwas Großes und fast Geheimnisvolles. Mir kam in den Sinn, dass ich endlich eine Tür geöffnet und etwas gesehen hatte, was ich mir schon lange zu sehen gewünscht hatte. Etwas, das wie ein anderes Land war.

Und dass es schön gewesen war.

So verflucht schön. Da war es irgendwie einfach notwendig, hinterher eine Weile im See herumzuschwimmen.

Ja, ungefähr das dachte ich.

12

Am nächsten Morgen waren wir schon ziemlich früh auf den Beinen, obwohl wir den größten Teil der Nacht wach gewesen waren. Als wir hinuntergingen, waren Henry und Ewa verschwunden, deshalb nahmen wir an, dass er sie in den frühen Morgenstunden nach Hause gebracht hatte. Es ging natürlich nicht an, dass sie so lange hier blieb, wenn sie meinen Bruder besuchte.

Nahmen wir an. Dachten wir uns im Stillen in unseren vierzehnjährigen Gehirnen. Wir sagten überhaupt nicht viel an diesem Morgen. Edmund rührte die Haferflocken fünf Minuten lang um, bevor er überhaupt anfing zu essen. Wie immer. Er strich seine Streichkäsebrote mit der gleichen Pingeligkeit wie immer. Als wäre er mit etwas ungemein Wichtigem beschäftigt, mit einem für die Zukunft der Menschheit entscheidenden wissenschaftlichen Experiment. Als würde es genügen, dass nur ein kleiner Klecks daneben ging oder ein Quadratzentimeter Brot nichts abbekam, und schon explodierte das ganze Universum.

Ich erinnere mich, wie ich überlegte, ob das vielleicht

etwas zu bedeuten hatte, unsere unterschiedlichen Frühstücksgewohnheiten. Ich selbst verputzte meine Brote und meinen Kakao in höchstens vier Minuten. Für Edmund dagegen war das Frühstück eine Art Ritual, das ungefähr wie das Abendmahl ablief, das der Priester in der Kirche servierte. Nicht, dass ich so viel Erfahrung mit Abendmahlsfeiern hatte, aber einmal hatte ich eine gesehen – als Henry vor Urzeiten konfirmiert worden war – und etwas Trägeres und Langweiligeres hatte ich nie wieder erlebt.

Also war es vielleicht ja doch bedeutsam, unser unterschiedliches Frühstückstempo. Vielleicht war es so ein Zeichen, das darauf hinwies, dass unsere Charaktere vollkommen unterschiedlich waren, Edmunds und meiner, und wenn einer von uns eine Frau gewesen wäre, dann wäre es unmöglich für uns gewesen, als Mann und Frau zusammenzuleben. Absolut unmöglich.

Ich musste bei diesem letzten Gedanken vor mich hinschmunzeln. Das waren natürlich nichts als Spekulationen, die ich da ausspann an diesem Morgen, während ich wartete, dass Edmund fertig wurde. Reine lächerliche Spekulationen, natürlich würde ich nie Edmund heiraten, wie sehr ich auch zur Frau werden würde, und ich nahm an, dass derartige Gedanken nur in meinem Kopf auftauchten, weil ich zu müde war, sie zu zügeln. Zu der Zeit ging es manchmal in meinem Kopf so zu: Wenn ich gesund und munter und wach war, herrschten Zucht und Ordnung, aber wenn ich zu wenig geschlafen hatte, konnte alles Mögliche auftauchen. Krebs-Treblinka-Liebe ...

Wie auch immer, an dem Tag herrschte auch das schönste Wetter. Wir lagen vormittags auf dem Steg und lasen, und dann nahmen wir das Boot. Zuerst ruderten wir nach Fläskhällen und spielten dort ein paar Mal auf dem neuen Flipperautomaten. Wir bekamen kein Freispiel, es war überhaupt ein ziemlich geiziges und simples Spiel. Nachdem wir ein Eis gegessen hatten, ruderten wir auf die Möwenscheißinsel. Wir hatten in unserem Beutel Apfelsaft, ein paar Bücher und Oberst Darkin. Während Edmund sich zum fünften oder sechsten Mal auf *Die Reise zum Mittelpunkt der Erde* begab, versuchte ich mich an ein paar ziemlich anspruchsvollen Comics. Die nächtlichen Bilder von Ewa Kaludis' wippender Brust tanzten vor meinem inneren Auge, aber wie sehr ich mich auch bemühte, ich hatte nicht das Gefühl, sie auch nur annähernd so darstellen zu können, wie sie in Wirklichkeit ausgesehen hatten.

Nicht einmal ungefähr annähernd. Schließlich beschloss ich, keinerlei intensivere Liebesszenen mehr in Oberst Darkin zuzulassen. Ab jetzt und für die Zukunft. Das war nun einmal nicht mein Stil, und der des Obersts auch nicht.

Als wir das dreizehnte Mal gebadet hatten und gerade den letzten Apfelsaft öffneten, setzte Edmund seine Brille auf und sagte: »Ich habe so ein Gefühl.«

Ich überlegte eine Weile. Es klang ernst, und er sah dabei ungewöhnlich ernst aus.

»Wirklich?«, bemerkte ich.

»Ja«, bestätigte Edmund.

»Was für ein Gefühl?«

Edmund zögerte ein wenig. »Dass es bald verdammt ungemütlich werden wird.«

Ich trank einen Schluck. »Was soll denn verdammt ungemütlich werden?«, fragte ich.

Edmund seufzte und sagte, das wisse er auch nicht. Ich wartete ab, dann fragte ich, ob er das mit meinem Bruder und Ewa Kaludis meinte. Und mit Berra Albertsson.

Edmund nickte. »Ich glaube, ja«, sagte er. »Irgendwie muss da doch was passieren. Das kann doch nicht einfach so weitergehen. Das ist wie ... das ist, als wenn man auf ein Gewitter wartet. Spürst du das nicht?«

Ich antwortete nicht. Plötzlich fiel mir ein, was mein Vater an diesem Maiabend daheim in der Küche in der Idrottsgatan gesagt hatte. Ein schwerer Sommer. Das wird ein schwerer Sommer.

Dann fiel mir wieder Ewa Kaludis ein. Und Mulles ohnmächtiger Kopf. Edmunds richtiger Papa. Die grauen Hände meiner Mutter auf der Krankenhausdecke. Hoffnungslos wie Milchsuppe mit Blaubeerspuren darin.

»Wir werden sehen«, sagte ich schließlich. »Wer weitermacht, wird's schon sehen.«

* * *

Es vergingen einige Tage. Die Hitze blieb uns erhalten. Wir badeten, lagen auf dem Steg und lasen, ruderten zu Laxmans und nach Fläskhällen. Es schien, als wäre alles wie immer. Henry saß im Schatten, schrieb und rauchte seine Lucky Strikes, und wir kümmerten uns gegen eine angemessene Bezahlung um die Verpflegung. Einen Fünfer oder einen Zehner. Abends fuhr Henry mit dem Killer davon und kam meist erst spät in der Nacht zurück. Über Ewa Kaludis verlor er kein Wort, und wir fragten natürlich auch nie nach. Wir schwiegen und wahrten auf Gentleman-Art das Gesicht. Wie Arsène Lupin. Oder Scarlet Pimpernel.

Oder Oberst Darkin.

Wenn man sonst nichts werden kann, dann kann man zumindest zusehen, dass man ein Gentleman wird, das war eine von Edmunds Redewendungen aus dem Ångermanland, und darin war ich mit ihm auf Punkt und Komma einig.

Es war der vierte Juli, als sie das nächste Mal in Genezareth auftauchte. Ich kann mich noch so gut an das Datum erinnern, weil Edmund und ich eine ganze Weile über George Washington und die amerikanische Unabhängigkeitserklärung geredet hatten. Und über Kennedy und seine Jackie. Es war kurz nach zehn Uhr abends, wir hatten gerade einen Kakao getrunken und Zwieback mit Butter gegessen, wie wir es immer vor dem Schlafengehen taten. Henry saß noch draußen und schrieb, es war ein sehr heller Abend, und er rauchte fieberhaft, um die Mücken zu vertreiben.

Ich nehme an, wir hörten alle drei gleichzeitig das Moped. Edmund und ich sahen einander über den Küchentisch hinweg an, und die Schreibmaschine verstummte. Es verging eine halbe Minute, dann hatte sie den Parkplatz erreicht. Sie ließ den Motor einen Moment lang leer laufen, dann stellte sie ihn ab.

»Hrrm«, sagte Edmund. »Ich glaube, ich muss mal pissen.«

»Wenn du meinst«, sagte ich.

Zuerst erkannte ich sie nicht wieder. Eine hohle Sekunde lang konnte ich mir nicht vorstellen, dass die Frau, die hinter dem Fliedergestrüpp hervorkam, die paar Schritte übers Gras lief und sich dann meinem Bruder in die Arme warf, wirklich Ewa Kaludis war.

Ewa Kaludis/Kim Novak auf der roten Puch. Ewa Kaludis mit den funkelnden Augen und den reifen, wippenden Brüsten. Mit den schwarzen Leggins und dem roten Band im Haar und dem offenen Swansonhemd, das im Wind flatterte.

Aber sie war es. Das Swansonhemd trug sie auch heute, ebenso die Leggins. Oder jedenfalls etwas Ähnliches. Aber kein rotes Haarband. Keine funkelnden Augen und kein breites Lächeln. Nur ein Auge, genau betrachtet. Das andere, das rechte, sah aus wie zwei Pflaumen. Oder eigentlich, als hätte jemand dort, wo es sitzen sollte, zwei Pflaumen zertreten. Die Lippen waren auch nicht die üblichen. Die obere sah aus, als wäre sie breitgedrückt worden, und reichte jetzt bis zur Nase. Die Unterlippe war dick angeschwollen und hatte einen breiten dunklen Strich darin. Auf einer Wange war ein großer bläulicher Fleck zu sehen. Sie sah insgesamt einfach jämmerlich aus, und es dauerte noch weitere hohle Sekunden, bevor ich begriff, was vorgefallen sein musste. Dass jemand sie so zugerichtet haben musste. Dass jemand Ewa Kaludis seine Fäuste ins Gesicht gepflanzt hatte. Dass jemand sie ... dass jemand ...

Ich glaube, mir wurde schwarz vor Augen, als mir das klar wurde. Ich schloss die Augen und hörte Edmund neben mir einen Fluch ausstoßen. Als ich wieder aufschaute, stand Ewa Kaludis fest in den Armen meines Bruders, er umfasste sie mit beiden Armen, strich ihr über den Rücken, und man konnte sehen, dass sie weinte. Henry stand mit gebeugtem Kopf da und murmelte etwas direkt in ihre Haare, und ihre Schultern hoben und senkten sich im Takt ihres Schluchzens.

Eine Zeit lang geschah sonst nichts, außer dass Edmund einen weiteren zittrigen Fluch ausstieß. Dann half Henry Ewa, sich an den Tisch zu setzen, dort, wo er gesessen und geschrieben hatte, und wandte sich danach zu uns.

»Hört mal«, sagte er, und sein Blick fuhr hastig zwischen uns hin und her. »Mir ist scheißegal, was ihr macht, wenn ihr uns jetzt nur in Ruhe lasst. Geht ins Bett oder rudert auf den See hinaus oder was ihr auch wollt. Aber Ewa und ich müssen jetzt eine Weile allein sein. Habt ihr verstanden?«

Ich nickte. Edmund nickte.

»Gut«, sagte Henry. »Verschwindet.«

Ich warf Edmund einen Blick zu. Dann gingen wir pissen. Und dann gingen wir ins Bett.

* * *

Am nächsten Morgen war sie immer noch da.

Edmund und ich hatten bis tief in die Nacht miteinander diskutiert, und deshalb schliefen wir beide bis weit in den Vormittag hinein. Als ich die Treppe hinunterwankte, um aufs Plumpsklo zu kommen, bevor es zu spät war, saß Ewa auf einem der Liegestühle unter der Esche, Henrys abgetragenen Frotteemorgenmantel um sich gewickelt. Es sah fast so aus, als würde sie frieren, und als sie die Hand zu einem zögernden Gruß hob, bekam ich einen Kloß im Hals, den ich erst nach einigen kräftigen Schlucken wieder hinunterbekam.

»Hallo«, sagte ich. »Ich will nur schnell meine Morgentoilette machen. Bin gleich zurück.«

Irgendwie bewegte sie ihr Gesicht. Vielleicht versuchte sie ja zu lächeln.

Ich pinkelte, tauchte einmal ins Wasser und kam zurück. Edmund schlief immer noch. Von Henry war nichts zu sehen. Ich holte mir den anderen Liegestuhl und stellte ihn neben Ewas. Etwas schräg, aber ziemlich nah dran.

»Tut das weh?«, fragte ich.

Sie schüttelte vorsichtig den Kopf. »Nicht sehr.«

Ich schluckte und versuchte, sie nicht anzugucken. »Das geht vorbei«, stellte ich fest. »Du wirst in ein paar Tagen wieder die Schönste auf der ganzen Welt sein.«

Wieder versuchte sie zu lächeln. Aber auch diesmal hatte sie nicht viel Erfolg dabei. Offensichtlich taten ihr die Lippen dabei weh, denn sie zuckte zusammen und legte eine Hand auf den Mund.

»Ich sehe schrecklich aus«, sagte sie. »Sei so lieb und guck mich nicht an.«

Ich drehte den Kopf weg und betrachtete stattdessen den Baumstamm. Er war grau, etwas verschorft und nicht besonders interessant.

»Wo ist Henry?«, fragte ich.

»In die Stadt gefahren, er will Pflaster kaufen. Er ist bald wieder zurück.«

»Aha.«

Eine Weile schwiegen wir beide. »Es ist unglaublich«, sagte ich dann. »Dass dir jemand so etwas antun kann, unglaublich.«

Sie antwortete nicht. Richtete sich nur in ihrem Stuhl auf und räusperte sich ein paar Mal. Mir fiel ein, dass sie ja vielleicht auch Blut in den Hals bekommen hatte. Die Opfer in einigen Büchern, die ich gelesen hatte, hatten das, und Ewas Räuspern klang fast so.

»Soll ich dir was holen?«, fragte ich. »Was zu trinken oder so?«

Sie zwinkerte ein paar Mal mit dem gesunden Auge.

»Nein, danke«, sagte sie. »Du bist lieb, Erik.«

»Ach was«, wehrte ich ab.

Sie räusperte sich wieder, und dann wischte sie sich mit dem Ärmel des Morgenmantels die Stirn ab.

»Man muss lernen, was einzustecken«, sagte sie. »Das muss man.«

»Wirklich?«, zweifelte ich.

»Du brauchst dir um mich keine Sorgen zu machen. Ich habe schon Schlimmeres erlebt.«

»Schlimmeres?«, fragte ich nach.

»Als ich in deinem Alter war«, fuhr sie fort. »Und sogar noch jünger. Da sind wir aus einem anderen Land gekommen, das du vielleicht sogar kennst. Nur meine Schwester und ich, unsere Eltern sind dort geblieben. Wir sind in einem Boot übers Meer gefahren, in einem

Boot, das nicht viel größer war als euer Kahn... Ich weiß gar nicht, warum ich dir das alles erzähle.«

»Ich auch nicht«, musste ich zugeben.

»Vielleicht weil Henry mir von eurer Mutter erzählt hat«, sagte sie nach einer kleinen Pause. »Ich weiß, dass du es nicht leicht hast, Erik. Ich hatte vorher keine Ahnung davon, aber jetzt weiß ich es.«

Ich nickte und schaute auf das Rindenmuster. Es hatte sich nicht verändert.

»Du willst lieber nicht drüber reden?«

Ich gab keine Antwort. Ewa betrachtete mich eine Weile mit ihrem gesunden Auge. Dann beugte sie sich auf ihrem Stuhl nach vorne und klopfte mit einer Handfläche auf das Gras vor sich.

»Setz dich mal hier hin, bitte.«

Ich zögerte zunächst, tat dann aber wie geheißen. Schälte mich aus meinem Stuhl heraus und setzte mich auf den Boden zwischen ihre Knie. Lehnte vorsichtig meinen Nacken gegen die Querlatte des Liegestuhls. Spürte ihre Schenkel auf beiden Seiten.

»Mach die Augen zu«, sagte sie.

Ich schloss die Augen. Sie ergriff mit den Händen meine Schultern und begann sie mit behutsamen, langsamen Bewegungen zu massieren.

Langsam und behutsam. Dabei gleichzeitig kräftig und warm. Einen Moment lang wurde mir schwindlig, und ich dachte, dass dieser Sommer so voller neuer Entdeckungen und Erlebnisse war, dass bereits hundert Jahre vergangen sein mussten, seit wir die Abschlussprüfung in der Stavaschule abgelegt hatten.

»Du bist steif in den Schultern. Versuche dich mal zu entspannen.«

Ich entspannte mich, dass ich nur noch Wachs in ihren Händen war. Natürlich bekam ich auch eine Erektion, aber ich achtete darauf, dass sie in meinen weiten Badeshorts nicht zu sehen war. Dann gab ich mich dem reinen Genuss hin. Ich saß zwischen Ewas Beinen und genoss ihre Hände. Ich spürte, dass ich wieder kurz vorm Weinen war, aber diesmal kamen keine Tränen. Nur ein schönes, leicht vibrierendes Gefühl ganz im Inneren des Kopfs, hinter den Augenhöhlen. Und für eine aufblitzende Sekunde lang begriff ich, wie es wohl sein mochte, Henry zu sein.

Henry, mein Bruder.

* * *

Schließlich wachte auch Edmund auf, und schließlich kam Henry von seiner Apothekenfahrt zurück, aber das machte nichts. Als Ewa meine Schultern losließ und mir leicht durchs Haar fuhr, hatte ich fast das Gefühl, wir hätten Blutsbrüderschaft geschlossen. Oder uns zu einer Art Geheimbund zusammengeschlossen. Wir hatten nicht viel miteinander geredet, genau genommen fast gar nichts. Hatten nur zusammen im Gras gesessen, aber dennoch war irgendetwas anders, wie Edmund es vielleicht ausgedrückt hätte.

So verflucht anders. Diesen Gedanken hatte ich so ein- oder zweimal am Tag bis zu dem Zeitpunkt, als das SCHRECKLICHE eintrat, und jedes Mal war es mir, als würde mich ein intensives, warmes Gefühl erfüllen. Intensiv und warm, genau wie ihre Hände auf meinen verspannten Schultern.

Genau wie das Empfinden, wenn man nach einem kalten Wintertag in ein heißes, angenehmes Bad schlüpft, ich weiß noch, das dachte ich damals.

Aber nur irgendwie von innen.

13

Henry verschwand am gleichen Abend. Ich glaube, er fuhr die Puch, während Ewa den Killer nahm, schließlich musste es schwieriger sein, ein Moped mit nur einem tauglichen Auge zu lenken als ein Auto. Jedenfalls war der Parkplatz leer, als Edmund und ich nach einer ziemlich langen Fahrradtour gegen zehn zurückkamen.

Danach vergingen wieder ein paar Tage. Das Wetter war etwas unbeständig, mal Sonne, mal Regen. Aber die ganze Zeit sehr warm. Wir versuchten uns etwas mit Fischefangen, aber vom Möckeln kursierte das Gerücht, dass er so gut wie keinen Fisch beherbergte, und weder Edmund noch ich hatten so richtig die Muse, dazusitzen und auf einen Schwimmer zu glotzen.

Und der Gedanke, wir könnten vielleicht tatsächlich eine arme Plötze oder einen Barsch herausziehen und mit dem Messer abstechen müssen, verstärkte die Sache noch. Und ihm dann auf den Kopf schlagen zu müssen, bis er tot war. Oder wie immer man das nun machte.

Glücklicherweise mussten wir uns diesem Problem nie stellen, denn es biss keiner an.

Dafür bekam Edmund eine Mandelentzündung. Zwar nur eine leichte – nach seiner eigenen Einschätzung, er hatte schon ein paar Mandelentzündungen gehabt –, aber er war schlaff, hatte Fieber und wollte am liebsten nur im Bett liegen und schlafen. Oder lesen.

»Lesen, schlafen und trinken«, sagte er. »Aus diesen Ingredienzen besteht meine Heilkunst.«

»Ein Sprichwort aus dem Inneren von Lappland?«, fragte ich.

»Falsch«, erklärte Edmund. »Das kommt von meinem Vater.«

»Von deinem richtigen?«

»Oh Scheiße, nein«, sagte Edmund. »Von dem doch nicht. Von dem kommt nur Scheiße.«

* * *

An diesen Tagen war es schwieriger mit Henry zu reden als sonst. Wenn er nicht mit dem Killer unterwegs war, um etwas zu erledigen, lief er meistens murmelnd und paffend herum. Er hatte offensichtlich nicht mehr den richtigen Schwung beim Schreiben, meistens saß er nur da und starrte die Facit an, als wolle er sie dazu bringen, den existenziellen Roman von allein zu tippen. Manchmal hörte ich ihn fluchen und das Papier aus der Walze reißen, und insgesamt verhielt er sich reichlich genervt und grüblerisch.

Da sowohl mein Bruder als auch Edmund ziemlich mit sich selbst beschäftigt waren, Edmund mit seiner Mandelentzündung, Henry mit anderem, hielt ich mich lieber auch an Eigenes. Ich zeichnete mehr als zehn Seiten in *Oberst Darkin und das geheimnisvolle Erbe* und war mit dem Ergebnis ganz zufrieden. Seit ich beschlossen hatte, alle halb nackten Frauenkörper wegzuzensieren, kam ich viel einfacher mit der Geschichte voran. So soll es wohl sein, dachte ich ein wenig resigniert. In der Literatur und auch im Leben.

Auch die Kost war etwas eintönig in diesen Tagen. Edmund hatte keinen Appetit, und wenn Henry etwas futterte, hatte ich das Gefühl, man hätte ihm ebenso gut einen Teller voll Moos vorsetzen können. Er kümmerte sich nicht die Bohne darum, was er da eigentlich in sich hineinstopfte. Das Resultat davon war, dass wir meistens Kartoffeln mit Butter aßen. Es gab auch noch zwei Büchsen mit Heringen, die wir zu jeder Mahlzeit auf den Tisch stellten, aber keiner von uns konnte sich überwinden, den Deckel abzuschrauben und an einem Hering zu schnuppern. So war es nun einmal, und von Kartoffeln hatten wir noch mehr als genug.

* * *

Ich hatte gerade *Zehn kleine Negerlein* beendet und mich zur Wand gedreht, um einzuschlafen, da hörte ich jemanden über den Rasen herankommen.

Henry und Ewa. Ich schaute auf meine selbstleuchtende Armbanduhr. Halb eins. Edmund atmete hinten in seinem Bett schwer und mit offenem Mund. Es war etwas windig, und ein Ast schlug ab und zu gegen das Fenster. Ich konnte nicht anders, ich musste einfach denken, wie sicher man sich fühlte, wenn man in seinem warmen Bett lag. Wie behütet.

Solange man liegen blieb, heißt es. Denn die Wirklichkeit außerhalb des Betts, das war etwas anderes. Etwas Andersartiges. Schon wenn man nur seine Füße auf den kalten Boden stellte und sich in die Welt hinausbegab, setzte man sich damit einem Meer an Risiken und Schrecken aus. Zwar gab es dort immer irgendwelche Henrys, Ewas und Edmunds. Aber es gab auch blaue Veilchen, angeschwollene Lippen und Fäuste, die hart und schonungslos wie Stein waren. Es gab Beschlüsse, die gefasst werden mussten, und Dinge, die vorsichtig angepackt werden mussten, ob man nun wollte oder nicht. Es gab Väter, die schlugen und Treblinkas und Krebsgeschwüre, die immer weiter wuchsen.

Draußen in der Welt. Außerhalb des Betts, auf dem Boden. Ich drehte mich um und zog die Decke dichter um mich. Leise konnte ich hören, wie Henry und Ewa sich unten unterhielten. Offensichtlich war an diesem Abend keine Musik angesagt. Mir war klar, dass es nicht so ein Abend war. Es war eine andere Art von Abend.

Ich überlegte, worüber sich die beiden wohl unterhielten. Dachte eine Weile nach, ob dieser Trick mit dem Glas an der Wand wohl funktionierte, den die Detektive im Kino ab und zu benutzten. Ob das wirklich klappte. Ob er auch durch einen Fußboden klappen könnte.

Neben Edmunds Bett stand ein halb volles Glas. Es gehörte zu seiner Kriegführung gegen die Mandelentzündung, viel zu trinken, also hätte ich den Hörtest machen können. Wenn ich wirklich hätte wissen wollen, worüber Henry und Ewa da unten sprachen, wären keine größeren Anstrengungen notwendig gewesen. Fenster auf und raus mit dem Apfelsaftrest, mehr nicht. Und dann runter auf den Boden, das Glas auf die Bretter und das Ohr drangelegt. So einfach war das.

Ich tat es nicht. Vielleicht war ich einfach zu müde. Vielleicht hatte ich auch das Gefühl, dass es nicht besonders gentlemanlike gewesen wäre.

Verdammt noch mal, wenigstens ein Gentleman wollte ich bleiben.

Das war gar kein dummes Lebensmotto, hatten Edmund und ich beschlossen. Natürlich konnte man darüber diskutieren, wie gentlemanlike es gewesen war, in den Rabatten zu stehen und Henry und Ewa an dem bewussten Abend zu beobachten, aber auch ein Gentleman hatte seine schlechten Tage. Wie die Sonne ihre Flecken hatte.

So sinnierte ich, während ich in meinem sicheren Bett lag. Die Stimmen von unten erreichten mich nur als ein entferntes Murmeln, und als ich endlich einschlief, träumte ich sofort Henrys dunkle Stimme fort. Ich hörte nur noch Ewa, und dann war ich es, mit dem sie sprach. Sie saß neben mir im Bett oder eher schräg hinter mir, und massierte wieder meine verspannten Muskeln. Die Schultern und anderes. Wenn ich nie wieder aus diesem Traum erwacht wäre, wäre das auch nicht so schlimm gewesen.

* * *

Am nächsten Morgen lag ein Zettel auf dem Küchentisch.

Muss einiges erledigen. Komme heute Nacht erst nach zwölf Uhr zurück. Fleischklöße und Pfirsiche sind in der Speisekammer. Henry

Es war ungewöhnlich für meinen Bruder, eine Nachricht darüber zu hinterlassen, was er vorhatte, und ich nahm an, dass Ewa Kaludis dahinter steckte.

Zwar war Henry sonst nie länger als sechs, acht Stunden von Genezareth weg, und diesmal sollten es der ganze Tag und der Abend sein, aber dennoch sah es ihm nicht ähnlich, so etwas aufzuschreiben. Nicht meinem Bruder, oh nein.

Ich schaute nach, ob wirklich zwei Dosen auf dem Regal in der Speisekammer standen. Dem war so. Eine mit Mor Elnas Elchklößen in Sahnesoße. Eine mit Pfirsichhälften in Sirup. Das klang gar nicht schlecht, dachte ich, auch wenn ich das mit dem Sirup nicht so recht verstand. Vorausgesetzt, Edmunds heutiger Appetit blieb, wie er gewesen war, konnte ich – immerhin das – zumindest davon ausgehen, dass ich mir reichlich den Bauch voll schlagen würde. Nur schade, dass es kein Achtel Sahne zu den Pfirsichen gab, dachte ich noch, aber allein zu Laxmans zu radeln oder zu rudern, nur wegen eines lächerlichen Sahneklackses, das erschien mir dann doch etwas übertrieben. Und es war schon gar nicht in Betracht zu ziehen angesichts der Gewitterwolken, die sich zusammenzogen.

Es wurde ein reichlich schlaffer Tag. Zumindest anfangs. Edmund war auf dem Weg der Besserung, wie er behauptete, aber nur ein kleines bisschen. Es würde seiner Ansicht nach wohl noch einen oder zwei Tage dauern, bis er die Mandelentzündung los war.

Schlafen, lesen und trinken also. Absolut keine Ausflüge. Nicht zu Laxmans und nirgends sonst hin. Es war gar nicht daran zu denken, er hatte nicht einmal Lust, aus dem Bett zu kriechen. Er kränkelte, wie sie in Västerbotten sagten.

Ich stellte zwei Flaschen Apfelsaft auf den Tisch, wünschte ihm gute Besserung und ging nach draußen, wo ich mich in einen der Liegestühle setzte, mit Darkin und einem neuen Agatha Christie. Der letzte war nicht schlecht gewesen, der neue hieß *Alibi*, und Edmund hatte ihn als ungewöhnlich gute Geschichte empfohlen.

* * *

Ungefähr so verbrachte ich den letzten Tag vor dem SCHRECKLICHEN.

Im Liegestuhl mit Oberst Darkin und Agatha Christie. Edmund kam ein paar Mal heraus, aber wenn die Sonne schien, fand er es zu warm, und wenn die Sonne sich hinter einer Wolke versteckte, fror er. Er klagte darüber, dass die Leserei auch keinen rechten Spaß machte, weil er die ganze Zeit die Seiten vergaß, die er gerade gelesen hatte und dauernd am Einnicken war. Ich schlug ihm vor, er sollte *Die Reise zum Mittelpunkt der Erde* noch einmal durchgehen, aber er meinte, dass er im Augenblick nicht in der Laune für Jules Verne war. Eher für Quentin und Queen, und Krimis las man ja nun nicht so gern noch einmal.

Abgesehen von ganz bestimmten natürlich.

Mittags machte ich die Elchklöße für mich warm. Anders konnte man das kaum ausdrücken. Denn ich aß neun, Edmund einen. Die Pfirsichhälften wurden etwas gleichmäßiger verteilt, vier zu zwei, aber im Großen und Ganzen war ich ganz zufrieden mit der Mahlzeit.

Obwohl ich sowohl das Kochen als auch das Abwaschen übernehmen musste. Ich war mit Letzterem gerade fertig, als wir unseren ersten Besuch an diesem Nachmittag bekamen. Gladys Lundin schlurfte räuspernd und hustend über den Platz und fragte, ob wir nicht vielleicht einen Schluck Schnaps für sie übrig hätten.

Normale Leute, solche wie Bennys Mutter oder Frau Lundmark zwei Treppen höher in der Idrottsgatan, klopften immer mal an die Tür und baten um eine Tasse Zucker oder Mehl für die Pfannkuchen oder die Rhabarberspeise, aber die Lundins waren keine gewöhnlichen Leute. Weit entfernt. Soweit ich wusste, war Gladys so etwas wie eine Art Stammmutter für die ganze Sippschaft; sie war sicher schon einiges über siebzig und wog sicher einiges über hundert Kilo. Sie bewegte sich mit Hilfe zweier kräftiger Eichenstöcke voran, und in ihrem Mundwinkel hing immer eine brennende Zigarette. Aber nichts davon hinderte sie daran, dorthin zu kommen, wohin sie wollte, und um Schnaps zu betteln, wenn die Not es erforderte. Ich erklärte ihr, dass wir zufällig keinen Schnaps auf Lager hatten, und da bat sie stattdessen um ein Kilo Kartoffeln.

Das konnte ich ihr ja nun schlecht verweigern, da wir noch eine halbe Kiepe voll hatten. Wegen der Stöcke und der Zigarette dauerte es eine Weile, bis die Transportfrage geklärt war, aber schließlich hängte ich ihr einen Beutel mit einer Schnur um den Hals. Sie wankte davon, ohne sich zu bedanken, und ich überlegte eine Weile, ob sie wohl aus den Kartoffeln Schnaps brennen wollte, sobald sie mit ihnen daheim war. Ich hatte nur unklare Vorstellungen davon, wie so ein Prozess überhaupt vonstatten ging, aber mit ein wenig gutem Willen konnte sie vielleicht für den Abend ein Glas gewinnen. Schon damals dachte ich, dass es doch ein sonderbares Zusammentreffen war, dass sie so kurz nacheinander auftauchten, Gladys Lundin und der nächste Besucher, aber wie ich es auch drehte und wendete, ich konnte mir keinen rechten Reim darauf machen.

Jedenfalls hatte ich noch keine zwanzig Minuten wieder in meinem Liegestuhl verbracht, nachdem ich Gladys abgefertigt hatte, da hörte ich schon wieder ein Husten hinter mir. Aber deutlich kräftiger und ganz offensichtlich unglückverheißend.

Ich kam auf die Füße, und dann stand ich Auge in Auge mit Bertil Albertsson. Kanonen-Berra. Mit dem Mann, der so harte Handbälle schoss, dass die Torwarte daran starben. Mit dem Mann, der seine gestreifte Jacke mit einem nonchalanten Zeigefinger Atle Eriksson gereicht hatte, bevor er im Lackapark den Zweikampf mit dem rotwangigen Mulle begonnen hatte.

Mit dem Mann, dessen Verlobte Ewa Kaludis hieß.

Oberst Darkin fiel mir ins Gras, aber ich schaffte es nicht, ihn wieder aufzuheben. Ich versuchte zu schlucken, es gelang mir nicht recht, und ich überlegte kurz, ob Edmund mich vielleicht mit seiner Mandelentzündung angesteckt haben könnte. Berra stand breitbeinig drei Meter von mir entfernt, ungefähr in der gleichen Pose wie im Lackapark. Er trug ein kurzärmliges weißes Hemd, und seine braun gebrannten, behaarten Arme strotzten vor Muskeln und Sehnen. Sein grob gezeichnetes Gesicht war unergründlich. Er hatte eine Augenbraue um ein paar Zentimeter hochgezogen und sah mich an, als wäre ich etwas, das man im Rinnstein zertritt.

»Hallo«, sagte ich.

Er antwortete nicht. Die eine Augenbraue blieb weiterhin unter dem Haaransatz hängen, aber seine Kiefer bewegten sich leicht. Irgendwie mahlend. Ich wusste nicht, was ich hätte sagen sollen, deshalb versuchte ich, genauso zurückzustarren. Aber irgendwie wollte es nicht gelingen.

»Wo ist dein Bruder?«, fragte er schließlich. Ohne dabei die Lippen zu bewegen.

»Wer?«, fragte ich zurück.

Ich weiß nicht, warum ich so eine absolut bescheuerte Frage stellte, aber ich glaube, ich versuchte einfach Zeit zu gewinnen. Zeit, um es zu schaffen, in Ohnmacht zu fallen, oder Zeit für irgendeinen wohlgesonnenen Gott oder eine Göttin, die mir beistehen könnte. Die nach Genezareth kommen und mich für alle Zeiten auf eine unbewohnte Insel in der Südsee entführen würde.

Aber es kam kein Gott, und ich fiel auch nicht in Ohnmacht.

»Dein Bruder«, wiederholte Berra Albertsson. »Henry. Ich habe ihm so einiges zu erzählen.«

»Ach so«, sagte ich.

»Hast du viele Brüder?«, fragte Berra.

»Nur einen«, erklärte ich.

»Na, und wo ist er nun?«

»Er ist nicht hier«, gab ich Auskunft.

»Und wann kommt er zurück?«

»Ich weiß nicht. Erst spät.«

»Spät?«

»Erst nachts. Um zwölf. Oder noch später. Er hat einen Zettel dagelassen.«

»Heute Nacht?«

»Ja.«

»Hm.« Er senkte die Augenbraue. Hustete zweimal und spuckte aufs Gras. Die Rotze landete zwanzig Zentimeter vor meinem linken Fuß. Einen halben vor Oberst Darkin.

»Dann grüß ihn von mir«, sagte er. »Und sag ihm, dass ich um ein Uhr nachts wiederkomme. Ich hab so einiges mit ihm zu bereden.«

»Vielleicht ist er dann noch gar nicht da«, versuchte ich es, »vielleicht kommt er ja noch später.«

»Dann werde ich auf ihn warten.«

Damit ging er. Ich blieb stehen und schaute ihm nach. Als er hinter dem Fliedergestrüpp verschwunden war, senkte ich meinen Blick und starrte auf den Rotzfleck, der wie gemeißelt im Gras lag und glitzerte.

Der wird nie verschwinden, dachte ich. Diese widerliche Rotze wird noch in hundert Jahren auf dem Rasen von Genezareth liegen. Es kommt, wie es kommt.

»Mit wem hast du denn geredet?«

Edmunds Kopf schob sich durchs Fenster. »Ich habe geschlafen, und da habe ich Stimmen gehört. Wer war denn da?«

* * *

Als ich Edmund von meinem Gespräch mit Berra Albertsson erzählte, wurde er bleich wie eine Leiche.

Er nahm zehnmal seine Brille ab und setzte sie gleich wieder auf, und er presste die Zähne aufeinander, dass sie knirschten, aber vor allem sah er schrecklich verängstigt aus. Entschlossen und konzentriert trotz des Fiebers, aber auch irgendwie verzweifelt. Mir kam der Gedanke, dass er wahrscheinlich immer so ausgesehen hatte, wenn er darauf gewartet hatte, dass sein richtiger Vater kommen und ihn mit dem Gürtel verprügeln würde. Er sagte fast nichts, während ich wiedergab, was Berra gesagt und was ich gesagt hatte. Ballte ab und zu die Hand zu einer Faust, öffnete sie wieder und versuchte zu schlucken, aber das war auch alles. Irgendwelche Ideen oder Vorschläge für Projekte, die wir anpacken konnten, hatte er nicht.

Nicht die Bohne.

»Gewitter«, erklärte er schließlich. »Hab ich doch gesagt. Wir haben die ganze Zeit aufs Gewitter gewartet, und jetzt ist es da.«

»Verdammte Scheiße«, sagte ich, denn ich wusste nicht, was ich sonst hätte sagen sollen, und fühlte das Bedürfnis, mich mit ein paar kräftigen Flüchen selbst aufzumuntern. »Verfluchter Kackmist.«

»Genau«, sagte Edmund.

Der Regen setzte gegen acht Uhr ein, und ich leistete Edmund Gesellschaft und kroch schon kurz nach neun ebenfalls ins Bett. Es wurde ein richtiges, kräftiges Gewitter mit Blitzen und Donner, das beunruhigend nahe erschien, und es wollte überhaupt nicht mehr aufhören.

»Es gibt Gewitter, die laufen irgendwie immer im Kreis herum«, kommentierte Edmund. »Ich habe mal eins erlebt, in der Gegend von Ånge, da hat es über zwölf Stunden lang ununterbrochen gedonnert und geblitzt. Da kann man es wirklich mit der Angst kriegen.«

»Was macht die Entzündung?«, fragte ich, da ich keine Lust hatte, noch mehr von Gewittern zu hören. Es war so schon schlimm genug, wie ich fand.

»Etwas besser, glaube ich«, stellte Edmund nach einigem Probeschlucken fest. »Morgen bin ich sicher wiederhergestellt.« Zehn Minuten später schlief er wie ein Stein. Ich löschte das Licht und lag eine Weile da, lauschte dem Regen, der auf das Dach fiel, und dem Grummeln. Die Blitze leuchteten durchgehend fünfzehn bis dreißig Sekunden vor dem Donner auf, also stimmte es wohl, was Edmund gesagt hatte.

Dass es uns sozusagen umkreiste. Das Gewitter.

Und dass man sich dabei ziemlich klein fühlte.

Danach muss ich eingeschlafen sein, denn kurz nach zwölf Uhr wachte ich auf. Der Regen hatte aufgehört, aber es wehte ein kräftiger Wind. Ich hörte, wie Henry unten das Tonbandgerät anstellte, und ich glaube, er sprach mit jemandem.

Edmunds Bett war leer.

II

14

Es war Lasse Schiefmaul, der die Leiche fand, und es war Lasse Schiefmaul, der es zwei Tage hintereinander auf die erste Seite des Kurren brachte. Seine Eltern hatten eine kleine Hütte in Sjölycke, und dort verbrachte auch Schiefmaul größere Teile des Sommers. Es war allgemein bekannt, dass er davon träumte, ein Radrennfahrer zu werden. So einer wie Harry Snell. Oder wie Ove Adamsson. Auf Grund seines Aussehens konnte er ja schlecht Filmschauspieler oder Trompeter werden, aber es gab natürlich nichts, was ihn daran hinderte, ein Mordskerl auf dem Rennrad zu werden.

Er gehörte schon seit mehreren Saisons zur Juniormannschaft der Stadt, und es war sicher geplant, dass er in ein oder zwei Jahren zur richtigen Mannschaft dazustoßen sollte. Ein viel versprechendes Nachwuchstalent, wie man im Sport so sagte. Schiefmaul hatte die besten Voraussetzungen, darin waren sich alle, die etwas vom Radrennsport verstanden, einig, und irgendwie kam es dabei ja nicht auf sein Gesicht an.

Ehrgeizig, wie er war, versuchte Schiefmaul, die Sommertage möglichst intensiv für sein Training zu nutzen. Jeden Morgen holte er sein Rennrad noch vor acht Uhr aus dem Schuppen in Sjölycke hervor, um sich dann an sein Pensum von fünfzig, sechzig Kilometern zu machen. Oder sogar achtzig, hundert, wenn er gut in Form war, und das heute war so ein Tag. Es gehörte eigentlich nicht zu seinen Gewohnheiten, die holprigen Kieswege durch den Wald zu nehmen. Das Risiko, ins Schleudern zu kommen oder sich einen Platten einzuhandeln, war zu groß.

Aber an diesem Morgen tat er es doch. Wahrscheinlich nur mal so zur Abwechslung, auch wenn es zu dieser Zeit noch den einen oder anderen Wettkampf auf Kies gab. Anfang der Sechziger.

Er nahm den Weg gen Osten durch den Wald, also zur Levihütte hin, und es wurde schließlich eine ungewöhnlich kurze Tour.

Kurz – und verdammt schockierend, wie er es später dem Kurren-Reporter gegenüber ausdrückte. Nach nur wenigen Kilometern Strampeln kommt er also auf dem kurvigen Weg an dem Parkplatz vorbei, den wir uns mit den Lundins teilen. In voller Fahrt. Tief über den Lenker gebeugt. Er registriert, dass zwei Fahrzeuge da stehen. Ein schwarzer VW und ein roter Volvo PV 1800.

Und letzeres Auto lässt ihn so auf die Bremse steigen, dass er fast mit den Ohren im Schotter landet.

Oder vielmehr das, was neben dem Wagen liegt.

Die linke Vordertür steht offen, und direkt daneben auf dem Boden liegt ein Mensch auf dem Bauch. Es ist ein Mann mit dünnen, schwarzen Schuhen, einer hellen

Terylenhose und einem weißen, kurzärmligen Hemd. Dieser Anblick bietet sich Schiefmaul, nachdem er das Fahrrad gedreht hat und die kleine Steigung hinaufgefahren ist. Auf dem Fahrersitz sieht er eine gestreifte Jacke. Der Mann liegt zwar auf dem Bauch, aber irgendwie verdreht und mit ausgestreckten Armen. Gerade Letzteres, das betont Schiefmaul gegenüber den Reportern und Fotografen mehrere Male, machte ihm klar, was da passiert war.

Es war ihm klar, dass da etwas nicht stimmte. Ein lebendiger Mann liegt nicht so da. Das sieht man sofort, jedenfalls wenn man Augen im Kopf hat, und die hat Schiefmaul zu dieser frühen Morgenstunde. Die Uhr zeigt erst kurz nach sechs, und er schiebt sein Rennrad unter größtmöglicher Vorsicht und mit äußerster Sorgfalt zu dem Unerhörten.

Sieht, was er doch schon weiß.

Sieht, dass im Kopf des Kerls, der da liegt, ein großes Loch klafft, und dass es voll Blut ist, die Haare auch, das Hemd und der Boden um ihn herum.

Er kann nicht erkennen, wer es ist, denn er traut sich natürlich nicht, den Körper zu berühren und ihn umzudrehen. Das soll man schließlich auch nicht tun. Es ist Sache der Polizei, tote Körper umzudrehen, nicht die Sache von Lasse Schiefmaul.

Nein, es ist nicht Schiefmaul, der den Mann auf dem Parkplatz identifiziert, sondern wir sind es. Henry und Edmund und ich, denn wir sind es, zu denen Schiefmaul laut schreiend gerannt kommt.

Und wir sind es, die mit ihm zum Parkplatz zurückrennen, und wir sind es, die sich im Halbkreis um Bertil »Berra« Albertsson herumstellen und kein Wort herausbringen.

Keiner von uns. Wir wissen alle drei, dass es Kanonen-Berra ist, der da liegt, aber keiner von uns gibt dazu auch nur den geringsten Kommentar ab. Nicht einen Ton.

Lasse Schiefmaul auch nicht. Eine halbe Minute lang stehen vier Menschen dort und starren einen fünften an, der nicht mehr ein Mensch ist, und das ist die längste halbe Minute unseres Lebens.

Danach gucken wir auf die Uhr und sehen, dass es fünf vor halb sieben ist. Es ist der Morgen des 10. Juli, und das SCHRECKLICHE ist Tatsache.

* * *

Als Lasse Schiefmaul uns verließ, um von den Lundins aus die Polizei anzurufen, gab es etwas, das ich regeln musste, obwohl mein Kopf sich wie ein verlorenes Ei anfühlte. Es gelang mir, Augenkontakt mit Henry, meinem Bruder, aufzunehmen, und ich formulierte mit den Lippen das Wort »Ewa?« und warf einen schnellen Blick nach Genezareth. Ich weiß nicht, warum ich das Gefühl hatte, dass Ewa da rausgehalten werden sollte, aber ich hatte es nun einmal. Es war, als sollte es irgendwie eine Sache nur zwischen meinem Bruder und mir bleiben. Das, was jetzt geschehen war.

Ich glaube, Henry begriff meine unausgesprochene Frage, aber er antwortete nicht. Schüttelte nur leicht den Kopf und zündete sich eine Lucky Strike an.

Ich seufzte und legte Edmund einen Arm um die Schulter. Er stand zitternd in der Morgenkühle, aber anscheinend war es so gekommen, wie er es vorhergesehen hatte.

Die Mandelentzündung war seit der letzten Nacht vorüber.

15

Der erste Polizeiwagen kam bereits, als wir noch auf dem Parkplatz standen. Schiefmaul leistete uns inzwischen wieder Gesellschaft – sowie Gladys Lundin und ein ungefähr dreißig Jahre jüngeres Frauenzimmer, das eine Kopie von ihr zu sein schien. Etwas kleiner und etwas blasser, sie hatte auch noch keine Krücken, aber sie paffte tapfer eine nach der anderen, und ihre Brüste waren auf dem besten Weg, bis unter den Nabel zu reichen.

»So was kann passieren«, war Gladys' erster Kommentar, »nur ein Glück, dass unsere Kerle nicht zu Hause sind, sonst würden die Bullen bestimmt gleich angerannt kommen und sie einbuchten.«

Ansonsten wollte zu diesem Zeitpunkt niemand sonst einen Kommentar abgeben. Kanonen-Berra lag da, wo er schon die ganze Zeit gelegen hatte, auf dem Kies, aber niemand schien sonderlich Lust zu haben, ihn sich genauer anzuschauen. Es schien, als stünden wir in einem armseligen, beschützenden Halbkreis um ihn herum, mit dem Rücken zu dem SCHRECKLICHEN, und als der schwarzweiße Amazon mit drei uniformierten Polizisten und einem in Zivil auftauchte, durften wir unsere Namen angeben und dann nach Hause trotten, um abzuwarten.

»Verdammte Scheiße«, sagte Edmund, als wir wieder in unserem Zimmer waren. »Mehr sage ich nicht. Nur: verdammte Scheiße.«

Ich spürte, wie mir jetzt richtig übel wurde, überlegte eine Weile, ob ich in den Wald gehen und mir den Finger in den Hals stecken sollte, aber mit der Zeit zogen sich die Übelkeitsanfälle wieder zurück. Ich machte die Augen zu und hoffte, es würde mir gelingen, ein oder zwei Stunden zu schlafen, aber das war natürlich nicht drin. Unten aus dem Erdgeschoss hörte ich, wie Henry irgendwas auf der Facit schrieb, ich fand es etwas sonderbar, dass er ausgerechnet jetzt anfing zu schreiben, und ganz richtig brach das Hacken auch schon nach wenigen Minuten ab.

»Du, Erik«, sagte Edmund.

»Ja?«, fragte ich.

»Lass uns lieber gar nicht drüber reden. Irgendwie schaffe ich das nicht.«

»All right«, stimmte ich zu. »Vielleicht sollten wir sowieso erstmal drüber schlafen.«

»Er ist tot«, sagte Edmund dann aber doch. »Geht das in deinen Kopf rein, dass der Scheißkerl tot ist?«

»Ja«, sagte ich. »Berra Albertsson ist tot.«

* * *

Der von der Kripo kam gegen neun und hieß Lindström. Er trug einen hellen Anzug mit Fliege, und wenn er nicht streng nach hinten gekämmte schwarze Haare gehabt hätte, hätte er an Ture Sventon erinnert, den berühmten Detektiv.

Er grüßte uns alle drei der Reihe nach, gab uns die Hand und nannte seinen Namen, Kriminalkommissar Verner Lindström, dreimal. Er roch leicht nach Rasierwasser, und er sprach äußerst langsam und bedächtig – als würde er sich deutlich Mühe geben, alle unnötigen und unbedeutenden Worte zu streichen, bevor er sagte, was er eigentlich wollte. Ich fand, das gab einem Vertrauen und das Gefühl, dass er nicht mit uns spielte.

Er fing natürlich mit Henry an. Die beiden verbarrikadierten sich in der Küche, und während Edmund und ich ums Haus strichen, konnten wir sehen, wie sie sich drinnen am Tisch mit der karierten Wachsdecke gegenübersaßen, fast wie zwei Schachspieler.

Da wir nicht so recht wussten, was wir machen sollten, gingen wir zum Parkplatz, um mal nachzugucken.

Inzwischen waren noch vier Wagen auf dem Platz erschienen, man hatte mit Bändern und schwarzgelben Schildern abgesperrt, auf denen stand, dass hier eine Tatortuntersuchung vor sich ging und dass der Zugang für Unbefugte verboten war. Edmund erklärte einem hochnäsigen Polizisten, dass wir es gewesen waren, die die Leiche gefunden hatten – jedenfalls fast, wenn man Lasse Schiefmaul außer Acht ließ –, aber das nützte nichts. Wir hatten dort nichts zu suchen. Zumindest konnte ich sehen, dass Berra Albertssons Leichnam abtransportiert worden war und dass man dort, wo er gelegen hatte, seine Umrisse mit weißer Kreide aufgemalt hatte.

Ich sah auch mehrere Typen in grünen Overalls in und um den grünen Volvo kriechen. Sie trugen dünne Fingerhandschuhe, hatten Pinsel und Vergrößerungsgläser dabei. Gerade das erschien mir so unwirklich, dass ich gezwungen war, mir in den Arm zu kneifen, um mir selbst zu beweisen, dass ich nicht alles nur träumte. Edmund bemerkte, was ich da tat, und schüttelte nur finster den Kopf. »Das nützt nichts«, stellte er fest. »Stell dich darauf ein, dass du wach bist.«

Es gab noch ein paar andere Leute, die um die Absperrung herumschlichen, aber nicht sehr viele. Ich sah Schiefmaul und seinen Vater, das alte Paar Levi und einige aus dem Sjölyckegebiet. Sowie ein paar Journalisten und einen Fotografen.

Aber, wie gesagt, nicht besonders viele. Ich dachte, dass die Welt noch gar nicht wusste, dass die Handballlegende Berra Albertsson tot war. Noch konnte man sich fast einbilden, dass gar nichts passiert war.

Aber nicht mehr lange. Und dann fiel mir ein, dass Henrys Killer sich ja innerhalb der Absperrung und der Schilder der Polizei befand, und aus irgendeinem Grund begann ich so zu frieren, dass ich zitterte. Doch, ja, zweifellos war ich wach, war es immer gewesen.

Als wir wieder nach Genezareth zurückkamen, war das Verhör mit Henry beendet. Jetzt waren Edmund und ich an der Reihe, uns dem Kommissar Lindström gegenüber an den Küchentisch zu setzen. Bevor wir hineingingen, fiel mir ein, dass Berra und ich vor weniger als vierundzwanzig Stunden draußen auf dem Gras gestanden und geredet hatten.

»Ich will nur schnell was nachgucken«, sagte ich zu Edmund und ließ ihn kurz allein.

Es war, wie ich es mir gedacht hatte: Es gab keine Spur mehr von Berras Spucke.

* * *

»Wie ihr ja wisst, ist ein großes Unglück geschehen«, begann der Kommissar. »Und es ist wichtig, dass alle so genaue Angaben wie möglich machen, damit wir der Sache hier auf den Grund kommen. Also keine Vermutungen. Keine Lügen. Ist das klar?«

Edmund und ich nickten.

»Dann bitte eure Namen.«

Wir nannten sie.

»Und ihr wohnt den Sommer über hier?«

»Ja«, sagte ich.

»Zusammen mit Henry Wassman, deinem Bruder?«

»Ja.«

»Wann seid ihr gestern Abend ins Bett gegangen?«

Edmund erklärte, dass er schon gegen halb neun ins Bett gegangen sei, da er eine Mandelentzündung gehabt hätte. Ich sagte, dass ich so ungefähr eine halbe Stunde später im Bett war.

Kommissar Lindström hatte kein Aufnahmegerät, aber er schrieb alles, was wir sagten, auf. Sehr gewissenhaft mit einem blauen Kugelschreiber, auf einen Block, der direkt vor ihm auf dem Tisch lag. Er hatte irgendwie den einen Arm in einem beschützenden Bogen um den Block gelegt, sodass es unmöglich war, etwas vom Text zu lesen. Es war zu sehen, dass er nicht das erste Mal jemanden verhörte, und mein Respekt ihm gegenüber nahm zu.

»Und wann seid ihr ungefähr eingeschlafen?«

»Sofort«, erklärte Edmund

Ich zögerte etwas. »Ich denke, so gegen zehn.«

»Ist einer von euch in der Nacht aufgewacht?«

Edmund runzelte kurz die Stirn, und ich ließ ihn zuerst antworten. »Ich war einmal draußen zum Pinkeln.«

»Wann?«

»Keine Ahnung«, sagte Edmund. »Nicht den leisesten Schimmer.«

»Und dir ist dabei nichts Besonderes aufgefallen?«

»Nein«, sagte Edmund. »Nichts.«

»Hat es geregnet?«

Edmund dachte nach. »Nein«, antwortete er dann. »Geregnet hat es nicht.«

Kommissar Lindström machte sich Notizen.

»Und du?«, sagte er dann und wandte sich mir zu. »Warst du irgendwann einmal wach?«

»Nein«, sagte ich. »Ich glaube nicht.«

»Überhaupt nicht?«

»Nein.«

»War dein Bruder gestern Abend zu Hause?«

»Nein.«

»Wann ist er nach Hause gekommen?«

»Ich weiß nicht. Jedenfalls nicht, solange ich wach war.«

Er wandte sich wieder Edmund zu.

»Hast du bemerkt, ob Henry zu Hause war, als du draußen warst und Wasser gelassen hast?«

»Keine Ahnung«, sagte Edmund.

»Du hast nicht gesehen, ob Licht an war?«

»Ich glaube, es war aus. Aber warum fragen Sie nicht Henry selbst, wann er nach Hause gekommen ist?«

Lindström reagierte nicht auf Edmunds Frage. Stattdessen fixierte er mich.

»Gibt es sonst noch etwas, das wir wissen sollten?«

»Nein.«

Er schrieb ein paar Worte auf den Block.

»Erzählt mir, was heute Morgen passiert ist«, sagte er.

Edmund und ich berichteten abwechselnd, wie wir von Lasse Schiefmauls Schrei, der unten von der Wiese heraufkam, aufgewacht waren. Wie wir zusammen mit ihm und Henry zum Parkplatz gelaufen waren und gesehen hatten, was passiert war. Wie wir dort gewartet hatten, während Schiefmaul von den Lundins aus die Polizei angerufen hatte.

»Wisst ihr, wer da auf dem Parkplatz lag?«, fragte Lindström.

Edmund und ich sahen einander an.

»Ja«, sagte ich. »Das war Berra Albertsson.«

Lindström nickte. »Und wusstet ihr das gleich? Als ihr ihn gesehen habt?«

»Ja.«

»Wieso habt ihr ihn gleich erkannt?«

»Wir haben ihn schon vorher mal gesehen«, erklärte Edmund.

»Wo?«, fragte Lindström.

»Überall mal«, meinte Edmund. »Zum Beispiel im Lackapark.«

»Und er war ja auch in der Zeitung«, fügte ich hinzu. »Im Kurren.«

Lindström rückte seine Fliege gerade und machte sich Notizen. Er lehnte sich zurück und dachte ein paar Sekunden nach.

»Er war nicht hier und hat euch besucht?«

»Berra Albertsson?«, fragte Edmund. »Nein, der war nicht hier.«

»Nie«, bestätigte ich. »Jedenfalls nicht, als ich hier war.«

»Weißt du, ob dein Bruder ihn kannte?«

»Nein«, sagte ich. »Aber das tat er bestimmt nicht.«

»Habt ihr ihn hier in der Gegend schon mal gesehen? Im Sjölycke-Gebiet oder überhaupt in der Nähe vom Möckeln?«

Wir überlegten eine Weile.

»Nein«, sagte Edmund.

»Nein«, sagte ich.

Lindström holte aus seiner Innentasche ein Röhrchen Bronzol heraus und schüttelte zwei Pastillen heraus. Er wog sie ein paar Sekunden lang in der Hand, bevor er sie mit einer genau abgemessenen Bewegung in den Mund warf. »Seid ihr euch dessen ganz sicher? Dass ihr Bertil Albertsson hier in der Gegend nie gesehen habt?«

»Absolut sicher«, sagte Edmund.

»Nur im Lackapark«, bestätigte ich.

»Und ihr habt letzte Nacht nichts Ungewöhnliches gehört?«

Wir schüttelten die Köpfe. Kommissar Lindström kaute nachdenklich seine Bronzolpastillen.

»Dann stimmt das wohl«, sagte er, und damit war das Verhör beendet.

* * *

Unsere Väter hatten den Zwölf-Uhr-Bus genommen und waren von Åsbro aus mit Laxmans gelbem Taxi gefahren.

»Ihr könnt nicht hier bleiben«, sagte mein Vater.

»Unter keinen Umständen«, sagte Edmunds Vater.

»Immer mit der Ruhe«, sagte Henry.

Edmunds Vater holte ein Taschentuch heraus, das so groß war wie ein Zelt, und wischte sich damit das Gesicht und den Nacken ab.

»Ruhe?«, schnaubte er. »Wie in Dreiteufelsnamen sollen wir das bitte schön mit der Ruhe nehmen? Schließlich ist nur hundert Meter von hier ein Mord geschehen. Bist du verrückt geworden?«

Er starrte Henry mit aufgerissenen Augen an.

»Ist er verrückt geworden?«, wandte er sich an meinen Vater, als Henry keine Antwort gab.

»Ihr kommt mit zurück in die Stadt«, erklärte mein Vater. »Anders geht es nicht. Es ist unglaublich, so etwas ist hier noch nie vorgekommen.«

Henry zündete sich eine Lucky Strike an und stand vom Küchentisch auf.

»Macht mit den Jungs, was ihr für richtig haltet«, erklärte er. »Ich bleibe jedenfalls hier.«

»Ihr wollt doch nach Hause, Jungs?«, fragte Edmunds Papa nun in einem etwas sanfteren Ton. »Ihr wollt doch sicher so schnell wie möglich in die Stadt zurück?«

Ich sah Edmund an. Edmund sah mich an.

»Nie im Leben«, sagte Edmund.

»Unglaublich«, wiederholte mein Vater. »Mir fehlen die Worte.«

»Da läuft ein Mörder frei herum«, sagte Herr Wester.

* * *

Sie blieben den ganzen Tag und sogar über Nacht, und am nächsten Tag fuhren Edmund und ich mit ihnen in die Stadt zurück. Aber nur gegen das Versprechen, am darauf folgenden Tag wieder zurück nach Genezareth zu dürfen, sollten bis dahin keine neuen Gewalttaten im Gebiet um den Möckelnsee entdeckt worden sein. Edmund fuhr zu sich nach Hause, und ich fuhr mit meinem Vater ins Krankenhaus und saß eine Stunde lang bei meiner Mutter am Bett. Ihre Haare waren gewaschen worden, und sie hatte eine neue Dauerwelle, aber ansonsten sah sie ungefähr so aus wie vorher. Vielleicht noch ein bisschen blasser. Wir redeten die ganze Zeit über den Mord an Berra Albertsson, die Zeitungen hatten seitenlang darüber berichtet – oder, genauer gesagt, mein Vater und meine Mutter redeten darüber, während ich stumm dabeisaß, nickte und so tat, als wäre ich in allem ihrer Meinung. Das Ergebnis der letzten medizinischen Tests war immer noch nicht klar, eigentlich gab es also nicht viel, worüber man sich sonst hätte unterhalten können. Es war, wie es war.

Als wir das Krankenhaus verlassen wollten, nahm meine Mutter meine Hand und hielt sie eine Weile fest. Sie sah mich mit einer Art tiefem Ernst im Blick an, und ich erwartete, dass sie jetzt wieder so ein merkwürdiges Sprichwort von sich geben würde.

Aber das tat sie nicht. »Pass auf dich auf, mein Junge«, sagte sie nur. »Pass auf dich auf und pass auch auf Edmund auf.«

Wir fuhren mit dem Achterbus heim. Dann schlief ich eine Nacht in der Idrottsgatan, und am nächsten Tag, einem Samstag, kam Henry und holte Edmund und mich ab, und gemeinsam fuhren wir zurück nach Genezareth.

16

Obwohl wir doch dem Zentrum der Geschehnisse so nahe waren, erfuhren wir erst aus dem Kurren und der Ländstidning über die Fortschritte der Polizei hinsichtlich der Aufklärung des Mordes. Polizeidirektor Elmestrand erklärte bereits am ersten Tag, dass man davon ausging, den Täter bereits in nächster Zukunft zu fassen, und dass man nicht beabsichtige, die Reichspolizei einzuschalten. Er hätte volles Vertrauen in Kommissar Lindström und seine Männer, so behauptete er, erhoffe sich aber dennoch Hinweise von Kommissar Zufall und der Allgemeinheit. Es war natürlich wichtig, dass alle mithalfen, das blutige Drama, das unseren Ort und die gesamte schwedische Sportwelt erschüttert hatte, aufzuklären.

Der schwedische Handball hatte einen Schuss ins Zwerchfell bekommen, wie ein Schreiber namens Bejman es in der Ländstidning ausdrückte.

Auf die Frage, wen die Polizei denn als Täter verdächtigte, hatte man auch am Samstag noch keine Antwort. Man verfolge verschiedene Spuren, hieß es, aber es sei noch zu früh, um den Verdacht in eine bestimmte Richtung zu lenken.

Vielleicht war es die Tat eines Wahnsinnigen. Vielleicht steckte ein ganz anderes Motiv dahinter.

Aus den Informationen, die die Zeitungen auflisteten, ging hervor, dass Bertil »Berra« Albertsson seinen Mörder irgendwann zwischen Mitternacht und zwei Uhr früh, in der Nacht von Mittwoch auf Donnerstag, getroffen hatte. Wahrscheinlich hatte der Betreffende genau in dem Moment zugeschlagen, als Albertsson auf dem kleinen Parkplatz aus seinem Auto steigen wollte – wo er auch aufgefunden wurde, neben dem schmalen Kiesweg, der zwischen dem Ferienhausgebiet Sjölycke und dem Badegebiet Fläskhällen am See Möckeln durch den Wald verlief. Was Albertsson an so einem Ort zu dieser Nachtzeit wollte, lag im Dunkeln. Auch Befragungen und Verhöre von Leuten, die den Ermordeten kannten, wie zum Beispiel seiner Verlobten Ewa Kaludis, hatten kein Licht in diese Frage bringen können.

Der Mord selbst war mit einem so genannten stumpfen Gegenstand verübt worden, wahrscheinlich mit einem kräftigen Hammer oder einem kleineren Vorschlaghammer. Ein einziger Schlag hatte genügt. Er hatte Albertssons Kopf von oben und aus nächster Nähe getroffen, war durch den Scheitelknochen gedrungen und noch ein gutes Stück ins Gehirn eingedrungen. Der Tod musste unmittelbar eingetreten sein.

»Mitten in die Fresse«, sagte Edmund und legte den Kurren hin. »Wollen wir schwimmen gehen?«

Gleich von Anfang an hatten wir eine Art Übereinkunft geschlossen, Edmund und ich. Eine stillschweigende Übereinkunft, die besagte, dass wir nicht über den Mord sprachen. Nicht mehr jedenfalls, als unbedingt notwendig war. Natürlich dachten wir beide darüber nach, schließlich war es ein Geschehen, das alles andere überschattete. Das SCHRECKLICHE schlich sich in jeden Winkel und jede Ecke unserer Gedanken, die ganze Zeit. Auch noch darüber zu sprechen, das wäre ganz einfach zu viel gewesen.

Viel zu viel. Das war uns klar gewesen, ohne dass wir darüber ein Wort hatten verlieren müssen. Es gab eigentlich eine ganze Menge, was uns in dieser Art und Weise klar war, Edmund und mir. Stillschweigende Übereinkünfte ohne Worte. Wenn ich daran dachte, erschien es mir gleichzeitig ganz natürlich und auch ein wenig merkwürdig. Wir hatten ja erst seit ein paar Monaten Kontakt miteinander, und dennoch war es, als würden wir uns schon seit ewigen Zeiten kennen. Fast, als wären wir Zwillinge. Ich weiß, dass ich das einmal dachte.

Doch was Ewa Kaludis betraf, so lief es ganz anders. Sie mussten wir ab und zu auf die Tagesordnung setzen, das fühlten wir beide ganz deutlich.

»Ich möchte wissen«, sagte Edmund. »Ich möchte wissen, wie sie der Polizei ihr Veilchen erklärt hat.«

»Ihr ging's bestimmt schon mal besser«, überlegte ich.

»Vielleicht fühlt sie sich ja einsam«, meinte Edmund. »Ohne Henry und so. Denn du glaubst doch auch nicht, dass sie sich jetzt sehen?«

»Ich glaube in dieser Beziehung gar nichts«, erwiderte ich.

Aber der Gedanke, sie aufzusuchen, war bereits in meinem Hinterkopf aufgetaucht. In Edmunds offensichtlich auch.

* * *

Am Sonntag kam Kommissar Lindström wieder. Er blieb höchstens eine Stunde, aber er sprach mit uns allen dreien.

Mit einem nach dem anderen, und diesmal nahm er sich Edmund und mich einzeln vor.

»Es geht um ein paar Details«, erklärte er mir, als ich an der Reihe war.

»Details?«, fragte ich.

»Details«, wiederholte Lindström. »Vielleicht sind sie nur von untergeordneter Bedeutung, aber es ist immer so, dass man über die Details zum Ganzen kommt.«

»Die Sonne bringt es an den Tag«, sagte ich.

Er runzelte einen Moment lang die Stirn. Dann schlug er ein Blatt seines Notizblocks um und knipste ein paar Mal mit seinem Kugelschreiber.

»Habt ihr hier viel Werkzeug?«

»Werkzeug?«

»Säge, Axt, Hammer und so.«

»Nun ja«, sagte ich. »Ein bisschen. Aber nicht besonders viel.«

»Wir sind vor allem an einem größeren Hammer oder einem kleineren Vorschlaghammer interessiert.«

»Ach so.«

»Weißt du, ob es so etwas hier gibt?«

Ich dachte nach. »Es gibt einen Hammer in der Werkzeugschublade«, sagte ich. »Aber der ist nicht besonders groß.«

»Ist es der hier?«

Er hob einen Hammer hoch, den er unter dem Tisch verborgen gehabt hatte. Ich guckte ihn mir schnell an.

»Ja.«

»Sicher?«

Ich sah ihn mir genauer an. »Ja, das ist er. Wir haben ihn gebraucht, als wir den Steg gebaut haben, ich erkenne ihn wieder.«

»Das ist gut«, meinte Lindström. »Das stimmt mit dem überein, was dein Freund gesagt hat.«

Ich erwiderte nichts darauf.

»Es gibt nicht noch einen etwas größeren?«

»Doch«, sagte ich. »Ich glaube, es gibt einen kleinen Vorschlaghammer oder so, hinten im Schuppen.«

»Wirklich?«, fragte Lindström. »Wollen wir mal rausgehen und nachgucken?«

Ich folgte ihm zu dem baufälligen Schuppen neben dem Plumpsklo. Schob den Türriegel auf und schaute in dem Gerümpel nach.

»Ich weiß nicht genau, wo er ist.«

Eine ganze Weile suchte ich darin herum.

»Kannst du ihn nicht finden?«, wunderte Lindström sich. Er hatte sein Bronzolröhrchen herausgeholt und wippte auf Fersen und Hacken.

»Anscheinend nicht.«

»Das macht nichts. Ich glaube auch nicht, dass er hier ist. Dein Bruder konnte ihn auch nicht finden. Und du hast keine Ahnung, wohin er verschwunden sein mag?«

Ich kletterte aus dem Schuppen und bürstete mir den Staub ab.

»Nein«, antwortete ich. »Wirklich nicht.«

»Kannst du dich dran erinnern, wann du ihn zuletzt gesehen hast?«

Ich zuckte mit den Schultern. »Keine Ahnung. Vielleicht vor ein paar Wochen.«

»Den habt ihr nicht gebraucht, als ihr den Steg gebaut habt?«

»Nein.«

Wir gingen zurück zum Küchentisch.

»Das zweite Detail«, sagte Lindström, nachdem er etwas auf seinen Block geschrieben hatte. »Das zweite Detail betrifft ein gewisses Fräulein Ewa Kaludis.«

»Ja?«

»Kennst du sie?«

»Wir hatten sie als Vertretung in der Schule«, erklärte ich. »Im Mai und im Juni. Aber nur in ein paar Fächern, unsere Lehrerin hatte sich das Bein gebrochen.«

Lindström nickte.

»War sie eine gute Lehrerin?«

»Oh ja. Das war sie auf jeden Fall.«

»Weißt du, dass sie mit Bertil Albertsson zusammen war?«

»Ja.«

»Hast du sie im Sommer noch mal gesehen?«

»Nein«, sagte ich. »Doch, ja sicher. Einmal im Lackapark.«

»Im Lackapark?«

»Ja.«

»Nur dort?«

»Ja.«

»Und sonst nicht noch irgendwo anders, zufällig?«

»Nein.«

»Bist du dir da ganz sicher?«

Ich dachte nach.

»Jedenfalls nicht, soweit ich mich erinnern kann«, sagte ich.

Lindström saß ein paar Sekunden lang wortlos da, ohne sich Notizen zu machen. Dann stand er auf.

»Ich glaube, ich werde noch mal wiederkommen«, sagte er. »Und wenn du diesen Vorschlaghammer findest, dann ruf mich auf jeden Fall an.«

»Das werde ich tun«, versprach ich.

Wir gaben uns die Hand, und dann ging er fort.

* * *

Einmal, als wir in die vierte Klasse gingen, pinkelte Balthazar Lindblom in die Hose. Das geschah während des Religionsunterrichts bei einem Vertretungslehrer, der Stengård hieß, der aber von allen nur Stenhård genannt wurde, weil er steinhart war. Irgendwie eisern, es hatte gar keinen Zweck, irgendetwas auszuhecken oder sich ihm in irgendwas zu widersetzen.

Der Vorfall ereignete sich, als noch gut zehn Minuten Unterricht anstanden, und da wir alle still in unseren Büchern arbeiteten, konnten wir auch alle hören, wie es unter Balthazars Bank plätscherte. Stenhård auch.

»Was ist los?«, brüllte er. »Was machst du da, du Idiot?«

Balthazar pinkelte fertig, bevor er antwortete. Die Pfütze auf dem Boden schwoll zu einem richtigen kleinen See an, und wir, die ihm am nächsten saßen, bekamen die Erlaubnis, unsere Füße hochzuheben.

»Aber der Herr Lehrer hat es doch gesagt«, erklärte Balthazar.

»Was?«, fragte Stenhård. »Was willst du damit sagen?«

»Der Herr Lehrer hat doch gesagt, dass wir zusehen müssen, unsere Toilettenbesuche auf die Pause zu begrenzen. Dass es gar keinen Sinn hat, während des Unterrichts zu fragen, ob man austreten darf.«

Das war wahrscheinlich das einzige Mal während seiner gesamten Lehrertätigkeit, dass Stenhård eine Stunde zehn Minuten vor dem Klingelzeichen abbrach.

Und Balthazar Lindblom ist der Einzige, von dem ich weiß, dass es ihm gelang, eine Art Held zu werden – wenn auch nur kurzfristig –, indem er sich in die Hose pisste.

Aber später war es nicht das Pinkeln an sich, sondern Stenhårds Kommentar, der sich bei mir im Kopf festsetzte.

Was er sagte, als er uns auf den Schulhof hinausschickte.

»Korrekt. Du hast absolut korrekt gehandelt, mein Junge.«

Stenhård fiel mir ein, als Kriminalkommissar Lindström Genezareth am Sonntagnachmittag verließ. Nicht, weil die beiden sich irgendwie besonders ähnlich gewesen wären, weder im Wesen noch äußerlich, aber sie hatten doch etwas gemeinsam. Etwas Eisernes, dachte ich. Etwas, an dem zu rütteln oder dem sich zu widersetzen, vollkommen sinnlos war.

Ich wusste nicht, ob das gut oder schlecht war.

* * *

Um ganz ehrlich zu sein: Es war wohl das erste Mal in diesem Sommer, dass Britt Laxman überhaupt Notiz von uns nahm. Von Edmund und mir. Also, an dem Montagvormittag, als wir unter der klingelnden Glocke das Geschäft in Åsbro betraten.

Das erste und einzige Mal, genau genommen.

»Ja, hallo«, sagte sie. Zeigte alle ihre sechzehn Vorderzähne und kümmerte sich kein Stück mehr um die grauhaarige Frau, die am Tresen stand und über irgendetwas klagte. »Hallo, Erik und Edmund. Wie geht es euch denn so?«

Sie wusste zumindest unsere Namen. Ich sah Edmund an. Schaute mich dann im Laden um. Es waren ungewöhnlich viele Leute dort versammelt. Und ich begriff, dass Britt Laxman nicht die Einzige war, die wusste, wer wir waren. Mir war auch klar, dass die meisten nicht nur zum Einkaufen gekommen waren. Dieses plötzliche Schweigen und die Mundfaulheit der Leute hingen irgendwie mit Edmunds und meinem Auftauchen zusammen, das war so sonnenklar wie nur irgendwas. Einerseits war das natürlich sehr schmeichelhaft, aber gleichzeitig auch etwas bedrohlich, und ich glaube, dass Edmund das in dem Moment auch so empfand.

Drei Sekunden, länger dauerte es nicht, aber die genügten. Wir sahen einander an und verstanden. Dann räusperte sich der alte Major Casselmiolke und nahm die Diskussion wieder auf, die er mit Moppe Nilsson in der Fleischabteilung geführt hatte.

»Spuren!«, donnerte er mit seiner durchdringenden Militärstimme. »Es muss doch Spuren geben! Anhaltspunkte, verflucht noch mal! Die nur drauf warten, analysiert zu werden! Wir leben im Zeitalter der Wissenschaft, vergiss das nicht!«

»Da bin ich ganz anderer Ansicht«, widersprach Moppe gemächlich, während er mit seinen Wurstfingern zwischen den Würsten herumfummelte. »Ich denke, der Täter kann Gott für den Regen danken.«

»Den Regen?«, wiederholte Casselmiolke. »Gott?«

Als hätte er nie von derartigen Erscheinungen gehört.

»Der Regen kam zwischen vier und fünf Uhr morgens«, erklärte Moppe. »Der hat jegliche Anhaltspunkte weggespült. Stand im Aftonbladet vom Samstag.«

»Aftonbladet?«, sagte Casselmiolke. »Das habe ich nie in die Hände gekriegt. Habt ihr noch ein Exemplar?«

»Tut mir Leid«, rief Britt Laxman quer durchs Geschäft. »Die sind uns vor einer halben Stunde ausgegangen.«

Dann wandte sie sich wieder uns zu, mit einem neuen Lächeln und aufgerissenen Augen. »Was möchtet ihr?«, fragte sie. »Wie geht es euch?«

Wir spulten unsere Liste so schnell wir konnten herunter, aber als wir fertig waren, wollte sie uns immer noch nicht gehen lassen.

»Was meint ihr?«, flüsterte sie – damit es zumindest

nicht alle Ohren im Geschäft mitbekamen. »Wer hat das wohl getan?«

Edmund warf mir einen Blick zu.

»Ein Wahnsinniger«, sagte er schließlich. »Irgendein Verrückter, der aus dem Irrenhaus entflohen ist. Das ist doch wohl klar wie Kloßbrühe, oder?«

* * *

Auf dieser Schiene fuhren wir auch später weiter. Auf der Wahnsinnigenspur. Wenn die Leute uns fragten, was wir meinten – das kam immer mal wieder vor, die Götter sind unsere Zeugen, schließlich hatten wir die Leiche gesehen, wir wohnten ja gleich daneben, bestimmt hatten wir nachts was gehört, und so weiter –, ja, da vertraten wir immer die Ein-Verrückter-Theorie. Ein Wahnsinniger. Ein entflohener Geisteskranker. Dass es ein absolut geisteskranker Mensch gewesen sein musste, der den Mord an Bertil »Berra« Albertsson begangen hatte. Natürlich. Alles andere war doch undenkbar.

Auch hier wussten wir sofort – bereits als wir wieder auf der Treppe vor Laxmans Laden standen und ohne dass wir die Sache hätten diskutieren müssen –, dass das genau die richtige Antwort auf alle Fragen war.

Ein Wahnsinniger.

Wer denn sonst?

17

In den folgenden Nächten träumte ich wieder von Ewa Kaludis. Manchmal hatte sie ein blaues Auge, manchmal nicht. Ich hatte das Gefühl, dass auch Edmund in seinem Bett lag und von ihr träumte, und als ich ihn schließlich direkt danach fragte, gab er es ohne Umschweife zu.

»Na klar«, sagte er. »Sie hat sich irgendwie in mir festgebissen. Britt Laxman erscheint daneben fast etwas abgenutzt.«

»Britt Laxman?«, fragte ich. »Du willst doch damit nicht sagen, dass du normalerweise von ihr träumst?«

»Nun ja«, sagte Edmund. »Nicht direkt träumen, es war eher so eine Art Fantasie.«

Schon bald waren wir in eine Diskussion darüber verwickelt, inwieweit es für zwei Menschen möglich sein kann, den gleichen Traum zu träumen. Ob es tatsächlich sein könnte, dass Edmund und ich in unseren Betten lagen und genau die gleichen Bilder von Ewa Kaludis vor uns sahen. Als säßen wir in einem Kinosaal und glotzten den gleichen Film an.

Ich war der Meinung, dass es eigentlich nichts gab, was direkt dagegen sprach. Dass es sich um eine Art Rationierung in der Traumfabrik handeln konnte und dass es ganz einfach nicht genügend Träume gab, die für alle Menschen jede Nacht gereicht hätten.

Aber Edmund war nicht meiner Meinung.

»So geizig kann es in der Traumwelt nicht zugehen«, behauptete er. »Das ist nur in unserer Scheißwelt so, dass man knausern und geizen muss. Warum sollte man denn nicht einen Traum für sich allein haben?«

Ein eigener Traum für jeden Menschen?

Ich hoffte, Edmund möge Recht haben. Es klang gerecht und demokratisch – wie Brylle immer sagte, wenn wir ihn in Gemeinschaftskunde hatten –, aber wie es um die Albträume bestellt war, darüber diskutierten wir nie.

* * *

Nach dem Mord hielt sich Henry, mein Bruder, etwas häufiger in Genezareth auf als vorher, aber er war kaum gesprächiger. Er schrieb auch nicht viel. Meistens lag er auf seinem Bett und las das, was er bereits geschrieben hatte, glaube ich. Machte ab und zu mit dem Killer kürzere Touren, und ein paar Mal nahm er das Boot und ruderte auch auf den See hinaus. Aber er blieb selten länger als eine Stunde weg. Am Dienstagmorgen erklärte er uns, dass er unbedingt nach Örebro müsste und dass er ziemlich lange wegbleiben würde. Er fuhr kurz nach zwölf los, und Edmund und ich beschlossen, dem Flipperautomaten in Fläskhällen noch einmal eine Chance zu geben. Wir saßen gerade im Boot, als ein Typ hinter der Hausecke auftauchte.

Er sah aus, als wäre er so in den Dreißigern. Aber mit ziemlich schütterem Haar. Er trug ein weißes Perlonhemd und eine Sonnenbrille, und er wedelte mit beiden Armen, damit wir begriffen, dass er mit uns reden wollte.

Wir schauten einander an und kletterten dann wieder an Land.

»Lundberg«, sagte er, als wir bei ihm angekommen waren.

»Rogga Lundberg. Ich suche Henry Wassman.«

Ich sagte ihm meinen Namen und erklärte, dass Henry nicht zu Hause war. Und dass er wohl eine ganze Weile wegbleiben würde.

»Aha«, sagte Rogga Lundberg. »Dann bist du also sein kleiner Bruder, oder?«

Ich mochte ihn nicht. Vom ersten Augenblick an hatte ich das Gefühl, dass etwas faul mit ihm war und dass wir zusehen sollten, ihn so schnell wie möglich wieder loszuwerden. Vielleicht war es die Sonnenbrille, die seinen üblen Charakter offenbarte. Obwohl es ein bedeckter Tag war, machte er keinerlei Anstalten, sie abzunehmen.

Wie auch immer, ich gab zu, Henrys Bruder zu sein.

»Vielleicht könnten wir uns ein wenig zusammensetzen und miteinander reden«, schlug Rogga Lundberg vor. »Ich kenne Henry, und da wäre es doch prima, auch seinen Bruder mal kennen zu lernen. Wie heißt dein Kumpel?«

»Edmund«, sagte Edmund.

Widerwillig setzten wir uns um den Gartentisch. Rogga steckte sich eine Zigarette an.

»Ich habe 'ne Weile mit Henry zusammengearbeitet«, erklärte er dann. »Beim Kurren. Ich bin auch Freelancer.«

Das Wort Freelancer verlor sofort etwas von seinem Glanz.

»Hier ist ja so einiges passiert.« Er zeigte bedeutungsvoll auf den Wald und den Parkplatz. Edmund und ich verzogen keine Miene. »Schließlich kommt es nicht jeden Tag vor, dass hier in unserer Gegend ein Mord passiert. Ja, ich schreibe nämlich darüber, wisst ihr. Des einen Tod, des anderen Brot. Ihr lest doch sicher den Kurren?«

»Wir wissen nichts davon«, sagte ich.

»Wir wohnen nur zufällig in der Nähe«, erklärte Edmund.

»Wirklich?«, sagte Rogga Lundberg und lächelte kurz. »Na, aber ich denke, zumindest Henry weiß so einiges.«

»Was willst du damit sagen?«, fragte ich.

Er antwortete nicht sofort. Zunächst faltete er die Hände im Nacken und lehnte sich auf dem Stuhl zurück, als würde er sich hinter seiner riesigen Sonnenbrille sonnen. Obwohl es doch bedeckt war. Er zog zweimal an seiner Zigarette und ließ sie dann in einem Mundwinkel hängen.

»Was hattet ihr gesagt, wann er zurück sein wollte?«

»Spät«, antwortete ich und erinnerte mich plötzlich an das Gespräch mit Berra Albertsson vor fast einer Woche. Es war ähnlich wie dieses jetzt verlaufen, und das erzeugte in mir ein schauerliches Gefühl. Ich spürte, wie sich mir die Nackenhaare sträubten. »Kommt vielleicht erst heute Nacht zurück.«

»Ist er oft nachts unterwegs, dein Bruder?«

Ich antwortete nicht. Edmund nahm seine Brille ab und rieb sich die Nasenwurzel. Ich wusste, dass das ein Zeichen von Nervosität war.

»Nun hört mal zu«, sagte Rogga Lundberg, und jetzt klang er plötzlich reichlich ernst. »Ihr könnt ebenso gut gleich erfahren, was die Polizei denkt. Und Henry sollte es auf jeden Fall wissen. Deshalb wollte ich nämlich mit ihm reden.«

»Ja?«, sagte ich nur.

Er schnipste die Zigarettenkippe über die Schulter nach hinten. »Das ist doch nicht besonders schwierig«, fuhr er fort. »Und zwei so kluge Jungsköpfe wie ihr habt doch bestimmt kein Problem zu kapieren, wie der Laden hier läuft. Zumindest nicht, wenn ihr mal richtig drüber nachdenkt.«

Wir antworteten nicht.

»Berra Albertsson wurde da hinten auf dem Parkplatz gefunden, oder? In der Nacht von Mittwoch auf Donnerstag letzter Woche, ja?«

Ich nickte widerstrebend.

»Jemand hat ihn niedergeschlagen, als er gerade aus seinem Auto steigen wollte. Also muss die Polizei doch daraus schließen, dass er hier parken wollte. Könnt ihr mir erklären, warum er das wollte?«

»Ihr braucht nicht zu antworten«, redete Rogga Lundberg weiter, obwohl weder Edmund noch ich irgendwelche Anstalten dazu gemacht hatten. »Es liegt auf der Hand. Es gibt nur einen einzigen vernünftigen Grund, da hinten zu parken. Entweder wollte er die Lundins besuchen, oder er wollte euch besuchen ... Entweder oder, etwas anderes gibt es nicht. Habt ihr dazu etwas zu sagen?«

»Vielleicht musste er mal pinkeln und hat deshalb angehalten«, sagte Edmund.

»Und dann wollte es der Zufall, dass ein Verrückter da stand«, sagte ich.

Rogga Lundberg kümmerte sich gar nicht um unsere Einwände.

»Die Polizei ist von Anfang an von dieser Theorie ausgegangen, das kann ich euch sagen. Dass Kanonen-Berra die Absicht hatte, hierher zu kommen – oder zu den Lundins da hinten ...« Er nickte vage in Richtung der Lundins. »Und dass es jemanden gab, der ihn daran hindern wollte, dorthin zu kommen. Oder hierher. Und der das dann auch tat ... Hrrm?«

Das Fragezeichen nach dem Hrrm war sehr deutlich zu hören, dennoch sahen wir uns nicht bemüßigt zu antworten. Ich nicht, und Edmund auch nicht.

»Die Polizei hat sich natürlich zuerst die Lundins angeguckt, schließlich sind sie in derartigen Zusammenhängen nicht ganz unbekannt. Aber leider ist man da nicht weitergekommen. Es spricht nicht besonders viel dafür, dass sie in die Sache verwickelt sein könnten.«

»Wie ... wie k ... kannst du das denn überhaupt wissen?«, fragte Edmund. »Du ... d ... du redest hier 'ne ganze Menge Scheiße, hab ich den Eindruck.«

Es war das erste Mal, dass ich Edmund stottern hörte. Rogga Lundberg kam aus dem Konzept, aber nur für kurze Zeit. Dann schnaubte er verächtlich und zog eine neue Zigarette heraus.

»Darüber will ich ja gerade mit Henry reden«, erklärte er dann. »Nur schade, dass er nicht zu Hause ist. Es wäre wirklich besser für ihn, wenn wir bald mal miteinander reden könnten.«

Krebs-Treblinka-Liebe-Bumsen-Tod, dachte ich seit langer Zeit zum ersten Mal wieder.

»Es wäre gut, wenn ihr ihm das sagen würdet. Erzählt ihm, dass ich hier war und auch, was ich gesagt habe. Außerdem könnt ihr ihm gern ausrichten, dass ich einiges über seine Frauengeschichten weiß. Besonders über eine. Er wird schon wissen, was gemeint ist.«

Er stand auf und zündete sich die Zigarette an. Blieb eine Weile stehen und betrachtete uns durch seine dunklen Brillengläser. Dann zuckte er mit den Schultern und ging.

Wir blieben lange sitzen und versuchten, ihn zu vergessen. Aber es klappte nicht.

* * *

Wahrscheinlich war es das Gespräch mit Rogga Lundberg, das uns dazu brachte, das Problem Ewa Kaludis schon am Mittwoch anzugehen.

Henry schlief noch, als wir aufstanden. Wir hatten nicht gehört, wann er nachts gekommen war, und als wir verschwanden, legte ich ihm nur einen Zettel auf den Küchentisch, auf dem stand, dass ein Kollege von ihm hier gewesen war und ihn hatte sprechen wollen. Mehr wollte ich lieber nicht schreiben. Ich dachte, es wäre sicher geschickter, ihm alles zu erzählen, wenn wir abends wieder zurück waren.

Es war ein heißer, aber ziemlich stürmischer Tag. Wir fuhren bereits am frühen Vormittag los, aber Edmund hatte ungefähr auf halber Strecke zwischen Sjölycke und Åsbro einen Platten. Deshalb waren wir gezwungen, in den Ort zu gehen und eine Stunde vor Laxmans Laden mit Wassereimer, Flickzeug und Gummikleber zu verbringen. Britt Laxman war zufällig nicht da, was Edmund und mir ziemlich gleich war, und schließlich konnten wir befriedigt feststellen, dass der Schlauch wieder die Luft hielt.

Wegen des Gegenwinds erreichten wir die Stadt erst gegen zwei Uhr. Wir hatten von Laxmans aus meinen Vater angerufen – er hatte die zweite seiner drei Urlaubswochen und war noch nicht ins Krankenhaus gefahren – und hatten ihm gesagt, dass wir mal in der Idrottsgatan vorbeischauen wollten. Als wir ankamen, hatte er gerade angefangen, Frikadellen mit Zwiebeln zu braten.

Seine Kochkünste waren nicht besonders, wie immer, aber wir ließen es uns trotzdem schmecken, und er sah ziemlich zufrieden aus, als wir aufgegessen hatten.

»Das ist gut so, Jungs. Esst, bis ihr platzt, man weiß schließlich nie, wann man das nächste Mal was kriegt.«

»Da ist was Wahres dran«, sagte Edmund.

»Hat es sich da draußen inzwischen etwas beruhigt?«, fragte mein Vater.

Wir nickten. Ich dachte, dass er uns sicher auf der Stelle einsperren würde, wenn wir ihm nur andeutungsweise von Henry und Ewa Kaludis oder von Rogga Lundberg erzählt hätten. Er würde uns verbieten, jemals wieder einen Fuß nach Genezareth zu setzen. Ich spürte, dass ich mich etwas schämte, ihn so hinters Licht zu führen und hoffte, dass es später irgendwann einmal möglich sein würde, ihm das Ganze irgendwie zu erklären.

Irgendwie, nun ja, ich wusste nur nicht, wie.

»Nur gut, dass ihr zu zweit seid, Jungs«, sagte mein Vater.

»Geteiltes Leid ist halbes Leid«, sagte Edmund.

Als Nachspeise aßen wir Rhabarberkompott. Mein Vater wollte wissen, ob ich nicht mit zu meiner Mutter wollte, aber ich erklärte ihm, dass wir beide, Edmund und ich, noch etwas zu erledigen hatten. Damit gab er sich zufrieden, und wir verließen alle drei gemeinsam die Idrottsgatan.

Mein Vater, um den Bus nach Örebro zu nehmen, wir, um der hinterbliebenen Verlobten des ermordeten Handballstars einen Besuch abzustatten.

* * *

Aber erst zögerten wir noch zwei Stunden lang.

Die erste verbrachten wir in der Zementröhre, wo wir vier Ritz rauchten, die wir im Bahnhofskiosk gekauft hatten, als wir durch Hallsberg gekommen waren.

Die zweite saßen wir auf einer Bank im Brandstationspark, fünfzig Meter entfernt von dem gelben Klinkerhaus in der Hambergsgatan.

Denn es war nicht so einfach, herauszufinden, worüber wir uns eigentlich mit Ewa Kaludis unterhalten wollten. Je mehr wir uns dem Augenblick näherten, in dem wir Auge in Auge mit ihr stehen sollten, umso kältere Füße bekamen wir. Wir wollten es uns gegenseitig zwar nicht so recht eingestehen, aber ich sah es Edmund an, dass er mindestens genauso nervös war, sie zu treffen, wie ich.

Denn schließlich war es ja möglich, dass Ewa Kaludis eine Menge auf dem Herzen hatte. Dass sie Dinge wusste, von denen zwei vierzehnjährige Bewunderer besser nichts wussten.

Andererseits konnte es natürlich auch sein, dass sie unsere Hilfe brauchte – deshalb hatten wir ja diese gentlemanmäßige Hilfsaktion in Angriff genommen. Wenn man alles in Betracht zog, gab es keinen Hinweis dafür, dass sie und Henry, mein Bruder, in der Woche, die seit dem Mord vergangen war, irgendwelchen Kontakt miteinander gehabt hatten – zu dem Schluss kamen wir zumindest, nachdem wir die Sache von vorn, von hinten und von allen Seiten betrachtet hatten.

Irgendwelche unumstößlichen Schlussfolgerungen wollte jedoch keiner von uns beiden daraus ziehen.

Es gab noch eine dritte Möglichkeit, und vielleicht war gerade sie es, die uns endlich den Mut gab, loszugehen:

Es bestand eine ziemlich große Chance, dass sie an so

einem Tag gar nicht zu Hause war, und dann könnten wir mit unerschüttertem Selbstbewusstsein unverrichteter Dinge wieder zurück nach Genezareth fahren.

Als die Uhr der Emmanuelskirche halb sechs schlug, holte Edmund jedenfalls tief Luft.

»Scheiße auch«, sagte er. »Jetzt klingeln wir einfach.«

Das taten wir.

18

Erik und Edmund«, rief Ewa Kaludis aus. »Wie schön, dass ihr kommt. Das ist ja ... nein, ich weiß gar nicht, was ich sagen soll.«

Wir konnten es gar nicht so recht glauben, dass wir uns wirklich in Ewa Kaludis' Wohnung befanden. Dass sie in diesem frisch geputzten Klinkerhaus wohnte. Sie und Kanonen-Berra – nun ja, Kanonen-Berra wohnte ja nun nicht mehr hier, aber seine Anwesenheit war immer noch deutlich zu spüren. An mehreren Wänden hingen eingerahmte Urkunden von ihm, und auf dem großen Bücherregal im Wohnzimmer standen die meisten Bretter voll mit Pokalen und Abzeichen, die davon kündeten, welch ganz besonderer Sportler er gewesen war. Über dem Fernseher hing das Protzigste: ein riesiges Foto, auf dem Berra Albertsson Ingemar Johanssons Hand schüttelte. Beide trugen Krawatten, und beide lachten freundlich und weltgewandt in die Kamera, sodass man deutlich sehen konnte, dass es sich hier verflucht noch mal nicht um irgendwelche Fuzzis handelte, die da ihre rechten Pranken schüttelten. Mir wurde fast übel, als ich das Bild ansah, jedenfalls flimmerte es unter meiner Schädeldecke.

Übrigens war sofort zu spüren, dass Ewa sich freute, dass wir gekommen waren. Als hätte sie schon auf uns gewartet. Als wir fertig damit waren, die Pokale anzuglotzen, führte sie uns durch das Haus hindurch in einen Hinterhof, wo ein Tisch mit Sonnenschirm und vier Stühle standen. Sie sagte, wir sollten uns hinsetzen und fragte, ob wir Saft und Kekse wollten.

Das wollten wir gern, und so verschwand sie wieder im Haus.

»Was für eine Hütte«, sagte Edmund.

»Mm«, stimmte ich zu.

»Hast du Ingemar gesehen?«

Ich nickte. Dann saßen wir eine Weile stumm da und hielten uns an den sonnenerwärmten Stuhllehnen aus duftendem, dunkelbraunem Holz fest und versuchten, uns dem Milieu anzupassen. Das war nicht so einfach. Bei keinem meiner Klassenkameraden, die ich zu Hause besucht hatte, hatte es auch nur annähernd so ausgesehen wie hier, das war schon mal klar, und das Kribbeln im Körper verstärkte sich bei Edmund und mir immer mehr, während wir so wartend dasaßen und uns schrecklich klein fühlten. Vorsichtig spähte ich durch die Verandatür hinein. Fand, dass es merkwürdig da drinnen aussah. Ein großer Raum, fast ganz ohne Möbel. Irgendwie zu nichts zu gebrauchen. Ein Tisch aus Glas. Ein Baum in einem riesigen Tontopf. Ein merkwürdiges Bild mit Dreiecken und Kreisen in rot und blau. Sehr merkwürdig, wirklich.

Und neu. Alles sah aus, als wäre es erst vor ein paar Wochen aus der Möbelfabrik geholt worden. Ich schielte zu Edmund hinüber und sah, dass er ungefähr das Gleiche dachte wie ich. Das hier war irgendwie fremd. Berra und Ewa Kaludis schienen von einer anderen Sorte zu sein, und ich fühlte, dass mich das etwas verzagt machte. Als wäre der Abstand zwischen mir selbst und Ewa dadurch plötzlich unüberwindlich geworden.

Als wenn er jemals überwindlich gewesen wäre.

Ich wusste nicht so recht, was ich eigentlich wollte, meine Gedanken irrten hin und her, und ich biss mir in die Wange und beschloss, dass das doch eigentlich verdammt egoistisch war, hier zu sitzen und derart gemeine Überlegungen anzustellen. In der Lage, in der sie nun mal war.

Ewa kam mit einem Tablett, auf dem Kanne, Gläser und ein kleiner Teller mit aufgeschnittenem Kuchen standen, zurück.

»Wie schön, dass ihr gekommen seid«, wiederholte sie und setzte sich uns gegenüber. »Ich war schon ganz unruhig ... ich weiß gar nicht ... was ich machen soll.«

Sie hatte immer noch Spuren von dem Faustschlag im Gesicht. Ums Auge herum war es gelb und ein bisschen blau, und die Unterlippe war noch angeschwollen und hatte Wundschorf.

»Nun ja, wir haben gedacht ...«, fing Edmund an. »Wir haben gedacht, wir gucken mal rein. Wenn wir schon in der Stadt sind.«

»Um zu hören, wie es dir geht«, fügte ich hinzu.

Ewa goss uns Orangensaft ein.

»Das ist ... ich verstehe gar nicht ...«, sagte sie.

Ich überlegte, was sie wohl nicht verstand, aber ich sagte nichts.

»Unser aufrichtiges Beileid«, sagte Edmund.

Ewa sah ihn etwas verwundert an, als würde sie nicht richtig begreifen, was er da gesagt hatte. »Beileid?«, fragte sie. »Ach so, ja, ich verstehe.«

Ich streckte den Arm aus und nahm ein Stück Kuchen. Überlegte, ob sie den wohl selbst gebacken hatte. Und ob sie es wohl vor oder nach dem Mord gemacht hatte. Er schmeckte ziemlich frisch, aber ich nahm an, dass sie eine Kühltruhe hatten, dann konnte er von wer-weißwann sein.

»Hast du Henry in letzter Zeit gesehen?«, fragte ich.

Sie schüttelte den Kopf. »Nicht seit ... nein, seitdem nicht.«

»Nein?«, fragte Edmund. »Nun ja, ist ja vielleicht besser so.«

Ewa gab einen tiefen Seufzer von sich, und erst jetzt bemerkte ich, wie unruhig sie war. Als ich mich endlich traute, sie etwas genauer anzusehen, bemerkte ich auch, dass sie um die Augen herum ziemlich rot war, abgesehen von dem Gelben und dem Blauen, und ich nahm an, dass sie wohl viel geweint hatte. Und zwar vor kurzer Zeit, wie anzunehmen war.

»Weiß Henry davon?«, fragte sie. »Weiß Henry, dass ihr hier seid?«

»Nein«, antworteten Edmund und ich wie aus einem Munde.

»Hm«, sagte Ewa Kaludis, und ich konnte nicht sagen,

ob sie es nun gut oder schlecht fand, dass es nicht Henry war, der uns geschickt hatte.

Vielleicht hatte sie gehofft, dass wir eine Botschaft von ihm dabeihatten, vielleicht auch nicht. Es verging eine Weile, in der wir den Kuchen aßen und Saft tranken.

»Bei uns lief es nicht so gut«, sagte sie dann plötzlich. »Ich meine, zwischen Berra und mir. Das habt ihr ja auch gemerkt.«

»Nun ja«, sagte Edmund.

Ich sagte gar nichts. Band mir stattdessen die Schnürsenkel, die aufgegangen waren.

»Es wäre so nicht weitergegangen, aber deshalb hätte es ja nicht so ein Ende nehmen müssen. Mir tut nur Henry Leid, ich bin an allem schuld. Wenn ich nur geahnt hätte... wenn ich mir auch nur in meinen wüstesten Fantasien hätte vorstellen können...«

»Es ist so wenig, was wir wissen«, sagte ich.

»Der Mensch denkt, Gott lenkt«, sagte Edmund.

»Ich begreife nicht, dass ich Bertil nie gesehen habe, wie er wirklich war, bis es zu spät war«, fuhr Ewa fort. »Dass ich nicht sofort gemerkt habe, dass alles ein Irrtum war. Erst als ich deinen Bruder kennen gelernt habe, wurde mir klar, wie falsch alles gelaufen ist. Mein Gott, wenn man doch bestimmte Sachen ungeschehen machen könnte.« Sie machte eine kurze Pause und strich sich mit den Fingern über ihre geschwollene Lippe. »Und trotzdem habe ich ihn früher mal geliebt. Wenn man nur ein einziges Mal die Uhr zurückdrehen könnte.«

Ich begriff, dass sie eher mit sich selbst als mit Edmund und mir sprach. Ihre Worte waren nicht für vierzehnjährige Jungs bestimmt, das war zu hören, und gleichzeitig, während ich so dachte, dachte ich auch, dass es mir eigentlich doch ein wenig um Berra Albertsson Leid tat.

Abgesehen davon, dass er tot war, meine ich.

Denn es konnte ja kaum besonders witzig sein, zunächst von einer Frau wie Ewa Kaludis geliebt zu werden, und dann eines Morgens aufzuwachen und feststellen zu müssen, dass man nicht mehr existierte.

Obwohl mir dieser Gedanke nur ganz flüchtig durch den Kopf sauste, ahnte ich doch, dass es sich hierbei um einen der schwergewichtigsten Gedanken handelte, den ich in letzter Zeit gehabt hatte.

Um eine dieser Fragen, von denen man weiß, dass sie wieder auftauchen werden.

Ob es besser ist, zunächst geliebt und dann nicht mehr geliebt zu werden, oder ob man es vorziehen sollte, dem Ganzen nicht ausgesetzt zu sein.

Eine Zwickmühle, ich glaube, so nennt man das.

»Ich renne hier herum und weiß einfach nicht mehr aus noch ein«, sagte Ewa Kaludis. »Entschuldigt, dass ich so rede, ich bin nicht ganz bei mir selbst.«

»Wir verstehen schon«, sagte Edmund. »Manchmal steckt man richtig tief in der Scheiße, und dann weiß man nicht, wie man wieder rauskommen soll.«

Ewa antwortete nicht. Ich räusperte mich und fasste Mut.

»Warst du in der Nacht da draußen?«, fragte ich.

Sie holte tief Luft und sah mich an.

»Ich meine, in Genezareth?«, ergänzte ich.

Sie sah nun Edmund eine Weile an, bevor sie antwortete.

»Ja«, sagte sie. »Ich war da.«

»Weiß die Polizei das?«, fragte ich.

Sie lehnte sich auf ihrem Stuhl zurück und faltete die Hände um die Knie. »Nein«, sagte sie. »Die Polizei weiß nichts von Henry und mir.«

»Gut«, sagte Edmund.

»Glaube ich jedenfalls«, fügte Ewa hinzu. »Aber ihr müsst ihn von mir grüßen, ja? Tut ihr das? Grüßt ihr Henry?«

»Natürlich«, sagte ich. »Und was sollen wir ihm sagen?«

Sie überlegte eine Weile. »Sagt ihm«, erklärte sie dann. »Sagt ihm, dass alles gut werden wird und dass er sich um mich keine Sorgen zu machen braucht.«

Ich fand nicht gerade, dass das mit dem Eindruck, den sie auf mich machte, übereinstimmte, aber ich merkte es mir trotzdem.

Wort für Wort, ihre Botschaft an Henry, meinen Bruder.

Es wird alles gut werden. Du brauchst dir keine Sorgen um Ewa Kaludis zu machen.

* * *

Als wir uns verabschieden wollten, umarmte sie uns beide. Ihre nackten Arme und Schultern waren ganz heiß von der Sonne, und ich traute mich, ihre Umarmung richtig fest zu erwidern. Ich sog dabei den Geruch ihrer Haut ein, meine Nasenlöcher waren weit geöffnet, und in meinem Kopf breitete sich eine Wolke von Ewa Kaludis aus.

Das war ein fantastisches Gefühl. Die Wolke schwebte da drinnen umher und füllte mich derart aus, dass das SCHRECKLICHE und Krebs-Treblinka und alles andere Unangenehme mehrere Stunden lang auf Abstand gehalten wurde. Erst als wir bei Laxmans vorbeistrampelten, verschwand die Wolke wieder, und sofort spürte ich stattdessen eine Art kalter Leere im Bauch.

Wie eine Faust aus Eis.

Vielleicht, dachte ich, vielleicht wäre es doch besser gewesen, Ewa Kaludis nicht mit den Nasenflügeln einzusaugen.

Vielleicht wäre es das Ruhigste, wenn man sein ganzes Leben lang auf dem Plumpsklo säße und drauf scheißen würde, sich irgendwelchen Dingen auszusetzen. Mir wurde auch klar, dass Edmunds Theorie über die Seele, die im Körper herumwanderte, gar nicht so verrückt war. Man konnte sie problemlos finden, musste nur sehr hellhörig sein und richtig in sich hineinhorchen.

Gerade jetzt, genau auf diesem holprigen Kiesweg voller Schlaglöcher zwischen Åsbro und Sjölycke, da saß sie mitten in meinem Herzen.

Es schien überhaupt so zu sein, dachte ich, dass sie sich ganz einfach da aufhielt, wo es im Augenblick am meisten wehtat. Man konnte sich natürlich fragen, warum.

* * *

Henry war noch nicht wieder zurück, als wir nach Genezareth kamen, was ich gar nicht so schlecht fand. Ich wusste, dass ich ein ernsthaftes Gespräch mit ihm führen musste, sowohl über das, was Rogga Lundberg gesagt hatte, als auch über unseren Besuch bei Ewa, aber im Augenblick – in dieser tödlichen Leere nach der Duftwolke – fühlte ich mich so verzagt, dass ich es kaum durchgestanden hätte.

Edmund war nicht sehr viel munterer. Wir mümmelten ein paar erbärmliche Würstchen mit Brot, aber ohne Senf, weil der uns ausgegangen war, sprangen einmal schnell vom Badesteg und gingen dann ins Bett.

»Kein schönes Gefühl, Erik«, sagte Edmund, nachdem wir das Licht ausgemacht hatten. »Denk nur, wie schnell so ein Spitzensommer schief laufen kann. So verdammt schnell.«

»Lass uns über die Sache schlafen«, sagte ich.

19

W ir nehmen das Boot«, sagte Henry, mein Bruder, und das taten wir auch.

Henry ruderte, und ich saß auf der Ruderbank. Es war wieder mal ein sonniger Tag mit ziemlich viel Wind – wir schnitten die Wellen auf unserem Kurs auf die Möwenscheißinsel. Ab und zu verpasste Henry einen Ruderschlag, und mir wurde klar, dass ich eigentlich viel besser rudern konnte als er. Außerdem war er mit Rauchen beschäftigt, während er ruderte, was den Schwierigkeitsgrad natürlich erhöhte. Als wir ein paar hundert Meter von der Insel entfernt waren, zog er die Ruderblätter aus dem Wasser und sein kurzärmliges Hemd aus.

»Wir müssen mal miteinander reden«, sagte er.

»Ja«, stimmte ich zu. »Das müssen wir.«

»Ich hatte keine Ahnung, dass das hier so laufen würde.«

»Ich auch nicht.«

Er steckte zwei Lucky Strike an und reichte mir eine.

»Wie gesagt, keine Ahnung.« Ich nickte.

»Was wollte Rogga Lundberg hier?«

Ich erzählte ihm von dem Gespräch mit Rogga Lundberg, und während ich berichtete, fuhr sich Henry mehrere Male über seine Bartstoppeln und blickte jedes Mal finsterer drein. Als ich nichts mehr zu sagen hatte, blieb er eine halbe Minute lang stumm sitzen und starrte auf Fläskhällen, wohin wir langsam getrieben wurden.

»Würdest du sagen, dass er drohend aufgetreten ist?«, fragte er.

Ich überlegte. »Ja«, antwortete ich. »Ich denke schon. Ich glaube, er wollte dich irgendwie ausnutzen.«

»Gut«, sagte Henry. »Gut, Bruderherz. Du verstehst die Kunst, die Menschen zu lesen. Nicht schlecht für dein Alter, die meisten lernen es nie. Rogga Lundberg ist ein Stinkstiefel. Und das ist er immer gewesen.«

»Wie Berra Albertsson?«

Henry lachte laut auf. »Nicht ganz. Eine andere Sorte. Es gibt viele Sorten von Stinkstiefeln, es kommt immer drauf an, mit welcher Sorte man es gerade zu tun hat.«

Ich nickte. Henry saß wieder still da. Ich beugte mich über den Bootsrand und fing eine Welle mit der Hand. Spülte mir mein Gesicht damit. Henry tat das Gleiche. Das war natürlich nicht viel, aber mit einem Mal fühlte ich mich ihm irgendwie ebenbürtiger als je zuvor. Ich räusperte mich und schaute weg. Mir war klar, dass ich rot wurde.

Henry trommelte mit den Fingern auf seinem Knie. »Gibt's sonst noch was?«, fragte er.

»Wir waren gestern bei Ewa.«

Eine Sekunde lang sah er ganz verwundert aus.

»Ja?«

»Wir sollen grüßen.«

Er hob fragend eine Augenbraue.

»Wir sollen dir ausrichten, dass alles gut werden wird und dass du dir ihretwegen keine Sorgen machen sollst.«

Henry nickte und versank wieder für eine Weile in Gedanken. Dann räusperte er sich und spuckte ins Wasser.

»Das ist gut«, sagte er. »Das war prima, dass ihr sie besucht habt.«

Ich überlegte, ob ich ihm auch erzählen sollte, dass sie sehr beunruhigt erschien, beschloss dann aber, es zu lassen. Es hatte keinen Zweck, die Sache unnötig kompliziert zu machen. Jeder Tag bringt neue Probleme.

»Tja, damit ist die Sache wohl entschieden«, erklärte Henry nach einer weiteren Pause.

»Was meinst du damit?«, fragte ich.

»Rogga Lundberg«, sagte Henry. »Wenn Rogga weiß, dass Ewa und ich was miteinander hatten, dann kann ich ebenso gut gleich zur Polizei gehen, bevor die Wind davon kriegen.«

»Ich hatte schon überlegt, ob ich dir das vorschlagen soll«, sagte ich, denn das hatte ich wirklich.

»Es hat keinen Sinn, sein Schicksal in die Hände so eines Arschlochs zu legen. Denk daran, Brüderchen. Wenn du zur Wahrheit stehen musst, dann musst du es. Da gibt es kein Hin und Her, da muss man durch. Weißt du, wo ich gestern war?«

Ich schüttelte den Kopf. »Nein.«

»Bei der Polizei.« Er lachte wieder sein kurzes, lautes

Lachen. »Ich habe den ganzen Nachmittag im Polizeirevier von Örebro bei Kommissar Lindström und zwei anderen Kriminalern gesessen. Sie waren sich nicht so recht einig darüber, ob sie mich jetzt gehen lassen sollten oder nicht, aber zum Schluss entschied Lindström, dass ich gehen durfte. Aber ich habe Reiseverbot.«

»Reiseverbot? Was ist das denn?«

Henry zuckte mit den Schultern. »Ich darf nirgends sonst hin, muss mich hier in der Gegend aufhalten ... nun ja, jetzt kann ich auch ebenso gut mit denen über Ewa reden.«

Ich dachte nach.

»Wenn sie es nicht schon von anderer Seite wissen«, sagte ich.

»Genau«, bestätigte Henry und spritzte sich eine neue Hand voll Wasser ins Gesicht. »Bevor der eine oder andere Stinkstiefel versucht, sich ein paar Groschen zu verdienen. Ich möchte wissen, ob das Arschloch auch bei Ewa war.«

»Sie hat nichts davon gesagt«, erklärte ich.

»Nein«, sagte Henry. »Dann lass uns hoffen, dass er noch nicht so weit gekommen ist.«

Er nahm die Ruderblätter wieder auf. Ein paar Möwen kamen angeflogen und schrien uns etwas zu. Henry antwortete ihnen mit einem Fluch, dann sah er mich eine ganze Weile ernst an, bevor er anfing zu rudern.

»Mir gefällt es nicht, über das hier zu reden«, sagte er. »Und ich weiß, dass es dir auch nicht gefällt. Aber wir waren nun mal dazu gezwungen. Was meinst du, wissen wir jetzt, was wir voneinander zu halten haben?«

»Ich denke schon«, antwortete ich.

* * *

Bevor Henry wegfuhr, gab er Edmund und mir noch siebzig Kronen zum Einkaufen. Die Essensvorräte waren zu diesem Zeitpunkt bis auf den letzten Käserest aufgebraucht, es war also eine gründliche Vorratsauffrischung vonnöten. Außerdem war es ja nicht sicher, dass es meinem Bruder erlaubt werden würde, vom Polizeirevier wieder zurück nach Genezareth zu fahren – wenn sie schon am Tag zuvor gezögert hatten, dann würde er sicher jetzt nicht viel besser dastehen, wenn er zugab, mit der Verlobten des Mordopfers Umgang gehabt zu haben.

Das war die reinste Perry-Mason-Geschichte, darin waren Edmund und ich uns vollkommen einig, nachdem ich ihm von dem Gespräch zwischen meinem Bruder und mir berichtet hatte.

Es fehlte nur einer, Perry natürlich.

* * *

An dem Tag nahmen wir die Räder. Wir kauften uns jeder eine Wurst bei Laxmans, und auf dem Rückweg erzählte Edmund mir mehr über seinen richtigen Vater.

Und wie der immer geweint hatte.

»Geweint?«, fragte ich nach. »Wieso geweint?«

»Wenn er geschlagen hat«, erklärte Edmund. »Oder hinterher. Wenn er wieder klar war. Jedenfalls manchmal.«

»Warum hat er denn geweint?«

»Weiß ich nicht«, antwortete Edmund. »Das habe ich nie kapiert. Er konnte da auf seinem Bett sitzen, heulen und erklären, dass es ihm mehr wehtäte als mir und dass ich das verstehen würde, wenn ich älter wäre.«

»Was solltest du verstehen?«

Edmund zuckte mit den Schultern, dass er fast ins Schleudern kam und aufpassen musste, nicht über den Lenker zu fliegen. Er bekam das Fahrrad wieder unter Kontrolle und fluchte.

»Verflucht, ich weiß es nicht. Warum er gezwungen war, auf mich loszugehen, nehme ich an. Als ob es einen Grund dafür gäbe, dass er das getan hat, und dass ich eben noch zu klein war, um das zu verstehen ... dass er mich irgendwie gegen seinen Willen schlug. Als würde ihn irgendwas dazu zwingen, und als könnte er gar nichts dafür ...«

Wir strampelten schweigend eine Weile nebeneinander her.

»Das klingt aber verdammt merkwürdig«, sagte ich. »Erst schlagen und dann heulen, weil man geprügelt hat.«

»Er war krank«, sagte Edmund. »Anders ist das nicht zu erklären. Krank im Kopf mit Würmern, die in seinem Kopf herumkrochen und ihm das Gehirn aufgefressen haben, oder so ähnlich.«

»Oh Scheiße«, sagte ich. »Das klingt ja vollkommen bescheuert.«

Obwohl ganz tief in mir – ganz hinten in einer noch nicht entwickelten Windung meines vierzehnjährigen Gehirns – eine Ahnung aufstieg, dass es solche Menschen gab.

Die über das weinten, was sie machten, und über die, denen sie es antaten.

Mir gefiel das nicht. Das war ein Wissen, das ganz und gar dem widersprach, von dem Henry geredet hatte.

Wenn du die Wahrheit sagen musst, dann musst du es eben tun.

Nein, ich hatte keine Lust, an solche Leute wie Edmunds Vater zu denken. Wie gesagt, das hatte ich schon vor langer Zeit beschlossen. Krebs-Treblinka-Liebe-Bumsen-Tod.

No further questions.

20

Mein Bruder Henry kam am Donnerstag, dem 17. Juli, wegen Mordverdachts in Sachen Bertil »Berra« Albertsson in Untersuchungshaft, und am Freitag stand es schon in den Zeitungen. Es war genau der Freitag, an dem Edmund und ich einen erneuten Besuch von Kriminalkommissar Verner Lindström bekamen. Er erschien schon gegen neun Uhr morgens, und er hatte ein Exemplar der Länstidning dabei, in der er uns zunächst über die Entwicklung des Falls lesen ließ, bevor er sich daranmachte, uns zu verhören.

Henry wurde nicht mit Namen genannt, er wurde abwechselnd als »der Verdächtige« oder »der Verhaftete« bezeichnet, und es wurde mit keinem Wort erwähnt, dass er freiwillig zur Polizei gekommen war.

Und nichts darüber, was den Verdacht überhaupt auf ihn gelenkt hatte. Der Verdächtigte hatte einen gewissen Kontakt mit dem Opfer gehabt, hieß es nur. Die Verhaftung war das Ergebnis emsiger und erfolgreicher Untersuchungsarbeiten, aber ein Geständnis gab es von dem jungen Mann noch nicht, wie Kommissar Lindström bei einer kurzen Pressekonferenz am Donnerstagabend mitgeteilt hatte.

Viel mehr stand nicht drin.

»Es sind falsche Angaben im Laufe der Untersuchungen gemacht worden«, erklärte Lindström, nachdem wir zu Ende gelesen hatten. »Von euch beiden, zum Beispiel. Diesmal möchte ich die Wahrheit hören, meine Herren. Die ganze Wahrheit.«

Er klang deutlich schroffer als beim letzten Mal. Wie Sandpapier oder Ähnliches. Edmund faltete die Zeitung zusammen und schob sie zurück über den Tisch.

»And nothing but the truth«, sagte er.

»Du kannst so lange draußen warten«, sagte Lindström. »Aber bleibe in der Nähe. Und bleibe in Zukunft besser beim Schwedisch.«

Edmund wurde ein bißchen rot im Gesicht und ließ uns allein in der Küche zurück.

Lindström holte sein Bronzolröhrchen hervor, öffnete es aber nicht. Er legte es nur vor sich auf den Tisch und rollte es mit Hilfe von Zeige- und Mittelfinger der rechten Hand hin und her. Diesmal war offensichtlich kein Notizblock notwendig, ich wusste nicht so recht, wie ich das zu deuten hatte.

Und ich wusste auch nicht, wie ich das Schweigen deuten sollte, das er aus seinen behaarten Nasenlöchern herauszupusten schien, während er mich aus weniger als einem Meter Abstand betrachtete. Er machte den Eindruck einer kalten Quarzlampe.

Ich starrte abwechselnd auf das Bronzolröhrchen und meine eigenen Hände, die sich im Schoß wanden.

»Du und dein Bruder«, fing er schließlich an.
»Ja?«, fragte ich.
»Wie läuft es mit euch?«
»Gut«, sagte ich.
»Er ist viel älter als du.«
Das fasste ich nicht als Frage auf und antwortete deshalb nicht.
»Wie viel älter?«
»Ungefähr acht Jahre.«
»Würdest du sagen, dass du ihn gut kennst?«
»Doch, ja«, sagte ich.
»Dass du weißt, was er so tut und treibt?«
»Doch, ja.«
»Was macht er denn?«
»Er ist Journalist«, erklärte ich. »Er arbeitet als Freelancer. Aber den Sommer hat er sich frei genommen, um ein Buch zu schreiben.«
»Ein Buch?«
»Ja.«
»Was für ein Buch?«
»Einen Roman«, erklärte ich weiter. »Über das Leben.«
»Über das Leben?«
»Ja.«
Lindström klopfte mit dem Röhrchen auf den Tisch, aber er öffnete es immer noch nicht.
»Und wie steht es bei ihm mit Frauen?«
Ich zuckte mit den Achseln und schaute uninteressiert drein.
»Gut, nehme ich an.«

»Wer ist Emmy Kaskel?«

»Emmy? Seine frühere Freundin.«

»Jetzt ist sie es nicht mehr?«

»Nein.«

»Und wer ist im Augenblick seine Freundin?«

Ich schaute auf seine blaugepunktete Fliege. Überlegte, ob er sie wohl von seiner Frau als Weihnachtsgeschenk bekommen hatte. Überlegte, ob er wohl überhaupt eine Frau hatte.

»Niemand, glaube ich.«

»Wirklich?«

Ich antwortete nicht.

»Und wie steht es mit Ewa Kaludis?«

»Die hatten wir im Frühling als Vertretung an der Schule«, sagte ich.

»Ich weiß, dass ihr sie in der Schule hattet«, sagte Lindström. »Das habt ihr mir schon letztes Mal erzählt. Jetzt will ich wissen, in welchem Verhältnis sie zu Henry, deinem Bruder, stand.«

»Ich glaube, die beiden kannten sich«, sagte ich.

»Aha«, meinte Lindström. »Du glaubst also, dass die beiden sich kannten. Und wie kommt es dann, dass du mir das nicht letztes Mal erzählt hast?«

»Sie haben nicht danach gefragt«, erwiderte ich.

Er machte eine Pause und atmete wieder Schweigen aus. Er betrachtete die Finger seiner linken Hand, als wolle er überprüfen, ob er auch keinen Schmutz unter den Fingernägeln hatte.

»Was sagtest du, wie alt du bist?«

»Das habe ich gar nicht gesagt.«

»Dann tue es jetzt.«

»Vierzehn.«

»Vierzehn Jahre? Erst vierzehn Jahre, und du meinst, du müsstest deinen Bruder beschützen, der doch zweiundzwanzig ist?«

»Ich versuche nicht, meinen Bruder zu beschützen. Ich verstehe gar nicht, was Sie damit meinen.«

Lindström verzog leicht spöttisch den Mund. »Du verstehst sehr gut, was ich meine«, sagte er. »Du hast die ganze Zeit gewusst, dass Henry ein Verhältnis mit Ewa Kaludis hatte, und du glaubst, du könntest ihm helfen, indem du das verschweigst.«

»Das stimmt doch gar nicht«, widersprach ich.

Lindström kümmerte sich nicht um meinen Einwand. Er war auf Touren gekommen, jetzt wurde es langsam zu einem richtigen Kreuzverhör. »Du glaubst, es würde Henry etwas nützen, wenn du nicht erzählst, was du weißt«, erklärte er. »Aber das ist vollkommen falsch, da bist du auf dem falschen Dampfer, genau wie dein Kumpel. Henry hat alles erzählt, es würde ihm nur schaden, wenn sein kleiner Bruder weiter versucht, zu bluffen.«

»Ich habe doch gesagt, dass sie sich kennen.«

Er öffnete das Röhrchen und warf sich zwei Pastillen in den Mund. »Wie oft war sie hier?«

Ich zuckte wieder mit den Achseln. »Ein paar Mal. Dreimal vielleicht.«

»Und zu welcher Tageszeit?«

»Weiß ich nicht mehr. Ich glaube, abends.«

»Auch nachts?«

»Kann sein.«

»Jetzt im Juli?«

Ich dachte nach. »Ja, ist schon möglich.«

Er lehnte sich zurück und schaute aus dem Fenster. Plötzlich wirkte er etwas müde. Mir kam der Gedanke, dass er vielleicht in letzter Zeit nicht besonders viel geschlafen hatte. Um ihn herum war ja so einiges los. Er kaute eine Weile auf den Pastillen herum, bevor er weitersprach.

»Ewa Kaludis hat also Anfang Juli zwei oder mehrere Nächte hier im Haus zusammen mit deinem Bruder Henry verbracht. Sind wir uns darin einig?«

Ich nickte unsicher.

»Du wusstest, dass Ewa Kaludis mit Bertil Albertsson verlobt war?«

»Ja.«

»Fandest du es dann nicht etwas merkwürdig, dass sie die Nächte hier bei deinem Bruder verbracht hat, statt bei ihrem Verlobten zu sein?«

»Ich habe nicht so viel darüber nachgedacht.«

Er begutachtete die Nägel an der anderen Hand.

»Der neunte Juli«, sagte er dann. »Erzähl mir vom neunten Juli.«

»Was war das für ein Tag?«, fragte ich.

»Dienstag letzter Woche. Der Tag vor der Nacht, in der Bertil Albertsson ermordet wurde.«

Ich dachte ziemlich lange nach.

»Ich weiß nicht mehr so genau«, sagte ich dann, »ich glaube, an dem Abend war nichts Besonderes los.«

»Als wir das letzte Mal miteinander geredet haben, wusstest du es noch ganz genau.«

»Wirklich?«

Seine Faust schlug wie ein Pistolenschuss auf die Tischplatte. Ich zuckte zusammen und wäre fast rückwärts vom Stuhl gefallen. Konnte in letzter Sekunde noch die Tischplatte packen und das Gleichgewicht wiederherstellen.

»Verflucht, jetzt ist aber Schluss mit dem Gelaber«, dröhnte Lindström, jetzt mit Sandpapier Nr. 5 in der Stimme. »Wir wissen, dass Ewa Kaludis an diesem Abend bei Henry zu Besuch war, und wir wissen auch, dass du das weißt. Wenn du die Dinge nur ein kleines bisschen für deinen Bruder erleichtern willst, dann erzähle endlich, was passiert ist. Alles, was du weißt. Nur so kannst du seine Lage erleichtern.«

Ich wartete ziemlich lange, bis ich antwortete. Zählte rückwärts von zehn bis null und vermied es, ihn anzugucken.

»Sie irren sich«, sagte ich dann. »Ich habe keine Ahnung, ob Ewa Kaludis an dem Abend hier war oder nicht. Wir sind früh schlafen gegangen, Edmund und ich, und ich war in der Nacht kein einziges Mal wach.«

Kommissar Lindström stopfte das Bronzolröhrchen wieder in die Innentasche. Er knöpfte alle drei Knöpfe seiner Jacke zu und beugte sich auf den Ellbogen über den Tisch vor. Ich begegnete seinem Blick. Es vergingen fünf Sekunden. In denen ich zehn Jahre älter wurde.

»Verschwinde und hole deinen Kumpel«, sagte Lindström. Als ich schon zwei Schritte auf dem Gras gemacht hatte, änderte er seine Meinung. »Halt!«, rief er. »Ich werde ihn selbst holen.«

»Wie der Herr Kommissar möchte«, sagte ich und steuerte den Steg am See an.

* * *

Edmund sah ziemlich niedergeschlagen aus, als er eine halbe Stunde später herauskam und sich neben mir auf dem Steg niederließ.

»Ist er weggefahren?«, fragte ich.

Edmund nickte.

»So eine Scheiße«, erklärte er. »Die wollen deinen Bruder dafür drankriegen.«

»Er wird schon klarkommen«, entgegnete ich.

»Meinst du?«, fragte Edmund.

»Henry kommt immer klar.«

»Ich hoffe, du hast Recht«, sagte Edmund.

Wir lagen eine Weile still da. Es war ein bewölkter Morgen gewesen, jetzt kam die Sonne langsam durch, und es wurde wärmer. Der Steg schaukelte sacht hin und her, und die Wellen gluckten.

Ich überlegte kurz, was Kommissar Lindström Edmund wohl gefragt hatte und was Edmund geantwortet hatte, aber ich hatte keine Lust, darüber eine Diskussion anzufangen.

»Wollen wir zur Möwenscheißinsel?«, fragte ich stattdessen. »Das wäre doch jetzt vielleicht gar nicht so schlecht, oder?«

Edmund setzte sich auf und schob die Füße ins Wasser. »Ja«, sagte er. »Lass uns das machen. Die kommen doch bestimmt bald, um uns abzuholen, oder was meinst du?«

»Ganz bestimmt«, erklärte ich. »Das wird nicht mehr lange dauern.«

Edmund seufzte und blickte mit halb geschlossenen Augen über den See.

»Eine letzte Bootstour«, sagte er. »Das ist richtig traurig. Dabei war es so ein verdammt schöner Spitzensommer.«

»Ja«, stimmte ich zu. »Das war es.«

* * *

Als wir zurückruderten, saßen unsere Väter schon da und warteten auf uns. Sie waren bereits seit einer Stunde da, und unsere Sachen standen gepackt und reisefertig auf dem Rasen.

»Ihr kommt mit in die Stadt«, sagte mein Vater. »Jetzt reicht es hier.«

Albin Wester sagte gar nichts. Er sah aus, als hätte er alle Gefangenen verkauft und das Geld verloren. Edmund und ich zogen uns um, und zehn Minuten später verließen wir Genezareth. Diesmal hatte mein Vater einen alten Citroën von den Bergmans geliehen, die zwei Häuser weiter in der Idrottsgatan wohnen. Der war rostig und sah ziemlich mitgenommen aus, und obwohl es nur fünfundzwanzig Kilometer bis zur Stadt waren, blieb er zweimal liegen, weil der Kühler kochte.

»Wir hätten ja mit dem Rad fahren können«, meinte Edmund.

»Die Räder holen wir später«, erklärte Edmunds Vater irritiert. »Euch ist doch wohl klar, dass es im Augenblick Wichtigeres gibt?«

»Französische Autos sind nun einmal nicht für die schwedische Sommerhitze gebaut«, sagte mein Vater und verbrannte sich an der Kühlerhaube.

21

Die Wochen, nachdem Henry in Untersuchungshaft genommen worden war, verliefen sehr sonderbar. Einerseits war da das Gefühl, als würde alles Mögliche passieren und die ganze Welt auf dem Kopf stehen, und gleichzeitig verlief die Zeit ziemlich eintönig.

Fast jeden Tag fuhren mein Vater und ich mit dem Killer nach Örebro. Zuerst besuchten wir Henry im Untersuchungsgefängnis, dann meine Mutter im Krankenhaus. Allein die Tatsache, dass mein Vater den Killer fuhr statt Henry, war vielleicht das sicherste Zeichen dafür, wie sehr unser ganzes Dasein aus dem Gleichgewicht geraten war. Nun war mein Vater sowieso ein Mensch, der an viele Orte einfach nicht passte, aber hinter das Lenkrad des schwarzen Volkswagens, da passte er ganz und gar nicht. Normalerweise war er ein elender Fahrer, im Killer war er eine Katastrophe. Ich weiß, dass ich mehr als einmal dachte, dass es gleich krachen würde und dass es jetzt nur noch fehlte, dass wir auch noch in einen Autounfall verwickelt werden würden. Zu allem anderen.

Aber wir kamen jeden Tag mit heiler Haut davon. Vormittags nach Örebro und gegen Abend wieder zurück. Wenn wir Henry in der hellgelben Zelle im Keller des Polizeihauses besuchten, hatten wir alle nicht viel zu sagen, weder ich noch mein Vater oder mein Bruder. Es gab dort ein an der Wand befestigtes Bett, einen kleinen Tisch, zwei Stühle und eine Lampe. Meistens lag Henry auf dem Bett, mein Vater und ich saßen auf den Stühlen. Jeden Tag brachte mein Vater den Kurren und ein Päckchen Lucky Strike mit, und jeden Tag hatte Henry am rechten großen Zeh ein Loch im Strumpf. Mit der Zeit überlegte ich, ob er eigentlich nie die Strümpfe wechselte, aber ich wollte nicht danach fragen.

»Es ist eine Schande, dass sie ehrliche Leute so behandeln«, sagte mein Vater immer.

Oder: »Morgen um diese Zeit bist du draußen, du wirst schon sehen.«

Henry gab selten irgendwelche Kommentare von sich. Meistens fing er gleich an, im Kurren zu lesen, sobald wir uns niedergelassen hatten, wobei er hastig rauchte, als hätte er schon mehrere Tage lang keine Zigaretten gehabt. Nach dem Besuch im Gefängnis gingen wir ins Café »Tre Rosor« oder »Nya Pomona« in der Rudbecksgatan. Mein Vater trank Kaffee und aß eine Zimtschnecke, ich bestellte Limonade und Schmalzgebäck oder Limonade und einen Amerikaner.

»Ich habe mir noch etwas Extraurlaub genommen«, erklärte mein Vater mir jeden Tag wieder mit der Schnecke im Mund. »Ich habe mir gedacht, das ist besser so, bis sich alles geklärt hat.«

»Das war ein ziemlich harter Sommer«, antwortete ich darauf immer.

Im Krankenhaus war es wie immer, abgesehen von zwei Dingen: Meine Mutter sah bedeutend schlechter aus, und mein Vater fing oft an ihrem Bett an zu weinen.

Wenn ich merkte, dass Letzteres angesagt war, ging ich meistens auf die Toilette. Es war eine ganz schöne Toilette, ziemlich groß. Die Wände waren mit kleinen, nicht ganz quadratischen Fliesen gekachelt, und während ich mit Hose und Unterhose um die Füße gewickelt dasaß, versuchte ich immer wieder, gegen mich selbst im Kopf »Käsekästchen« zu spielen. Ohne Kreuze und Kreise aufzumalen, nur indem ich sie im Gedächtnis behielt. Das war unglaublich schwierig, besonders durch die nur fast quadratische Form, und es gelang mir nie, mich selbst zu besiegen.

»Du kommst doch zurecht, Erik?«, fragte meine Mutter mich jedes Mal, wenn wir uns von ihr verabschiedeten.

»Ja, klar«, antwortete ich dann immer.

»Man darf die Hoffnung nicht verlieren«, sagte sie darauf manchmal. »Es ist so schwer, sie wiederzufinden, wenn man sie einmal verloren hat.«

Worauf mein Vater und ich jedes Mal gemeinsam ernst nickten.

Da war was Wahres dran.

* * *

Ich glaube, es war ein Mittwoch, als jemand namens R. L. das erste Mal im Kurren über die Berra-Albertsson-Mordsache schrieb.

Er erwähnte Henry nicht mit Namen, aber es stand einiges über Genezareth und über Ewa Kaludis drin, und darüber, dass der der Tat Verdächtige, der jetzt in Untersuchungshaft in Örebro saß, ein ehemaliger Reporter der Zeitung war. Es stand auch drin, dass inzwischen das Motiv, das hinter der schrecklichen Tat lag, klar war, und dass es sich um ein so genanntes Eifersuchtsdrama handelte. Sowie, dass es mit größter Wahrscheinlichkeit nur eine Zeitfrage war, wann es Kommissar Lindström und seinen fähigen Leuten gelänge, den Festgenommenen dazu zu bringen, zu Kreuze zu kriechen und ein Geständnis abzulegen.

Seine schändliche Tat zu gestehen.

Als Henry Rogga Lundbergs Artikel las, lachte er mehrere Male laut auf, sodass mein Vater und ich uns Sorgen machten, wie es ihm wohl eigentlich ging.

Ob es möglich war, dass er auf Grund des schweren Drucks zusammenbrach?

Genau so wie Rogga Lundberg es vorausgesagt hatte?

»Schwerer Druck?«, fragte Henry, als mein Vater ihn besorgt nach seinem Wohlbefinden fragte. »Glaubst du, ich kümmere mich drum, was so ein Erzkretin schreibt? Was glaubt ihr denn zum Teufel, wer ich bin? Ich dachte, wir gehören zu einer Familie?«

Ich wusste nicht, was ein Erzkretin ist, aber es war ganz beruhigend, zu hören, dass Henry so auf die Frage reagierte.

Das fand mein Vater offensichtlich auch, denn an diesem Tag weinte er im Krankenhaus nicht, und auf dem Heimweg im Auto sagte er: »Was für ein Bursche, Erik. Diesen Burschen machen sie nicht so schnell fertig.«

Kurz darauf setzte er zum ersten Überholmanöver seit fünf Tagen an.

* * *

Edmund und ich, wir trafen uns in diesem Sommer nur noch ein einziges Mal. Das war, als Lasse Schiefmauls Vater mit unseren Rädern in seinem Fordtransporter am Sonntagabend auf den Markt gefahren kam. Ich fragte Edmund, ob er nicht Lust hätte, eine Weile mit in die Idrottsgatan zu kommen, aber er erklärte mir, er müsste schnell wieder nach Hause und packen. Sein Vater hatte es so arrangiert, dass er zu seinen Cousinen nach Mora fahren würde, um dort den Rest der Ferien zu verbringen.

Edmund hatte mir einmal, als wir zu den Laxmans gerudert waren, von seinen Cousinen erzählt, und mir fiel noch ein, dass er sie als zwei taubstumme Bettnässer mit Unterbiss beschrieben hatte. Inzwischen schienen sie sich ein wenig zurechtgewachsen zu haben. Edmund sagte, dass es da oben bestimmt gar nicht so schlecht war.

»Die haben Kaninchen und alles Mögliche.«

»Kaninchen?«, fragte ich ungläubig.

»Na ja, und sonst noch alles Mögliche«, sagte Edmund und wand sich.

Wir verabschiedeten uns voneinander und wünschten uns gegenseitig viel Glück.

Ungefähr eine Woche, nachdem Henry festgenommen worden war, fuhren mein Vater und ich noch einmal nach Genezareth, um alles zu holen, was noch dort war. Kleidung, Lebensmittelvorräte und so. Es regnete die ganze Zeit Bindfäden, während wir dort waren, und wir blieben keinen Moment länger, als nötig war. Als mein Vater den Schuppen mit dem Werkzeug durchsah, bemerkte er, dass der Vorschlaghammer fehlte. Er rief mich zu sich und fragte, ob wir den für irgendetwas benutzt hätten.

»Nicht dass ich wüsste«, antwortete ich. »Aber vielleicht haben wir ihn geholt, als wir den Steg gebaut haben.«

»Dann sieh dich noch einmal um, ob du ihn vielleicht irgendwo findest«, sagte mein Vater.

Ich lief ein wenig im Regen herum und suchte, dann erklärte ich ihm, dass ich ihn nicht gefunden hätte und auch keine Ahnung hätte, wo er geblieben sein könnte. Mein Vater bekam einen etwas sonderbaren Blick, aber er sagte nichts. Stand nur still da und sah mich an, als wäre ich etwas, das er noch nie zuvor gesehen hätte.

Oder ein Rebus – ja, ich weiß, dass mir genau dieser Gedanke durch den Kopf schoss, als wir damals in der Küche von Genezareth an diesem verregneten Tag standen. Ich war ein Rebus, das mein Vater seit meiner Geburt versucht hatte, zu lösen, und gerade in dem Augenblick war er der Lösung ganz nahe. Ich folgte dem Gedanken und dachte, dass vielleicht alle Menschen eigentlich ein Rebus für den anderen waren, und dass es sogar welche gab, die sich selbst ein Rätsel waren.

Kurz darauf waren wir fertig. Wir schlossen ab und eilten den Pfad mit Taschen und Kartons entlang. Beluden den Killer auf dem Parkplatz und fuhren davon. Irgendwo, ungefähr auf halber Strecke nach Hallberg, fragte mein Vater:

»Du brauchst nicht zu antworten. Du brauchst wirklich nicht zu antworten, aber glaubst du, dass er es gemacht hat?«

Ich dachte eine Weile nach. Dann sagte ich:

»Du glaubst doch wohl selbst nicht, dass dein eigener Sohn ein Mörder ist?«

* * *

Unter den Dingen, die wir aus Genezareth mitgenommen hatten, befanden sich auch Henrys Schreibmaschine und der Packen beschriebener Bögen. Abends zählte ich die Seiten, es waren fünfundachtzig. Es gab eine ganze Menge Durchstreichungen und unleserliche Einfügungen, mit dem Kugelschreiber geschrieben. Ich dachte, dass es gar kein Wunder war, wenn Brylle und die anderen in der Stavaschule sich über meine Klaue beschwerten, wo doch mein Bruder, der schließlich acht Jahre älter war als ich, eine fast unleserliche Handschrift hatte. Es war genau genommen unmöglich für mich, ein einziges Wort zu entziffern.

Bald fiel mir dann wieder die Seite ein, die noch in der Schreibmaschine gesteckt hatte und die ich vor ein paar Wochen gelesen und mir gemerkt hatte. Das da mit dem Körper, dem Kies und der Sommernacht. Ich blätterte den Stapel dreimal durch, ohne sie zu finden. Ich versuchte mich daran zu erinnern, wie es wörtlich geheißen hatte, aber in der Zwischenzeit war so vieles passiert, dass es mir entfallen war.

Ich wusste nur noch, dass ich es sehr schön gefunden hatte. Schön, überraschend und etwas erschreckend.

Am nächsten Tag brachten wir Henry die Facit und das Manuskript, da er uns darum gebeten hatte. Und ein neues Paket Schreibmaschinenpapier. Es war deutlich zu merken, dass er wünschte, wir sollten so schnell wie möglich wieder verschwinden, damit er sich hinsetzen und schreiben konnte.

Als ich darüber nachdachte, war ich überzeugt davon, dass das ein gutes Zeichen war, dass er wieder Lust hatte, in die Tasten zu hauen.

Dass es doch noch Hoffnung gab, trotz allem.

* * *

An einem Abend, einige Tage später, traf ich zufällig Ewa Kaludis. Ich war bei Törners gewesen und hatte mir einen Hot dog gekauft, da mein Vater nichts kochen mochte, und ich hätte schwören können, dass sie da stand und auf mich wartete. Genau vor Nilssons Fahrrad- & Sportgeschäft stand sie, Ecke Mossbanegatan und Östra Drottninggatan, und so weit ich sehen konnte, gab es für sie absolut keinen Grund, dort zu stehen. Zumindest keinen vernünftigen Grund.

»Hallo, Erik«, sagte sie.

»Hallo«, erwiderte ich und blieb stehen. Sie trug wieder das Swansonhemd und die schwarzen Leggins. Und das Haarband. In ihrem Gesicht war nicht mehr viel von den Verletzungen zu sehen, und ich war verblüfft, wie erschreckend schön sie war.

So schön, dass es schon wehtat, es schien fast, als wäre es mir in der Zwischenzeit gelungen, das zu vergessen.

»Wohin willst du?«, fragte sie.

»Nach Hause«, antwortete ich.

»Hast du es eilig, oder können wir uns ein wenig unterhalten? Wir können ja dabei in deine Richtung gehen.«

»Klar«, erwiderte ich. »Ich habe es nicht eilig.«

Wir gingen die Mossbanegatan entlang. Obwohl ich erst vierzehn war, war ich fast so groß wie sie, und mir kam der Gedanke, dass Leute, die uns aus einiger Entfernung sahen, denken konnten, dass wir ein Paar waren, das spazieren ging. Ein junger Mann und seine Freundin. Mir wurde ganz schwül im Kopf bei diesem Gedanken, und auch weil sie so nah neben mir ging.

Und weil wir schon eine ganze Weile gegangen waren, bevor sie etwas sagte. Fast bis zu Snukkes aus Eternit zusammengehauenem alten Haus.

»Ich traue mich nicht«, sagte sie dort.

»Was traust du dich nicht?«, fragte ich sie.

»Ich traue mich nicht, Henry im Knast zu besuchen.«

»Warum denn nicht«, fragte ich. »Das ist nicht schlimm, ich bin jeden Tag da.«

»Das ist es nicht. Ich überlege nur, was die Polizei dann denken würde.«

»Ach so«, sagte ich. »Ja, ich weiß auch nicht so recht, was die eigentlich denkt.«

»Ich auch nicht«, nickte Ewa. »Und ich will nicht, dass die das falsch verstehen.«

Ich überlegte, was sie wohl daran falsch verstehen könnten und ob sie das nicht schon längst taten. War nicht alles, was nur falsch zu verstehen war, bereits falsch verstanden worden? Aber ich fragte sie nicht, was sie damit meinte.

»Magst du ihm diesen Brief geben?«, fragte sie mich, als wir fast Karlessons Kiosk erreicht hatten.

Ich nahm einen zugeklebten Briefumschlag ohne Namen oder Adresse darauf entgegen. Das einzig Ungewöhnliche an ihm war, dass er hellblau war.

Danach sagten wir nicht mehr viel, aber bevor wir uns trennten, nahm ich all meinen Mut zusammen. Einen riesengroßen Mut, ich weiß gar nicht, woher ich den nahm.

Ich drehte mich zu ihr um. Stand Ewa Kaludis direkt gegenüber, mit nur wenigen Zentimetern Abstand zwischen uns. Ich streckte beide Arme aus und umfasste sie an den Oberarmen.

»Ewa«, sagte ich. »Ich scheiße drauf, dass ich erst vierzehn bin. Du bist die schönste Frau der Welt, und ich liebe dich.«

Sie schnappte nach Luft.

»Das musste ich einfach sagen«, erklärte ich. »Das war alles, vielen Dank.«

Dann küsste ich sie und ging.

* * *

Den ganzen restlichen Sommer träumte ich von Ewa Kaludis. Es waren die Bilder, wie sie mit Henry, meinem Bruder, schlief, die wieder auftauchten, und es kam vor, dass ich statt Henry dort im Bett lag. Oft war ich an zwei Stellen gleichzeitig: sowohl draußen vorm Fenster als auch unter Ewa. Unter ihr und in ihr. Wenn ich morgens aufwachte, konnte ich mich manchmal nicht mehr dran erinnern, ob ich von ihr geträumt hatte oder nicht, aber wenn ich darüber Klarheit haben wollte, brauchte ich nur aufs Laken zu gucken, ob es auf ihm neue Flecken gab. Und normalerweise gab es die.

Natürlich war es auch nicht so leicht, sie tagsüber aus meinen Gedanken zu verbannen, vor allem fantasierte ich von ihr, wenn ich mich im Krankenhaus auf der Toilette befand. Das war eine gute Alternative zu »Käsekästchen«, und manchmal begann ich bereits an sie zu denken, wenn wir im Killer auf dem Weg nach Örebro waren.

Jetzt werde ich gleich Henry, meinen Bruder, im Gefängnis besuchen. Dann fahre ich zu meiner sterbenden Mutter ins Krankenhaus und werde an Ewa Kaludis denken und wichsen.

Wenn ich so dachte, schämte ich mich.

* * *

Am 27. August war der erste Schultag in Kumlas Kommunaler Realschule, und am gleichen Tag wurde die Untersuchungshaft meines Bruders verlängert. Ich begann in einer Klasse, die 1b hieß, bekam einen Klassenlehrer, der Gunvald hieß und lispelte, zweiunddreißig neue Mitschüler und zwölf neue Lehrer. Wurde von einer Reihe bis dahin mir unbekannter Wissenschaften überrumpelt wie Physik, Chemie, Deutsch und Morgenrunde und bekam überhaupt insgesamt eine etwas neue Perspektive aufs Leben.

Als ich bereits ungefähr seit einem Monat Realschüler war, stand plötzlich Henry eines Freitags vor dem Schulzaun und wartete auf mich, als wir Unterrichtsschluss hatten. Ich kam mit einer kleinen Gruppe Klassenkameraden heraus, die ich bereits ein wenig kannte, und es wurde sofort ganz still um mich herum. Alle wussten natürlich, wer Henry war, und jetzt wurden sie abrupt daran erinnert, dass ich der Bruder des Mörders war.

Ich ging zu ihm. Er trug eine Sonnenbrille, hatte sein weißes Perlonhemd aufgeknöpft und eine Lucky Strike im Mundwinkel hängen. Er war Ricky Nelson wie aus dem Gesicht geschnitten. Oder besser Rick.

»Hallo, Henry«, sagte ich.

»Hallo, Brüderchen«, sagte Henry und zeigte sein schiefes Lächeln. »Wie geht es dir?«

»Saustark«, sagte ich. »Haben sie dich rausgelassen?«

»Jepp«, sagte Henry. »Jetzt ist es vorbei.«

Er legte mir den Arm um die Schulter. Wir gingen quer über die Straße und kletterten in den Killer. Meine neuen Klassenkameraden standen immer noch am Schulzaun und sahen aus, als wüssten sie nicht so recht, wo sie waren und in welche Richtung sie gehen sollten.

Henry startete den Killer, und wir brausten in einer Qualmwolke davon. Ich dachte an das, was er Anfang Juni gesagt hatte.

Das Leben sollte wie ein Schmetterling an einem Sommertag sein.

* * *

Der Herbst war wie eine Brücke zu irgendetwas anderem. Irgendwie fasste ich nie so richtig Fuß in Kumlas Kommunaler Realschule. Edmund ging auch dorthin, aber in eine andere Klasse, und wir hatten nichts miteinander zu tun. Eigentlich hatte ich mit niemandem dort mehr etwas zu tun. Mit keinem, den ich von früher kannte, und mit niemandem, der neu für mich war. Benny und ich saßen natürlich noch manchmal draußen in der Zementröhre und unterhielten uns, aber es war nicht mehr so wie früher. Wir entfernten uns voneinander, und das ging unglaublich schnell.

Ansonsten machte ich meine Hausaufgaben und benahm mich ziemlich vorbildlich, denke ich. Bekam eine Eins minus in meiner ersten Deutscharbeit und eine Zwei im Mathetest. Schrieb *Oberst Darkin und das geheimnisvolle Erbe* zu Ende, fing aber mit keinem neuen Abenteuer an. Ich las Bücher, meistens englische oder amerikanische Krimis. Begann, Radio Luxemburg zu hören. Träumte von Ewa Kaludis, traf sie aber nie wieder.

Ab und zu wurde im Kurren noch über den Mord an Berra Albertsson und die Anstrengungen der Polizei, den Täter zu finden, geschrieben. An einem Samstag stand ein großer Bericht über den Fall drin mit Karten und einem Kreuz, wo die Leiche gefunden worden war und so, aber irgendwelche neuen Spuren oder andere Verdachtsmomente waren nicht aufgetaucht. Dennoch arbeitete die Polizei weiter an dem Fall, und Kommissar Lindström äußerte sich gegenüber der Zeitung optimistisch und behauptete, dass man den Mörder früher oder später schon hinter Schloss und Riegel bringen würde.

Ich weiß nicht, ob die Stammleser des Kurren ihm glaubten. Ich für meinen Teil hatte angefangen, daran zu zweifeln.

Anfang November zog Henry nach Göteborg, und am 3. Dezember starb meine Mutter. Mein Vater saß die letzten zehn Tage an ihrem Bett, ich selbst schaffte das nicht.

Die Beerdigung fand gut eine Woche später in Kumlas Kirche statt. Ich trug zum ersten Mal in meinem Leben einen Anzug. Wir waren so um die zwanzig Leute, die meine Mutter zu ihrer letzten Ruhe geleiteten. Henry, ich und mein Vater, wir saßen in der ersten Reihe in der Kirche, hinter uns saßen Verwandte, ein paar Arbeitskollegen, Bennys Mutter und Vater sowie Herr Wester.

Ich hatte die ganze Nacht geweint, und in der Kirche hatte ich keine Tränen mehr.

III

22

Im Februar des folgenden Jahres fing mein Vater bei AB Slotts an, und zu Ostern zogen wir nach Uppsala. Ich war vierzehn, fast fünfzehn, als ich die Kleinstadt meiner Kindheit verließ und in die Senf- und Gelehrtenstadt kam. Ich fing in der Oberstufe zwischen Professoren- und Arztkindern an, ließ mir die Haare wachsen, bekam Pickel und einen Plattenspieler.

Das erste Jahr wohnten wir in einer engen Zweizimmerwohnung hinter dem Bahnhof, dann zogen wir in den Glimmervägen, ins neu erschlossene Wohngebiet Eriksberg. Drei Zimmer und Küche und Felsen und Wald direkt unterhalb des Balkons, mein Vater lebte etwas auf, die Schicht in der Senffabrik war hart, aber es war dennoch ein deutlich ruhigeres Milieu als im Gefängnis. Er lernte einige neue Arbeitskollegen kennen, begann, einmal in der Woche Bridge zu spielen und nahm eine äußerst vorsichtige Freundschaft zu einer Witwe in Salabacke auf. Ich für meinen Teil verliebte mich ziemlich schnell in ein dunkelhaariges Mädchen aus dem Hauseingang nebenan, und im Sommer, als ich gerade sechzehn wurde, verlor ich meine Jungfernschaft auf einer Decke im Hågadal, während wir aus ihrem tragbaren Transistorradio *The House of the Rising Sun* hörten. Ich weiß nicht, ob sie gleichzeitig auch ihre Unschuld verlor, jedenfalls behauptete sie es.

Henry wohnte weiterhin in Göteborg. Er bekam einen festen Job bei der Göteborgs-Posten, und zwei Jahre und zwei Monate nach dem Mord an Berra Albertsson debütierte er beim Norstedts-Verlag mit seinem Roman *Koagulierte Liebe*. Der bekam im Svenska Dagbladet wie auch im Dagens Nyheter gute Rezensionen, wurde in seiner eigenen Zeitung etwas zurechtgestutzt, aber er schrieb nie wieder ein Buch. Ich las *Koagulierte Liebe* in den Weihnachtsferien des selben Jahres, und noch einmal ein paar Jahre später, aber beide Male gab die Lektüre mir nicht sonderlich viel. Als mein Vater 1976 starb, fand ich das ihm gewidmete Exemplar des Buchs unter seinen Hinterlassenschaften; es war bis zum Schluss aufgeschnitten, aber zwischen den Seiten 18 und 19 lag ein Einkaufsbon als Lesezeichen.

Meine vom Elch verletzte Tante starb wenige Wochen vor meinem Abitur im Irrenhaus von Dingle. Wir konnten Genezareth zu einem ganz guten Preis verkaufen, und als ich im Herbst anfing, theoretische Philosophie zu studieren, konnte ich in eine eigene Eineinhalbzimmerwohnung in der Geijersgatan ziehen. Zu der Zeit war meine Jungfernschaft nur noch eine sehr schwache Erinnerung. Auch wenn ich nicht so ein Rick-Nelson-Typ war wie mein Bruder, hatte ich doch ein gutes Verhältnis zum anderen Geschlecht. Studentinnen gingen bei mir ein und aus, und schließlich kam eine, die bei mir blieb.

Sie hieß Ellinor, und Anfang der Achtziger war es uns bereits gelungen, drei Kinder in die Welt zu setzen. Da war auch die Geijersgatan nur noch eine Erinnerung. Wir hatten uns in Norby zwischen Bürgern und Buchsbaumhecken ein Haus gekauft, ich arbeitete als Gymnasiallehrer für Geschichte und Philosophie, und in der Zeit, in der Ellinor nicht zu Hause blieb und unsere Kinder großzog, war sie als medizinisch-technische Assistentin bei Pharmacia in Boländerna tätig.

An einem Abend im Mai, Mitte der achtziger Jahre, hatte der Express einen zweiseitigen Artikel über nicht aufgeklärte Morde in Schweden in seiner Ausgabe, mit Betonung auf die Verbrechen, die bald oder in wenigen Jahren verjährt sein würden.

Einer dieser Fälle war der Bertil-Albertsson-Mord. Wir saßen draußen im Garten, Ellinor und ich, der Flieder fing an zu blühen, und zum ersten Mal erzählte ich ihr von den Ereignissen in Genezareth Anfang der sechziger Jahre. Als ich erst einmal angefangen hatte, merkte ich bald, welche Faszination das alles bei meiner Frau auslöste, und ich gab mir wirklich Mühe, alles, an was ich mich noch erinnerte, aus dem Sumpf des Vergessens und der Vergangenheit hervorzuholen. Wobei ich natürlich das eine oder andere Detail ausließ – auch wenn wir ansonsten ein sehr offenes und unverkrampftes Verhältnis zueinander hatten, spürte ich doch eine gewisse Scham, als ich mich daran erinnerte, wie Edmund und ich damals vor dem Fenster masturbiert hatten, während Henry und Ewa Kaludis sich drinnen liebten. Nur als Beispiel.

Als ich mit meiner Erzählung zu Ende war, fragte meine Frau:

»Und Edmund? Wie ist es Edmund ergangen?«

Ich zuckte mit den Schultern. »Keine Ahnung. Genauer gesagt, nicht die geringste.«

Meine Frau sah mich etwas verblüfft an und zeigte genau die Falte auf der Stirn, die bedeutete, dass ich sie irgendeiner tief verwurzelten männlichen Unbegreiflichkeit ausgesetzt hatte. Mal wieder.

»Meine Güte«, sagte sie. »Du willst doch wohl nicht sagen, dass ihr danach einfach den Kontakt abgebrochen habt?«

»Meine Mutter starb dann«, warf ich ein. »Und wir sind weggezogen.«

Meine Frau nahm die Zeitung hoch und las die Kurzfassung des Mordfalls noch einmal durch. Danach lehnte sie sich auf ihrem Gartenstuhl zurück und dachte eine Weile nach.

»Wir werden ihn suchen«, erklärte sie dann. »Wir werden ihn suchen und zum Essen einladen.«

»Den Teufel werden wir tun«, sagte ich.

* * *

Es war einfacher als gedacht, Edmund Wester zu finden. Ich selbst rührte keinen Finger in dieser Sache, aber irgendwann im Juni, kurz vor den Ferien, teilte Ellinor mir mit, dass sie ihn aufgetrieben hatte und dass er im August zum Krebsessen kommen würde.

»Du machst Sachen hinter meinem Rücken«, sagte ich. »Gibst du mir darin Recht?«

»Ja, natürlich, mein wilder Stier«, antwortete meine Ehefrau. »Bei dummen Männern muss man das manchmal.«

»Wo wohnt er?«, fragte ich. »Wie hast du ihn gefunden?«

»Kein Problem«, erklärte meine Frau. »Er ist Pfarrer. In der Kirchengemeinde von Ånge.«

Ich musste lachen. Also zurück im Norrland, dachte ich.

»Er klang freundlich und aufrichtig froh. Er meinte auch, es wäre an der Zeit, dass ihr euch mal wieder seht. Ihr hättet doch sicher eine Menge zu reden, hat er gesagt.«

»Wirklich?«, zweifelte ich. »Nun ja, mach dir aber nur nicht zu große Hoffnungen.«

»Er kommt im August sowieso hier vorbei«, erzählte meine Frau weiter. »Und wie auch immer, es wird auf jeden Fall interessant sein, ihn zu sehen. Ich habe noch nie jemanden kennen gelernt, der dich schon als Kind kannte.«

»Du hast meinen Vater gekannt«, widersprach ich. »Und Henry.«

Meine Frau winkte ab. »Die zählen nicht«, behauptete sie. »Dein Vater ist tot. Und deinen Bruder habe ich ganze drei Male gesehen.«

Ich musste zugeben, dass sie Recht hatte. Mein Vater war bereits seit zehn Jahren tot, und der Kontakt zu Henry war ganz abgebrochen, nachdem er Ende der

Siebziger nach Uruguay emigriert war. Die letzte Weihnachtskarte von ihm war am Gründonnerstag vor vier Jahren angekommen.

Während der ersten Ferienwoche in diesem Jahr hatte ich ziemlich viel Zeit, mich an meine Kindheit zu erinnern, und in einer warmen, duftenden Nacht träumte ich sogar zum ersten Mal seit zwanzig Jahren wieder von Ewa Kaludis. Sonderbarerweise war es kein erotischer Traum, stattdessen waren es Bilder und Eindrücke von dem Tag, an dem sie mit ihren Blessuren bei uns im Liegestuhl gesessen und meine Schultern massiert hatte.

Zumindest fand ich es sonderbar, als ich aufwachte. Und irgendwie auch ein bisschen schade, aber man kann sich seine Träume ja nicht aussuchen.

* * *

Erst ein paar Wochen vor Edmunds Besuch kam mir der Gedanke, dass er ja auch in Uppsala studiert haben musste, wenn er jetzt ein Pastorenamt bekleidete. Und da ich die Gelehrtenstadt nie für längere Zeiträume verlassen hatte, seit ich meinen Fuß in sie gesetzt hatte, bedeutete das, dass Edmund und ich uns auch in einem ein wenig erwachseneren Stadium nahe gewesen waren. Jedenfalls einige Jahre. Über diese Tatsache dachte ich eine Weile nach: ob ich nicht vielleicht sogar manchmal auf ihn gestoßen war – zum Beispiel bei Studentenfesten – und, falls dem so war, warum wir uns nicht wiedererkannt hatten. Irgendwann wollte ich diese Frage auch mit meiner Frau erörtern, aber sie meinte nur, dass im

Alter zwischen vierzehn und zwanzig ziemlich große Veränderungen vor sich gehen können, und dass es doch eher die Regel als die Ausnahme war, dass man unerkannt aneinander vorbeirannte.

Als Edmund Wester auftauchte, begriff ich, dass sie Recht hatte. Dieser vollbärtige, hünenhafte Mann, der draußen auf der Treppe stand, als ich die Tür öffnete, erinnerte ungefähr genauso viel an meinen vierzehnjährigen Freund Edmund wie eine Ente an einen Spatz erinnert. Dann rechnete ich schnell einmal hoch und kam zu dem Resultat, dass er jedes Jahr ungefähr fünf Kilo zugenommen haben musste, seit ich ihn das letzte Mal in Kumlas Kommunaler Realschule gesehen hatte, wenn seine Gewichtszunahme einer linearen Kurve entsprach. Nicht nur der Bart verbarg den Priesterkragen, sondern mehr noch das Doppelkinn. Sein abgetragener Cordanzug hatte trotzdem noch Platz für drei, vier Jahre mit gleicher Entwicklung – jedenfalls, soweit ich das beurteilen konnte.

»Erik Wassman, wie ich annehme?«, fragte er und versteckte den Blumenstrauß für meine Frau hinter seinem Rücken.

»Edmund«, sagte ich. »Du bist noch ganz der Alte.«

Es wurde ein angenehmerer Abend, als ich zu hoffen gewagt hatte. Durch unsere jeweiligen Berufsrollen hatten wir gelernt, locker und ernst daherzuplaudern, und die Krebse waren wirklich ausgezeichnet, da meine Frau sie wie üblich selbst zubereitet hatte. Unsere Kinder führten sich einigermaßen gesittet auf und verschwanden später ohne größeres Hin und Her ins Bett. Wir tranken Bier und Wein, dann Schnaps und Cognac, und Ellinors mögliche Enttäuschung darüber, dass wir beide nicht gewillt waren, über die Geschehnisse in dem Sommer in Genezareth zu sprechen, verebbte mit der Zeit.

Was nicht heißt, dass wir nicht Berra Albertsson und den Mord erwähnten, aber jedes Mal, wenn Ellinor die Rede darauf brachte, leiteten Edmund und ich bevorzugt auf andere Themen über. Ich erinnerte mich daran, wie wir die Ereignisse, während sie stattfanden, auf ähnlicher Distanz von uns gehalten hatten, und mir fiel ein, wie auffallend einfach es sein kann, die Zeit mit bestimmten Menschen zu überbrücken. Sogar ziemlich lange Zeiträume.

Wenn meine Frau nicht das Gespräch auf die Schweigepflicht eines Pfarrers und seine Gewissensnöte gebracht hätte, wäre es ein rundum gelungener Abend geworden. Leider merkte ich erst, dass Edmund die Fragen äußerst unangenehm waren, als wir schon ziemlich weit in der Diskussion waren.

Wir waren auch schon ziemlich weit mit dem Kaffee und mit dem Cognac gekommen, weshalb es vielleicht nicht so überraschend war, dass meine Aufmerksamkeit etwas zu wünschen übrig ließ.

»Ich habe das nie verstanden«, erklärte meine Frau. »Was bitte schön gibt einem Pfarrer eigentlich das Recht, über Dinge zu schweigen, die alle anderen Menschen sagen müssen? Ja, wofür sie sogar bestraft werden, wenn sie sie verschweigen!«

»So einfach ist das nun auch nicht«, sagte Edmund.

»Doch, doch, das ist absolut einfach«, widersprach

meine Frau. »Was ist das nur für ein Gott, der Mördern und Gewaltverbrechern beisteht?«

»Es gibt mehr als ein Gesetz«, erklärte Edmund. »Und mehr als einen Richter.«

»Aber basiert denn unsere Gesetzgebung nicht auf der christlichen Ethik?«, insistierte Ellinor. »Ist nicht die ganze westliche Welt auf dem Wertesystem des Christentums aufgebaut? Das würde doch bedeuten, dass diese Klausel eine Konstruktion ist, die ziemlich baufällig geworden ist.«

Edmund schwieg, zupfte an seinem Bart und schaute ziemlich finster drein. Ich suchte nach einer Möglichkeit, das Thema zu wechseln, mir fiel aber nichts ein.

»Es gibt Fälle«, sagte er, »es tauchen immer wieder Situationen auf, in denen die Menschen das Bedürfnis haben, ihr Herz zu erleichtern ... wir können zwar nicht allen Leuten eine Schweigepflicht auferlegen, aber es muss welche geben, die sie haben. Es muss verschiedene Wege geben. Es muss jemanden geben, der dir zuhört, zu dem du gehen kannst und fordern, dass er dich anhört, wenn die Not am größten ist. Der deine Worte aufnimmt und in sich verschließt.«

»Das verstehe ich nicht«, sagte meine Frau.

»Es ist auch eine schwierige Frage«, nickte Edmund. »Es hat Zeiten gegeben, in denen ich auch selbst daran gezweifelt habe.«

Kurz darauf brach er auf. Wir gaben einander das Versprechen, Kontakt zu halten, aber uns dreien war bereits in dem Moment klar, dass es sich dabei in erster Linie um eine Frage der Konvention handelte.

Nachdem er gegangen war, blieben meine Frau und ich noch eine Weile in den Sesseln sitzen.

»Es hat mit dem Genezarethmord zu tun«, sagte sie plötzlich und schenkte uns beiden einen Fingerbreit Cognac ein.

»Wie meinst du das?«, fragte ich. »Ich will keinen Cognac mehr.«

»Die Gewissensnöte natürlich. Sein Unbehagen der Frage gegenüber. Das hängt mit dem Mord an Berra Albertsson vor zwanzig Jahren zusammen.«

»Vor dreiundzwanzig«, sagte ich. »Quatsch.«

»Das hat nichts mit seiner Priesterrolle zu tun.«

»Wie viel hast du getrunken?«, fragte ich. »Natürlich scheint er da in irgendwas hineingeraten zu sein. Jemand hat ihm ein Verbrechen gebeichtet, und er fühlt sich nicht in der Lage, zur Polizei zu gehen. Jeder Pfarrer kommt irgendwann einmal in diesen Konflikt. Es war nicht besonders höflich von dir, das Thema anzuschneiden.«

Meine Frau nippte an ihrem Cognac und dachte nach.

»All right«, sagte sie. »Es war nicht sehr nett von mir, aber trotzdem glaube ich, dass ich Recht habe. Abgesehen davon ist er sehr sympathisch.«

»Ich konnte ihn damals gut leiden«, nickte ich.

* * *

In den kommenden Wochen dachte ich immer mal wieder daran, was zwischen Edmund, meiner Frau und mir gesagt und was nicht gesagt worden war. Schließlich rief ich in Ånge an und stellte ihn direkt zur Rede.

»Du weißt, was in der besagten Nacht passiert ist, oder?«

»Was zum Kuckuck meinst du?«, entgegnete Edmund empört.

»Ich meine zum Beispiel, dass du zum Pinkeln draußen warst. Und sicher nicht nur deshalb ...«

Es entstand eine Pause. Es knackte im Hörer, und einen Augenblick lang kam mir der Gedanke, es wäre Edmunds Gedankenarbeit, die ich durch die schlechte Leitung hörte.

»Ich habe keinen Grund, das weiter mit dir zu diskutieren«, verkündete er schließlich. »Aber wenn du willst, stelle ich dir gern die gleiche Frage: Weißt du, wer Berra Albertsson ermordet hat?«

»Woher soll ich das denn wissen?«, erwiderte ich etwas irritiert. »Schließlich habe ich doch die ganze Zeit geschlafen, das weißt du doch nur zu gut.«

Dann schwiegen wir beide eine Weile, und dann legten wir auf.

* * *

Vielleicht kann man es als einen Zufall beschreiben, der aussah, als steckte eine Absicht dahinter, dass ich gerade in diesem Herbst Ewa Kaludis wiedertraf.

Im Zusammenhang mit einer Lehrmittelmesse verbrachte ich zwei Nächte in einem Hotel in Göteborg, und während ich ziemliche Probleme gehabt hatte, Edmund nach der langen Zeit wiederzuerkennen, so passierte mir das bei Ewa nicht. Im Gegenteil.

Sie stand an der Rezeption, als ich einchecken wollte,

und es schien, als hätte die Zeit keinerlei Spuren bei ihr hinterlassen. Die gleiche schöne Haltung. Die gleichen hohen Wangenknochen. Die gleichen mandelförmigen Augen. Das blonde Haar war jetzt rot, ein Farbton, der ihr irgendwie noch besser stand, und von dem ich mir einbildete, es wäre ihr ursprünglicher. Obwohl sie sicher schon auf die Fünfzig zuging, war sie eine Schönheit von fast verblüffender Art.

Aus meiner Perspektive zumindest.

»Mein Gott«, platzte ich heraus. »Ewa Kaludis.«

Sie schaute in die Reservierungsliste.

»Ja, da bist du ja«, sagte sie. »Ich habe deinen Namen schon gesehen.«

Seit meiner Heirat war ich Ellinor durchgehend treu gewesen, aber ich wusste innerhalb einer halben Minute, dass ich diese Treue jetzt brechen würde. Ich wusste es nicht nur, weil ich es selbst wollte, sondern weil ich sah, dass auch Ewa es wollte. Sie rief etwas ins Rezeptionsbüro und gab einem jungen blonden Mädchen den Auftrag, ihren Platz hinter dem Tresen einzunehmen. Es war deutlich zu sehen, dass sie eine Art Führungsposition in dem Hotel einnahm. Dann klappte sie eine Luke hoch und kam zu mir heraus.

»Ich werde dir dein Zimmer zeigen«, sagte sie. »Es ist schön, dich nach all den Jahren wiederzusehen.«

Wir fuhren mit dem Fahrstuhl nach oben.

»Weißt du noch, was du in dem Sommer damals als Letztes zu mir gesagt hast?«, fragte sie, als wir ins Zimmer gekommen waren.

Ich nickte.

»Und was du gemacht hast?«

Ich nickte wieder.

»Hast du immer noch etwas von dem Vierzehnjährigen in dir?«

»Darauf kannst du wetten«, antwortete ich.

* * *

Sie hatte gerade ihre Menstruation gehabt – und war außerdem etwas im Stress –, deshalb unterhielten wir uns am ersten Abend nur.

»Ich würde mich gern dafür bedanken, was ihr in dem Sommer gemacht habt«, sagte Ewa. »Ich möchte dir und Edmund danken. Wie ihr euch hinterher verhalten habt und so, dazu hatte ich irgendwie nie die Gelegenheit.«

»Ich habe dich geliebt«, erklärte ich. »Und ich glaube, Edmund hat dich auch geliebt.«

Sie lachte. »Es war Henry, der mich geliebt hat. Und ich habe Henry geliebt.«

Ich fragte, wie es hinterher zwischen meinem Bruder und ihr so gelaufen sei. Ob noch was daraus geworden war oder ob alles nach dem SCHRECKLICHEN irgendwie nur im Sand verlaufen war?

»Wir haben uns später wiedergesehen«, erzählte sie nach einer kleinen Pause. »Hier in Göteborg. Mehr als ein Jahr danach, vorher haben wir uns nicht getraut. Und dann waren wir eine Weile zusammen, hat er dir das nie erzählt?«

Ich schüttelte den Kopf. »Ich hatte fast gar keinen Kontakt mehr zu meinem Bruder. Er ist weggezogen, und dann sind wir auch weggezogen.«

»Es hat nie richtig geklappt«, fuhr sie fort. »Ich weiß auch nicht warum, aber das, was passiert ist, stand irgendwie immer zwischen uns. Das SCHRECKLICHE, wie du es nennst.«

Ich nickte. Ich verstand. Recht bedacht wäre es merkwürdig gewesen, wenn es gut gegangen wäre. Als ich vierzehn war und Kommissar Lindström gegenüber saß, hatte ich nicht so gedacht, aber jetzt erschien mir das nur logisch.

Nicht nur, dass das zwischen Henry und Ewa nichts Dauerhaftes wurde, sondern auch, dass es einen Grund dafür geben musste.

Eine Art Gerechtigkeit.

»Bist du verheiratet?«, fragte ich.

Sie schüttelte den Kopf. »War ich. Ich habe eine Tochter von vierzehn, deshalb habe ich heute Abend nicht so viel Zeit.«

»Ich erinnere mich noch an deine Hände auf meinen Schultern«, sagte ich. »Ich möchte dich morgen Nacht lieben. Es zumindest versuchen.«

Sie lachte. »Morgen habe ich Zeit«, erklärte sie. »Schon der Versuch ist ehrenwert. Sollte es nicht klappen, können wir immer noch einfach beieinander liegen.«

* * *

Es war nicht genug, beieinander zu liegen. Die Nacht vom sechsten auf den siebten Oktober liebte ich Ewa Kaludis nach mehr als zwanzig Jahren Wartezeit.

Ich liebte sie zum ersten Mal. Das war die ernsthafteste Tat in meinem Leben, und ich glaube, dass es Ewa fast ebenso ging. In dem darauf folgenden Jahr trafen wir uns mehrere Male – mit immer kürzeren Abständen –, und einen Monat, nachdem die Scheidung zwischen Ellinor und mir in Kraft trat, zog ich nach Göteborg. Es gelang mir, einen einigermaßen akzeptablen Lehrerjob im Gymnasium von Mölndal zu finden, und Anfang des Jahres 1987 wohnten wir endlich unter einem Dach.

Ich, Ewa Kaludis und ihre Tochter Karla.

»Ich habe das Gefühl, als wäre ich nach Hause gekommen«, erklärte ich Ewa in der ersten Nacht.

»Willkommen daheim«, antwortete Ewa.

Schon nach wenigen Wochen hatte ich das Gefühl, ich müsste ihr erzählen, wie Edmund und ich in jener gewissen Nacht beobachtet hatten, wie sie mit Henry geschlafen hatte. Wenn man es genau betrachtete, war ich zu der Zeit ja nur ein unreifer Vierzehnjähriger gewesen, weshalb ich auf ihr Verständnis hoffte.

Als ich mit meiner Beichte fertig war, nahm sie die Hand vor den Mund und wollte mich nicht ansehen. Zuerst wurde ich etwas unruhig, aber dann erkannte ich, dass sie lachte.

»Was ist denn mit dir los?«, fragte ich.

Sie wurde wieder ernst. Nahm die Hand herunter und holte tief Luft. »Ich habe euch gesehen«, sagte sie. »Ich wollte es eigentlich nicht zugeben, aber ich habe die ganze Zeit gewusst, dass ihr da gestanden habt.«

»Mein Gott«, stöhnte ich. »Das ist doch wohl nicht möglich.«

»Alles ist möglich«, erklärte Ewa Kaludis und lachte von neuem.

23

Verner Lindström war im Laufe der Zeit auch nicht jünger geworden.

»In zwei Monaten ist es verjährt«, erklärte er und rückte seine Fliege gerade. »Aber das ist nicht der Grund, warum ich mit dir sprechen will. Ich bin dabei, ein kleines Erinnerungsbuch zu schreiben. Im Frühling bin ich pensioniert worden, und mit irgendwas muss man sich ja beschäftigen.«

Wir saßen in Linneaus Hinterzimmer in der Linnégatan. Soweit ich verstanden hatte, war Lindström eigens für dieses Gespräch mit der Bahn nach Göteborg gekommen. Es war offensichtlich, dass es ihm nicht leicht fiel, die Tage als Pensionär verstreichen zu lassen.

Es kommt, wie es kommt, dachte ich. Einige Menschen lernen es nie, ihren wohlverdienten Ruhestand zu genießen, während andere dafür geboren zu sein scheinen.

Nach dem Essen holte Lindström sein Bronzolröhrchen heraus. Ich konnte mich nicht daran erinnern, diese Pastillen in den letzten zehn, fünfzehn Jahren irgendwo gesehen zu haben, aber vielleicht hatte er sich ja bereits Anfang der Siebziger eine Reserve für alle Zeiten angelegt.

»Tatsache ist«, sagte er und stopfte sich zwei Pastillen in den Mund. »Tatsache ist, dass ich nicht viele unaufgeklärte Fälle aufzuweisen habe. Und nur einen Mord. Den an Bertil Albertsson.«

»So kann es kommen«, sagte ich. »Nun ja, ihr habt jedenfalls euer Bestes getan.«

Er kaute und wiegte langsam den Kopf hin und her – wie ein alter Bluthund. »Das Resultat«, sagte er. »Ich scheiße auf alle Bemühungen, es ist allein das Resultat, das zählt. Jemand hat diesen verfluchten Handballspieler auf diesem verfluchten Parkplatz vor fünfundzwanzig Jahren ermordet, und in zwei Monaten ist er frei.«

»Jemand?«, wiederholte ich. »Ich dachte, ihr wärt überzeugt davon, dass es mein Bruder war. Und dass ihr es ihm nur nicht beweisen konntet.«

Verner Lindström seufzte.

»Er oder sie«, erklärte er. »Das war ja die Spur, die wir verfolgen mussten. Du musst wissen, dass wir auch, was sie betrifft, nicht an Einsatz und Energie gespart haben. Wir haben sie im Herbst eine Zeit lang Tag und Nacht verhört, aber sie hat standgehalten. Verdammt schöne Frau übrigens, möchte nur wissen, was aus ihr geworden ist.«

»Keine Ahnung«, sagte ich und zuckte mit den Schultern. »Ist bestimmt ins Ausland gegangen, sie ist der Typ dafür.«

Lindström betrachtete mich eine Weile, bevor er weitersprach. »Was mich am meisten interessiert, ist die

Frage, ob du bereit wärst, mir weitere Informationen zu geben? Jetzt, wo du deinen Bruder nicht mehr schützen musst.«

»Es ist noch zwei Monate hin«, wies ich ihn zurecht.

»Es wäre jetzt immer noch möglich, ihn festzusetzen.«

Er lächelte kurz und schüttelte das Bronzolröhrchen ein paar Mal – wahrscheinlich um zu testen, wie viel es noch enthielt. »Mein Ehrenwort«, sagte er dann und steckte es wieder in die Brusttasche. »Du glaubst doch wohl nicht, dass diese armen Pensionärshände Lust haben, etwas auszubuddeln, was die ganzen Jahre über vergraben lag?« Er hob die Handflächen in die Luft und betrachtete erst sie, dann mich mit der unschuldigsten Miene der Welt. »Wie dem auch sei«, sagte er. »Mich interessiert das einfach. Es wäre ja nicht überraschend, wenn ihr mit irgendwas hinter dem Berg gehalten habt, du und dein Kumpel. Schließlich wart ihr erst vierzehn, und in dem Alter ist es nicht immer so leicht, zu wissen, wie man sich verhalten soll.« Er machte eine kurze Pause und verbarg seine Hände unter dem Tisch, als hätten sie nicht so recht seinen Erwartungen Genüge getan. »Ja, schließlich war es ja möglich, dass in besagter Nacht noch eine andere Person in Genezareth war.«

»Eine andere Person?«, fragte ich. »Du meinst Ewa Kaludis?«

Wieder seufzte er. »Nein. Tatsache ist, dass wir nie herausbekommen haben, ob sie nun dort war oder nicht. Nicht einmal das. Sie hat es geleugnet. Henry hat es geleugnet. Das reicht. Wir konnten nie beweisen, dass sie bei ihm war. Aber wie dem auch sei, so gab es doch Anzeichen dafür, dass Henry von irgendjemandem Besuch gehabt hat.«

Ich dachte ein paar Sekunden nach. Vor allem über das Wort »Anzeichen«.

»Und wer soll das gewesen sein?«

»Ich hatte gehofft, dass du mir das sagen könntest.«

»Ich habe nicht den geringsten Schimmer«, sagte ich. »Da wäre es bestimmt besser, mit Edmund Kontakt aufzunehmen. Schließlich war er zumindest mal wach in der Nacht.«

Lindström zog sein Taschentuch hervor und schnäuzte sich. »Ich habe bereits mit ihm gesprochen«, erklärte er etwas ungeduldig. »Schon zweimal.«

»Und hat das nichts gebracht?«

»Hrrm«, sagte Lindström. »Pfarrer gehören zu den schlimmsten, wenn es um Verhöre geht, ein Glück, dass die nicht so oft in Verbrechen verwickelt werden ... Pfarrer und Zuhälter, ich weiß nicht, welche ich vorziehe.«

»Ach so«, sagte ich.

Wir saßen eine Weile schweigend da. Lindström hatte ein Ringbuch neben seinem Teller liegen, und während er umständlich sein Taschentuch zusammenlegte und einsteckte, warf er nachdenkliche Blicke darauf. Das schien ihn aber auch nicht sehr viel glücklicher zu machen – und auch nicht sehr viel gescheiter. Seine schlechte Laune war förmlich zu spüren. »Es gibt einige Faktoren, die die meisten unaufgeklärten Morde gemeinsam haben«, sagte er schließlich und klappte das Ringbuch zu.

»Wirklich?«, fragte ich. »Und welche?«

»An erster Stelle die Einfachheit«, erklärte Lindström. »Was Berra Albertsson betrifft, zum Beispiel ... alles, was der Mörder tun musste, war, zwei Schritte vorzutreten und mit dem Hammer zuzuschlagen. Oder dem Vorschlaghammer oder was auch immer. Noch ein Schlag, schon war alles klar. Dann nur noch die Mordwaffe vergraben und die ganze Geschichte vergessen ... vielleicht hoffen, dass in den Morgenstunden etwas Regen fallen würde, und das tat es ja auch.«

Er verstummte. Angelte mit seiner Gabel noch ein paar übrig gebliebene Erbsen auf und betrachtete sie eine Weile – als wäre er plötzlich darauf gekommen, dass sich in einer von ihnen Berra Albertssons Mörder versteckt halten konnte.

Man wird sicher etwas wunderlich, wenn man sein ganzes Leben lang Kriminaler war, dachte ich. Es verging eine halbe Minute.

»Woher konnte der Mörder wissen, dass Albertsson dort auftauchen würde?«, fragte ich. »Das erscheint mir etwas sonderbar, darüber habe ich schon immer nachgedacht.«

»Es gibt eine zweite Variante«, erklärte Lindström. »Berra Albertsson kann von einer Person erschlagen worden sein, die mit ihm im Auto gefahren ist. Zum Beispiel auf dem Rücksitz.«

»Und warum?«, fragte ich. »Und wer sollte das gewesen sein?«

»Gute Frage«, erwiderte Lindström. »Abgesehen davon, wer ihn umgebracht hat, ist auch die Motivfrage problematisch.«

»Wenn es nicht Henry gewesen ist.«

»Oder Ewa Kaludis«, sagte Lindström.

Ich dachte eine Weile nach. »Welches Indiz spricht dafür, dass in der fraglichen Nacht ein Unbekannter in Genezareth war?«, fragte ich.

Lindström zögerte einen Moment. »Eine Zeugenaussage.«

»Eine Zeugenaussage? Und wer verdammt noch mal hat die gemacht?«

»Das kann ich leider nicht sagen«, meinte Lindström und zuckte etwas bedauernd mit den Schultern. »Leider.«

Ich sah ihn einige Sekunden verwundert an. »Und die Spurensicherung?«, fragte ich. »Hat das nichts gebracht?«

»Wenig«, antwortete Lindström. »Der Regen hatte alle Spuren am Tatort ausgelöscht. Es war nicht einmal mehr möglich festzustellen, welches der Autos zuerst gekommen war, das deines Bruders oder Berras. Auch wenn alles darauf hindeutet, dass Henry zuerst da war.«

»Und die Waffe?«

»Haben wir nie gefunden«, stellte Lindström fest. »Nein, es ist, wie es ist. Solange niemand sich zu erkennen gibt, wird Berra Albertssons Mörder frei herumlaufen. Und in zwei Monaten ist er sowieso frei ... aber es wäre natürlich ein Knüller, wenn ich in meinem Buch schreiben könnte, dass der Fall eigentlich gelöst ist. Dass ich doch noch erfahren habe, wer es getan hat. Und deshalb sitze ich hier. Hrrm.«

Wieder machte er eine Pause. Trank seinen Wein aus

und wischte sich den Mund ab. Konzentrierte sich auf seinen letzten Angriff.

»Dir ist also nichts eingefallen, was ein wenig Licht in die Geschichte bringen könnte? Etwas, das ihr mir damals verschwiegen habt oder was dir erst später eingefallen ist?«

»Nein«, sagte ich. »Ich habe fünfundzwanzig Jahre lang darüber nachgedacht, und ich weiß heute genauso wenig wie damals. Ein Wahnsinniger, der die Tat nur zufällig begangen hat, das ist mein Vorschlag. Seid ihr dieser Möglichkeit damals wirklich gründlich nachgegangen?«

Lindström antwortete nicht.

»Außerdem hätte ich mich natürlich an die Polizei gewandt, wenn ich etwas gewusst hätte«, fügte ich hinzu.

Lindström sah zu diesem Zeitpunkt schon ziemlich erschöpft aus, und ich merkte, dass von meinem Respekt, den ich ihm gegenüber Anfang der Sechziger gehabt hatte, nicht mehr viel übrig geblieben war. Und ich begriff auch, dass man vermutlich nicht besonders geeignet ist, Menschen zu bewerten, wenn man erst vierzehn Jahre alt ist, auch wenn mein Bruder mich gerade deshalb damals gelobt hatte.

»Es tut mir Leid«, sagte ich. »Es tut mir aufrichtig Leid, aber es sieht so aus, als würde deine Göteborgreise ohne Erfolg bleiben.«

»Sag das nicht«, widersprach Lindström. »Das Essen war gar nicht schlecht, und ich habe noch ein Gespräch vor mir.«

»Ach?«, wunderte ich mich. »Mit wem denn?«

Er rückte das Bronzolröhrchen in der Brusttasche gerade und schaute aus dem Fenster.

* * *

Ich bekam nie heraus, ob Verner Lindström wirklich noch ein zweites Interviewopfer während seiner Göteborgvisite aufgesucht hatte, aber zwei Monate später war die Bertil-Albertsson-Sache auf jeden Fall verjährt. Das war im September 1987, und erst später erfuhren Ewa und ich, dass wir uns ausgerechnet an dem Abend, als die Frist ablief, einen Hummer und eine Flasche Champagner geteilt hatten.

Als hätten wir das Datum gewusst und wären der Meinung gewesen, wir müssten es auf irgendeine Art feiern.

Der wahre Grund war natürlich gewesen, dass Karla zu ihrem Vater nach Eslöv gefahren war und wir deshalb endlich einmal die Wohnung in der Palmstedtsgatan für uns allein hatten.

24

So verging die Zeit, und die Dinge gerieten in Vergessenheit. Ewa Kaludis und ich bekamen nie ein Kind miteinander, dazu war die Zeit zu knapp. Sie war schon 47, als wir uns wieder trafen, und wir beschlossen beide, dass das Risiko zu groß war. Ihre Tochter Karla wohnte ungefähr bis 1990 bei uns, dann verließ sie uns, um irgendwas in Paris zu studieren, lernte einen dunkelgelockten Franzosen kennen und blieb dort. Der Kontakt zu meinen eigenen Kindern nahm im gleichen Maße zu, in dem Ellinors Zorn abnahm, und ein paar Herbstmonate lang wohnte mein ältester Sohn Frans bei uns, als er das erste Semester auf der Journalistenschule absolvierte.

Obwohl Ewas Menstruationszyklus ein paar Monate, nachdem sie fünfzig geworden war, endete, änderte das nicht viel an unserem Liebesleben. Soweit ich auf Grund diskreter Gespräche mit Kollegen und anderen beurteilen konnte, war unser Sexualleben außerordentlich lebendig. Und dass mehr als zehn Jahre zwischen uns liegen, da wäre sowieso kein Mensch darauf gekommen. Ich selbst denke kaum einmal daran – und wenn, hat es keine Bedeutung für mich.

Es ist eben, wie es ist. Bei einigen Menschen sind die Jahre nicht zu sehen, während man sie bei anderen doppelt und dreifach zählen kann.

Die letzte Strophe der Genezarethgeschichte – oder der Geschichte des SCHRECKLICHEN, wie ich es einstmals zu nennen pflegte, wurde im Frühling und Sommer 1997 geschrieben.

Über Ellinor, meine frühere Ehefrau, erfuhr ich Anfang Mai, dass der Gemeindepfarrer Wester oben in Ånge einen Herzinfarkt erlitten hatte und im Krankenhaus in Östersund lag.

Möglicherweise lag er bereits im Sterben, und da er noch von seinem damaligen Besuch vor zwölf Jahren Ellinors Telefonnummer hatte, hatte er sie angerufen und ihr gesagt, dass er mich gern sehen würde.

Es war natürlich nicht besonders verwunderlich, dass Edmund einen Herzinfarkt hatte. Ich erinnerte mich an seinen enormen Körperumfang, und ich beschloss, bei der nächsten Gelegenheit nach Östersund zu fahren.

Die Gelegenheit bot sich bereits ein paar Tage später, es war Christi Himmelfahrt, und ich hatte vier Tage frei. Unter den drei Möglichkeiten, zu fliegen, den Zug oder das Auto zu nehmen, entschloss ich mich schließlich für Letzteres. Ich fuhr früh am Donnerstagmorgen los, und einen halben Tag später nahm ich auf einem Metallrohrstuhl neben Edmund Platz.

Er war in keiner Weise schmaler geworden seit dem letzten Mal, dass wir uns gesehen hatten. Er thronte wie ein gestrandetes Walross unter einer gelben Decke, und er hatte eine ansehnliche Zahl von Schläuchen in Armen und Beinen stecken, die Nährstoffe in seine enorme Körperfülle pumpen sollten. Seine Gesichtsfarbe tendierte zu graulila wie bei einer schimmligen Pflaume, und es war schwer zu entscheiden, ob er wohl überleben würde oder nicht.

Wie auch immer, jedenfalls schien er sehr erleichtert zu sein, mich zu sehen.

* * *

»Und dein Vater?«, fragte ich. »Wie ist es mit dem gelaufen? Hast du irgendwann deinen leiblichen Vater aufgesucht?«

Edmund lächelte kurz und ein wenig angestrengt.

»Doch, ja, ich habe ihn aufgesucht«, sagte er. »Er lebte in einem Heim außerhalb von Lycksele. Er hat mich nicht wiedererkannt. Ich glaube, er hat sich gar nicht mehr dran erinnert, dass er überhaupt einen Sohn hatte. Alkoholismus und fortgeschrittene Diabetes, er starb ein paar Monate danach.«

Ich nickte. Dachte, dass dieser Ausgang doch eigentlich ganz typisch war, und sah, dass Edmund keine Lust hatte, darüber zu reden. Weder Lust noch das Bedürfnis. Es gab anderes, das zu klären wichtiger war, bevor es zu spät war.

Unser Gespräch brach nach einer guten halben Stunde in sich zusammen, für mehr war er einfach zu schwach, aber als wir so weit gekommen waren, sah Edmund so unglaublich friedvoll aus, wie es nur tote oder sehr kranke Menschen können. Eins der letzten Dinge, die er sagte, war: »Und es war doch ein Spitzensommer, Erik. Trotz des SCHRECKLICHEN war es ein Spitzensommer. Ich werde ihn nie vergessen.«

»Ich auch nicht«, beteuerte ich und strich ihm zwischen zwei Kanülen über die Haut. »Nicht, solange ich lebe.«

»Nicht, solange ich lebe«, wiederholte Edmund voller Glauben.

Dann schlief er ein. Ich blieb noch eine Weile bei ihm und betrachtete ihn, und plötzlich war ich mir ganz sicher, dass er sich nicht mehr in dem Krankenhausbett befand, sondern in dieser lauen Nacht nach dem Liebesspiel, das wir durchs Fenster gesehen hatten, auf dem Rücken in Genezareths See schwamm.

Wobei sich nicht leugnen lässt, dass ich hoffte, er könnte dort bleiben.

Ich verließ ihn mit einem Gefühl der Vollendung. Bezahlte im Hotel Zäta und fuhr wieder Richtung Süden. Während der Autofahrt durch die Wälder von Dalarna und Värmland beschloss ich, die ganze Geschichte aufzuschreiben. Sie aufzuschreiben und eine Art von Ordnung hineinzubringen. Wenn es stimmt, was ich irgendwo gelesen habe, dass jeder Mensch eine Geschichte in sich trägt, dann musste doch eigentlich der Mord an Berra Albertsson genau meine Geschichte sein.

Und genau genommen nicht nur meine.

Ich fing gleich damit an, als die Sommerferien begannen, und es war Ende Juni – in der Woche nach der Mittsommernacht –, dass ich meine Forschungsreise zurück in die Landschaft meiner Kindheit antrat. Ewa war lange unschlüssig, ob sie mitfahren sollte oder nicht, aber schließlich beschloss sie, daheim zu bleiben, weil Karla überraschend und fröhlich mitgeteilt hatte, sie würde mit ihrem Franzosen zu Besuch kommen.

Seit wir Anfang der Sechziger weggezogen waren, hatte ich keinen Fuß mehr auf diesen Boden gesetzt, und als ich an einem schönen, jasminduftenden Sommerabend in meinem Auto den Steneväg entlangrollte, war es, als würde ich mit Windeseile in einen Zeitbrunnen sinken.

Viel hatte sich verändert, aber noch mehr war gleich geblieben. Das Haus in der Idrottsgatan hatte eine neue Fassade bekommen, aber die Farbe war die gleiche, und in unserem Küchenfenster zur Straße hin standen zwei Pelargonien, genau wie immer. Ich parkte das Auto, ging zu dem kleinen Waldstück und fand die Zementröhre im Graben.

Niemand hatte sie seit fünfunddreißig Jahren bewegt. Ich musste mich etwas zusammenkrümmen, um in ihr Platz zu finden, aber es ging. Ich steckte mir eine Zigarette an, eine Lucky Strike, die ich im Bahnhofskiosk von Hallsberg gekauft hatte. So saß ich da drinnen, rauchte mit geschlossenen Augen, und es fehlte nicht viel, dass ich angefangen hätte zu heulen.

Was ist ein Leben?, dachte ich. Was zum Teufel ist ein Leben?

Ich dachte an Benny und an Bennys Mutter, an Arsch-Enok und an Balthazar Lindblom und an Edmund.

An meine Mutter und meinen Vater.

An Henry.

An diesen Tag vor tausend Jahren, als Ewa Kaludis auf der roten Puch auf den Schulhof der Stavaschule gebraust war. Kim Novak.

An die Worte meines Vaters: Das wird ein schwerer Sommer, mein Junge. Am besten stellen wir uns gleich darauf ein.

Das trostlose Haar meiner Mutter und ihre sterbenden Augen im Krankenhaus. Was ist ein Leben?

Das Kachelmuster der Toilette. Die winzigen Narben an Edmunds Füßen, die der einzige Beweis dafür waren, dass er einmal mit zwölf Zehen ausgerüstet gewesen war.

Ewa Kaludis. Ihre warmen, starken Hände auf meinen Schultern und ihr nackter Körper.

Das Einzige, was mir noch übrig geblieben war.

Das Einzige, was ich behalten darf, dachte ich, ist Ewas schöner Körper.

Es hätte schlimmer kommen können.

* * *

Als ich aus der Stadt war, fuhr ich die Mossbanegatan nach Süden. Karlessons Kiosk lag dort, wo er immer gewesen war, aber es gab keinen Kaugummiautomaten mehr. Dafür war ein Imbiss angebaut worden, das Ganze hieß jetzt Gullans Grill, und ich machte mir nicht erst die Mühe, anzuhalten.

Der Klevabuckel hatte immer noch die gleiche Steigung wie früher, auch wenn davon im Auto weniger zu spüren war. Ich konnte immer noch genau die Stelle zeigen, an der Edmund gelegen und sich übergeben hatte nach seinem verwegenen Angriff auf den Berg, und der Weg durch den Wald nach Åsbro sah in jeder Biegung immer noch aus wie früher. Dort im Ort hatte man eine neue Tankstelle gebaut, aber ansonsten wirkte alles so, wie ich es in Erinnerung hatte. Ich hielt vor Laxmans an. Ging hinein und kaufte eine Selter und eine Abendzeitung. Die hoch gewachsene Frau an der Kasse war um die fünfzig, sie hatte Schweißflecken unter den Armen und es gab nichts, was der Annahme entgegensprach, sie könnte vielleicht Britt Laxman heißen.

Hinter dem Sjölyckeväg waren ein paar neue Ferienhäuser gebaut worden, aber als ich erneut in den Wald kam, erkannte ich wieder jede Biegung und Steigung des sich ringelnden Kiesbands. Levis Haus sah aus wie zerbombt, aber das hatte es damals schon getan. Ich erinnerte mich an meine Litanei, als ich dort vorbeifuhr. Krebs-Treblinka-Liebe-Bumsen-Tod. Mir fiel Edmunds leiblicher Vater ein, der auf der Bettkante gesessen und über sich selbst und seinen misshandelten Jungen geweint hatte, und dann überwältigten mich die Erinnerungen derart, dass ich erst wieder auf dem Parkplatz zu mir kam.

Der schien geschrumpft zu sein. Unkraut und Schilf hatten die Kanten aufgefressen, vielleicht der Lauf der Natur, aber es sah eher so aus, als würde er nicht mehr benutzt werden. Ich stieg aus dem Wagen und betrachtete die beiden Pfadanfänge: der linke zu den Lundins war fast zugewachsen, der rechte nach Genezareth sah niedergetreten und benutzt aus. Nach einer ganzen Weile Zögern ging ich zum See.

Genezareth lag da, wie es immer dagelegen hatte. Die gleiche kleine, elende Hütte, aber neu gestrichen und mit einem neuen Dach. Ein kleiner Schuppen auf dem Rasen und weiße Gartenmöbel statt unserer alten klapprigen braunen. Ein Gartengrill und eine Fernsehantenne.

Die Neunziger gegen die Sechziger, dachte ich. Neunundvierzig statt vierzehn.

Die Tür und ein Küchenfenster standen offen, woran ich erkannte, dass Leute da waren. Ich hatte keine Lust, erklären zu müssen, was ich hier wollte, deshalb blieb ich am Ende des Pfads stehen. Betrachtete alles durch fünfunddreißig Jahre dicke Brillengläser, Plumpsklo und Werkzeugschuppen waren noch da, und – Wunder über Wunder – auch der Pontonsteg. Ein uralter Stolz stieg in mir auf, und bevor mir die Tränen in die Augen stiegen, drehte ich mich auf dem Absatz um und lief den Pfad zurück zum Parkplatz.

Ich ging zum Auto und holte den Spaten aus dem Kofferraum. Suchte meinen Weg zwischen den Bäumen und fand die kleine, weiche, mit Moos ausgekleidete Mulde ohne Problem.

Ich stieß den Spaten in die Erde und drehte ein paar Soden um. Schon beim dritten Spatenstich stieß ich auf den Schaft. Ich schob das Spatenblatt darunter, und schon stand ich mit dem Vorschlaghammer in der Hand da.

Er war etwas kleiner, als ich ihn in Erinnerung hatte,

aber gleichzeitig auch weniger angegriffen vom Zahn der Zeit als alles andere, was ich an diesem Tag gesehen hatte. Genau so hatte ich ihn in Erinnerung. Vorsichtig bürstete ich Schaft und Kopf sauber. Als die Erde und alles Wurzelwerk weg waren, deutete nichts mehr darauf hin, dass er nicht die ganze Zeit, die inzwischen verflossen war, zwischen dem anderen Werkzeug im Schuppen gelegen hatte. Oder dass er überhaupt erst vor ein paar Jahren hergestellt worden sein könnte.

Das heißt, nichts außer dem braunschwarzen, eingetrockneten Schmutz auf der einen Seite des Hammerkopfs. Es ist unglaublich, wie lange bestimmte Sachen erhalten bleiben, dachte ich. Sie bleiben da und beißen sich fest.

Ich schaufelte das Loch wieder zu und deckte es mit dem Moos ab. Dann steckte ich den Vorschlaghammer in eine schwarze Plastiktüte. Warf sie im Auto auf den Boden vor dem Beifahrersitz und fuhr davon.

Zwei Stunden später sah ich die Tüte in einem schwarzen, schlammigen Waldsee in Skaratrakt versinken. Die Sonne wollte untergehen, die Mücken surrten mir um den Kopf, aber ich blieb trotzdem noch lange Zeit dort stehen und versuchte, das Loch im Auge zu behalten, wo der Vorschlaghammer durch die Wasseroberfläche gedrungen war. Als das auf Grund der einsetzenden Dunkelheit nicht mehr möglich war, zuckte ich mit den Schultern und fuhr zurück nach Göteborg.

* * *

Ein paar Tage später lagen wir eines Nachts wach, Ewa und ich, nachdem wir uns geliebt hatten. Das Fenster stand weit offen, es war eine dieser Sommernächte, von denen es in Schweden nur zwei oder drei im Jahr gibt, und aus der Nachbarwohnung hörten wir Musik und Lachen von einer Art Hoffest.

»Dieses Buch, das du schreibst«, fragte Ewa und strich mir behutsam mit der Hand über den Bauch. »Wie geht es dir dabei eigentlich?«

»Es geht«, antwortete ich. »Es kommt voran.«

Sie lag eine Weile still da.

»Ich habe immer über eine Sache nachgedacht.«

»Ja«, sagte ich. »Worüber denn?«

»Wer von euch war es eigentlich, der Berra umgebracht hat? Du oder Edmund? Es muss doch einer von euch beiden gewesen sein.«

Ich drehte mich um und bohrte mein Gesicht in ihren Busen.

»Wie wahr«, sagte ich. »Einer von uns muss es ja gewesen sein.«

Dann sagte ich ihr, wer.

»Wie?«, fragte Ewa. »Ich kann nicht hören, was du sagst. Du kannst doch nicht so direkt in meinen Körper reden.«

Ich atmete ihren Duft in tiefen Zügen ein, und sogleich breitete sich eine Wolke in meinem Kopf aus. Es ist unglaublich, wo bestimmte Wolken zu finden sind.

Und Piccadilly Circus liegt nicht in Kumla

*Aus dem Schwedischen
von Christel Hildebrandt*

FÜR ELKE

Viel später

Die Zeit ist ein Dieb.

Sie stiehlt unser Leben. Frisst unsere Tage, wie man behaupten könnte, und verschlingt unsere Nächte. Stunde für Stunde, Minute für Minute.

Menschen, Augenblicke, Geheimnisse.

Ganz hinten in meiner unordentlichen Schreibtischschublade, der mittleren, die ich nie leere, sondern immer nur fülle, da bewahre ich seit vielen Jahren einen Daumen auf.

Er liegt in seiner geheimnisvollen Einsamkeit zwischen Bleistiftstummeln, alten Quittungen, verbrauchten Olivettifarbbändern, Gummibändern, Büroklammern und Papierschnipseln, und er gehörte einmal einem deutschen Soldaten. Vielleicht werde ich davon berichten. Ja, wenn es so läuft, wie mir schwant, dass es laufen muss, werde ich es natürlich tun. Ob ich nun will oder nicht.

Ich hole ihn heute Abend hervor, den Daumen, es ist jetzt schon lange her, und ich sitze mit ihm auf dem Balkon und blicke über den Sund. In drei Stunden geht der Zug, ich habe noch Zeit, eine Weile den Sonnenuntergang zu betrachten. Vielleicht ist es trotz allem möglich, das wieder zurückzuerobern, was uns genommen wurde, vielleicht ergibt sich für mich die Gelegenheit, den Dieb zu bestehlen.

Warum nicht? Ihm nützt die Beute doch nichts, wir selbst sind diejenigen, die die Verantwortung übernehmen müssen.

Das Vergangene und das, was uns geraubt wurde, hervorholen müssen. *Ich selbst,* genauer gesagt, warum sich hinter einem *wir* verstecken?

Aber fünfunddreißig Jahre sind eine ganz schön lange Zeit, da kann viel auf der Strecke bleiben. Doch eine nächtliche Zugreise ist natürlich genau das richtige Tor zu den Erinnerungen. Seit das Rattern der Schienenstöße aufgehört hat, kann ich gar nicht mehr schlafen. Und die Schlaflosigkeit an sich kann schon die Diktatur des Heute und des gerade Existierenden vom Sockel stoßen, das ist keine neue Erkenntnis.

Ich schaue über den Sund und die Brücke. Erinnere mich und denke nach. Zunächst rief er an, dann sie. Nur eine Stunde später. Er hatte es bereits angekündigt, aber es war merkwürdig, ihre Stimme zu hören.

Hab nicht mehr viel Zeit, sagte er. Ich würde es zu schätzen wissen, wenn du vorbeischauen könntest. Da ist noch was.

Du kommst doch?, fragte sie ihrerseits. Es ist wichtig.

Nach all diesen Jahren ist es plötzlich ganz eilig und wichtig. Warum eigentlich?

Ich komme, sage ich. Natürlich komme ich, aber was will er von uns?

Sie sagt, das wisse sie nicht. Ich meine, herauszuhören, dass sie lügt. Meine, noch etwas anderes herauszuhören, das ich nicht richtig fassen kann.

Wo wohnst du? Von wo aus rufst du an?

Aus Luleå.

Das sind mehr als tausend Kilometer, und wir wollen uns in der Mitte treffen. In der Universitätsstadt, ich habe dort selbst einige Jahre in den Siebzigern gelebt. Kann mich noch an einiges erinnern. An ein Schloss. Einen Bach. Eine Frau, die B. hieß.

Dann bis morgen früh!, sagt sie. Klingt plötzlich fast ängstlich.

Um 7.50 Uhr, sage ich. Dann kommt mein Zug an.
Ich bin da und hole dich ab, sagt sie.

* * *

Ich schlafe nicht.

Auf der unteren Pritsche liegt ein riesiger Kerl und sägt Baumstämme. Er schläft für uns beide.

Ich habe ein Buch dabei, aber ich lese nicht. Habe genug Gedanken für eine halbe Menschheit.

00.42 Hässleholm.

01.34 Alvesta.

Die Zeit ist ein Dieb, und ich habe Witterung aufgenommen. Die nächtlichen Minuten ticken rückwärts, Tag für Tag, Jahr für Jahr. Bald sind wir da. Bald haben wir die Linsen auf die richtige Entfernung eingestellt.

Aber was will er von uns?

Von mir und von ihr?

Liegt er wirklich im Sterben?

Und wenn es schon vorbei ist, wenn wir ankommen? Dieser neuen Frau möchte ich wirklich nicht begegnen. Unter keinen Umständen und schon gar nicht unter diesen hier.

Quatsch. Unnötige Befürchtungen. Er hat versprochen, sie da rauszuhalten, und natürlich lebt er noch einen Tag länger, aus reiner Willenskraft, das macht doch jeder.

Ich verspüre ein gewisses Unbehagen, wie vor einem bevorstehenden Fiasko. Eine Kapitulation. Begreife eigentlich nicht so recht, warum. Ich versuche, nicht zu spekulieren, aber es ist sinnlos. Meine Gedanken sperren sich hartnäckig, was sollten sie in einer schlaflosen Nacht wie dieser sonst auch tun?

02.25 Nässjö.

Ich sollte versuchen, zumindest eine Stunde zu schlafen. *Da ist noch was.* Was? Ahne ich etwas oder nicht? Was sind das für verschämte, leichenblasse Larven, die in mein Unterbewusstsein kriechen? Lass mich nur eine Minute schlafen und sie zu Träumen formen.

Aber nein.

03.48 Linköping.

04.18 Norrköping.

Es beginnt schon zu dämmern. Bald ist der Morgen da. Keinen Moment des Schlummers, ich werde älter aussehen als nötig. Sie wird finden, dass ich alt bin.

Aber was soll's, ich *bin* ja auch alt. Bin es mit den Jahren geworden.

Mein zufälliger Bettgenosse lässt einen Wind fahren und seufzt zufrieden im Schlaf.

Sie, denke ich. Ausgerechnet sie, von allen Menschen.

Wir nähern uns jetzt Södertälje. Ich klettere hinunter und gehe duschen, es ist eng und unbequem. In Kürze umsteigen in Stockholm. Dann eine Stunde bis zur Universitätsstadt. Oder vierzig Minuten, heutzutage geht es schnell.

Ich stelle fest, dass ich zittere. Auf jeden Fall wird es im Hauptbahnhof für eine Tasse Kaffee reichen, das beruhigt mich ein wenig. Und für eine Zimtwecke, von der ich drei Viertel liegen lasse.

Der nächste Zug ist überfüllt mit Pendlern. Ich sitze neben einer dunkelhäutigen Frau, die nach allem zu urteilen Medizin studiert. Jung und üppig. Ich fühle mich alt und grau.

Arlanda.

Knivsta.

Uppsala.

Die Morgensonne sickert durch das schmutzige Fenster.

Und dann steht sie da.

Früher

I

1

Es war ein Donnerstag in meiner Jugend.

So ungefähr acht Monate, bevor die Kirche brannte. Dieser dramatische Februarsamstag – mit dem erschossenen Kerl oben in dem verbrannten Turm – war es natürlich, der die Leute das Drama um die Familie Kekkonen-Bolego vergessen ließ. Oder sie zumindest aufhören ließ, darüber zu jeder passenden und unpassenden Gelegenheit zu reden, wie man es den ganzen Sommer, Herbst und den halben Winter über getan hatte.

Man könnte also sagen: Es gibt nichts Schlimmes, was nicht auch etwas Gutes in sich hätte.

Ich selbst vergaß nichts. Während all der Jahre nicht, die verschwanden. Obwohl es genau das war, was ich mir mehr oder weniger vorgenommen hatte. Es auszuradieren. Zu begraben.

Aber es war unmöglich zu akzeptieren, dass so vieles ungeklärt blieb und einfach im Sand versickerte. Das ging so nicht. Diese Fragen, die nie eine Antwort bekamen, diese Qual, die immer weiter drückte – und als sich das Ganze endlich an einem Frühsommertag in Uppsala viele Jahre später klärte, da wusste ich plötzlich, dass ich die ganze Geschichte erzählen musste.

So, wie es gewesen war, aber in erster Linie so, wie ich es von der ersten Reihe aus erlebt hatte. Ich glaube, das wollte er, vielleicht wollte sie es auch. Früher oder später muss man sich versöhnen, sowohl mit seinem Schicksal als auch mit anderem, das ist etwas, was mich das Leben gelehrt hat.

* * *

Aber jetzt schreiben wir also das Jahr 1967. Ein Donnerstagnachmittag Ende Mai. Ich befand mich ungefähr auf gleicher Höhe mit dem Stadion in Sannahed, und diese verfluchte Fahrradkette war einfach abgesprungen. So etwas kommt in den besten Familien vor.

Außerdem goss es in Strömen, trotz der Jahreszeit ein richtiger Gewitterregen, es schien, als wäre der Blitz direkt in die Kette eingeschlagen, und ich hatte nicht übel Lust, diesen blöden Drahtesel ins Gebüsch zu werfen und nach Hause zu trampen. Das wäre nicht mehr als recht und billig gewesen, man sollte sich schließlich als Mensch nicht vom Fahrrad regieren lassen.

Aber ich besann mich – hätte ich das nicht getan, dann hätte ich sie nicht gesehen, niemals hätte ich diesen kurzen Blick durch die nasse Autoscheibe geworfen, und alles wäre anders gewesen. Vielleicht auch nicht, aber ich hätte mich zumindest nicht wie jemand gefühlt, der eine Art zweifelhafter Hauptrolle in diesem Melodram spielte, das sich dann während der Sommermonate und des Herbsts abspielte.

Ich besann mich also. Wer um Himmels willen würde einen ungepflegten, langhaarigen, triefnassen jungen Tramper in so einem Wetter auflesen?, dachte ich. Einen nassen Gammler, sechzehn Jahre alt, fast siebzehn. Ausgefranste Jeans, ausgefranster Armyparka und ausgetretene Tennisschuhe.

Und das auch noch in Sannahed. Ich zuckte mit den Schultern, ergriff mein Schrottfahrrad und machte mich auf in Richtung Kumla. Der Regen prasselte immer mehr.

* * *

Zu der Zeit dauerte es acht Minuten mit dem Zug von Kumla nach Hallsberg. Ich nehme an, dass es heute ungefähr genauso lange dauert, trotz des allgemeinen Fortschritts, aber ich habe mir nicht die Mühe gemacht, diese Frage zu überprüfen. Mit dem Fahrrad brauchte man eine Dreiviertelstunde. Das heißt, von Tür zu Tür. Von der Bryléschule über die Hochebene bis zur Fimbulgatan beim neuen Wasserturm von Kumla, auch wenn der nicht mehr besonders neu war, schon damals nicht, auf jeden Fall war er aber jünger als der alte.

Eineinhalb Stunden pro Tag mit anderen Worten, aber man sparte fast einen Hunderter für die Monatskarte, und das war viel Geld für einen pickligen Gymnasiasten. Eine kleine Packung John Silver kostete zweizehn, die Satirezeitschrift »Mad« ungefähr das Doppelte.

Den gewundenen Weg durch die Felder zu Fuß zu gehen, dauerte Stunden. So war es zu allen Zeiten gewesen. Scheiße, dachte ich, als ich an der Offiziersmesse vorbeikam, warum musste Elonsson ausgerechnet heute krank werden?

Denn es war Elonssons Idee gewesen. Dass wir Geld verdienen könnten, indem wir im Mai und Juni mit dem Rad statt mit dem Zug fuhren. Wir gingen in die gleiche Klasse im Gymnasium von Hallsberg, Elonsson und ich. In die Obersekunda, wie es die Leute Mitte der Sechzigerjahre noch nannten. Ich hatte der dummen Schnapsidee zugestimmt, und drei Wochen lang waren wir nun jeden Morgen und jeden Nachmittag über die Hochebene gestrampelt, mit einer Beharrlichkeit, die fast an Charakterstärke herankam.

Aber an diesem schicksalsschweren Donnerstag hatte Elonsson gekniffen. Ich erinnere mich noch, dass ich bereits bei dem starken Gegenwind am Morgen den Verdacht hegte, dass der Schweinehund unpässlich wurde, als er am Küchentisch saß und im Radio den Wetterbericht hörte. Er war manchmal so, der Elonsson, aber ich hatte keinen besseren Freund.

Ich hielt am Kiosk unterhalb des Kasinos an und überlegte. Drehte die spärlichen Münzen, die ich noch hatte, ein paar Mal in der Parkatasche, beschloss dann aber doch, sie lieber für ein Päckchen Tabak aufzusparen. MacBaren's Mixture. Auf Anraten eines Pfeifengurus in der Klasse namens Nisse von Sprackman hatte ich vor ein paar Monaten mit Hamiltons Mischung aufgehört. Er meinte, dass Greve Gilbert ein Alt-Männer-Tabak sei, der Mücken und Frauen gleichzeitig vertrieb, und auch wenn ich das nie so bemerkt hatte, war ich doch seiner Argumentation gefolgt. Die Wahrscheinlichkeit, dass der Sperrholzkiosk in Sannahed so etwas Exklusives wie MacBaren haben sollte, war so gering, dass ich mir gar nicht erst die Mühe machte, zum Tresen zu gehen.

Außerdem hatte ich noch ein paar Krümel. Ich stopfte sie in den Pfeifenkopf. Drehte die Pfeife auf den Kopf, und so gelang es mir, sie anzuzünden. Dann setzte ich meine Wanderung fort.

Ich überlegte, wie Dylan das hier wohl in Worte fassen würde. Ich überlegte, ob ich einen Versuch machen sollte, wenn ich nach Hause kam.

Bike accident homesick blues oder so.

Der Regen prasselte nieder.

* * *

Das Auto stand am Finkvägen am nördlichen Rand der Ortschaft. Direkt an der Einmündung zur Überlandstraße, auf der gleichen Seite, auf der ich anspaziert kam. Ich habe diese sekundenkurze Momentaufnahme so oft analysiert, habe von ihrem Gesicht hinter dem nassen Seitenfenster so viele Nächte lang geträumt, habe mich selbst in höchstem Maße verflucht, dass ich nicht stehen geblieben und ein bisschen genauer hingeguckt habe – aber was hätte es geändert? Es war nur eine Sekunde, und alles, was ich sah, war ihr Gesicht, das mir direkt entgegenblickte.

Und von dem Mann, der neben ihr saß, bekam ich überhaupt keinen Eindruck, konnte mir nicht erklären, warum sie dort hielten, und konnte nicht sagen, um was für ein Auto es sich handelte. Außer dass es ein dunkler Amazon war. Wenn es etwas gab, wovon es damals wimmelte, dann waren es dunkle Amazons, das erklärte mir Kommissar Vindhage ein ums andere Mal während unserer Gespräche später im Herbst.

Blau oder schwarz?, fragte er. Grün?

Keine Ahnung, antwortete ich. Ich bin farbenblind. Dunkel.

Sie registrierte mich natürlich – sie muss mich gesehen haben, aber sie identifizierte mich nicht. Ein durchnässter junger Mann mit strähnigem Haar und einem kaputten Fahrrad. Das konnte wer weiß wer sein. Oder jedenfalls ziemlich viele. Wenn sie begriff, dass es ihr Nachbar war, dieser arme Tropf, dann hätte sie doch wohl irgendwie reagiert, oder? Die Hand zu einem Gruß gehoben oder wiedererkennend genickt... womöglich die Tür geöffnet und gefragt, ob ich Hilfe bräuchte.

Aber sie saß nur auf dem Beifahrersitz, drehte den Kopf und zeigte mir eine vorbeihuschende Sekunde lang ihr Gesicht, genau als wieder ein Blitz über dem durchnässten Feld aufblitzte, und ich blieb nicht stehen. Wurde nicht einmal langsamer oder so.

Ester Bolego, das war alles, was ich dachte. Warum sitzt du denn da?

* * *

Es war fünf vor fünf, als ich die Fimbulgatan erreichte, und der Regen hörte so ziemlich genau in dem Moment auf, als ich das Fahrrad in die Garage schmiss. Meine Schwester Katta stand in der Küche und machte Pfannkuchen.

»Du bist ganz nass«, sagte sie.

»Was du nicht sagst«, erwiderte ich.
»Warum hast du nicht den Zug genommen?«
Ich gab keine Antwort. Ging stattdessen ins Badezimmer und ließ heißes Wasser einlaufen, ich fror so sehr, dass mir die Zähne klapperten, und seit ich durch Kumla gegangen und an der Kirche vorbeigekommen war – die damals wie gesagt noch nicht gebrannt hatte –, hatte ich mir vorgestellt, wie das heiße Wasser meinen klapprigen Körper umfließen würde.

Ich riss mir die Kleider vom Leib und schlüpfte hinein. Schloss die Augen und versuchte, nicht an Signhild zu denken.

* * *

Nicht an Signhild zu denken, das war eine Aufgabe, auf die ich in diesem Frühling viel Energie verwandte. Sie hatte meinen Kopf und all meine Sehnsucht so langsam immer mehr okkupiert, fast wie eine Art Fieber oder Virus, und es war einfach nicht machbar, all seinen Witz und seine Gedanken immer nur darauf zu verwenden. Als sie ins Lundbomsche Haus gezogen war, die Familie Kekkonen-Bolego, vor gut sechs Jahren, da war Signhild eine magere Zehnjährige mit dünnen Zöpfchen und zu großen Füßen gewesen, aber unser Viertel war mit Kindern schlecht bestückt, und so hatten wir uns ohne viel Geplänkel gefunden. Wir waren gleichaltrig – nur drei Tage hatte ich ihr voraus, und mit der Zeit hatte ihr Körper rein wachstumstechnisch die Füße eingeholt. Die Zöpfe verschwanden, und erwachsene Menschen, solche wie mein Vater und andere ständige Besucher, stellten gern fest, dass Signhild die Haare ihrer Mutter geerbt hatte. Dick, kastanienfarben und sich locker wellend. Fast wie eine Naturkraft. Etwas, in dem man sich verirren konnte.

Wahrscheinlich gab es noch andere junge Männer, die auch ein Auge auf Signhilds Vorzüge geworfen hatten, es wäre merkwürdig, wenn nicht, aber bis dahin, bis Ende Mai

1967, hatte ich keine potenziellen Rivalen im Viertel herumschleichen sehen. Und ich möchte behaupten, dass ich sehr wachsam war. In einem Winkel meines unstrukturierten, aber potenten Gehirns hatte ich die Vorstellung, dass ich eine Art Vorzugsrecht auf Signhild besaß, eine Art ius primae noctis, da ich sie doch schon seit ihrem zehnten Lebensjahr kannte. Wir hatten zusammen Äpfel geklaut, wir hatten bei Gewitter auf Hammarbergs Koppel gezeltet, und wir hatten eine Art Blutsbrüderschaft geschlossen, indem wir uns einen Regenwurm teilten. Das hatte ich mit niemandem sonst gemacht.

Wenn ich ab und zu an mein zukünftiges Leben und Martyrium dachte, dann tauchten meist zwei vollkommen unterschiedliche Varianten in meinem Schädel auf.

In der einen lebte ich in einer großen, harmonischen Familie zusammen mit Signhild. Alles war nur Liebe und Glückseligkeit. Friede, Freude, Eierkuchen. Kinder dutzendweise, turning cartwheels cross the floor.

Die andere Variante war das reine Chaos. Schwieriges Kreuzen auf dunklen Gewässern. Einsame Abende in suizidalen Bars. Ich wagte es mir kaum vorzustellen. Deshalb durfte ich nicht zu viel an Signhild denken. Deshalb durfte ich nicht im Joch der Gefühle versinken.

Es gab andere junge Frauen in meiner Nähe. Zumindest eine. Sie hieß Katta und war meine Schwester. Sie war in diesem Frühling einundzwanzig geworden, wohnte aber immer noch daheim. Arbeitete halbtags bei der Post und nahm bei Hermods Fernkurse. Sie hatte einen festen Freund, der Urban Urbansson hieß und Polizeianwärter bei der Polizei in Örebro war. Er trug Koteletten, fuhr in einem glänzenden Saab herum und war der Glückstreffer überhaupt. Das fand zumindest Katta, und das fand auch meine Mutter, was mein Vater meinte, wusste ich nicht. Die meisten nannten ihn Doppel-Urban, jedenfalls, wenn er nicht seine Uniform trug.

Einmal hörte ich meine Schwester ein liebevolles »Dubbelubbe« in sein Ohr flüstern, und daraufhin nannte ich ihn heimlich so.

Dubbelubbe.

Ich war nicht besonders beeindruckt von ihm. Er trainierte eine Viertelstunde am Tag mit Hanteln, und er meinte immer das, was er sagte. Er lachte nur, wenn mindestens zwei Drittel der Gesellschaft, in der er sich gerade befand, das auch tat. Oft trug er rote oder gelbe Socken mit grünen Kleeblättern drauf. Wenn er in Zivil war, so zivil, wie er nur sein konnte.

Katta machte Pfannkuchen, weil Dubbelubbe kommen sollte. Meine Mutter hatte die Spätschicht bei Gahns, und dann übernahm Katta immer die Stellung. Besonders wenn der Polizeiaspirant zu erwarten war, so wie an diesem Abend.

* * *

»Das war vielleicht ein Regenwetter«, sagte Dubbelubbe.

»Cats and dogs«, stimmte meine Schwester zu. Englisch war eines ihrer Fächer bei Hermods.

Ich sagte gar nichts. Mein Vater sagte gar nichts.

»Zwanzig Millimeter sind runtergekommen«, sagte Dubbelubbe. »Draußen in Vintrosa. Das haben sie im Radio gesagt.«

»So viel?«, fragte meine Schwester.

»Aber in der Stadt war es nicht so viel«, führte Dubbelubbe weiter aus. »Ich meine natürlich in Örebro.«

»Kumla kann man ja nicht gerade als Stadt bezeichnen«, sagte meine Schwester und verdrehte etwas schwachsinnig die Augen.

»Nein, Örebro ist da etwas anderes«, sagte Dubbelubbe. »Und bald kommt der Sommer.«

»Ja, das stimmt«, sagte meine Schwester.

»Kann mir jemand die Marmelade geben?«, fragte mein Vater und sah müde aus.

Das Lundbomsche Haus, in dem die Familie Kekkonen-Bolego wohnte, trug seinen Namen nach einem Fabrikanten Lundbom. Er hatte den Kasten Mitte der Zwanziger Jahre gebaut, aber im Zusammenhang mit der Depression in den Dreißigern war er Bankrott gegangen und hatte versucht, sich auf dem Dachboden zu erhängen. Gutes Essen, Pasteten, Punsch und Pralinen hatten jedoch dazu geführt, dass er hundertfünfzig Kilo wog und das Seil riss.

Lundbom ließ sich davon aber nicht beirren, er nahm den Zug nach Örebro und machte sich einen vergnügten Abend im Stora Hotellet und in der Freimaurerloge. Danach sprang er in den Svartån. Aber auch diesmal lief es nicht nach Plan, er wurde einfach von der Strömung mitgezogen und blieb schließlich an dem lehmigen Ufer vor Kolja liegen. Wie er durch die Schleusen gekommen war, ist ein Rätsel. In den frühen Morgenstunden wurde er von einem Jungen entdeckt, der ihn mit Hilfe eines Bootshakens herauszuziehen versuchte; dessen Spitze traf jedoch Lundboms Halsschlagader, so dass es zum Schluss doch noch so kam, wie es kommen sollte. Der Junge saß eine Weile wegen Verdachts auf Raubmord oder Totschlag in Untersuchungshaft, wurde aber schnell von jedem Verdacht freigesprochen.

Unser Haus lag dem Lundbomschen gegenüber und hatte keinen Namen. Nur Fimbulgatan 6, und im ersten Stock hatte ich mein Zimmer, eine Kammer von höchstens acht Quadratmetern. Seit einigen Jahren hing das Versprechen in der Luft, dass ich Kattas Zimmer übernehmen dürfte, wenn sie sich nur endlich ein für alle Mal für ihren Aspiranten entscheiden könnte.

Ihr Zimmer war doppelt so groß wie meines, außerdem hatte es einen kleinen Balkon, aber eigentlich war es mir nicht so wichtig. Während meines ersten Jahres auf dem Gymnasium hatte ich nicht besonders viel begriffen, aber eine Sache war mir jedenfalls klar geworden. In Kumla gedachte ich nicht länger als unbedingt notwendig zu bleiben, irgendwie gab es dazu einfach keinen Grund. San Francisco oder London, das waren wohl die Städte, die als Erstes in Frage kamen, wenn ich die Stimmung in der Welt richtig deutete, aber wie dem auch war, es wäre sicher auch kein Fehler, sich nach Liverpool oder Rio de Janeiro zu begeben.

Meine zufällige Behausung – im Mai 1967, wie gesagt – enthielt kaum mehr als das Lebensnotwendige. Ein Bett, einen Schreibtisch, ein Bücherregal. Einen Schrank und einen Plattenspieler mit eingebautem Radio, der sogar zu der Zeit schon die reinste Peinlichkeit war. Aber es war benutzbar, dieser mahagonifurnierte Radolan, und meine Plattensammlung bestand – wie eine erneute Kontrollzählung nach den Pfannkuchen erwies – aus vierundzwanzig Platten. Dreizehn EPs und Singles, elf LPs. Wenn ich Jim Reeves *Live at the Opry* mitrechnete, und das machte ich diesmal. Wenn man bedachte, dass der verdammte Elonsson mehr als siebzig hatte, war damit natürlich nicht viel Staat zu machen, aber ich hatte vor, die Quotierung im Laufe des Sommers zu verbessern – dann würde ich im Schweiße meines Angesichts auf den Torffeldern von Säbylund ackern und Geld wie Heu verdienen.

Obwohl Elonsson natürlich auch da draußen im Torf herumkriechen wollte, so dass der Vorsprung vermutlich nicht einzuholen war. So war es nun einmal.

Ich legte *Around and Around* auf und streckte mich auf dem Bett aus. Hörte die Scheibe bis zu Ende, und dann blieb ich noch eine Weile liegen und lauschte, wie der Regen auf der Kastanie vor dem Fenster auftraf. Die hatte vor ein paar Wochen kräftig ausgeschlagen, das war eine Art Neuheit in diesem Jahr. Trotz aller Musik und aller neuer Tonarten, die es plötzlich in der Welt gab, war es doch dieses Geräusch, das ich am meisten liebte: die Regentropfen, die auf das Laub der Kastanie fielen. Es war einfach unwiderstehlich, und das gehörte zu den sonderbaren Dingen, über die ich gern mit Tante Ida sprach.

Sie war eigentlich gar nicht meine Tante, sondern die meiner Mutter, aber alle Menschen nannten sie nur Tante, also tat ich es auch. Sie wohnte in einem kleinen Haus in der Mossbanegatan und war blind. Oder zumindest reichlich sehbehindert, auch wenn sie selbst behauptete, sie hätte genug vom Elend dieser Welt gesehen, und deshalb hätte sie einfach ihre Augen geschlossen, als sie achtzig geworden war. Trotzdem kam sie in ihrem Haus und in Erwartung ihres Schöpfers immer noch problemlos zurecht.

Es war Tante Ida, die mir den Daumen des deutschen Fähnrichs gab, als meine Krankheit entdeckt wurde – ich werde noch darauf zurückkommen –, und ich wusste, dass wir eine Art Bündnis geschlossen hatten, auch wenn ich sie inzwischen kaum öfter als einmal im Monat besuchte. Bestenfalls ein paar Mal.

* * *

Es regnete fast den ganzen Abend auf die Kastanie, und ich blieb in meinem Zimmer, abgesehen davon, dass ich gegen neun Uhr runterging, um mir ein Brot zu schmieren und Elonsson anzurufen. Er versprach mir, am nächsten Tag wieder gesund zu sein, vorausgesetzt, wir nähmen den Zug, und da ich sowieso noch nichts wegen meiner kaputten Kette unternommen hatte, willigte ich ein, drei Kronen sechzig zu opfern. Wenn wir Pech hatten natürlich nur. Wenn uns die Götter gewogen waren, sollten wir es zumindest bei einer Fahrt auch so hinkriegen. Es war selten, dass die Schaffner es schafften, in den lächerlichen acht Minuten durch den ganzen Zug zu kommen. Es kam nur darauf an mitzukriegen, ob sie von der Mitte aus losgingen oder jeder von einer Seite, und sich dementsprechend zu verhalten.

Ich hörte mir auch meine neueste LP an: *Bluesbreakers*

von John Mayall und Eric Clapton, und versuchte die Texte aufzuschreiben, während ich zuhörte, was trotz meiner ganz passablen englischen Fortschritte nicht so einfach war – anschließend ging ich dazu über, mich für den Test in dem selben Fach am kommenden Morgen zu präparieren.

Das war einfacher. Unsere erbärmliche Lehrerin hieß Rubenstråle, war hundertfünfunddreißig Jahre alt und sprach Englisch mit einem starken värmländischen Akzent. Sie hatte niemals eine Zeile weder von Dylan noch von Lennon gelesen, und wenn man *cos* statt *because* oder *yeah* statt *yes* schrieb, bekam man einen Minuspunkt. Aber man ließ nicht locker, steter Tropfen höhlt den Stein, und früher oder später würde auch Rubenstråle das Handtuch werfen müssen. Auf die eine oder andere Art und Weise.

Und an Waffen fehlte es uns nicht. Während des gesamten zweiten Halbjahres hatten Elonsson und ich unsere Aufsätze mit englischen Vokabeln der feinsten Art gewürzt.

> buffeting – vor Kälte die Arme um den Leib schlagen
> hydropathic establishment – Kaltwasseranstalt
> goldfinch – Stieglitz

An diesem Abend schlug ich nach und lernte auswendig:

> poultry – Federvieh
> dibble – Setzholz
> lockstitch – Kettenstich
> coparcener – Miterbberechtigter
> irrefrangible – unantastbar

Mein Wörterbuch war dick wie die Sünde und 1924 gedruckt. Ich hoffte, dass zumindest die Hälfte der Worte für Rubenstråle unauffindbar sein würde und dass ich ihr auf diese Art und Weise weitere graue Haarsträhnen und Kopfschmerzen der ganz allgemeinen Natur verpassen würde. We skipped the light fandango, wie man bald überall auf der Welt sagen würde.

* * *

Auch wenn meine Eltern wussten, dass ich dem Tabak zusprach, zog ich es doch vor, es nicht zu erwähnen, und in der Fimbulgatan herrschte eine Art Rauchverbot. Abgesehen davon, wenn mein Vater etwas trank, natürlich. Ich nahm meine letzte Pfeife an diesem Abend, rechtzeitig bevor meine Mutter von Gahns nach Hause kam, gegen halb elf, hing dabei halb aus dem Fenster, und alles war wie immer. Rechts von der Kastanie, in der Lücke, bevor die Nachbarhecke begann, sah ich das halbe Lundbomsche Haus. Ich konnte nicht umhin zu registrieren, dass oben bei Signhild Licht brannte. Diverse Gedanken überrollten mich, ich bekam eine ziemlich sinnlose Erektion, konnte sie aber wegdenken. Dachte stattdessen an das Gesicht ihrer Mutter hinter der Autoscheibe.

Was hatte sie dort gemacht? Draußen in Sannahed in einem dunklen Amazon an einem ganz normalen Donnerstagnachmittag? Und wer hatte neben ihr gesessen?

Das waren Fragen, die immer wieder auftauchen sollten, nicht nur während des Sommers, sondern fünfunddreißig Jahre lang.

Ich klopfte die Pfeife an der Wand aus und zog das Fenster zu.

2

Vergiss nicht, dass du ein Målnberg bist«, sagte mein Vater. »Nicht allen ist diese herrliche Mischung in ihrem Namen vergönnt. Eine Wolke und ein Berg.«

»Ich weiß«, erwiderte ich. »Das hast du schon mal gesagt. Aber warum muss es dann falsch geschrieben sein?«

»Weiß der Teufel«, antwortete Vater mit gerunzelter Stirn. »Das war schon immer so.«

Es war am Samstag. Die ganze Familie samt Dubbelubbe saß um den Esstisch und aß Hecht auf Meerrettich mit zerlassener Butter, eine der Spezialitäten meiner Mutter. Mein Vater warf hin und wieder gern mit solchen Weisheiten um sich, liebte es geradezu, alle Trivialitäten des Alltags in einen größeren Zusammenhang zu stellen. Ich glaube zumindest, dass er etwas in der Richtung anstrebte.

»Tutanchamon«, hatte er zum Beispiel festgestellt, als meine Krankheit entdeckt worden war. »Alexander der Große. Napoleon, wenn ich mich nicht irre. Du bist in guter Gesellschaft, mein Junge.«

Auch wenn ich es vor anderen nie zugab, so gefiel mir der Gedanke an die heilige Krankheit. Die Fallsucht, wie es früher hieß, klang ja nicht besonders aufregend, ich glaube, ich brauchte diese kleine geheimnisvolle Erhöhung. Den Pakt mit dem Übersinnlichen, die unsichtbare Markierung auf der Stirn, die nur die Auserwählten trugen.

Du gehst Hand in Hand mit Tutanchamon. Mit Alexander und Napoleon ... Ich hatte die Behauptungen meines Vaters in der Bibliothek überprüft und war zu der Erkenntnis gekommen, dass es – genau genommen – keinerlei medizinische Gründe gab, die dagegen sprachen, dass ich ein neuer John Lennon oder Ernest Hemingway werden würde.

Außerdem war es eine sanfte Variante. Die Elektrizität in meinem Körper brauchte ab und zu eine Entladung, wie Doktor Brundisius es damals vor fünf Jahren erklärt hatte. Aber keine größere, nur eine kleine Lukenöffnung, eine Absenz von einer oder ein paar Sekunden, als würde ich einen Augenblick lang schlafen. Kein Grund zur Beunruhigung. Kein Grund, etwas dagegen zu unternehmen.

Das konnte im Laufe der Zeit einfach aufhören.

Es könnte natürlich auch schlimmer werden, aber warum den Teufel an die Wand malen? Haha, du kannst Weltmeister im Schwergewichtsboxen und Ministerpräsident werden, mein junger Freund. Oder etwa nicht?

Verdammt blöde Kombination, hatte ich gedacht, aber nichts gesagt. Einen Schwindel erregenden Augenblick lang versuchte ich mir unseren Ministerpräsidenten Tage Erlander in Everlast-Shorts und Boxhandschuhen vorzustellen.

* * *

»Urban bedeutet Stadt«, warf Dubbelubbe ins Gespräch ein und schaufelte sich mehr Hecht auf.

»Stadt Stadtsohn«, sagte meine infantile Schwester kichernd.

»Oder eher stadtähnlich«, sagte Dubbelubbe.

»Bitte, nehmt euch doch noch vom Hecht«, sagte meine Mutter und schaute aus dem Fenster. »Ach, es ist richtig schönes Wetter heute. Ich weiß nicht, ob man nicht ...«

Sie redete häufig so, meine Mutter. Brach ihre Sätze mittendrin ab, als wüsste sie selbst nicht genau, was sie eigentlich hatte sagen wollen. Oder als wäre die Fortsetzung so selbstverständlich, dass man sie sich selbst denken konnte.

»Du bleibst doch heute Abend zu Hause, Mauritz?«, fügte sie hinzu, als niemand den Faden aufnahm.

Ich weiß nicht, warum meine Eltern mich Mauritz getauft haben. Es gibt keinen anderen Mauritz in der Familie, weder auf mütterlicher noch auf väterlicher Seite. In meinen ersten sechzehndreiviertel Jahren auf der Erde habe ich niemals einen Menschen getroffen, der den gleichen Vornamen wie ich trug. Die meisten wurden Lennart, Staffan oder Alf genannt. Es gab auch den ein oder anderen Hans-Ove oder Lars-Åke oder auch mal Vincent. Aber Mauritz? Niemals. In meinen jüngeren Jahren sammelte ich Fußballbilder aus dem Rekordmagazin, ich hatte sie an der Wand hängen, bis ich intellektuell wurde – 126 Fußballmannschaften aus der ganzen Welt, elf Spieler in jeder Mannschaft, 1386 Männer in der Blüte ihres Lebens, und nicht ein einziger hieß Mauritz. Aber so war es nun einmal. Mein zweiter Name war Bartolomeus.

»Nein«, antwortete ich. »Ich gehe zu Elonsson.«

Meine Mutter seufzte.

»Immer dieser Elonsson. Ich finde ja wirklich ...«

Ich antwortete nicht.

»Ihr könnt doch hier bleiben«, führte meine Mutter aus.

»Elonsson ist doch ganz in Ordnung«, erklärte ich.

»Er raucht, und sein Bruder hat Jonssons Ferienhaus angezündet«, sagte meine Mutter. »Ist das etwa nicht ...?«

»Ich habe keinen Kontakt mit seinem Bruder«, sagte ich.

»Brandstiftung«, sagte Dubbelubbe, »oder genauer gesagt, versuchte Brandstiftung.«

»Ja, ja, ja«, warf mein Vater ein. »Es ist die Pflicht des Hausherrn, den Kopf des Hechts aufzuessen, und jetzt habe ich meine Pflicht getan.«

»Es gibt Rhabarbergrütze zum Nachtisch«, sagte meine Mutter.

»Wir gehen heute Abend ins Prisma«, gab Katta bekannt. »Ubbe hat sich neue Tanzschuhe gekauft.«

»Mauritz müsste mal zum Friseur«, sagte meine Mutter. »Warum kannst du nicht wie alle anderen aussehen?«

The answer is blowing in the wind, dachte ich und stand vom Esstisch auf.

* * *

An diesem Abend klingelte ich tatsächlich bei Signhild. Kekkonen öffnete. Er sah ganz rot im Gesicht aus, und mir war gleich klar, dass er dabei war, sich vor dem Fernseher den Alkoholpegel für den Samstagabend zu erarbeiten.

»Na?«, sagte er nur, schob dabei eine Hand unter sein Hemd und kratzte sich am Bauch.

»Ist Signhild zu Hause?«, fragte ich höflich.

»Woher zum Teufel soll ich das denn wissen?«, erwiderte Kekkonen. »Da musst du schon hochgehen und selbst nachgucken.«

Er rülpste und schlurfte zurück ins Wohnzimmer zu Lucille Ball. Ich lief die Treppe hoch und stieß auf halbem Weg mit Signhild zusammen. Sie trug weiße Jeans und einen dunkelblauen Pullover. Ich sah, dass sie sich ein bisschen geschminkt hatte, und bekam einen Kloß im Hals. Ihre Haare waren frisch gewaschen, und sie war noch hübscher als sonst.

»Hallo«, sagte ich. »Ich wollte nur mal hören, ob du in die Stadt gehst oder so. Ich wollte um halb sieben ein paar Kumpels treffen, wir könnten dann zusammen gehen.«

Das war mutig, verdammt mutig. Ich fühlte mich am ganzen Körper etwas merkwürdig. Und wenn sie jetzt Ja sagt, dachte ich. Wenn sie das tut, kriege ich bestimmt einen Anfall.

»Nein, danke schön«, erwiderte sie. »Tut mir Leid, aber ich kann nicht. Mona muss jeden Moment kommen. Wir wollen zusammen ins Kino.«

»Ach«, sagte ich. »Was wollt ihr euch denn ansehen?«
»Paul Anka im Folkan«, sagte Signhild. »Um halb neun.«
So ein Kitsch, dachte ich. Dass diese alberne Mona Signhild zu so einem Mist mitschleppen kann.
»Ach so«, sagte ich und wandte mich zum Gehen. »Dann bis bald.«
»Ich finde Paul Anka einfach stark«, sagte Signhild.
»Und wie«, stimmte ich ihr zu. »Verdammt stark.«
»Wir kriegen einen Untermieter«, sagte Signhild.
»Was?«, entfuhr es mir, die Hand auf der Türklinke. »Einen Untermieter?«
»Ja. In Snukkes Zimmer. Er kommt ja sowieso nicht mehr nach Hause. Deshalb vermieten wir es und verdienen so ein bisschen Geld.«
»Ich verstehe«, sagte ich. »Nee, Snukke wird wohl in nächster Zeit nicht zurückkommen.«

Snukke war Signhilds älterer Bruder. Halbbruder, wenn man genau sein will. Der Sohn von Kekkonen, aber nicht von Ester Bolego. Ich weiß nicht, wie alt er zu der Zeit war, dreiundzwanzig, vierundzwanzig wahrscheinlich. Er hatte nur im ersten Jahr, nachdem sie in die Fimbulgatan gezogen waren, bei der Familie gewohnt, danach war er seinen verschlungenen Pfaden mit Autodiebstählen, Einbrüchen, Prügeleien und anderen Ungesetzlichkeiten gefolgt. Die Familie Kekkonen-Bolego behauptete, er würde sich nunmehr irgendwo auf den sieben Weltmeeren befinden, während alle anderen meinten, seine Aussicht wäre sicher sehr viel eingeschränkter.

Aber trotz allem nicht im Staatsgefängnis. Wenn er da gesessen hätte, wäre die Sache allgemein in der Stadt bekannt gewesen, und dem war nicht so.

»Er heißt Olsson«, fuhr Signhild fort, als ich bereits die Tür geöffnet hatte. »Zieht nächste Woche hier ein.«
»Ach«, sagte ich wieder. »Ja, das wird bestimmt gut.«

Das wurde es nicht, wie es sich herausstellte. Aber das konnte ich damals ja nicht wissen, sechzehn Jahre und zehn Monate alt, picklig und ahnungslos.

* * *

Ich traf Elonsson wie verabredet beim Dreckigen Bullen. Tjorven und Biffen hingen dort auch herum, ebenso wie Svante, Pucko, Balthazar Lindblom und noch ein paar andere. Die ganze Bande wirkte etwas bedrückt, abgesehen von Biffen und Tjorven, die in zwei Wochen nach London reisen sollten und über alles Mögliche plapperten, was sie dort machen wollten, alle Bands, die sie hören,und alle Bräute, die sie dort kennen lernen wollten. Vielleicht sahen die anderen deshalb so niedergeschlagen aus. Irgendwie erschien London doch ziemlich groß und Kumla im Gegenzug reichlich klein.

»Was machen wir?«, fragte Elonsson, als wir uns in eine Ecke zurückgezogen hatten. »Wenn wir noch eine Minute länger hier bleiben, dann hau ich Biffen eins aufs Maul.«

Wir verließen den Dreckigen Bullen, damit Elonsson seine Prophezeiung nicht wahrmachen musste. Wenn es jemanden in Mittelschweden und Umgebung gab, dem man keine aufs Maul geben durfte, dann war es Biffen. Sein Vater war schwedischer Meister im Ringen gewesen, sowohl in Freestyle als auch in Griechisch-Römisch, und es hieß, dass Biffen ihn bereits mit dreizehn Jahren auf die Matte gelegt hatte. Biffen junior, wie gesagt, Biffen senior war schon über fünfzig.

Es wurde auch gesagt, dass Biffen haargenau den gleichen Bizepsumfang hatte wie Sonny Liston und dass er einen DKW nur mit einer Hand umkippen konnte.

Und dass er das schon mal gemacht hatte.

»Wir können ins Kino gehen«, schlug ich vor. »Im Folkan läuft was mit Paul Anka.«

Elonsson ließ die Zigarette fallen, die er sich gerade zwischen die Lippen geschoben hatte.

»Was hast du gesagt? Paul Anka …?«

»Ich habe nur Spaß gemacht«, versicherte ich.

»Vielen Dank«, sagte Elonsson und hob seine Zigarette auf. »Aber irgendwo hört der Spaß auf.«

Schweigend gingen wir zum Marktplatz. Es war ziemlich windig, und Regen hing in der Luft. Zwölf Grad, wie ich annahm, und die einzigen Lebenszeichen kamen von den üblichen Besoffenen um Törners Würstchenbude herum. Es war ein paar Minuten nach halb acht.

»Das hier ist nicht gerade der Nabel der Welt«, sagte ich. »Verdammt, ich wette, dass sich auf dem Leicester Square mehr Leute rumtreiben.«

Elonsson schob seinen Pony zur Seite, der bis über die Augen reichte, und schaute mich skeptisch an.

»Wir können es ja in Hallsberg versuchen«, sagte er schließlich. »Ich glaube, in der Grotte läuft was.«

Ich überschlug kurz meinen Kassenstand. Die fünfundzwanzig Kronen, die ich in der Brieftasche hatte, müssten für das Wesentliche reichen: Zugfahrkarte, Eintritt, ein kleines Päckchen MacBaren und ein Würstchen mit Kartoffelbrei. Ich nickte finster.

Die Nacht war noch jung.

* * *

In der Grotte lief tatsächlich etwas. Aber es war eine Tanzband aus Karlskoga mit dem Namen Bengt-Ivars oder etwas Ähnliches Selbstgestricktes, deshalb machten wir lieber eine ruhige Tour die Storgatan entlang. Vorbei an Stigs Buchhandlung, am Bergööska-Haus bis zur abgebrannten Ruine. Offenbar ging in dem dunklen Gemäuer etwas vor sich. In dem Schloss, wie es genannt wurde. *See Emily Play* war durch ein geöffnetes Fenster im ersten Stock zu hören, und ein paar schwankende Gestalten mit Bierdosen in der Hand pinkelten draußen ins Gebüsch – aber weder ich noch Elonsson fühlten uns direkt eingeladen. Wir erinnerten uns beide nur zu gut daran, dass wir trotz allem erst sechzehn waren. Elonsson mit seiner gespaltenen Lippe, ich war Epileptiker, und plötzlich wurde uns klar, dass wir eigentlich ganz dringend ein paar Würstchen mit Kartoffelbrei brauchten.

»Verdammt, was habe ich für einen Hunger«, sagte Elonsson. »Das bringt hier doch alles nichts. Wollen wir sehen, dass wir was zwischen die Zähne kriegen?«

Ich nickte, und so kehrten wir um und gingen wieder zum Marktplatz. Als ich einen Blick auf die Bahnhofsuhr warf, sah ich, dass es noch nicht einmal zehn Uhr war. Ich stellte fest, dass wir sowohl ein Würstchen als auch den 22.20 Uhr-Zug schaffen würden, und wenn ich mich nicht vollkommen täuschte, so würden wir somit rechtzeitig zum Filmende im Folkan in Kumla ankommen.

Der Abend war noch viel zu jung, um nach Hause zu gehen und sich in den Schlaf zu weinen.

Um etliches zu jung.

* * *

Im Zug trafen wir Röv-Enok und Lars-Magnus Tolvberg, und als sich herausstellte, dass Lars-Magnus in seinem Haus im Gartzvägen sturmfreie Bude hatte, verabredeten wir uns zu einer Pokerpartie als Abschluss des Samstagabends. Wir gingen natürlich am Gemeindehaus vorbei, aber offenbar sülzte Herr Anka dieses Mal ungewöhnlich lange, so dass wir nicht den Zipfel irgendwelchen herausströmenden Publikums sahen. Mir fiel auch keine sinnvolle Methode ein, die übrigen auf irgendeine Weise aufzuhalten, so dass ich beschloss, Signhild für diesen Abend lieber zu vergessen. Es war nicht das erste Mal.

Ganz gewiss nicht.

Wir spielten um fünfundzwanzig Öre mit obligatorischer Bubeneröffnung, wie immer. Maximale Erhöhung auf eine

Krone. Ich fing mit sechs fünfzig in der Tasche an, und als ich gegen ein Uhr heimwärts wanderte, war ich Röv-Enok fünf Kronen und Elonsson zehn schuldig.

Das war ein blöder Samstag gewesen, um Klartext zu sprechen. Ich fühlte mich ziemlich niedergeschlagen, und bei meiner letzten Nachtpfeife zum Fenster hinaus konnte ich nicht einmal einen Lichtschimmer von Signhild entdecken.

Ich werde niemals mit ihr zusammenkommen, dachte ich. Und auch mit sonst keiner.

In dreißig oder fünfzig oder siebzig Jahren werde ich ebenso unschuldig sterben, wie ich jetzt hier stehe und in die Dunkelheit hinausstarre. Ich werde niemals New York oder Liverpool oder eine nackte Frau sehen. Warum springe ich also nicht und mache diesem elenden Leben gleich ein Ende?

Mit Hinblick darauf, dass die Fallhöhe auf die weiche Rasenoberfläche nicht mehr als fünf, sechs Meter betrug, verschob ich diesen Beschluss jedoch in die Zukunft. Man will ja nicht behindert werden. Stattdessen legte ich Lightnin' Hopkins auf, so leise, dass es nicht durch die Decke zu hören war, kroch ins Bett und schlug den Salinger da auf, wo ich ihn am letzten Abend verlassen hatte.

Man muss etwas tun, während man auf den Tod wartet, wie Onkel Gunwald in Säffle anmerkte, als er beim Ladendiebstahl erwischt wurde, genau an dem Tag, als er in Pension ging.

3

Alles ist relativ – außer Ester Bolego«, hatte mein Vater einmal gesagt.

Ich begriff nie, was er damit meinte, aber ich begriff schon, dass Signhilds Mutter etwas Besonderes an sich hatte. Ein bisschen etwas extra, so dumm war ich ja nun auch wieder nicht.

Allein dass sie nicht den gleichen Nachnamen wie ihr Mann trug, war natürlich auffällig. Und dass Signhild sich lieber nur Bolego nannte, obwohl sie doch eigentlich beide Namen auf ihrem Taufschein stehen hatte.

Als wäre es Ester Bolego, die irgendwie das Ruder in der Hand hielt, ich weiß noch, dass ich das manchmal dachte. Dass letztendlich nicht Kalle Kekkonen derjenige war, der entschied, in welche Richtung es gehen sollte.

Oder Kalevi, wie er eigentlich hieß. Er war älter als sie, das konnte jeder sehen, außerdem noch deutlich hässlicher, und wenn ich zu der Zeit nur nicht so schrecklich jung und kurzsichtig gewesen wäre, dann hätte ich wahrscheinlich auch gesehen, was alle anderen sahen. Zumindest die so genannten erwachsenen Männer.

Dass auch die reife Frau im Lundbomschen Haus eine Schönheit war. Groß, kräftig und rotbraunhaarig, ihr Haar war eine halbe Nuance heller als Signhilds, aber die Konsistenz war zweifellos die gleiche. Dazu kleidete sie sich immer in kräftige Farben – gelb, rot und orange –, lange Kleider und merkwürdige Jacken und Tücher, die sie augenblicklich von den anderen kleinen Pastellfrauen in unserem Viertel und dem ganzen Ort unterschieden. Ein Pfau auf einem Hühnerhof, auch wenn sie nie direkt protzig herumlief.

Außerdem sang sie. In Sveas Konditorei, in der sie arbeitete, summte sie meistens – aber daheim, besonders während der schönen Frühlings- und Sommerabende, da konnte man ihre kräftige Stimme gut artikuliert vernehmen. Ein voller Alt, der durch die geöffneten Fenster des Lundbomschen Hauses drang und über die geschmückten Gärten der Fimbulgatan schwebte. Die Worte waren nie zu verstehen, die meisten waren wohl italienisch, ihr ungewöhnlicher Nachname deutete ja darauf hin, dass sie aus dieser Gegend stammte. Verdi und Puccini vielleicht, aber ich weiß es nicht.

Ich nehme an, dass die Konditorei einen Aufschwung erlebte, als sie dort zu arbeiten anfing, und es gab die These, wonach der Schlagersänger Owe Thörnqvist auf Tournee gewesen und eine Kaffeepause in Kumla eingelegt haben soll, kurz bevor er den Text zu Dagny schrieb.

Obwohl das sicher nur eine lokale Theorie war.

Sie hatte auch eine etwas auffällige Art zu sprechen, die Ester Bolego. Nicht, dass sie einen Akzent hatte, aber ihr Schwedisch kam irgendwie aus einem anderen Brunnen. Nachdenklich, klar und irgendwie veredelt. Wenn man sie etwas fragte, dachte sie oft gründlich nach, bevor sie antwortete, bohrte ihre warmen, dunklen Augen in den Fragenden und betrachtete ihn ernsthaft.

»Mein lieber Freund«, konnte sie sagen. »Wenn du wirklich mit meiner Tochter sprechen willst, dann musst du all deinen Mut zusammennehmen und die Treppe hinaufgehen.«

Oder: »Diese Frage kannst du dir selbst beantworten, oder nicht?«

* * *

Vielleicht besaß Signhild die gleiche Art des Ernstes wie ihre Mutter, und vielleicht liebte ich sie gerade deshalb. Ich wusste, dass sie niemals so einem pathetischen Plattfuß wie Paul Anka verfallen würde. Signhild und ich kannten uns seit unserer Kindheit, und in bestimmten Augenblicken war es einfach nicht vorstellbar, dass noch andere Frauen in meinem Leben eine Rolle spielen könnten. Oder andere Männer in ihrem.

Inwieweit Signhild auf die Idee kam, in den gleichen Bahnen wie ich zu denken, das war eine Frage, die ich zu diesem Zeitpunkt – dem Monatswechsel Mai/Juni 1967 – nicht im Traum hätte beantworten können. Ich glaube, ich spekulierte nicht einmal darüber, traute mich nicht. Bei bestimmten Dingen bohrt man lieber nicht zu tief nach, wenn man sein Haupt weiterhin hoch erhoben tragen will, das war mir so langsam klar geworden.

Von Kalevi Kekkonen hieß es unter anderem, dass er ein Kraftmensch sei. So wurden alle rotköpfigen Kerle bezeichnet, die mehr als hundert Kilo wogen, und auf Kekkonen traf die Bezeichnung besonders gut zu. Er arbeitete als Uhrmacher, war der geschickteste Uhrenfummler in ganz Svealand und Umgebung. Man konnte mit einer Dampfwalze über seine Armbanduhr oder Taschenuhr fahren, dann Kekkonen die Reste bringen und sie nach zwei Tagen wieder wie neu zurückbekommen.

Es war natürlich etwas merkwürdig, dass ein Riese wie Kekkonen mit so etwas Fummligem wie Uhren und Uhrwerken beschäftigt war, aber so war es nun einmal. Er arbeitete bei Didriksens Ur&Klock hinten am Stenevägen. Ein Däne und ein Finne. Es wurde behauptet, sie sprächen niemals miteinander, da jeder seinen Akzent der schwedischen Sprache hätte und deshalb den anderen nicht verstehen könnte. Aber im Uhrenreparieren waren sie Weltmeister.

Die Besten in Kumla, vielleicht sogar in der ganzen Welt.

Auch wenn man Kalevi Kekkonens professionelles Verhalten berücksichtigte, war es nur schwer zu verstehen, wie es ihm gelungen sein sollte, eine Frau wie Ester Bolego für sich zu gewinnen, darin waren sich viele einig. Aber wie man auch dazu stand, so war sie eine Frau aus Blut und Feuer.

Kekkonen war ein Mann aus Holz und Schnaps.

So geil ist der Finne auf seine Uhren, hieß es von ihm, dass er gegen die Zeit trinkt, sobald er kann.

Außerdem war er Kommunist, Aufwiegler und Schachspieler.

Und bald würde er tot sein

Kalevi Kekkonen, du Unglücksrabe.

* * *

Das frühere Leben und Schicksal der Familie Kekkonen-Bolego – bevor sie sich Ende der Fünfzigerjahre in Kumla niederließen – war kaum bekannt. Sie kamen aus Hjohållet und Sjuhärradshållet, so viel stand fest, aber wenn ich versuchte, von Signhild Genaueres zu erfahren, verstummte sie meistens oder fing an, von etwas ganz anderem zu reden. Halbbruder Snukke war offenbar nicht gerade ein Musterknabe, aber ich glaube, da lag noch mehr im Argen. Ich hatte mir nie die Mühe gemacht, nachzubohren, was es eigentlich war. Jeder Mensch hat das Recht auf seine Geheimnisse, da können die Nachbarn noch so sehr mit ihren Gebissen klappern, um eine Redewendung von Tante Ida anzubringen.

Meine eigene Familie verbarg übrigens auch das Eine oder Andere, das war mir schon klar. Es gab so eine Art Schweigen zwischen meinem Vater und meiner Mutter, das mir unwiderruflich auffallen musste, auch wenn ich mit ihm aufgewachsen war. Es war mit Sicherheit besser, das Maul zu halten und Gott einen guten Mann sein zu lassen.

Mein Vater war also Journalist. Er arbeitete seit fünfzehn Jahren als Lokalredakteur bei der Länstidningen mit Redaktion am Markt. Aber in seiner Jugend hatte er Theologie studiert, das Studium jedoch Hals über Kopf abgebrochen – aus unbekannten Gründen –, nur wenige Monate vor seinem Examen. Er sprach nie darüber, ich hatte das von Tante Ida erfahren, aber dass er es selbst niemals erwähnte, deutete zweifellos darauf hin, dass damit eine Art Skandal zusammenhing.

Welcher Art auch immer. Er ertrug es noch nicht einmal, Gösta Knutsson im Radio zu hören.

Er verließ Uppsala, das muss ein paar Monate nach Kriegsende gewesen sein, zog nach Örebro und angelte sich meine Mutter aus einer der Schuhfabriken. Als meine alberne Schwester Katarina Diotima geboren wurde, waren die beiden bereits verheiratet und wohnten in einer Wohnung in der Hertig Karls allé. In dem Jahr vor meiner Geburt zog man aus unbekannten Gründen nach Kumla, landete schließlich in dem windschiefen zweistöckigen Haus in der Fimbulgatan.

So war es. Weil Kumla genau in der Mitte der Welt lag, sollte man hier wohnen, wie mein Vater einmal in einer Weihnachtschronik vor ein paar Jahren schrieb.

Unterschrieben mit Arne M-berg, das hatte etwas mit Integrität zu tun.

* * *

Das Gymnasium lag in Hallsberg, eine Tatsache, die die Menschen in der Mitte der Welt nur schwer verstehen und akzeptieren konnten.

Wenn man aus Kumla kam, konnte man natürlich auch nach Örebro gehen, aber Hallsberg lag trotz allem dreizehn Minuten näher und entbehrte die Verlockungen und Gefahren der Großstadt. Elonssons und meine Eltern waren in diesen Fragen der gleichen Meinung gewesen, und deshalb waren wir beide an einem Ort gelandet, der Bryléschule hieß und dessen auffallendste Eigenschaft war, dass sie während meiner ersten Jahre auf dem Gymnasium nicht fertig gestellt war. Wir hatten Unterricht sowohl in der altehrwürdigen Östra Schule Wand an Wand mit dem Gerichtsgebäude als auch auf dem Bauplatz neben dem Sportplatz. Wir wanderten kilometerlang den Puttlabäcken entlang, diesen stolzen Strom, stolperten vor uns hin, kamen zu spät, vertrödelten unsere Jugend und reiften zum Mann. Die Haare wuchsen, die Pickel sprossen, wir wurden lang und bekamen einen krummen Rücken. In der Welt gab es Unruhen, unter anderem einen Krieg fern in Vietnam, aber meistens hatten wir genug mit uns selbst zu tun.

»The times they are a-changin'«, hatte Elonsson letzte Woche irgendwann festgestellt, als wir einem vorbeikommenden Brauereiwagen nicht hatten widerstehen können, uns direkt von der Ladefläche ein Bier kauften und die Sportstunde schwänzten.

Aber nicht nur Elonsson und ich. Insgesamt waren wir acht Jünglinge, die dort in dem grünen Gras lagen, grünes TT süffelten und auf Pfeifen und Zigaretten kauten. Die Köpfe lässig auf Sportbeutel gelehnt, blauer, wolkenbetupfter Himmel und noch vier Tage bis zu den Ferien.

Nur Elonsson und ich stammten aus Kumla. Der Rest kam aus der Fremde. Aus Laxå und Askersund. Pålsboda, Kilsmo und Hjortkvarn. Die ganze Klasse bestand aus Schülern von auswärts, der Zweig hieß »Allgemein«, und dort gehörte man hin, wenn man nirgendwo sonst hingehörte.

Was wohl so einiges über uns sagte. Doch, es gab da noch einen Jungen aus Kumla. Er war fünf, sechs Jahre älter als wir anderen, war dreimal hintereinander sitzen geblieben und auch in diesem Halbjahr nie da. Er hieß Runkén und wurde – nach allem, was ich später erfahren habe – Kommunalpolitiker in Växjö.

Aber jetzt schrieben wir das Jahr 1967. Und das hing unleugbar zusammen mit einem gewissen Freiheitsgefühl, während man da in dem Gras am Ufer des Puttlabäcken lag, lauwarmes Bier trank und rauchte.

»Das Leben«, sagte Pålsboda-Karlsson. »Verdammt, das hier ist das wahre Leben. Können wir uns nicht in fünfzig Jahren wieder hierher legen und berichten, wie es uns ergangen ist?«

»In fünfzig Jahren gibt es nur noch Insekten auf der Welt«, warf Otto aus Röfors ein und rülpste diskret in den Ellbogen. »Trink aus dein Glas, der Tod, der wartet schon auf dich.«

»Kluge Worte«, sagte Meandersson aus Vretstorp. »Dafür, dass sie aus dieser Richtung kommen.«

Wir waren nur zehn Jungen in der Klasse – Runkén nicht mitgezählt. Die Anzahl der Mädchen betrug mindestens das Doppelte, und wir von dem hässlichen Geschlecht hatten trotz allem einiges gemeinsam. So waren wir faul, wir benutzten Tabak, und wir waren Lebenskünstler. Natürlich jeder auf seine Weise, aber doch mit einer Art Respekt gegenüber dem anderem, der eigentlich ganz ansprechend war. Beispielsweise kam dieser zum Ausdruck, indem wir uns gern mittels verbaler Spitzfindigkeiten neckten, und wir benutzten meistens unsere Nachnamen, wenn wir miteinander oder übereinander sprachen. Ausgenommen Otto, dessen Vater Pole war und Szczećić hieß.

»Ich habe gehört, dass man es in Vretstorp genau umgekehrt macht«, behauptete jetzt dieser Otto.

»Umgekehrt?«, fragte Meandersson.

»Ja, man wirft die Säuglinge weg und zieht die Nachgeburt auf.«

»The times they are a-changin'«, wiederholte Elonsson und fabrizierte einen Rauchring, der langsam über den Puttla river segelte und sich so lange hielt, dass uns die Worte fehlten.

Als wäre es die Zukunft an sich, die wir in der milden Frühlingsluft davonsegeln sahen.

Elonsson und ich hatten übrigens noch eine weitere Gemeinsamkeit, abgesehen davon, dass wir beide in Kumla wohnten – wir waren die Jüngsten in der Klasse. Sowohl er als auch ich wurden bereits als Sechsjährige eingeschult. In unserem Teil der Welt kam es ab und zu vor, dass man mit gut entwickelten und begabten Kindern so verfuhr. Obwohl wir beide den Verdacht hegten, dass es eher daran lag, dass unsere Mütter keine Lust mehr hatten, zu Hause zu hocken und hinter uns herzuwischen, und sich lieber wieder ins Arbeitsleben stürzten.

»Ist mir doch scheißegal, was ihr macht«, schloss Pålsboda-Karlsson die Diskussion ab. »Ich jedenfalls werde in fünfzig Jahren herkommen und mich wieder hier hinlegen. Ihr seid herzlich willkommen.«

* * *

Es war übrigens genau an diesem Abend, dass der Untermieter Olsson eintraf, und irgendwie wurde dadurch der Stein ins Rollen gebracht. Zumindest waren viele im Nachhinein dieser Meinung, sowohl Leute in unserer Straße als auch andere. Es ist schwer zu sagen, was eigentlich was nach sich zieht, welche Faktoren tatsächlich eine Handlungskette bilden und welche nur zufällig zeitlich zusammenfallen. Es gibt natürlich auch Katalysatoren. Nach und nach wurde es ja eine verzwickte Aufgabe für die Polizei, alles auseinander zu pflücken, und niemand soll behaupten, es wäre ihr in diesem Fall gut gelungen. Ich habe nie übertriebenen Respekt für sie gehegt, weder damals noch später – vielleicht lag das an Dubbelubbe –, aber bei dem Gedanken, wie alles eigentlich zusammenhing, ist mir – jetzt, fünfunddreißig Jahre später – klar, dass ich ein wenig ungerecht war.

Es war nicht einfach, so ist es nun einmal.

Aber dass Olsson eines Abends Anfang Juni 1967 zu Kekkonen-Bolegos ins Lundbomsche Haus in der Fimbulgatan zog – daran konnte es keinen Zweifel geben.

Er kam wie ein Gewitter, und er hatte einen Hund mit Motorradbrille neben sich im Seitenwagen.

Das Gewitter war auf einen kaputten Auspuff zurückzuführen, daran gab es auch keinen Zweifel, und der Auspuff gehörte zu einem Motorrad. Einer schwarzen Enfield, nach allem, was ich erkennen konnte, der Seitenwagen war aus lackierten Hartfaserplatten, das Gestell selbst natürlich aus Metall.

Ich war dabei, unseren verdammten, moosbefallenen Rasen mit Hilfe unseres verdammten, rostbefallenen Rasenmähers zu mähen – und damit zehn Kronen zu verdienen –, als die Equipage angedonnert kam, deshalb erhielt ich einen ganz deutlichen ersten Eindruck. Unter lautem Knattern bog der Untermieter Olsson – ebenso wie der Köter mit großer in Leder gefasster Motorradbrille ausgestattet – auf Kekkonen-Bolegos Einfahrt. Bremste, schob die Brille auf die Stirn und schaute sich um. Gab dem Hund einen Klaps auf den Schädel und stellte die Benzinzufuhr ab, so dass der Lärm abebbte.

Stieg von dem Bock, öffnete dem Hund eine Tür, worauf dieser ausgiebig gähnte und sich dann auf den Weg auf die Erde machte. Soweit ich sehen konnte, war es eine Promenadenmischung. Halbgroß, grau- und schwarzzerzaust, mit unkontrollierten Schwanzbewegungen und einem Schädel, ungefähr so groß wie der eines kleinen Kalbs. Der Untermieter beugte sich herunter, kraulte ihn am Bauch und nahm ihm die Brille ab.

Ungefähr in dem Moment kam Kalevi aus dem Haus. Starrte den Neuankömmling ein paar Sekunden lang an und ging dann wieder hinein.

Nach einer halben Minute tauchte stattdessen Ester Bolego auf. Sie wischte sich die Hände an einer orangefarbenen Schürze ab und schob das Haar zurecht. Der Fremde stand immer noch zwischen Motorrad und Hund, ohne sich zu bewegen. Er war ziemlich groß, trug irgend so eine altmodische dunkelbraune Ledermontur und Lederstiefel, die ihm bis zu den Knien reichten. Von seinem Gesicht sah ich nichts, da es Ester Bolego zugewandt war, aber sein Haar war dunkel, hatte fast den gleichen Ton wie die Lederjacke und stand zu allen Seiten hin ab.

Ein paar Sekunden vergingen, dann wischte Ester Bolego sich noch einmal die Hände gründlich ab, trat heran und begrüßte ihn. Der Hund bellte zweimal kräftig und legte sich platt auf den Bauch. Ich stellte etwas peinlich berührt fest, dass ich stehen geblieben war und sie angestarrt hatte, worauf ich ihnen entschlossen den Rücken zukehrte und mit dem Rasenmähen weiter machte.

Ja, so ging es zu, als Olsson die Bildfläche betrat.

* * *

»Er ist Dichter.«

»Dichter?«

»Ja. Er schreibt Gedichte in ein blaues Buch. Außerdem hat er schon mehrere gedruckt. Wir haben eins signiert gekriegt.«

Am folgenden Abend war es mir gelungen, mit Signhild ins Gespräch zu kommen, wir waren beide auf dem Weg zum Zeitungskiosk am Bahnhof, sie, um ihre Illustrierte, ich, um New Musical Express zu kaufen.

»Den Untermieter meinst du? Redest du von ihm?«

»Ja, von Olsson. Er ist berühmt.«

Ich zündete die Pfeife an und dachte nach.

»Wie heißt er mit Vornamen?«

»Das weiß man nicht. Er selbst nennt sich nur Dichter Olsson.«

»Ich habe noch nie von ihm gehört. Woher kommt er denn?«

Sie zuckte mit den Schultern. Mir war schon klar, dass sie

etwas beleidigt war, weil ich die Größe ihres Untermieters in Frage stellte.

»Ich weiß es nicht«, sagte sie nach einer kleinen Pause. »Es spielt doch wohl keine Rolle, woher er kommt, oder?«

»Natürlich nicht. Starkes Motorrad«, versuchte ich es wieder gut zu machen. »Eine Enfield, glaube ich ... mit Seitenwagen und Bello und allem ...«

Sie lachte auf, wurde aber gleich wieder ernst.

»Der Hund, ja ... er heißt O Sole Mio. Er hat versucht, Papa zu beißen.«

»Zu beißen? Ich fand, er sah ganz friedlich aus.«

»Es war Papas Schuld. Er hat ihn getreten.«

Ich nickte. Es war typisch für Kalle Kekkonen, sich so zu verhalten. Was ihm in den Weg kam, das wurde einfach zur Seite getreten.

»Warum ist er zu euch gezogen?«

Signhild antwortete nicht sofort. Sie fuhr sich erst ein paar Mal mit den Händen durch ihr reizendes Haar und dachte nach.

»Ich weiß es nicht genau«, sagte sie dann. »Ich glaube, er kommt durch eine Arbeitskollegin von Mama. Wir hatten beschlossen unterzuvermieten, und dann haben sie während einer Kaffeepause darüber geredet ... ja, so ist es einfach passiert.«

Wir gingen an der Stavaskolan vorbei und kamen auf die Järnbägsgatan.

»Hast du was gelesen? Von seinen Gedichten, meine ich.«

Sie nickte und wurde ganz eifrig.

»Gestern Abend habe ich welche gelesen. Aus dem Buch, das er uns geschenkt hat. Sie sind ... nun ja, reichlich kompliziert sind sie.«

»Ich verstehe.«

Das tat ich nun gerade nicht, aber plötzlich wurde ich von Signhilds Nähe überwältigt. Und von dem Gefühl, neben ihr die Straße entlang zu gehen und mit ihr über Gedichte zu reden.

Auch wenn sie kompliziert waren. Und auch wenn ich noch keines davon gelesen hatte. Es fehlte nicht viel, und ich hätte ihre Hand genommen.

Der Dichter Olsson, dachte ich. Deine Bekanntschaft muss ich machen.

4

Die letzte Schulwoche verlief ohne größere Vorkommnisse. Zu den starken Erinnerungen an mein erstes Jahr auf dem Gymnasium gehören die Pfahlrammen. Die Bryléschule in Hallsberg wurde auf einem Gelände mit unzuverlässigem Lehmboden errichtet, und um die Teile des Wissenstempels, die noch nicht fertig gestellt waren, auch stabil zu halten und dafür zu sorgen, dass sie nicht in der Tiefe versanken, war man gezwungen, sie auf Pfähle zu setzen. Fünf und sechs Meter lange Betonpfähle wurden in den Lehm in einem Ausmaß hineingerammt, das histrionisch war, um einen Ausdruck meines Geschichtslehrers Hedbalk zu benutzen. Die Arbeit ging von morgens bis abends, vom ersten Läuten bis zum letzten. Das Donnern war ungefähr jede dritte Sekunde zu hören, eine Tatsache, die – wenn sonst nichts – bedeutete, dass man ungefähr jedes fünfte Wort, das die Lehrer so ausspuckten, nicht verstand. Im Februar hatte von Sprackman einen Artikel in einer amerikanischen wissenschaftlichen Zeitschrift gelesen, in der behauptet wurde, dass ein durchschnittlicher Schüler ungefähr zwanzig Prozent dessen behielt, was während einer Stunde gesagt worden war – woraus sofort der unwiderlegbare Schluss gezogen wurde:

»Verdammte Scheiße, es sind natürlich genau die paar Prozent, die im Lärm verschwinden, die ich mir hätte merken sollen. Kein Wunder, dass ich bei Null stehe.«

Während einer Zeit im ersten Halbjahr hatte ich eine Serie kleinerer Anfälle während des Unterrichts. Niemand außer mir bemerkte es natürlich – unsere Klasse war ein ziemlich unkonzentrierter Haufen –, und irgendwie hatte das rhythmische Hämmern der Rammen damit zu tun. Eine halbe Minute vor dem Anfall selbst, der allerhöchstens ein paar Sekunden dauerte, wurde der Rammenlärm jedes Mal allmählich lauter und verzerrter, das eintönige Gerede des betreffenden Lehrers erstarb, und ich musste nur ruhig auf dem Stuhl sitzen und mich wappnen. Mich wappnen und Haltung bewahren.

Bum. Bum. Bum. Schweigen. Der Fall. Abwesenheit. Ein leichter Metallgeschmack auf der Zunge, von dem ich nicht weiß, woher er kam. Eine gewisse Trägheit hinterher. Bum. Bum. Bum.

Das ließ während des zweiten Halbjahrs nach. Wenn ich mich recht erinnere, so hatte ich zum Monatswechsel März/April ein paar winzig kleine Aussetzer, aber danach war ich im Großen und Ganzen von den Fingerzeigen auf meine Sterblichkeit befreit.

An diesen letzten Tagen schwänzten wir ein wenig. Ein Vorteil daran, in eine halbfertige Schule zu gehen, bestand in der Tatsache, dass die Kantine noch nicht aus dem Lehm herausragte. Stattdessen aß man im Bahnhofsrestaurant zu Mittag, die Kupons dafür wurden im Bündel gekauft und hatten jeweils einen Wert von drei Kronen fünfzig. Wenn man sich mit dem Standardgericht Bratwurst mit Kartoffelbrei und Preiselbeersaft zufrieden gab, bekam man einszehn zurück. In Lampas Konditorei kosteten eine Tasse Kaffee und eine Heißwecke einsvier. Das war eine ganz natürliche Reihenfolge, und jetzt, wo die Sommerferien bereits in Reichweite waren, fiel es nicht so leicht, den Hintern zu heben und sich von Lampa auf den Weg zum Nachmittagsunterricht zu machen. Lieber blieb man noch eine Stunde dort sitzen, schnorrte sich eine Krone für drei Songs in der Musikbox zusammen und begab sich dann etwas früher als gedacht auf die Fahrradtour heimwärts nach Kumla.

That's what I learned in school today, that's what I learned in school.

Das Wetter war schön, wie ich mich zu erinnern meine.

* * *

Das Schuljahr ging zu Ende. Auch nach diesem Halbjahr bekamen wir Zeugnisse.

Ich hatte in allen Fächern eine drei oder eine drei plus außer in Schriftlicher Darstellung, da hatte ich eine zwei. Vermutlich war das ein Fehler, ich konnte mich nicht daran erinnern, jemals etwas zu Stande gebracht zu haben, was mich über die Menge herausragen ließ, auch nicht, wenn es ums Aufsatzschreiben ging. Weder im ersten noch im zweiten Halbjahr.

Elonsson und ich verglichen unsere Noten, er war im Großen und Ganzen genauso mittelmäßig wie ich, und wir beschlossen, unseren Eltern das Elend nicht zu zeigen. Um auf der sicheren Seite zu sein, ließen wir den braunen Umschlag im Papierkorb beim Sannahedskiosk verschwinden, als wir dort auf dem Heimweg für Tabak und eine Limo anhielten. Als wir kurz darauf am Finkvägen vorbeikamen, fiel mir Ester Bolego in dem dunklen Amazon wieder ein. Es lag mir schon auf der Zunge, Elonsson davon zu erzählen, aber er hatte an Fahrt zugelegt und bereits zwanzig Meter Vorsprung, so dass ich es lassen musste.

Elonsson hatte außerdem nichts mit der Familie Kekkonen-Bolego zu tun, nicht die Bohne.

* * *

Am Nachmittag des letzten Schultags fuhr ich mit dem Fahrrad zu Tante Ida. Sie saß in ihrer Fliederlaube, hörte ein Hörspiel in ihrem Transistorradio und putzte Rhabarber.

»Setz dich, mein Junge«, sagte sie und schaltete den Apparat aus. »Hast du jetzt Sommerferien?«

Ich erklärte ihr, dass dem eigentlich so sei, dass ich aber am Montag anfangen würde, in den Torffeldern von Säbylund zu arbeiten.

»Ora et labora«, sagte Tante Ida. »Das ist das Schicksal der Menschen. Hast du eigentlich schon eine Freundin?«

»Nein, das hat noch nicht geklappt«, musste ich zugeben.

»Du solltest diese Signhild nehmen. Sie wird mal eine anständige Frau, und sie hat breite Hüften.«

In den letzten Jahren hatte Tante Ida sich eine sehr freie Art im Gespräch angewöhnt. Keine Ahnung, ob das nun am Alter oder an der Weisheit lag. Oder an einer gewissen, leichten Senilität. Oder ob das in irgendeiner Weise mit ihren schlechten Augen zu tun hatte. Vermutlich war es eine Kombination von allem zusammen.

»Aber du hast natürlich genauso lange Haare wie diese Homosexuellen aus England«, fuhr sie fort und köpfte eine neue Rhabarberstange. »Wenn du dir nur mal die Haare schneiden lässt, dann würde Signhild dir wie ein brünstiges Huhn verfallen.«

»Da wäre ich mir nicht so sicher«, erwiderte ich. »Aber ich werde drüber nachdenken.«

Sie ging dazu über, mich über die Lage in der Familie auszufragen. Über meine Mutter, meinen Vater und meine Schwester. Über die Cousins zweiten Grades weit hinten in Prästgårdsskogen. Über Onkel Hemming, ihren Halbbruder, der ein Lotterleben unten in Laxå führte. Ich informierte sie, so gut ich konnte, dann sprachen wir über meine Krankheit und den Daumen des deutschen Fähnrichs.

»Ich weiß, dass er heilende Kräfte besitzt«, stellte Tante Ida entschlossen fest. »Du musst doch zugeben, dass es dir besser geht, seit du ihn hast.«

Ich überlegte. Es stimmte tatsächlich. Tante Ida hatte mir

den Daumen in Glas in den Weihnachtsferien übergeben – oder besser gesagt, ausgeliehen, denn es war geplant, dass sie ihn mit sich ins Grab nehmen sollte –, als sie erfahren hatte, dass ich im Laufe des Herbsts ein paar Anfälle gehabt hatte. Damals hatte sie mir auch seine Geschichte erzählt. Und ihre eigene. Denn die hingen zusammen, da gab es keinen Zweifel.

Es war alles in allem ein wenig merkwürdig, und ich hatte einen heiligen Eid schwören müssen, nichts davon dem Rest der Familie zu verraten. Sie war sehr genau mit ihren Grenzziehungen, meine Tante Ida, und wenn ich sie recht verstand, so hatte sie kein besonders großes Vertrauen in irgendeinen ihrer noch lebenden Verwandten.

Vielleicht mich ausgenommen. Und vielleicht noch Hemming in Laxå, aber der ließ ja nie von sich hören, dieser Libertin.

Der deutsche Fähnrich war Tante Idas Lebensschicksal. Ihre große Liebe und ihre Bestimmung. An diesem Juninachmittag Mitte der Sechziger war sie gerade zweiundachtzig geworden. Sie war die Älteste in einer Kinderschar von sechsen, und als ihre Mutter im Kindbett starb, als Ida zwölf war, war es das Los der großen Schwester gewesen, die Verantwortung für die Jüngeren zu übernehmen und dafür zu sorgen, dass etwas aus ihnen wurde. Deshalb war sie bereits neunundzwanzig Jahre alt, als sie den Marktplatz der Liebe betrat. Man schrieb das Jahr 1914, und sie verliebte sich in einen deutschen Jüngling, der in Skåne Urlaub machte. Auf dem Jahrmarkt von Kiviks, wenn ich sie recht verstanden habe. Es war ein Juni, damals wie jetzt.

Er hieß Helmut und war mindestens genauso verliebt wie Tante Ida. Sie sahen sich, sie tanzten, sie himmelten sich an. Dann musste er zurück nach Lübeck, wo er seine Sachen regeln wollte, wonach sie sich in Kopenhagen treffen und dort heiraten sollten. Es gab keine Zeit für Zweifel oder Zögern.

Im August brach der Krieg aus. Ganz Europa wurde verrückt, Arbeiter und Bauernjungen griffen zu den Waffen, zogen ins Feld, um sich gegenseitig die Kehle aufzuschneiden und sich umzubringen. Helmut auch. Was ihn betraf, so kam er an die Westfront, er schrieb seiner geliebten Ida glühende, treue und hoffnungsvolle Briefe, doch im September 1916 bekam sie einen Brief, der dicker war als sonst. Er enthielt seinen rechten Daumen, den er bei einem Granatenangriff verloren hatte, den Ida aber jetzt als Zeichen ihrer Liebesbeziehung haben sollte. Vielleicht ahnte Ida schon, dass Helmut auch ein Granatsplitter in den Schädel bekommen hatte. Die Aktion war ja etwas sonderbar, aber sie warf ihm das niemals vor. Der Daumen war jedenfalls gesäubert, heil und lag in einer Art leicht grünlich schimmerndem Glasgefäß, wobei man sich fragte, wie um alles in der Welt es ihm gelungen war, so etwas mitten auf dem Schlachtfeld an der Marne zu Stande zu bringen ... aber vielleicht lag er auch in einem Krankenhaus hinter der Front, man weiß ja so wenig darüber, wie die Dinge eigentlich zusammenhängen, und sie nahm den Daumen entgegen und schwor ihm ewige Treue. Immerhin etwas, wie es bei Syrach, dem Geläuterten steht.

»Syrach?«, fragte ich.

»Unterbrich mich nicht«, sagte Tante Ida.

Ein halbes Jahr lang bekam sie nicht eine Zeile von ihrem Verlobten, dann jedoch, im März 1917, trafen gleich zwei Nachrichten mit der Post ein, die eine positiv, die andere negativ.

Die positive war, dass Helmut Dieter Schlinckpuff zum Fähnrich befördert worden war, die negative, dass er im Kampf gefallen war.

Worauf sich Tante Ida vom Marktplatz der Liebe zurückzog. Sie zog aus Skåne hinauf nach Närke, eröffnete in Örebro eine Schneiderei und kaufte sich schließlich ein kleines Haus in der Mossbanegatan in Kumla.

Woher sie ihr Wissen über breite Hüften und brünstige

Hühner hat, weiß der Geier. Der deutsche Fähnrich war und blieb der einzige Mann in ihrem Leben.

Und dass sein Daumen gewisse magische Kräfte besaß, das hatte ich auch so langsam begriffen.

* * *

Ich hatte fünfzig Kronen für die Sommerferien von Tante Ida bekommen, und am nächsten Tag ging ich in Kumlas erbärmlichen Plattenladen, um mir die LP von den Animals zu kaufen, die ich schon seit ein paar Wochen haben wollte. Wie üblich war Markt am Samstagvormittag. Ein Fischhändler, ein paar Blumenstände, ein paar Bauersfrauen aus Hackvad und Åbytorp mit Kartoffeln und Gemüse. Ein paar Lotterien und die Freikirchlichen, die Gott weiß was verkauften. Wahrscheinlich die Erlösung. Als ich auf meinem Heimweg den Markt überquerte, mit meiner Beute in einer Plastiktüte in der Hand, entdeckte ich jedoch etwas Neues.

In der nordöstlichen Ecke des Markts, direkt gegenüber dem Eingang zum Stadthotel, standen ein selbstgebautes Holzpodest und eine Lautsprecheranlage. Sowie eine Staffelei mit einem handgeschriebenen Plakat, das mitteilte, dass eine Dichterlesung stattfinden sollte.

DER DICHTER OLSSON
liest Gedichte
aus seiner neuen Sammlung
Es lebt ein Wolf
in der Halsgrube meiner Frau
Kumla Markt, Samstag, 12.00 Uhr
Eintritt frei. Signierstunde

Ich schaute auf meine Armbanduhr. Fünf Minuten vor zwölf. Es gab keine hoffnungsfrohe Zuhörerschaft, die schon wartete, und den Dichter sah ich auch nirgends.

Aber acht Klappstühle standen in einem vagen Halbkreis vor dem Podest. Alle acht waren noch frei.

Einen Moment lang zögerte ich. Dann ließ ich mich auf einem der beiden äußersten Plätze nieder, holte meine Plattenhülle heraus und begann, sie zu studieren, während ich wartete.

* * *

Als der Dichter Olsson die Bühne ein paar Minuten nach zwölf betrat, war die Zuhörerschaft auf vier angewachsen.

Die drei anderen waren Ester Bolego, Signhild und Klapp-Erik. Dass Ester und Signhild gekommen waren, um zuzuhören, war ja ganz normal, damit hatte ich schon gerechnet, als ich Platz genommen hatte, und dass sich Klapp-Erik einfand, war kaum weniger überraschend. Er wohnte und arbeitete im Altersheim Solbacka. Er hatte irgendein Problem mit dem Bein, so dass es immer Klapp-Klapp machte, wenn er sich auf festem Grund fortbewegte, daher der Name. Es gab wenige Veranstaltungen in der Gegend von Kumla, die Eriks wachsamem Auge entgingen, und dabei spielte es keine Rolle, worum es sich handelte: Fußballspiele, Motorradrennen, Unterhaltungsabende am See von Kumla, Bingoabende im Husaren (ein neues Volksvergnügen, das sich im vergangenen Winter wie ein Fieber ausgebreitet hatte) oder Kuckucksbeobachtungen mit der Ornithologischen Gesellschaft. Er sah alle Filme, die liefen, sowohl im Saga als auch im Folkan oder im Grand oben am Kungsvägen. Wenn es sich ergab, sah er die Filme gleich ein paar Mal, dank seiner Doppelbehinderung – er hinkte und war außerdem leicht zurückgeblieben –, hatte er zu allem freien Eintritt, ich weiß, dass es Leute gab, die ihn deshalb ein wenig beneideten.

Olsson kam in Schwarz und hatte sich das lange Haar nass gekämmt, so dass es flach am Schädel und hinter den Ohren lag. Er hatte tief liegende Augen, eine ziemlich große, aber gerade und ebenmäßige Nase, einen breiten Mund und ein paar Tage alte Bartstoppeln. Ich nahm an, dass ein Dichter ungefähr so auszusehen hatte. Er begann, indem er das Mikrofon mit energischem Fingerklopfen testete, dann räusperte er sich und fing an zu sprechen.

»Fossa jugularis, fossa jugularis, fossa jugularis!«

Es dröhnte über den Markt, und ich sah, wie die Leute erstarrten und in unsere Richtung blickten. Olsson sah zufrieden aus und machte eine kurze Pause.

»Fossa jugularis, fossa jugularis!«, wiederholte er dann mit noch lauterer Stimme. Klapp-Erik hatte sich schräg hinter mich gesetzt, und jetzt klopfte er mir auf die Schulter.

»Verdammt, was sagt er da?«

»Ich weiß es nicht«, musste ich zugeben.

»Gehst du denn nicht aufs Gymnasium?«

Ester Bolego schaute sich unruhig um, und Signhild schnappte sich meine LP. Sie starrte Eric Burdon an und versuchte, im Asphalt zu versinken. Ein Bauer aus Hardemo oder so kam heran und setzte sich auf einen der freien Stühle. Olsson zog eine Brille aus der Brusttasche seines Jacketts heraus, schlug sein dünnes, blaues Buch auf und begann, daraus vorzulesen, jetzt mit deutlich leiserer Stimme. Mir war klar, dass die einleitenden Unbegreiflichkeiten das Ziel gehabt hatten, Aufmerksamkeit zu erregen.

Tage, Nächte, Frauen, Lager
Schwerter, die blitzen, Kinder, die leiden
Die Hitze des Alters heimst ein
Durchbohrt, unverfälscht

»Oh Scheiße«, sagte Klapp-Erik, spuckte aus und zündete sich eine Zigarette in seinem langen, goldfarbenen Mundstück an.

Schenke dem Kardinal einen Taler
Gib dem Brotkind einen Pfennig
Richte nie die Schwertesspitze
Wegwerftage, Krankengerüche

Der Bauer aus Hardemo stand auf und ging zum Fischwagen. Zwei Frauen, die ich als Lehrerinnen der Stavaskolan identifizieren konnte, kamen vorbeigeschlendert und blieben in gebührendem Abstand stehen.

Oleander, Sammetnächte
Frauen, Glieder, Feuer, Tanz
Salamander, Oleander
Süße Frucht des Alters

Er verstummte und nahm die Brille ab. Es dauerte fünf Sekunden, dann begannen Ester Bolego und eine der Lehrerinnen etwas zögerlich zu applaudieren. Klapp-Erik fand sich schnell in die Situation. »Bravo!«, rief er. »Der Einser kommt, der Zweier wird gleich kommen!« Das war offenbar etwas, das er irgendwo beim Sport mal aufgeschnappt hatte. Der Dichter Olsson sah eine Sekunde lang etwas verwirrt aus, aber dann wischte er sich die Stirn mit einem weißen Taschentuch ab und blätterte in seinem Buch ein paar Seiten vor. Beide Lehrerinnen eilten zum Supermarkt hin.

Die Lesung dauerte noch weitere knappe zehn Minuten, und während dieser Zeit war kein neuer Publikumsstrom zu vermelden. Das ursprüngliche Quartett jedoch blieb. Klapp-Erik versäumte keine Gelegenheit, seine Begeisterung kund zu tun, Signhild studierte die Animalshülle so genauestens, dass sie jedes Wort auswendig zu lernen schien, und ich beschloss achtundzwanzig Mal, ihre Hand zu nehmen, ohne zum Ziel zu kommen.

Als Olsson der Meinung war, dass wir eine genügend große Dosis an Poesie zu uns genommen hatten, erklärte er, dass »Es wohnt ein Wolf in der Halsgrube meiner Frau« für günstige dreißig Kronen das Stück zu kaufen sei, wenn man zwei Stück kaufe, genüge ein Fünfziger.

Trotz dieses Angebots ergriff – soweit ich sehen konnte – keiner der Lyrikfreunde diese Gelegenheit beim Schopfe.

* * *

Aber irgendwie muss ich doch von der Lyriklesung auf dem Marktplatz inspiriert worden sein, denn an diesem Abend setzte ich mich hin – nachdem ich mir die gesamte Animals-LP gründlich angehört hatte – und schrieb mehrere Stunden lang Gedichte.

Auf Englisch vorzugsweise, es ist einfacher, wenn man nicht so genau weiß, was die Worte bedeuten. Das meiste war in Dylans und Olssons Stil, und durchgehend richtete ich meine Worte an eine fiktive junge Frau, die ich S nannte.

Als ich fertig war, legte ich das ins Reine geschriebene Ergebnis in einen großen braunen Umschlag, auf den ich »Songs for S« schrieb, und dabei hatte ich die vage Vorstellung, dass sie diesen Umschlag im Zusammenhang mit unserer Hochzeit erhalten sollte.

Irgendwann in der Zukunft, wenn ich ein mutiger Mann geworden war.

5

Zu dieser Zeit gab es in Kumla und Umgebung im Prinzip nur drei mögliche Sommerjobs, bei denen jeder eine Anstellung kriegen konnte.

Der erste, das war die Wiesenhaferbekämpfung auf den Feldern der Säbylunder und Mosåer Bauern – hier hatte ich einen Sommer zuvor geschuftet, war über die weitgestreckten Getreidefelder mit einem Jutesack vor dem Bauch hin und her gewankt und hatte für den fantastischen Lohn von zwei Kronen die Stunde Unkraut gezupft. Das war kein Beruf mit Zukunft, und da es uns eher selten als häufig gelang, dieses Teufelszeug mit der Wurzel herauszureißen, richteten wir vermutlich mehr Schaden an, als dass wir nützten.

Die andere Möglichkeit war Erdbeerpflücken unten in Finnerödja. Auch das war erbärmlich schlecht bezahlt, aber ziemlich beliebt, da man gezwungen war, dort in der Wildnis zu übernachten, in angenehmer Nähe zu Pflückern weiblichen Geschlechts, die in der deutlichen Mehrheit waren. Erdbeerpflücken, das war Frauenarbeit, ganz klar; um die Mittsommernacht herum wurde Miss Erdbeere gekürt, und die Gewinnerin des letzten Jahres hatte ich noch in guter Erinnerung: Sie hieß Marianne, war in Adolfsberg daheim, und ihre Telefonnummer trug ich auf einem Zettel in meiner Brieftasche herum. Falls man abends einmal ohne Braut dastand oder falls einem die Lust überkam.

Die dritte Arbeitsmöglichkeit gab es in Hasselfors Firma für Torfgewinnung in Säbylund. Im Moor, kurz gesagt. Und in diese Richtung lenkten Elonsson und ich am ersten Montag in den Sommerferien frühmorgens unsere Räder. Der Wind wehte leicht aus Norden, der Weg erschien uns lang. Eigentlich nicht länger als vier, fünf Kilometer, aber weder Elonsson noch ich waren es gewohnt, um sechs Uhr früh aufzustehen und Butterbrote zu schmieren.

Aber im Moor begann man nun einmal um sieben Uhr morgens, da gab es kein Wenn und Aber. Wir waren eine Schar von ungefähr fünfzehn Personen, die von Hasse-Tage willkommen geheißen wurden. Er war der Chef oder vielleicht der Verwalter und wohnte in einem gelben Haus auf dem Gelände. Ich weiß nicht, wie er wirklich hieß, aber er sah aus wie der Komiker Hasse Alfredson und sprach wie der Komiker Tage Danielsson. Er erklärte uns, dass wir einen gut bezahlten und verantwortungsvollen Job verrichten würden, unseren Lohn bekämen wir immer freitags. Anschließend ging er ins Büro, um Kaffee zu trinken. Um uns kümmerte sich ein so genannter Vormann – ein rothaariger Typ um die achtzehn, der Bengt hieß und aussah, als stamme er aus der Fjugesta-Gegend –, der sich umgehend ins Moor aufmachte.

Es nahm gar kein Ende. Man konnte die Erdkrümmung am Horizont sehen, und wir sollten ganz nach hinten. Überall war Torf. Gestochen und noch nicht gestochen. Der Boden schwang angenehm beim Laufen, aber irgendwie wurde es dadurch auch anstrengender. Nicht ein Baum, nicht ein Busch, nur eine Unendlichkeit von Torfstreifen und einfache, baufällige, graubraune Scheunen, in denen der Torf aufbewahrt wurde, bis man ihn zur Fabrik transportierte. Ich habe in meinem ganzen Leben nie etwas Weitgestreckteres und Öderes gesehen. »Kalahari, da kannst du einpacken«, sagte ein o-beiniger Bursche aus Hallsberg, der schon aufgab, bevor wir überhaupt angekommen waren.

Das Ziel der Arbeit war es, den Torf zu trocknen, wie wir von Bengt erfuhren. Wenn die schuhkartongroßen Stücke aus der Erde geschnitten und aufs Feld gelegt werden, sind sie tropfnass und können bis zu zehn Kilo das Stück wiegen. Während der Sommermonate sollen sie dann so viel Sonne wie möglich tanken, und zwar von allen Seiten, und so viel Wasser verlieren, dass sie nicht mehr als ein paar hundert Gramm wiegen, wenn sie in der Fabrik ankommen. Und hier kamen wir ins Bild. Es gab zwei Dinge: wenden und häufeln. Das Wenden kam zuerst und war am schwersten, und dem sollten wir uns in den ersten Wochen widmen.

Bei normalem Körperbau machte man seinen Rücken ungefähr nach einer halben Stunde kaputt, dann begriff man die Chose und kroch anschließend auf den Knien weiter. Bezahlung: fünfzig Öre pro Meter. Unser Ackerstreifen war einhundertvierzig Meter lang, also bedeutete ein geschaffter Streifen siebzig Piepen. Das war nicht schlecht. Es lief das Gerücht von Leuten, die zwei oder sogar drei Streifen am Tag geschafft hatten.

Wir brauchten fünfundzwanzig Minuten, um zu dem Gelände zu kommen, in dem wir arbeiten sollten. Fjugesta-Bengt wies uns eine Zeit lang ein, dann wurde uns jedem ein Streifen zugeteilt. Er schrieb unsere Namen in seinen Block, und dann hieß es nur noch anfangen.

Ich schnappte mir das erste saure Torfstück und hob es an. Es brach durch. Ich drückte es zusammen und legte es vorschriftsmäßig an seinen Platz. Ich packte das nächste. Das ging auch kaputt. Ich trat es unten in den Graben. Das dritte hielt. So langsam lerne ich es, dachte ich. Ich streckte den Rücken und schaute den Streifen entlang, er schien mir eher eintausendvierhundert denn einhundertvierzig Meter lang zu sein. Ich schaute auf die Uhr. Es war fünf Minuten vor acht, ich war seit zwei Stunden wach und hatte es geschafft, bis jetzt gut drei Öre zu verdienen.

Verdammte Scheiße, dachte ich, man sollte hier draußen übernachten.

* * *

Als wir um neun Uhr die erste Pause machten, war ich so müde, dass ich nicht mehr richtig sprechen konnte. Elonsson wollte einen Krankenwagen rufen, aber das Handy war ja noch nicht erfunden. Hätten wir Notraketen gehabt, hätten wir sie sicher abgeschossen. Wir waren jeder ungefähr zehn Meter in unseren Streifen vorangekommen, und dass wir alles fertig kriegen könnten, bevor die Dämmerung einsetzte, erschien uns ein Ding der Unmöglichkeit. Die Sonne war auch noch durch die weißgraue Wolkendecke gebrochen, und die Mücken waren aufgewacht. Ich hatte sechs Stiche, Elonsson hatte aufgehört zu zählen. Zwei Mädchen aus Örebro, die an dem Streifen neben mir zusammen gearbeitet hatten, hatten für heute Schluss gemacht (nach ungefähr vier Metern) und waren stattdessen schwimmen gegangen. Ich hatte Schmerzen im Rücken, im Nacken, in den Armen, den Schultern, und die Fingerspitzen waren auch schon ganz abgescheuert.

»Warum haben wir nicht wenigstens Handschuhe dabei?«, fragte ich Elonsson, nachdem ich meine erste Stulle aufgegessen hatte. »Kannst du mir das mal erklären?«

Aber Elonsson starrte nur vor sich hin, eine Zigarette im Mundwinkel.

»Bist du müde?«, fragte ich.

Er drehte den Kopf und guckte mich schwachsinnig an.

»Verdammte Scheiße«, sagte er.

Er bewegte leicht die Kiefer, als wollte er diesen Gedankengang noch weiter ausführen, aber es kamen keine weiteren Worte heraus.

»Nein«, sagte ich. »Jetzt machen wir noch ein paar Meter.«

Mir war kotzübel, aber irgendwie freute es mich, dass es

Elonsson offenbar noch schlechter ging. Es schoss mir durch den Kopf, dass derartige Empfindungen nicht besonders edelmütig waren, gleichzeitig war mir klar, dass das Moor nicht gerade der richtige Ort für diese Art gutherzigen Humanismus war. Hier herrschten rauere Sitten.

»Nun komm schon, du verdammter Schlaffsack«, sagte ich.

»Schnauze«, sagte Elonsson.

* * *

Wir schafften beide unseren 140-Meter-Streifen an diesem ersten Tag, Elonsson und ich. Das war entgegen allen Erwartungen, und als wir an diesem Nachmittag nach Hause radelten, da geschah es mit dem stolzen, befriedigenden Gefühl, dass wir ein gutes Tagewerk verrichtet hatten. Siebzig Mäuse, dachte ich. Zwei LPs plus ein bisschen Tabak. Wenn ich weiter so arbeitete, in diesem Rhythmus, dann würde ich mir mindestens zehn Platten in der Woche kaufen können. Vierzig im Monat.

Der Gedanke war Schwindel erregend.

So Schwindel erregend, dass ich nicht bemerkte, dass ich etwas zu nahe an Elonssons Hinterrad kam. Ich schrammte mit meinem Vorderrad dagegen, das Fahrrad schlingerte, und ich fuhr in den Graben.

Elonsson verlor ebenfalls das Gleichgewicht, behielt aber die Kontrolle über seinen Drahtesel und hielt an.

»Verdammt, was machst du denn für einen Scheiß?«, wollte er wissen.

Ich kontrollierte, ob ich mir auch nichts gebrochen hatte. Das Fahrrad sah auch ziemlich unbeschadet aus, und die Thermoskanne klirrte nicht, als ich sie schüttelte.

»Dachte, wir sollten eine Rauchpause einlegen«, sagte ich. »Komm, setz dich.«

Elonsson überdachte den Vorschlag.

»Ich weiß nicht, ob ich es schaffe, wieder aufzustehen, wenn ich mich jetzt setze«, meinte er.

»Ich wecke dich, wenn ich morgen früh hier vorbeifahre«, versprach ich ihm.

»All right«, seufzte Elonsson. »You hate to watch another tired man lay down his hand.«

»Was?«, fragte ich.

»Ach«, antwortete Elonsson und ließ sich neben mir niedersinken. »Irgendwas, das ich irgendwo gelesen habe. Aber vergiss nicht, Handschuhe für mich mitzubringen.«

»I glove you«, sagte ich.

Man wird von der Arbeit mit Torf kein besserer Dichter.

* * *

»Und? Wie war's?«, wollte meine mitfühlende Mutter wissen, als wir daheim in der Küche zusammen aßen. »War es …?«

»Schwer«, sagte ich. »Aber es geht.«

»Wäre es nicht einfacher, wenn du dir die Haare schneiden lässt?«

»Kaum. Man arbeitet mit den Händen, und das Haar ist notwendig, um die Mücken fern zu halten.«

»Du könntest eine Bauernmütze haben«, schlug meine Schwester vor. »So eine vom Zentralverband. Ich glaube, die würde dir stehen.«

»Geile Idee«, sagte ich. »Ich werde drüber nachdenken.«

Es war sehr ungewöhnlich, dass wir zusammen aßen. Meine Mutter arbeitete im Drei-Schichten-Dienst bei Gahns, mein Vater hatte unregelmäßige Arbeitszeiten bei der Zeitung, und Katta … ja, Katta hatte ihren Dubbelubbe, bei dem sie an Wochen- wie an Feiertagen zu pennen pflegte.

Aber an diesem Montag waren alle vier augenscheinlich abends daheim, und ich weiß, dass ich das damals als außergewöhnlich empfand. Vielleicht auch, weil ich so tüchtig gearbeitet hatte. Dass ich es mir sozusagen richtig verdient hatte, mit meiner Familie bei Tisch zu sitzen und mir Kohlrouladen mit Salzkartoffeln reinzuschaufeln, ein Gericht, das Katta dank ihres freien Nachmittags nach allen Regeln der Kunst gekocht hatte. Es war Dubbelubbes Lieblingsessen, deshalb nahm ich an, dass sie es als Gelegenheit zum Üben ansah.

»Haben die Kinder irgendwelche Pläne für die Mittsommernacht?«, wollte mein Vater gegen Ende der Mahlzeit wissen.

»Ich fahre mit Ubbe nach Dalarna«, informierte uns meine Schwester.

»Und du?«, fragte meine Mutter. »Du willst doch sicher...?«

»Ich weiß noch nicht«, erwiderte ich. »Vielleicht fahre ich nach Öland und zelte da mit Suurman und Elonsson.«

»Dieser Elonsson«, sagte meine Mutter.

»Wie wollt ihr dorthin kommen?«, fragte mein Vater.

Ich zuckte mit den Schultern.

»Vielleicht mit dem Zug. Wenn Suurman nicht das Auto von seinem Vater kriegt.«

»Hat er denn einen Führerschein?«, fragte meine Mutter.

»Nein, aber das ist uns egal«, erklärte ich.

»Was um alles in der Welt sagst du da?«, rief meine Mutter aus und ließ dabei eine halbe Kohlroulade auf ihren Schoß fallen. »Man kann doch wohl nicht einfach ...?«

»Ich habe nur Spaß gemacht«, sagte ich. »Natürlich hat er den Führerschein.«

»Er sieht aus wie ein Schwein«, sagte Katta.

»Wer?«, fragte mein Vater.

»Suurman. Er hat solche Schweinchenaugen und weißes, gestreiftes Haar.«

»Was spielt denn das für eine Rolle, wie er aussieht?«, fragte ich. »Ich habe schließlich nicht vor, ihn zu heiraten.«

»Ich auch nicht«, warf meine Schwester ein und schürzte die Lippen. »Nie im Leben.«
»Gut«, sagte meine Mutter. »Ich mag es nicht ...«
»Gibt es keinen Nachtisch?«, fragte mein Vater seufzend.
Ich dachte, wie schön es doch war, dass wir nicht jeden Tag mit der ganzen Familie zusammen aßen.

* * *

Ich weiß nicht, ob meine Eltern sich liebten. Oder ob sie es jemals getan haben, über so etwas dachte man nicht nach, jedenfalls ich nicht. So lange ich denken kann, hatten sie getrennte Schlafzimmer, aber ich glaube, das war zu der Zeit gar nicht so ungewöhnlich. Zumindest nicht in unseren Kreisen.

Meine Mutter behauptete, mein Vater schnarche, und sie fassten sich nie an, aber bei anderen erwachsenen Kumla-Bewohnern hatte ich das auch nie beobachten können. Sie lebten in einer Art angenehmem Distanzverhältnis, denke ich. Eine Hermods-Ehe. Sie stritten sich nicht gerade, waren aber auch frei von jeglichem Glücksrausch und ekstatischen Gefühlen, wie es schien. Obwohl noch keiner von ihnen über fünfzig war. Wie gesagt, ich dachte nicht weiter darüber nach, aber wenn ich dieser Frage trotzdem einen Gedanken schenkte, dann ging ich davon aus, dass das Leben halt so aussah. Es ging darum, bis fünfundzwanzig, dreißig auf Teufel komm raus zu leben, dann ebbte es irgendwie ab. Je älter man wurde, umso mehr wurde man zu einer Art Grünzeug oder Möbelstück.

In meiner Frustration über Signhild kann ich nicht leugnen, dass ich mich darauf sogar ein wenig freute.

Wenn ich erst erwachsen und vernünftig bin, dachte ich hin und wieder, dann werde ich mich nicht mehr von niederen Trieben und plötzlichen Ideen lenken lassen. Ich werde zurückgelehnt in meiner Bibliothek sitzen, umgeben von meinen Büchern und meinen Platten, und werde spüren, wie die bittere Süße der Erfahrung mich wie ein kühler Panzer unter Hemd und Unterhose streichelt.

Ich meine mich auch noch daran erinnern zu können, dass ich genau dieses Bild in eine Art Dylansches Englisch zu übersetzen versuchte und dass es irgendwann mittendrin abriss.

An diesem Abend nach meinem ersten Arbeitstag war sowieso nicht viel mit Lesen und Dichten. Ich schlief früh ein. Ausgelaugt wie ein überfahrener Ochse fiel ich kurz nach neun kopfüber ins Bett – aber trotzdem war es unvermeidlich, dass ich ein paar Stunden später wieder erwachte.

* * *

Das Fenster war wie üblich gekippt, und es rauschte leise in der Kastanie.

»Du verdammte Schlampe! Weiß der Teufel, dass ich dir's noch zeigen werde ...«

Dann das Geräusch von etwas Hartem, das auf etwas nicht so Hartes traf, und das scharfe Klirren von Glas, das zerbricht.

»Hölle und Perkele auch! Was zum Teufel machst du jetzt ...?«

Kalevi Kekkonens grobe Stimme brüllte durch das Wohnviertel. Trotz meines zerschundenen Körpers war ich im Handumdrehen am Fenster. Riss es weit auf und starrte in die Sommernacht hinaus. Ein Fenster im Erdgeschoss im Lundbomschen Haus war erleuchtet, und jetzt sah ich etwas durch die kaputte Scheibe fliegen. Es schien eine Tasche zu sein, begleitet von weiteren Glassplittern.

»Bist du total verrückt geworden? Willst du das ganze Haus zu Brei schlagen?«

Jetzt war sie zu hören. Ester Bolego. Und diesmal war es keine italienische Arie.

»Himmelarschundzwirn Perkele! Hol dich doch der Teufel, du Hure!«

Er klang betrunken, und jetzt ging auch bei Signhild das Licht an. Gut, dachte ich, jetzt geht sie runter und gießt Öl auf die Wogen.

»Perkele, Perkele, Perkele!«

Ein weiterer Krach und dann Stille. Auch bei Fredriksson wurde das Licht angemacht, wie ich feststellte. Zu Burmans konnte ich nicht sehen, aber ich ging davon aus, dass beide hinterm Fenster hingen und sich die Augen aus dem Kopf glotzten. Und mit erigierten Ohren lauschten.

Frau Burman gehört zu der Sorte Frauen, die Schwielen an den Ohren kriegen, hatte mein Vater einmal gesagt, als meine Mutter nicht in der Nähe war.

Übrigens stand ich auch da und lauschte. Und wartete. Löschte das Licht, damit ich nicht gesehen werden konnte. Es verging eine Minute. Ich holte Pfeife und Tabak heraus, stopfte die Pfeife und zündete sie an. Schaute auf die Uhr. Es war Viertel vor zwölf, noch ein paar stille Minuten vergingen, und ich begann zu ahnen, dass es vorbei war. Außerdem spürte ich wieder die Schmerzen im Körper, und zu meinem Erstaunen musste ich feststellen, dass ich in sechs Stunden aufstehen und zur Arbeit gehen sollte.

Die Brote schmieren, eine halbe Stunde mit dem Rad fahren, mich eine weitere halbe Stunde übers Moor schleppen – und dann wieder diesen verfluchten Torf rumwirbeln.

Ich scheiß auf euch, Kekkonen-Bolego, dachte ich. Ich scheiß auf eure Meinungsverschiedenheiten, auf euer Geschrei und auf eure finnischen Flüche. Geht ins Bett, haltet die Schnauze und lasst uns brave Bürger in Ruhe schlafen!

Und falls du meine Hilfe brauchst, Signhild, so weißt du ja, wo du mich findest.

Ich klopfte die Pfeife an der Wand aus, zog das Fenster wieder zu dem üblichen Spalt zu und schleppte mich zurück ins Bett. Gerade als ich den Kopf aufs Kopfkissen legte, geschah etwas Merkwürdiges. Eine englische Textzeile tauchte in meinem Kopf auf.

A working class hero is something to be.

Und genauso fühlte ich mich natürlich, aber die Worte wollten mich einfach nicht loslassen. Wenn ich Songschreiber statt Torfarbeiter wäre, dachte ich, dann würde ich genau diese Worte in Musik kleiden.

Eine Viertelstunde später war ich immer noch nicht eingeschlafen. Ich machte wieder das Licht an, setzte mich an den Schreibtisch und brachte die Zeile zu Papier. Dann suchte ich einen Briefumschlag heraus, adressierte ihn an John Lennon, Apple Studios, London, UK, und klebte eine Briefmarke darauf.

Vielleicht kann der ab und zu auch ein wenig Unterstützung brauchen, dachte ich.

6

In dieser Nacht träumte ich von Signhild Kekkonen-Bolego.
 Ich träumte, dass ich zu Brundins Chark&Livs Laden ging, wo sie seit Weihnachten an der Kasse arbeitete, und um ihre Hand anhielt.
 Auf Englisch und mit Hilfe einer Gitarre und eines Songs, den ich nur für sie komponiert hatte. Meine Stimme war eine Mischung aus Stevie Winwood und Donovan, und sie zerschmolz zu einer roten Pfütze aus Liebe, als sie mich hörte. Den Leuten im Laden fielen die Kinnladen und ihre Einkaufstüten herunter, als sie ihr albernes grünes Häubchen und ihren albernen grünen Kittel von sich riss und aus ihrem Kassenhäuschen kletterte. Sie schlang die Arme um mich und küsste mich. Ich trug sie aus dem Laden hin zu meiner schwarzen Enfield, die draußen im Sonnenschein glänzte. Ich drückte sie in den Beiwagen hinein, zeigte dem Dickwanst Brundin, der weinend auf der Treppe stand, den Finger, während er ein Würstchen zwischen seinen fetten rosa Fingern drehte – man konnte kaum Würstchen und Finger voneinander unterscheiden – und Signhild anflehte, doch zurückzukommen. Ich warf die Maschine an, und wir fuhren in einer Wolke aus Staub und Kieselsteinen und kleinen, silbernen Girlanden davon, wobei ich ums Verrecken nicht sagen kann, woher Letztere kamen. Und die ganze Zeit sang ich weiter meinen Song, den Song für S, sogar als wir über

das unebene Moorgelände holperten, sang ich, und ich merkte nicht, dass Signhild herauskullerte und stattdessen der rothaarige Bengt aus Fjugesta oder so hineinsprang, und als wir endlich am äußersten Torfstreifen der Welt angekommen waren, fiel mir ein, dass ich die Butterbrote und die Handschuhe zu Hause in der Küche vergessen hatte. Aber Bengt war schonungslos mit seiner Peitsche, er schlug mir den Rücken blutig, und bevor wir auch nur halbwegs bis zur ersten lächerlichen Pause gekommen waren, war ich schon in ein bodenloses braunes Schlammloch gefallen, war tatsächlich dabei, durch den Torf hindurch geradewegs auf den Mittelpunkt der Erde hinunterzusinken. Mit Schwindel erregendem Tempo, wie ich behaupten möchte.

Und immer noch sang ich meinen schrecklichen Song und versuchte, die Gitarre von dem braunschwarzen, schlammigen Wasser fernzuhalten, das mich immer dichter umschloss. Zum Schluss begegnete ich meinem pedantischen Geschichtslehrer Hedbalk, der stets den ganzen Winter über erkältet war und mit einem Streifen Zinksalbe unter der Nase herumlief, und er fragte mich, was ich in der Unterwelt zu suchen habe. »Achtzehnhundertdreizehn«, versuchte ich mein Glück. »Falsch«, sagte Hedbalk. »Die Schlacht bei Leipzig hat damit gar nichts zu tun. Aber du sollst deinen Vater, deine Mutter, deine Schwester und Urban Urbansson ehren, auf dass es dir wohlergehe auf Erden.«

»Dubbelubbe?«, rief ich aus. »Warum ums Verrecken soll ich ausgerechnet Dubbelubbe ehren?« »Weil er Signhild Kekkonen-Johansson heiraten wird«, sagte Hedbalk mit so breitem Grinsen, dass ihm die Zinksalbe in die Mundwinkel lief. »Was zum Teufel quatschen Sie da?«, schrie ich und schlug mit der mit Wasser gefüllten Gitarre nach ihm. »Signhild gehört mir, und außerdem heißt sie nicht Johansson!« »Fossa jugularis! Perkele, Perkele, Perkele!«, brüllte Hedbalk und verschwand in einer weiteren Wolke aus Staub,

Kieselsteinen und Spaghetti, nein, Konfetti müssen es gewesen sein.

* * *

Es war ein Scheißtraum, und zwei Minuten vor dem Weckerklingeln wachte ich schweißgebadet auf.

Etwas wird passieren, dachte ich. Nach diesem Sommer werde ich nicht mehr der gleiche Mensch sein.

Ich weiß nicht, woher dieser Gedanke kam, aber er setzte sich in mir fest, und ich vergaß ihn nicht mehr. Dieser dunkle Traum war wie eine Art Tor, durch das man gehen musste, wie gern man es auch vermieden hätte. *Etwas wird passieren.*

Als dürfte ich die Sachen nicht schleifen lassen, so ein Gefühl war das. Als dürfte ich die Tage, Menschen und Gelegenheiten nicht an mir vorbeiziehen lassen. Als wäre es ganz einfach viel zu kostbar.

Das Leben selbst und so.

Solche Gedanken hatten mich vorher noch nie überfallen, und irgendwie machte mich das froh. Ernsthaft froh, ich weiß, dass ich genau das dachte, als ich mir in der morgenstillen Küche die Brote schmierte. Das ganze Haus und die ganze Welt schliefen, und ich weiß auch, dass es diese neue Art zu denken war, die mir den Mut machte, mich Signhild mit ein wenig höher erhobenem Kopf zu nähern.

Nicht sofort, aber ein paar Tage später. Ungefähr zum Wochenende zu, das könnte hinkommen.

Und ich fühlte eine Art müdes Glück, als ich an diesem Morgen mit Elonsson ins Moor hinaus radelte. Den Brief an John Lennon warf ich heimlich in den Briefkasten bei Norrplan, es war der 13. Juni, noch hatten wir das Leben vor uns, die Schwalben flogen hoch, und alles war möglich.

7

Ich nähere mich dem 16. Juni, und mein Weg ist wie der einer Schlange auf Felsengrund.

Gewisse Dinge sind leicht zu erzählen, anderen muss man sich auf Umwegen und mit Rückblenden nähern. Dieser Sommer zwischen Berra Albertsson und dem Kirchenbrand liegt da, wo er liegt, fünfunddreißig Jahre zurück in der Zeit, ein halbes Leben, wie man meinen könnte, aber in einem Torfmoor hört die normale Zeit auf zu existieren. Hier gibt es keinen Felsengrund, kein Drehen und Wenden, denn im Moor sinkt alles gnadenlos hinab und wird unberührt und unbeschadet von der Zeit bewahrt. In tausend mal tausend Jahren schluckt der Torf Dinge, Menschen und Ereignisse, die Zeit ist ein Dieb, und das Torfmoor ist seine Schatzkammer, darüber dachten wir nach, und darüber sprachen wir, während wir an diesem zweiten Tag zu der äußersten Torffurche der Welt unter Mücken und brennender Sonne wanderten, denn bei einer von Hedbalks Geschichtsstunden hatten wir einen Fotoband mit dem dänischen Gråballemann gesehen, dieser Moorleiche, zweitausend Jahre alt, schwarz im Gesicht wie ein geräucherter Bückling, aber noch mit Haut und Haaren, perfekt konserviert in genau so einem alles aufsaugenden alten Morast. Auf Jütland, genau genommen, in der Gegend um Århus oder auch Ålborg, dafür war nur ein Rammstoß nötig gewesen. So war es nun einmal. Bum. So ist es.

»Es liegt ein Gewitter in der Luft«, sagte Elonsson.

»Blödsinn«, sagte ich. »Es kann um sieben Uhr morgens kein Gewitter in der Luft liegen.«

»Du wirst schon sehen«, sagte Elonsson.·

An diesem zweiten Tag lief es ganz gut. Als wir endlich die Unlust aus unseren Körpern vertrieben hatten, ging die Arbeit vielleicht nicht gerade im Dreivierteltakt vor sich, aber zumindest doch wie ein kontinuierlicher Kampf, nach knapp sechs Stunden hatten wir unsere einhundertvierzig Meter jeweils geschafft und uns noch eine weitere Spur geteilt. Einhundertundfünf Kronen für jeden, das war wahrlich nicht schlecht.

So langsam ließen wir uns auch ein wenig mit den übrigen Sklaven ein, die wechselnder Art und Schaffensfreude waren. Meistens handelte es sich dabei natürlich um Jugendliche aus der Gegend, aber es gab auch zwei Engländer. So um die fünfundzwanzig Jahre alt, soweit das einzuschätzen war, sie beklagten sich ausgiebig über die unverschämt hohen Marihuanapreise in Örebro und überlegten ernsthaft, ob sie nicht stattdessen lieber anfangen sollten, Torf zu rauchen. Sie hießen Dick und Prick, jedenfalls nannten sie sich so, und wenn sie nicht arbeiteten oder die Graspreise diskutierten, machten sie ernsthafte Versuche, mit den beiden Örebromädchen anzubändeln, die in der gleichen Spur beschäftigt waren wie am Tag zuvor. Eine von ihnen war übrigens neu, sie hieß Ulrika und arbeitete in einem ganz entzückenden Bikini. Ihre Freundin Eva war eigentlich noch hübscher, aber sie lief beharrlich die ganze Zeit nur in Latzhosen und Hemd herum.

Auf jeden Fall hielten sie Dick und Prick auf gebührendem Abstand, zumindest in der ersten Woche.

Unter den übrigen Torfarbeitern gab es beispielsweise noch Orvar, der war in den Vierzigern und hatte fünf Sommer hintereinander im Moor gearbeitet. Er war still und geheimnisumwittert; als wir ihn fragten, was er denn im Rest vom Jahr machte, in dem keine Torfsaison war, schmunzelte er nur vor sich hin, schob den Kautabak an eine andere Stelle und erklärte, dass es genug zu tun gab.

Lars-Evert und Vivianne waren ein siebzehnjähriges Pärchen aus Mosås, das beschlossen hatte, zusammen zu arbeiten. Da Lars-Evert ungefähr doppelt so groß und stark wie seine Verlobte war, mündete die Zusammenarbeit bald darin, dass sie anfingen, sich zu streiten, er beklagte sich darüber, dass sie lahmarschig sei und sich keine Mühe gebe, und zur Mittagspause hin machte sie Schluss mit ihm und fuhr nach Hause.

Ansonsten passierte nicht viel. Wir schufteten in unseren Handschuhen und im Schweiße unseres Angesichts. Die Sonne stieg. Wir machten häufig Pausen, tranken literweise Wasser, schummelten, so gut wir konnten, rauchten und fluchten über die Mücken. Es war so heiß, dass man mit nacktem Oberkörper arbeiten musste, und die Mücken hatten die Fähigkeit, so vorsichtig auf der verschwitzten Haut zu landen, dass man es gar nicht merkte. Aber man merkte, wenn sie bissen, und zum Schluss kümmerte man sich nicht mehr darum. »Jedenfalls halten sie einen wach«, wie Elonsson stoisch feststellte.

Das prophezeite Gewitter stellte sich aber erst ein, als wir auf dem Heimweg waren, und es war richtig schön, nach einem harten Arbeitstag vollkommen durchnässt nach Hause zu kommen. Das Haus war leer, aber meine Mutter hatte auf einen Zettel geschrieben, dass Frikadellen im Kühlschrank lägen, ich schälte mich unten in der Waschküche aus den nassen Sachen, stopfte mich mit Frikadellen voll, nahm eine Dusche und ging dann in mein Zimmer. Legte die Animals auf. Fand eine gute Anfangszeile für ein Gedicht, vergaß sie dann aber wieder. Streckte mich auf dem Bett aus und schlief ein.

Working class hero, wie gesagt.

Es vergingen ein paar Tage. Im Vergleich zu seinem Auftritt auf dem Marktplatz machte der Dichter Olsson nicht viel Aufhebens um seine Person bei uns in der Fimbulgatan. Ich sah ihn nur ein einziges Mal, als er einen langen Spaziergang mit O Sole Mio unternahm. Zwei große Kisten mit seinen Sachen waren am Dienstag vom Bahnhof gebracht worden, und nach allem, was Signhild mir erzählte, als ich mich am Mittwochabend kurz mit ihr unterhielt, war der Dichter in erster Linie damit beschäftigt, in seinem Zimmer zu sitzen und zu schreiben. Ab und zu lief er auf und ab und las sich wohl selbst etwas laut vor.

Wie es schien, hatte er nichts anderes zu tun, als zu dichten, zumindest nicht in der ersten Woche, und was er überhaupt für Absichten damit verband, seine Zelte hier im Mittelpunkt der Welt in Kumla aufzuschlagen, das stand natürlich in den Sternen.

Ich hatte mich ja so halbwegs dazu entschlossen, Kontakt mit ihm aufzunehmen, aber nach allem, was Signhild mir über seine zurückgezogenen Gewohnheiten erzählte, verschob ich das in die fernere Zukunft. Dafür fehlte nicht viel, und ich hätte Signhild ins Kino eingeladen, aber ein Schweigen, das eine halbe Sekunde zu lang dauerte, und ein Blick, der in die falsche Richtung ging, ließen mich auch das aufschieben. Doch es lag in der Luft, das war ganz deutlich.

Und wir gingen zumindest zusammen zu Karlesson und kauften dort »Meine Geschichte«.

* * *

Am Donnerstag, dem Tag, bevor es geschah, kam der Bruder meiner Mutter, William, zu Besuch. Er war ein finsterer Kerl in den Fünfzigern, der irgend so eine Art von Nervenkrankheit hatte und einen Tabakladen in Lycksele führte. Jeden Sommer fuhr er mit seinem PV 544 quer durch Schweden und verbrachte zwei Wochen auf einem Campingplatz in

Skälderviken in Skåne. Dann fuhr er wieder nach Hause. Diese Ferienreise machte er schon, so lange ich denken konnte, und da Kumla nun einmal da lag, wo es lag, blieb er jedes Mal für drei Nächte bei uns. Zwei auf dem Hinweg, eine auf dem Rückweg.

Als Dank für unsere Gastfreundschaft brachte er einen halben Meter geräucherter Rentierwurst und eine Tasche aus Birkenrinde mit, auch das wiederholte sich jedes Jahr. Die Wurst aßen wir auf, mit der Tasche zündete mein Vater immer den Kamin an.

Onkel William war kein geselliger Mensch, und er machte nie viel Aufhebens davon, dass er uns besuchte. Er schlief unten im Gästebett neben dem Heizungskeller und aß mit uns zusammen, soweit gemeinsame Mahlzeiten überhaupt zu Stande kamen. Machte einen Spaziergang durch den Ort bis zum Kumlasee und stellte fest, dass das eine Perle sei. Kaufte den Expressen im Zeitungskiosk und stellte fest, dass auch der früher besser gewesen war.

Am ersten Abend saß er oft mit meiner Mutter am Küchentisch (wenn sie keine Nachtschicht hatte), teilte sich mit ihr eine kleine Flasche Lakka Moltebeerenlikör, die er auf seiner jährlichen Winterreise nach Vasa gekauft hatte, und unterhielt sich mit ihr. Ich nehme an, dass sie über die Familie und vergangene Zeiten redeten, aber um ehrlich zu sein, so interessierte es mich nicht besonders. Meine Mutter hatte einmal erzählt, dass William in seiner Jugend eine Samin geheiratet hatte, die ihn jedoch nach einem Monat verlassen hatte. Das hätte ich auch gemacht, wenn ich die Samin gewesen wäre, dieses Geständnis vertraute mein Vater mir und meiner Schwester bei irgendeiner Gelegenheit an. Es lag natürlich auf der Hand, Williams Geschichte mit dem Lebensschicksal von Tante Ida zu vergleichen, und manchmal fragte ich mich, ob nicht eine Art Fluch der unglücklichen Liebe über meiner Familie lag.

Irgendwie klappte es nie so recht.

Auf jeden Fall war es am Tag nach der Ankunft meines Onkels William, am Freitag, dem 16. Juni, dass Signhild mittags nach Hause kam und ihren Vater ermordet in seinem Bett auffand.

8

Onkel William steht auf unserer Auffahrt und wäscht seinen beigefarbenen Volvo PV.

Er hat sich von meinem Vater einen Eimer und einen Schwamm ausgeliehen. Hat das unübertroffene Turtle Clearwash 4B mit fünf Liter lauwarmem Wasser vermischt, und jetzt reibt er zielstrebig und mit routinierten Bewegungen Schmutz, Vogeldreck und tote Insekten ab, mit denen das schöne Sommer-Schweden sein Schätzchen während der sechshundertfünfzig Kilometer langen Reise bekleckert hat.

Das Wetter ist schön. Blauer Himmel mit dahinziehenden Wolkentupfen. Vierundzwanzig Grad im Schatten, und einer der großen Jasminbüsche bei Burmans will seine Blüten öffnen.

Ich glaube, er summt dabei, mein Onkel William. Er ist nicht der Typ, der bei allem vor sich hinsummt, aber wenn er sein Auto an einem schönen Sommertag auf dem Weg nach Skälderviken putzt, dann kann er sich das schon einmal leisten. Denn selbst im Leben von Onkel William muss es solche Momente geben.

Da hört er einen Schrei von der anderen Seite der Fimbulgatan. Aus Familie Kekkonen-Bolegos großem Holzkasten aus den Zwanzigern. William richtet sich auf und bleibt stehen, den Schwamm in der Hand. Es tropft auf den Kies. Es vergehen fünf Sekunden.

Dann kommt ein Mädchen aus der Tür gerannt. Es ist Signhild, aber das weiß Onkel William nicht, und während sie quer über die Straße direkt auf ihn zuläuft, begreift er überhaupt nichts, hört nur, was sie ruft:

»Er ist tot!«, schreit sie. »Papa ist tot! Blut, überall ist Blut, jemand hat ihn umgebracht!«

Und das Mädchen wirft sich ihm in die Arme. Das ist sicher das erste Mal, dass er etwas so Weiches und Schönes in seinen Armen hält, seit der Sache mit der Samin – und er kippt den Eimer mit Turtle Clearwash 4B um, und alles ist ein einziges Chaos und Durcheinander an diesem schönsten aller Sommertage.

»Was?«, platzt es aus ihm heraus. »Aber mein Kindchen, was um alles in der Welt sagst du da?«

Und Signhild stellt fest, dass sie gar nicht weiß, wem sie sich da in die Arme geworfen hat, sie tritt einen Schritt zurück und schluchzt laut auf.

»Mein Vater. Er liegt da drinnen, er ist tot. Bitte, rufen Sie die Polizei!«

»Oh mein Gott«, stöhnt Onkel William. »Tot? Dein Vater? Du machst wohl Scherze?«

Einen Augenblick lang ist Signhild verwirrt. Eine Sekunde lang glaubt sie zu träumen. Wer ist dieser Mann, der da auf Målnbergs Auffahrt einen fremden PV wäscht? Außerdem kann es doch gar nicht sein, dass ihr Vater tatsächlich …?

Aber dann kneift sie sich in den Arm und weiß, dass es stimmt. Alles ist Realität, schreckliche, weißglühende Realität.

»Bitte«, wiederholt sie. »Kommen Sie mit rein und rufen Sie die Polizei.«

Sie meint damit unser Haus, denn sie will auf keinen Fall zurückgehen und sehen, was sie bereits einmal gesehen hat. Nicht allein. Nicht einmal in Begleitung von Onkel William. Und als er in unserem Flur steht und am Telefon die 90 000 wählt, da fällt ihr auch ein, wer er ist, dieser unsichere Fremdling – dem es schließlich doch noch gelingt, der Polizei die unbegreifliche Botschaft zu übermitteln, dass nämlich Kalevi Oskari Kekkonen in seinem Haus in der Fimbulgatan in Kumla ermordet worden ist und dass es vielleicht ganz angebracht wäre, einen Wagen vorbeizuschicken.

So, ungefähr so, muss es sich abgespielt haben.

* * *

Als ich nachmittags gegen halb fünf nach Hause geradelt komme, habe ich vierhundertsechzig Kronen in einem Umschlag in der Gesäßtasche, und ich bin ganz erfüllt von meinem Reichtum. Ich mache bereits Pläne, am Samstag den Morgenzug nach Örebro zu nehmen, zu Bohlins Musikhandlung zu gehen und zwei neue LPs zu kaufen, vielleicht sogar drei. Mich im Laden umzuschauen, auszusuchen und zu verwerfen, anzuhören und mich dann zu entscheiden für ... Mothers of Invention vielleicht. Oder Moody Blues, das wäre der reine Luxus. Und warum nicht Pretty Things ... auf den letzten Kilometern, ungefähr ab der großen Kreuzung, ist mir noch eine verwegene Idee gekommen: Ich könnte ja Signhild fragen, ob sie mitkommen will? Mit in die Stadt? Schallplatten angucken? Eine Tasse Kaffee trinken ... Ich könnte sie in diesem Café am Bahnhofsplatz, wie immer es auch heißen mag, das gleich neben Karro, zu einem Kuchen einladen. Mein Gott, warum eigentlich nicht?

Es stehen vier Autos auf der Straße vor dem Lundbomschen Haus. Zwei schwarzweiße Polizei-Amazons und zwei normale dunkle Saabs. Außerdem sehe ich einen uniformierten Polizisten unten auf der Treppe, und zwei Männer in zerknitterten Anzügen haben sich beim Fahrradständer hingestellt, wo sie rauchen und sich über etwas unterhalten. Ich kann gerade noch zu uns einbiegen und vom Fahrrad springen, bevor der Anfall einsetzt.

Er ist nach wenigen Sekunden vorüber, und wie immer fühle ich mich hinterher etwas benommen. Nicht richtig in der Wirklichkeit. Überhaupt scheint auch sonst nichts in der Wirklichkeit behaftet zu sein, wenn ich mich so umschaue, zu Signhilds Haus gucke und dann in unsere Küche gehe und mich dort an den Tisch setze.

Meine Schwester und mein Onkel kommen herein, und Katta sieht aus, als wäre sie verprügelt worden oder hätte eine Krise oder ähnliches durchgemacht. Auf jeden Fall hat sie geweint. Sie hat schwarze Ränder von der Wimperntusche im Gesicht. Onkel William sieht aus wie immer, jedenfalls so ziemlich. Wie ein Schwarzweiß-Foto von einem Spargel mit Fliege.

»Mauritz«, sagt meine Schwester, und das ist das erste Mal seit Weihnachten, dass sie meinen Vornamen benutzt. »Mauritz, weißt du, was passiert ist?«

Ich schüttle den Kopf. Signhild ist tot, kommt mir plötzlich in den Sinn. Meine Güte, Signhild ist tot, ich werde ihr niemals sagen können, dass ich sie geliebt habe. Ich werde niemals ... Warum ...?

Der Gedanke löst fast einen neuen Anfall aus, aber da spricht Onkel William die erlösenden Worte.

»Euer Nachbar«, sagt er. »Herr Kekkonen ... er hat einen Unfall erlitten.«

»Er ist ermordet worden«, wird Katta deutlicher.

Gott sei gepriesen, denke ich.

* * *

Es war unbegreiflich – vollkommen unbegreiflich –, und ich weiß noch, dass mein erster Gedanke Olle Möller galt.

Aber es war acht Jahre her, seit Möller für den Mord an Rut Lind verurteilt worden war, und soweit ich wusste, saß er immer noch irgendwo hinter Gittern. Außerdem war ich mir ziemlich sicher, dass er unschuldig war – ich hatte sein Buch gelesen –, und außerdem kam noch hinzu, dass nie bekannt geworden war, dass er auch Männer überfiel.

Meine Gedanken gingen auch zu dem nicht aufgeklärten Berra-Albertsson-Fall, der vor ein paar Jahren in den Wäldern um den Möckelnsee geschehen war, aber schnell wurde mir klar, dass gar nicht die Rede vom gleichen Täter sein konnte. Kalevi Kekkonen war sozusagen aus eigenem Verdienst ermordet worden, das war kein üblicher Verrückter, der in Närke sein Unwesen trieb und hier und da jemanden einfach so umbrachte. Weder Möller noch sonst jemand. Es musste schon einen Grund geben, warum ausgerechnet dieser unsympathische Uhrmacher – und kein anderer unsympathischer Uhrmacher oder Autohändler oder Schuhverkäufer – dran hatte glauben müssen.

Zu diesem Schluss kam ich bereits, als ich mit einem halben Liter dünner Rhabarbercreme und einem Glas Milch auf meinem Zimmer lag und mich ausruhte. Ich weiß nicht mehr genau, warum ich mir dessen so sicher war. Die Details, die ich von Katta erfahren hatte, waren folgende:

Signhild war nach Hause gekommen, um etwas zu Mittag zu essen. Brundins hatten immer (außer samstags natürlich) zwischen zwölf und halb zwei geschlossen, und es dauerte nur sieben, acht Minuten, um zur Fimbulgatan zu radeln. Jedenfalls wenn die Bahnschranken hoch waren, und das waren sie an diesem Tag.

Sie stellte wie immer ihr Fahrrad ab. Natürlich. Alles war wie üblich, jedes verdammte kleine sinnlose Detail und jede Handbewegung war, wie sie immer war, bis zu dem Unbegreiflichen ... Sie ging ins Haus, die Tür war offen, obwohl offenbar niemand zu Hause war – nicht einmal der Dichter Olsson. Sein Motorrad stand draußen auf der Einfahrt, aber sie hörte nicht das obligatorische mürrische Kläffen von O Sole Mio, wenn jemand durch die Tür kam oder ging. Zu der Zeit schloss man in Kumla die Türen nicht ab. Vielleicht fing man damit nach diesem schicksalsschweren Freitag an, aber als Signhild durch den engen Flur zur Küche ging, war immer noch alles wie immer. Sie holte Butter aus dem Kühlschrank und Brot aus der Speisekammer. Goss sich einen Teller mit Sauermilch ein und streute eine gehörige Dosis Cornflakes darauf. Der Teller stand immer noch auf dem Tisch, als Onkel William und ein Polizist fünfundzwanzig Minuten später hereinkamen, deshalb kann ich das bis ins kleinste Detail so gut rekonstruieren.

Aber während sie sich das Brot schmierte, hörte sie eine Stimme. Eine Stimme, die aus ihr selbst heraus kam und die ihr sagte, dass da etwas nicht stimmte. Dass etwas Unerhörtes in ihrem eigenen Heim passiert war.

Geh ins Zimmer deines Vaters, sagte die Stimme. Geh hinein und sieh nach, was mit deinem Vater passiert ist.

Signhild erzählte das William, und später erzählte sie es auch mir.

Das mit der Stimme. Die ganz klar und deutlich zu ihr gesprochen hatte, wie sie erklärte, fast so, als stünde da jemand neben ihr in der Küche.

Geh sofort zu deinem Vater!

Und zu den merkwürdigen Dingen gehörte auch, dass sie nicht sagen konnte, ob da ein Mann oder eine Frau zu ihr gesprochen hatte.

Nur, dass es jemand gewesen war.

Signhild hielt inne. Ließ das Messer und das Brot los, und nachdem sie eine kurze Weile zögernd nur so dagestanden hatte, lief sie zu dem Zimmer, das das Schlafzimmer ihres Vaters war, seit sie vor sechs Jahren in dieses Haus gezogen waren.

Die Tür war zu, sie zögerte noch einen Moment, die Hand bereits auf der Klinke, während sie – wie sie mir später erzählte – ein paar Mal tief Luft holte und versuchte, sich zu wappnen.

»Warum?«, wollte ich wissen. »Warum musstest du dich wappnen? Du kannst doch gar keine Ahnung gehabt haben, was da drinnen auf dich wartet.«

»Ich weiß es nicht«, antwortete Signhild. »Ich verstehe es ja selbst nicht. Aber so war es nun einmal.«

Sie öffnete die Tür und trat ein. Oder besser gesagt, blieb auf der Türschwelle stehen, denn der Anblick, der sich ihr bot, hielt sie zurück. Nagelte sie fest.

In seinem durchgelegenen Bett unter dem Fenster lag ihr Vater, Kalevi Oskari Kekkonen, geboren und aufgewachsen in Kotka, Uhrmacher bei Didriksens im Stenevägen, einundfünfzig Jahre alt, hundertzwölf Kilo schwer, und er war toter als eine Biedermeieruhr ohne Gewicht.

Es dauerte nur Bruchteile einer Sekunde, bis seine Tochter das begriff, denn der Uhrmacher wurde noch nicht geboren, der nicht sein Leben verliert, wenn man ihm den Kopf abschlägt.

Dieser lag auf dem Nachttisch, der blutige Kopf, verkehrt herum, und aus der Kehle ragte ein zusammengerolltes Stück Papier.

Dass Signhild nicht in Ohnmacht fiel, als sie das sah, ist mir ein Rätsel.

Dass Onkel William es tat, ist die natürlichste Sache der Welt.

9

Dass Kalevi Oskari Kekkonen zu dem finno-ugrischen, eckschädligen Typ gehörte, war eines der pikanten Details, die mein Vater in seinem Artikel in der samstäglichen Länstidning ausließ – das er uns dagegen am Frühstückstisch präsentierte.

Die meisten Köpfe fallen nämlich um, wenn man versucht, sie auf den Schädel zu stellen, das war ein unbestreitbarer phrenologischer Punkt. Aber, wie gesagt, Kalle Kekkonens nicht.

Er muss die ganze Nacht auf gewesen sein, mein Vater. Hatte telefoniert, Interviews geführt, geschrieben und die Polizei wahrscheinlich bis weit in die Morgenstunden hinein genervt. Der Mord nahm fast zwei Doppelseiten in der Zeitung ein, außerdem gab es eine dicke Schlagzeile auf der Titelseite, und der Verkauf in Kumla erreichte, nach allem, was er später mit nur schwer zurückgehaltenem Stolz erzählte, einen so genannten All Time High.

Des einen Tod, des anderen Brot, um es ein wenig respektlos auszudrücken.

Wir waren sechs Personen, die an diesem Tag in der Küche frühstückten. Katta, mein Vater und meine Mutter, Onkel William sowie Dubbelubbe. Das war sicher eine andere Art von All Time High. Ich weiß noch, wie ich dachte, dass wir bei dem Gedanken an das Unerhörte, das sich da im Nachbarhaus ereignet hatte, irgendwie Zuflucht beieinander suchen mussten. Als würde es eine Art Schutz bedeuten, dass wir so viele waren, als könnten wir uns auf diese Art besser schützen und gegen die Kräfte der Dunkelheit rüsten, die nach allem zu urteilen in unserer unmittelbaren Nähe wüteten.

Schließlich lief ein Mörder frei herum, um eine der Überschriften meines Vaters zu benutzen.

Ansonsten wusste man nicht viel. Kalevi Kekkonen war irgendwann in der Nacht von Donnerstag auf Freitag geköpft worden. Zwischen zwei und sechs wurde vermutet, eine Zeitspanne, die hoffentlich noch schrumpfen würde, wenn der gerichtsmedizinische Bericht im Laufe des Wochenendes fertig gestellt würde. Die Mordwaffe war nicht gefunden worden, aber es musste sich um eine sehr breitschneidige – und sehr scharf geschliffene – Axt irgendeiner Art handeln. Möglicherweise um ein Schwert. Kekkonen war mit einem einzigen gut gezielten Schlag dekapitiert worden, und es gab nichts, was darauf hindeutete, dass irgendeine Form von Streit der Tat vorausgegangen war. Wahrscheinlich hatte er ganz friedlich geschlafen und war sich nie der Tatsache bewusst geworden, dass er starb.

Genau das war eine Formulierung vom Konkurrenzblatt Kurren, über die mein Vater nur höhnisch schnaubte.

»Sich bewusst zu sein, dass man tot ist! Er erwartet nicht gerade wenig von den Dahingeschiedenen, dieser Lahmarsch Assarsson!«

Anwesend – sowie laut eigener Aussage friedlich schlummernd – in dem Kekkonen-Bolegoschen Haus waren außer dem Opfer seine Frau Ester gewesen, die in einem angrenzenden Zimmer geschlafen hatte, die Tochter Signhild sowie der Untermieter Olsson, die beiden Letztgenannten jeweils in ihrem Zimmer im ersten Stock. Sowie der Hund O Sole Mio. Niemand hatte etwas Ungewöhnliches in dieser Nacht bemerkt, aber die Haustür war unverschlossen gewesen, so dass es dem unbekannten Täter keine Probleme bereitet hatte, sich Zugang zu dem betreffenden Haus zu verschaffen. Absolut keine Probleme. Der Besitzer des Hundes erklärte, dass dieser in die Jahre gekommen sei und nicht zu den leicht erregbaren Rassen gehöre.

»Das war ein Wahnsinniger«, sagte meine Schwester. »Ein Axtmonster, wie der, von dem ich in Boston gelesen habe.«

»Es gibt keine Axtmonster in Närke«, warf meine Mutter ein. »Red nicht so einen Blödsinn!«

»Er kann ja auf der Durchreise gewesen sein«, erwiderte Katta, ohne Onkel William anzusehen.

»Jedenfalls hat er es nicht selbst getan«, stellte Dubbelubbe fest und köpfte sein hartgekochtes Ei mit einem gezielten Messerschlag. »Die Polizei hat diese Möglichkeit ausgeschlossen.«

»Ach, tatsächlich?«, meinte mein Vater. »Hast du noch andere interessante Informationen aus dem Hauptquartier?«

Die Tatsache, dass Urban Urbansson bei der Polizei arbeitete, bedeutete nicht, dass er zu allen Fakten des Falls Zugang hatte, aber dennoch war er eine Person, die bei ihrer täglichen Arbeit dem Zentrum des Geschehens ziemlich nahe kam. Das heißt, der Polizeiwache in Örebro. Der lange Arm des Gesetzes und der Wächter der Sitten in Kumla, der alte Henry Stångberg, hatte nach Entdeckung des abscheulichen Verbrechens umgehend die Grenzen seiner Fähigkeiten eingesehen und volle Unterstützung von der Landespolizei angefordert. Man hatte eine Informationszentrale im Polizeirevier in der Trädgårdsgatan eingerichtet, an die sich die Allgemeinheit mit Informationen und Tipps wenden konnte, wie es so schön hieß, aber das Hauptquartier selbst befand sich natürlich in der Kriminalabteilung der Provinzhauptstadt.

Und es war natürlich unvermeidlich, dass selbst so ein

Grünschnabel wie Urban Urbansson das Eine oder Andere aufschnappte.

»Das Papier ist zur Untersuchung eingeschickt worden«, erklärte er beispielsweise, nachdem er das halbe Ei erledigt hatte. »Nach Linköping.«

»Wäre schon interessant zu wissen, was draufstand«, sagte mein Vater. »Denn es stand doch was drauf? Ein Gruß vom Mörder?«

»Iih«, sagte meine Mutter. »Na ja, kann schon sein.«

»Ein Gruß?«, wunderte meine Schwester sich. »Wieso das denn?«

Mein Vater zuckte mit den Schultern. »Warum sonst sollte er das Papier in den Kopf gestopft haben?«

»Dazu kann man im Augenblick noch nichts sagen«, bemerkte Dubbelubbe nachdenklich.

Onkel William räusperte sich vorsichtig.

»Warum stand eigentlich in der Zeitung nichts über das Papier?«

Mein Vater wischte sich ein wenig Kirschmarmelade vom Kinn.

»Weil ich eine Abmachung mit der Polizei habe«, erklärte er mit listigem Blick. »Die wollen gern einige Informationen zurückhalten, das kann sich auf lange Sicht hin auszahlen. Es sind ... ja, es sind nur wir hier am Tisch, die davon wissen.«

»Und die an einem anderen Tisch«, wandte ich ein und zeigte durchs Fenster.

»Ja, natürlich«, sagte mein Vater.

»Oh je«, sagte meine Mutter. »Nein, ich finde, jetzt reden wir aber mal über etwas Netteres. Worüber können wir uns denn unterhalten? Über ...«

Es wurde still in der Küche. Ungewöhnlich still, wenn man bedenkt, dass ein halbes Dutzend um den Tisch herum saß.

* * *

Es kam nicht dazu, dass ich an diesem Samstag in die Stadt fuhr.

Es kam auch nicht zu einem Kontakt mit Signhild, obwohl ich mich, so oft ich nur konnte, draußen im Garten herumtrieb. Es wäre natürlich allzu aufdringlich gewesen, einfach rüberzugehen und an die Tür zu klopfen, so etwas macht man nicht in einem Haus, das vom Tod heimgesucht wurde.

So langsam wurde mir klar, dass sie da drüben schlicht und einfach nicht zu Hause waren, und zwar, als einer der dunkelblauen Saabs auf der Straße anhielt und zwei der ernsthaften Männer in den zerknitterten Anzügen die Treppe hinaufgingen und einen Schlüssel aus der Tasche zogen. Später erklärte mir Signhild, dass sie das Angebot bekommen hatten, für zwei Nächte im Stadthotel zu übernachten – während die Polizei alle wichtigen Untersuchungen vornahm, die in so einem unheilvollen Fall notwendig waren –, und dass alle drei das Angebot dankend angenommen hatten. Sowohl Signhild als auch ihre Mutter wie auch der Dichter Olsson.

Am Abend ging ich zum See hinunter und spielte dort mit Elonsson, Suurman und Suurmans Cousine aus Sorsele, die bei ihm zu Besuch war, Minigolf. Wir setzten wie üblich fünfzig Öre, und in zwei Runden gewann ich fast zwanzig Kronen. Typisch, dachte ich. Wenn ich ausnahmsweise mal gut bei Kasse bin und nicht dringend Geld brauche, ja, dann kullern die Taler von ganz allein herein.

Nach dem Minigolf gingen wir zum Dreckigen Bullen und diskutierten den Mordfall. Elonsson wie auch Suurman waren emsig darauf erpicht, ein paar Informationen aus der ersten Reihe zu erhalten, wie sie sich ausdrückten, und nach gewissem anfänglichem Zögern gab ich nach und erzählte alles, was ich wusste.

Da ich nicht das eingerollte Papier erwähnte – aus einer Art dunklem Loyalitätsgefühl meinem Vater und der Polizei gegenüber –, brachte ich wahrscheinlich nicht gerade viel

Neues abgesehen von dem, was auch in den Zeitungen zu lesen war.

»Der Schachclub«, meinte Suurman. »Das sind doch alles so pfiffige Kerle. Und er war doch am Abend zuvor noch dort und hat da gespielt.«

Das stimmte. Laut neun gleich lautenden Zeugen hatte Kekkonen den Donnerstagabend in den Räumen des Kumlaer Schachclubs in der Torsgatan verbracht. Das war an und für sich nichts Ungewöhnliches, er ging immer donnerstags dorthin, nachdem er das Geschäft im Stenevägen geschlossen hatte, oft ohne zunächst in die Fimbulgatan zu gehen. So war es auch an diesem Abend gewesen, laut allem, was mein Vater bei der Polizei herausgekriegt hatte. Kalevi Kekkonen hatte in der Milchbar Das Rote Licht ein Beefsteak mit Zwiebeln gegessen und war um Viertel nach sieben im Schachclub angekommen. Es gab keinen Wettkampf, den gab es nie donnerstags, die Mitglieder trafen sich und spielten einfach so gegeneinander. Arbeiteten an ihrer Form und versuchten neue Varianten, die Serienspiele fanden meist an den Wochenenden statt, aber Kekkonen hatte bereits bei seiner Aufnahme in den Club vor fünf Jahren irgendwelche Mannschafts- und Wettkampfspiele abgelehnt.

Obwohl er wohl ganz offensichtlich ein guter Spieler war. Er hätte sich gewiss einen Platz an Tisch drei oder vier verschafft, aber wie gesagt, darauf verzichtete er. Er spielte nur zum Vergnügen, war ein paar Mal eingesprungen, als jemand krank geworden oder verreist war, aber trotz aller Ermunterungen war er bei seinem Nein geblieben.

Was nun genau in dem Kumlaer Schachclub an diesem Junidonnerstag geschehen war, darüber hatte die Polizei noch nicht alle Informationen erhalten. Falls überhaupt irgendwelche Besonderheiten vorgefallen waren. Auf jeden Fall hatte mein Vater von dem Ermittlungsleiter noch keinerlei Hinweise in dieser Richtung erhalten.

Kekkonen hatte ungefähr bis halb zwölf dort gesessen, so viel wusste man. Anschließend war er nach Hause gegangen. Wurde jedenfalls angenommen.

»Du meinst also, er hat Bertramsson nach allen Regeln der Kunst in vier Zügen schachmatt gesetzt, und daraufhin ist Bertramsson nachts gekommen und hat sich an ihm gerächt?«, fragte Elonsson.

»Nein, nicht direkt«, musste Suurman einräumen. »Aber es gibt viel Geltungssucht unter ihnen. Und unterdrückte Spannungen.«

Suurmans Vater war Psychologe. Er arbeitete im Krankenhaus und sah im Großen und Ganzen wie Dostojewski aus. Es war nicht gesagt, dass Suurman jr. in die Fußstapfen seines Vaters treten würde, ehrlich gesagt fand ich ihn dafür etwas zu dumm, aber er benutzte gern dessen Jargon.

»Das sagst du doch nur, weil du in deine Mutter verliebt bist«, konnte er behaupten. Oder: »Wenn du heute Morgen nur ordentlich geschissen hättest, dann wäre die Mathearbeit viel besser gelaufen.«

Wir verwarfen Suurmans Schachtheorie wie auch eine Reihe anderer Theorien, während wir im Dreckigen Bullen saßen, rauchten und Kaffee tranken. Ich glaube, dass wir uns schließlich darin einig wurden, dass der Täter ein vollkommen wahnsinniger Fremder gewesen sein musste. Vielleicht auf der Durchreise, genau wie meine Schwester es morgens vorgeschlagen hatte.

Und ich glaube außerdem, dass wir in erster Linie zu dieser Lösung gekommen sind, weil das so am sichersten erschien.

* * *

Am Sonntag regnete es.

Ein dünner, milder Nieselregen, der von morgens bis abends fiel. Ich blieb in meinem Zimmer, hörte mich durch meine gesamte Plattensammlung außer Jim Reeves Live at the Opry und las Salinger. Fing außerdem mit James Joyces »Ulysses« an. Auf Englisch, ich hatte vor einem Monat ein abgegriffenes Taschenbuchexemplar mit Kaffeeflecken im antiquarischen Buchladen von Örebro gefunden, und jetzt fand ich, es wäre an der Zeit. Auf den ersten beiden Seiten schlug ich alle Worte nach, die ich nicht verstand, das dauerte eine gute halbe Stunde. Dann las ich acht Seiten, ohne das Wörterbuch zu konsultieren, und tief in meinem Inneren begriff ich, dass ich für das hier noch nicht ganz reif war.

Aber nach außen hin war ich – das war nicht zu leugnen – ein junger Mann, der einen regnerischen Sonntag damit verbrachte, in seinem Zimmer zu sitzen, Pfeife zu rauchen und Joyce zu lesen. Das war doch schon was.

Ich schrieb auch noch ein Gedicht für S, ich glaube, es war ein Sonett. Auf jeden Fall bestand es aus vierzehn Zeilen und reimte sich hier und da ein wenig. Zwischen zwei und vier hörte ich mir natürlich Sport extra an, der ÖSK spielte 0:0, das machte er zu der Zeit in zwei von drei Spielen, und immer mal wieder schaute ich zum Lundbomschen Haus hinüber. Aber bis neun Uhr abends regte sich dort gar nichts, dann ging plötzlich das Licht in Signhilds Zimmer an.

Wenn ich ein mutiger junger Mann gewesen wäre – der zu werden ich zwar auf dem Weg war, aber dieses Ziel hatte ich noch nicht wirklich erreicht –, dann wäre ich natürlich hinuntergegangen und hätte bei ihr geklingelt, aber bei näherer Überlegung und in Anbetracht der Umstände ließ ich es sein.

Am Abend (kurz bevor ich das Licht bei Signhild sah), war auch die Polizei bei uns gewesen, um uns zu befragen. Es ging dabei um ein so genanntes vervollständigendes Gespräch. Man hatte ja meinen Vater, meine Mutter und meinen Onkel William bereits am Freitag befragt, aber meine Schwester und mich hatte man noch nicht erreicht.

Nach einer Viertelstunde war es vorbei. Wir saßen jeweils

in unserem Zimmer mit unserem Kriminalbeamten, Katta und ich. Meiner hieß Berggren und hatte die Fragen auf einem schwarzen Notizblock aufgeschrieben.

War mir Donnerstagnacht irgendetwas Besonderes aufgefallen?

Kannte ich irgendwelche von Kalevi Kekkonens Freunden?

Wie hatte ich davon erfahren, was passiert war?

Kannte ich den Untermieter der Familie?

Und so weiter. Ich antwortete wahrheitsgemäß und ausweichend auf alles, was er wissen wollte, er bedankte sich und erklärte, dass er möglicherweise wiederkommen würde. Zwei Minuten später sah ich durchs Küchenfenster, wie er bei Fredrikssons vor der Tür stand und klingelte.

Nachdem Berggren mich verlassen hatte, blieb ich noch auf meinem Bett liegen und dachte über den Mord nach. Irgendwie war es mir gelungen, ihn den ganzen Tag zu verdrängen, aber jetzt, als die Dunkelheit sich heranschlich, drängte er sich durch alle Verteidigungswälle hindurch. Ich konnte ihn nicht länger fernhalten, so gern ich mir auch vorgestellt hätte, dass es ein ganz normaler Sonntag war – ich hatte nie größere Gefühle für Kalle Kekkonen gehegt, und dass er die Stirn hatte, sich auf diese perfide Art köpfen zu lassen, verbesserte ganz gewiss nicht seine Position.

Also sprach ich keine weiteren Gebete für Signhilds Vater, und es gab wohl auch nicht viele andere, die das taten, aber ich begann, mir ernsthaft vorzustellen, was tatsächlich passiert sein könnte, und dass es einen Täter geben musste, der hinter dem Ganzen stand.

Einen dunkel gekleideten Missetäter. Einen Mörder, der sich im Schutze der Nacht in ein friedliches Haus schlich und dessen Herrn mitten in dessen schutzlosem Schlaf den Kopf abschlug.

Denn derjenige, der schläft, der sündigt nicht, nicht einmal Kalevi Oskari Kekkonen.

Er bringt ihn um und stopft eine Mitteilung in dessen abgeschlagenen Kopf. Denn es handelte sich doch wohl um eine Mitteilung? Eine Botschaft, die den Schlüssel zu der schlimmen Tat darstellte, um was sonst sollte es sich handeln?

Apropos Schlüssel, einen solchen gab es nicht zu meiner Zimmertür, aber irgendwann kurz nach Mitternacht – als ich immer noch keinen Schlaf hatte finden können –, stand ich auf und verschob meinen Schreibtisch um einen Meter, so dass er direkt vor der Tür stand.

Das kann jedenfalls nicht schaden, dachte ich. It was a dark and rainy night.

10

Am nächsten Morgen rief Elonsson um zwanzig nach sechs an und behauptete, er hätte Magenschmerzen. Ich glaubte ihm so ungefähr dreißig Prozent, hatte aber keine Lust, mit ihm darüber zu diskutieren. Wünschte ihm nur gute Besserung, legte den Hörer auf und schmierte meine Brote fertig.

Es wehte ein wenig aus dem Norden, der Himmel war grau. Als ich endlich bei der Torffabrik ankam, war ich müder, als ich meiner Erinnerung nach jemals während der vergangenen Woche gewesen war. Offenbar hatten sich die anderen Sklaven bereits aufs Feld begeben, ich bekam Gesellschaft von einem Quartett von Neuankömmlingen, zwei Mädchen aus Marieberg und den Brüdern Bladånger aus Hällabrottet, von denen der Älteste Gustav hieß und in der Realschule in meine Parallelklasse gegangen war. Da ich mich zu diesem Zeitpunkt bereits als routinierter Arbeiter fühlte, wagte ich es, mit den Damen in aller Anspruchslosigkeit eine Konversation zu beginnen. Sie hießen Ing-Britt und Britt-Inger, wie witzig, sie gingen ins Gymnasium von Örebro und wollten drei Wochen jobben. Britt-Inger hatte etwas an sich, was mein Interesse weckte, sie plapperte nicht die ganze Zeit und kicherte nicht, und sie tauschte nicht Unmengen interner, für nicht Eingeweihte unverständlicher Witze mit ihrer Freundin aus. Sie war irgendwie freundlich und ernst zugleich, fragte, wie die Arbeit so sei, wie man sich verhalten sollte, um so gut wie möglich durchzukommen, sie wollte wissen, wo ich wohnte, ob ich Geschwister hatte und wie es in der Bryléschule in Hallsberg so war.

Ing-Britt war stiller. Etwas mürrisch, obwohl sie mit normalem Maß gemessen die Hübschere von den beiden war. Groß und schlank mit klaren Zügen und so. Britt-Inger war dunkler und kräftiger, mir fiel in diesem Zusammenhang etwas ein, was ich irgendwo mal gelesen hatte. Dass schöne Menschen einem Leid tun können. Dass sie sich selbst als Objekt betrachten, oder wie immer man das nannte.

Dass es Menschen, die sich nicht die ganze Zeit selbst im Blick haben, besser geht. Auf jeden Fall unterhielt ich mich gern mit Britt-Inger, während wir über dieses windige Moor gingen, und als wir an der hintersten Furche der Welt angekommen waren, waren wir auch beim Mord angelangt.

Sie hatten davon in der Zeitung gelesen, und als sie erfuhren, dass ich direkt neben dem Tatort wohnte, waren sie natürlich Feuer und Flamme. Sogar Ing-Britt vergaß es, sauer und zugeknöpft zu sein, und wollte wissen, ob wir dort wohnen bleiben oder lieber wegziehen wollten.

Ich erklärte ihr, dass wir keine unmittelbaren Pläne hätten, uns davonzumachen, dass wir uns aber mit kleinen Äxten und Handgranaten bewaffnet hätten, für den Fall, dass der Täter auf die Idee käme, noch einmal zuzuschlagen.

Ich weiß nicht, ob sie begriff, dass das ironisch gemeint war, aber mit einem Mal wurde mir klar, wie es eigentlich war und wie es werden würde. Unser Viertel, unsere Straße, würden für alle Zeiten mit dem Mord an Kalevi Oskari Kekkonen verknüpft sein. Wie Dylta untrennbar mit Möller und Rut Lind verbunden war. Und Wyndham Lane mit Jack the Ripper verwoben war. Ich wohnte in einem Mörderviertel, damit musste ich mich nun einmal abfinden.

Es wurde ein kurzer Arbeitstag, dieser Montag. Gegen halb elf fing es an zu regnen, und da es am Wochenende schon reichlich geschüttet hatte, erklärte uns Fjugesta-Bengt, dass der Torf zu nass sei und wir unsere Drehaktion abbrechen müssten. Niemand hatte etwas dagegen einzuwenden, nicht die Bohne. Ich aß in einem der Schuppen zusammen mit Ing-Britt, Britt-Inger und Prick mein restliches Brot. Dick hatte einen Kater und lag daheim im Zelt in Gustavsvik und kotzte, wie später berichtet wurde.

Und der Preis für Haschisch war auch nicht heruntergegangen.

* * *

Nachdem ich nach Hause gekommen war, schrieb ich nachmittags wieder ein Gedicht – Sad Song for S –, und kurz danach fuhr ich mit dem Rad zum Marktplatz und kaufte mir Sgt Pepper's Lonely Hearts Club Band, das endlich seinen Weg bis nach Kumla gefunden hatte. Hörte mir die Scheibe zwischen vier und Viertel vor sechs ganz genau an, es war fast wie ein Rausch, ich hatte wohl noch nie zuvor so viel für eine neue Platte gefühlt, und wenn ich es bisher noch nicht gewusst hatte, so wusste ich es jetzt, dass ich wirklich in einer neuen Zeit lebte. Zumindest gab es die neue Zeit. Es ging nur darum, sich auf sie einzulassen.

A girl with kaleidoscope eyes.

Are you sad because your're on your own?

I'd love to turn you on.

Gestärkt von Sergeant Pepper packte ich mich beim Schlafittchen und rief Signhild an.

Sie freute sich, mich zu hören, das war ihrer Stimme anzumerken, und als ich vorschlug, dass wir doch einen Spaziergang hinunter zum See machen könnten, stimmte sie sofort zu. Wir trafen uns drei Minuten später unten auf der Straße.

»Wie geht es dir?«, begann ich geschickt.

»Es geht«, erwiderte Signhild. »Ich habe seit Freitag so gut wie nicht geschlafen.«

»Das kann ich verstehen«, sagte ich.

»Es ist, als würde ich mich nicht trauen einzuschlafen. Oder als wollte ich nicht wieder aufwachen und feststellen müssen, was passiert ist ... irgendwie so. Ich habe die ganze Zeit diesen Augenblick im Kopf. Als ich diese Stimme hörte, zu seinem Zimmer gelaufen bin, die Tür geöffnet habe und ... ja.«

»Die Stimme?«, fragte ich, und sie erzählte mir dann ausführlich, wie genau sie das empfunden hatte und was geschehen war, als sie an diesem Freitag in der Küche stand, um sich Butterbrote zu schmieren.

»Das ist einfach schrecklich«, sagte ich, als sie fertig war. »Und dass er morgens schon dagelegen hat, ohne dass ihr davon wusstet.«

Signhild nickte.

»Ich habe mit einem Psychologen geredet«, erklärte sie. »Gestern und heute wieder. Ich muss diese Woche nicht zur Arbeit, er behauptet, ich hätte einen Schock erlitten, dieser Psychologe, und dass ich ein paar Tage Ruhe brauche ...«

Ich wusste nicht, was ich dazu sagen sollte.

»Er heißt Kennedy, genau wie der Präsident. Obwohl er aus England stammt. Er hat seine Praxis in der Rudbecksgatan in der Stadt. Ich war heute zwei Stunden bei ihm ... und außerdem habe ich mit drei verschiedenen Polizeibeamten geredet. Darunter eine Frau, ich wusste gar nicht, dass es Frauen bei der Polizei gibt. Das wird ... ja, das wird mir alles zu viel. Ich habe das Gefühl, als würde ich in einem Film mitspielen.«

Ihre Stimme begann zu zittern, und das war der Moment, genau da, als wir auf dem Kungsvägen in Höhe der Tennisplätze waren, als ich meinen Arm um sie legte. Fast ohne nachzudenken tat ich das, plötzlich erschien mir das die natürlichste Sache der Welt, und sie schob ihn nicht weg.

Schweigend gingen wir so eine Weile. Bogen am Wasserturm Richtung See hin ab, die Abendsonne schien, und ich weiß noch, dass es nach Jasmin und Geißblatt duftete ... nach anderen blühenden Büschen vermutlich auch, aber die anderen Sorten konnte ich nicht mit Namen benennen. Ich hätte diesen Spaziergang gern hundert Meilen oder mehr fortgesetzt. Ein paar Wochen lang. Ein Jahr oder ein ganzes Leben lang, immer nur weiter und weiter gehen mit einem beschützenden Arm auf Signhilds Schultern und Rücken ... weg von diesem Kumla, weg von Kopfabschlägern und Torfmooren und plattfüßigen Närke-Bewohnern jeglichen Geschlechts. Hinaus in die Welt, nach London, San Francisco, an die Copacabana, auf den Friedhof Père-Lachaise in Paris, oder wie immer er hieß, und zu Babylons hängenden Gärten. Überall, überall würden wir gemeinsam hinfahren, alles würden wir gemeinsam erleben. A Day in the Life, nur umgekehrt sozusagen.

Aber als wir uns ins Café setzten, um einen Kaffee zu trinken, war ich gezwungen, meinen Arm herunterzunehmen, und die Geographie schrumpfte schnell auf natürliche Größe. Wir ließen uns in einer Ecke nieder, und ich sah, dass sie dunkle Ringe unter den Augen hatte, fast Säcke. Aber ganz, ganz niedliche Säcke.

»Was meinst du?«, fragte ich, ohne dass ich es eigentlich hatte fragen wollen. »Wer kann das getan haben?«

Sie rührte eine Weile den Zucker in ihrer Tasse um, bevor sie antwortete.

»Ich weiß es nicht«, sagte sie. »Aber da ist was.«

»Da ist was?«

»Ja.«

»Was meinst du damit, dass da was ist?«

Signhild seufzte und sah aus, als wollte sie gleich anfangen zu weinen.

»Ich weiß es nicht. Ich bin so müde. Kennedy hat mir Schlaftabletten gegeben, aber ich wollte keine. Doch heute Abend muss ich wohl eine nehmen.«

Ich dachte nach und holte währenddessen meine Pfeife heraus.

»Warum hast du gesagt, dass da etwas ist? Du musst es mir natürlich nicht erzählen, wenn du nicht willst, aber wenn es gut für dich ist, dann höre ich gern zu.«

Ich fand, das war ein Satz, der fünf Jahre älter klang als derjenige, der ihn ausgesprochen hatte, und ich begann, meine Pfeife mit ruhigen, routinierten Bewegungen zu stopfen, während ich ihr die Zeit ließ, die sie brauchte. Ich habe noch nie in meinem Leben ein wichtigeres Gespräch geführt, dachte ich.

»Mit meiner Mutter«, sagte Signhild schließlich. »Das meine ich damit. Da ist etwas mit ihr.«

»Mit deiner Mutter?«

»Ja.«

»Was ist denn mit deiner Mutter?«

»Sie ist ... nein, ich kann nicht sagen, was da ist. Wir haben immer miteinander über alles Mögliche reden können ... aber jetzt ist sie verstummt.«

»Verstummt?«

»Ja. Sie sagt nichts. Sie hat natürlich einen Schock erlitten, sie auch, aber manchmal bilde ich mir ein, dass es nicht nur das ist.«

Ich nickte. Versuchte, meine Pfeife anzuzünden, aber das Streichholz brach ab und erlosch. Es ist natürlich schon merkwürdig, dass man sich noch nach fünfunddreißig Jahren an ein Streichholz erinnert, das abbricht.

Merkwürdig und erfreulich, wie ich behaupten möchte. Dass gewisse kleine, bedeutungslose Details dennoch nicht vergessen werden.

Denn das bedeutet ja vielleicht, dass auch gewisse kleine, bedeutungslose Menschen nicht vergessen werden.

»Ich habe Angst«, sagte Signhild. »Ich habe Angst, dass sie damit nicht zurecht kommt. Heute lag sie zwei Stunden lang in der Badewanne. Vielleicht wird sie ... ja, vielleicht wird sie ganz einfach verrückt.«

Jetzt fing sie tatsächlich an zu weinen. Ich beugte mich über den Tisch und ergriff ihre Hände, und so blieben wir einfach sitzen. Signhild ließ die Tränen über die Wangen laufen, sie landeten auf dem Tisch, in ihrer Kaffeetasse und auf dem kleinen grünen Kuchen, den sie bestellt hatte. Ich strich ihr vorsichtig über die Hände und die Unterarme. Ab und zu schauten wir einander an, aber meistens hielt sie ihren Blick gesenkt, und ich dachte, dich werde ich nie, nie im Leben verlassen, Signhild. Es heißt nur du und ich, wir haben so vieles gemeinsam, wir kennen einander in- und auswendig, wir haben zusammen bei Torssons Kaugummi und Bonbons geklaut, wir haben einen Regenwurm geteilt, das hier ist nur der erste Abend von tausend mal tausend Abenden und Nächten ... dein Papa ist geköpft worden, aber uns wird niemand trennen können.

»Entschuldige, aber ich muss mal pinkeln«, sagte Signhild und brach den Zauber.

* * *

Während Signhild auf der Toilette war – das dauerte mindestens zehn Minuten –, dachte ich darüber nach, was sie da über ihre Mutter gesagt hatte. Ester Bolego. Dass etwas mit ihr war. Dass sie vielleicht dabei war, die Kontrolle zu verlieren.

Das wäre natürlich nicht verwunderlich gewesen. Wer zum Teufel würde nicht ein bisschen wunderlich werden, wenn man den Kopf des Ehemannes abgeschlagen auf dem Nachttisch fand? Auch wenn sie selbst nicht diejenige war, die diese Entdeckung hatte machen müssen.

Ich dachte natürlich auch an den Dichter Olsson. Was war das für eine merkwürdige Gestalt, die da aufgetaucht war und ein Zimmer bei den Kekkonen-Bolegos nur eine Woche vor der schrecklichen Tat gemietet hatte?

Und was steckte hinter all dem? Ich hatte wie schon gesagt so meine Probleme, die Theorie vom unbekannten Wahnsinnigen zu akzeptieren, aber an was glaubte ich dann? Eigentlich? Wer war es gewesen? Wer hatte es getan? Es war, als würde ich mich nicht trauen, mich der Frage wirklich zu nähern oder der Antwort auf sie, denn das würde ja bedeuten, dass ... nun, ehrlich gesagt wusste ich nicht, was das bedeuten würde, aber zum Schluss musste ich nicht weiter darüber grübeln, weil Signhild endlich mit frisch gewaschenen Augen wieder aus der Toilette kam.

»Entschuldige«, sagte sie. »Ich musste das Verheulte nur etwas wegwaschen.«

»Das macht doch nichts«, versicherte ich ihr. »Willst du weiter drüber reden oder sollen wir uns über etwas anderes unterhalten? Ich habe heute eine fantastische Platte gekauft.«

Sie setzte sich. Zögerte einen Moment.

»Wir können gern weiter drüber reden«, sagte sie. »Wenn du willst. Es ist besser für mich, wenn ich es nicht in mich hineinfresse, meint Kennedy.«

»Dann gibt's da eine Sache, über die ich nachgedacht habe«, sagte ich.

»Ja?«, erwiderte Signhild. »Und über welche?«

»Über deine Eltern. Wie standen sie eigentlich zueinander? Letzte Woche habe ich einen fürchterlichen Streit gehört ... ein paar Tage, bevor es passierte, glaube ich.«

Signhild ergriff erneut meine Hände. Ich spürte, wie eine Sturzwelle meinen Körper durchspülte.

»Es lief nicht besonders gut«, sagte sie. »Aber das tat es noch nie, jedenfalls nicht solange ich denken kann. Sie sind ... ja, sie sind nun mal so verschieden, dass ich überhaupt nicht verstehe, wie sie sich begegnen konnten und warum sie geheiratet haben.«

»Weißt du, wie es passiert ist?«, fragte ich.

»Wie sie sich kennen gelernt haben?«

»Ja.«

Sie schaute mich an und versuchte ein Lächeln. Es sah ziemlich bleich aus.

»Ich glaube, sie haben sich einmal zufällig getroffen, und da ist sie schwanger geworden. Mit mir, meine ich. Und dann haben sie wohl die Konse ...«

»Die Konsequenzen gezogen?«

»Ja. Das war in Borås ... dort haben wir ja gelebt, bis ich zehn war.«

Ich nickte. Das war nichts Neues. Didriksen und Kekkonen hatten da unten schon zusammen gearbeitet, der Däne hatte dann seinen Laden dem Finnen überlassen und sich stattdessen in Kumla niedergelassen. Aus welchem Grund auch immer. Dann war Kekkonen da unten wohl übers Ohr gehauen worden oder etwas in der Art, und schließlich hatte er wieder Kontakt mit seinem alten Partner aufgenommen. Das war nichts Besonderes, dass Frau und Kinder dahin ziehen mussten, wo ihr Mann und Versorger Arbeit fand, so war es in den Fünfzigern und Sechzigern. Zumindest in Närke und in Borås.

»Aber sie hatten nicht viel gemeinsam?«, fragte ich. »Deine Mutter und dein Vater?«

Sie betrachtete eine Weile ihren Kuchen auf dem Teller, ohne ihn anzurühren.

»Sie wollte nicht länger mit ihm verheiratet sein«, sagte sie mit leiser, verbitterter Stimme. »Das hat sie mir erzählt. Sie hat ihn verabscheut, ich glaube, sie hatte Pläne, sich von ihm scheiden zu lassen, wenn ... ja, wenn ich nur groß genug und von zu Hause ausgezogen war.«

»Ach«, sagte ich dumm. »Tatsächlich?«

»Deshalb wollte ich nicht aufs Gymnasium. Wenn ich ein halbes Jahr bei Brundins gearbeitet habe, kann ich mir eine eigene Wohnung leisten.«

Mir kam der Gedanke, wie ungerecht das doch war. Signhild verzichtete auf eine Ausbildung, damit ihre Mutter sich von ihrem Vater scheiden lassen konnte. Und jetzt ...

»Er war nicht besonders sympathisch, dein Vater«, sagte ich. »Wenn ich das sagen darf. Es gab wohl nicht viele, die ihn mochten?«

Sie gab keine Antwort.

»Aber er war ein tüchtiger Uhrmacher. Mit Uhren hatte er es wirklich drauf.«

Sie schaute mich an, und ich begriff, dass ich mein Urteil über Kalevi Kekkonen nicht beschönigen musste.

»Ich habe ihn gehasst«, sagte sie mit anscheinend vollkommen leerem Blick. »Ich habe meinen Vater gehasst, ich dachte, das wüsstest du?«

»Nein, ich ...«

»Ich hätte nicht viele Tage um ihn getrauert, wenn er nur nicht ... wenn er nur nicht auf diese Art und Weise gestorben wäre.«

Sie ließ meine Hände los. Ich lehnte mich zurück und zündete die Pfeife an.

»Mama wäre das auch nicht besonders schwer gefallen. Aber das hier ist so unbegreiflich ... jemand hat ihm den Kopf abgeschlagen. Mein Gott, er war schließlich mein Vater! Wie kann man nur ...?«

Sie brach ab. Ihre Unterlippe zitterte, und ich sah, wie sie die Hände auf dem Schoß ballte.

»Dieser Olsson«, versuchte ich, ihre Gedanken in eine andere Richtung zu lenken. »Was ist eigentlich mit dem?«

Aber das half auch nicht viel.

»Olsson«, sagte sie. »Mit dem Olsson stimmt auch etwas nicht, ich halte es nicht mehr lange aus, kannst du das nicht begreifen?«

Dann fing sie wieder an zu weinen. Im nächsten Moment kam eine der Kellnerinnen – ich glaube, sie hieß Elvira und war die ältere Schwester von Korven – und erklärte, dass sie gleich schließen würden. Ich schaute auf die Uhr, sah, dass es schon acht war, half Signhild auf die Beine und schnappte mir auf dem Weg nach draußen einen Stapel Servietten.

Denn es sah so aus, als würden die gebraucht werden.

* * *

An diesem Abend sprachen wir nicht mehr über den Mord.

Überhaupt sagten wir nicht mehr viel. Wir wanderten schweigend durch die Stadt zur Fimbulgatan. Es duftete immer noch nach Sommer, ich hielt meinen Arm um sie, und wieder wünschte ich, dass wir den Weg über Karlskoga, über Rom oder Timbuktu nehmen könnten. Nur um unseren Weg so weit auszudehnen, dass wir ordentlich miteinander verwachsen würden.

Das war natürlich nicht möglich. Kurz nach halb neun trennten wir uns unten auf der Straße zwischen unseren Häusern. Wir umarmten uns gut eine Sekunde lang vorsichtig, dann gingen wir jeder in unser Heim.

Ich lief sofort in mein Zimmer hinauf. Kramte Sad Song for S hervor, und ohne auch nur eine Zeile zu lesen, zerriss ich das Blatt in winzig kleine Fetzen und warf sie in den Papierkorb. Es war ganz einfach zu schlecht. Kam nicht in die Nähe der Wirklichkeit.

Dann holte ich den Daumen des deutschen Fähnrichs aus der Tasche. Ich hatte ihn während meines gesamten Beisammenseins mit Signhild dabei gehabt, und als ich so dastand und ihn in der Hand hielt, schien er mir außergewöhnlich warm zu sein. Ich schickte einen Gedanken voller Dankbarkeit an meine Tante Ida.

Du weißt mehr über die Dinge als andere Menschen, dachte ich. Kommt das daher, weil du blind bist und nicht so viel in deinem Leben mitgemacht hast?

Das erschien absurd, aber wie immer es sich auch verhielt, es gab keinen Grund, die Hilfe abzulehnen, die zu bekommen war. Tatsächlich oder auf mysteriöse Weise. Ich legte den Daumen wieder auf seinen Platz in der Schreibtischschublade und holte den »Ulysses« heraus. Legte Sgt Pepper noch einmal auf.

Schob den »Ulysses« doch beiseite. Joyce mag mir verzeihen, aber mit den Gedanken einerseits bei den Beatles und andererseits bei Signhild hatte ich ein paar Probleme, mich auf ihn zu konzentrieren.

* * *

Als ich eine Stunde später in die Küche hinunterging, um mir eine Tasse Abendtee zu kochen, war mein Vater gerade aus der Zeitungsredaktion nach Hause gekommen. Ich fand, er sah aus wie eine Katze, die einen Kanarienvogel verspeist hatte.

»Guck mal hier, mein Sohn«, sagte er. »Sag mir, was du daraus liest.«

Er gab mir ein Blatt Papier. Eine Seite, die er nach allem zu urteilen von einem Notizblock abgerissen hatte. Ich schaute drauf.

e2 –e4 schachmatt!

stand da.

»Was ist das?«, fragte ich.

»Was das ist?«, wiederholte mein Vater theatralisch in dem Moment, in dem meine Mutter die Küche betrat. »Das ist natürlich ein Schachzug!«

»Das sehe ich auch«, sagte ich.

»Die Frage ist, was er bedeutet«, sagte mein Vater. »Das ist nämlich das, was der Mörder auf das Papier geschrieben hat, das er in den Schädel von Kekkonen gesteckt hat.«

»Mein Gott«, sagte meine Mutter. »Man sollte doch auf keinen Fall ...«

11

»Das ist ein absolut blödsinniger Zug«, erklärte Elonsson und schob sich noch mehr Eierbrot in die Backentaschen.
»Wieso denn das?«, fragte ich.
Wir saßen auf dem Schienenwall und legten die erste Essenspause am Tag ein. Es war halb zehn, und wir hatten gut und gern vierzig Meter hinter uns gelegt. Elonsson kaute erst einmal zu Ende.
»Hast du noch nie ein Schachbrett gesehen?«
»Sei nicht albern. Das letzte Mal habe ich drei zu zwei gegen dich gewonnen.«
»Red keinen Quatsch«, erwiderte Elonsson. »Ich habe drei von fünf Punkten für mich geholt, und dabei habe ich sogar noch eine Partie verschenkt, damit du nicht zu traurig bist.«
»Du träumst wohl«, widersprach ich. »Du hast schon Torf in deine Hypophyse gekriegt. Aber ist ja auch scheißegal, sag mir lieber, warum dieser Zug vollkommen blödsinnig ist ... nee, warte noch mal!«
Ich hatte nicht weiter darüber nachgedacht, begriff aber Elonssons Sichtweise in dem Moment, als er anfing, sie zu erklären.
»Natürlich weil es ein Bauernzug ist! e2 – e4. Der normalste aller Eröffnungszüge, der Königsbauer macht zwei Schritte vor.«
»Ich weiß«, sagte ich.

»Und es ist der schwarze König, der schachmatt gesetzt wird, was bedeutet, dass er sich mitten auf dem Brett befinden muss. b5 oder f5! Es müssen mindestens fünfzig Züge gesetzt worden sein, damit er in so eine idiotische Position kommt, und dass Weiß die ganze Zeit den Königsbauern überhaupt nicht anfasst, das erscheint vollkommen ...«

»Natürlich«, unterbrach ich ihn. »Ich habe nur nicht dran gedacht. Du brauchst es mir nicht weiter zu erklären.«

»Na gut«, sagte Elonsson, sah zufrieden aus und verdrückte seine letzte Scheibe Brot.

Ich fischte ein paar Torfkrümel aus dem Kaffeebecher und überlegte.

»Dein Vater hat nicht erwähnt, wie widersinnig das ist«, fügte Elonsson nach einer Weile hinzu. »Ich finde, das hätte er tun sollen.« Er wedelte mit der Länstidningen, die er von zu Hause mitgebracht hatte.

»Er ist kein Schachspieler«, stellte ich fest. »Außerdem würde es ja wohl nicht vernünftiger werden, wenn es sich um einen anderen Zug gehandelt hätte, oder? Warum hat der Mörder überhaupt eine Mitteilung geschrieben und sie in Kekkonens Kopf gesteckt, erklär mir das lieber!«

Ich spürte, dass ich wütend war. Auf mich selbst, weil ich nicht bemerkt hatte, dass *e2–e4 schachmatt!* tatsächlich ein vollkommen unwahrscheinlicher Zug war, und auf meinen Vater. Auch wenn er selbst kein Schach spielte, so hätte er doch jemanden fragen können, der ein bisschen was davon verstand. Das konnte man doch wohl erwarten.

Elonsson runzelte die Stirn und zündete seine neue Maispfeife an, die er für zweifünfundneunzig im Tabakladen gekauft hatte.

»Weiß der Teufel«, sagte er. »Das wirkt total geisteskrank, aber wir können wohl sowieso davon ausgehen, dass es eine geisteskranke Person ist, mit der wir es hier zu tun haben, oder? Ich meine, keiner, der normal ist, schlägt Leuten den Kopf ab, nicht wahr?«

Plötzlich fand ich, Elonsson klänge wie ein Bulle oder wie ein Buch. So ein Kriminaler, der seinen Schlipsknoten lockert und sich die Fingernägel mit dem Brieföffner reinigt, während er dasitzt und einen Fall mit seinem jüngeren und nicht so scharfsinnigen Helfer diskutiert. In einem Polizeibüro oder an einer Bar irgendwo auf der Welt. Ich fand, die Rolle stand ihm nicht besonders gut.

»Nein«, sagte ich. »Ich nehme an, dass du ausnahmsweise mal Recht hast. Es gibt keinen Grund, in so einer Situation eine Mitteilung zu hinterlassen. Kekkonen war ja nicht gerade in der Verfassung, sie lesen zu können. Oder?«

»Vielleicht hat er ihm den Zettel gezeigt, bevor er ihm den Kopf abgeschlagen hat«, schlug Elonsson nach ein paar nachdenklichen Pfeifenzügen vor. »Und dann hat er ihn einfach zurückgelassen, um ... ja, warum, weiß ich auch nicht.«

»Glaubst du das?«, fragte ich. »Glaubst du wirklich, dass er ihn erst aufgeweckt hat ... und dass Kekkonen die Zeile gelesen hat und sich dann köpfen ließ? Das klingt ja nun wirklich wie der reine Wahnsinn.«

»Das ist mir schon klar«, sagte Elonsson. »Ich spiele nur ein bisschen mit verschiedenen Ideen. Auf jeden Fall ist das irgendwie verdammt merkwürdig mit dieser Mitteilung. Ich möchte wissen, warum die Polizei das jetzt der Presse mitgeteilt hat ... sie müssen es doch ein paar Tage zurückgehalten haben?«

Ich nickte und trank den letzten Tropfen Kaffee.

»Wahrscheinlich brauchen sie Hilfe«, sagte ich. »Sie selbst haben nicht rausgekriegt, was es bedeutet, aber vielleicht gibt es jemanden, der die Zeitung liest und weiß, was es bedeutet.«

»Na, wir jedenfalls nicht«, sagte Elonsson.

»Nein«, sagte ich. »Wir nicht.«

An diesem Tag ging uns die Arbeit leicht von der Hand. Der Himmel war bewölkt, und die Mücken hielten sich fern, ich drehte zweihundertfünfzig Meter Torf, verdiente einhundertfünfundzwanzig Kronen und dachte fast die ganze Zeit ununterbrochen an Signhild.

Ich dachte an ihre Hände, die meine im Café am Kumlasjö ergriffen hatten. An ihr Gesicht und ihre Augen, als die Tränen herauskullerten und sie trotzdem nichts machte, um sie zu verbergen. Daran, wie sie mich anschaute und was für ein Gefühl es auf der Innenseite meines Arms gewesen war, als ihr Körper sich dort anschmiegte, während wir durch die Stadt gingen.

Daran, wie es gewesen war, sie zu umarmen, als wir uns auf der Straße verabschiedeten.

Ich liebe sie, dachte ich. Ich liebe Signhild Kekkonen-Bolego. Wenn es möglich wäre, würde ich schon morgen mit ihr in ein hübsches Häuschen am Rande von London ziehen.

Oder nach Liverpool oder Los Angeles.

Meine Gedanken an sie waren außerdem vollkommen rein. Ich hatte noch nie mit einem Mädchen geschlafen – war nicht einmal in die Nähe einer derartigen Gelegenheit gekommen. Das war natürlich in den letzten zwei, drei Jahren ein immer wiederkehrender Traum gewesen, aber nicht in diesem Fall. Bei Signhild genügte die Nähe. Es genügte, mit ihr zusammen zu sein. Sie auf diese vorsichtige Art und Weise zu berühren, wie wir es gestern getan hatten. Ihre Hände zu halten, dicht nebeneinander zu gehen. Zu reden und zu trösten.

Ich hätte an diesem Tag sechshundert Meter Torf wenden können, aber um halb vier brüllte Elonsson über den Hügel, dass es ja nun verdammt noch mal wohl reichte.

* * *

Seit ich den dunklen Amazon auf dem Finkvägen hatte stehen sehen, hatte ich kaum einen Gedanken an ihn verschwendet, aber auf dem Heimweg vom Moor an diesem Tag tat ich es.

Das Bild von Ester Bolegos Gesicht hinter der nassen Autoscheibe tauchte in meinem Schädel ohne jede Vorwarnung auf, und ich fragte mich, wieso dem so war. Ich sah auch mich selbst. Wie ich mein verdammtes Fahrrad im Regen durch Sannahed schob, während der Donner grollte und die Blitze um mich zuckten – das gleiche Fahrrad übrigens, auf dem ich jetzt saß und heimwärts strampelte. Ich erinnerte mich daran, wie ich einfach an dem Auto vorbeiging, ohne stehen zu bleiben, es wäre ja beispielsweise nichts Außergewöhnliches gewesen, darum zu bitten, mitgenommen zu werden – und dass ich, nachdem ich an ihr vorbeigekommen war, überlegt hatte, ob sie mich wiedererkannt hatte oder nicht.

Wenn ich jetzt an die Situation zurückdachte, kam ich zu dem Schluss, dass sie es nicht getan hatte. Es war nur die Frage von einem ganz kurzen Moment gewesen, und ich muss in dem herunterprasselnden Regen einfach zu jämmerlich ausgesehen haben. Sogar schlimmer als sonst.

Und trotzdem: Warum hatte sie dort gesessen?

Da ist etwas mit meiner Mutter, hatte Signhild gesagt.

Und was?, dachte ich. Was ist mit Ester Bolego?

Das Bild von ihrem Gesicht hinter der Windschutzscheibe verfolgte mich den ganzen Heimweg.

* * *

Ich nahm ein Bad, aß mit meiner Mutter und Katta zusammen Fleisch und Kartoffeln mit Gewürzgurken und rief anschließend Signhild an.

Ester Bolego war am Telefon, und sie klang ziemlich gefasst, wie ich fand. Nein, Signhild war nicht zu Hause, erklärte sie mir. Sie war nachmittags mit dem Bus nach Örebro gefahren und hatte nicht gesagt, wann sie zurück sein wollte.

Kennedy, dachte ich. Dieser Psychologe.

Ich bedankte mich und legte auf. Verbrachte eine Weile in meinem Zimmer, während ich Ausschau am Fenster hielt und eine Platte nach der anderen abspielte. Aber nichts passte so recht zu meinem Gemütszustand, nicht einmal Sgt Pepper, und schließlich gab ich auf. Nahm Pfeife und Tabak und ging nach draußen.

Es war ein recht schöner Abend, und ich hatte vor, einen langen Spaziergang durch den Wald bis in die Nähe der großen Kreuzung zu unternehmen, so dass Signhild bestimmt zu Hause sein würde, wenn ich zurückkam. In einer Stunde ungefähr.

Gesagt, getan, und ganz hinten beim Wasserturm traf ich O Sole Mio. Er kam den Weg entlanggetrottet, die Nase auf der Erde, ging an mir vorbei, ohne Notiz von mir zu nehmen, und kurz danach kam auch der Dichter Olsson. Er trug einen breitkrempigen schwarzen Hut auf dem Kopf und rauchte eine lange, schmale Zigarre.

»Ah«, sagte er mit einer Art traurig-enthusiastischem Tonfall. »Mein junger Nachbar. Unterwegs, um die Unruhe des Tages wegzuspazieren?«

Ich blieb stehen. Wusste nicht, was ich sagen sollte. Obwohl er zu diesem Zeitpunkt bereits seit mehr als zwei Wochen im Nachbarhaus wohnte und obwohl ich nach seinem Auftritt auf dem Marktplatz beschlossen hatte, seine nähere Bekanntschaft zu machen, hatte ich ihn bis jetzt noch nie unter vier Augen getroffen.

»Ja«, sagte ich. »Ich gehe und denke ein wenig nach.«

»Ausgezeichnet«, sagte der Dichter Olsson. »Junge, nachdenkliche Männer tragen die Welt auf ihren Schultern.«

Er lächelte und zog an seiner Zigarre. Sein Gesicht lag im Schatten der Hutkrempe, aber dennoch fielen mir erneut seine außergewöhnlich hellen Augen auf. Blassgrün, und irgendwie hatte ich das Gefühl, als würden sie geradewegs durch mich hindurchsehen, während wir auf dem schmalen Waldweg standen.

»Wie lange sind Sie schon Dichter?«, fragte ich und fühlte mich dumm dabei. »Ich schreibe selbst ein bisschen.«

Er schien zu überlegen. Fuhr sich nachdenklich mit der Hand über Kinn und Wangen, wo er die Bartstoppeln von ein paar Tagen hatte. Dann schob er zwei Finger in den Mund und pfiff. Ich drehte mich um und sah O Sole Mio zurückgetrottet kommen, immer noch mit der Nase auf dem Boden.

Ich betrachtete den Hund, der zu Füßen seines Herrchens niedersank.

»Was für eine Rasse ist das?«, fragte ich.

»Eine Promenadenmischung«, sagte Dichter Olsson. »Ein Drittel französischer Dackel, zwei Drittel finnische Pirogge.«

»Ich verstehe«, sagte ich.

»Man wird nicht Dichter«, fuhr er fort. »Entweder man ist es, oder man ist es nicht.«

»Ja? Aber warum... warum sind Sie nach Kumla gezogen?«

»Warum nicht? Was willst du eigentlich wirklich wissen, junger Mann?«

Ich zögerte einen Augenblick.

»Es passiert so viel«, sagte ich. »Sie ziehen ein, und Kekkonen wird ermordet. Wenn ich Schriftsteller wäre, würde ich in Paris oder in Ronda leben oder... Ich lese übrigens Joyce.«

Ich zog das Buch aus der Tasche. Ich weiß nicht, was mich dazu brachte, so verwegen zu sein, vielleicht hatte ich das Gefühl, dass der Dichter Olsson nicht ganz gescheit war und dass es deshalb keine größere Rolle spielte, was man ihm erzählte. Oder aber es war umgekehrt. Er trug eine Art extra tiefer Weisheit in sich und einen Schlüssel zum Dasein, der es mit sich brachte, dass man genau das sagen konnte, was man gerade dachte. Ohne Umschweife.

Entweder oder also. Er warf die Zigarre zu Boden, obwohl noch fast zehn Zentimeter übrig waren, und trat die Glut aus. O Sole Mio hob den Kopf und glotzte sie etwas schläfrig an.

»Die Liebe«, sagte der Dichter Olsson.

»Die Liebe?«, wiederholte ich und steckte Joyce wieder ein.

»Die verlorene Liebe. Worte haben keine Geographie, vergiss das nicht. Wenn du sie nicht in Kumla findest, dann wirst du sie auch nicht auf dem Montmartre und nicht in Ulan Bator finden.«

Ich überlegte. Stellte fest, dass ich nicht so recht verstanden hatte, wovon er da redete.

»Aber warum ausgerechnet dieses Kaff hier?«, fragte ich beharrlich nach. »Woher kommen Sie denn?«

Er betrachtete mich mit einem leicht wehmütigen Ausdruck in den hellen Augen.

»Auch Löwen brauchen ab und zu ihre Ruhe, mein junger Freund. Die Beduinen kehren zu ihrer Oase zurück. Aber wie es aussieht, werde ich wohl bald wieder aufbrechen.«

»Ja?«

Und mir kam – zum ersten Mal – der Gedanke, dass es einen Zusammenhang zwischen dem Dichter Olsson und der Familie Kekkonen-Bolego geben musste. Da gab es mehr als nur diese Arbeitskollegin von Ester Bolego, oder was Signhild da erzählt hatte. Etwas, das es schon gegeben hatte, bevor er bei ihnen eingezogen war.

»Das war ein scheußlicher Mord«, sagte ich.

Er hob eine Augenbraue und senkte sie wieder.

»Ja, das stimmt«, bestätigte er. »Scheußlichkeit gehört zu unserem Erbteil. Du trägst auch einen Teil davon in dir, wenn ich mich nicht irre. Aber vielleicht können wir uns ein andermal treffen, um uns darüber zu unterhalten. Mein Schreibtisch ruft. Die Tinte ist erwacht.«

Ich nickte und fühlte mich vollkommen verwirrt.

»Die Gedichte, die Sie auf dem Markt gelesen haben, haben mir gefallen«, sagte ich.

»Ach«, sagte der Dichter Olsson. »Worte in den Wind gesprochen.«

Und dann gingen wir jeweils in unsere Richtung weiter.

* * *

Mir erschien das als eines der sonderbarsten Gespräche, die ich je geführt hatte, aber in erster Linie hatte es mich ermuntert. Dass es möglich war, so zu denken.

Die Unruhe des Tages wegzuwandern.

Die Beduinen kehren zu ihrer Oase zurück.

Die Tinte ist erwacht.

Die Worte hingen noch in mir, und plötzlich geschah etwas. Ich spürte, wie sich alles um mich herum zusammenzog. Es erinnerte mich an die ersten Anzeichen vor einem Anfall, aber gleichzeitig war da etwas anderes.

Etwas Helleres und Konzentrierteres, eine Reise, die nach oben statt nach unten führte, ich kann es nur schwer beschreiben. Dinge, die normalerweise weit voneinander entfernt lagen, schlossen sich zusammen und wurden von mir aufgesogen – der Weg, auf dem ich ging, die Bäume und das Blaubeergestrüpp. Meine Schritte in dem stillen Sommerabend, die Worte, James Joyce in meiner Tasche, John Lennons Sonnenbrille, meine Eltern, mein eigenes Gewissen und die Gedanken, die durch die Geschichte hindurchfielen, wenn man auf der Bettkante saß und den Daumen des deutschen Fähnrichs in der Hand hielt ... der Erste Weltkrieg, Tante Idas blinder Blick und die Berührung von Signhilds Fingerspitzen an meinem nackten Unterarm. Alles, buchstäblich alles.

Und ich begriff, wie wichtig diese Dichte war. Wie notwendig es war, dass man selbst mitten in seinem Leben stand, dass nur man selbst alles in dieser magischen Art und Weise einkreisen und mit Worten benennen konnte.

Es können in diesem stillen Wald an diesem milden Juniabend nicht viele Laute um mich herum gewesen sein, wahrscheinlich nur ein leises Rascheln von irgendwelchen kleinen Tieren, der eine oder andere Vogel, vielleicht das sanfte Rauschen der Baumkronen und die Geräusche meiner Schritte wie gesagt – aber auch diese Eindrücke verschmolzen ineinander und wurden zu einem mächtigen Schwirren, und ich spürte, dass ich anhalten und mich hinlegen musste. Ich trat zur Seite, nur ein paar Meter weit, und legte mich auf den Rücken in das Blaubeerkraut. Schloss die Augen, lauschte auf meine Umgebung, auf meinen Atem und meinen Puls, und dachte, dass ich diesen Augenblick für alle Zeit in Erinnerung behalten würde – wenn ich jetzt nicht stürbe.

Dass ich ihn nicht erklären könnte, aber auch nicht vergessen.

* * *

Offenbar schlief ich ein, denn ich erinnere mich, dass ich aufwachte.

In meinen Kopf kamen jetzt ganz andere Gedanken. Diese intensive Nähe, die ich gespürt hatte, war durch mich hindurchgesunken und hatte sich in meinem Unterbewusstsein zur Ruhe gelegt. Ich begriff, dass sie auch von dort gekommen war und dass sie dorthin gehörte. Jetzt war das Äußere wieder heil und rein.

Aber die Fragen, die geschrieben standen, schienen immer noch nach einer Antwort zu rufen.

Dieser bizarre Schachzug: *e2 –e4 schachmatt!* ?

Der abgeschlagene Kopf von Signhilds Vater?

Das Gesicht ihrer Mutter hinter der Autoscheibe draußen in Sannahed?

Der Mann an ihrer Seite. Es hatte doch wohl ein Mann dort gesessen?

Langsam stand ich auf und bürstete mir die Kleidung ab. Zündete meine Pfeife an und machte mich auf den Rückweg durch den Wald.

12

Epilepsie, *Morbus sacer, Morbus caducus,* eine Krankheit, die in ihrer typischen, bereits seit dem Altertum bekannten Form mit Anfällen von Bewusstlosigkeit und krampfhaften Zuckungen auftritt. Man unterscheidet zwischen der genuinen Epilepsie und der sekundären. Die Erstere ist fast identisch mit dem, was man in der Umgangssprache mit Fallsucht bezeichnet. Sie äußert sich in plötzlichen tonischen Krampfanfällen, die nach kurzer Zeit den ganzen Körper erfassen und mit vollkommener Bewusstlosigkeit einher gehen. Zuweilen hat der Kranke eine Vorahnung vor einem Anfall, eine sog. *Aura.*

So begann der eineinhalbspaltige Artikel über Epilepsie in Band 7 des Nordischen Familienhandbuches, dritte Auflage, Drüsenfieber bis Fasten. Als wir nach der Untersuchung bei Doktor Brundisius nach Hause kamen, zwei Wochen vor meinem zwölften Geburtstag, wartete ich, bis ich allein im Haus war, dann ging ich zum Bücherregal im Arbeitszimmer meines Vaters und schlug es nach.

Lange hat man der Vererbung eine wesentliche Rolle bei der Entstehung zugeschrieben, insbesondere Alkoholismus bei den Eltern. Chronischer Missbrauch von Absinth hatte dagegen in mehreren Ländern zweifellos eine Bedeutung,

stand etwas weiter unten.

Ich weiß nicht, ob es wirklich Epilepsie war, was ich hatte. Mit den Jahren verschwand sie ja, und es gab irgendwie nie einen Grund, der Sache wirklich auf den Grund zu gehen.

Aber ich erinnere mich, dass ich an dem Abend, als ich nach meiner Begegnung mit dem Dichter Olsson draußen im Wald nach Hause kam, so meine Zweifel bekam. Ich hatte nicht das Gefühl, dass meine Erlebnisse, zumindest nicht dieses Erlebnis, etwas mit dem Begriff Krankheit zu tun hatte. Und wenn dem so war, so war es unter keinen Umständen etwas, worum man sich Sorgen machen musste. Vielleicht ahnte ich außerdem die Nähe dieser delikaten göttlichen Gleichgewichtsregel, die Tante Ida mir einzuprägen versucht hatte – und die vereinfacht den Satz enthielt, dass alles seinen Preis hat.

Die Äußerungen meines Vaters über die heilige Krankheit und Tutanchamun lagen natürlich auf der gleichen Ebene.

Außerdem blieb nicht mehr viel Zeit für Introspektion und Selbstmitleid an diesem Abend. Meine Schwester war nämlich bei Karlesson gewesen und hatte das Aftonblad gekauft, und zum ersten Mal in der Geschichte der Menschheit stand Kumla dort auf der Titelseite.

Es war natürlich schon eine Notiz über den Mord erschienen, als er noch ganz frisch war, vor einer Woche, aber da handelte es sich nur um fünfzehn Zeilen im Inneren der Zeitung. Jetzt waren ein Fotograf und ein Reporter unterwegs gewesen, sie hatten Fotos vom Lundbomschen Haus und von Didriksens Laden gemacht, die Witwe des Opfers, Frau Fredriksson und Kommissar Vindhage interviewt.

Ester Bolego war nach allem zu urteilen nicht besonders geneigt gewesen, mit der Boulevardpresse zu reden, dagegen hatte die Nachbarin offenherzig und unverblümt erzählt, was es bedeutete, in einem Schreckensviertel zu wohnen.

Dass es fürchterlich war, aber dass man ja nichts daran ändern konnte.

Dass sie und ihr Mann sich immer noch trauten, das Haus zu verlassen, aber dass sie nunmehr hinter verschlossenen Türen und geschlossenen Fenstern schliefen. Was sollte nur aus dieser Welt werden?, fragte Frau Fredriksson, 56, sich rhetorisch in dem Text unter dem etwas unscharfen Foto.

Ermittlungsleiter Vindhage war etwas zurückhaltender in seinen Kommentaren. Er erklärte, dass die Polizei sehr breit gefächert arbeite, was hieß, dass man keine Hauptspur verfolgte, sondern für alle Möglichkeiten offen war. Dass man keinen Verdächtigen habe, aber dass es eine Vielzahl interessanter Spuren gebe, über deren Art und Beschaffenheit er sich jedoch aus ermittlungstechnischen Gründen nicht äußern dürfe.

Sowie, dass man bisher noch keine tragfähigen Tipps hinsichtlich der sonderbaren Mitteilung erhalten habe, die der Mörder im Kopf des Opfers hinterlassen hatte.

»Blödsinn«, meinte mein Vater und warf das Aftonblad mit einer verächtlichen Miene von sich. Ich konnte nicht sagen, ob er damit Kommissar Vindhage oder den Reporter meinte, der Jonsson-Algernon mit Bindestrich hieß. Wahrscheinlich alle beide. Mein Vater hatte zu diesem Zeitpunkt seit sieben Tagen am Stück über den Mord geschrieben und ging vermutlich davon aus, dass es nicht ein Lebewesen in der ganzen Vintergatan gäbe, das mehr darüber wusste als er.

Außer dem Mörder natürlich.

Dubbelubbe, der gerade eintraf, um Katta zum neuesten James-Bond-Film im Saga abzuholen, wischte sich den Kaffee aus dem dünnen Bärtchen, das er sich letzte Woche zugelegt hatte, und erklärte, dass die Ermittlungen auf Hochtouren liefen, man konnte gar nicht umhin, das zu bemerken, wenn man in der Polizeizentrale arbeitete.

»Tatsächlich?«, sagte mein Vater. »Dann fehlt vielleicht gar nicht mehr so viel, bis sie dich auch dazu rufen, Urban?«

»Hm«, meinte Dubbelube nur und streckte sich. »Ich bin bereit. Man möchte ja gern sein Scherflein beitragen.«

Anschließend schaute er auf seine Armbanduhr und bat Katta, sich fertig zu machen, damit sie nicht zu spät zum Film kämen.

* * *

Die folgenden Tage verliefen merkwürdig ereignislos, vielleicht empfand ich das auch nur so, da ich so darauf erpicht war, Signhild wiederzusehen. Was mich betraf, so gab es keine längere Mittsommerreise – Suurmans Psychopapa war in den Wäldern von Snavlunda mit einem Elch zusammengestoßen und hatte den Wagen ramponiert –, aber ich kam zumindest bis nach Stjärnsund. Was jedenfalls besser erschien als gar nichts.

Elonsson und ich, wir fuhren mit dem Bus am Vormittag des Mittsommerabends dorthin, wir stellten unser peinliches Zelt auf einer Kuhweide unten am See auf, und wir verbrachten den ganzen Nachmittag damit, im Gras zu liegen und uns zu sonnen, in einer schlammigen Bucht zu baden, drei Bier zu trinken und Scheiße zu reden. Abends trieben wir uns ein paar Stunden auf dem Festplatz herum, nachdem wir uns wie üblich hinter den Pissoirs hineingeschlichen hatten. Am besten erinnere ich mich noch daran, dass der Sänger in einem blaugelben Anzug auftrat, und das war mit das Schlimmste, was ich je gesehen hatte. Und gehört. Die Rockkünstler Raketerna aus Hjortkvarn waren nicht gerade viele Grade schärfer, und Elonsson und ich krochen irgendwann so um Mitternacht in unser Zelt, das nehme ich zumindest an.

Der Regen setzte um fünf Uhr morgens ein, und zwei Stunden später hielten wir es nicht mehr aus. Wir packten unsere durchnässten Sachen ein, gingen zur Straße und versuchten zu trampen.

Von Askersund bis Kumla sind es ungefähr vierzig Kilometer.

Wir brauchten fünf Stunden, um nach Hause zu kommen, ich sehnte mich die ganze Zeit nach Signhild, und ich habe Elonsson wohl noch nie so verabscheut wie während dieses Vormittags.

* * *

Es dauerte bis Sonntag, bis ich wieder Kontakt mit ihr bekam. Ich hatte gerade beschlossen, dass ich zu jung für Joyce war, und ihn wieder ins Bücherregal gestellt, bis ich reif genug dafür wäre. Mich selbst hatte ich mit Pfeife und MacBaren ans Fenster gestellt, und da entdeckte ich einen großen blauen Opel Kapitän, der draußen auf der Straße hielt. Ein dicker Kerl in hellem Leinenanzug kletterte heraus. Ich hatte ihn früher schon mal gesehen, es war ein entfernter Cousin von Kalevi Kekkonen, in Kilsmo beheimatet, gleichzeitig Eierhändler und Pelztierzüchter. Auf dem Rücksitz waren Ester und Signhild zu erkennen, sie klaubten Taschen und Tüten aus dem Heck, und mir wurde klar, dass sie Mittsommer bei diesem korpulenten Verwandten gefeiert hatten. Vielleicht in Brefvens Werk, wo Bertil Boo, der singende Bauer, seit Menschengedenken auftrat. Ich dachte kurz an Eric Burdon und Van Morrison und daran, wie unterschiedlich es doch um unsere musikalischen Heimatorte bestellt sein konnte.

»Signhild!«

Ich rief ihren Namen aus vollem Herzen, bevor mein feiger Verstand mich bremsen konnte. Sie drehte den Kopf und schaute zu meinem Fenster hoch. Da sie eine Tasche in der einen Hand und eine große Plastiktüte in der anderen hatte, war sie nicht in der Lage, mir zuzuwinken, was das Natürlichste gewesen wäre (auch wenn ich aus der Tiefe des gleichen Herzens, das den Ruf ausgestoßen hatte, natürlich wünschte, sie hätte »Mauritz!« geantwortet, ihr Gepäck fallen lassen, sich direkt durch die Hecke gezwängt und mir in die Arme geworfen – vorausgesetzt, ich wäre aus dem ersten Stock ins Blumenbeet gesprungen, ein Sprung, den ich auf das kleinste Zeichen zu machen bereit war), und die Situation wurde ein wenig peinlich.

Sowohl der Eierhändler als auch Ester Bolego standen da und schauten zu mir hoch.

»Äh, bis bald«, fügte ich nach einigen Sekunden des Schweigens hinzu. Signhild schien mit sich selbst zu Rate zu gehen.

»Kannst du nicht rüberkommen?«, rief sie schließlich. »In einer Stunde oder so.«

»Kann ich machen«, antwortete ich.

* * *

»Hallo! Hattest du eine schöne Mittsommernacht?«

In Signhilds Zimmer gab es außer ihr selbst und ihrem Bett einen kleinen niedrigen braunen Tisch und zwei rote Fledermaussessel. Sie saß in dem einen und blätterte in einer alten Zeitschrift. Ich setzte mich in den anderen und schaute etwas träge die Bilder an, die mit Nadeln an den Wänden befestigt waren. Paul McCartney. Cliff Richard. Paul Anka. The Hollies. Ich dachte widerstrebend, dass sie keinen besonders entwickelten Musikgeschmack hatte. Aber vielleicht konnte man ihr den noch beibringen.

»Nein«, sagte sie. »Nicht besonders. Aber es war schön, ein paar Tage von hier wegzukommen. Und wie war es bei dir?«

Ich erzählte, dass ich in einem Zelt auf einer Kuhweide vor

Askersund gelegen war und vollkommen durchnässt wurde, nachdem ich Thore Skogman gehört hatte.

»Aha«, sagte Signhild neutral.

Dann wurde es still. Sie blätterte weiter in ihrer Zeitschrift. Ich starrte eine Weile Cliff Richard an. Ein Auto fuhr draußen auf der Straße vorbei.

»Ich habe kurz mit Olsson gesprochen«, sagte ich. »Mit dem Dichter.«

»Aha«, sagte Signhild wieder.

»Wir haben uns zufällig getroffen. Es war interessant ... er ist ziemlich speziell, oder?«

Signhild legte die Zeitung auf den Tisch.

»Was meinst du damit?«

»Was ich meine? Ich meine natürlich, was ich sage ... dass er nicht gerade wie alle anderen ist.«

Signhild antwortete nicht. Es schien, als wäre ich gezwungen, ihr jedes Wort aus der Nase zu ziehen. Eins nach dem anderen. So können Frauen sein, dachte ich. Das war wie eine vollkommen neue Erfahrung und gleichzeitig sonderbarerweise wie eine uralte. Dass ich erst vor fünf Tagen ihre Hände in meinen gehalten hatte, erschien mir unbegreiflich.

Dass sie geweint hatte, sich mir anvertraut und mich umarmt hatte.

»Ich mag ihn nicht«, sagte sie nach einer halben Minute.

»Olsson?«

»Ja.«

»Warum nicht? Ich weiß, er ist irgendwie anders, aber ...?«

»Er ist unangenehm«, schnitt sie mir das Wort ab. »Können wir nicht von etwas anderem reden?«

»Aber gern«, sagte ich. »Worüber willst du denn reden?«

Sie hatte mir bis jetzt noch nicht in die Augen gesehen, aber jetzt tat sie es. Hob den Blick für ein paar Sekunden und schaute mich an, und ich begriff sofort, dass sie sich heute nicht gerade besser fühlte, verglichen mit dem letzten Mal.

»Entschuldige«, sagte ich. »Dir geht es nicht besonders, oder? Soll ich lieber gehen?«

Ich lehnte mich in dem wackligen Sessel ein wenig vor, um zu zeigen, dass ich es ernst meinte, und ich sah, dass sie zögerte. Sie biss sich auf die Lippen, ihr Blick flackerte ein wenig.

»Nein«, sagte sie. »Bleib hier. Und du brauchst dich nicht zu entschuldigen. Ich bin diejenige, die merkwürdig ist.«

Ich ließ mich mit einem Seufzer zurücksinken. Mein Gott, dachte ich. Hilf mir jetzt mit Worten, dann werde ich der Heidenmission eine Krone schenken.

Aber Unser Herr brauchte nicht anzurücken, denn Signhild räusperte sich und ergriff selbst die Initiative.

»Ich habe viel nachgedacht«, begann sie. »Ich laufe herum und grüble und grüble, und manchmal habe ich das Gefühl, mein Kopf würde gleich platzen. Es ist einfach schrecklich.«

Ich wollte gerade fragen, worüber sie denn grübelte, hielt mich aber noch zurück. Es wäre ja merkwürdig, wenn es ihr gut gehen würde, wie ich mir eingestehen musste. Streng genommen. Wenn sie nicht grübelnd herumlaufen würde.

»Kennedy hat gesagt, dass ich darüber reden soll ... oder meine Gedanken aufschreiben. Ich habe versucht zu schreiben, aber irgendwie kriege ich es nicht auf die Reihe. Ich bin nicht so gut im Aufschreiben. Und wenn man drüber reden soll, dann braucht man ja jemanden, dem man vertraut.«

Eine Sekunde lang fühlte ich mich fast gekränkt. Hier saß sie zusammen mit einem jungen Mann, der für sie durchs Feuer gehen würde, und da deutete sie an, dass es keine Leute in ihrer Umgebung gäbe, denen sie sich anvertrauen könnte.

Aber die Sekunde verging, und ich wählte den Satz, der letztes Mal so gut funktioniert hatte.

»Wenn du erzählen willst, ich höre gern zu.«

Wieder schaute sie mich an. Sah aus, als wäre sie ein Opfer

sich widersprechender Wünsche, wie es bei Riverton und Lang stand. Es vergingen einige Sekunden.

»Da ist so viel«, sagte sie dann. »Aber vor allem geht es natürlich um meine Mutter. Ich glaube, dass ... ja, so langsam glaube ich, dass sie etwas damit zu tun hat.«

»Was?«, sagte ich. »Was sagst du da?«

Sie ballte die Fäuste und drückte sie sich geradewegs in den Bauch. Als wollte sie Magenkrämpfe bekämpfen, kam mir der Gedanke. Dann holte sie tief Atem.

»Ich sage«, erklärte sie, langsam und fast ein wenig feierlich. »Ich sage, dass ich meine Mutter verdächtige, in den Mord an meinem Vater verwickelt zu sein.«

Sie breitete die Arme aus, schloss die Augen und ließ sich in den Sessel zurückfallen. Die Luft entwich aus ihr, ihre Schultern fielen zehn Zentimeter nach unten. Plötzlich schaukelte das Zimmer, und ich musste trocken schlucken. Nicht jetzt, dachte ich verzweifelt. Bitte, lieber Gott, jetzt keinen Anfall, ich habe wirklich keine Zeit dafür! Es kam mir auch in den Sinn, dass es innerhalb kurzer Zeit bereits das zweite Mal war, dass ich eine höhere Macht anrief, an die ich eigentlich gar nicht glaubte.

Es ging vorüber. Ich sah sie an, wie sie da mit geschlossenen Augen saß, eine Strähne des rotbraunen Haars im Mundwinkel, und ich erinnerte mich daran, dass sie schon beim ersten Mal, als ich sie sah, an ihrem Haar gelutscht hatte. Vor sechs Jahren. Damals war sie zehn gewesen, jetzt war sie sechzehn. Sweet Little Sixteen, dachte ich automatisch.

Was behauptet sie da?, dachte ich anschließend.

Ist sie verrückt geworden oder kann es wirklich sein, dass ...?

Ich lehnte mich über den Tisch.

»Erklär mir das«, bat ich. »Kannst du das näher erklären? Ich verspreche dir, kein Wort weiterzutragen.«

Sie öffnete die Augen. Zwinkerte ein paar Mal, und ich

konnte sehen, dass sie nicht weit von den Tränen entfernt war.

»Ich glaube, es gibt einen anderen. Dass meine Mutter eine andere Beziehung hat, meine ich. Dass sie ... dass sie meinem Vater untreu gewesen ist.«

»Ja?«, erwiderte ich dumm.

»Bevor das passiert ist, habe ich nie daran gedacht ... vor dem Mord, meine ich ... aber jetzt, wenn ich jetzt darüber nachdenke, glaube ich, dass es so gewesen sein muss. Den ganzen Frühling über gab es jede Menge Merkwürdigkeiten. Sie ist weg gewesen, sie hat telefoniert und sofort damit aufgehört, wenn ich reingekommen bin, und ... ja, sie hat sich ganz einfach merkwürdig verhalten.«

»Aber das muss doch nicht bedeuten, dass sie in den Mord verwickelt ist?«, protestierte ich.

Sie zuckte mit den Schultern.

»Was ziehst du denn für Schlüsse daraus? Jemand muss es doch getan haben. Und es muss einen Grund dafür gegeben haben.«

Ich starrte sie an.

»Du kannst ... du kannst das nicht ernsthaft meinen«, sagte ich. »Glaubst du, es war deine Mutter, die mit der Axt ... ja, du weißt schon?«

Signhild antwortete nicht. Saß ganz still auf ihrem Sessel und schaute nur zum Fenster hinaus, und ich weiß nicht, wie viel Zeit verging. Ob es sich um Sekunden handelte oder ob wirklich fünf oder sogar zehn Minuten vergingen. In meinem Kopf sausten zwei Gedanken durch die Trostlosigkeit, beide ungreifbar und fruchtlos – Mitteilungen ohne jeden Sinn und Verstand, wie ich fand.

Ich liebe sie, lautete die erste.

Ihre Mutter hat ihrem Vater den Kopf abgeschlagen, die andere.

* * *

»Weißt du, ob die Polizei einen Verdacht hat?«

Das war viel später. Aber im gleichen Zimmer am gleichen Abend.

Mit den gleichen bleichen Akteuren. Wir saßen inzwischen auf ihrem Bett, ich hatte meinen Arm wieder um sie gelegt, den rechten, genau wie beim letzten Mal. Mit meiner linken Hand hatte ich in der letzten Viertelstunde mal meine mit ihren Fingern verflochten, mal ihr übers Haar und über die Arme gestrichen.

Sie hatte geweint, aber wir hatten uns nicht richtig geküsst oder umarmt. Das spielte keine Rolle. Ich wusste, dass es jetzt sie und ich hieß, es war die gleiche Magie wie vor fünf Tagen, so etwas konnte einmal geschehen, ohne dass es etwas bedeutete, aber nicht zweimal.

Nie im Leben zweimal.

Und wir waren so still gewesen, dass wir O Sole Mio auf der anderen Seite der Wand schnarchen hören konnten.

Sie dachte lange nach, bevor sie antwortete.

»Nein«, sagte sie dann. »Ich glaube nicht, dass sie einen Verdacht haben. Sie haben natürlich mehrere Male mit Mama geredet, aber das hätten sie wohl unter allen Um... Umständen gemacht, oder?«

»Sicher«, stimmte ich zu. »Aber ich glaube trotzdem, dass du dich irrst. Es ist schwer, so einen Gedanken wieder loszuwerden, wenn er erst einmal im Kopf aufgetaucht ist. Hast du mit dem Psychologen drüber geredet?«

Signhild schüttelte den Kopf.

»Das habe ich natürlich nicht. Aber ich will ihn nicht mehr besuchen, ich will ja nicht, dass er erfährt, warum es mir so schlecht geht ... ich meine, das mit meinem Vater ist ja schon schlimm genug, aber wenn es wirklich so ist, dass ...«

Sie brach mitten im Satz ab.

»Das ist es nicht«, wiederholte ich mit falscher Gewissheit. »Und selbst wenn sie einen anderen getroffen haben sollte, so muss das doch nicht bedeuten, dass sie deinen Vater umgebracht hat. Das ist eine Zwangsidee, die du da hast.«

»Vielen Dank«, sagte Signhild, und ich konnte nur schwer sagen, wie sie das eigentlich meinte.

»Signhild«, sagte ich ernsthaft. »Ich habe dich schrecklich gern. Sag mir, was ich machen soll, um dir zu helfen, und ich verspreche dir, ich tue es. Du kannst für alle Zeiten auf mich bauen.«

Bereits als ich es sagte, war mir klar, dass der Ausdruck »für alle Zeiten« eine Kompensation dafür war, dass ich mich nicht zu sagen traute, dass ich sie liebte. Dass ich stattdessen sagte »schrecklich gern haben«.

Ich hoffte, dass auch sie das begriff. Sie saß wieder eine Weile schweigend da.

»Wenn man herausfinden könnte...«, sagte sie dann mit der vorsichtigsten Stimme, die ich je bei ihr gehört hatte. »Wenn man wenigstens herausfinden könnte, wer der Mann eigentlich ist... ich bin mir ganz sicher, dass es ihn gibt.«

Ich nickte entschlossen. Wog im Kopf ab, inwieweit ich ihr von dem dunklen Amazon in Sannahed erzählen sollte, und beschloss dann, es lieber für mich zu behalten. Zumindest bis auf weiteres, überlegte ich. Zumindest bis sie ein wenig gefestigter war.

»Ich werde es versuchen«, versprach ich. »Du hast das doch nicht deiner Mutter gesagt? Dass du so eine Ahnung hast?«

»Nein. Ich traue mich nicht. Und wenn es trotz allem nun nicht so ist? Dann würde ich sie ja verdächtigen auf Grund von... wie heißt das? Auf Grund von falschen Indizien?«

»Ja, so heißt es«, bestätigte ich. »Nein, es ist wohl am klügsten, erst einmal den Mund zu halten. Du hast es doch auch sonst niemandem erzählt?«

Sie schüttelte energisch den Kopf.

»Spinnst du? Natürlich habe ich das nicht.«

Anschließend befreite sie sich aus meinem Arm und schaute auf die Uhr.

»O je, ist es schon so spät? Und ich muss morgen früh raus und arbeiten.«

»Danke, gleichfalls«, stellte ich fest und stand auf. »Ist wohl das Beste, wenn ich jetzt verschwinde. Aber ich verspreche dir, dir bei der Sache zu helfen, vergiss das nicht.«

Sie lächelte tapfer, und wir umarmten uns. Von Angesicht zu Angesicht, und mindestens zehn Mal so lange wie beim letzten Mal.

* * *

Als ich nach Hause kam, hörte ich mir die englische Hitliste von Radio Luxemburg an. Das machte ich immer sonntagabends zwischen elf und zwölf. Auf Mittelwelle. Und wie immer schob sich dauernd ein deutscher Sender dazwischen und spielte Straußmärsche, aber zumindest gelang es mir, alle zwanzig Titel in mein Notizbuch einzutragen. *A Whiter Shade of Pale* lag schon in der dritten Woche auf dem ersten Platz, und mein Favorit, *Groovin'* von The Young Rascals, war vom vierzehnten auf den elften Platz gestiegen.

Aber es waren nicht die meistverkauften Platten in England, über die ich anschließend im Bett noch grübelte. Es gab da so einiges zu bedenken. Ich glaube, ich schlief dann irgendwann zwischen drei und vier ein.

13

Als ich am Montagmorgen unten in der Küche meine Brote fertig machte, war ich so müde, dass ich gelbe Flecken sah. Ich war immer wieder drauf und dran, Elonsson anzurufen und ihm mitzuteilen, dass ich krank war – Mandelentzündung oder Hexenschuss oder einfach nur eine simple Erkältung –, aber meine gute Erziehung und mein starker Charakter siegten zum Schluss doch.

So richtig wach wurde ich dann auch erst nach der ersten Tasse Kaffee in der Halb-zehn-Uhr-Pause und begann, darüber nachzudenken, was am gestrigen Abend eigentlich geschehen war.

Was Signhild da behauptet hatte.

Und was ich versprochen hatte.

Dass ich mir die Rolle einer Art halb freiwilligen Privatdetektivs angezogen hatte, machte mir eigentlich nicht besonders viele Sorgen. Wenn Signhild darum bat, würde ich voller Freude Astronaut oder Affenpfleger im Zirkus Scala werden – aber es war die Art des Auftrags an sich, die in mir an diesem leicht sonnigen, zweiundzwanzig Grad warmen Vormittag draußen im Torfmoor von Säbylund immer größere Bedenken weckte.

Denn die Sache war zweifellos ein wenig heikel. Das Ziel meiner Anstrengungen musste sein, Ester Bolego von dem Verdacht reinzuwaschen, den niemand außer ihrer Tochter gegen sie hegte. Sollte es sich aber herausstellen – ein schrecklicher Gedanke –, dass Signhild Recht mit ihren finsteren Ahnungen hatte, dass ihre Mutter tatsächlich in irgendeiner Weise in den Mord an ihrem Vater verwickelt war, dann würde meine Position meiner Geliebten gegenüber ja wohl ziemlich ins Wanken kommen?

Oder etwa nicht? Waren meine Überlegungen falsch? Sollte eine junge Frau in dieser Situation noch mehr Liebe, Trost und Zuspruch bedürfen?

Ich stellte fest, dass ich die Sache nicht entscheiden konnte. Sie lag außerhalb meines Erfahrungshorizonts, so einfach war das. Vermutlich außerhalb des Horizonts der meisten anderen auch. Vielleicht würde Signhild einer Art Trauerwahn verfallen und nie wieder sie selbst werden, über so etwas hatte man ja schon gelesen. Eine bleiche, frühzeitig gealterte Jungfrau, die ihre düsteren Tage im Hospital Herbstsonne im Inneren von Ångermanland verbrachte. Verdammte Scheiße, dachte ich, so darf es mit meiner Signhild niemals enden. Ich muss ihre Kraftquelle und ihre rechte Hand sein, muss wirklich zusehen, dass ...

»Was hockst du da eigentlich und grübelst vor dich hin?«, wollte Elonsson wissen. »Über eine Zeltreise in die schöne Gegend von Askersund?«

»Halt die Schnauze«, sagte ich. »Komm, jetzt drehen wir wieder den Torf um.«

»Wird gemacht«, sagte Elonsson.

* * *

Und da ist ja auch noch die Sache an sich, dachte ich, als ich wieder in der Furche auf die Knie gesunken war und anfing, den Torf zu wenden.

Ganz abgesehen von meiner Beziehung zu meiner Auftraggeberin sozusagen.

Die Wahrheit an sich.

Wie zum Teufel war es um sie bestellt?

Wer war es, der Kalle Kekkonen in dieser Nacht den Kopf abgeschlagen hatte?

Und warum?

Ich hatte während meiner schweren Jugend so manchen Krimi gelesen, die Götter sind meine Zeugen. Vor allem englische und amerikanische: Chesterton, Quentin und Ellery Queen. Und John Dickson Carr natürlich nicht zu vergessen, er war sozusagen der Meister ... und während ich herumkrabbelte und arbeitete, dass der Torf aufwirbelte, versuchte ich, mir die Tipps und Faustregeln ins Gedächtnis zu rufen, an die ich mich noch erinnern konnte.

Cui bono?

Cherchez la femme!

Nun ja, cherchez l'homme! war in diesem Fall wohl eher angesagt.

Methode, Gelegenheit, Motiv!

Diese Troika bildete natürlich den Grundstein, das Fundament aller kriminellen Ermittlungsarbeit an sich, und ich begann, sie augenblicklich auf den Fall Kekkonen anzuwenden.

Die Methode war ziemlich eindeutig. Kopfabschlagen – oder Dekapitieren, wie Hedbalk es lieber nannte, als wir im Herbstsemester die Französische Revolution durchnahmen. Axt oder Beil oder irgendein Schwert. Das Mordinstrument war nicht aufgefunden worden.

Welche Eigenschaften waren notwendig, um so einen fatalen Schlag zu landen?, fragte ich mich. Konnte er auch von einer Frau oder einem Kind ausgeübt werden?

Ich kam zu dem Schluss, dass wahrscheinlich keine besonders großen Körperkräfte notwendig waren, auch wenn Kekkonen ein ziemlich ansehnlicher Kerl war. Vorausgesetzt, die Mordwaffe war scharf geschliffen, und es gab nichts, was darauf hindeutete, dass dem nicht so gewesen war.

Die Gelegenheit?

Nun ja, wie schon früher festgestellt, konnte sich wohl im Großen und Ganzen jeder Erstbeste – der sich nicht erwiesenermaßen in der betreffenden Nacht in Katmandu oder Dals Långed oder an einem anderen abgelegenen Ort befunden hatte – ins Lundbomsche Haus hineingeschlichen und im Schutze der Dunkelheit die abscheuliche Tat ausgeführt haben. Der Zeitpunkt war, soweit ich mich erinnerte, so ungefähr auf zwischen drei und vier Uhr morgens festgesetzt worden. Die Wolfsstunde also, in der alle außer den Bäckern und den Bösewichten ihren wohlverdienten Schlaf schlafen – und folglich war auch bis jetzt, elf Tage nach dem Mord, nicht der Schatten eines Zeugen bei der Polizei aufgetaucht.

Zumindest, wenn man den Berichten meines Vaters in der Länstidningen Glauben schenken wollte.

Motiv?

Hier hatten wir natürlich des Pudels Kern. *Warum* musste Kalevi Oskari Kekkonen sterben? *Wer* gewann etwas dadurch, dass er nicht länger am Leben war? Cui bono, wie gesagt?

Seine Ehefrau?

Das ließ sich nicht leugnen. Wenn es stimmte, was Signhild über das Zusammenleben ihrer Eltern erzählt hatte – und wenn das stimmte, was sie über den vermutlichen Liebhaber gesagt hatte –, ja, dann war nicht zu leugnen, dass Ester Bolego ein Motiv hatte. Zumindest ausreichend, dem Ehegatten den Tod zu *wünschen*.

Aber hatte sie diese schreckliche Tat auch *ausführen* können?, fragte ich mich und erschlug eine unbegabte Mücke, die sich dazu entschieden hatte, auf meinem Unterarm statt auf meinem Rücken zu landen. Hatte sie ihn so sehr verabscheut, dass sie vorsätzlich in sein Zimmer geschlichen war und ihm den Kopf abgeschlagen hatte?

Das erschien doch etwas heftig, vorsichtig ausgedrückt. Arsen im Bier oder Strychnin im Pilzauflauf war unter weiblichen Mördern eher gebräuchlich, das wusste ich aus der Literatur.

Aber, fragte ich mich mit hartnäckiger Klarsicht, was weiß man über das Innerste des Menschen und über seine finstersten Triebkräfte? Man durfte die Möglichkeit nicht so einfach außer Acht lassen.

Andere Alternativen?

Hatte das Opfer irgendwelche Feinde?

Ich überlegte. Sicherlich gab es eine ganze Menge, die ihn nicht besonders schätzten, aber im Großen und Ganzen nicht sehr beliebt zu sein genügte ja wohl nicht, um dekapitiert zu werden? In dem Fall müssten ja Krethi und Plethi ihren Kopf in Nullkommanichts verloren haben.

Gab es schlimmere Dinge? Gründe, die ich nicht kannte?

Natürlich. Um ehrlich zu sein: Ich wusste nicht die Bohne, welche Menschen und dunklen Fakten in Kalevi Oskari Kekkonens Fahrwasser dümpelten. Nichts über vergangene Enttäuschungen und Kränkungen und lichtscheue Begebenheiten – die in einer bestimmten Situation wie Luftblasen im Wasser aufsteigen konnten, ihren Weg und in der kompromisslosesten aller Taten ihre Auflösung finden konnten: in einem Mord. Ich hatte schon häufiger derartige Geschichten gelesen, und ich nahm an, wenn es sich so in einem Roman von Jonathan Stagge im Chicago der Vierziger Jahre hatte abspielen können, so konnte es sich wohl auch ein Vierteljahrhundert später in der Fimbulgatan in Kumla so zutragen. Menschen sind nun einmal nur Menschen.

Einer der Vorteile davon, in einem Moor herumzukriechen und Torf zu wenden, besteht darin, dass die Arbeit nicht besonders viel Hirnschmalz erfordert. Da passte es ganz ausgezeichnet, wenn die kleinen grauen Zellen mit etwas beschäftigt waren, und ich spürte zweifellos einen gewissen Stolz, dass es mir bis jetzt geglückt war, einer gewissen logischen Stringenz zu folgen. Fragen und Antworten. Prämissen und

Schlussfolgerungen. Kein Gefasel, alles klar wie Kloßbrühe, wie Ture Sventon gesagt hätte.

Das Problem lag wohl eigentlich nur darin, dass die Summe von allem, aus all meinen messerscharfen Deduktionen, so verdammt klein ausfiel. Null und nichts, genau gesagt. Ich wusste nicht die Bohne über den Mord an Kalevi Kekkonen. Nichts darüber, welche Kräfte dahinter standen, und nichts über den Täter, der irgendwo in der Peripherie lauerte – ebenso unbekannt und imaginär wie der Vater von Kaspar Hauser, um eine weitere Fußnote aus Hedbalks Weltgeschichte zu entleihen.

Verdammte Scheiße, dachte ich verbissen. Ich muss eine Methode finden, um aus diesem Brackwasser herauszukommen.

Das war ein Gedanke eines Philip Marlowe würdig, und mit der Liebe zu Signhild als Brandbeschleuniger und Feuerholz wusste ich genau, dass ich nicht so schnell aufgeben würde.

Scheiße auch.

* * *

Als ich an diesem Tag nach Hause kam, holte ich einen Notizblock heraus und stellte eine Art Übersicht auf. Umstände, die möglicherweise einen Zusammenhang mit dem Mord haben könnten – oder zumindest ein wenig Licht darauf fallen ließen und von denen ich der Meinung war, dass sie der Mühe wert waren, sie einmal näher anzusehen.

Esters Liebhaber? schrieb ich ganz oben hin.

Dann: *Der dunkle Amazon in Sannahed?*

Anschließend schrieb ich in schneller Folge: *Die Polizei? Dubbelubbe! Lies die Zeitung, du Dummkopf! Der Schachzug? Schachclub?* und: *Dichter Olsson!*

Dann fiel mir nichts mehr ein, aber ich fügte trotzdem noch hinzu:

Signhild Kekkonen-Bolego
Es war lustig, sie mit ganzen Nachnamen so ausgeschrieben zu sehen, und ich blieb eine Weile nur sitzen und dachte an sie. Ich wusste, dass sie immer nur den Namen ihrer Mutter benutzte, dass sie aber tatsächlich auch Kekkonen hieß, das hatte sie mir einmal erzählt. Der Grund, warum ich sie in die Aufstellung denkbarer Angriffspunkte aufgenommen hatte, war natürlich, dass ich aus rein professionellen Gründen mit ihr reden wollte ... Ich war zumindest nicht so eingebildet, um nicht zu sehen, dass man seine Motive nicht verfälschen darf, wenn man mit heiler Haut in der hart machenden, sich aber auch verdammt hart gebenden Privatdetektivbranche überleben will. Das geht ganz einfach nicht.

Ich starrte auf meine Notizen. An welchem Punkt konnte ich weiterkommen?, fragte ich mich, und bald hatte ich einen Entschluss getroffen.

Für meinen ersten Zug zumindest. Ich nahm Block und Stift, Pfeife und Tabak mit und begab mich in Kumlas Bibliothek, um durchzusehen, was die Presse über den Fall Kekkonen so geschrieben hatte – und ich weiß, dass ich mich, während ich die Mossbanegatan entlang ging, an den klassischsten Fall aller Fälle in der Literatur erinnerte: an »Der Mord in der Rue Morgue« von Poe, wo Monsieur C. Auguste Dupin das Rätsel allein dadurch löst, dass er liest, was die Zeitungen darüber schreiben.

Das war ein Gedanke, der mir ungemein zusagte.

* * *

Es dauerte eine gute Stunde, sich durch alles durchzuarbeiten, was Dagens Nyheter, Svenska Dagbladet, Expressen, Aftonbladet und die Länstidningen über den Mord an Kalevi Kekkonen geschrieben hatten, und als ich fertig war, war ich nicht einen Zentimeter klüger geworden, nur deutlich müder.

Das Meiste hatte ich früher schon gelesen; das einzig Neue für mich war, dass die Polizei offensichtlich viel Mühe auf die so genannte Schachspur verwandt hatte. Man hatte alle Mitglieder des Kumlaer Schachclubs verhört und untersucht, was an dem Abend vor dem Mord im Clublokal in der Torsgatan vor sich gegangen war. Aber nichts davon hatte die Ermittlungen weiter gebracht, soweit ich es verstand. Im Svenska Dagbladet stieß ich auf eine neue Sichtweise, da schrieb ein Reporter namens Stenson, dass es sich wahrscheinlich um eine so genannte interne Abrechnung handelte.

Ich wusste nicht so recht, was er mit dem Begriff »interne Abrechnung« meinte, nahm aber erst einmal an, dass es etwas war, womit man sich in der königlichen Hauptstadt und ähnlichen Metropolen so beschäftigte, wenn man nichts Besseres zu tun hatte.

Etwas niedergeschlagen gab ich die Zeitungen Frau Gustavsson hinter dem Tresen wieder zurück, und in der Tür hinaus stieß ich dann mit Sigge van Hempel zusammen.

»Öh – du hast nicht zufällig einen Fünfer für 'n Bier?«, fragte er mich und kratzte sich unter der Achsel.

Ich schaute auf die Uhr.

»Wir haben halb acht«, sagte ich. »Wo willst du denn um diese Uhrzeit ein Bier herkriegen? Wir leben schließlich in Kumla.«

»Ich habe so meine Beziehungen«, erklärte Sigge und trat zur Seite, um mich auf den Fußweg hinaus zu lassen.

»Sorry«, sagte ich. »Hab keinen roten Heller.«

Sigge van Hempel war die Kopie von Ringo Starr. Äußerlich zumindest, ich glaube, er hatte dafür auch im vergangenen Sommer im Brunnspark einen Preis gewonnen. Innerlich war er etwas ganz anderes. Möge Gott wissen, was. Er war ein paar Jahre älter als ich, wohnte in einer eigenen Bude in Prästgårdsskogen und war auf dem besten Wege, Alkoholiker zu werden.

Wenn er es nicht schon war. Wahrscheinlich war er auch passionierter Haschischraucher, obwohl es noch nicht richtig modern war, derartige Stimulanzien zu konsumieren, zumindest nicht in unserer Gegend. Er mied jede anständige Arbeit, mied genau genommen alles, was mit geordneten Verhältnissen zu tun hatte. Er war nach einem sagenumwobenen Streit mit einer Biologielehrerin der Freien Kirchengemeinde während eines Wandertags von der Realschule abgegangen – und sollte ein paar Jahre nach dem Mord an Kalevi Kekkonen eine kurze, flüchtige Berühmtheit als Prediger des Jüngsten Tages in einer Sekte erlangen, die den Namen »Das Wahre Leben« trug. Wenn er irgendeine Funktion in einem Ort wie Kumla einnehmen konnte, dann als warnendes Beispiel.

»Guck dir nur diesen Hempel an«, pflegte meine Mutter immer zu sagen. »Du willst doch nicht so werden wie dieser. Man kann doch ...«

Das heißt wie *er*, dachte ich dann immer, ohne eine Miene zu verziehen.

Nein, Sigge van Hempel war eine haltlose Gestalt, daran herrschte gar kein Zweifel, aber er hatte eine Eigenschaft, die ihn aus der Menge heraushob. Eine einzige, abgesehen von seiner Ähnlichkeit mit Ringo: Er war ein Teufel im Schachspiel.

Wie gut er genau war, das wusste ich nicht, das wusste niemand, aber das Gerücht besagte, dass er so selbstverständlich am ersten Tisch vom KSS sitzen würde, wie ein Boxer einen fahren lässt, wenn er nur wollte.

Das Problem war sein Lebenswandel. Seine ständige Betrunkenheit und gut dokumentierte Unzuverlässigkeit. Es kam vor, dass er an dem einen oder anderen Wettkampf teilnahm, bei dem berüchtigten Neujahrswettkampf gegen Hallsberg hatte er mitgemacht und 4:0 innerhalb von zwei Stunden erreicht, obwohl er sechs Bier zu sich genommen und überdies noch Phantomas während des laufenden Spiels gelesen hatte.

Laut anderer Gerüchte hatte er gegen Keres Remis gespielt und wäre schwedischer Juniorenmeister geworden, wenn er nicht am letzten Tag der Ausscheidung in Skövde dem Wettkampf fern geblieben wäre – der Grund soll eine minderjährige Blondine aus der Gegend sowie eine unbekannte Anzahl an Bieren gewesen sein, die sie sich bei einem Einbruch in einen Kiosk besorgt hatten.

All das fuhr mir durch den Kopf, während wir draußen vor der Bibliothek standen, und plötzlich wurde mir klar, dass es eine Art Seelenverwandtschaft zwischen Kalle Kekkonen und Sigge van Hempel geben musste. Trotz des Altersunterschieds. Und dass es vielleicht gar keine so schlechte Idee wäre, ein paar Worte mit ihm zu wechseln.

Mit Sigge wohlgemerkt, mit dem anderen Schachgenie war es nicht länger möglich, irgendwelche Worte zu wechseln.

Ich stopfte meine Pfeife und überlegte, wie ich es am besten anfangen sollte.

»Hast du von dem Kekkonen-Mord gehört?«

Mir fiel nichts Besseres ein, und es gab auch keinen Grund, lange um den heißen Brei herumzureden.

»Kekkonen?«, sagte Sigge. »Natürlich.«

»Er ist ermordet worden«, präzisierte ich. »Und der Mörder hat einen Zettel mit einem Schachzug drauf zurückgelassen.«

»Wirklich?«, fragte Sigge. »Davon habe ich nichts gehört. Wie wär's dann mit ein paar Kröten? Du kannst doch wenigstens zwei locker machen, oder?«

»Nee, tut mir Leid«, sagte ich. »Das war übrigens ein ganz merkwürdiger Zug.«

»Ach ja?«, sagte Sigge. »Na ja, ich habe keine Ahnung. Verdammte Scheiße, das Leben ist eines der schwersten, wenn es keine Bierchen gäbe ... merkwürdig, hast du gesagt?«

Er rülpste und schwankte ein wenig. Ich überlegte kurz, ob es eigentlich viel Sinn hatte, hier zu stehen und mit ihm zu reden, dachte aber, dass es zumindest nichts schaden könnte.

»Ja«, sagte ich. »e2 – e4 schachmatt!«

»Was?«, fragte Sigge van Hempel.

»e2 – e4 schachmatt!«, wiederholte ich. »Du warst nicht zufällig am vorletzten Donnerstag im Club und hast da gespielt?«

»Im Club? Scheiße, nein«, sagte Sigge und klang fast empört. »Diese beschissenen Freimaurer wollen mich nicht da haben, und außerdem kennen die nicht einmal den Unterschied zwischen einer Rochade und einem Pferdearsch. Du hast neben dieser Pfeife nicht zufällig noch 'ne Ziggi?«

Ich schüttelte den Kopf.

»Dann hast du Kekkonen gar nicht gekannt?«

Sigge dachte eine Weile nach.

»Ich kenne niemanden«, stellte er fest. »Aber ich habe ein paar Mal gegen ihn gespielt. Er war übrigens einer der Besten. Hat zwei von vier Malen sogar ein Remis gegen mich geschafft, wenn ich mich recht erinnere. Im Blitzschach.«

»Und wer hat die beiden anderen gewonnen?«

Er antwortete nicht. Das war eine Selbstverständlichkeit. Ich überlegte wieder, ob ich nicht lieber aufgeben sollte. Überlegte außerdem, ob ich nicht quer über die Straße gehen und mir bei Herman eine Wurst holen sollte. Ich hatte immerhin nur ein läppisches Käsebrot gegessen, seit ich vom Moor nach Hause gekommen war.

Aber bei dem Gedanken, dass ich meinem zufälligen Kumpel nicht eine einzige Krone hatte spendieren wollen, war das doch etwas zu peinlich. Ich beschloss also, die Signale meines Magens lieber zu ignorieren.

»e2 – e4 schachmatt!«, rief Sigge van Hempel plötzlich aus. »Ha!«

»Was heißt das?«, fragte ich.

»Dieser Zug«, sagte Sigge und fing wieder an, sich in der Achselhöhle zu kratzen. »Jetzt fällt er mir wieder ein.«

»Dir fällt er ein?«

»Genau. Sage ich doch.«

»Was soll das heißen, dass er dir wieder einfällt?«

»Verdammte Scheiße, wenn ich nur ein Bier hätte«, stöhnte Sigge.

»Hör auf«, sagte ich. »Du hast doch wohl nicht vor, dich ins Stadthotel zu setzen? Es gibt an einem Montagabend um Viertel vor acht kein Bier in Kumla.«

»Ja, leider, ist das nicht schrecklich?«, stimmte Sigge mir zu. »Und dann hat man nicht mal Kohle für ein paar Zigaretten.«

Ich überlegte noch einmal.

»All right«, sagte ich dann. »Wir gehen zum Zeitungskiosk und kaufen eine kleine Packung John Silver. Und du kriegst zwei Zigaretten, wenn du mir erzählst, was es mit e2 – e4 auf sich hat, okay?«

»Verflucht, bist du geizig«, schimpfte Sigge van Hempel.

* * *

Die Zigaretten bekam er zuerst, so dumm war er nun auch nicht. Wir setzten uns auf die Bahnhofstreppe und zündeten uns jeder eine an.

»Das war in einem Buch«, erklärte er.

»In einem Buch?«

»Ja, natürlich. Weißt du, das habe ich vor einer Weile gelesen, es fällt mir nicht mehr ein, wie es heißt, aber es war jedenfalls eins von denen, die mein Alter mir hinterlassen hat.«

Ich nickte. Sigge van Hempels Vater war Buchhändler gewesen, das war allgemein bekannt. Er war irgendwann in den Fünfzigern aus Deutschland nach Schweden gekommen und hatte sich in Örebro niedergelassen. Hempel&son in der Drottninggatan. &son war nicht Sigge, sondern ein sehr viel älterer Bruder, Dieter, der jedoch bei einem Verkehrsunfall auf dem Arbogavägen 1961 ums Leben kam. In der gleichen Woche, in der die Berliner Mauer eine Tatsache war, genauer gesagt, und diese beiden Ereignisse – die Geburt der Mauer und der Tod des ältesten Sohns – waren der Anfang vom Ende für Adrian van Hempel. Der Buchladen machte im folgenden Jahr Konkurs, Mutter, Vater und der vierzehnjährige Sigmund zogen nach Kumla, und die Familie ging unter. Um eine traurige und nicht besonders lange Geschichte kurz zu machen.

Und offensichtlich hatte Sigmund alias Sigge sich des Buchlagers angenommen, zumindest dessen, was nicht veräußert werden konnte.

»Was steht in dem Buch?«, fragte ich. »Über diesen Schachzug, meine ich?«

»Es ist natürlich absolut unmöglich, auf diese Art und Weise ein Schachmatt hinzukriegen«, stellte Sigge fest und sog energisch an seiner Zigarette. »Es sei denn, man ist ein richtiger Könner und plant das schon von Anfang an. Und das ist es, was in dem Buch passiert.«

»Ja?«, sagte ich.

»Zwei Gegner, die um eine Frau spielen ... Ich habe so eine Ahnung, dass da auch noch was mit einem Vertrag mit dem Teufel war. In Prag oder Wien oder irgendwo ... während des Ersten Weltkriegs oder kurz danach. Und dieser Könner sollte das Frauenzimmer gewinnen, wenn er den anderen durch e2 – e4 schachmatt setzte.«

»Ja – und?«, fragte ich.

Sigge van Hempel zuckte mit den Schultern.

»Ich erinnere mich nicht mehr so genau. Doch, ich glaube, es ist ihm gelungen. Man kann ja die Partie so planen, wenn man es drauf anlegt. Lässt den Königsbauern da stehen, wo er steht, und wenn man die Vorherrschaft hat, treibt man den König aufs Brett, no problem, aber verflucht verzwickt ...

aber vielleicht, mit dem Teufel und einer Frau als Jackpot, da könnte es ... hoho, jaja, es ist doch einfach zu beschissen, dass man hier kein Bier kriegen kann.«

»Wie heißt das Buch?«, fragte ich.

Sigge zündete sich die zweite Zigarette an der Glut der ersten an.

»Komme ich nicht drauf, wie schon gesagt. Ich nehme an, dass es eins der deutschen ist. Obwohl, wenn du noch ein paar Lullen spendierst, dann können wir eben bei mir zu Hause vorbeigucken und nachsehen.«

Ich schaute auf die Uhr und überlegte.

»In Ordnung«, sagte ich. »Ich habe nicht viel Zeit, aber eine halbe Stunde ist drin.«

Und so begaben wir uns auf den Weg nach Prästgårdsskogen.

14

Sigges so genannte Bude lag im Erdgeschoss eines der Mietshäuser am Rosensteinsväg, und sie bestand aus einem Zimmer und einer Kochnische. Abgesehen von einem Bett, einem Stuhl, einem Schachbrett und einem tragbaren Plattenspieler bestand das Inventar hauptsächlich aus zwei Ingredienzien: Büchern und leeren Bierdosen.

Es schien ungefähr gleich viel von jeder Sorte zu geben – ein paar Tausend, aber bei den Büchern herrschte ein wenig mehr Ordnung. Sie waren auf dem Boden gestapelt, dicht an dicht in ungefähr anderthalb Meter hohen Stapeln, an allen Wänden, ausgenommen die Schlafecke. Bierdosen gab es überall – in Tüten auf dem Boden natürlich, aber auch auf der Fensterbank, auf der Hutablage, auf dem Herd, in der Spüle und auf dem herausziehbaren Schneidebrett. Und im Schrank, bei dem das untere Scharnier der Tür kaputt war, weshalb er dreiviertel offen stand.

Alles in allem roch es auch nicht besonders gut, irgendwie nach einer Mischung aus Müllhalde und verbranntem Fleisch, und ich beschloss, nicht allzu lange zu bleiben.

»Schön«, sagte ich. »Du hast es nett hier.«

»Ich weiß«, sagte Sigge. »Setz dich.«

Ich hob vier leere Dosen hoch und setzte mich auf den Stuhl.

»Das Buch«, erinnerte ich ihn.

»Ach, Scheiße, ja natürlich«, sagte Sigge. »Gib mir nur erst noch was zu rauchen.«

Ich zündete eine weitere John Silver an und reichte sie ihm. Nahm dann selbst eine, der Tabakrauch erschien bei dem Gedanken an die Umgebung wie frische Luft.

»Jetzt wollen wir mal sehen, sagte die Blinde Sarah«, sagte Sigge und kratzte sich im Nacken. »Das ist bestimmt eins von den deutschen, wie ich schon gesagt habe. Müsste hier irgendwo sein.«

Er machte sich an den Stapeln zu schaffen, die unter dem Fenster vor der Heizung lagen und nicht ganz so hoch waren wie die übrigen. Ich überlegte kurz, ob das wohl eine übliche Situation für einen Privatdetektiv war, so eine, in die man immer mal wieder im Laufe der Arbeit geriet, und kam zu dem Schluss, dass dem wohl nicht so war. Überhaupt war es in mittelschwedischen Orten von Kumlas Kaliber ziemlich dünn gesät mit dieser Art investigativer Tätigkeit, aber ich wollte lieber nichts beschwören. Und was tut man nicht, um dem Ruf der Pflicht und der Stimme des Herzens zu folgen?

So dachte ich stoisch und betrachtete die schiefen Jalousien und etwas, das aussah wie ein Spiegelei, zwischen den Glasscheiben im Fenster.

»Dann kannst du Deutsch?«

»Aber natürlich«, sagte Sigge auf Deutsch, ohne den Blick von den Büchern zu heben. »Sprechen, lesen und schreiben. Wenn ich aus diesem gottverlassenen Loch einmal verwiesen werde, dann werde ich zu meinen Wurzeln in Tübingen zurückkehren. Da muss man wenigstens abends nicht ohne Bier auskommen.«

Er sprach jetzt deutlicher, und mir war klar, dass er dabei war, nüchtern zu werden.

»Was hält dich dann hier noch?«, fragte ich.

»Weiß der Teufel«, antwortete Sigge mit gerunzelter Stirn. »Die Alte sitzt in Mellringe, na, sie wohl. Hier! Hier haben wir es ja, wenn ich nicht vollkommen plemplem bin ... Klimke, ja, das stimmt!«

Er richtete sich auf und blätterte ein paar Mal in dem kleinen stockfleckigen Buch mit weichem Umschlag hin und her, das er in den Händen hielt.

»Stimmt genau«, wiederholte er und sagte dann auf Deutsch: »›Der Teufelspakt‹ von Werner Klimke.« Und fügte auf Schwedisch hinzu: »Kann nichts Besonderes sein, weil ich mich nicht mal an den Schluss erinnern kann.«

»Ist er bekannt?«, fragte ich. »Der Autor, meine ich. Ich glaube, ich habe noch nie etwas von ihm gehört.«

»Vermutlich kein großer Name«, sagte Sigge und schlug das Vorsatzblatt auf. »Es ist 1954 gedruckt worden, und es gibt keine Auflistung anderer Bücher, die er geschrieben hat. Nein, er ist bestimmt im Großen und Ganzen eine Null. Mein Alter glaubte, er könnte deutsche Bücher in Örebro verkloppen, aber das hat natürlich nicht geklappt. Aber ich glaube, er hat auch nicht besonders viel Geld investiert, als er die gekauft hat ... nur die Restauflage von einem Münchner Verlag, er hatte einen Lieferwagen, mit dem ist er einmal im Jahr runtergefahren und hat alles geholt.«

»Ach so«, sagte ich. »Aber dieser Schachzug ist jedenfalls hier in diesem Buch?«

»Ja, natürlich«, sagte Sigge und klopfte sich mit zwei Fingern gegen die Stirn. »Sicher wie das Amen in der Kirche. Ich vergesse nie einen Zug, weißt du. Aber an die Geschichte kann ich mich nicht mehr richtig erinnern. Außer dem, was ich schon gesagt habe ... zwei Männer, die um die Gunst einer Frau spielen oder so was in der Richtung. Banal wie Kuhscheiße, wenn du mich fragst.«

Ich überlegte.

»Hast du was dagegen, wenn ich mir das Buch mal ausleihe?«

Sigge van Hempel sog die Lippen ein und blinzelte mich

an. Mir war klar, dass das ein Ausdruck für intensives Nachdenken sein musste. Es dauerte eine Weile.

»Einen Fünfer, und das Scheißbuch ist deins«, sagte er.

»Drei«, sagte ich.

»Vier«, sagte Sigge, und dabei blieb es.

* * *

Zu diesem Zeitpunkt hatte ich seit fünf Jahren Deutsch in der Schule – drei Jahre in der Realschule von Kumla und zwei in Hallsberg –, aber erst als ich an diesem Abend mit Werner Klimkes »Der Teufelspakt« in der Parkatasche von Sigge van Hempel nach Hause kam, wurde mir wirklich klar, wie es um meine Kenntnisse stand.

Schlecht.

Abgrundschlecht. Wie im Fall Joyce ging ich streng ans Werk und schlug alle Worte nach, die ich nicht verstand, mit dem Ergebnis, dass ich sechzehn Zeilen in einer Stunde schaffte. Da gab ich auf. Das Buch hatte zweihundertsechsundfünfzig Seiten, und man lebt trotz allem nur einmal. Ich spielte mit dem Gedanken, es von Sigge lesen und mir dann ein Resümee geben zu lassen, verwarf die Idee aber in Anbetracht dessen, was mich das wahrscheinlich kosten würde. Stattdessen blätterte ich im Buch auf der Suche nach e2 – e4 und fand es auch ziemlich schnell an ein paar Stellen. Ich sah ein, dass ich eigentlich keinen Grund hatte, Sigges Aussagen hinsichtlich des Inhalts zu misstrauen, und dass es wohl sinnvollere Dinge gab, mit denen ich mich beschäftigen konnte, als Deutsch zu pauken. Es war ja auch nicht vollkommen ausgeschlossen, dass es den Klimke auch auf Schwedisch gab, warum also so viel Kraft in ein Projekt stecken, das mich den Rest meiner Jugend kosten würde?

Ich klappte das Buch zu, wog es in der Hand und überlegte. War das eigentlich ein Anhaltspunkt?, fragte ich mich. Dieser abgegriffene, mitgenommene kleine Roman? Nach dem Grad der Abnutzung zu urteilen, waren es zumindest so einige gewesen, die ihn gelesen hatten. Nicht einmal Sigge van Hempel konnte ein Buch ganz allein so verhunzen.

Oder war es ein Zufall? Gab es überhaupt irgendeine Form von Botschaft hinter diesem e2 – e4 schachmatt!? Und hatte dann so eine Botschaft überhaupt etwas mit »Der Teufelspakt« zu tun?

Weit hergeholt, dachte ich. Außerordentlich weit hergeholt. C. Auguste Dupin würde niemals darauf eingehen.

Ein Schlusssatz, der für die gesamte Mordgeschichte galt, wie mir in den Sinn kam. Sie war irgendwie einfach zu unglaublich. Zu unwahrscheinlich. Der einzige Grund, warum man nicht einfach mit den Schultern zucken konnte, bestand darin, dass es sie trotz allem gab.

Wirklich. Letztendlich *hatte* tatsächlich jemand Kalevi Oskari Kekkonen den Kopf abgeschlagen, das war ebenso unwiderlegbar wie die Tatsache, dass die Uhr zu diesem Zeitpunkt bereits Viertel nach elf zeigte und dass gewisse Leute am nächsten Morgen um sechs Uhr aufstehen mussten, um den Torfproviant fertig zu machen.

Ich legte den Klimke auf die Schreibtischecke, löschte das Licht und dachte, dass es besser gewesen wäre, wenn ich niemals auf Sigge van Hempel gestoßen wäre.

* * *

Am nächsten Tag zog ein sibirisches Hochdruckgebiet über Skandinavien, und draußen im Moor stieg die Temperatur auf achtundzwanzig Grad. Das heißt, im Schatten, und so etwas gab es dort nicht. In der Sonne waren es sicher fünfzig. Wir arbeiteten in Badehosen, Knieschutz, Handschuhen und mit einer dicken Schicht Nivea auf dem Rücken. Die Mücken jubelten über die Hitze und stachen wie verrückt. Prick kriegte einen Sonnenstich und fuhr mit Fjugesta-Bengt auf einem der Transporttrecker zur Fabrik, um von dort weiter ins Krankenhaus gebracht zu werden. Wir anderen tranken zwei Liter Wasser die Stunde, Elonsson unterhielt sich intensiv mit den Marieberg-Mädchen, und um ein Uhr beschlossen wir alle vier, mit dem Rad zum Holmasjö zu fahren und dort zu baden, statt weiter unter der glühenden Sonne auszuharren und zu Moorleichen zu verkohlen.

Ich hatte eigentlich keine Lust, aber Elonsson war hartnäckig – es war ganz offensichtlich, dass er Feuer und Flamme für Ing-Britt war, und die Hitze hatte wahrscheinlich sein Urteilsvermögen ausgetrocknet –, also gab ich nach.

Bis zur Badestelle am Holmasjö brauchten wir eine halbe Stunde. Ing-Britt und Britt-Inger radelten in ihren Bikinis, und ich musste zugeben, dass ich Elonssons Eifer immer besser verstand, je weiter wir kamen.

Auch wenn die Flamme meiner Leidenschaft ja bereits ihren Hafen und Schutz bei Signhild gefunden hatte, so waren zwei fast nackte, braun gebrannte und verschwitzte Mädchenkörper nicht zu verachten. Sechzehn und siebzehn Jahre alt, Ing-Britt hatte einen kleinen Leberfleck auf dem Rücken, direkt über dem Rand der Bikinihose, und es war nicht so einfach, die Augen auf dem Weg zu halten, wenn man dicht hinter ihr fuhr und an ihrem Reifen klebte, wie es in Radsportkreisen heißt.

Ganz und gar nicht einfach.

Wir stellten unsere Räder hinter dem Kiosk ab, wo schon mindestens hundert Drahtesel standen. Kauften uns ein Eis und suchten uns ein relativ abgeschiedenes Plätzchen, genau da, wo das Gras in Brennnesseln und anschließend in schütteren Birkenwald überging. Ing-Britt und Britt-Inger grüßten ein paar andere Mädchen und einen dicken Jungen mit gelber Sonnenbrille, ich glaube, er war Bassist in einer der Bands von Örebro, wohingegen weder Elonsson noch ich irgendwelche Bekannten entdeckten. Der Holmasjö war auch keine logische Badegelegenheit für die Leute aus Kumla, und mir gefiel es recht gut, dass wir hier ein wenig inkognito sein konnten. Irgendwie hatte ich das Gefühl, dass dieses Kapitel nicht in das Buch über Signhild gehörte, das ich ja gerade schrieb.

Wir badeten ein paar Mal, rauchten, tranken Cola und quatschten ein bisschen über alle möglichen Nichtigkeiten: Jeansmarken (Lee oder Levi's oder Wrangler, das war die Frage), Donovan, die Möglichkeit, einen Job bei der Trabrennbahn von Marieberg zu kriegen, Svenne Hedlunds ach so süße Mundzüge, die ganz offensichtlich etwas vollkommen Einzigartiges an sich hatten, und was wohl am kommenden Wochenende im Brunnspark los sein könnte. In erster Linie führten die Damen das Gespräch. Elonsson und ich, wir übernahmen automatisch eine eher etwas männlich zurückhaltende Rolle bei der Konversation. Was mich betraf, so war ich ein wenig durch Ing-Britts Brüste gehemmt, ich hätte ihr so gern vorgeschlagen, doch oben ohne zu sonnen, wie es hier und da um uns herum geschah – aber obwohl ich wirklich mit aller Telepathie arbeitete, deren ich mächtig war, kamen weder sie noch Britt-Inger zur Sache und nahmen die Oberteile einfach nicht ab.

Den ganzen Nachmittag nicht, es war wie verhext.

Als ich dann in der Schlange stand, um zum zweiten Mal ein Eis zu kaufen, entdeckte ich den Dichter Olsson. Zwischen all den Fahrrädern und Mopeds um den Kiosk herum stand auch das eine oder andere Auto, und auf der Kühlerhaube eines schwarzen Amazon saß er – in Badehose, Sandalen und einem weißen, kurzärmligen Hemd – und unterhielt sich mit einem riesigen Typen in Boots und Lederweste. Der sah überhaupt wie ein Rocker aus, mit fettigem Haar und einem rotlila Hemd, das bis zum Nabel aufgeknöpft war.

Der Dichter entdeckte mich nicht – zumindest machte er keine diesbezüglichen Zeichen –, aber während ich dastand und ihn beobachtete und darauf wartete, dass ich an die Reihe kam, beschloss ich, was mein nächstes Beobachtungsobjekt in meiner Rolle als Privatschnüffler sein würde.

Da ist auch etwas mit Olsson, hatte Signhild das nicht gesagt?

* * *

An diesem Tag hatte mein Vater Geburtstag, und abends aßen wir draußen in der Laube Heringe und frische Kartoffeln. Hinterher Rhabarberauflauf mit Vanillesoße. Es war kein Festessen, wir legten in unserer Familie keinen besonders großen Wert auf Geburtstagfeiern. Katta und ich, mein Vater und meine Mutter. Und der Redakteur Nilsson, der auch bei der Länstidningen arbeitete, Junggeselle und verwandt mit Nisse Nilsson war. Aber nur weit entfernt. Dubbelubbe hatte irgend so einen Abenddienst, hatte sich aber an Kattas Geschenk beteiligt – einer grünen Lodenweste mit roten Elchen drauf, die sie während einer gemeinsamen Reise in die schöne Gegend von Silja gekauft hatten.

Von mir bekam mein Vater eine Sammlung von Plaudereien von dem berühmten Cello, das kriegte er jedes Jahr, und von meiner Mutter eine Kombizange, die er sich auch gewünscht hatte. Doch am meisten schätzte er wohl doch Nilssons Geschenk, eine Flasche Grönstedts Monopol, an der sie sich noch lange bedienten, als wir anderen schon aufgebrochen waren.

Jedenfalls war es ein ungewöhnlich heißer Abend, das konnte ich feststellen, als ich gegen neun Uhr quer über die Straße ging und bei Signhild klingelte.

* * *

Es war so ein Abend, von denen es in unserem Teil der Welt wohl fünf im Jahr gibt, wenn man Glück hat – und der einen erahnen ließ, wie das wahre Leben in Monterey, Marseille und Acapulco aussah. Ich nahm Signhild sofort bei der

Hand, und sie machte keinerlei Anstalten, sie zurückzuziehen. Weder bei dem Eröffnungsgeplänkel noch später während des Spaziergangs.

Anfangs sagten wir nicht viel. Wir gingen die Mossbanegatan und die Kvarngatan entlang bis zum Viaskogen, und ich dachte, dass noch nie, noch niemals, mein Leben so intensiv gewesen war wie jetzt. Der Jasmin blühte immer noch, das Geißblatt blühte immer noch, von einem Gartenfest war *House of the Rising Sun* zu hören, und Signhild trug einen kurzen Rock und hatte frisch gewaschenes Haar.

Als wir über die Eisenbahnschienen gekommen waren und den Wald erreicht hatten, blieb ich stehen und küsste sie. Ich hatte zuvor erst einmal ein Mädchen geküsst, das war eine meiner Klassenkameradinnen während des Luciaauftritts im letzten Dezember gewesen. Sie hieß Elma, kam aus Röfors und war vorher gerade zum Kotzen draußen gewesen.

Mit Signhild war es etwas vollkommen anderes. Auch wenn wir etwas unbeholfen waren und unsere Zähne aufeinander schlugen, lernten wir doch schnell. Ich weiß, dass ich ein paar Jahre später las, dass ein Kuss sein soll wie das Verspeisen einer sonnengereiften Kirsche, nur mit den Lippen, und dass ich dachte, dass es so, genau so gewesen war, als ich Signhild das erste Mal küsste.

Und dass die Zunge und die Lippen derartige Signale in das Geäst der Wollust im Körper schicken konnten, davon hatte ich keine Ahnung gehabt.

Wir standen in der Sommernacht auf einem halb zugewachsenen Waldpfad im Viaskogen und waren dabei, die Liebe zu erfinden.

Das dauerte natürlich eine Weile. Als Signhild das erste Mal auf die Uhr schaute, war es schon nach zwölf, und wir machten uns langsam auf, wieder durch das schlafende Wohnviertel zurückzugehen.

»Ich bin so dankbar«, sagte Signhild. »Alles andere ist im

Augenblick so schrecklich, und dann haben wir ... das hier. Du und ich.«

»Mm«, sagte ich. »Dafür können wir wohl dankbar sein. Aber ich versuche auch, Klarheit in die anderen Dinge zu bringen.«

»Ich glaube, es ist besser, wenn du das sein lässt«, sagte Signhild. »Ich habe darüber nachgedacht, nachdem du vorgestern nach Hause gegangen bist.«

»Was meinst du damit?«

»Nur, dass es vielleicht am besten ist, wenn man nicht zu viel weiß.«

Ich überlegte.

»Aber die Polizei wird doch früher oder später alles aufrollen, oder?«, sagte ich. »Du glaubst doch wohl nicht, dass das einfach so ... ja, einfach so im Sande verläuft?«

»Nein, das geht natürlich nicht.« Sie seufzte. »Ist schon klar, dass es früher oder später herauskommen wird. Was auch immer. Obwohl ich mir manchmal wünsche, dass es gern noch ein bisschen dauern könnte.«

»Aber vorgestern hast du doch gesagt, dass du alles wissen willst«, erinnerte ich sie.

Sie drückte meine Hand und ließ sie dann wieder los. »Ich weiß. Oder besser gesagt, ich weiß nicht ... ob meine Mutter tatsächlich ein Verhältnis mit einem anderen hatte, und wenn ... wenn sie irgendwie in den Tod meines Vaters verwickelt ist, dann, ja dann muss das natürlich geklärt werden. Aber ich will dem Ganzen irgendwie nicht so nahe sein. Wenn ich zum Beispiel von zu Hause ausziehen könnte, dann wäre es einfacher ... ich weiß nicht, ob du verstehst, was ich meine?«

»Natürlich, ja«, versicherte ich ihr. »Aber es wäre doch das Allerbeste, wenn sie von jedem Verdacht reingewaschen werden würde, oder?«

»Ja, sicher.«

»Ich habe überlegt, was ich da machen kann. Habe sogar schon angefangen, aber wenn du nicht ...«

»Das ist schon in Ordnung«, unterbrach sie mich. »Ich vertraue dir, aber ich will auf keinen Fall, dass du ...«

Sie beendete ihren Satz nicht. Wir waren wieder auf Höhe des Gartenfests, das offenbar immer noch stattfand, und jetzt war es *Rag Doll,* das durch die Fliederhecke drang. Ich ergriff wieder ihre Hand.

»Ich weiß«, sagte ich. »Du brauchst nichts zu sagen. Ich bin kein Dummkopf, auch wenn meine Haare lang und meine Jeans ausgefranst sind.«

Sie musste lachen. Ich stellte fest, dass das wohl die Spitze des Glücks war: etwas sagen zu können, das Signhild zum Lachen brachte.

Aber gleich darauf wurde sie wieder ernst.

»Ich werde für eine Weile wegfahren«, sagte sie.

»Wegfahren? Wohin denn?«

»Nach Tygelsjö.«

»Nach Tygelsjö. Und wo bitte schön liegt Tygelsjö? Das klingt ja wie ...«

»In Skåne«, erklärte sie, bevor ich auf Medelpad getippt hatte. »Meine Mutter hat eine Cousine dort. Ich kann da wohnen, es liegt fast direkt am Meer.«

»Wie schön«, brachte ich heraus.

Wir gingen schweigend weiter.

»Ich werde am Samstag fahren«, sagte Signhild. »Ich kriege drei Wochen Urlaub bei Brundins. Und Kennedy kann mich noch länger krankschreiben, wenn ich will.«

»Am Samstag?«, wiederholte ich.

»Ja.«

Ich hatte einen Kloß im Hals, der jetzt anschwoll.

»Was machst du den restlichen Sommer?«, fragte sie. »Du wirst doch nicht die ganze Zeit im Moor arbeiten?«

Ich zuckte mit den Schultern.

»Nein. Da gibt's nur noch für zwei, drei Wochen Arbeit. Elonsson und ich, wir haben überlegt, irgendwo zusammen zu zelten. Vielleicht an der Westküste.«

»Aha«, sagte Signhild. »Ja, das klingt doch gut.«

Genau in dem Moment konnte ich mir nichts Schlechteres vorstellen, als in einem Zelt zusammen mit Elonsson zu liegen. In Lysekil oder Marstrand oder Hunnebostrand – während Signhild sich gleichzeitig in Skåne befand –, aber aus irgendeinem Grund fiel es mir schwer, das zuzugeben.

»Wir haben uns noch nicht entschieden«, erklärte ich stattdessen. »Wäre schon cool, stattdessen nach London zu fahren. Von Göteborg kostet es nur neunzig Piepen.«

»Das ist aber billig«, sagte Signhild, und mir schien, das klang ein wenig niedergeschlagen.

Warum können wir nicht zurück in den Viaskogen gehen und noch ein bisschen weiter küssen?, dachte ich plötzlich. Warum können wir nicht hier und jetzt genau die gleiche Sache noch einmal machen?

Aber ich wusste, dass es unmöglich war. So grausam kann das Leben nämlich sein, dass man ein Bonbon nur einmal lutschen kann, dann ist es nicht mehr da. Dann muss man mit Taschenlampe und verdammter Zielsicherheit nach dem nächsten suchen. So war es nun einmal.

So ist es.

»Samstag?«, sagte ich noch einmal. »Du hast doch gesagt, dass du Samstag fährst, oder?«

»Ja, ich denke schon«, sagte Signhild, und danach fiel es uns den ganzen Weg bis nach Hause in die Fimbulgatan schwer, noch Worte zu finden.

15

Alles geht vorüber – außer Mücken und Liebeskummer.

Das war eine von Tante Idas Wahrheiten über das Leben, und am Freitag fiel sie mir ein, als genau zwei Wochen seit dem Mord an Kalevi Kekkonen vergangen waren. Die Zeitungen schrieben nichts mehr darüber, nicht einmal mein Vater, und die Leute hatten aufgehört, sich laut darüber zu unterhalten. Zumindest summte die Luft nicht mehr vor lauter Vermutungen und Spekulationen, das war irgendwie gleich zu merken, wenn man rausging und einmal tief Luft holte.

Obwohl natürlich die polizeilichen Ermittlungen volle Kanne weiterliefen, das durfte man ja wohl voraussetzen, ernsthafte Männer mit schwarzen Halbmonden unter den Augen, die zu später Nachtstunde im Polizeirevier von Örebro saßen, konferierten und das Puzzle legten.

Das Puzzle legten und Schlussfolgerungen zogen. Theorien verwarfen und falsche Spuren entlarvten. Und in erster Linie: sich mit unerschütterlicher Entschlossenheit und Präzision ins Herz der Finsternis bohrten.

In des Pudels Kern.

Hoffentlich. Wie ich schon erwähnte, fiel es mir bereits von Anfang an schwer, dieses hundertprozentige Vertrauen in die Fähigkeiten der Kriminalpolizei zu entwickeln, das man als guter Mitbürger wohl hegen sollte. Ob das nun an

Dubbelubbes sich immer wiederholenden Plattitüden oder an etwas anderem lag: Ich weiß es nicht. Mein Leben verlief diesen merkwürdigen Sommer über mit offenem Visier, und um vor lauter Sehnsucht nach Signhild nicht verrückt zu werden – die sich ja noch nicht einmal in das gottverlassene Skåne aufgemacht hatte, mir aber nach der überwältigenden Nähe im Viaskog bereits jetzt schrecklich weit entfernt zu sein schien –, zog ich mir noch einmal die zweifelhafte Tracht des Privatdetektivs über. Mein armer Kopf war so voll von Herz und Schmerz, dass ich einfach eine Richtung brauchte, etwas Konkretes, womit ich mich beschäftigen konnte. Man musste sein Leiden wie den Daumen des deutschen Fähnrichs behandeln: unter Glas legen und dann ab in die Schublade. Signhild würde schon zur rechten Zeit zurückkommen, und irgendwo in meinem Unterbewusstsein begann ich bereits zu überlegen, ob nicht die Strände in Skåne ebenso viel zu bieten hatten wie die der Westküste.

* * *

Der Dichter Olsson.

Nachdem ich die Schachspur so weit verfolgt hatte, wie ich konnte, ließ ich sie erst einmal für eine Weile ruhen. Ich hatte die vage Idee, nachzuforschen, inwieweit nicht eines der Mitglieder des Schachclubs von Kumla ein Exemplar von »Der Teufelspakt« sein Eigen nannte, aber wie ich so eine delikate Operation anfangen sollte, darüber hatte ich mir noch keine weiteren Gedanken gemacht.

Außerdem hegte ich die vage Vorstellung, dass es vermutlich am besten wäre, Ermittlungsleiter Vindhage an dem, was ich über Sigge van Hempel erfahren hatte, teil haben zu lassen – aber da ich mir nicht so recht darüber im Klaren war, ob ich überhaupt auf Seiten der Polizei stand oder nur auf der von Ester Bolego und Signhild, verschob ich auch das in die Zukunft.

In dieser Art und Weise wand ich mich. Wie die Schlange auf dem Felsen.

Aber nun also der Dichter Olsson.

Ich ging systematisch an die Sache heran, indem ich seinen Namen ganz oben auf eine neue Seite meines Notizblocks schrieb.

Dann kam ich nicht weiter. Kaute auf dem Stift herum und schaute aus dem Fenster zu Signhild hinüber. Es war Freitagabend. Sie hatte vor einer halben Stunde angerufen und erzählt, dass sie einen Zug nehmen würde, der am Samstagvormittag um elf Uhr fünfzehn vom Bahnhof Kumla abfuhr. Und dass sie es schön fände, wenn ich sie zum Zug bringen könnte.

Aber jetzt war ihr Fenster dunkel. Ich starrte auf das weiße Papier. Fragen?, dachte ich. Maßnahmen?

Ich begann mit den Fragen.

Wer ist der Dichter Olsson?
Woher kommt er?
Warum wohnt er bei den Kekkonen-Bolegos?
Kannte er schon früher jemanden aus der Familie?
Wenn ja, wen?

Und dann formulierte ich meinen Verdacht.

Kann der Dichter Olsson Ester Bolegos Geliebter sein?

Und die Frage, die daraus folgte:

War er derjenige, der Kalle Kekkonen geköpft hat?

Ich schaute wieder aus dem Fenster. Das Lundbomsche Haus sah verlassen aus, nicht nur Signhilds Fenster war dunkel. Langsam begann ich einzusehen, wie wenig ich eigentlich von ihnen wusste. Von Kalevi Kekkonen. Von Ester. Sogar von Signhild. Sie wohnten seit sechs Jahren auf der anderen Straßenseite, aber von ihrer Vergangenheit und eventuellen Leichen im Keller wusste ich nicht die Bohne.

Obwohl – wenn ich darüber nachdachte, wie viel ich zu sagen hätte, wenn es um die Burmans oder die Fredrikssons ginge, dann wurde mir klar, wie es wirklich darum stand. Man sieht nur das Äußere. Menschen konnten ihr ganz normales Leben in stinknormalen Straßen in mittelschwedischen Städten leben und dabei die finstersten Geheimnisse verbergen – und natürlich konnten diese unter den Teppich gekehrten und halbeingemotteten Dinge jeden Augenblick ans Tageslicht dringen. Wie eine Heringskonserve, die nicht länger dem Druck stand hielt.

Und was dann geschehen würde, das war schwer zu sagen. Dann konnte beispielsweise ein Mensch sich nicht anders zu helfen wissen, als einem anderen den Kopf abzuschlagen.

That's life. Ich legte Them wieder auf den Plattenteller und rauchte zum Fenster hinaus.

Das Einfachste – wenn es um die letzten beiden Fragen ging – wäre natürlich gewesen, Signhild zu fragen. Bei ihr nachzubohren, ob sie glaubte, dass möglicherweise gerade der Dichter Olsson der verborgene unbekannte Mann war, von dem sie behauptete, er hätte ein Verhältnis mit ihrer Mutter.

Aber das widerstrebte mir. Es war ja nicht einmal sicher, dass irgendein heimlicher Liebhaber existierte, und wenn ich jetzt ganz plump ihren Untermieter als Kandidaten für diese Rolle präsentierte, so hatte ich das Gefühl, als würde ich sie irgendwie beleidigen. Sowohl Ester wie auch Signhild. Vielleicht auch noch den Dichter Olsson.

Das war sicher eine irrationale Denkweise, aber ein Privatdetektiv muss ein wenig seiner Intuition vertrauen, dachte ich. Seinem Spürsinn und seinem Fingerspitzengefühl. Ich ging zurück zum Schreibtisch und begann, über die Maßnahmen nachzudenken. Nach zehn Minuten war ich soweit gekommen, dass es eigentlich nur vier durchführbare Vorgehensweisen gab.

Mehr oder weniger durchführbar. Ich schrieb sie unter den Fragen auf.

1) Mit E. B. reden
2) Mit D. O. reden
3) E. B. beschatten
4) D. O. beschatten

Nachdem ich schon einmal mit diesem systematischen Blödsinn angefangen hatte, fasste ich sogleich einen Entschluss.

Ich würde den Dichter Olsson beschatten.

Zufrieden mit diesem Beschluss tauschte ich Them gegen Dave Clark Five aus, kroch ins Bett und nahm mir »Der Ekel« von einem Franzosen namens Jean-Paul Sartre vor, dessen Name mir von einer Art Tribunal früher im Jahr noch in Erinnerung war.

* * *

Am Samstag war ich schon vor acht Uhr auf, obwohl ich in der Nacht nicht besonders viel geschlafen hatte. Die Gedanken an Signhild, an ihre weichen Lippen und ihre Zunge hatten mich durch die empfindsame Oberfläche des Schlafs gejagt, und ich hatte einen ganz merkwürdigen Traum geträumt, bei dem ich ein Pudelweibchen war, das zusehen musste, von O Sole Mio gedeckt zu werden, bevor die Sonne aufging.

Oder genauer gesagt, bevor der Hahn dreimal krähte.

Ich frühstückte und rief Signhild an. Fragte sie, wann ich zu ihr rüberkommen sollte, sie meinte, es würde reichen, wenn ich um halb elf bei ihr wäre, und ich verbrachte eine schwere Stunde mit meinem Franzosen und seinem Ekel, bevor ich zu ihr hinüberging.

Sie hatte eine rot-schwarz-karierte Reisetasche aus Stoff und einen kleinen Rucksack. Ich stellte die Tasche auf den Gepäckträger meines Fahrrads und schob es. Das war idiotisch: So waren wir gezwungen, jeder auf einer Seite von dem Klappergestell zu gehen, und ich konnte sie während des ganzen Wegs bis zum Bahnhof nicht berühren.

Das war frustrierend. Die Sonne schien, die Vögel zwitscherten, es war so eine Art bescheuerter Hochsommer am Laufen, und ich fühlte mich wie ein zum Tode Verurteilter. Sie kaufte ein wenig Proviant und eine Zeitschrift am Kiosk, während ich das Fahrrad abstellte, wir schleppten uns durch den urinstinkenden Tunnel, hinauf zum Bahnsteig. Da saßen drei alte Greise und Klapp-Erik, die offensichtlich alle nach Hallsberg wollten, um sich dort zu vergnügen. Wir gingen ans Ende des Bahnsteigs und stellten dort Tasche und Rucksack ab. Ich schaute auf die Uhr.

Uns blieben noch sieben Minuten. Ich fasste sie bei den Schultern und schaute sie an. Sie war zehn Zentimeter kleiner als ich, und als sie ihre grünen Augen zu mir hob, ergriff mich fast die Panik. Sie darf mich nicht verlassen, dachte ich. Niemals. Diese Augen dürfen sich nicht von mir abwenden. Sonst sterbe ich. Jetzt sterbe ich.

Sie lächelte unsicher. Dann legte sie ihre Hände auf beide Seiten meines Halses, und so begannen wir, uns zu küssen.

Und dann kam der Zug, und sie fuhr davon.

* * *

Ich blieb noch fünf Minuten auf dem Bahnsteig stehen. Die Sonne schien, die Vögel zwitscherten. Mein Gehirn schickte ab und zu ein lustloses Signal zu den Beinen, sie sollten sich doch langsam mal in Bewegung setzen, aber nichts geschah.

Erst als ein Güterzug einen Meter von mir entfernt vorbeidonnerte, kam ich vom Fleck. Langsam und unsicher wie ein vom Schlag getroffener Neunzigjähriger begab ich mich wieder in den Tunnel hinunter. Bog nach rechts ab und kam auf den Marktplatz. Dort spielte ich eine Weile mit dem Gedanken, in Svärds Eisenwarenhandel zu gehen und mir einen Anker zu kaufen, dann weiter hinunter zum See zu gehen und mich zu ertränken, aber ich überlegte es mir noch. Es ist bestimmt genauso beschissen, tot zu sein, dachte ich.

Der Handel auf dem Markt war recht lebhaft, aber an diesem Samstag schien es keine Dichterlesung zu geben. Ich ging weiter zum Musikalienladen von Kumla. Ging hinein und schaute mich eine Weile in dem mageren Sortiment um, kaufte schließlich eine LP von Sonny Boy Williamson and the Yardbirds.

Das Leben geht weiter, dachte ich, als ich wieder in den Sonnenschein hinaustrat. Außerdem hast du einen Auftrag, du Weichei. Reiß dich zusammen!

Aber als ich mein Fahrrad hinter dem Zeitungskiosk holen wollte und feststellen musste, dass es gestohlen worden war, kümmerte mich das nicht mehr, als wenn jemand in Askersund gegen den Wind gerülpst hätte.

Wie Vretstorps-Karlsson und seine Familie zu sagen pflegten.

* * *

Es war eine Sache, im Dunkeln zu liegen und Überwachungspläne zu schmieden, eine andere war es, sie im hellen Tageslicht auszuführen.

Als der Dichter gegen sechs Uhr mit O Sole Mio herauskam und ich mit meiner diskreten Verfolgung begann, kamen wir nicht weiter als bis zu Vedkapar-Larssons, bevor er sich umdrehte und mich entdeckte. Er wartete auf mich.

»Salve, mein junger Ritter«, sagte er. »Woher und wohin des Weges?«

Ich erklärte ihm, dass ich auf dem Weg zu Karlesson sei, um Tabak zu kaufen, und er nickte interessiert.

»Dann können wir zusammen gehen. Das ist ein schöner Abend, nicht wahr?«

Ich stimmte ihm zu, dass an dem Wetter wirklich nichts auszusetzen war.

»Warum so finster?«, fragte er. »Liegt der Grund darin, dass Jung-Signhild in die südlichen Provinzen gezogen ist?«

Ich spürte, wie ich rot wurde, und musste zugeben, dass ich der jämmerlichste Privatdetektiv der Welt war. Es war meine Absicht gewesen, das eine oder andere über Olsson herauszukriegen, und jetzt hatte er mich stattdessen bis aufs Hemd ausgezogen. So fühlte ich mich zumindest. Bevor ich antworten konnte, legte er brüderlich seinen Arm um meine Schultern.

»Verzweifle nicht. Du Amors tapferer Zinnsoldat«, sagte er. »Denn durch die Felsen glüht die Kühnheit des Herzens ... Über das Erröten und andere Zustände, aus meiner ersten Sammlung, hm, wollen wir die Beine ein wenig bewegen, ja?«

Wir gingen los, O Sole Mio wie ein müder Staubsauger immer zwei Schritte vor uns.

»Werden Sie hier wohnen bleiben?«, fragte ich, um das Gespräch in irgendeiner Weise zu meinen Gunsten zu drehen.

»Bis auf weiteres«, sagte der Dichter Olsson. »Bis morgen oder bis zum Frühling. Wer weiß? Wie läuft es mit der Schriftstellerei?«

»Es geht«, sagte ich dumm. »Habe in letzter Zeit nicht viel geschrieben. Und selbst?«

»Einmal Wein, einmal Essig«, stellte er fest und zündete sich eine seiner dünnen Zigarren an. »Wie das Leben. Wie das Atmen. Man darf nur keine Angst haben, das ist das Wichtigste.«

Ich verstand nicht ganz, was das Letzte wohl zu bedeuten hatte, und schweigend gingen wir an Hammarbergs Koppel vorbei.

»Können Sie Deutsch?«

Ich fragte ganz spontan, ohne vorher nachzudenken, und er schaute mich verwundert an.

»Ich hab noch einen Koffer in Berlin«, sagte er dann auf Deutsch. »Mein lieber Freund, ich habe acht Jahre dort gelebt. Warum fragst du?«

»Ich weiß nicht«, antwortete ich wahrheitsgemäß. »Manchmal kommt mir einfach so etwas in den Kopf.«

»Das kommt vor«, bestätigte der Dichter Olsson, und dann waren wir bei Karlesson angelangt.

* * *

Das Bedürfnis, etwas zu tun, um nicht an Signhild denken zu müssen, war groß, und nur wenige Stunden später war Plan B fertig. Ich zögerte auch nicht damit, ihn in die Tat umzusetzen, und zwar folgendermaßen:

Hinter dem Lundbomschen Haus gab es seit Urzeiten eine Fichtenhecke, die die Grenze zu Gustavssons Gärtnerei bildete – und mitten in dieser Fichtenhecke stand ein versteckter Schuppen. Wahrscheinlich hatte er als Geräteschuppen für Gustavsson gedient – und diente möglicherweise immer noch dazu. Für Harken und Eimer, Schaufeln und Wasserkannen und was man sich sonst noch so denken kann, für alles, was in einer Gärtnerei halt gebraucht wird. Aber ich weiß es nicht, ich will nichts beschwören, es kann auch einfach ein altes Plumpsklo gewesen sein.

Auf jeden Fall handelte es sich um eine winzige Bruchbude, eineinhalb Meter im Quadrat und ein paar Meter hoch, mit einem morschen, nur leicht abfallenden Holzdach, das mit Dachpappe beklebt war. Die Fichtenhecke hatte es im Laufe der Jahre richtig überwuchert, sowohl von den Seiten als auch von oben, und ich glaube, nicht einmal ein Privatdetektiv mit nur halb so großer Intelligenz wie ich (wenn denn so etwas überhaupt denkbar war) wäre umhin gekommen, diese Möglichkeit in Betracht zu ziehen.

Während meiner jüngeren Mannesjahre – von fünf bis dreizehn ungefähr – hatte das Schuppendach verschiedenen Zwecken gedient: als Versteck, wenn man Verstecken oder Ticken spielte, als verborgener Platz, wenn man heimlich in Pin-Up oder Top-Hat blättern wollte, die man unten im Pokerskogen hinter dem Marktplatz gefunden hatte, oder einfach als Rückzugsmöglichkeit, als ein Platz, an dem man im Großen und Ganzen seine Ruhe hatte – und wenn ich mich an diesem heißen Samstagabend jetzt hier bäuchlings ausstreckte, so konnte ich sofort feststellen, dass die Dachpappe sich noch genau so anfühlte, wie ich sie in Erinnerung hatte, sowie dass die Fichten nicht so hoch gewachsen waren, dass man nicht immer noch direkt zur Familie Kekkonen-Bolego hineinschauen konnte.

Es war gut zehn Uhr geworden. Der Abstand betrug nicht mehr als zehn, zwölf Meter. Vereinzelt summten ein paar Mücken, ich zündete meine Pfeife an und legte mich zurecht. Ideal, dachte ich. Wenn es etwas über Ester Bolego und den Dichter Olsson herauszufinden gibt, dann werde ich es aus dieser Position heraus erfahren. Ich bin ein verdammt gewiefter Späher.

Beide Fenster waren hell erleuchtet, sowohl das Wohnzimmer als auch die Küche, aber bisher konnte ich keinen von beiden entdecken. Weder sie noch ihn. Abwarten, dachte ich. Die Stunde der Wahrheit naht ...

Auf irgend so eine halbbewusste Art sah ich natürlich ein, dass ich in diesen pompösen Gedanken badete, weil ich mir selbst Mut und Selbstvertrauen einreden musste. Man darf keine Angst haben, das ist das Wichtigste, hatte Olsson gesagt, und damit hatte er wahrscheinlich nur allzu Recht.

Der Dichter Olsson? Konnte er wirklich ein Mörder sein?

Es war schwer, sich das vorzustellen, aber andererseits hatte ich während meiner relativ kurzen Zeit auf Erden nur sehr wenig Umgang mit Verbrechern dieser Art gehabt, also wollte ich lieber nichts beschwören.

Warum sollte er Kalle Kekkonen nicht den Kopf abgeschlagen haben?, dachte ich. Es kann doch auf dieser verrückten Welt durchaus passieren, dass ein Dichter einen Uhrmacher um die Ecke bringt.

Jedenfalls, wenn er gute Gründe dafür hat.

Jedenfalls, wenn der Dichter der Geliebte der Ehefrau ist.

Und wenn nun der Uhrmacher ihnen irgendwie auf die Schliche gekommen war?

Während ich da auf der Teerpappe lag und durch die Fichtenzweige spähte, erschien mir diese Lösung immer wahrscheinlicher. Je mehr ich das Für und Wider abwog, umso glaubhafter wirkte sie.

Außerdem konnte er Deutsch, der Dichter, eigentlich war es unfassbar, dass die Polizei sich nicht bereits in einem sehr viel früheren Stadium für ihn interessiert hatte ...

Meine Überlegungen wurden unterbrochen, als sie im Zimmer auftauchten. Direkt vor meinen Augen; zuerst Ester und dann, gleich nach ihr, der Dichter. Ich spürte, wie mein Herz in der Brust einen Galoppsprung machte, und fast hätte ich die Pfeife zwischen dem Gestrüpp verloren.

Sie gingen zu dem Tisch, der vor dem Fenster stand.

Sie zog einen Stuhl heraus und setzte sich, er nahm einen anderen und setzte sich ihr gegenüber. Mein Gott, dachte ich, das ist ja fast wie im Theater. Wenn sie noch das Fenster öffnen, kann ich hören, was sie sagen!

Aber sie öffneten nicht das Fenster. Es gab einige Mücken, vielleicht deshalb. Jedenfalls saßen sie da, einander gegenüber, jeder hatte ein Stielglas mit einer braungelben Flüssigkeit vor sich stehen, und sie beugten sich über den Tisch, so dass nur wenige Zentimeter zwischen ihren Köpfen waren. Ich dachte, dass es nun wirklich nicht aussah, als würde ein Untermieter mit seiner Vermieterin plaudern. Ganz und gar nicht.

Der Dichter Olsson zündete sich eine Zigarre und Ester Bolego eine Zigarette an. Sie tranken einen Schluck aus ihren Gläsern, nippten nur, während gleichzeitig ihre Blicke aneinander klebten. Dann unterhielten sie sich und rauchten, Ester gestikulierte ab und zu mit den Händen, so wie sie es immer tat, der Dichter saß insgesamt eher ruhig da. Einmal zog er die Brieftasche aus der Gesäßtasche, holte etwas aus ihr hervor und zeigte es ihr. Ich glaube, es war ein Foto, sie lächelte, als sie es anschaute.

Und als sie es zurückgegeben und er es wieder in die Brieftasche geschoben hatte, nippten sie von Neuem an ihren Gläsern, und dann streckte sie ihre Hände über den Tisch ihm entgegen.

Er ergriff sie, ohne zu zögern – ich konnte nicht umhin, die Geste mit meiner zu vergleichen, als ich Signhilds Hände an dem bewussten Abend unten im Café am Kumlasjö gehalten hatte –, und dann blieben sie so mindestens eine halbe Minute vollkommen regungslos sitzen.

Direkt vis à vis, Auge in Auge, es konnte nicht offensichtlicher sein.

Plötzlich merkte ich, dass es mir peinlich war. Fenstergucker standen auch zu der Zeit nicht besonders hoch im Kurs. Ich rutschte vom Dach und ging nach Hause.

* * *

In dieser Nacht schlief ich erst spät ein.

Ich rauchte sicher acht, zehn Pfeifen MacBaren, so dass meine Zunge sich anfühlte, als hätte jemand ein Reibeisen darüber gezogen. Das war der Nachteil des MacBaren im Vergleich mit dem alten Gilbert: Die Süße des Tabaks perforierte geradezu die Zunge, wenn man ein wenig zu viel rauchte. Und das tat man ja nun einmal ab und zu.

Aber das war nur eine Bagatelle. In Anbetracht dessen, was ich durch das Fenster des Lundbomschen Hauses beobachtet hatte, war fast alles andere eine Bagatelle. Auch wenn ich Ester Bolego und den Dichter Olsson nicht gerade *in flagranti* erwischt hatte – wie es in so manchem Detektivroman hieß –, so war es doch deutlich genug gewesen. Signhilds Befürchtungen hatten sich bestätigt und waren verstärkt worden, und ich saß hier mit einem Wissen, das so heiß war, dass ich spürte, wie ich mich daran verbrannte. Wie ein frisch gekochtes Ei, das man hin und her werfen muss, damit es nicht zu Boden fällt. Ich weiß, dass ausgerechnet dieses merkwürdige Bild vor meinem geistigen Auge erschien und dass ich fand, das wäre in diesem Zusammenhang doch etwas albern.

Aber das Schwierigste war dabei nicht, sich vorzustellen, wie der Dichter Olsson (oder Ester Bolego selbst, das war ja auch nicht ausgeschlossen) sich in besagter Nacht bei Kekkonen eingeschlichen und ihm den Kopf mit einem wohlgezielten Schlag abgetrennt hatte – sondern sich auszurechnen, wie das wohl meine Beziehung zu Signhild beeinflussen würde. Was immer auf der Welt und in der Umgebung geschieht, so ist man sich doch immer selbst der Nächste, ich weiß noch, dass ich genau das damals dachte.

Ich überlegte und wog die Argumente ab, besah alle Für und Wider von allen Seiten, aber wie ich es auch drehte und wendete, die Tatsache blieb bestehen. Zumindest sah ich es als Tatsache an. Signhilds Mutter hatte – auf eigene Faust oder durch einen Anwalt – versucht, ihren Ehemann los zu werden, und dieses Wissen trug ich mit mir herum. Einzig und allein nur ich.

Signhild hatte ihren Vater verabscheut, das hatte sie mir erzählt. Sie hatte mir außerdem gesagt, dass für sie der Verdacht, ihre Mutter könnte mit dem Mord etwas zu tun haben, viel schlimmer war als die Tatsache, dass ihr Vater ermordet worden war.

Und jetzt stand ich im Begriff zu beweisen, dass es Gründe für diesen Verdacht gab. Verdammt viele Gründe.

Höchstwahrscheinlich Gründe genug, um Ester Bolego nach Hinseberg zu schicken.

Wie würde Signhild darauf reagieren? Sie hatte mich – mehr oder weniger ausdrücklich – darum gebeten, so viel wie möglich herauszukriegen, aber würde sie mir wirklich dafür dankbar sein, dass ich diese schmutzige Wahrheit ans Licht gebracht hatte? Wäre sie in der Lage, es zu schätzen zu wissen, dass ich ihre Mutter ins Gefängnis gebracht hatte?

Gute Fragen. Überhaupt sehr, sehr berechtigte Fragen.

Ich las »Der Ekel« und hörte Dylan, fand aber keine Antwort.

Ich schrieb einen drei Seiten langen Brief an Signhild und zerriss ihn wieder.

Ich trank vier Tassen Tee und hörte mir Mothers of Invention an. Ich konsultierte den Daumen des deutschen Fähnrichs.

Um Viertel vor vier, als die letzten Reste der Nachtfinsternis von der Morgendämmerung zerbröselt wurden, fasste ich einen Entschluss.

Ich würde Kontakt mit Kommissar Vindhage aufnehmen, sobald ich aufgewacht war. Aber es sollte anonym vor sich gehen.

Wenn ich der Polizei die Lösung des Mordrätsels aus der Fimbulgatan in Kumla sozusagen auf dem Silbertablett servierte, so war es doch wohl nicht zu viel verlangt, dabei unerkannt zu bleiben?

Der blasse Glorienschein der Diskretion. That damned elusive Pimpernel.

Ich erinnere mich, dass es auf den Kastanienbaum regnete, als ich endlich einschlief.

16

Meine Eltern fuhren am Sonntag fort. In diesem Sommer verbrachten wir keinen richtigen Urlaub zusammen – das hatten wir übrigens schon seit mehreren Jahren nicht mehr getan –, aber jetzt wollten sie Onkel Nylle am Laxsjön für ein paar Tage besuchen. Da Katta mit ihrem Polizeianwärter irgendwohin verschwunden war, blieb ich allein zu Hause, und schon nach wenigen Minuten wählte ich die Nummer der Polizeizentrale.

Ich erklärte in vorsichtigen, gut durchdachten Worten, was ich wollte, und die Dame in der Telefonzentrale erklärte mir, dass Kommissar Vindhage erst am Montagvormittag wieder anzutreffen sei. Ich wiederholte, dass meine Mitteilungen von entscheidender Bedeutung für eine laufende Mordermittlung seien, und sie wiederholte – ohne ein einziges Wort oder den Tonfall zu verändern –, dass Kommissar Vindhage erst wieder am Montagvormittag anzutreffen sei.

Ich zog daraus den Schluss, dass sie geistig etwas minderbemittelt war, und legte den Hörer auf. Nahm Kaffee, Tabak, Papier und Stift mit und ging hinaus, setzte mich in die Laube, um einen Brief zu schreiben.

Hochverehrter Kommissar Vindhage,

begann ich,

*da mir durch den reinen Zufall und allgemeine
Umstände gewisse, für einen bestimmten Mordfall
entscheidende, sensationelle Tatsachen – soweit
ich es beurteilen kann – zu Ohren gekommen sind,
sehe ich es als meine Pflicht als guter Mitbürger
an, sie Ihnen hiermit kundzutun. Aber ich möchte
bereits zu Beginn darauf hinweisen, dass ich, aus
Gründen, auf die ich lieber nicht näher eingehen
möchte, erwarte, inkognito zu bleiben.*

Ich merkte, dass es mir Spaß machte, in so einem kryptischen Stil zu schreiben. Der Grund für diese Verstellung war natürlich, dass Vindhage nicht auf die Idee kommen sollte, dass ein junger Mensch hinter diesen Zeilen stand. Ich erinnere mich noch, dass ich besonders zufrieden mit einem späteren Abschnitt war:

*Alldieweil meine Observationen für sich gesehen
als sehr kurz gegriffen erscheinen mögen, sollte
dennoch insgesamt gesehen ihr Gewicht und ihre
Bedeutung ein Beweismaterial konstituieren, das
niemand, der Herr aller seiner Sinne ist, übersehen
könnte.*

Keinem Menschen auf der Welt, dachte ich, würde der Gedanke kommen, dass eine so elegante Formulierung aus dem langhaarigen Kopf eines unreifen Sechzehnjährigen stammen könnte.

Es kostete mich eine gute Stunde, den Brief zu schreiben. Ich unterschrieb mit August Strindberg, schob ihn in den Umschlag und klebte diesen zu. Dann machte ich einen Spaziergang zum Zeitschriftenkiosk, kaufte eine Briefmarke und warf den Brief in den Briefkasten vor der Post ein.

In dem Augenblick, als das kleine Metallblech mit einem

matten Scheppern wieder über den Spalt fiel, fühlte ich mich wie ein Verräter.

Irgendwie war ich auf eine derartige Reaktion vorbereitet gewesen, aber dass sie mich so sehr überrollen würde, das hatte ich nicht erwartet. Ich blieb eine Weile dort stehen und starrte auf den gelben, alltäglichen Kasten, und es schien, als würde er die Unzugänglichkeit selbst symbolisieren. Die verfluchte Unzugänglichkeit aller Dinge. Mein Brief war zwischen eine unbekannte Zahl anderer Briefe gerutscht, und der Deckel war nicht nur über diese postalische Botschaft gefallen, sondern auch über mich selbst und Signhild.

Über unsere Liebe und unser Leben – und über meine Möglichkeiten, jemals die Chance zu bekommen, den Faden dort wieder anzuknüpfen, wo wir unsere ungewöhnliche Verbindung abrupt abgebrochen hatten ...

Ich stellte fest, dass ich dastand und bereits nach neuen Formulierungen suchte, und dass eine korpulente Dame mit einem dicken Dackel im Schlepptau den Anspruch erhob, die Klappe von Neuem zu öffnen. Ich warf ihr einen finsteren Blick zu und drehte mich auf dem Absatz um. Beschloss, nach Hause zu gehen und mich in Sartre zu versenken. Es konnte nicht schaden, über einen anderen armen Teufel zu lesen, wenn man selbst in der Scheiße steckte, das war eine andere Regel, die ich zu der Zeit lernte.

* * *

Der Sonntagabend verging.

Der Montag verging, und der Dienstag verging. Der Hochdruck hielt sich. Das Leben im Torf ging seinen Gang. Prick und Dick hatten aufgehört, neue Sklaven waren hinzugekommen – unter anderem ein schokoladenbrauner Junge aus Kamerun, der am Waldrand zeltete und vierzehn bis sechzehn Stunden am Tag arbeitete – sowie die Brüder Lingon aus Åbytorp, zwei rothaarige, sommersprossige und extrem sonnenempfindliche Zwillinge, die schon nach einem Vormittag ernsthafte Hautschäden bekamen und nie wieder zurückkehrten.

Elonsson und ich lagen an der Spitze, was den Stundenlohn betraf, was insbesondere darauf beruhte, dass wir gelernt hatten, nicht ab absurdum genau zu sein. Es gab Millionen von Kubikmetern Torf in diesem verdammten Moor, was spielte es da für eine Rolle, wenn man nicht immer die feuchteste Seite zur Sonne drehte? Damit der Fjugesta-Hitler nicht merkte, wie schnell und schlampig wir arbeiteten, achteten wir darauf, am Tag nicht zu lange zu bleiben sowie unsere Ergebnisse immer erst im Nachhinein, und dann in Bausch und Bogen, mitzuteilen.

Hundertvierzig Meter auf dieser Mistfurche da hinten! Zwanzig Meter extra für Sauertorf, doch, doch, wir hatten da von gestern eine Abmachung. Ja, und dann noch siebzig Meter jeder heute!

Hitler schrieb und machte gute Miene. Er war zu faul und zu sonderbar, um es nachzuprüfen.

Das Fahrradfahren zum und vom Moor in der glühenden Hitze war in diesen Tagen besonders hart. Mein Fahrrad war ja gestohlen worden, und ich fuhr auf Mutters so genanntem Gum-Racer, das war so alt wie das Backsteinpflaster in der Stadt, hatte Handgriffe aus Holz, ein Nummernschild und eine Sattelform, die dazu führte, dass man mit gekrümmtem Rücken wie ein Komma sitzen musste und schon nach hundert Metern Scheuerwunden am Arsch bekam.

Aber man gelangte voran. Elonsson hatte einen Teil seines Lohns genutzt, um sich ein Transistorradio zu kaufen, natürlich wurde darin tagsüber meistens nur Mist gespielt – aber *All You Need Is Love*, das in der vergangenen Woche für vierhundert Millionen Fernsehzuschauer von den Abbey Road Studios ausgekoppelt worden war, wurde sogar im guten alten schwedischen Dampfradio zehn Mal am Tag gespielt.

Und wenn es nicht irgendwelche uralten Sommergeschichten zwischen eins und drei gab, dann kam es vor, dass auch in diesem Zeitraum der eine oder andere erträgliche Song zu hören war.

Und länger als bis drei hielten wir uns sowieso nicht mit dem Torf auf. Meistens packten wir so gegen zwei Uhr zusammen und hörten noch eine Stunde zu, während wir über die Ebene nach Hause strampelten. Wenn wir am Marktplatz angekommen waren, waren auch meistens die Batterien leer.

Mit Britt-Inger und Ing-Britt aus Marieberg unterhielten wir freundschaftliche Beziehungen, aber nicht mehr. Elonsson schien eingesehen zu haben, dass er schlechte Karten bei Ing-Britt hatte, und es war kaum zu übersehen, wie eingebildet und mit sich selbst beschäftigt sie eigentlich war. Trotz aller nackter Haut. So sah die Bilanz nun einmal aus.

Daheim war es vollkommen windstill. Meine Eltern dehnten ihren Besuch beim Laxsjö-Nylle auf Grund des guten Wetters noch aus. Sie würden am Freitag oder Samstag wieder zurück sein, wie meine Mutter mir mitgeteilt hatte. Wenn ich denn solange allein zurecht kam.

Ich rief zurück und erklärte, dass ich schon davon ausginge, das zu schaffen. Und dass es nicht notwendig sei, dass meine Schwester käme, einkaufte und mir Essen machte. Katta hatte diese Woche über auch Urlaub und verbrachte ihn, wie schon gesagt, in Dubbelubbes zweifelhafter Gesellschaft in Örebro.

Oder wo immer sie sich nun aufhalten mochten, das war mir ziemlich egal.

Was mir dagegen ganz und gar nicht egal war, das waren die Dinge, die auf der anderen Straßenseite passierten.

Oder *nicht* passierten, genauer gesagt. Ich hatte meinen Brief fein säuberlich am Sonntag vor sechzehn Uhr in den Kasten geworfen, was ja wohl bedeuten musste, dass er am

Montagvormittag auf Kommissar Vindhages Schreibtisch landete. Das versprachen zumindest unzweideutige Worte auf dem gelben Kasten, und ich hatte keinen Grund, dem Postwesen zu misstrauen. Ganz im Gegenteil, zu der Zeit gab es so etwas wie einen Nationalstolz dahingehend. Man konnte von Briefen lesen, die ihren Bestimmungsort erreicht hatten, obwohl der Absender nur Pelle Olsson oder Oma oder dieses süße Mädchen in dem gelben Haus in Fellingsbro auf den Umschlag geschrieben hatte. Rain, sleet or snow, mail goes through, wie es in dem Lied hieß.

Und auch wenn der Ermittlungsleiter nun überhäuft wurde mit makabren, schwer zu beurteilenden Aufgaben, so überlegte ich, dass er dennoch meine Enthüllungen allerspätestens – grob gerechnet – erhalten haben musste, bevor er an diesem Montagabend nach Hause ging. Ein wichtiger Teil der Arbeit der Kriminalpolizei bestand doch gerade darin, Informationen und Tipps zu sammeln und zu beurteilen, und dass er anschließend weiter dasitzen und der Dinge harren würde, die da noch kommen könnten – aus irgendeinem mir unerklärlichen Grund –, das erschien doch, zumindest für einen normal begabten, allgemein praktizierenden Privatdetektiv, ziemlich unwahrscheinlich.

Dennoch kamen und gingen sie, als wenn nichts geschehen wäre, Ester Bolego und der Dichter Olsson. Am Montagabend mähte der Dichter Gras und machte einen Spaziergang mit O Sole Mio. Ester Bolego hängte Wäsche auf, und sie saßen eine halbe Stunde lang zusammen draußen auf den Gartenmöbeln und tranken Kaffee.

Von irgendwelchen Männern in zerknitterten Anzügen, die in einem dunklen Zivilfahrzeug auf der Straße mit quietschenden Reifen hielten und dann mit schweren Schritten zum Haus gingen und klingelten, sah ich keine Spur.

Nicht den Schatten einer Spur.

* * *

Auch am Dienstag nicht.

Ein Brief kann sich wohl um einen Tag verspäten, dachte ich. Aber um zwei? Wohl kaum. Der Abstand zwischen Kumla und Örebro betrug siebzehn Kilometer, ein Lemur im Rollstuhl würde es schaffen, eine Postsache innerhalb von zwei Tagen auszuliefern. Es gab natürlich noch die – theoretische – Möglichkeit, dass Vindhage und seine tapferen Mannen tagsüber ihren Einsatz machten, während der anonyme Schreiber sein täglich Brot draußen in Säbylunds Torfmoor verdiente, aber warum hatte man sie dann nicht festgenommen?

Verhaftet oder eingesperrt, oder wie der korrekte Terminus nun hieß? Als ich am Dienstag gegen drei Uhr nach Hause gestrampelt kam, saßen Ester Bolego wie auch der Dichter Olsson – in aller Ruhe und äußerst zufrieden, wie es schien – draußen im Garten und tranken etwas, das fast so aussah wie ein Bier. Sie unterhielten sich unbeschwert, und ein neu erworbener gelbroter Sonnenschirm war als Schutz vor der unermüdlichen Sonne aufgespannt.

Natürlich war das merkwürdig. Der Dichter hob eine Hand und grüßte mich sogar. Etwas noch weniger Eingesperrtes hatte ich meines Wissens nie gesehen.

Am Mittwoch verschlief ich. Wachte davon auf, dass Elonsson um Viertel vor sieben in mein Zimmer kam und mich fragte, ob ich nicht zum Picknick in ein ganz tolles Torfmoor kommen wollte, das er kannte.

»Nur wenn ich vorher Frühstück ans Bett kriege«, schlug ich vor, aber Elonsson zeigte keinerlei Anzeichen, mir in so einem einfachen Wunsch entgegenzukommen, also stand ich auf.

Eine halbe Stunde später kamen wir los, und es schien an diesem Tag besonders schwer zu sein, sich zu diesem äußersten Punkt der Welt zu begeben – aber als wir fast angekommen waren, wurde aus irgendeinem unerklärlichen Anlass

Hey Joe in Schwedens Dampfradio gespielt. Zwischen dem Kaiserwalzer und einem Mädchenchor um zwanzig nach acht in der Früh. Elonsson und ich waren uns darin einig, dass das mit das Merkwürdigste war, was wir jemals erlebt hatten.

Dann beugten wir die Knie unter der Sonne und begannen zu arbeiten.

* * *

Auch an diesem Tag wurde es Abend, und gerade als ich von einem abendlichen Bad und einer Partie Golf am Kumlasjö nach Hause kam, klingelte das Telefon.

Genau in dem Moment, als ich die Tür hinter mir zuzog. Vielleicht hatte es ja schon früher am Abend mal geläutet. Aber das weiß ich nicht, ich habe nie nachgefragt.

»Kommissar Vindhage«, stellte er sich vor. »Spreche ich mit Mauritz Målnberg?«

Ich ließ meine Plastiktüte mit den Badesachen auf den Korbstuhl neben der Garderobe fallen und gab zu, dass ich es war.

»In der Fimbulgatan in Kumla?«

»Das stimmt«, sagte ich.

»Tatsächlich?«, fragte der Kommissar Vindhage. »Und stimmt es auch, dass du mir einen Brief mit gewissen Angaben hinsichtlich des Mords an Kalevi Kekkonen geschrieben hast?«

Ich verstummte. Die Zunge klebte mir am Gaumen. Tausend Gedanken huschten mir durch den Kopf, aber keiner blieb.

»Äh ...«, sagte ich.

»Unterschrieben mit August Strindberg?«

Ich fasste einen Entschluss und bekam die Zunge los.

»Ja«, sagte ich. »Das bin ich. Warum?«

Ich hörte, wie ein anderes Telefon in dem Zimmer zu klingeln begann, in dem er sich aufhielt.

»Vielleicht sollten wir uns einmal unterhalten. Das sind ja ziemlich ernste Anschuldigungen, die du da in deinem Brief erhebst.«

Ich schluckte. Mit wenig Erfolg. Mein Mund war immer noch trocken wie ein alter Weihnachtskeks.

Wie kann das angehen?, dachte ich. Wie um alles in der Welt hat er herausgekriegt, dass ich das geschrieben habe?

Ich konnte ihn natürlich nicht direkt fragen, das hätte gegen den Ehrenkodex verstoßen, der zwischen Polizei und Privatdetektiven herrscht. Ein jeder muss seine Methoden und seine Quellen schützen.

»Uns unterhalten?«, wiederholte ich. »Ja, ich weiß nicht ...«

»Morgen hier auf der Wache. Passt das?«

»Ja ...«

»Um elf Uhr vormittags, ist das in Ordnung? Du kannst dich unten bei der Rezeption melden, dann zeigt man dir den Weg zu mir hoch.«

Er lässt mir nicht viele Auswege, fand ich. Das Telefon im Hintergrund klingelte immer noch.

»All right«, sagte ich. »Morgen um elf Uhr.«

»Ausgezeichnet«, sagte Kommissar Vindhage und legte auf.

17

Ich nahm den Zug, der um 9.49 Uhr losfuhr, und ich war eine halbe Stunde zu früh in der Polizeizentrale am Stortorget. Fünfmal drehte ich eine Runde um den Markt, kaufte mir eine Limonade am Kiosk oben an der Drottninggatan und schaffte es, so nervös zu werden, dass ich fast Reißaus genommen hätte.

Aber ich riss mich zusammen. Als ich fünf Minuten vor elf ins Haus ging, war ich verschwitzt und musste pinkeln, und ich durfte auf die Toilette gehen, bevor ich zu Kommissar Vindhage hinaufgeschickt wurde.

Er kam mir schon entgegen, als ich aus dem Fahrstuhl trat. Ein magerer Kerl in den Sechzigern, mit dünnem, grauweißem Haar, weißem Hemd und Schlips. Seine Haut war fast hellgrün, und mir war sofort klar, dass er einfach keine Zeit gehabt hatte, das schöne Sommerwetter zu genießen. Ich hatte ihn natürlich schon früher einmal gesehen, in der Zeitung und wahrscheinlich von weitem in der Fimbulgatan, aber es war jetzt das erste Mal, dass ich ihm Aug in Aug gegenüberstand.

Und seinen dünnen Schnauzbart, groß wie eine Augenbraue, hatte ich vorher nie bemerkt.

»Mauritz Målnberg«, sagte er, »willkommen.«

»Danke«, erwiderte ich.

Er ging vor mir durch einen langen mietskasernengrauen

Flur und führte mich in sein Büro. Dort durfte ich mich auf einen von zwei modernen schwarzen Stahlrohrsesseln vor einem niedrigen Tisch setzen. Der Kommissar selbst setzte sich in den anderen und schlug weltgewandt ein hellbeiges, sorgfältig gebügeltes Hosenbein über das andere. Zwischen uns auf dem Tisch lag mein Brief.

»Kaffee?«, fragte er.

»Nein, danke«, antwortete ich.

»Etwas anderes? Wasser? Coca Cola?«

Ich schüttelte den Kopf. Er räusperte sich und schaute mich mit stahlgrauen Augen an. Es vergingen ein paar Sekunden, und ich bereute es schon, die Cola abgelehnt zu haben.

»Zunächst müssen wir eine Sache klarstellen«, sagte er. »Du bist doch derjenige, der den Brief geschrieben hat, nicht wahr?«

Ich nickte, ohne den Brief anzusehen.

»Gut. Außerdem sollst du wissen, dass das hier kein offizielles Verhör ist. Ich habe dich hierher gebeten, weil ich glaube, dass es am besten ist, wenn wir so einiges einmal miteinander bereden. Und weil ich dich davor warnen möchte, weiterhin den Privatdetektiv zu spielen. Das kann gefährlich werden.«

»Ich verstehe.«

»Ausgezeichnet.«

Er zog eine Brille mit Metallfassung aus der Brusttasche seines Hemds und setzte sie sich auf.

»Weiterhin möchte ich unterstreichen, dass wir, die wir hier im Haus arbeiten, absolut keine Idioten sind. Deinem Brief nach zu urteilen kann man leicht den Eindruck bekommen, dass du uns gegenüber keine besonders große Wertschätzung hegst.«

Ich hoffte, er würde lächeln, aber das tat er nicht. Ich schluckte und betrachtete meine Hände, die sich auf meinem Schoß wanden. Verloren und torffarben sahen sie aus.

»Entschuldigung«, sagte ich. »Das wollte ich nicht.«

»Nun gut«, sagte Vindhage. »Es war vollkommen in Ordnung, dass du dich gemeldet hast, wir arbeiten hart an dem Fall Kekkonen und sind natürlich dankbar für jeden Tipp.«

»Ich verstehe«, sagte ich erneut.

Er nahm den Brief und zog meinen zweimal gefalteten Briefbogen heraus. Schien eine Weile zu studieren, was ich geschrieben hatte, und faltete ihn dann wieder zusammen. Nahm die Brille ab und schob sie zurück in die Brusttasche. Ich merkte, dass ich schon wieder pinkeln musste, obwohl ich doch erst vor fünf Minuten auf der Toilette gewesen war.

»Es sind ja in erster Linie zwei Dinge, zu denen du etwas zu bemerken hast«, sagte er. »Der Schachzug und diese Person, die du den Dichter Olsson nennst.«

»Das stimmt«, sagte ich und schöpfte ein wenig Mut.

»Beginnen wir mit dem Schachzug«, fuhr Kommissar Vindhage fort. »Darauf haben wir natürlich einige Anstrengungen verwandt. Ich spiele auch selbst ein wenig und weiß natürlich, dass man nicht ohne weiteres mit einem Bauern auf e4 jemanden schachmatt setzt. Es ist möglich, dass der Mörder eine ganz besondere Absicht mit dieser Mitteilung im Kopf seines Opfers hatte, aber es kann auch ein Versuch sein, uns in die Irre zu führen. Auf jeden Fall kannten wir das Buch nicht, das du erwähnt hast, ich habe einen Mann dran gesetzt ...«

»Habt ihr noch eins gefunden?«, fragte ich überrascht.

Er nickte. »Es gab ein Exemplar bei Herous. In der Gamla gatan, er hat einiges aus dem Ausland. Sonst hätte ich dich natürlich gebeten, uns deins auszuleihen.«

Er lächelte kurz, und ich fühlte, dass wir vielleicht doch nicht so weit voneinander entfernt waren, wie es anfangs ausgesehen hatte.

»Natürlich«, sagte ich.

»Es ist zwar höchst unwahrscheinlich, dass wir in dieser

Richtung einen Zusammenhang finden werden – aber wir überlassen nichts dem Zufall.«

»Das war ein ziemlich brutaler Mord«, sagte ich.

»Sehr brutal«, bestätigte Vindhage, betastete seinen Augenbrauenschnurrbart und schaute düster drein. »Nun ja, wir müssen mal sehen, was wir aus diesem Klimke herauskriegen. Was deine übrigen Beobachtungen betrifft, so muss ich dich von einigen Irrtümern befreien. Aber zunächst werde ich dich der Schweigepflicht unterwerfen.«

»Der Schweigepflicht?«, wiederholte ich und spürte genau, dass ich nur ein langhaariger Sechzehnjähriger mit Pickeln und sinkender Hybris war.

»Ich habe mir überlegt, dir ein paar Details zu erzählen, aber dafür fordere ich von dir, dass du nichts weitererzählst. Niemandem. Ich erzähle dir das nur, damit du begreifst, dass du dich in einer Sackgasse befindest, und damit du nicht in gleicher Richtung weitermachst. Verstanden?!

»Ja.« Ich nickte.

»Hm. Es geht also um die Beziehung zwischen Ester Bolego und diesem Mann, den du den Dichter Olsson nennst ...«

»Er nennt sich selbst so«, warf ich ein.

»Vollkommen richtig«, sagte Vindhage. »Er nennt sich Dichter Olsson, aber eigentlich heißt er Christian Bolego.«

»Was?«, fuhr ich auf, »Bolego ...?«

»Ganz genau. Christian Bolego. Er ist der jüngere Bruder der Witwe des Ermordeten.«

Ich schloss für fünf Sekunden die Augen. Öffnete sie dann wieder und starrte auf das eingerahmte Foto der Eishockeymannschaft von ÖSK, das über Vindhages Kopf hing. Ich erkannte Orvar Bergmark, Olle Sääw, Stockis Kihlgårds und Gunnar Ring. Ich spürte, wie die ersten Anzeichen eines Anfalls sich bemerkbar machten, und ballte die Fäuste, um dem entgegenzuwirken. Es gelang mir auch, sie zu stoppen.

»Vier Jahre jünger«, fuhr der Kommissar fort. »Er hat eine

etwas holprige Laufbahn hinter sich, wie man wohl sagen kann. Hat unter anderem ein paar Jahre im Ausland gelebt, aber er ist offiziell homosexuell, weshalb ich fürchte, dass du die Theorie, dass er ein Verhältnis mit seiner Schwester haben könnte, wohl vergessen kannst.«

Die Wellen der Übelkeit ebbten ab.

»Warum ...?«, fragte ich. »Wie sollte ...?«

Aber die Fragen wollten irgendwie nicht vollständig werden.

»Ich möchte mal behaupten, dass wir ihn ziemlich genau unter die Lupe genommen haben«, erklärte Vindhage mit einem leicht müden Ton in der Stimme, »und ich muss dich in diesem Punkt also enttäuschen. Er ist unschuldig. Außerdem hat er für die ganze Nacht ein Alibi.«

»Ein Alibi? Wie ...?«

»Ein Bettkamerad in Örebro. Aber ich denke, du musst nicht alle Details wissen. Und der Gedanke, dass die Ehefrau des Mörders einen heimlichen Geliebten haben könnte ... nun ja, wir sind natürlich für alle Möglichkeiten offen, aber wir haben nicht ein einziges Indiz gefunden, das darauf hindeuten könnte, dass dem so ist.«

»Aber ich ...«

»Wir schließen die Möglichkeit nicht aus, wie gesagt. Aber das ist auch alles. Es gibt eine ganze Menge an Möglichkeiten, die wir nicht ausschließen. Hast du diesbezüglich noch Fragen?«

Er schaute auf die Uhr. Mir war klar, dass er damit andeuten wollte, dass unser Gespräch beendet war.

Ich schüttelte den Kopf. Nein, ich hatte keine Fragen.

Doch, eine hatte ich trotz allem noch.

»Wie haben Sie herausgekriegt, dass ich den Brief geschrieben habe?«

Zum Teufel mit allen Ehrenkodexen, dachte ich.

Er lachte kurz auf. »Wir haben da unsere Methoden«, sagte er. »Und ich kenne meinen Strindberg. Vergiss nicht, uns in Zukunft lieber nicht zu unterschätzen.«

Ich versuchte, eine kluge Antwort darauf zu finden, aber die Worte saßen mir quer im Hals, und es kam nichts heraus.

»Außerdem möchte ich dich vor den Risiken warnen, die es mit sich bringt, wenn man Detektiv spielt«, fügte Vindhage mit ernster Miene hinzu. »Trotz allem läuft ein Mörder frei herum, und wenn er … oder sie … davon erfährt, dass du herumschnüffelst, gibt es natürlich keinen Grund, warum die Axt nicht noch einmal hervorgeholt werden könnte. Hm. Du verstehst?«

Ich nickte. Fühlte mich plötzlich genauso hellgrün im Gesicht wie der Kommissar.

»Dann ist es ja gut.«

Er stand auf. Ich stand auf. Wir schüttelten uns die Hand, und ich verließ das Büro.

Als ich durch die Eingangstür trat, wurde ich von zwei Dingen überwältigt. Zum einen von dem blendenden Sonnenlicht.

Zum anderen gab es da ein fast ebenso blendendes Gefühl der Scham. Ich beschloss, zu Bohlins zu gehen und mir mindestens zwei neue LPs zu kaufen.

II

18

Der Sommer verging.

In New Jersey, USA, wurden bei den schlimmsten Rassenunruhen seit Menschengedenken dreiundzwanzig Menschen getötet und sechshundertfünfzig verletzt, Mick Jagger wurde wegen Drogenbesitzes von einem Gericht in London verurteilt, und in Kumla wurde beobachtet, wie ein zwölfendiger Elchbulle die Fuchsien in den kommunalen Beeten vorm Rathaus fraß.

Letztere Beobachtung wurde von einer gewissen Witwe Sivertsson frühmorgens mit ihrem Königspudel Hyland gemacht. Keiner von beiden war mit einem Fotoapparat ausgerüstet, aber trotzdem kam das Ereignis auf die Titelseite der Länstidningen.

Elonsson und ich arbeiteten bis zur letzten Woche im Juli im Torfmoor. Insgesamt verdienten wir gut viertausend Kronen, ich vergrößerte meine Plattensammlung um vierzehn neue LPs, kaufte mir zwei Wranglerjeans und eine Meerschaumpfeife für fast fünfzig Piepen.

Mitten in der letzten Juliwoche begaben wir uns auf Ferienreise, Elonsson und ich. Wir trampten auf gut Glück Richtung Süden, und dank eines ungewöhnlich entgegenkommenden deutschen LKW-Fahrers namens Lothar erreichten wir bereits am ersten Abend Båstad, wo wir unser Zelt auf einer schönen Ebene vor dem Buchenwald auf dem

Hallandsåsen aufschlugen. Wir begaben uns ins örtliche Pub, wo ich mich zum ersten Mal in meinem Leben so richtig besoff – es gab eine neue englische Biersorte, die hieß Bass und war so gut, dass man einfach nicht genug davon kriegen konnte. Wir fanden auch ein paar Mädchen, aber die ließen uns später am Abend wieder sitzen, als sie feststellten, dass wir weder über die Wohnung noch über das Auto verfügten, die wir ihnen im Übermut unseres Rausches vorgegaukelt hatten.

Wir schwankten heim zu unserem Zelt, zu unserer Einsamkeit, wir kotzten jeder an einem barmherzig kühlen Buchenstamm, und am nächsten Tag schliefen wir bis weit in den Nachmittag hinein.

Insgesamt sechs Tage waren wir fern von Närke. Als wir losfuhren, hatte ich vorsichtig mit dem Gedanken gespielt, bis zu Signhild in Skåne zu gelangen, aber je näher wir kamen, umso kältere Füße bekam ich. Ich hatte ihr gut zwanzig Briefe geschrieben, vier davon auch abgeschickt und einen Brief und zwei Ansichtskarten von ihr zurückerhalten. Irgendwie hatte ich das Gefühl, dass Elonssons Gesellschaft mir nicht zum Vorteil gereichen würde, und ich wollte unbedingt einen guten Eindruck machen, wenn ich Signhild traf.

Musste einen guten Eindruck machen. Es war viel zu wichtig, als dass es in den Niederungen des Alltags einfach ignoriert werden konnte. Dass Elonsson nichts von dem Verhältnis zwischen Signhild und mir wusste, spielte in diesem Zusammenhang natürlich auch eine gewisse Rolle.

Auf jeden Fall nahmen wir am Vormittag des 3. August den Zug vom Bahnhof Ängelholm, ohne näher als fünfzig Kilometer an Tygelsjö herangekommen zu sein, und ich bereitete mich stattdessen darauf vor, meine Geliebte daheim in Kumla zu empfangen – wo sie, laut Angaben auf der letzten Karte, um den zehnten wieder ankommen wollte.

Amor omnia vincit.

Die Ermittlungen im Mordfall Kalevi Oskari Kekkonen gingen ohne entscheidenden Durchbruch weiter – zumindest soweit es von außen zu beurteilen war. Ein paar Tage nach meinem Gespräch mit Kommissar Vindhage rief er an und wollte noch ein paar Kleinigkeiten überprüfen, und ich antwortete, so wahrheitsgemäß ich konnte. Ich nutzte auch noch die Gelegenheit, um zu fragen, wie es denn mit Klimke und »Der Teufelspakt« lief, aber er sagte nur, dass es in dieser Hinsicht keine weiteren Erkenntnisse gebe.

Mein Vater hatte einen Vierspalter über den Mord – inklusive eines Interviews mit Vindhage – in einer Samstagsausgabe der Länstidningen Mitte Juli, aber die enthielt nichts, was ich nicht bereits wusste.

Das Leben daheim in der Fimbulgatan ging weiterhin seinen gemächlichen Gang. Ich war ziemlich oft allein. Meine Mutter und mein Vater besuchten noch einmal Onkel Nylle, da das Wetter in diesem Sommer so ungewöhnlich heiß war – und Katta war meistens irgendwo anders mit ihrem Aspiranten. Wo, das herauszufinden machte ich mir nicht die Mühe.

Auch im Lundbomschen Haus passierte nicht viel. Der Dichter Olsson – ich hatte aus irgendwelchen Gründen Schwierigkeiten, ihn bei seinem richtigen Namen zu nennen – wohnte noch dort, und Ester Bolego schien offenbar Urlaub von Svea bekommen zu haben, oder aber sie war genau wie Signhild auf Grund des Schocks krankgeschrieben worden. Ich war mit derartigen Gepflogenheiten nicht besonders vertraut, aber ich nahm erst einmal an, dass man zumindest für ein paar Monate nicht zur Arbeit gehen musste, wenn einem der Vater oder der Mann geköpft wurde.

Sie saßen oft unter dem Sonnenschirm draußen und unterhielten sich, Ester und ihr Bruder. Lasen, tranken Kaffee oder Bier. Es war wie gesagt ein schöner Sommer, der beste seit dem Rekordsommer 1959 laut den Zeitungen, und eines

Abends hörte ich sie auch noch singen. Ich saß in meinem Zimmer und las den »Steppenwolf« von Hesse, und mir kam in den Sinn, dass es das erste Mal seit langem war, dass ich ihre kräftige, schöne Stimme wieder hörte.

Nicht erst seit dem Mord – wenn ich mich recht erinnerte, waren schon zuvor Monate vergangen, viele Monate.

Es war wieder etwas Italienisches. Ich legte mein Buch hin, blieb sitzen und hörte nur zu. Eine leichte Abendbrise fuhr durch die Kastanie, und ich erinnerte mich an das, was mein Vater über sie gesagt hatte:

»Alles ist relativ außer Ester Bolego.«

Sie sang sicher nur wenige Minuten, und sie hörte auf, weil O Sole Mio anfing zu jaulen. Ein lang gezogener, dunkler, schwermütiger Ton, der aus dem tiefsten Inneren seiner gequälten Hundeseele zu kommen schien. Ich wandte mich wieder Hesse zu und dachte, was für ein verdammter Köter er doch war.

Außer Hesse und Sartre las ich in diesen heißen Wochen im Juli und Anfang August noch Camus. Ich musste zugeben, dass »Der Fremde« wirklich so gut war, wie Studienrat Burblom es behauptet hatte – und dass es nur schade war, dass das Buch bereits geschrieben worden war.

Wenn dem nicht so gewesen wäre, dann hätte ich mich sofort hingesetzt und es verfasst – mehr als zwei, drei Wochen hätte ich dafür sicher nicht gebraucht, so läuft das mit Meisterwerken, dachte ich. Es gibt sie, fertig im Kopf, und wenn man nur den richtigen Griff hat und in Fahrt kommt, dann läuft es wie geschmiert.

Aber ich sah auch ein, dass ich zu spät geboren worden war. Sowohl nach Shakespeare als auch nach Camus und Dylan. Verdammt, was gab es überhaupt noch zu sagen? Und zu schreiben? On the Eve of Destruction?

Am 11. August bekam ich eine dritte Ansichtskarte von Signhild. Das war auch allerhöchste Eisenbahn, denn auf ihr stand, dass sie schon am kommenden Tag mit einem Zug am Bahnhof Kumla ankommen würde.

Ob ich sie dort abholen könnte?, wollte sie wissen.

Ich las und rauchte und schrieb Gedichte bis vier Uhr in der Nacht.

* * *

Der gleiche Sommer.

Der gleiche Bahnsteig, es gibt nur einen in Kumlas Bahnhof.

Die gleichen Hauptdarsteller: Mauritz Bartolomeus Målnberg, siebzehn Jahre und elf Tage alt, Signhild Kristina Kekkonen-Bolego, siebzehn Jahre und acht Tage alt.

Sonnig und heiß, obwohl es erst halb zehn Uhr morgens ist. Der Zug aus dem Süden ist fast schon in einem diesigen Nebel zu erkennen, als er den Bahnhof von Hallsberg verlässt. Sieben Kilometer entfernt, acht Minuten schnurgerade Eisenbahnschienen.

Eine Hand voll Menschen auf dem Bahnsteig. Einer davon hat Herzklopfen und pafft wie besessen auf seiner neuen Meerschaumpfeife. Es sind nur noch wenige Minuten.

Sekunden. Die allerletzten dahineilenden Bruchteile von sechs Wochen Trennung. Ankunft statt Abfahrt. Wiedersehen statt Abschied. Die Zugbremsen quietschen. Ich glaube, ich falle in Ohnmacht. Sie wird sicher Hand in Hand mit einem wahnsinnig schicken Kerl aus Skåne aussteigen. Ich kriege einen Anfall. Wo zum Teufel ist sie? Ist das …?

Nein.

Doch.

Ja, das ist sie. Oh, welche Wonne. All my loving.

* * *

Sie trug Jeans, die ganz neu aussahen, weiße Turnschuhe, die auch neu aussahen, und ein blauweißgestreiftes Seglerhemd, das aussah, als hätte sie es vor zehn Minuten gekauft. Ich hatte das merkwürdige Gefühl, dass sie es gar nicht war. Dass sie sich in der Zeit, die sie fort war, so sehr verändert hatte – sich derart neue, entscheidende Lebenserfahrungen zugelegt hatte –, dass sie nicht länger die Signhild war, die genau von diesem einsamen Bahnsteig anderthalb Monate zuvor abgefahren war.

Dass sie neu und anders war.

Diese Empfindungen, Einbildungen und Vermutungen schossen mir durch den Kopf und blieben nicht länger als eine Sekunde in ihm haften. Oder höchstens zwei. Wir standen still und schauten einander an, dann stellte sie ihre karierte Tasche ab und umarmte mich.

»Hallo«, sagte sie. »Ich habe mich nach dir gesehnt.«

Vierunddreißig Jahre später sah ich einen japanischen Film, der davon handelte, was geschieht, nachdem wir gestorben sind. Das ist gar nichts Besonderes: Man kommt in eine Art Pensionat, zusammen mit einer kleinen Gruppe anderer Frischgestorbener, und dann hat man eine Woche Zeit, sich zu entscheiden, welche Erinnerung aus seinem Leben man in die Ewigkeit mitnehmen möchte. In meinem Fall ist das ganz einfach. Ich würde diese Minuten auf dem Bahnsteig in Kumla haben wollen, als Signhild aus Skåne zurückkommt. Als sie ihre Tasche hinstellt, mich umarmt und mir sagt, dass sie mich vermisst hat. Als sie alle meine Ängste und meine Unsicherheit und meine Zweifel beiseite schiebt, allein dadurch, dass sie mich ansieht und mich dann an sich drückt.

Meine Seele war eine geballte Faust gewesen, jetzt wurde sie zu einem Blütenkelch.

Das Blut brauste bis in die Zehenspitzen, und jede einzelne Zeile in jedem albernen Lied der schwedischen Schlagerparade war bleischwer vor Weisheit und offensichtlicher Wahrheit.

Wir werden Hand in Hand gehen.
Du bist die Einzige.
Und machen das Leben füreinander lebenswert.
Ich schluckte.
»Ich auch«, brachte ich heraus. »Schön, dass du zurück bist.«
»Ich habe dir was mitgebracht.«
Sie bückte sich und wühlte in der Seitentasche der Reisetasche. Holte ein kleines, flaches rotes Päckchen heraus.
»Aus Kopenhagen. Wir waren einen Tag dort, ich hoffe, es gefällt dir.«
»Ich habe auch etwas für dich.«
Ich holte die kleine Schachtel mit der Silberkette heraus, die ich bei Guldfynd in Örebro gekauft hatte, und beglückwünschte mich dazu, es wirklich getan zu haben.

Und dass ich sie mit zum Bahnhof genommen hatte. Nur für alle Fälle.

Wenn es sich denn ergeben sollte.
»Wir öffnen erst, wenn wir zu Hause sind«, sagte Signhild.
Sie ließ das fast klingen, als wenn wir verheiratet wären und ein gemeinsames Heim hätten. Das war zu viel für mich, um es zu verdauen. Wenn das Herz überläuft, weiß es nicht mehr, wohin.

Ich griff mit der einen Hand nach ihrer Tasche und legte ihr die andere um die Schulter.

* * *

Abgesehen von den Karten und dem Brief von Signhild hatte ich auch einen Telefonanruf aus Tygelsjö erhalten. Er kam nach meinem zweiten Brief, in dem ich offenbarte, was ich über den Dichter Olsson herausgefunden hatte, als ich Vindhage im Polizeirevier getroffen hatte. Wir sprachen an einem Donnerstagabend miteinander, Signhild und ich, und es fiel ihr schwer zu glauben, dass Olsson tatsächlich ihr Onkel sein sollte. Sie wusste zwar, dass ihre Mutter einen Bruder hatte, aber es wurde nie von ihm gesprochen, es war etwas Geheimnisvolles, Verborgenes um ihn. Doch dass er auf diese Weise auftauchen sollte, kurz bevor ihr Vater geköpft wurde, das war doch ganz einfach etwas zuviel des Guten.

Und warum hatte er seine Identität geheim gehalten? Auch wenn er nun noch so wurzellos und homosexuell war, so war er trotz allem doch mit ihr verwandt. Warum sollte er es nötig haben, sein eigen Fleisch und Blut zu verleugnen?, wunderte Signhild sich.

Das wunderte mich auch. Ich hatte bei meiner Unterredung mit Vindhage nicht weiter darüber nachgedacht, sah aber ein, dass ihre Fragen berechtigt waren: sowohl als sie damals am Telefon mit mir sprach als auch jetzt, an diesem denkwürdigen Augustvormittag, als wir vom Bahnhof nach Hause gingen.

Signhild fürchtete sich außerdem, das war nicht zu übersehen. Sie hatte ihrer Mutter nicht erzählt, dass sie es wusste, und es war vielleicht noch möglich, Dinge nicht anzutasten, wenn man sich in fünfhundert Kilometer Entfernung unten in Skåne befand, aber jetzt, wo sie allem wieder Auge in Auge gegenübertreten sollte, war das natürlich etwas ganz Anderes.

»Was soll ich tun?«, fragte Signhild, als wir in Höhe des Brandstationsparks waren. »Was um alles in der Welt soll ich sagen? Soll ich ihn als den begrüßen, der er ist? Hallo, Onkel Christian, wie schön, dass du alles geheim gehalten hast! Hallo, Mama, dann war er also gar nicht dein Liebhaber?«

Ich wusste nicht, was ich dazu sagen sollte, und so liefen wir schweigend eine Weile weiter.

»Am besten ist es wohl, wenn du überhaupt nichts sagst«, schlug ich schließlich vor. »Zumindest zu Anfang. Es ist ja möglich, dass Vindhage ihnen von meinem Gespräch mit ihm erzählt hat, und dann können sie sich ausrechnen, dass du es auch weißt. Gib ihnen eine Chance, es selbst zu erzählen.«

Sie überlegte.

»All right«, sagte sie. »Ist vielleicht auch nicht schlecht. Obwohl ich es mache, weil ich eigentlich feige bin. Ich glaube, ich will es gar nicht wissen. Erinnerst du dich noch daran, worüber wir gesprochen haben, bevor ich abgefahren bin? Ich will nicht mehr zu Hause wohnen... nicht nach allem, was passiert ist und wie es jetzt geworden ist. Es war schön, so weit weg zu sein. Ich habe viel darüber nachgedacht.«

Ich sagte nichts. Verstand trotz allem nicht so recht, was sie mit »wie es geworden ist« meinte, aber nicht das machte mir Sorgen. Der Gedanke, dass Signhild wegziehen und irgendwo anders als in der Fimbulgatan wohnen könnte, erzeugte einen dicken Kloß in meinem Hals. Was wird passieren? Wohin wird sie ziehen? Wie soll das dann mit uns laufen?

Und ich begriff, dass die Liebe einen nur kurz verschnaufen lässt. Wenn ich wirklich das Herz meiner Geliebten behalten wollte, dann war ich gezwungen zu handeln.

Zu handeln und immer wieder zu handeln, so lautet das Gesetz der Liebenden.

* * *

Aber nicht Signhild war die Erste, die die Fimbulgatan verließ, sondern Katta.

»Urban und ich haben eine Entscheidung getroffen«, gab sie am gleichen Abend bekannt, als wir wieder einmal zu fünft um den Esstisch saßen.

»Ach ja?«, meinte mein Vater. »Gab es wirklich kein Arboga-Bier in diesem jämmerlichen Krämerladen?«

»Nein«, bestätigte meine Mutter, »ich habe extra noch nachgefragt.«

»Wir haben eine Entscheidung getroffen«, wiederholte Katta.

»Das habe ich gehört«, sagte mein Vater. »Und was für eine Entscheidung habt ihr getroffen?«

»Na, dass wir zusammenziehen wollen natürlich. Urban kriegt zum ersten September eine Gehaltserhöhung, und wir können eine Zwei-Zimmer-Wohnung in Markbacken mieten.«

»Na, ausgezeichnet«, sagte mein Vater.

»Ist das wirklich ...?«, fragte meine Mutter.

Ich überlegte, welches Wort sie wohl diesmal geschluckt hatte.

Nötig? Euer voller Ernst? Eine gute Idee?

»Es stimmt«, sagte Dubbelubbe stolz und legte das Besteck hin. »Wir werden uns vorher natürlich verloben.«

»Ich dachte, ihr wärt schon verlobt?«, meinte mein Vater.

»Aber Arne, nein, weißt du ...«, sagte meine Mutter.

Sie zog ein Taschentuch aus ihrer Schürzentasche und putzte sich die Nase. Vielleicht war auch noch die Rede von ein paar Tränchen, oder aber sie versuchte nur, den Anschein zu erwecken.

»Hm«, sagte mein Vater. »Natürlich. Ja, gewisse Prozesse sind reversibel und andere nicht.«

Er trank einen Schluck Bier, schaute sich am Tisch um und stellte offenbar fest, dass niemand außer ihm verstand, was er meinte.

»Und wann?«, fragte meine Mutter. »Und deine Arbeit? Habt ihr auch überlegt ...?«

»Ich habe mich um einen Job in Gumperts Buchladen beworben«, erklärte Katta. »In der Drottninggatan am Järntorget. Es waren nur drei Bewerberinnen, und diejenige, mit der ich geredet habe, sagte, dass ich wohl schon in Frage kommen würde.«

»Buchladen?«, mischte ich mich ins Gespräch ein. »Du kennst doch nicht mal den Unterschied zwischen Hjalmar Bergman und Pippi Langstrumpf, Katta!«

»Was?«, fragte Katta verwirrt.

»Natürlich kennt sie den«, wiegelte meine Mutter ab. »Aber ich begreife nicht so recht ...«

»Bergman ist in Örebro aufgewachsen«, erklärte Dubbelubbe.

»Lasst uns auf das junge Paar anstoßen«, unterbrach mein Vater und hob sein Bierglas. »Wenn ihr nun den Weg gemeinsam gehen wollt.«

Wir tranken feierlich auf den baldigen Auszug meiner Schwester, und ich überlegte so nebenbei, ob wohl in anderen Häusern in der Fimbulgatan oder sonst wo auf der Welt ebenso interessante und belebende Tischgespräche geführt würden wie hier.

»Wir mögen uns ja nun einmal, da brauchen wir wohl das Ganze nicht unnötig in die Länge zu ziehen«, schloss Urban Urbansson und schaute dabei ganz philosophisch drein.

* * *

»Wie war es?«, fragte ich, als Signhild und ich uns später am Abend trafen.

»Es ging«, antwortete sie und zuckte mit den Schultern.

Mir schien, sie klang etwas traurig. Oder aber sie wollte nicht weiter darüber reden.

Als hätten schon wenige Stunden daheim sie bedrückt und trübsinnig werden lassen.

»Wollen wir jetzt unsere Geschenke öffnen?«, schlug ich vor, denn das hatten wir doch so beschlossen. Einen Spaziergang zu machen und dann nachzuschauen, was wir uns gegenseitig gekauft hatten.

»Okay«, sagte sie. »Aber du darfst keine zu großen Erwartungen haben. Es ist nur eine Kleinigkeit.«

»Meins auch«, versicherte ich ihr.

Ich musste zugeben, dass wir ein wenig lächerlich klangen, aber das war nur eine etwas versnobte, intellektuelle Reflexion, die nie auch nur in die Nähe meines Herzens gelangte. Ich riss das Papier auf und holte ein kleines Miniaturbild von einem Seemann mit Südwester und krummer Stummelpfeife und dem Namen Kopenhagen auf dem Rahmen heraus. Der Seebär hatte vor dem einen Auge eine Klappe und sah durch und durch dänisch aus.

»Hübsch«, sagte ich, »richtig schön.«

»Es ist eine Erinnerung an Kopenhagen«, sagte Signhild. »Ich habe es auf dem Ströget gekauft.«

»Ah ja«, sagte ich. »Es gefällt mir richtig gut. Und jetzt mach du dein Päckchen auf.«

Das tat sie. Während sie am Papier herumfummelte, stellte ich fest, dass sie bereits eine Kette um den Hals trug, die der von mir gekauften ungemein ähnlich sah, aber zum Teufel, zwei konnten auch nicht schaden.

Sie versank eine Weile in Trance, und dann sagte sie: »Oh, das ist doch viel zu viel.«

»Du kannst sie umtauschen, wenn du willst«, sagte ich.

Sie hatten zwar bei Guldfynd etwas von einer Woche gesagt, aber das vergaß ich in der Eile. Sie schloss die Hand um die Kette und schaute mich an.

»Mauritz«, sagte sie. »Ich mag dich schrecklich gern.«

»Mm«, murmelte ich und fasste sie bei den Oberarmen. »Ich mag dich auch schrecklich gern.«

»Aber ...«

»Was aber?«

»Im Augenblick passiert so viel. Mit Papa und Mama und überhaupt. Ich habe das Gefühl, dass ich dich brauche.«

»Aber das ist doch nicht verkehrt, oder?«

»Nein, kann schon sein, aber ... nein, ich weiß nicht.«

»Gibt es etwas, von dem du glaubst, es ist nicht in Ordnung? Zwischen dir und mir, meine ich?«

Sie zögerte eine Weile. Stand da und schaute mir tief in die Augen, während sie nach Worten zu ringen schien.

Offensichtlich fand sie keine, denn nach einer Weile begann sie, sich vorsichtig meinem Gesicht zu nähern, und dann begannen wir, uns zu küssen.

Es war haargenau so wunderschön wie im Viaskogen – wenn nicht noch schöner.

19

Ich weiß nicht, wie ein Gerücht entsteht.

Kann nicht sagen, welche Zutaten notwendig sind und welche Mechanismen wirksam werden, ich kann nur spekulieren. Möglicherweise gibt es auch unterschiedliche Arten von Gerüchten – und nur bei einigen kann man mit Sicherheit sagen, welche Feuerherde die Rauchentwicklung in Gang gesetzt haben. Woher alles eigentlich stammt und wer da in die Glut bläst.

Aber bei anderen – beispielsweise im Falle von Ester Bolego – handelt es sich um eine andere Art von Prozess. Ein Gemisch sinnloser Faktoren, die jeder für sich besehen als vollkommen harmlos und unbedeutend eingestuft werden können, bei denen aber einfach das Gewicht des Ganzen ab einem gewissen Zeitpunkt und in einer bestimmten Situation die Glut entfacht.

Dahingeworfene Worte und Geraune. Nichts plus nichts plus nichts wird plötzlich etwas, und dann gibt es mit einem Mal kein Zurück mehr. Das eine bietet dem anderen Nahrung. Beobachtungen und Verdächtigungen kommen zusammen, sie stützen und befruchten einander, und bevor man sich recht versieht, pulsiert die ganze Stadt von bösen Ahnungen.

Versteckte Andeutungen, schlecht kaschierte Verdächtigungen und Furcht erregende Vorwürfe.

Dieser Kekkonen da.
Dieser Mord da, ja genau.
Natürlich wundert man sich, schließlich war er doch ein ungewöhnlich hässlicher Kerl, um so ein prachtvolles Frauenzimmer zu haben. Das schwergewichtigste kleine Wörtchen von allen: *natürlich*.

Natürlich war es erstaunlich, dass sie sich mit so einem Saufbold und Tollpatsch zufrieden gab. Und wenn er noch so eine Hand für Uhren hatte, denn die hatte er nun einmal.

Natürlich war es ... und hatten übrigens die Kerle bei Svea nicht schon seit Jahren ihr sehnsüchtige Blicke nachgeworfen? Nicht nur die Taxifahrer. Wie war das noch mit diesem Thörnqvist?

Natürlich sah es so aus, als würde sie ihren fetten Uhrmacher nicht gerade übermäßig betrauern. Und war sie nicht mal gesehen worden, als ...? Es würde doch niemanden überraschen, wenn sich jetzt herausstellte, dass ...? Natürlich hatte man so seine Vermutungen.

So einfach ist das. So ging es zu, als die Daumenschrauben des Gerüchts angezogen wurden, und als die Menschen in der Mitte der Welt sie anzogen, da zogen sie sie kräftig an. Habe ich doch immer schon gesagt, und Gott sei ihnen gnädig, und die Sonne bringt es an den Tag.

Und *natürlich*. Ich glaube, es war zwei oder vielleicht auch drei Tage nach Signhilds Rückkehr, als ich das erste Mal hörte, wie man offen über die Sache redete. Es waren seit dem Mord zwei Monate vergangen, und wie die Lage war, so konnte ich ja nicht den ganzen Sommer über so tun, als wäre ich stocktaub. Wenn es um Gerüchte geht, spielt auch die Zeit eine Rolle, wie ich vermute. Ein gewisser Gärungs- oder Reifungsprozess oder etwas in der Richtung – der beendet sein muss, bevor man den Korken aus der Flasche ziehen und den süßsauren Inhalt genießen kann. Aber, wie gesagt, ich kann da nur spekulieren.

Zwei Bauern waren es. Leicht gekleidet, keine Gummistiefel, geblümte Hemden. Ausgerechnet bei Svea, na, irgendwie war es auch logisch. Ich war hingegangen, um mir zwei Zimtschnecken und eine Limonade zu kaufen und sie mit der neuen Nummer vom New Musical Express auf einer Bank im Brandstationspark zu genießen, als ich es hörte.

»Nee, die arbeitet wohl nicht mehr hier«, sagte der eine und schaute sich um.

»Ist doch logisch, dass sie nicht mehr arbeitet«, erwiderte der andere. »Das fehlte noch. Nur merkwürdig, dass sie noch frei ist.«

»Das ist eine Schande.«

»Ganz deiner Meinung.«

Kurze Verschnaufpause.

»Eine Schande, jawohl. Die hat keinen Funken Anstand im Leib. Nicht, dass ich so viel für den Uhrmacher übrig hatte, aber dass die Polizei nicht kapiert, wie der Hase läuft, das ist doch unglaublich, ich weiß gar nicht, was ich davon halten soll.«

»Ganz genau«, stimmte Nummer Zwei zu. »Aber hier setzt sie ihren Fuß nicht mehr rein. Das Miststück.«

»Wasdarfesdennsein?«, fragte eine junge Verkäuferin mit Pferdeschwanz, die ich noch nie zuvor gesehen hatte.

»Eine Limonade und zwei alte geile Knacker«, sagte ich. »Verzeihung, was habe ich gesagt? Zwei Zimtschnecken, meinte ich. Ich muss in Gedanken gewesen sein.«

Es wurde ganz still am Tisch. Tiefdruckstille. Ich bekam mein Getränk und mein Gebäck und bezahlte.

»Sind Sie neu hier?«, fragte ich.

»Ja. Ich habe gestern angefangen.« Sie errötete leicht und warf einen scheuen Blick auf das verstummte Unwetter.

»Ach so«, sagte ich und verließ die Konditorei.

* * *

Am gleichen Tag nahm auch Elonsson das Thema auf.

»Es heißt«, sagte er. »Es heißt, dass die Bolego mit der Sache was zu tun haben soll.«

Wir standen unten auf der Solhemsgatan und warteten darauf, nach Eyravallen mitgenommen zu werden, um den ÖSK 0:0 spielen zu sehen. Gegen Djurgården, wenn ich mich nicht irre. Ich hatte keine besonders große Lust, aber Elonsson hatte Suurman überredet, sich Papas neues Auto auszuleihen, und schließlich hatte ich klein beigegeben. Vielleicht brauchte ich einen Fußball im Kopf, um mir ein bisschen klarer über mein Leben zu werden.

»Was faselst du da?«, erwiderte ich.

»Hier wird nicht gefaselt«, sagte Elonsson. »Ich sage nur, was so geredet wird.«

»Das habe ich gehört. Und was wird so über Ester Bolego geredet?«

Es war gar nicht meine Absicht gewesen, aggressiv zu klingen, aber ich hörte selbst, dass dem so war.

»Dass sie diejenige war, die die Axt in der Hand gehabt hat«, sagte Elonsson. »Oder dass es ein Kerl gemacht hat, mit dem sie es getrieben hat. Warum klingst du denn so wütend?«

»Ach, scheiß drauf«, sagte ich. »Ich mag es nur nicht, wenn die Leute über Dinge reden, von denen sie keine Ahnung haben.«

»Ach so«, meinte Elonsson. »So ist das. Und es könnte nicht vielleicht sein, dass du ein klitzekleines Bisschen darin verwickelt bist?«

»Wovon redest du?«

Elonsson versuchte, verächtlich zu lächeln, zumindest hatte ich den Eindruck. Das fiel ihm mit seiner Lippe nicht besonders leicht, er sah eher aus wie ein Fünfjähriger, der versucht zu pfeifen.

»Das kleine Fräulein Signhild«, sagte er. »Ähm.«

Ich hatte natürlich so einem unromantischen Esel wie

Elonsson mit keinem Wort etwas von meinem Liebesleben erzählt, es war ja unter anderem sogar seine Anwesenheit gewesen, die mich während unserer Reise in südliche Gefilde von Signhild hatte Abstand nehmen lassen. Aber jetzt sah es so aus, als hätte er Witterung aufgenommen. Statt zu antworten zündete ich mir die Pfeife an.

»Ihr wart nicht allein auf dem Bahnsteig.«

Verdammte Scheiße, dachte ich, aber im gleichen Moment spürte ich ein dubioses Gefühl von Stolz in mir aufsteigen.

Man hatte uns beobachtet.

So war es also.

Ein oder mehrere unbekannte Zeugen hatten gesehen, wie ich Signhild auf dem Bahnsteig umarmt hatte.

Man redete darüber.

Über uns. Mauritz Målnberg und Signhild Bolego. Doch, doch. Mitten auf dem Bahnsteig am helllichten Tag. Umarmen sich, als wäre es die offiziellste Sache der Welt, das war nicht nur so ein Gerücht, das in der Stadt herumging.

Plötzlich spürte ich, wie sich auf meinem ganzen Körper eine Art Gänsehaut bildete. Aber nicht auf der Haut, sondern irgendwie darunter.

»Wie gesagt«, sagte Elonsson, »es gibt genügend hässlichere Mädchen, du musst jetzt nicht den Kopf in den Sand stecken wie ein Strauß.«

»Du weißt doch gar nicht, wovon du redest«, sagte ich. »Da kommt Suurman, lass uns ein andermal drüber weiterreden.«

»Saved by the bell«, sagte Elonsson. »Na gut, ich werde noch drauf zurückkommen. Es kommt bestimmt eine Gelegenheit.«

* * *

Womit er natürlich Recht hatte.

Denn das Gerücht lief weiter. Leise und heimlich geflüstert verbreitete es sich wie eine alte Seuche in der Stadt, und es gab natürlich keinen Grund, warum es vor der Fimbulgatan Halt machen sollte. Es drang zu Burmans. Zu Fredrikssons. Zu Målnbergs und schließlich – oder war es dort schon von Anfang an gewesen? – ins Auge des Sturms selbst: zu den Bewohnern des Lundbomschen Hauses.

Ich sah selbst, wie es geschah.

Samstag vor Schulbeginn. Vormittags. Ich war dabei, wieder einmal das Gras zu mähen, obwohl ich die lächerlichen zehn Kronen nicht brauchte. Ich war wohl ungefähr halb bis zur Sonnenuhr gekommen, als ich sah, wie Signhild von Brundins nach Hause kam. Reichlich verheult, das war von weitem zu sehen, und zwei Stunden vor Ladenschluss.

Sie knallte ihr Fahrrad auf den Ständer und rannte ins Haus. Ich ließ den Rasenmäher stehen und war innerhalb einer halben Minute bei ihr in ihrem Zimmer.

»Was ist passiert?«, fragte ich.

Sie lag bäuchlings auf dem Bett und schluchzte laut. Ich setzte mich neben sie und strich ihr etwas unbeholfen über Haare und Rücken. Nach einer Weile drehte sie sich um und schaute mich durch nassgeweinte Haarsträhnen an. Holte ein paar Mal tief Luft.

»Das Geschäft«, sagte sie. »Sie reden bei Brundins über meine Mutter.«

»Ja?«, fragte ich blöd. »Und was reden sie?«

Als ob ich die Antwort nicht wüsste.

»Dass sie ... na, natürlich, dass sie damit etwas zu tun hat. Das habe ich ja auch gesagt. Ich kann da nicht mehr hin!«

»Wer hat ...?«, versuchte ich es tapfer. »Und außerdem musst du dich gar nicht darum kümmern.«

»Es waren mehrere«, schluchzte Signhild. »Und sie haben mich angeguckt, als ob ... ja, kapierst du nicht, was für ein Gefühl das ist?«

Ich versicherte ihr, dass ich natürlich verstand, was für ein schreckliches Gefühl das war, aber dass sie trotzdem versuchen musste, es zu ertragen. Sie setzte sich auf.

»Das ist leicht gesagt. Ich denke gar nicht daran, es zu ertragen.«

Ich wusste nicht, was ich machen sollte. Oder sagen. Plötzlich hatte ich das Gefühl, sie würde mich anklagen, weil die Leute über ihre Mutter redeten, und das war doch irgendwie verrückt. Signhild und ihre Familie gegen den Rest der Welt sozusagen. Oder zumindest gegen den Rest von Kumla, was wahrlich schon schlimm genug war. Ich überlegte und musste einsehen, dass es wohl so war, wie sie es geschildert hatte. Wie sie es erlebt hatte: Signhild war seit ihrer Rückkehr aus Skåne gerade mal eine Woche arbeiten gewesen, und jetzt war es so weit, dass sie kündigen wollte.

Und was würden die bösen Zungen dann sagen? Welche Schlussfolgerungen würden die Schrullen bei Brundins und bei Svea daraus ziehen?

In Mailand oder Honolulu würde so etwas nie passieren, dachte ich und fühlte eine große Wut in mir aufflammen. Kumla ist ein Rattenloch! Gleichzeitig war mir klar, dass ich ein wenig ungerecht war, bestimmt waren die Menschen in anderen Städten nicht viel besser.

Solche Idioten gibt es in Lissabon auch. *Die ganze Welt* ist ein Rattenloch!

»Hast du mit deiner Mutter geredet?«, fragte ich, um dennoch etwas konstruktiv zu erscheinen.

Sie schüttelte den Kopf und wischte sich die Tränen aus dem Gesicht.

»Habt ihr überhaupt miteinander geredet?«

»Nein. Nicht ... nicht darüber.«

Ich fand, das klang zumindest etwas merkwürdig, traute mich aber nicht, das zu sagen.

»Wäre es nicht an der Zeit, es zu tun?«, schlug ich vorsichtig vor. »Es lässt sich doch gar nicht vermeiden, dass sie irgendwann erfährt, was die Leute reden.«

Signhild gab keine Antwort.

»Und du hast ihr auch nicht erzählt, dass du weißt, wer der Dichter Olsson ist?«

Sie schüttelte erneut den Kopf und schaute mürrisch drein.

»Hat Kommissar Vindhage keinen Kontakt zu dir aufgenommen?«

Sie biss sich auf die Lippe und kniff die Augen zusammen. Blinzelte mich sozusagen an. Es war ein Blick, an den ich mich von vor sechs Jahren erinnerte, und ich begriff plötzlich, dass wir wirklich die ganze Zeit die gleichen Menschen sind. Wir verändern uns äußerlich, aber im Inneren bleiben wir sowohl fünfjährig, als auch zehn- und fünfzehnjährig. Wahrscheinlich das ganze Leben lang.

Das kann ab und zu eine Last sein.

Außerdem dachte ich, dass ich ihr wohl zu viele Fragen stellte. Ich sollte sie stattdessen lieber in den Arm nehmen, so sollte es ja wohl sein.

Sie trösten, ihr helfen und ihr eine Stütze sein. Ich bin nicht gut in so etwas, das sah ich ein. Ganz und gar nicht.

»Ich werde ihn Montag treffen«, sagte Signhild.

»Vindhage?«

»Ja. Er wollte gestern kommen und mit mir reden, aber ich habe ihm gesagt, dass ich keine Zeit habe. Stattdessen fahre ich nun am Montag nach Örebro. Da werde ich auch Kennedy treffen.«

Ich nickte nachdenklich.

»Heute ist Samstag«, sagte ich. »Wenn du willst, kann ich dabei sein, wenn du mit deiner Mutter und dem Dichter Olsson redest. Morgen oder so. Hältst du das für eine gute Idee?«

Es verging wohl eine halbe Minute, bevor Signhild antwortete, und die Sekunden waren zäh wie Schleim.

»Okay«, sagte sie schließlich. »Ist vielleicht gar nicht so schlecht. Ich werde es ihr sagen, und dann rufe ich dich an.«

Ich zögerte noch weitere zähe Sekunden.

»Was willst du heute Abend machen?«, fragte ich dann. »Wenn du willst, dann können wir ...«

»Nein, Mauritz«, unterbrach sie mich. »Entschuldige, aber ich glaube, es ist am besten, wenn ich heute Abend allein bin.«

»Ja, sicher«, sagte ich. »Ja, das ist bestimmt das Beste.«

Dann ließ ich sie allein.

* * *

Aber es kam nie zu Stande, dieses Gespräch unter acht Augen.

Signhild rief mich den ganzen Abend über nicht an, und früh am Sonntagmorgen – oder zumindest relativ früh, ich war schon eine Weile wach gewesen, hatte im Bett gelegen und eine LP von den Small Faces angehört, die ich mir von Elonsson geliehen hatte – hörte ich plötzlich, wie der Dichter Olsson sein Motorrad anließ. Ich sprang aus dem Bett und schaute aus dem Fenster.

Das war merkwürdig. Sie standen wie für den Fotografen aufgestellt. O Sole Mio im Beiwagen. Der Dichter Olsson in Ledermontur neben dem Motorrad. Signhild und Ester Bolego nebeneinander auf dem Kiesweg, Arm in Arm. Die Sonne schien, und der schräge Schatten des Wellblechdaches über dem Fahrradständer fiel direkt zwischen sie.

Ester im Schatten, Signhild in der Sonne.

Es war natürlich die reinste Einbildung, aber ich hatte das spontane Gefühl, dass sie sich genau in dieser Formation postiert hatten, damit ich sie von meinem Fenster auf der anderen Straßenseite aus sehen konnte. Als wäre das irgendwie arrangiert worden. Von einem von ihnen oder von allen dreien zusammen.

Das Bild brannte sich in meinem Gedächtnis wie auf einer Tontafel fest und ist seitdem dort. Wenn ich tatsächlich ein Foto gemacht hätte, hätte es nicht deutlicher ausfallen können.

Signhild im Licht, Ester im Dunkel. Christian Bolego und O Sole Mio in ihrer Lederkleidung, bereit für die Abfahrt. An einem Augustvormittag 1967.

Und dann hebt der Dichter die Hand und startet die brummende Enfield. Schaltet in einen Gang, tritt aufs Gas und knattert davon.

Ein paar Kiesel spritzen auf. Es ist der letzte Tag der Sommerferien.

Mutter und Tochter bleiben einen Augenblick lang stehen. Dann schauen sie sich kurz an, drehen mir den Rücken zu und gehen hinein.

Es ist ein sonderbar intensives Bild.

20

Das neue Schuljahr begann.

Der Sommer schien für alle Beteiligten gut verlaufen zu sein, sowohl was die Gymnasiasten als auch was die Pädagogen betraf, nur der alte Burblom, unser beeindruckender Schwedischlehrer, hatte zwei Tage vor Schulbeginn angerufen und erklärt, dass er es satt habe.

Er hatte beschlossen, seine restlichen Tage in einem Ort auf der Südseite Kretas zu verbringen, wo er schon seit Menschengedenken jede freie Minute gewesen war. Er dachte gar nicht daran, seinen Fuß jemals wieder in Hallsbergs entarteten Schlamm zu setzen.

Zumindest wurde gesagt, dass es so abgelaufen sei.

Statt Burblom bekamen wir für das wichtigste Fach der Schule einen neuen Lehrer. Er hieß Angelo Grönkvist, wenn wir sein Gekritzel nicht falsch verstanden, das er auf die Tafel brachte. Er erinnerte im Aussehen und Auftreten ein wenig an Mahatma Gandhi, und als Erstes ließ er uns eine kurze Betrachtung über das Thema »Was ein junger Mensch nicht übers Leben wissen muss« verfassen.

Er nannte es »Betrachtung«, nicht Aufsatz. Vretstorps-Karlsson fragte, was unter dem Begriff Betrachtung zu verstehen sei, und nachdem Angelo Grönkvist zehn Sekunden darüber nachgedacht hatte, antwortete er, dass das Verhältnis zwischen einem Aufsatz und einer Betrachtung ungefähr das gleiche wäre wie zwischen einem Teller Grütze und einem Glas Champagner.

»Und die Betrachtung ist das Blubberwasser?«, wollte Meandersson wissen.

»Ganz genau«, sagte Grönkvist und erklärte, dass wir zwei Stunden zur Verfügung hatten.

Ich schritt unmittelbar zur Tat. Die Einleitungssätze sprudelten wie aus einer klaren Quelle.

Morgens, wenn ich aufwache, kontrolliere ich zunächst, ob ich nachts nicht amputiert worden bin. Anschließend bleibe ich eine Weile im Bett liegen und denke an meine Geliebte. Anschließend stehe ich auf.

Angelo Grönkvist schlich in seinem ziemlich zerknitterten, sahnegelben Leinenanzug im Klassenzimmer herum und schaute uns über die Schulter, um zu sehen, wie es so lief. Ein leichter, aber nicht zu leugnender Duft nach Mentholtabak und Veilchenpastillen umgab ihn. Als er zu meiner Bank kam, blieb er eine Weile stehen und starrte auf meine Einleitung.

»Genial«, sagte er dann. »Du hast es drauf, mein Junge.«

Ich spürte, wie mir das Blut in den Kopf stieg. Endlich, dachte ich. Endlich ein Mensch, der mich wirklich sieht.

Wir arbeiteten die Pause hindurch, und ich schaffte es gerade noch, das Ganze fertig ins Reine zu schreiben, als es zur Mittagspause klingelte.

Was ein junger Mensch nicht übers Leben wissen muss

Morgens, wenn ich aufwache, kontrolliere ich zunächst, ob ich nachts nicht amputiert worden bin. Anschließend bleibe ich eine Weile im Bett liegen und denke an meine Geliebte. Anschließend stehe ich auf.
Wir gehen hinaus an den Strand, meine Geliebte und

ich. Es ist Frühling oder Spätsommer, eine sanfte Brise streicht vom Meer heran, der Himmel ist weiß und kein Mensch zu sehen. Der Sand ist fest und unten direkt am Wasser einfach zu begehen, über dem Land schweben Möwen in trägen, ausgedehnten Ellipsen. Wir gehen dicht an dicht, ich habe meinen Arm um ihre Schulter gelegt, und als die Sonne sich nach einer Weile durch die Wolkendecke zeigt, halten wir an und lieben uns in einer Kuhle in den Dünen.
Hinterher bleiben wir noch liegen. Ein einsamer rötlicher Hund kommt heran und will unsere Bekanntschaft machen, meine Geliebte gibt ihm ein Wurstbrot aus unserem Proviant. Er frisst es mit einem einzigen Schnappen und verlässt uns. Wir setzen unseren Weg fort. Die Wolken ziehen sich erneut zusammen, und nach einer halben Stunde erreichen wir einen alten Betonbunker, halb begraben im Sand. Wir halten erneut an und trinken Wasser.
Dann sitzen wir da, an die raue Betonwand gelehnt. Schauen über das ruhige Meer. Wir haben keinen Durst, wir sind nicht hungrig, wir haben uns geliebt.
»Hast du irgendwelche Schmerzen?« fragt meine Geliebte.
»Nein« antworte ich.
»Macht dir irgendetwas Sorgen?«
»Nein.«
»Ich liebe dich. Liebst du mich?«
»Ja, ich liebe dich von ganzem Herzen.«
Wir sitzen eine Minute lang schweigend da.
»Dieser Augenblick ist vielleicht der schönste in unserem Leben« sagt meine Geliebte und fängt an zu weinen. »Morgen müssen wir etwas anderes machen.«
Das sollte ein junger Mensch nicht vom Leben wissen.

»London«, sagte Askersunds-Schyman, als wir zum ersten Mal in dem neugebauten Speisesaal saßen. »Hol mich der Teufel, oh Mann!«

»Du drückst dich sehr gewählt aus«, sagte Kilsmo-Lundberg, der den ganzen Sommer über in einer Gärtnerei von Brevens Werk gearbeitet hatte. »Wie immer.«

»Pink Floyd«, fuhr Schyman unbeeindruckt fort. »Arthur Brown. John Mayall and the Bluesbreakers im Roundhouse ... Oh Scheiße, ich sage es euch! Und Flower Power! Und was habt ihr so gemacht, ihr Bauernärsche?«

Schyman war nicht mehr der Alte, verglichen damit, wie er im Juni ausgesehen hatte. Er trug eine blaue runde Brille, ein rotes Tuch um sein Zottelhaar, das offenbar im Laufe des Sommers einen halben Meter gewachsen war. Ein geblümtes Hemd, karierte Hose mit Schlag und Stiefel.

Ein Paar Räucherkerzen hinter dem Ohr. Es war schwer, nicht beeindruckt zu sein.

»Love-in im Alexandra Palace die ganze Nacht durch! Wart ihr schon mal bei einem Love-in, ihr Plattfußindianer?«

»Wow«, sagten Lisbutt und Damita wie aus einem Mund. Auch sie hatten Schymans neu erworbenem Charme nicht widerstehen können und sich an unserem Tisch niedergelassen.

»Hast du auch Cliff Richard gesehen?«, erdreistete sich Damita zu fragen.

»Cliff Richard«, schnaubte Schyman. »Ja, ich glaube, ich habe ihn mal in einem Waschsalon gesehen. Meine Mutter findet ihn auch ganz toll. Darf man hier eigentlich im Speiseraum rauchen?«

Sicher, es war 1967. Sicher, es war freedom, peace and friendly fucking, aber es war verdammt noch mal nicht erlaubt, in dem neuen Speisesaal der Bryléschule zu rauchen.

Schyman wurde dessen gewahr, als er seine Zigarette angezündet und zwei Züge gemacht hatte. Ein anderer legendärer Schwedischlehrer, Fritjof Uhl, einst zu Beginn unserer Zeitrechnung Meister im militärischen Fünfkampf, kam angeschossen wie die Kugel aus einer Kanone. Er packte Schyman, zog ihn geradewegs vom Stuhl, riss ihm die Zigarette aus dem Maul und schleppte ihn an den Haaren aus dem Raum.

Ein entschlossenes Eingreifen alles in allem.

»All you need is love!«, schrie Schyman.

»Hm«, sagte Vreststorps-Karlsson. »Was machen wir? Einen Spaziergang rauf zur Konditorei vielleicht?«

* * *

Aber bald lief alles wieder in den alten Bahnen. Die Neuigkeiten: Angelo Grönkvist, Schymans radikale Veränderung zum sog. Hippie und der neue Speisesaal. Im Großen und Ganzen war es das. Und das Hämmern der Rammen hörte auf. Irgendwann im Laufe des Sommers hatte man den letzten Betonphallus in den leichtsinnigen Lehm gerammt, und ab dem neuen Schuljahr war es im Prinzip möglich, alles zu verstehen, was die Lehrer sagten. Man hatte keine Ausrede mehr, zumindest nicht diese.

Doch, Bénédicte de Trebelguirre war auch noch ein Zugewinn, oh ja. Fast hätte ich sie vergessen, wie konnte ich nur?

Sie war eine dunkle, schlanke Französin um die Fünfundzwanzig, und es gelang Elonsson wie auch mir, in den Zusatz-Konversationskurs in Französisch zu kommen, der immer mittwochs stattfand, nach Ende des normalen Schultags.

Mademoiselle de Trebelguirre stellte sich bereits am ersten Schultag in der Aula vor, und die Anzahl der Namen auf der Anmeldeliste an der Tür überstieg schnell die einhundertundfünfzig. Französisch war ja eigentlich traditionell eher Mädchensache, aber in diesem Fall waren mehr als achtzig Prozent der Bewerber männlichen Geschlechts, es schien, als wäre plötzlich der Wunsch nach Vervollkommnung über uns gekommen. Gerade hier und jetzt.

Les temps ils sont en changeant, und wir hatten natürlich ein wahnsinniges Glück bei der Auslosung, Monsieur Elonsson und ich. Sans doute.

* * *

Aber mein Herz war nicht in Hallsberg. Natürlich nicht. Aufs Gymnasium zu gehen, das war eine Unterbrechung, eine Störung bei etwas, das viel wichtiger war. Unendlich viel wichtiger.

Bei dem, was sich im Auge des Sturms in der Fimbulgatan in der Mitte meiner Welt zutrug.

Oder was sich besser gesagt nicht zutrug. So war es nun einmal, in den ersten Wochen des neuen Schuljahrs passierte nicht viel. Doch, es wurde natürlich bei uns der Rechtsverkehr eingeführt, in der Fimbulgatan ebenso wie im Rest des Landes. Und meine Schwester Katta zog in die Stadt, das gehört auch dazu. Zu ihrem Aspiranten nach Markbacken. Sie hinterließ ein Zimmer, in das ich jederzeit hätte einziehen können, wenn ich gewollt hätte, aber ich verschob das auf später. Wollte ich doch auf keinen Fall den Blickkontakt mit Signhilds Fenster im Lundbomschen Haus verlieren. Kattas Balkon zeigte auf Fredrikssons baufällige Garage und einen Teil der Nachbarhecke, und darauf konnte ich verzichten.

Ich traf Signhild vor dem 9. September nur zweimal, vor dem Tag, an dem sich alles veränderte und neue Vorzeichen bekam – beide Male machten wir einen langen Spaziergang, einmal wieder in den Viaskogen, das andere Mal nach Örsta Kulle und Elvesta. Es waren ziemlich trübsinnige Wanderungen, beide Male regnete es auch noch ein wenig, wir sagten nicht viel, ich versuchte zwar, das Gespräch über das eine oder andere in Gang zu bringen, aber Signhild war irgendwie verschlossen. Nach innen gewandt und eingekapselt.

»Können wir nicht einfach gehen, ohne zu reden?«, bat sie mich. »Halte meine Hand, dann fühle ich mich sicher.«

Ich tat ihr natürlich den Gefallen. Es war ja gut, wenn ich ihr eine Art von Sicherheit geben konnte, aber zu mehr als Händchenhalten und ein paar Umarmungen reichte es nicht. Keine Küsse, keine wollüstigen Schauer.

Ich hatte mir gerade Dylans LP *Blonde on Blonde* angeschafft, und ich weiß noch, dass ich an *Sad Eyed Lady of the Lowlands* denken musste, während wir da schweigend nebeneinander durch den Regen gingen, die Hand meiner Geliebten in meiner.

Aber ich bin mir nicht sicher, ob der Begriff *trübsinnig* der richtige ist. Es war eher beunruhigend. Und Signhild wollte nichts sagen.

Weder über den Zustand ihrer Seele noch über den in ihrem Zuhause.

Aber das Schweigen hat seine Zeit, und das Reden hat seine Zeit, und als sie mich frühmorgens am 9. September anrief, da war es einfach nicht mehr möglich, sich passiv zu verhalten.

Warten hat seine Zeit, Handeln hat seine Zeit.

21

Ich bin's.«
Ich erinnere mich noch, dass mir auffiel, dass sie sich so meldete. Und dass es mich zutiefst berührte.
Ich bin's.
Es war kein Name nötig. Ich und du. Wir. Signhild und ich gehörten so eng zusammen, dass dieses einfache Pronomen genügte.
»Ja?«, fragte ich.
»Ich muss mit dir reden. Kannst du rüberkommen?«
Sie klang irgendwie anders. Finsterer und ein wenig resignierter als bei den letzten Malen, als wir uns trafen, aber da war noch mehr. Eine leichte Verzweiflung vielleicht?
»Ist was passiert?«
»Komm her, dann erzähle ich es dir.«
»Okay.«
Ich legte den Hörer auf. Schaute auf die Uhr. Es war erst halb acht. Ich weiß nicht, ob Signhild so früh anrief, weil sie glaubte, dass ich zur Schule müsste. Wahrscheinlich war das der Fall. Ich glaube nicht, dass ich ihr erzählt hatte, dass wir von diesem Schuljahr an samstags frei hatten – ein Ereignis, das zumindest laut gewissen Lebenskünstlern in der Klasse verdammt noch mal die größte Innovation in der Geschichte der Menschheit seit dem Steigbügel und dem Zippofeuerzeug war.

Ich brachte schnell meine Morgentoilette hinter mich und lief über die Straße. A damsel in distress, dachte ich und überlegte, ob ich das wohl irgendwo gelesen hatte.

* * *

Sie saß zusammengekauert auf ihrem Bett. Es war gemacht, mit der roten Überdecke und den Stofftieren, und es sah so aus, als hätte sie die ganze Nacht kein Auge zugetan.

»Jetzt geht es einfach nicht mehr«, sagte sie.

»Ach«, sagte ich und setzte mich neben sie.

»Ich glaube, ich werde wahnsinnig.«

Ich nahm ihre Hand und schaute ihr ins Gesicht. Es war ein wenig gerötet und angeschwollen, aber ich konnte nicht sagen, ob das vom Weinen kam oder einfach nur von der Schlaflosigkeit.

»Was ist denn passiert?«, fragte ich.

»Sie ist schwanger«, sagte Signhild.

»Was?«, fragte ich.

»Mit einem Kind. Sie kriegt ein Kind.«

»Deine Mutter?«

»Ja. Wer denn sonst?«

»Das ist nicht dein Ernst?«

»Natürlich ist das mein Ernst. Sie ist im sechsten Monat. Sie hat es mir gestern erzählt. Ich halte es nicht mehr aus, ich war heute Nacht draußen und bin drei Stunden lang herumgelaufen.«

Die Gedanken wirbelten mir im Kopf herum, aber wie üblich gab es nicht viel, was ich greifen konnte.

»Ich liebe dich, Signhild«, sagte ich. Dachte, es könnte ja wohl nicht schaden, sie daran zu erinnern. »Warum hast du denn nicht angerufen? Dann hätte ich dir beistehen können.«

Sie gab keine Antwort. Gab meiner Hand nur einen leichten Druck.

»Ich hätte so gern ...«, fuhr ich fort, während eine Idee aus meinem Unterbewusstsein aufstieg. »Das ist doch sicher nicht ... ich meine ... wie soll ich sagen ...?«

Signhild ließ seufzend meine Hand los.

»Richtig geraten«, sagte sie. »Papa ist nicht der Vater des Kindes. Es ist der andere.«

»Der andere?«

»Ja.«

»Hat sie das gesagt?«

»Ja, das hat sie auch gesagt.«

»Das ist ja wohl ... hat sie gesagt, wer es ist?«

»Nein. Nur, dass er es nicht war, mein Vater ... ich will nichts damit zu tun haben. Ich halte das nicht aus. Kannst du dir vorstellen, was für ein Gefühl das ist?«

Ich nickte ratlos.

»Ja, das muss ja ... schrecklich sein. Oder ...?«

»Stimmt«, sagte Signhild mit unnatürlich hoher Stimme, als wäre sie kurz davor, in Tränen auszubrechen. »Mein Vater ist ermordet worden, und meine Mutter ist schwanger von einem heimlichen Liebhaber. Ich wünschte, ich wäre nie geboren worden.«

»Ich bin verdammt froh, dass du geboren worden bist«, protestierte ich und nahm sie in den Arm. Sofort fing sie an zu weinen, anfangs laut und jammernd, dann beruhigte sie sich etwas, während ich ihr über die Arme und den Rücken strich und ihr ab und zu mit dem Handrücken die Tränen abwischte.

So saßen wir sicher zehn, fünfzehn Minuten lang da, ich erinnere mich, dass mein Torfarbeiterrücken durch die verdrehte Stellung auf der Bettkante langsam wehtat. Dann ging sie zur Toilette. Die lag gleich neben ihrem Zimmer, ich konnte hören, wie sie pinkelte, sich die Nase putzte und sich Wasser ins Gesicht spritzte, und als sie zurückkam, sah sie ziemlich gefasst aus. Irgendwie entschlossen.

»Du glaubst doch nicht, dass sonst irgendjemand glauben wird, mein Vater könnte der Vater sein?«, fragte sie. »Mauritz, ich muss hier wegziehen, sonst werde ich noch verrückt.«

Die Idee kam wie ein Dieb in der Nacht geschlichen.

»Katta ist zu Dubbelubbe nach Örebro gezogen«, sagte ich. »Willst du nicht ...?«

* * *

Und so kam es.

Wunder über Wunder, am Sonntag, dem 10. September, zog Signhild quer über die Fimbulgatan um und nahm Kattas Zimmer in Beschlag. Meine Eltern waren drüben gewesen und hatten mit Ester Bolego gesprochen, und irgendwie war man übereingekommen, dass das doch eine prima Lösung war. Wenn auch nicht die beste, dann auf jeden Fall für den Augenblick die einfachste. Ich weiß nicht, welche Worte und Argumente zwischen ihnen gewechselt wurden – ob Signhilds Mutter so ohne weiteres damit einverstanden war oder ob sie sie überreden mussten. Vielleicht begriff sie trotz allem, wie schlecht es ihrer Tochter bei all dem Wirbel ging, vielleicht war sie so mit ihren eigenen Problemen beschäftigt, dass sie gar nicht in der Lage war, Widerstand zu leisten.

Ich weiß es nicht, wie gesagt. Weder meine Mutter noch mein Vater sagten ein Wort dazu, dass Ester Bolego ein Kind erwartete, sie hatten es offenbar erfahren, aber soweit ich herausbekommen konnte, hatten sie nicht mitgekriegt, dass ein anderer als Kalevi Kekkonen der Vater des Kindes war.

Obwohl es natürlich möglich war, dass sie dennoch diese Schlussfolgerung zogen.

* * *

Dann wären sie nicht die Einzigen gewesen. Genau wie Signhild vorhergesagt hatte, dauerte es nur wenige Tage, bevor der Gerüchtekessel im Ort neue Nahrung bekam, ich hörte an verschiedenen Stellen davon.

Zumindest, dass die Bolego schwanger war. Das konnte man sich ja nun am kleinen Finger abzählen. Bei dem Bauch...

Und der Teufel soll mich holen, wenn dieser unbeholfene Uhrendreher es noch in seinem Alter hingekriegt haben sollte! Nein, nein, das konnte schon Klapp-Eriks Katze kapieren.

Was für eine Schande, wie es in der Welt zugeht.

Und damit waren wir natürlich bei des Pudels Kern! Erst herumscharwenzeln und dann mit dickem Bauch herumlaufen. Schon merkwürdig, dass die Polizei nicht eins und eins zusammenzählen konnte!

Und so weiter und so fort.

Aber *natürlich*.

Signhild zog also quer über die Straße um, darüber zerrissen sich nicht alle Leute den Mund, und was mich betraf, so war das ein Ereignis, dessen Bedeutung sowohl geköpfte Uhrmacher als auch schwangere Witwen um vieles übertraf.

Wir wohnten nun unter dem gleichen Dach, Signhild und ich.

Sie und ich.

Wir. Das war unglaublich, und die ersten drei Nächte machte ich kaum ein Auge zu. Das war ganz einfach zu viel.

* * *

Unter dem gleichen Dach, aber die Wände trennten uns.

Eine Toilette, ein Wandschrank und vier Meter Flurboden mit einem rot-grau-karierten Plastikbelag. Zwei kleine Bilder mit Tannen drauf und ein etwas größeres mit einer Kuh.

Ich konnte sie atmen hören. Wenn ich bis zwei Uhr noch nicht eingeschlafen war, stand ich nachts auf und drückte mein Ohr an die Blumentapete, um zu lauschen, und nach einer Weile spürte ich – glockenrein wie nur irgendwas – einen anderen Blutkreislauf und ein anderes Atmen als mein eigenes. Das pflanzte sich durch den Wandschrank, die Toilette und die Nachtfinsternis fort, und ich spürte es so deutlich, als würde ich in Signhilds Bett mit dem Kopf auf ihrer Brust liegen.

Ich stand gern so da, oft schloss ich dabei die Augen, und einmal schlief ich ein und knallte zu Boden. Es war atemberaubend.

Während meiner schlaflosen Stunden holte ich auch ab und zu den Daumen des deutschen Fähnrichs hervor und legte ihn vor mich auf den Tisch. Ich weiß noch, dass er mir gerade zu dieser Zeit, in den ersten Wochen mit Signhild unter einem Dach, geheimnisvoller erschien als je zuvor, sein grüner Schimmer war kräftiger als sonst, ich konnte meine Fragen und Vermutungen bei ihm loswerden, und ich hatte wirklich das Gefühl, als höre er zu und nehme sie auf.

Eines Nachts schrieb ich ein Gedicht an den Daumen. Das muss gegen Morgen gewesen sein, denn es war nicht gerade eine Spitzenleistung.

> *Deutscher Daumen, grün und rot*
> *Hilf mir in meiner großen Not*
> *Kühle meiner Liebe Glut*
> *Gib mir Kraft für Leben und Tod*

Als ich später die Zeilen bei hellem Tageslicht betrachtete, musste ich einsehen, dass es mit das Schlimmste war, was ich jemals zu Stande gebracht hatte, und dass mein Tribunalfranzose vermutlich so angewidert gewesen wäre, dass er beim Anblick dieses Elends nur gekotzt hätte.

Sofort zerriss ich das Gedicht in kleine Fetzen, aber auch nach fünfunddreißig Jahren habe ich die Worte immer noch im Kopf. Natürlich ist das ungerecht. Wo doch so vieles andere verloren gegangen ist, meine ich.

Aber so ist es wohl mit dem Leben. Meistens ist es der Dreck unter den Fingernägeln, der bleibt.

Auf jeden Fall legte ich nicht die vier Flurmeter auf dem Plastikbelag zurück.

Und Signhild tat es auch nicht.

Noch nicht.

22

Man muss um seine Größe wie auch um seine Grenzen wissen.

Ich glaube, zu der Zeit hatte ich langsam akzeptiert, dass ich mein Lebensskript so ziemlich selber zu schreiben hatte – mangels anderer interessierter Anwärter offenbar –, aber sich einzubilden, mehr als eine Nebenrolle in dem bedeutend schicksalsschwereren Drama zu spielen, das sich in diesem Sommer und Herbst auf der anderen Straßenseite abspielte, das wäre doch vermessen gewesen.

Der Fall Kekkonen – wie er von meinem Vater wie auch von den Großmäulern der überregionalen Zeitungen genannt wurde.

Natürlich war das Opfer selbst die Hauptperson, das konnte ihm niemand nehmen. Kalevi Oskari Kekkonen, geboren in Kotka, gestorben in Kumla. Eines ziemlich langweiligen Abends, ungefähr eine Woche nachdem Signhild eingezogen war, saßen Elonsson und ich in meinem Zimmer und spielten Privatdetektiv, und ich versuchte, den dahingeschiedenen Uhrmacher ein wenig mehr im Detail zu beschreiben. Sowohl ihn als auch Ester Bolego – da Elonsson behauptete, er bräuchte etwas mehr Fleisch auf den Knochen, um das Rätsel zu lösen. Ich hatte nichts über meinen früheren Ausflug in die Detektivbranche verraten – und hatte auch um Signhild die Nebelwände so gut es ging gelegt, etwas, was Elonsson wahrscheinlich durchschaute, aber er machte zumindest gute Miene zum bösen Spiel. Stattdessen zeichnete er in seinen mitgebrachten Collegeblock Dreiecke und Fragezeichen, sog an seiner schiefen Oberlippe und versuchte überhaupt, sehr scharfsinnig auszusehen, vielleicht gar analytisch – wir sollten am nächsten Tag eine Mathearbeit schreiben, deshalb saßen wir hier. Eigentlich. Sinusfunktion und Cosinusfunktion und das eine oder andere, wir waren es schon Leid, bevor wir überhaupt angefangen hatten.

»Dreiecksdrama«, sagte Elonsson mit dumpfer Stimme. »Das sehen doch meine Guppiweibchen.«

»Erklär mir das«, bat ich ihn.

»All right, mein lieber Watson«, sagte Elonsson und kaute auf seinem gelben Bleistift. »Wir haben zwei Bekannte und eine Unbekannte. Den einen Bekannten gibt es nicht mehr. Hat den Kopf abgeschlagen bekommen. Dekapitiert, wie man so sagt. Die andere Bekannte lebt in ... wie sagt man? ... anderen Umständen ... und in weit fortgeschrittener Schwangerschaft. Dickgebumst, wie man in Åbatorp sagt. Der Unbekannte ist der Schlüssel zum Rätsel. Mr. X, der mit an Sicherheit grenzender Wahrscheinlichkeit ... puh ... ein Verhältnis mit Ester Bolego gehabt hat und der mit an Sicherheit ... äh ... der Vater des Kindes ist.«

»Brillant«, sagte ich.

Elonsson seufzte.

»Ich weiß«, sagte er. »Wie wirkt sie?«

»Was, wer?«

»Die Bolego natürlich! Wie verhält sie sich? Mein Gott, du wohnst doch mitten drin, hast du denn keine Augen im Kopf?«

»Zwei Stück«, erwiderte ich. »Genau so viele wie du Gehirnzellen, Sherlock.«

»Du bist nur neidisch«, sagte Elonsson.

Aber es war natürlich eine wichtige Frage, die Elonsson da gestellt hatte, das musste ich zugeben. Äußerst wichtig. Ich dachte darüber nach.

Wie wirkte sie?

Wie nahm Ester Bolego das alles auf?

Ihr Mann war geköpft worden. Sie selbst war schwanger und auf dem besten Weg, vom Volksmund verurteilt zu werden. Verdächtigt und der Lüge bezichtigt. Vielleicht war es nur eine Frage der Zeit, bis die Polizei sie festnahm? Ich hatte während der letzten Wochen im Großen und Ganzen keine unbekannten Autos oder anonyme männliche Gestalten am Lundbomschen Haus gesehen, nur hielt ich meine Überwachung natürlich nicht permanent aufrecht. Aber die Polizei müsste sie doch trotz allem im Auge behalten? Sie müssten ihr doch, zumindest was das zu erwartende Kind betraf, ein paar Fragen stellen?

Und ihre Tochter war zu den Nachbarn gegenüber gezogen! Das war wirklich kein normales Benehmen, weder in Kumla noch irgendwo sonst auf der Welt zu dieser Zeit.

Nein, die Uhr tickte, so ein Gefühl war das. Die Lunte brannte. Außerdem waren sowohl Mutter als auch Tochter arbeitslos, sie hatten als direkte Folge der Lage ihren Job bei Svea beziehungsweise Brundins aufgegeben. Natürlich war man ein wenig angeschlagen, wie es in Ringerkreisen hieß. Natürlich sah es schlecht aus, oder?

Wäre da nicht jeder normale Mensch schon vor langer Zeit zusammengeklappt? In der Tat. Hätte sich ins Krankenhaus von Mellringe einweisen lassen oder wäre zur Polizei gegangen, um sein Gewissen zu erleichtern, oder?

»Oder?«, fragte Elonsson nach. »Verdammt, habe ich Recht? Du kannst mich gern korrigieren, wenn ich mich irre.«

Wir diskutierten die Sache eine Weile und waren uns im Großen und Ganzen einig. Es *war* merkwürdig.

Dass sie sich gewissermaßen überhaupt nicht aufregte, die Ester Bolego.

Dass sie den Kopf hoch erhoben und den Bauch stolz vor sich hertrug, ohne sich zu schämen. Ohne den Blicken auszuweichen, wenn sie Leuten auf der Straße oder in den Geschäften begegnete.

Sich in so einer Situation zumindest ein wenig zu schämen, das war eine Tugend, die Elonsson und ich schon mit der Muttermilch aufgesogen hatten.

Ohne es ihm gegenüber zu erwähnen, erinnerte ich mich wieder daran, was mein Vater gesagt hatte:

»Alles ist relativ, außer Ester Bolego.«

Dann sprachen wir über Mystifikationen. Die vom Mörder hinterlassene Botschaft im Hals des Opfers. Der merkwürdige Schachzug und der mögliche Zusammenhang mit diesem deutschen Buch, das ich über Sigge van Hempel zu fassen bekommen hatte. Ich hatte keine Ahnung, wie die Ermittlungen der Polizei in dieser Frage weitergegangen waren – aber mangels wirklicher Ideen waren Elonsson und ich uns einig, nachdem wir eine Weile alles Mögliche diskutiert und wieder verworfen hatten, dass es sich möglicherweise um eine so genannte Sackgasse handelte. Eine falsche Spur, etwas, das der Mörder gemacht hatte, um der Polizei Flausen in den Kopf zu setzen.

Wir widmeten uns auch eine Zeit lang dem Dichter Olsson, seinem plötzlichen Auftauchen auf der Bühne während einiger Sommerwochen und seinem ebenso plötzlichen Verschwinden – aber auch hier fanden wir keinen fruchtbaren Einfallswinkel.

»Es ist ein verfluchtes Rätsel«, sagte Elonsson zum Schluss. »Ich bin nur froh, dass ich nicht in der Haut von Kommissar Vindhage stecke. Apropos, wie geht es denn eigentlich der schönen Signhild?«

Er zeigte bedeutungsvoll zu Kattas Zimmer hin. Ich erklärte, dass es an der Zeit sei, einen Strich unter die Debatte zu ziehen und wir uns lieber ein paar erbärmliche Minuten lang dem Cotangensproblem widmen sollten.

Elonsson glotzte mich an und kaute auf seinem Bleistift.

* * *

Nach zwei mehr oder minder schlaflosen Nächten sah ich etwas ein.

Die neue Nähe war dabei, sich in eine Art Abstand zu verwandeln. Auf eine sonderbare Art und Weise hatte Signhild sich dadurch, dass sie bei uns eingezogen war, weiter von mir entfernt. Das war natürlich ein vollkommen unakzeptables Paradox, und eines Sonntagvormittags packte ich mich selbst beim Schlafittchen und ging zu ihr.

»Du weichst mir aus«, erklärte ich.

»Was?«, fragte Signhild.

»Ausweichen«, wiederholte ich. »Du. Mir.«

Sie saß auf dem Bett und sah nachdenklich aus. Schwedische Schlagerparade im Radio. Hootenanny Singers.

»Mach aus«, sagte ich.

Sie schaltete das Radio aus.

»Ich weiß nicht.«

»Was weißt du nicht?«

Sie seufzte und schaute mich mit traurigen Augen an.

»Ich will dich nicht reinlegen.«

»Reinlegen?«

»Ja.«

»Was meinst du damit?«

»Das ist so ... das ist alles so viel. Es wäre so einfach, wenn ich nur ...«

Sie verstummte.

Rede Klartext, Weib!, dachte ich. Du klingst wie meine Mutter. Gleichzeitig dachte ich, dass es wohl das erste Mal war, dass ich auf sie wütend wurde.

»Ich weiß nicht mehr, was ich wirklich fühle«, fuhr sie nach einer langen Pause fort. »Ich habe so ein Gefühl, als müsste ich all meine Gefühle von mir fern halten, um nicht kaputt zu gehen. Kennedy sagt, das ist nur natürlich, und es ist schon in Ordnung, wenn ich versuche, sie von mir fern zu halten.«

»Wen?«

»Die Gefühle. Es ist in so kurzer Zeit so viel passiert, dass ich mich ganz einfach nicht ... enga ...?«

»Engagieren?«

»Ich kann mich auch nicht in einer Beziehung engagieren.«

Ich dachte nach. Leck mich am Arsch, Kennedy, dachte ich.

»Ich liebe dich, Signhild«, sagte ich.

»Ich weiß. Ich liebe dich wohl auch, aber im Augenblick bin ich mir einfach nicht sicher ... das musst du doch verstehen?«

Ich hatte während des ganzen Gesprächs in der Tür gestanden. Jetzt setzte ich mich aufs Bett und nahm ihre Hand.

»Das verstehe ich. Ich werde nicht um dich werben, Signhild, aber wir können doch trotzdem ein bisschen zusammen sein, oder? Ich bin ja nicht bescheuert.«

Sie lachte. Tatsächlich, sie lachte.

»Nein, Mauritz«, sagte sie. »Du bist wirklich nicht bescheuert.«

Ich hatte plötzlich das Gefühl, als wäre der Nobelpreis in Reichweite, und ich gratulierte mir dazu, dass ich mich endlich einmal getraut hatte, etwas mutiger vorzugehen.

Ich werde so langsam ein Mann, dachte ich. Das stand wohl dahinter.

»Kommst du heute Nachmittag mit nach Hallsberg?«, fragte ich.

»Nach Hallsberg?«, erwiderte sie verwundert. »Warum das denn?«

»NuTeMo«, antwortete ich. »In der Grotte. Es geht einige Stunden lang, du brauchst nicht so früh da zu sein.«

Sie zögerte einige Sekunden lang. Dann nickte sie und stellte wieder die schwedische Hitparade an.

* * *

NuTeMo war die praktische Abkürzung des zu erwartenden Publikums beim Sonntagspopkonzert in der Grotte.

Es gab nämlich zu der Zeit drei Sorten Menschen.

Die *Mods*, zu denen Elonsson und ich uns ganz selbstverständlich zählten. Nicht in der ursprünglichen englischen Bedeutung der Kleidersnobs, aber wir hatten lange Haare, waren ganz normal cool und wussten, was sich in der Welt und in der Musik so tat. Vietnam, Martin Luther King und Carlos Castaneda befanden sich in dem geistigen Gepäck, das wir gut verwahrten.

Ein *Teddy* zu sein bedeutete, zumindest in Närke, einfach ausgedrückt, dass man Pomade im Haar hatte, Auto fuhr und Elvis mochte.

Wenn man aus beiden Kategorien herausfiel, so war man laut Definition eine *Null*. Der Urtyp für eine Null war beispielsweise Urban Urbansson.

Auch wenn also NuTeMo vom Namen her eine Art Sammelplatz für alle Arten von Menschen darstellte, so sah die Wirklichkeit etwas anders aus. Zweihundert Mods, fünfzig Nullen und sieben Teds, das war die übliche Mischung, und so war es auch an diesem Sonntag.

Die Rockband, die spielte, hieß The Dogs und kam aus Katrineholm. Innerhalb von drei Stunden wurde dreimal *Road Runner* gespielt, und überhaupt war es insgesamt ein ganz guter Sound. Nach einer ersten etwas nervigen halben Stunde, in der wir die meiste Zeit in einer Ecke standen, jeder mit seiner Cola in der Hand, gelang es mir, Signhild auf die Tanzfläche zu locken. Sie hatte offenbar noch nie vorher

Shake getanzt, und ich selbst sah wohl wie üblich eher wie eine Giraffe mit Krämpfen aus, aber mit der Zeit merkte ich, dass es ihr gefiel.

Und wenn es Signhild gefiel, dann gefiel es mir auch. Gegen Ende, als The Dogs *As Tears Go By* und *I Wanna Hold Your Hand* spielten, versuchten wir so eine Art Engtanz, von dem ich aber nicht sagen kann, ob er uns gelang. Signhild behauptete zumindest hinterher, ich würde gut tanzen, was mir bisher noch niemand gesagt hatte.

Während wir auf den Zug nach Kumla warteten, kauften wir am Bahnhofskiosk eine Wurst, und dann standen wir lange Zeit auf dem Bahnsteig, umarmten und küssten uns. Wir waren natürlich nicht die Einzigen dort, es gab reichlich bekannte und halbbekannte Gesichter, aber wie unten in der Grotte ignorierten wir sie. Ich glaube, an diesem Abend lernte ich, dass man zu zweit nicht doppelt so stark wie ein Einzelner ist, sondern hundert Mal so stark.

Man muss sich irgendwie nicht die ganze Zeit in der Welt spiegeln, sondern nur in den Augen der Geliebten.

Auch diese tiefschürfenden Beobachtungen merkte ich mir und beschloss, ein Gedicht darüber zu schreiben.

Song for S on a platform, oder so etwas.

* * *

Aber weder im Dunkel der Grotte noch auf dem Bahnsteig von Hallsbergs Bahnhof geschah das Wunder an diesem Septembersonntag im Jahre des Herrn 1967, sondern später.

Irgendwann so um Mitternacht, wie ich annehme, oder vielleicht noch später, aber der exakte Zeitpunkt war natürlich von untergeordneter Bedeutung. Von einer gewissen Bedeutung war hingegen die Tatsache, dass ich die Initiative ergriff.

»Ich werde heute Nacht bei dir schlafen«, sagte ich, als wir gerade an der Stavaschule vorbeigekommen und in die Fabriksgatan eingebogen waren.

Signhild blieb stehen und ließ meine Hand los. Es hatte angefangen zu nieseln, die Dämmerung war dabei, ganz und gar in Dunkelheit überzugehen, und der Schatten der Fichtenhecke legte weiteres Dunkel auf ihr Gesicht. Es war unmöglich zu sehen, was sie dachte. Ein paar Ewigkeiten lange Augenblicke schlichen vorbei. Plötzlich hatte ich das Gefühl, nicht mehr in meinem eigenen Körper zu sein.

Was sage ich da?, dachte ich überrascht. Bist du noch ganz gescheit, Mauritz Målnberg? Jetzt haut sie mir eins aufs Maul und verlässt mich für alle Zeiten.

Ich wollte schon hinzufügen, dass ich nur Spaß gemacht hätte, als sie meine Hand wieder nahm und mir einen leichten Kuss auf die Wange gab.

»In Ordnung«, sagte sie. »Abgemacht.«

Mehr nicht. *Abgemacht.*

Ich eilte zurück in meinen Körper und war kurz davor, in Ohnmacht zu fallen.

* * *

Ich verbrachte eine ganze Weile in meinem Zimmer, bis ich fand, dass es an der Zeit war, zu Signhild hinüberzuschleichen – ich hatte ihr geschworen, dass meine Eltern niemals abends die Treppe hoch kamen, Signhild hätte die Schande nicht überlebt, wenn sie uns im gleichen Bett entdecken würden, wie sie behauptete – und während dieser Zeitspanne widmete ich mich in erster Linie einer Interpretationsfrage.

Schlafen bei. Ich hatte gesagt *schlafen bei.* Und zu dieser Formulierung hatte Signhild ihre Zustimmung gegeben.

Aber was bedeutete »schlafen bei«?

War es ganz sicher, dass es eine Umschreibung von »schlafen mit« war?

Wie interpretierte Signhild das?

Was hatte ich selbst gemeint, als ich fragte?

Und was meinte ich jetzt, während ich auf meinen vier

Quadratmetern Zimmerfläche herumwanderte und dabei war, vor Anspannung und Nervosität zu krepieren?

Schlafen bei?

Schlafen mit?

Auf was ließ ich mich da eigentlich ein? Wäre es nicht das Beste, wenn ich einen Migräneanfall oder eine Gürtelrose bekam und das Angebot ausschlagen müsste? Canceln – Nisse von Sprackman und der Vretstorps-Karlsson wetteiferten darum, wer dieses Wort am häufigsten am Tag benutzte –, die Veranstaltung einfach *canceln,* und dabei trotzdem die Ehre behalten?

Du feiges Schwein!, dachte ich. Hier wird gar nichts gecancelt! Lieber bereuen, was du getan hast, als das, was du dich nicht getraut hast.

Aber was sollte ich anziehen?

Sollte ich in einem blauweiß gestreiften Pyjama antreten?

Oder wäre es besser, nackt zu erscheinen? (Nie im Leben!)

Anzug und Krawatte?

Unterhose und Polohemd?

Ich zog mich zehnmal um und verglich im Spiegel auf der Schrankinnenseite. Verdammte Scheiße, dachte ich, ich sehe besser aus, je mehr Klamotten ich anhabe.

Schließlich entschied ich mich für Pyjamahose und ein cooles T-shirt mit Alfred E. Neuman drauf. Das war ein guter Kompromiss, wie ich mir einredete, irgendwo zwischen Anzug und Adamskostüm, und falls es ihr nicht gefallen sollte, konnte ich ja jederzeit zurückgehen und mich umziehen.

Ich holte auch eine Weile den Daumen des deutschen Fähnrichs hervor, saß da und starrte ihn an. Aber diesmal, vor dieser Mutprobe, schien es, als könne er mir keine Kraft schenken. Fast war mir, als würde er mich stattdessen ein wenig verächtlich angrinsen – mit dieser Hautfalte direkt über dem Gelenk –, und ich verfrachtete ihn schleunigst wieder zurück an seinen Platz in der Schreibtischschublade.

Löschte das Licht und rauchte eine Pfeife am offenen Fenster. Die Kastanie stand da, sicher, schweigend und wie immer in sich ruhend, und ich erinnere mich, dass ich dachte, dass ich in meinem nächsten Leben weder Rocksänger noch Miss Universum oder Claudia Cardinale werden wollte, sondern eben eine Kastanie.

Als ich fertig geraucht hatte, holte ich die beiden Kondome heraus, die ich seit meinem fünfzehnten Geburtstag in meiner Brieftasche verwahrte, und schob sie in die Gesäßtasche des Pyjamas. Putzte mir die Zähne, rieb mir eine extra dicke Schicht Mum unter die Achseln und trottete zu Signhild hinüber.

Drückte die Klinke, ohne anzuklopfen, herunter und trat ein.

* * *

Sie lag im Bett und tat, als würde sie lesen.

Sie hatte eine Kerze in einer Flasche auf dem Nachttisch angezündet, nicht einmal ein Falke hätte bei diesem Schummerlicht lesen können.

»Hej«, sagte ich. »Da bin ich.«

»Ja«, flüsterte sie und legte das Buch hin. »Aber wir müssen leise sein.«

Ich nickte. Sie hob einen Zipfel der Bettdecke hoch, ich sah, dass sie ein kurzes sahneweißes Nachthemd trug. Es hatte keine Ärmel und sah aus, als würde es ein halbes Gramm wiegen.

Ich kroch mit der Eleganz eines Esels, der zum ersten Mal Schlittschuh läuft, zu ihr hinein.

»Ja«, flüsterte ich. »Wir müssen still sein wie die Mäuse. Das ist wohl am besten.«

Sie wandte sich mir zu. Ich spürte, wie ich zitterte. Es war ein sehr enges Bett, zumindest, wenn man zu zweit war, und als wir so Seite an Seite lagen, waren wir gezwungen, uns wie zwei freikirchliche Eishockeyschläger zu platzieren, um uns nicht zu nahe zu kommen.

Und einige atemlose Sekunden lang lagen wir tatsächlich so da. Zwei Fremde, die im gleichen Fahrstuhl gelandet sind und versuchen, so zu tun, als wären sie irgendwo anders. Obwohl der Fahrstuhl zwischen zwei Stockwerken festsitzt und keine Hilfe in Sicht ist.

Aber dann streiften Signhilds Finger meinen Arm.

»Ich fühle mich ein bisschen unsicher.«

»Ja?«, fragte ich. »Warum denn?«

»Weil ich noch nie mit einem Jungen im Bett gelegen habe.«

»Ach, wirklich?«, fragte ich.

»Und du?«

»Was und ich?«

»Warst du schon mal mit einem Mädchen im Bett?«

Ich überlegte.

»Nein«, sagte ich dann. »Ich glaube nicht.«

Signhild kicherte.

»Du glaubst nicht? Soll das heißen, dass dein Leben so ... so inhaltsschwer ist, dass du dich nicht daran erinnerst, ob du schon mal mit einem Mädchen geschlafen hast oder nicht?«

Der Esel zog die Schlittschuhe aus und wurde zum Mann. Strich ihr zärtlich mit dem Handrücken über die Wange. Dachte, dass sie ganz einfach – schon in wenigen einleitenden Sekunden – diese Frage entschieden hatte, über die er so lange gegrübelt hatte.

Schlafen oder lieben.

»Mir ist heiß«, sagte sie. »Komm, lass uns die Sachen ausziehen.«

* * *

Es war schon nach vier, als Signhild mich wegschickte. Freundlich, aber entschieden.

»Wir müssen noch ein paar Stunden schlafen«, erklärte sie. »Und es kommen doch noch mehr Nächte, oder?«

»Auf jeden Fall, meine Geliebte«, versprach ich ihr. »Tausend mal tausend Nächte. Aber warum müssen wir schlafen?«

»Musst du denn nicht morgen in die Schule?«

»Kann schon sein.«

»Ich muss auch früh aufstehen.«

»Du? Warum?«

»Ein Job«, erklärte Signhild und ließ einen kleinen Seufzer in die Dunkelheit entweichen. »Ich kann ja nicht die ganze Zeit nur herumlaufen und Löcher in die Luft starren.«

Ich setzte mich auf den Bettrand und suchte nach meiner Pyjamahose und Alfred.

»Du hast einen neuen Job?«

»Schon möglich. Jedenfalls muss ich morgen in die Stadt zu einem Gespräch.«

»Nach Örebro?«

»Ja. Wieder Verkäuferin. Aber diesmal für Damenbekleidung... Bei Fallgrens in der Engelbrektsgatan. Wenn die mich haben wollen, werde ich gleich anfangen.«

»Natürlich wollen sie dich haben. Ich will dich die ganze Zeit haben.«

»Na, da gibt es wohl noch einen Unterschied.«

»Das will ich doch hoffen. Wollen wir nicht ...?«

»Mauritz, geh jetzt rüber in dein Zimmer. Ich verspreche dir auch, dass ich morgen komm und bei dir schlafe.«

Ich hätte fliegen können, begnügte mich aber mit einem vorsichtigen Biss in eine Brustwarze und vier Meter Plastikfußbodenbelag.

23

Es war an dem Montag nach dem magischen Sonntag, dass Greta-Fjolla verschwand.

Ich bin mir vollkommen der Tatsache bewusst, dass dieser merkwürdige Vorfall wohl kaum mit dem Mord an Kekkonen oder mit mir selbst zusammenhängt – aber ich kann nicht von damals berichten, ohne dieser Sache zumindest ein paar Zeilen zu widmen. Und außerdem: Wer kann denn letztendlich sagen, was womit zusammenhängt?

Greta-Fjolla hieß eigentlich Anna-Greta Follander und wohnte in der Linnégatan in meiner Welt. Ihr Spitzname, der die alberne Greta bedeutete, hing ihr seit dem Kindergartenalter an, aber nach dieser geheimnisvollen Septemberwoche kam niemand mehr auf die Idee, ihn noch zu benutzen. Ich hatte nie zu ihrem Freundeskreis gehört, weder vorher noch hinterher, aber ich erinnere mich, dass auch ich schließlich zu einem äußerst respektvollen A-G mit einer Art fast obligatorischer Selbstverständlichkeit überging.

Greta-Fjolla war, laut Terminologie der Zeit und ihrer Umgebung, eine ausgeprägte weibliche Null. Sie rauchte und trank nicht, sie trug die gleiche Art von Kleidung wie ihre Mutter und ihre Tanten, sie hatte rattenfarbenes Haar, das sie in einem oder zwei Zöpfen trug, und sie kannte höchstwahrscheinlich nicht den Unterschied zwischen Van Morrison und Gunnar Wiklund.

Am Montag, dem 25. September, hatte sie an der nordöstlichen Ecke des Brandstationsparks mit ihrem Fahrrad, einem zweiundzwanzig Jahre alten Damenveloziped der Marke Hermes, einen Platten – und verpasste den 7.47-Uhr-Zug nach Hallsberg um eine halbe Minute. Zwei Zeugen im letzten Wagen, Svante Halling aus der RIIIb und Kristina Karlman aus der LIIIa, sahen sie auf den Bahnsteig laufen, die historische Authentizität ist somit ausreichend gesichert.

Was auch für die folgende halbe Stunde gesagt werden kann. Laut der Zeugen Emmanuel Simgren, Totte Gökberg und Jimmy »Nacka« Pettersson – die beiden Erstgenannten in meine und Elonssons Parallelklasse gehörend, der Letztere ein Windei, der in irgend so eine Klempnerklasse der Berufsschule ging und einen DKW 53 sowie einen gefälschten Führerschein auf den Namen Staffan Brando besaß –, laut Aussage dieser junger Herren also, stand besagte Greta-Fjolla Follander an der Straße am Rande von Kumla und versuchte zu trampen, als sie kurz nach acht Uhr vorbeikamen, es scheint eine kürzere Debatte stattgefunden haben, ob man sie mitnehmen sollte, aber der Vorschlag wurde mit drei zu null Stimmen abgelehnt – und laut Kronzeuge Karl-Gustav Druggy, Lehrer für Physik und Mathematik in der Bryléschule, war sie vier, fünf Minuten später dabei, in einen roten Mercedes Benz einzusteigen.

Die Schülerin Anna-Greta Follander kam aber nie zur ersten Stunde an – Englisch mit der bereits erwähnten Frau Rubenstråle. Sie kam auch nicht zur folgenden Doppelstunde Schwedisch mit Angelo Grönkvist (Analyse von Frödings Gedicht »Gråbergssång« sowie kurze Betrachtung zum Thema »Überlegungen im Irrenhaus«). Überhaupt erschien sie den ganzen Tag nicht in der Bryléschule, und als ihre beste Freundin Karin Pallgren sie gegen sechs Uhr zu Hause anrufen wollte, war sie auch dort nicht aufgetaucht.

Da begannen ihre Eltern, Unrat zu wittern.

Anna-Greta gehörte nicht zu den Mädchen, die aus dem Rahmen fielen. Ganz und gar nicht. Sie war das einzige Kind des Baptistenehepaars Sixten und Selma, hatte in den ersten beiden Gymnasialjahren bei keiner Arbeit schlechter als drei abgeschnitten und war seit ihrem vierten Lebensjahr Führerin bei den Pfadfindern. Eine Stütze der Gesellschaft und der schwedischen Jugend. Wenn sie nicht in der Schule erschien, ohne krank gemeldet zu sein, und nicht um halb sieben zum Abendessen daheim war, dann musste etwas passiert sein.

Das war so sicher wie das Amen in der Kirche. Pastor Follander startete umgehend einen Rundruf, und ein paar Stunden später waren sie im Besitz der Informationen, von denen ich bereits berichtet habe. Anna-Greta hatte nach dem schicksalhaften Platten zum ersten Mal seit viereinhalb Schulsemestern den Zug verpasst. Hatte sofort das Problem beim Schopfe gepackt, war lieber zur Kirche gelaufen und zum alten Hallbergsvägen, um zur Schule zu trampen, statt den 8.37-Uhr-Zug abzuwarten und Zweidrittel der Englischstunde zu versäumen.

Und sie war – wie gesagt und nach allem, was bekannt war – ungefähr zehn Minuten nach acht von einem roten Mercedes mitgenommen worden.

Das war alles.

Bereits am folgenden Morgen – als Greta-Fjolla nicht im 7.47-Uhr-Zug saß – war sie in aller Munde. Es wurde über nichts anderes geredet. Wo war sie? Was war passiert? Wer verdammt noch mal und was zum Teufel?

Karin Pallgren wusste ein bisschen, was los war: Anna-Greta war nicht nach Hause gekommen, Tatsache war, dass einen ganzen Tag lang kein Schimmer von ihr zu finden war, nicht, seit sie von dem roten Mercedes mitgenommen worden war. Eine Suchmeldung sollte jetzt morgens und abends im Rundfunk verlesen werden, und am Abend sollte bei den Ebenezern ein Bittgebet gesprochen werden.

Es nützte nichts. Nichts half. Anna-Greta Follander wurde am Dienstag, Mittwoch und Donnerstag in Rundfunk, Fernsehen und den Zeitungen gesucht, und wie viele Bittgebete abgehalten wurden, das wissen die Götter – aber alles war ebenso vergeblich wie um ein intelligentes Frauenzimmer zu freien, wie sich die Bauern in Brändåsen auszudrücken pflegen. Das arme Mädchen war und blieb verschwunden. Achtundzwanzig Besitzer eines roten Mercedes in ganz Mittelschweden wurden von allen möglichen Urban Urbanssons verhört und auf einer Liste potenzieller Verdächtiger zusammengestellt.

Alles schien vergeblich. In der Religionsstunde bei Studienrat Pettersson am Donnerstagnachmittag besprachen wir das Geschehene in ernsten, ethischen Formen, es war offensichtlich die Absicht des guten Mannes, uns auf das so genannte Schlimmste vorzubereiten, vielleicht hatte er eine diesbezügliche Anweisung von der Schulleitung erhalten, und als er so mit übereinander geschlagenen Beinen an seinem Pult saß und an seinem Bart auf alttestamentarische Art und Weise zupfte, da wurden nicht wenige von uns von einem Gefühl übermannt, das ein wenig feierlich und ein wenig jenseitig war.

Doch es gab auch Tränen und Zähneknirschen.

Aber als Anna-Greta am Freitagmorgen wieder auftauchte, war all das wie weggeblasen. Es dauerte eine Weile, bis alle begriffen, dass es tatsächlich Anna-Greta war – dass es sich wirklich um das gleiche Mädchen handelte, das seit Montag spurlos verschwunden gewesen war –, aber nach und nach konnte wirklich keiner mehr daran zweifeln.

Im Großen und Ganzen verhielt sie sich wie immer – als wenn nichts Besonderes passiert wäre –, aber nicht das war das Merkwürdige. Es war ihr Aussehen, das uns den Atem raubte.

Denn von außen betrachtet war A-G die Kröte, die zur

Prinzessin geküsst worden war, das hässliche Entlein, das zum Schwan wurde, wenn man so will. Sie trug enge Wranglerjeans, braune Wildlederstiefel und eine eng anliegende Bluse, die weiter von den Ebenezern entfernt war als der Mond.

Und Haare, von denen Elonsson zunächst annahm, es handle sich um eine Perücke, die aber natürlich ihre eigenen waren – veredelt mit Kamm und Schere und einer Haarfarbe, die an Bernstein und Rubin erinnerte. Mascara, rote Lippen und eine zwei Nummern größere Brust. Das war eine Metamorphose, die Ovid hätte erbleichen lassen.

»Wenn das Greta-Fjolla Follander ist, dann bin ich Frank Zappa«, stellte Åsbro-Bengtsson fest, als wir während der ersten Pause draußen auf der Treppe eine rauchten.

»Das ist sie«, sagte Meandersson. »Kannst dich lieber gleich dran gewöhnen. Weiß der Teufel, wo sie gesteckt hat, aber das werden wir wohl noch erfahren.«

Doch damit irrte Meandersson sich. Niemand erfuhr nämlich, was Anna-Greta Follander erlebt hatte oder was ihr während dieser vier Tage zugestoßen war.

Weder ihre Eltern.

Noch Karin Pallgren.

Noch irgendeine ihrer anderen Freundinnen aus der Klasse.

Anna-Greta war um acht Uhr an einem neblig-grauen Montagmorgen im September in einen roten Mercedes gestiegen, und sie war nach sechsundneunzig Stunden als ein neuer Mensch zurückgekehrt.

So war es.

So kann es gehen.

Später im Herbst ging A-G mit Simon Kavheden, einem ziemlich attraktiven Jüngling aus einer der Lateinklassen, aber ich glaube, auch er erfuhr nichts von ihrem Geheimnis – und als sie kurz danach ihr Abitur gemacht hatte, irgend so ein Stipendium bekam und nach Los Angeles zog, da wunderte das eigentlich niemanden.

Aber jetzt genug von Fräulein Follander. Mit ihrem Beispiel hat sie bewiesen, dass faktisch alles möglich ist, dass man nicht ohne weiteres die Menschen da pflücken kann, wo man sie in die Närkische Erde gepflanzt hat, und ich fand zumindest, dass in ihrem Schicksal ein gewisser Trost lag.

* * *

»Wir können nicht jede Nacht miteinander schlafen«, erklärte Signhild gähnend.

»Nein?«, fragte ich. »Warum nicht?«

»Weil ... weil ich nicht will, dass deine Eltern uns überraschen. Und außerdem brauche ich auch ein bisschen Schlaf. Und du auch.«

Ich nickte widerstrebend. Es war an dem Mittwochabend in der Greta-Fjolla-Woche, und ich begann, mich nach drei Liebesnächten nacheinander langsam etwas zerknautscht zu fühlen. Vielleicht muss man ja nicht die ganze Zeit das Tempo beibehalten?, dachte ich.

»Ich bin tatsächlich in der Geschichtsstunde bei Hedbalk heute Nachmittag eingeschlafen«, gab ich zu. »Vielleicht hast du also Recht, wir müssen nicht jede Nacht zusammen sein. Aber ich liebe dich, und wenn du mich verlässt, dann sterbe ich.«

Signhild lachte. »Ich denke gar nicht daran, dich zu verlassen. Aber ich glaube, ich gehe jetzt ins Bett. Und schlafe.«

Ich schaute auf die Uhr. Es war Viertel nach sieben Uhr abends. Signhild hatte tatsächlich den Job bei Fallgrens Damenoberbekleidung in Örebro bekommen, und sie musste morgens ganz früh aufstehen, um ihren Zug zu erreichen und bei Geschäftsöffnung an Ort und Stelle zu sein. Natürlich brauchte sie ihren Schlaf. Wenn man es genau betrachtet, wirft die Liebe nicht alles über den Haufen.

Nur fast.

»In Ordnung«, sagte ich. »Ich muss auch für die Franzarbeit pauken, aber ich komme später noch zu dir rein und gebe dir einen Gute-Nacht-Kuss.«

»Das tust du nicht«, widersprach Signhild. »Sonst fangen wir sowieso nur wieder an. Ich bin auch ein bisschen wund ... ja, da unten, meine ich.«

Ich wurde rot und versprach ritterlich, meine Geliebte in keiner Weise in der Nacht zu stören. Sie verließ mich, und ich sank am Schreibtisch zusammen und fing an, Verben zu beugen.

Das Leben ist jedenfalls hübsch abwechslungsreich, dachte ich.

* * *

Am Samstagabend in der gleichen Woche waren meine Schwester Katta und ihr Urban zum Mittagessen bei uns in der Fimbulgatan. Ich weiß nicht mehr, ob es sich um irgendeine Art von besonderem Tag handelte oder ob nur meine Mutter uns gerne alle um sich versammelt sehen wollte. Es war jedenfalls ein klein wenig feierlich. Wir saßen um den Esstisch im großen Zimmer, und er war mit Großmutterporzellan und Weingläsern gedeckt. Wir tranken tatsächlich auch Wein, sogar ich bekam ein paar Gläser Valpolicella, und zum Kaffee schenkte mein Vater sich und Dubbelubbe Cognac ein.

Wahrscheinlich lag es am Alkoholkonsum, dass Dubbelubbe etwas redseliger wurde als sonst. Er konnte sich auch einen genehmigen, weil Katta in der Woche den Führerschein gemacht hatte und zu erwarten war, dass sie den Saab zurück nach Örebro zum Markbacken fahren würde. Zumindest hatte ich das Gefühl, dass es so abgesprochen war. Als wir die Tafel aufhoben, kümmerten Mutter und Katta sich um den Abwasch, während die Männer sich im Wohnzimmer vor dem Fernseher niederließen. Ich schaltete den Apparat ein und schaute mir Simon Templar an, mein Vater und Dubbelubbe auch, zumindest anfangs, aber dann behauptete mein Vater, das wäre doch der reinste Entendreck, stand auf und schenkte sich und seinem Schwiegersohn einen Grog ein.

Und dann unterhielten sie sich über den Mord.

»Ich bin jetzt auch hinzugezogen worden«, sagte Dubbelubbe.

»Wer?«, fragte mein Vater.

»Ich«, sagte Dubbelubbe, »zu den Mordermittlungen.«

»Du arbeitest da mit?«, fragte mein Vater.

»Zum Teil.«

»Hm. Das ist ja ein Ding. Na, dann prost.«

»Prost«, sagte Dubbelubbe.

Mein Vater zündete sich eine von seinen Ritz an.

»Na so was. Und womit beschäftigst du dich da genauer?«

Mir war klar, dass mein Vater im Augenblick in seiner Eigenschaft als Zeitungsmann sprach. Er hatte seit mehreren Wochen nichts mehr über den Fall geschrieben, und das hatte auch sonst niemand, aber wenn er jetzt die Möglichkeit hatte, ein wenig Insiderinformationen von einem leicht angeschickerten Polizeianwärter zu bekommen, so sagte er dazu natürlich nicht Nein. Schwiegersohn hin oder her.

»Nun ja«, sagte Dubbelubbe und streckte sich ein wenig auf dem Sofa aus. »In erster Linie Material sichten. Da gibt es jede Menge, Kommissar Vindhage ist nicht einer, der etwas dem Zufall überlässt.«

»Nein?«, warf mein Vater ein.

»Nein, ganz und gar nicht«, bestätigte Dubbelubbe.

Mein Vater zog an seiner Zigarette und dachte nach.

»Nun ja, wenn man es genau betrachtet, dann wird er ja auch dafür bezahlt. Aber ich denke, es geht mit den Ermittlungen gar nicht so schlecht voran. Sie bräuchten nur ein paar kompetentere Leute.«

»Hrmpff!«, stieß Dubbelubbe aus und stellte sein Glas hart auf den Tisch. »Es dauert nicht mehr lange, bis wir ihn haben.«

»Holla! Und welche Anzeichen gibt es dafür?«

Mein Vater schien fast amüsiert zu sein.

»Jede Menge. Es ist ja trotz allem so einiges in der letzten Zeit passiert.«

»Wirklich?« Mein Vater klang immer noch verwundert. »Und was denn zum Beispiel?«

Dubbelubbe zögerte. Starrte auf den Fernsehbildschirm. Simon Templar zog gerade den Revolver und warf sich durch eine Tür, aber ich hatte inzwischen den Faden verloren.

»Alles Mögliche. Ester Bolego zum Beispiel. Ihre Schwangerschaft und dass ... ja, dass Signhild bei euch eingezogen ist.«

Ich schaute auf die Uhr. Es war kurz vor halb zehn; Signhild war mit der blöden Mona im Kino und würde ungefähr in einer Stunde zurück sein. Plötzlich war ich dankbar dafür, dass sie dem Essen fern geblieben war. Ich fand das Gespräch interessant, und es wäre wohl kaum zu Stande gekommen, wenn die Tochter des Mordopfers zur Stelle gewesen wäre. Nie im Leben.

»Es deutet alles darauf hin, dass ...«, sagte Dubbelubbe und trank einen Schluck Grog.

»Was deutet worauf hin?«, fragte mein Vater.

»Dass ein Liebhaber mit im Spiel ist. Dass Ester Bolego mit einem anderen Mann zusammen war.«

»Wärst du das nicht, wenn du mit diesem Kekkonen verheiratet gewesen wärst?«, brummte mein Vater, aber Dubbelubbe gab keine Antwort.

Dann saßen beide eine Weile schweigend da. Templar streckte einen Gangster zu Boden und strich sich die Haare glatt.

»Und welche Schlussfolgerung zieht die Polizei aus dieser

Hypothese?«, fragte mein Vater weiter. »Das wäre interessant zu erfahren.«

»Äh...«, sagte Dubbelubbe. »Ich sollte wohl nicht...«

»Ach, Schnickschnack«, widersprach mein Vater.

Dubbelubbe starrte wieder auf den Fernseher. Mr. Templar hatte sich jetzt neben einer vollbusigen Blondine am Swimmingpool niedergelassen. Ich überlegte, ob ich den Fernseher lieber ausschalten sollte.

»Wir haben...«, setzte Dubbelubbe an, »äh, ich meine... Vindhage wollte mich erst irgendwie ausnutzen... mit Hinblick auf Katta und dass... ja, dass ihr sozusagen Nachbarn seid.«

»Ich verstehe«, sagte mein Vater. »Aber dann ist es doch nicht dazu gekommen?«

»Nein, jetzt benutzen wir die Fredrikssons stattdessen.«

»Die Fredrikssons?«

»Ja.«

»Und wie?«

Dubbelubbe zögerte erneut. Mein Vater schenkte die Gläser nach.

»Ach, ist ja auch egal«, sagte Dubbelubbe. »Wir haben dort einen Mann platziert.«

»Ihr habt einen Polizisten bei Fredrikssons platziert?«

»Ja.«

»Warum um alles in der Welt denn das?«

Dubbelubbe räusperte sich.

»Das war sogar mein Vorschlag«, erklärte er mit nur schwer verstecktem Stolz in der Stimme. »Ich habe ihn mal eingeworfen, und der Kommissar hat sofort zugebissen. Wir haben seit letzter Woche ein Zimmer im ersten Stock gemietet... ständige Überwachung, bis jetzt hat es noch nichts gebracht, aber es ist nur eine Frage der Zeit.«

Mein Vater saß eine Weile gedankenverloren da.

»Du meinst«, sagte er dann, langsam und nachdenklich,

»du meinst also, dass ihr glaubt, der Mörder werde kommen und sie früher oder später besuchen? Willst du das damit sagen?«

»Hm«, sagte Dubbelubbe, »ja, genau ... oder ... ja, auf jeden Fall kann es doch nicht schaden, sie unter Beobachtung zu haben, oder?«

»Ja, kann schon sein«, meinte mein Vater. »Aber es ist keine geheimnisvolle Person aufgetaucht oder so?«

Dubbelubbe kratzte sich nervös am Schenkel und zog die Bügelfalte gerade.

»Nein«, antwortete er. »Wie gesagt. Noch nicht.«

Dann hatte er zweimal einen Schluckauf.

Dann ging er auf die Toilette.

Dann kam meine Mutter ins Zimmer und fragte, was das denn sein sollte, hier zu sitzen und den Jungen ...

»Ja, ja«, sagte mein Vater, »früh krümmt sich, was ein Häkchen werden will.«

24

Am Dienstag, dem 3. Oktober, fand die Regionalmeisterschaft in Leichtathletik für Gymnasiasten am Grenadjärvallen in Örebro statt. Da der Bryléschule in einigen Disziplinen Teilnehmer fehlten, hatten Elonsson und ich uns als Kugelstoßer gemeldet.

Es war nicht so, dass wir irgendwelche Ambitionen hegten, aber wenn man ein oder zwei Fehlsprünge absolvierte und dann den Wettkampf abbrach – und auf diese Art und Weise einen ganzen Schultag umging –, so war es kein Problem, klein beizugeben.

Warum der Sportbereichsleiter Flodin uns mitgehen ließ, das ist eine andere Frage, vielleicht hoffte er, dass wir es doch zu der ein oder anderen verirrten Kugel bringen würden.

Auf jeden Fall kam Elonsson etwas von der Bahn ab. Zwar befiel ihn bereits beim Aufwärmen eine eigentümliche Daumenverletzung, aber dafür wurde er zum kurzen Staffellauf zwangsrekrutiert (am späten Nachmittag angesetzt), da einer der aufgestellten Läufer sich beim Probelauf den Fuß verdreht hatte.

Was mich betraf, so lief alles nach Plan. Ich verließ den Grenadjärvallen nach wohlverrichteten Würfen bereits um elf Uhr vormittags (Übertreten – sechsfünfundvierzig – Übertreten, Verletzung, ausgeschieden... wenn ich mich richtig erinnere, dann lag der Siegerstoß in der Gegend von vierzehn Metern), und trottete frohgemut Richtung Stadt, um in irgendeiner Konditorei mit Signhild die Mittagspause zu verbringen.

Nach einer kleinen Debatte entschieden wir uns für Die Drei Rosen, saßen dann dort jeweils bei unserer Limonade und unserem Krabbensandwich, und plötzlich war da wieder dieser Hauch von Trauer über ihr.

Eine Wolke der Hoffnungslosigkeit, es war fast unmöglich, irgendein Gesprächsthema zu finden. So versuchte ich sie beispielsweise ein wenig in Gegenwartsmusikgeschichte zu unterweisen – sie kannte weder Pink Floyd noch The Who oder Velvet Underground, wie sich herausstellte –, aber nicht einmal das griff so recht. Ihre Arbeit bei der Damenbekleidung bei Fallgrens war so stumpfsinnig, dass sie sie innerhalb von zehn Sekunden beschreiben konnte, und als ihre Mittagspause endlich zu Ende ging, war ich fast erleichtert.

Hatte aber natürlich gleichzeitig ein schweres Herz. Wenn es kein besseres Gefühl sein sollte, mit seiner Geliebten in einem mondänen Café zu sitzen und ein scheißteures Krabbenbrot zu essen, ja, was hatte es dann noch für einen Sinn, weiterzumachen? Mit dem Leben an sich.

Aber vielleicht war es auch nur gerecht, eine Strafe zu bekommen, wenn man als falscher Kugelstoßer aufgetreten war, dachte ich. Das Leben konnte so sein, und vielleicht lag eine gewisse Gerechtigkeit darin. Zumindest eine Art von Ausgewogenheit.

Ich dachte an die Betrachtung, die ich für Angelo Grönkvist geschrieben hatte, und ich dachte an Eric Burdon: When I think of all the good times, that's been wasted havin' good times.

So war es ja nun nicht. Das Leben sah nicht so aus, Mr. Burdon. Love hurts like a furnace inside, das schon eher. Ich versuchte, mich daran zu erinnern, wohin diese Textzeile eigentlich gehörte, aber es fiel mir nicht ein. Vielleicht war das eben so ein Tag, an dem im Großen und Ganzen nichts klappen wollte. Zumindest schien es so.

Mit ähnlich deprimierten Gedanken im Kopf begab ich mich zur Södra Station. In der nächsten halben Stunde ging kein Zug, wie ich feststellen musste, ich kaufte ein Aftonblad und ließ mich auf einer der Bänke im Wartesaal nieder, und da hatte ich gerade mal zehn Sekunden gesessen, als Ester Bolego hereinkam.

Ich erblickte sie kurz, bevor sie mich sah, und mein erster Impuls war zu fliehen. Das ist nicht zu leugnen, obwohl ich weiß, dass ich genau das natürlich hinterher tat.

Leugnen, meine ich. Warum um alles in der Welt sollte ich denn weglaufen und mich vor Signhilds Mutter verstecken? Dazu gab es doch wohl bitte schön keinen Grund.

Oder aber ich wollte nur nicht zugeben, dass es den sehr wohl gab.

»Hej«, sagte sie. »Sitzt du hier?«

Ich gab zu, dass dem so war.

»Willst du nach Kumla?«

Auch das gab ich zu.

»Wie schön. Dann habe ich ja Gesellschaft.«

»Ja.«

Ich schluckte. Betrachtete sie verstohlen und faltete meine Zeitung zusammen. Sie setzte sich mir gegenüber. Sie trug eine lange rote Jacke und eine schwarze Hose. Eine glänzende, schwarz-rot-gestreifte Schultertasche. Sie sah ungefähr aus, als käme sie gerade von Dreharbeiten, das dichte Haar trug sie offen, sogar ihr hervorstehender Bauch war schön.

Wenn ich zwanzig Jahre älter wäre, dachte ich plötzlich, dann würde ich wahrscheinlich ...

»Musst du heute nicht in die Schule?«

»Ne ... Nein ...«, stotterte ich und spürte, wie ich rot wurde. »Ich war bei den Leichtathletikwettkämpfen.«

»Leichtathletik?«, wiederholte sie und sah dabei etwas

verwundert aus. »Ich wusste gar nicht, dass du das machst ...«

»Mittlere Strecke«, unterbrach ich sie schnell. »Fünfzehnhundert Meter und so.« Es erschien mir einfach zu absurd, ihr zu erzählen, dass ich Kugelstoßer war. Wenn man ein epileptischer Hänfling ist, dann muss man dazu stehen.

Sie nickte und blieb eine Weile schweigend sitzen.

»Und Sie?«

Ich war ganz einfach gezwungen zu fragen, es hätte merkwürdig ausgesehen, wenn ich es nicht getan hätte. Sie sah mich mit ernster Miene an, so, wie ich es von früher von ihr kannte, bevor alles drunter und drüber ging in diesem merkwürdigen Sommer. Sie sog die Wangen ein wenig ein, so dass ihre Gesichtszüge noch schöner wurden, noch deutlicher, und schielte ein ganz klein wenig.

»Und ich, ja?«, sagte sie dann mit einem kurzen selbstironischen Lächeln. »Ja, es gibt wohl viele, die sich fragen, was ich so mache.«

»Ja?«, sagte ich dumm.

»Du brauchst nicht so zu tun. Ich weiß, wo der Hund begraben liegt. Man lernt, es zu ertragen, und ich gehöre nicht zu denen, die sich darüber aufregen.«

»Ja, ja, ich weiß nicht ...«

»Es gibt Dinge, die scheuen nicht das Tageslicht, und es gibt andere, die bleiben lieber im Keller.«

»Ja ...?«

Fünf Sekunden Schweigen. Ich umklammerte mein Aftonblad und starrte auf einen hellgelben Fleck an der hellgelben Wand.

»Was die Leute in Kumla meinen und sagen, das ist nicht immer das, was man meinen und sagen sollte. Ich möchte, dass du das weißt. Das ist wie mit der Wahrheit in Athen und anderswo und so ...«

Ich wusste nicht, was ich dazu sagen sollte. Fühlte mich

immer mehr wie ein Dorftrottel, der dasaß und seine Gedanken mit einer Philosophin austauschte. Oder mit einer Göttin. Oder einer Mischung aus beidem.

»So ist es nun wohl«, sagte ich. »Übrigens, ich habe Signhild getroffen ...«

Das hatte ich gar nicht sagen wollen. Nicht, dass es irgendeine Rolle spielte, aber ich hatte keine Lust, mit ihrer Mutter über Signhild zu reden. Mit ihrem Röntgenblick würde sie sicher innerhalb von wenigen Minuten herausfinden, wie es eigentlich zwischen uns stand. Dass wir eine Beziehung miteinander hatten.

Und ich wollte nicht, dass sie das wusste. Ganz und gar nicht. Und das wollte Signhild auch nicht, das hatte sie nicht nur einmal gesagt. Dass wir einen Kontakt hatten, wie gute Freunde ihn eben haben, das war natürlich kein Geheimnis, aber dass ... Nein danke, dachte ich. Noch nicht. Nicht heute.

Ich glaube, das hatte auch etwas mit den anvertrauten Dingen zu tun. Dass ich von Dingen wusste, von denen Ester Bolego nicht wusste, dass ich sie wusste. Als wäre ich fast so eine Art Betrüger.

»Ich auch«, sagte sie.

»Was?«

»Ich habe Signhild auch getroffen. Habe heute Morgen bei ihr im Laden vorbeigeschaut.«

Davon hatte Signhild während unserer düsteren halben Stunde in den Drei Rosen nichts erzählt. Ich hätte gern gewusst, warum nicht.

»Wahrscheinlich werde ich bald ganz in ihrer Nähe arbeiten.«

»Ach? Und wo?«

»In dem großen Hotel. Die brauchen für ein paar Monate jemanden für die Rezeption, und ich glaube, das werde ich übernehmen.«

Ich sah ein, dass es keine Frage war, inwieweit der Arbeitgeber Ester Bolego haben wollte oder nicht, wenn sie sich eine Stelle suchte, sondern ob sie selbst bereit war, die Bedingungen zu akzeptieren.

Sogar in so einer Lage wie dieser. Mein Einblick in die Hotelwelt war zwar begrenzt, aber ich hegte dennoch die Vermutung, dass es ein wenig ungewöhnlich war, eine hochschwangere Frau in der Rezeption zu haben. Zumindest eine *neu eingestellte* hochschwangere Frau.

»Wie schön«, sagte ich. »Ich meine...«

Ich wusste nicht so recht, was ich eigentlich meinte. Etwas in der Richtung, dass es doch schön für sie sei, von Kumla und all den giftigen Mäulern wegzukommen wahrscheinlich, aber offenbar fiel es mir an diesem Tag außergewöhnlich schwer, mich auszudrücken.

»Ich habe natürlich auch bei der Polizei vorbeigeschaut.«

»Bei der Polizei?«

»Kommissar Vindhage möchte mich gern hin und wieder für ein Gespräch sehen.«

»Warum denn das?«

Mein Gott, dachte ich. Die Worte rutschen mir ja wie trivialer Dünnpfiff raus. Bringt mich weg von hier! Schmeißt mich auf die Müllhalde oder begrabt mich im Torfmoor oder wo auch immer... nur macht, dass ich hier nicht länger sitzen und wie ein Idiot plappern muss!

»Das verstehst du doch wohl, Mauritz. Du brauchst dich nicht dümmer zu geben, als du bist. Wie ging es denn meiner geliebten Tochter, als du sie getroffen hast? Du musst gut auf sie aufpassen, sonst kriegst du es mit mir zu tun.«

Sie lächelte, als sie das sagte, aber es war ein eiskaltes Lächeln, und in ihren Worten lag mehr Ernsthaftigkeit, als mir lieb war.

»Ja, natürlich«, brachte ich heraus. »Ich werde nie... das werde ich nie.«

Ich sah, dass sie auf eine Fortsetzung oder genauere Erklärung wartete, während sie mit dem Daumennagel einen winzig kleinen Flecken auf ihrem Jackenärmel wegkratzte, aber ich bekam nicht das kleinste Wort zu fassen.

»Du redest schon wie deine Mutter«, sagte sie schließlich. »Doch, das tust du wirklich. Ich glaube, wir sollten jetzt aber lieber auf den Bahnsteig gehen, sonst verpassen wir noch unseren Zug.«

Ich warf einen Blick auf die Uhr, die über dem Fahrkartenschalter hing. Es waren noch fast zehn Minuten bis zur Abfahrt, aber ich war dankbar für jede Veränderung der Lage.

Und als ich ihr die Tür aufhielt – genau in dem Moment, als ich dastand und einen plötzlichen kalten Herbstwindstoß im Nacken spürte –, da kam mir der Gedanke, dass Ester Bolego wahrscheinlich genau die innere Stärke besaß, die notwendig war, um jemandem den Kopf abzuschlagen.

Ich weiß, das war das erste Mal, dass ich diesen Gedanken ernsthaft dachte.

* * *

Mein Vater nutzte niemals Dubbelubbes zufällige Redseligkeit aus, er schrieb keine Zeile in der Länstidningen über den Dunkelmann bei Fredrikssons, aber vielleicht hätte er es doch getan, wenn die Entwicklung im Fall Kekkonen nicht eine neue, überraschende Wendung genommen hätte, gerade in diesen Tagen Anfang Oktober.

Übrigens sah ich bei unseren Nachbarn niemals auch nur den Schatten ihres neuen Untermieters, vielleicht hatte man ihn also aus Kostengründen abgezogen, da er sowieso keine Resultate brachte. Oder aber Vindhage hatte sich letztendlich doch nicht für Ubbes Idee erwärmt, ich weiß es nicht, und soweit ich es beurteilen kann, spielte das auch keine Rolle.

Was hingegen von beträchtlicher Bedeutung war – und was die Gerüchteküche von neuem zum Kochen brachte –, das war der anonyme Brief, der in zwei Exemplaren aus

Hallsberg mit dem Datum des Poststempels vom 5.10.67 abgeschickt wurde. Der eine war adressiert an Kommissar Vindhage im Polizeirevier von Örebro, der andere, eine Kopie, ging an meinen Vater bei der Lokalredaktion der Länstidningen in Kumla.

Der Inhalt war – ebenso wie die Adressen auf dem Umschlag – maschinengeschrieben, laut späteren Untersuchungen auf einer altmodischen Schreibmaschine der Marke Halda, und unterzeichnet mit *Herr P.*

Was dieser Herr P behauptete, das war vielleicht nicht hundertprozentig sensationell, aber es führte dennoch dazu, dass die Ermittlungen, die inzwischen in ihren vierten zähen Monat gekommen waren, eine Art frischen Wind unter die Flügel bekamen.

Zumindest war das die Formulierung, die mein Vater benutzte – und die Hoffnung, die er damit aussprach –, als er den Text in ganzer Länge in der Samstagsnummer der Länstidningen veröffentlichte.

Natürlich erst, nachdem er die Zustimmung von Kommissar Vindhage eingeholt hatte, wie er betonte. Es war selbstverständlich von höchster Bedeutung, dass bei einem so kniffligen und erschreckenden Fall wie diesem alle wohlmeinenden gesellschaftlichen Kräfte am gleichen Strang zogen.

Und die Allgemeinheit hatte, wie immer, das Recht, die Wahrheit zu erfahren.

Also, das stand in dem Brief:

Meine hochverehrten Herren!
Ich bin nur ein einfacher Mitbürger, der auf diese
Weise seine Pflicht tun möchte.
Und ich möchte anonym bleiben.
Ich habe über diesen schauderhaften Mord in der
Zeitung gelesen, da mag man ja seinen Ohren
nicht trauen. Aber nun verhält es sich so, dass ich

denke, ich kann der Polizei von Nutzen sein, wenn es um die Aufklärung dieser schauderhaften Tad geht.
Letzte Woche besuchte ich das Hospital, da ein Bekannter von mir dort liegt, und ich verbrachte auch eine Zeit lang im Café im Erdgeschoss.
Da habe ich sie gesehen, diese Ester Bolego, die Frau des Ermordeten, und sie unterhielt sich auf die intimste Art und Weise, die man sich denken kann, mit einem Kerl. Sie hielten einander bei der Hand und flüsterten sich die ganze Zeit etwas zu, ich habe sie von dem Foto in der Zeitung wiedererkannt, ich saß ja nur einen Meter hinter ihr. Und sie trug am rechten kleinen Finger einen Ring mit ein roten und ein grünen Stein, wenn Sie mir nicht glauben, und der Mann trug ein kariertes Flannellhemd. Mir ist auch noch aufgefallen, dass er ziemlich dunkle Haut hatte, einen Schnurrbart und mit schonischem Akzent sprach. Ich denke, es könnte der Mörder sein, aber das müssen Sie herauskriegen.

Hochachtungsvoll
Herr P
der anonym bleiben möchte.

P. S. Es ist ja schrecklich, dass er immer noch frei herumläuft, meine Nachbarin traut sich nicht mehr abends auf die Straße. P

* * *

»Und warum um alles in der Welt veröffentlicht ihr so einen Brief?«, rief meine Mutter am gleichen Nachmittag aus, als mein Vater gerade von der Redaktion nach Hause kam.

»Wie bitte?«, fragte mein Vater.

»Er kann ja nicht mal richtig schreiben.«

»Wie schön, dass dir das aufgefallen ist«, erwiderte mein Vater.

»Er ist ja ... er kann ja nicht ganz bei Verstand sein, das kann ja ein Kind ...«

»Quatsch«, widersprach mein Vater. »Du willst doch nicht behaupten, dass er, nur weil er die Rechtschreibung nicht beherrscht, auch auf allen anderen Gebieten unfähig ist?«

»Nein«, sagte meine Mutter und sah sogar noch wütender aus als damals, als meine Schwester vor langer, langer Zeit den Kühlschrank mit Nagellack angemalt hatte, »das will ich natürlich nicht. Ich meine nur, dass es einfach erfunden sein kann, und das sollte man überlegen, bevor man ...«

»Kommissar Vindhage ist nicht der Meinung, dass es erfunden ist«, erwiderte mein Vater mit säuerlicher Stimme. »Und ich auch nicht. Herr P mag weit von den Fähigkeiten eines Nobelpreisträgers entfernt sein, aber das disqualifiziert ihn ja noch nicht als Zeugen.«

Meine Mutter schnaubte verächtlich.

»Und was sagt Ester selbst zu der Sache?«

Mein Vater probierte den lauwarmen Kaffee, den er sich gerade eingeschenkt hatte, und verzog das Gesicht.

»Nach allem, was Vindhage behauptet, leugnet sie. Sie sagt, dass sie nie im Krankenhauscafé saß, weder allein noch in Gesellschaft eines Mannes ... aber schließlich haben wir ja den Brief veröffentlicht, um Klarheit zu bekommen.«

»Worüber Klarheit?« Ich konnte meine Frage nicht mehr zurückhalten.

Mein Vater betrachtete mich einen Moment lang verwundert, dann räusperte er sich und wurde ganz pädagogisch.

»Zum Ersten«, sagte er, »habe ich einen eindringlichen Appell an Herrn P geschrieben, mit der Polizei Kontakt aufzunehmen. Schon in der Einleitung. Wenn er dieser Bitte nachkommt, können Vindhage und seine Männer bestimmt beurteilen, wie viel an der Sache überhaupt dran ist. Zum Zweiten hat die Länstidningen mindestens hunderttausend Leser, da ist es ja nicht undenkbar, dass der eine oder andere von ihnen auch an diesem Tag im Krankenhaus war. Hm.«

Meine Mutter wusch laut klappernd das Geschirr ab.

»So langsam habe ich genug von dieser Geschichte«, sagte sie. »Die Leute sollten sich lieber ... oder so widmen.«

Wieder überlegte ich, welches Wort sie wohl ausgelassen hatte.

Klöppeln? Ihrem eigenen Leben? Der Politik?

»Soweit ich weiß, verjährt in unserem Land ein Mord noch nicht nach vier Monaten«, sagte mein Vater und verließ die Küche.

* * *

An diesem Abend diskutierten wir, Signhild und ich, sogar den Fall.

Oder in der Nacht besser gesagt; nach einigen Tagen Pause hatten wir uns wieder geliebt (ich hatte mich am vergangenen Abend im Schutz von Dunkelheit und Regen hinausgetraut und neue Kondome aus dem Automaten an der Johannes-Kyrkogata gezogen), und als wir fertig waren, fragte sie, was ich von diesem Herrn P hielte.

Es wunderte mich etwas, dass Signhild das Thema anschnitt. Wir hatten diese Mordgeschichte seit Wochen kaum noch erwähnt, und ich überlegte ziemlich lange, was ich denn eigentlich davon hielt.

»Ich weiß nicht«, sagte ich. »Mir erscheint er ziemlich glaubwürdig, aber er kann sich ja dennoch geirrt haben. Und was hältst du selbst davon?«

Signhild blieb mindestens eine Minute schweigend und bewegungslos liegen.

»Das kann an dem Tag gewesen sein«, erklärte sie dann,

»als wir Krabbensandwich in den Drei Rosen gegessen haben. Sie ist zu Fallgrens gekommen und hat mit mir gesprochen, und irgendwas war mit ihr.«

Darauf erwiderte ich erst einmal nichts. Ich hatte ihr nicht erzählt, dass ich Ester Bolego auch an der Södra Station getroffen hatte, und ich wollte es ihr auch jetzt nicht sagen. Strich stattdessen vorsichtig mit den Fingerspitzen über Signhilds wunderbar flachen Bauch und spürte, wie sie leicht zitterte. Ich fühlte eine merkwürdige Mischung aus Ruhe und Erregung in mir. Was hatte Signhild da gesagt? Was meinte sie?

»Du glaubst, deine Mutter kann in dem Krankenhaus gewesen sein, wenn man es recht überlegt?«

»Ich weiß nicht, was ich glaube. Streichle mir auch noch die Brust, lieber Mauritz, ich fühle mich so einsam.«

»Du bist nicht einsam, Signhild. Ich bin bei dir. Ich liebe dich, ich würde mir für dich den Kopf amputieren lassen.«

»Danke, Mauritz, aber das ist wirklich nicht nötig.«

Ich strich ihr über die Brust.

»Das Krankenhaus?«, nahm ich das Stichwort auf.

»Da ist dieser Ring«, sagte sie. »An den denke ich. Sie trägt ihn sonst nie. Ich weiß nicht, von wem sie den hat, aber er liegt immer in einer kleinen Schachtel in der Schublade mit Unterwäsche. Mit einem grünen und einem roten Stein, so etwas habe ich noch nie gesehen. Woher kann er das wissen, dieser Herr P...?«

Ich überlegte.

»Einer aus Skåne in kariertem Hemd?«, sagte ich. »Darf ich dir ganz offen eine Frage stellen, Signhild?«

Ich hörte an ihrem Atem, dass sie das eigentlich nicht wollte.

»Ja.«

Ich nahm all meinen Mut zusammen.

»Könnte es ... könnte es so sein, dass deine Mutter etwas

mit einem dunkelhäutigen Schachspieler aus Skåne hatte und dass sie ... dass sie gemeinsam auf irgendeine Art deinem Vater den Kopf abgeschlagen haben? Hast du Angst, dass es so gewesen sein könnte?«

Signhild lag lange vollkommen unbeweglich da.

»Gibt es etwas, was du mir nicht erzählt hast?«, fügte ich hinzu.

Da fing sie vollkommen hemmungslos an zu weinen.

25

Ein paar Nächte später hatte ich einen der merkwürdigsten und gleichzeitig deutlichsten Träume, die ich jemals gehabt hatte. Vielleicht war es sogar so, dass ich zwei Nächte nacheinander geträumt habe, ich hatte das Gefühl, mich in dem Traum ungewöhnlich gut auszukennen – konnte mich aber erst nach dem zweiten Mal richtig daran erinnern. So ist es ja eigentlich immer mit Träumen, meine ich, die meisten bleiben auf der Innenseite des Unterbewusstseins, und wir kommen ihnen mit unserem wachen Verstand nie wirklich nahe. Ich weiß, dass ich mit Tante Ida ein paar Jahre vor dem Kekkonen-Mord schon einmal darüber geredet hatte – und dass sie ganz meiner Meinung war, aber noch hinzufügte, dass man viel besseren Kontakt mit seinen Träumen und seiner inneren Landschaft hat, wenn man blind ist.

Seine innere Landschaft, der Ausdruck gefiel mir.

Auf jeden Fall, der Traum verlief folgendermaßen.

Ich war vollkommen nackt und befand mich auf einem riesigen Marktplatz. Es war Nacht, und der Regen prasselte mit einer Macht herunter, dass mir klar war, dass Gott über alle Ideen und das Treiben der Menschen sehr erzürnt sein musste.

Auch wenn der Markt ganz menschenleer zu sein schien, so versuchte ich dennoch, meine Nacktheit so gut es ging zu verbergen, aber das Einzige, was ich in der Hand hatte, das war eine Axt. Sie war scharf geschliffen und glänzte, und während ich zu einer dunklen Gebäudereihe hastete, die ich in weiter Ferne erkennen konnte, hielt ich mir die Axt vor die Genitalien, ein Wort, das ich gerade für einen bevorstehenden Englischtest gelernt hatte. Genitals. Genitals. Genitals ... in der Entfernung konnte ich hören, wie Frau Rubenstråle der Klasse die Vokabel rhythmisch vorsprach und wie sie sie alle aus Herzenslust wiederholten, alle außer mir, denn ich war damit beschäftigt, mit meiner Axt über den nassglänzenden Markt zu kommen.

Und als ich mich endlich ein wenig den Häuserfassaden zu nähern schien, da bog ein Wagen vor mir auf den Platz, beide Vordertüren wurden aufgerissen, ich sah, dass es ein dunkler Amazon war und dass Kommissar Vindhage auf dem Fahrersitz saß. Er trug ein rotes Kleid, das ich von irgendwoher kannte, und er betrachtete mich verkniffen, während er seine Fingernägel mit einem langen Messer mit dünner Klinge reinigte. Außerdem nagelte er mich an dem Punkt fest, an dem ich gerade in dem strömenden Regen stand, ich konnte mich nicht bewegen, aber das war nicht das Einzige, was die Situation so kompliziert machte; vielmehr war es die Frage, wie ich Vindhage dazu bringen konnte, nicht die Axt zu entdecken, ohne gleichzeitig meine vollkommene Nacktheit zu enttarnen, die meine Gedanken beschäftigte, da gab es irgendeinen logischen Fehler in der Gleichung, wie ich einsehen musste, doch bisher hatte er seinen Blick noch nicht auf meine Genitalien gesenkt.

Aber es war natürlich nur eine Frage von Sekunden, bevor er das tun würde, und ich begann verzweifelt, *Bring it on home to me* zu singen, um ihn zu verwirren und seinen Blick weiter auf mein Gesicht und meine Lippen gerichtet zu halten, aber nach den ersten Strophen hatte ich den Text vergessen, und der Beifahrer neben ihm beugte sich über ihn und schaute mich mit seinen schönen Augen an. Es war Ester

Bolego, sie schüttelte leicht den Kopf über meinen lächerlichen Versuch, und plötzlich tauchte ein Hund auf, der die beschlagene Scheibe vorm Rücksitz mit seiner Nase blank rieb – als hätte es auch im Auto geregnet –, und jetzt presste Signhild ihr Gesicht gegen das Glas, und es war unmöglich zu sagen, wer von den Dreien am meisten von mir enttäuscht war.

Lange Zeit geschah gar nichts, zäh dahinfließende Minuten lang befanden wir uns auf diesem menschenleeren, dunklen Marktplatz, ich, Kommissar Vindhage, Ester Bolego und Signhild. Sie starrten mich ununterbrochen an, alle drei trocken und warm in ihrem Amazon, also regnete es offenbar da drinnen doch nicht, und ich fing immer und immer wieder mit meinem Lied von Neuem an: *If you ever change your mind, about leaving, leaving me behind, oh oh, bring it to me, bring your sweet lovin', bring it on home to me ...* bis mir plötzlich Elonsson auf die Schulter klopfte. Ich drehte mich um, er saß vor einem Schachbrett, auf dem nur zwei Spielfiguren standen, ein weißer Bauer und eine schwarze Dame, und das halbe Spielbrett lag im Sonnenschein, die andere Hälfte im Schatten, der weiße Bauer stand auf der Sonnenseite und die Dame im Schatten, aber so nahe an der Scheidegrenze, dass ihre Krone und ihr Kopf noch im Licht lagen.

Und anschließend kam ein Motorrad mit Beiwagen angefahren, ich hob meine Axt und schlug es in der Mitte durch, so dass das Motorrad und der Beiwagen jeweils auf einer Seite von Elonsson vorbeifuhren, und es war mein Vater, der im Beiwagen saß, und meine Mutter fuhr, und in dem Augenblick rief Kommissar Vindhage: »Bravo!«, und ich wachte auf.

Ich war in Schweiß gebadet, und die Uhr zeigte zehn nach fünf am Morgen. Der Regen fiel auf den Kastanienbaum.

* * *

Herr P wurde tatsächlich nach der Veröffentlichung seines Briefs in der Länstidningen zum allgemeinen Gesprächsthema. Tage-, ja wochenlang. Nach allem, was ich hörte, teilte Kumla (und vielleicht der Rest der Welt ja auch) sich schnell in zwei Lager: in diejenigen, die Herrn P für vertrauenswürdig hielten, und die, die meinten, er würde nur Blödsinn reden.

In letzterer Gruppe herrschten zwei Richtungen: die, die meinten, dass Herr P einfach nur ein Dummkopf sei, der meinte, er hätte etwas Wichtiges gesehen, obwohl dem gar nicht so war – und diejenigen, die glaubten, dass er bewusst gelogen habe, um der Polizei einen Streich zu spielen oder wichtig zu tun.

Was für einen Sinn es nun haben sollte, wichtig zu tun, wenn man es anonym tat, sei dahingestellt.

Soweit zu beurteilen war, schienen jedoch die Glaubwürdigkeitsanhänger in der Majorität zu sein. Es schien gute Gründe zu geben, um zu glauben, dass Ester Bolego wirklich vor einiger Zeit mit einem fremden Mann in kariertem Hemd im Café des Krankenhauses gesessen und sich unterhalten hatte, und es war natürlich außerdem so, dass die Leute es glaubten, weil sie es gern glauben wollten. Und ebenso logisch war es natürlich auch, dass sie sich an Rut Lind und an Olle Möller erinnerten.

In diesem Fall, einem der meistdiskutierten in der gesamten schwedischen Kriminalgeschichte, war »der Mann im Hemd« ein Begriff im frühen Stadium des Falls gewesen, und damals wie heute war er im Krankenhaus von Örebro aufgetaucht.

Nur Stunden bevor Frau Lind in Dylta umgebracht worden war. Oder im Dreieck des Todes oder wie es nun genannt wurde.

Der Unterschied war nur, dass in der Rut-Lind-Geschichte Möller sich selbst an die Presse gewandt und zugegeben hatte, dass er mit dem »Mann im Hemd« identisch war. Etwas Ähnliches geschah diesmal, acht Jahre später, nicht. Kein »Mann im Hemd« tauchte auf, und auch kein Herr P – trotz erneuter Ermahnung der Polizei in allen möglichen Medien und Zusammenhängen. Man bat Herrn P sogar, seine Beobachtungen durch einen neuen Brief zu bestätigen, ohne seine wahre Identität preisgeben zu müssen, aber nicht einmal so weit kam er der Polizei entgegen. Zwar bekam die Polizei zwei Briefe von Personen, die behaupteten, sie wären Herr P, aber beide wurden schnell als Fälschungen entlarvt und beiseite gelegt. Vindhage hatte gefordert, dass eventuelle neue Briefe den gleichen Poststempel wie das Original tragen sollten – eine Information, die man aus taktischen Gründen zurückgehalten hatte, wie mein Vater mir vertraulich unter vier Augen erklärte –, aber keiner der beiden Briefe kam aus Hallsberg.

Dennoch waren also die meisten, deren Meinung ich hörte, dazu geneigt, Herrn P zu glauben. Sowohl der Tatsache, dass er existierte, als auch der, dass er etwas gesehen hatte.

Und ganz gleich, was das für Konsequenzen nach sich zog, auf jeden Fall wurde dadurch Ester Bolegos Schicksal nicht einfacher. Es hieß, dass sogar Leute, die nie im Leben mit dem Gedanken gespielt hatten, im Stora Hotel in Örebro zu übernachten, jetzt jede Gelegenheit nutzten, dorthin zu fahren, nur um sie eventuell einmal kurz in der Rezeption zu erblicken.

Aber es wird natürlich viel geredet in der Mitte der Welt. Wurde es immer schon.

* * *

An einem Freitag machte ich mich erneut auf zu Vindhage in das Polizeirevier von Örebro. Wir hatten den Tag mit Rücksicht auf meinen Stundenplan ausgesucht: Eine ganztägige Prüfung in Mathematik in der Aula der Bryléschule – neunzehn Punkte von vierundzwanzig erreichbaren, wie sich später herausstellen sollte, meine beste Note seit Menschengedenken – führte dazu, dass ich den Zug um 12.25 Uhr von Hallsberg nehmen und um Viertel nach eins im Zimmer des Kommissars sein konnte.

Er sah aus wie beim letzten Mal. Vielleicht ein wenig verhärmter, etwas dunklere Schatten unter den Augen. Aber der gleiche graubeige Anzug, die gleiche graugrüne Haut und der gleiche Schlips.

»Setz dich«, sagte er. »Möchtest du etwas zu trinken?«

»Nein, danke.«

Einen Augenblick lang überlegte ich, wie er wohl reagiert hätte, wenn ich ihn um einen Whisky on the rocks gebeten hätte.

»Ist die Arbeit gut gelaufen?«

»Ich denke schon.

»Mathematik?«

»Ja.«

»Wichtiges Fach.«

»Das findet Lindmos auch.«

»Wer ist Lindmos?«

»Unser Mathelehrer.«

»Ach so. Ja, er wird schon wissen, wovon er redet. Aber ich habe dich natürlich nicht hierher gebeten, um über deine schulische Situation mit dir zu reden.«

»Das habe ich mir gedacht.«

Ich fand, ich hätte schon bessere Einleitungen zu einem Verhör gehört. Aber vielleicht handelte es sich hier ja nicht wirklich um ein Verhör. Auch diesmal nicht.

Das Telefon klingelte, Vindhage ging jedoch nicht ran. Er drückte nur auf einen gelben Knopf, so dass der Apparat verstummte, irgendwie imponierte mir das, und ich wollte mir merken, dass ich mir irgendwann in der Zukunft genau so einen Apparat auch anschaffen wollte.

»Wie gesagt«, begann er, »jede Information ist von Bedeutung, und letztes Mal hattest du so einige Beobachtungen gemacht ...«

»Ach«, wehrte ich ab.

»Seit wir das letzte Mal miteinander gesprochen haben, ist ja einiges passiert.«

Ich drehte den Kopf und betrachtete Olle Sääw auf dem Foto. Überlegte, wie es wohl kam, dass er beim Eishockey im Angriff und beim Fußball in der Verteidigung spielte. Und dass er viel besser war, wenn er Schlittschuhe unter den Füßen hatte.

»Wir haben da einiges im Fokus, wenn du den Ausdruck verstehst – Fokus?«

»Ich verstehe«, versicherte ich. »Im Fokus.«

»Dir ist auch klar, von wem ich rede?«

»Ich ... ich denke schon.«

»Gut.« Er zog einen Stift aus der Brusttasche und legte ihn vor sich auf den Tisch. Es vergingen ein paar Sekunden.

»Steht sie unter Verdacht? Ich meine ...«

»Wir wollen lieber nicht weiter darüber reden, ob Ester Bolego unter irgendeinem Verdacht steht oder nicht. Ich bin allerdings an Informationen über sie interessiert. Alle möglichen Arten von Informationen.«

»Ich glaube nicht, dass ...«

»Es kann darum gehen, sie zu entlasten, oder aber, sie mit irgendetwas zu verknüpfen, vergiss das nicht. Beobachtungen. Aber auch Meinungen und Ansichten, und da du zu denen gehörst, die ein wenig Einsicht in die Verhältnisse haben ... sozusagen ... so möchte ich gern, dass du mir ganz offenherzig berichtest, was du weißt.«

»Ich weiß gar nichts«, versicherte ich aufgebracht. »Sie verstehen doch wohl, dass ...«

»Quatsch«, schnitt Vindhage mich ab. »Die Tochter ist zu euch gezogen. Du wohnst Wand an Wand mit ihr, es würde mich nicht wundern, wenn du ein Verhältnis mit ihr hast.«

Das fühlte sich an wie ein Pistolenschuss. Ich öffnete den Mund und schloss ihn gleich wieder. Es vergingen fünf Sekunden. Kommissar Vindhage rührte keinen Muskel und ließ mich nicht aus den Augen.

»Was wollen Sie wissen?«, fragte ich schließlich.

Er zog eine Augenbraue um zwei Millimeter hoch.

»Ich will alles wissen«, sagte er. »Aber zu allererst möchte ich wissen, wer der Kerl ist, mit dem Ester Bolego zusammen war.«

»Sind Sie denn sicher, dass es ihn wirklich gibt?«, versuchte ich einzuwenden, worauf Vindhage nur verächtlich schnaubte.

»Du brauchst sie nicht in Schutz zu nehmen. Ich begreife nur zu gut, dass da unklare Loyalitäten lauern, aber ich versichere dir, dass du dich auf mich verlassen kannst. Du willst doch nicht einen Mörder decken?«

Erst ab diesem Augenblick, erst als er die Anklage so deutlich formulierte und sie mir ins Gesicht warf, da war mir klar, dass ich genau das tat. Und es schon eine ganze Weile getan hatte. Einen Mörder gedeckt. Während ich das aufzeichne, fünfunddreißig Jahre später, finde ich, dass dieser Vorwurf etwas ungerecht erscheint, aber ich erinnere mich, dass mir die Tatsache damals mit unbarmherziger Klarheit bewusst wurde. Genau in dem Moment. Genau dort in dem warmen Dienstzimmer von Vindhage ganz oben im Polizeirevier.

Ich arbeitete für einen Henker.

Ich glaube, er sah es mir auch an, denn seine Gesichtszüge wurden etwas sanfter, und er nickte ein paar Mal vor sich hin – als erinnere er sich plötzlich meiner relativen Jugend und meiner Wehrlosigkeit.

»Ich kann da nicht so viel beitragen«, sagte ich. »Aber ich habe natürlich auch in der Richtung nachgedacht. Mit Signhild habe ich aber nie darüber geredet, sie weiß wahrscheinlich auch nicht mehr als ich ...«

»Bist du dir da sicher?«

»Ja...«

»Du klingst nicht so vollkommen überzeugt.«

»Jedenfalls hat sie nichts gesagt.«

»Wenn du jetzt mal ein halbes Jahr zurückdenkst, kannst du dich dran erinnern, damals Signhilds Mutter mit irgendeinem fremden Mann gesehen zu haben?«

»Nein, glaube ich nicht.«

»Kennst du den Bekanntenkreis der Familie? Wer so zu Besuch kam? Verwandte? Freunde? Welche Männer kommen da überhaupt in Frage? Bevor es passierte, meine ich.«

»Da fällt mir keiner ein. Außer dem Dichter Olsson natürlich.«

»Den lassen wir erst mal aus dem Spiel.«

»Ja, dann glaube ich nicht, dass ...«

Und dann tauchte der Traum wieder in meinem Kopf auf.

»Sannahed«, sagte ich. »Ich habe sie im Mai in einem Auto in Sannahed gesehen.«

»Ester Bolego?«

»Ja.«

»In einem Auto in Sannahed?«

»Ja.«

»Mit einem Mann?«

»Ich denke schon.«

Er presste die Lippen zu einem schmalen Strich zusammen und blieb einen Augenblick lang schweigend sitzen.

»Warum um alles in der Welt hast du das nicht früher gesagt?«

Ich gab keine Antwort.

»Wie sah er aus?«

»Ich weiß es nicht. Es hat geregnet. Ich habe ihn nicht deutlich sehen können, ich habe irgendwie nur sie gesehen ...«

Vindhage zog eine Schublade aus der Schreibtischseite heraus und holte ein Tonbandgerät hervor. Fischte ein Band aus einer anderen Schublade und fummelte eine Weile an Knöpfen und Rädern herum. Schließlich war er zufrieden.
»So«, seufzte er. »Das Band läuft. Jetzt fangen wir richtig an. Dein vollständiger Name bitte, der Form halber.«
Ich seufzte und bat um ein Glas Wasser.

* * *

»Ich weiß nicht, was mit meinen Gefühlen los ist, Mauritz. Und ich kann mich nicht auf das konzentrieren, was ich machen soll. Heute habe ich versucht, einer Kundin einen Slip für vierhundertfünfundneunzig Kronen zu verkaufen.«
»Das klingt ziemlich teuer«, sagte ich.
Ich weiß nicht, das wie vielte Mal Signhild ihre Bedenken gegenüber der Situation und unserer Beziehung äußerte. Ich fand es natürlich etwas nervig, dass sie es tat, aber gleichzeitig war es schon so normal geworden, dass es mich nicht mehr besonders beunruhigte. Seit der ersten Liebesnacht war inzwischen fast ein Monat vergangen, wir hatten uns sechs oder sieben Mal geliebt, das kommt darauf an, wie man es rechnet, Signhild hatte vier heftige Nächte mit Weinkrämpfen gehabt, und sie hatte erklärt, dass wir mit dem, was wir da taten, aufhören müssten... ja, ich weiß wie gesagt nicht so genau, wie oft, aber ein paar Mal in der Woche mindestens.
Ich hatte außerdem festgestellt, dass ich mich gegenüber ihren Tränen eigenartig gespalten verhielt.
Einerseits war es ein männliches, schönes Gefühl, ihr Trost spenden zu können – dass sie sich mir anvertraute und wirklich den Mut fand, sich ordentlich in meinen Armen auszuweinen.
Andererseits war es ziemlich trübsinnig, wenn sie so Stunde um Stunde vor sich hin schluchzte. Es kam vor, dass wir

dann bis drei Uhr nachts wach lagen, und irgendwie fühlte ich mich nicht so recht reif, solche Situationen zu meistern. Und wenn sie nun verrückt geworden ist?, kam mir in den Sinn. Und wenn ich das nicht merkte, bevor es zu spät ist?

Und wie soll man es überhaupt feststellen?

Sie ging nicht mehr zu diesem Kennedy, da sie nicht verraten wollte, was sie über die Schwangerschaft ihrer Mutter wusste. Zu einem Psychologen zu gehen und gezwungen zu sein, ihn anzulügen, das erschien auf lange Sicht nicht besonders sinnvoll, da war ich ganz ihrer Meinung, aber dennoch hätte ich gewünscht, es hätte noch einen anderen Menschen gegeben, der ein wenig die Verantwortung für Signhild übernommen hätte. Jemand anders neben dem wohlwollenden, aber hilflosen Mauritz Bartolomeus Målnberg.

Aber vielleicht begriffen die anderen gar nicht, wie schlecht es ihr ging. Nur nachts erlaubte sie es sich, sich fallen zu lassen, möglicherweise nur in den Nächten, in denen ich bei ihr war, aber das kann ich natürlich nicht beschwören. Sie ging quer über die Fimbulgatan und besuchte ihre Mutter fast jeden Tag, blieb oft ein oder zwei Stunden dort, und ich fand es ehrlich gesagt doch etwas merkwürdig, dass sie zuerst das Lundbomsche Haus unter dramatischen Umständen verlassen hatte – und sich dann doch gezwungen sah, mehrmals in der Woche dorthin zurückzukehren. Doch ich brachte das nie zur Sprache. Ich weiß auch nicht, worüber sie so redeten, Signhild und ihre Mutter, aber es war wahrscheinlich nicht das, worüber sie eigentlich hätten reden müssen.

Aber das lag wahrscheinlich in der Natur der Sache.

»Ich brauche dich so viel mehr als du mich«, erklärte Signhild in einer dieser Nächte. »Das kann nicht richtig sein, und eines Tages wird alles ganz anders aussehen.«

Das hatte ich noch nie von ihr gehört. Vielleicht etwas in dieser Richtung, aber nicht mit diesen Worten.

»Du und ich, wir werden nie anders werden«, widersprach ich. »Das Leben um uns herum, das wird sich verändern. Ich bin Mauritz, ich liebe dich, du bist Signhild, du liebst mich.«

»So einfach ist das nicht«, widersprach Signhild und putzte sich die Nase. »Ich weiß, dass deine Eltern mich mögen und dass du mich liebst, aber vielleicht funktioniert es trotzdem nicht. Wahrscheinlich muss ich mit dem hier allein klar kommen, sonst werde ich es nie auf die Reihe kriegen.«

»Du irrst dich«, sagte ich. »Wenn ich so traurig wäre wie du, dann würde ich mich freuen, dass du mich tröstest.«

»Das tue ich doch auch«, versicherte Signhild und gab mir einen Kuss auf die Wange. »Ich bin so dankbar, dass du dich um mich kümmerst. Und du darfst nicht glauben, dass ich dich nicht liebe. Aber ...«

»Aber – was?«

Sie zögerte eine Weile und knetete das Taschentuch zu einem Ball. »Ich habe einmal einen Bericht in ›Meine Geschichte‹ gelesen, ich glaube, er hieß ›Die schwerste Entscheidung‹. Er handelte von einer Frau, die ihren Mann verließ, gerade weil sie ihn liebte.«

»Sie hat ihn verlassen, *weil* sie ihn liebte?«

»Ja.«

Ich seufzte.

»Was für ein Quatsch«, sagte ich. »Du solltest solche Zeitschriften nicht lesen, Signhild.«

»Ich darf ja wohl lesen, was ich will?«

»Natürlich darfst du das«, beruhigte ich sie. »Ich meine nur, dass du ... nun ja, du bist im Augenblick etwas labil.«

»Sage ich doch. Ich bin vollkommen durcheinander.«

Ich überlegte eine Weile. Schaute auf die Uhr, es war zehn Minuten nach zwei in der Nacht, nicht einmal sieben Stunden bis zur Physikarbeit.

»Weißt du, was ich denke?«, fragte ich. »Ich denke, du solltest versuchen, einmal ein richtiges Gespräch mit deiner Mutter zu führen. Ein offenes, richtiges Gespräch ... wie man es auch dreht und wendet, da drückt doch der Schuh.«

»Meinst du wirklich?«, murmelte Signhild düster.

»Ja«, bestätigte ich. »Nicht, weil ich weiß, dass es etwas bringen wird, aber du musst es auf jeden Fall versuchen. Stell sie ruhig ein wenig zur Rede, man kann doch nicht die ganze Zeit der Wahrheit gegenüber die Augen verschließen.«

Ich fand, der letzte Satz klang sowohl poetisch als auch weise, und es dauerte so lange, bis Signhild antwortete, dass ich schon dachte, sie wäre eingeschlafen.

Aber dann flüsterte sie: »In Ordnung, wenn du meinst, dann werde ich es mal versuchen.«

Nach diesem schicksalsschwangeren Versprechen dauerte es nur noch wenige Minuten, bis ich an ihrem Atem hören konnte, dass sie zur Ruhe gekommen war. Ich blieb noch eine Weile wach liegen und atmete im gleichen Takt, und das war fast ein Gefühl, als wären wir nur ein Körper und nicht zwei. Ich wünschte, wir könnten einen Monat lang schlafen – ich erinnere mich noch, dass ich das dachte.

Dann stahl ich mich aus dem Bett und schlich zurück in mein Zimmer.

26

Ab und zu kam es vor, dass wir für Tante Ida einkaufen gingen. Meistens meine Mutter, die sich an eine Liste hielt, die sie per Telefon bekam, und dann brachte mein Vater den Proviant mit dem Auto hinüber.

Aber es kam auch vor, dass ich mich um die Tüten kümmerte, ich radelte dann zu ihrem Haus in der Mossbanegatan, schließlich handelte es sich nicht um mehr als fünfhundert Meter.

Eine Stunde oder zwei musste ich einplanen, und da hatte ich nichts dagegen. Nicht die Warenablieferung selbst war schließlich wichtig, sondern das Gespräch. Wenn ich es recht überlege, so lernte ich eigentlich erst durch Tante Ida, was mit dem Wort *Gespräch* wirklich gemeint ist. Oder gemeint sein kann, wenn man es richtig angeht.

Es sprechen zwei Menschen, die zusammensitzen. Die vielleicht auch zusammengehören.

Und die zuhören und denen auch zugehört wird. Das klingt etwas feierlich, aber so war es, und so ist es. Vielleicht war es wieder einmal Tante Idas Blindheit, die gewissermaßen den Worten ihre Schärfe gab, die einen dazu brachte, wirklich zu überlegen und nicht nur das Erstbeste herauszuplappern.

Auch wenn wir ziemlich freimütig werden konnten.

Auf jeden Fall hielt ich mich äußerst gern in diesen Gesprächen auf. Wenn ich manchmal überlegte, dass Tante Ida eines Tages nicht mehr sein würde, dann schien mir, als würde sich eine kalte Hand um meine Seele schließen.

»Mauritz«, sagte sie an diesem Tag. »Es scheint mir, als würdest du im Augenblick in großer Unruhe leben. Wie kommt das?«

Wir hatten uns mit Kaffee und Heißwecken, die sie am Vormittag gebacken hatte, an ihrem Küchentisch niedergelassen. Sie hatte sich ein wenig am Herd verbrannt, das tat sie jedes Mal, und ich half ihr, ein Pflaster draufzukleben.

»So ist das nun mal mit der Liebe«, sagte ich, nachdem ich eine Weile nach Worten gesucht hatte.

»Mit der Liebe?«, wiederholte Tante Ida. »Ja, wie sollte es denn sonst sein? Da wollen wir doch nur hoffen, dass es sich um das junge Fräulein Signhild handelt und nicht um irgend so eine Zufallsbekanntschaft, von der du dir den Kopf hast verdrehen lassen.«

»Es ist Signhild«, gab ich zu und biss in eine Heißwecke.

»Aha«, sagte Tante Ida. »Und wie weit seid ihr gekommen?«

»Ein Stückchen«, sagte ich.

»Ein Stückchen? Was ist denn das für eine Antwort? Hast du sie geküsst oder nicht?«

»Ich habe sie geküsst.«

»Gut. Warst du mit ihr im Bett?«

Ich drehte den Kopf und schaute durch das Fenster in den Garten hinaus. Auf dem Fensterbrett saß eine Wacholderdrossel und betrachtete uns. Oder zumindest mich.

Es sah aus, als würde sie auch zuhören, als wartete sie interessiert auf meine Antwort.

»Schweigen kann ziemlich beredt sein«, sagte Tante Ida.

»Wir waren zusammen im Bett«, sagte ich.

Sie nickte und schaute zufrieden drein.

»So richtig? Ja, ich habe auch mit meinem Helmut geschlafen, dass du es nur weißt, Mauritz. Das eine oder andere Mal in jenem Sommer. Es war herrlich.«

»Ich finde es auch herrlich«, sagte ich. »Das ist irgendwie ... ja, das ist das Wichtigste, was es gibt.«

»Das stimmt«, bestätigte Tante Ida. »Aber du hast doch wohl nicht geglaubt, dass du das Wichtigste, das es gibt, ganz umsonst bekommst?«

»Wie meinst du das?«

»Deine Unruhe. Ist es das nicht wert, mit ein bisschen Unruhe bezahlt zu werden?«

Ich kaute meine Heißwecke und überlegte.

»Ich kenne mich da nicht so aus«, sagte ich. »Muss das, was gut und schön ist, immer auch etwas Schlechtes in sich haben, nur damit ... ja, nur wegen irgend so einer blödsinnigen Gerechtigkeit? Kann nicht das Gute einfach in Ruhe gelassen werden?«

»Da verlangst du nicht gerade wenig, Mauritz«, lachte Tante Ida. »Natürlich muss es eine Art Ausgewogenheit geben. Sonst würde die Welt doch umkippen, und die Hölle würde zu Grunde gehen. Und – bist du dir denn so sicher, dass die Unruhe etwas Schlechtes ist?«

»Nicht in Maßen«, stimmte ich zu. »Bist du nie unruhig?«

Sie überlegte.

»Nein«, stellte sie dann fest. »Ich habe stattdessen mit Unglück bezahlt. So ist nun einmal mein Leben, ich muss wohl diese Wahl irgendwo auf dem Weg einmal getroffen haben. Oder vielleicht schon ganz am Anfang ... ja, so war es wohl.«

»Aber du bist doch nicht unglücklich?«

»Nein«, antwortete sie langsam, wobei sie den Kopf drehte und zur Wacholderdrossel hinauszuschauen schien, obwohl sie sie doch gar nicht sehen konnte. »Aber ich war es. Und seitdem habe ich es vermieden, mich dem Risiko auszusetzen. Vergiss nicht, dass ich eine Zeit lang ganz schrecklich glücklich gewesen bin. Die Hauptsache dabei ist nur, keine Angst zu haben. Du darfst nie Angst vor dem Leben haben, Mauritz, vergiss das nicht. Dann hat man alle seine Rechte verloren.«

»Welche Rechte?«

»Das Recht, ein Mensch zu sein. Jeder kann ein Abwaschbecken oder eine Rhabarberpflanze sein. Findet Signhild es genauso herrlich wie du?«

»Ja. Zumindest manchmal.«

»Manchmal?«

»Ja.«

Sie kicherte. Ich erinnere mich, dass ich dachte, wie angenehm es doch ist, wenn eine zweiundachtzigjährige Blinde immer noch kichern kann.

»Ja, ja, wir Frauen sind da ja irgendwie ein bisschen komplizierter als ihr Männer. Und deine Mutter und dein Vater, die wissen natürlich nichts davon?«

»Nein. Ich finde, es gibt keinen Grund, sie da mit reinzuziehen.«

»Das finde ich auch. Und Signhilds Mutter? Die schöne Ester Bolego?«

»Ob sie weiß, dass Signhild und ich ...?«

»Ja.«

»Nein, sie weiß auch nichts.«

»Nicht einmal, dass ihr zusammen seid?«

»Nein.«

Tante Ida nickte erneut. »Gut. Ich hoffe, dass du begreifst, wie außerordentlich wichtig es ist, dass Ester Bolego nichts davon erfährt, dass du mit ihrer Tochter zusammen bist. Noch nicht, das Geheimnis kann gelüftet werden, wenn die Zeit reif dafür ist.«

Ich fand, das war eine merkwürdige Formulierung und ein merkwürdiger Rat, aber gleichzeitig war es schön, dass eine Erwachsene einen nicht ermahnte, die ganze Zeit so lächerlich ehrlich und offen zu sein. Eine Weile blieben wir schweigend sitzen.

»Und der Mord an dem Uhrmacher«, sagte Tante Ida dann, »der wird natürlich bis zur Götterdämmerung nicht aufgeklärt werden.«

Vielleicht war ein kleines Fragezeichen am Satzende zu hören – als würde sie andeuten, dass ich ja mit einer Art Antwort aufwarten könnte –, aber ich tat so, als hätte ich es nicht gehört. Es war das Beste, das Thema zu wechseln.

»Du hast doch nicht vor, in nächster Zeit zu sterben, Tante Ida?«, fragte ich. »Ich wünsche mir jedenfalls, dass wir uns noch viele Jahre so unterhalten können.«

»Sterben?«, schnaubte sie. »Ich plane, hundertundfünf zu werden. Nein, sterben sollte man erst, wenn man alt geworden ist.«

Das klang beruhigend, und ich beschloss, aufzubrechen und nach Hause zu radeln. Bedankte mich bei ihr für den Kaffee und bekam zwei Heißwecken zugesteckt.

Genau betrachtet wurde Tante Ida nicht älter als sechsundneunzig, aber wenn sie nicht während eines Wintersturms Anfang der Achtziger Jahre vor einen Schneepflug geraten wäre, dann hätte sie ihr Vorhaben sicher ausführen können. Blinde alte Weiber finden den Friedhof so schlecht, wie sie immer zu sagen pflegte.

* * *

Am Samstag, dem 14. Oktober, hatten wir ein Klassenfest bei Solveig zu Hause.

Solveig hieß mit Nachnamen Bramseståhl, ihr Papa war eine Art Direktor bei Bolinder-Munktell, der Mähdrescher-Fabrik und sie nagten nicht gerade am Hungertuch. Wohnten in einer großen Villa, nahe beim Volkspark in Hallsberg, und da sollte das Klassenfest stattfinden. In der Villa meine ich, nicht im Park. Obwohl Pålsboda-Karlsson ein paar Stunden an letzterem Ort zusammen mit Ingrid aus Askersund verbrachte, Freiluftaktivitäten fanden also auch statt.

Wir waren neunundzwanzig Personen. Nur drei fehlten aus der Klasse (plus Runkén natürlich) – darunter A-G, die offenbar mit Adonis Kavheden irgendwohin gefahren war –, und irgendwie war es eine richtig elegante Gesellschaft. Zumindest zu Anfang. Wir bekamen Schnittchen und eine Art Blubberwasser mit Früchten drin, das Solveigs Mutter gemacht hatte, bevor sie mit Direktor Bramseståhl zur Hütte am Vättern aufgebrochen war, wo sie die ganze Nacht verbringen wollten, um nicht zu stören. In der Originalmischung des Getränks war wahrscheinlich kein Alkohol vorhanden, aber nachdem von Sprackman seine mitgebrachten Flaschen hineingegossen hatte, änderte sich das.

Nach den Schnittchen bekamen wir drei verschiedene Sorten sättigender Salate und Baguette, man lief mit dem Teller in der Hand herum und unterhielt sich, und das erschien uns etwas albern. Die Mädchen trugen Kleider und Pumps und alles Mögliche sonst noch, und ich war nicht der Einzige, der sich anfänglich wie ein Bauerntrampel fühlte.

Aber das ging vorüber. Es gab zwar keine Unmengen alkoholischer Getränke, die uns zur Verfügung standen, der Direktor hatte alle diesbezüglichen Stoffe aus dem Weg geschafft, aber ein Teil war dennoch mitgebracht worden. Unter anderem hatte Kilsmo-Lundberg zwölf Flaschen selbstgebrauten Stachelbeerwein von seinen Eltern geklaut – der sollte zwar mindestens sechs Monate lagern, bevor er trinkbar war, aber scheiß drauf, wie Lundberg sagte, so ein bisschen Hefe konnten wir ja wohl ab, oder?

Und natürlich hatten wir ein paar Biere. So ungefähr hundert oder so.

Als die Salate aufgegessen waren, begann der Tanz. Oder zumindest die Musik, und da begannen die Formen, ein wenig lockerer zu werden. Das Rauchverbot wurde ignoriert, die Mädchen zogen sich ihre Pumps aus, wir zündeten Kerzen an und machten das elektrische Licht aus. Solveig hatte eine gute Plattensammlung, wer hätte das gedacht, sowohl The Doors als auch Jimi Hendrix und Dylan.

»Saustark«, sagte Elonsson, und ich glaube, nach zehn Uhr hörten wir die ganze Nacht hindurch nur noch The Doors. Immer und immer wieder. Obwohl mich mein Gedächtnis da täuschen kann.

Als alle neunundzwanzig so ziemlich blau waren, gab es unglücklicherweise nichts mehr zu trinken, und wir diskutierten verschiedene Möglichkeiten, wie wir den Segen des Vollrauschs erlangen könnten. Ich glaube wirklich, dass niemand in der Klasse Haschisch rauchte, das war wie schon gesagt in unserem abgeschiedenen Winkel der Welt noch eine ziemlich neue Sache, aber es gab natürlich hausgemachte Möglichkeiten.

Die Bananenschalenmethode beispielsweise. Glücklicherweise stellte sich heraus, dass die Bramseståhls an diesem Oktobersamstag im Besitz von nicht weniger als achtzehn Bananen waren, und wir schritten sofort zur Tat. Schälten alle achtzehn, zogen die dünnen Streifen zwischen der Schale und der Banane selbst ab und trockneten sie im Backofen. Das dauerte eine Weile, während der Zeit probierten einige die Coca-Cola-Aspirinmethode – zwei Tabletten Aspirin in ein Glas Cola, das sollte die richtige Dosis sein, warme Cola natürlich –, aber es ist nicht erwiesen, dass es irgendeinen Effekt hatte. Ein paar der Mädchen liefen zwar raus und übergaben sich, aber das kann natürlich auch an den Salaten gelegen haben.

Wir waren drei Pfeifenraucher in der Klasse. Von Sprackman, Åsbro-Bengtsson und ich, und in unseren Pfeifen mischten wir Tabak mit den ofengetrockneten Bananenstreifen. Zündeten das Ganze an und rauchten. Wir saßen wie um ein imaginäres Lagerfeuer, die ganze Bande, auf dem Boden im Wohnzimmer, und ließen die Pfeifen kreisen – und alle machten mit, da rede noch einer über fehlenden Klassenzusammenhalt, eines der Mädchen hielt eine Rede auf Solveig, wir sangen mit Jim Morrison im Chor – Break on through to the other side, Come on baby, light my fire, Please show me the way to the next whisky bar –, und wenn wir nicht vom Rauchen high wurden, dann von der Stimmung an sich. »Das ist fast wie ein Love-in«, erklärte Schyman feierlich, und er musste es ja wissen.

Das ging eine ganze Weile so weiter. Wir rauchten und stopften nach, Jim Morrison leitete den Chorgesang, die Kerzen brannten herunter und wurden immer weniger, ab und zu ging jemand hinaus, um sich zu übergeben, aber das lag sicher in erster Linie daran, dass sie das Tabakrauchen nicht gewohnt waren. Das eine oder andere Paar bildete sich und begann zu knutschen, und ich weiß, dass sich die ganze Stimmung für mich fast ein wenig magisch ausnahm.

Ich muss irgendwann so gegen ein Uhr eingeschlafen sein, nehme ich an, aber um halb drei wurde ich von Elonsson geweckt, der mir erklärte, dass es Zeit sei, nach Hause zu gehen.

Wir hatten das so miteinander verabredet, Elonsson und ich – dass wir gemeinsam die lange Nachtwanderung heim nach Kumla auf uns nehmen wollten –, aber gerade in dem Augenblick fand ich das keine gute Idee. Ich lag eingezwängt hinter einem Plüschsofa, wo noch vier, fünf andere halb schliefen, unter anderem Otto, der einen roten BH über seinem Polohemd trug, ich hatte einen schön parfümierten Angorapullover als Kopfkissen ergattert und litt keinerlei Not. Vielleicht abgesehen von leichten Kopfschmerzen.

»Lass uns drauf scheißen«, sagte ich. »Nehmen wir lieber morgen ganz früh den Zug.«

»Ihre Eltern kommen um acht Uhr zurück«, erklärte Elonsson. »In der Küche hat es ein bisschen gebrannt. Verdammt, es ist besser, wenn wir uns davonmachen!«

»Gebrannt?«, fragte ich.

»Nur ein bisschen«, sagte Elonsson. »Aber es sieht ziemlich verwüstet aus. Verdammt, lass uns abhauen! Steh endlich auf!«

Ich betrachtete meine Kopfschmerzen eine Weile und gab dann nach.

»Wir müssen was zu trinken mitnehmen«, sagte ich. »Ich bin durstig wie ein Kamel.«

»Kein Problem«, versicherte Elonsson. »Die ganze Speisekammer ist voll mit Limonade. Sieht so aus, als hätten sie für besondere Anlässe eingekauft.«

* * *

Wir nahmen den Weg über Björka, und es dauerte ein Menschenalter.

Als wir uns an der beleuchteten Wanduhr der Stavaschule vorbeikämpften, zeigte diese fünf Minuten nach fünf, und ich schwor mir, nie wieder im Leben acht Kilometer in engen Halbschuhen zu wandern. Jedenfalls nicht bei Gegenwind und ohne eine in einer Direktorenvilla am Stocksätersvägen in Hallsberg vergessene Pfeife.

Obwohl ich mich mehr tot als lebendig fühlte, schlich ich mich zu Signhild, sobald ich meine Kleider losgeworden war.

Umso größer war meine Verwunderung, als ich entdeckte, dass sie nicht in ihrem Bett lag.

27

Am Sonntag nach dem Klassenfest schlief ich bis drei Uhr am Nachmittag.

Als ich aufwachte, blieb ich noch eine Weile liegen und überprüfte, ob auch noch alles dran war, dann stand ich auf. Spürte eine kurze Dankbarkeit dafür, dass ich nicht in einer Familie lebte, in der die Älteren zu jeder passenden und unpassenden Zeit ihre Nase in die Schlafgewohnheiten der Jüngeren stecken. Es schien insgesamt menschenleer im Haus zu sein, ein aufmerksamer Lauscher hört das deutlich an dem Knacken der Wände und des Fußbodens, und im Laufe der Jahre hatte ich so ein feines Ohr entwickelt.

Während ich unter der Dusche stand, erinnerte ich mich an den gestrigen Abend. Ich erinnerte mich an die Schnittchen und den Stachelbeerwein, an Jim Morrison und das Bananerauchen und an die unendliche Wanderung über das Land, und zum Schluss erinnerte ich mich daran, dass Signhild nicht in ihrem Zimmer gewesen war, als ich nach Hause kam.

Um Viertel nach fünf an einem Sonntagmorgen.

Ich drehte das Wasser ab. Spürte einen plötzlichen Schwindel, wie vor einem Anfall – es musste mehr als drei Monate her sein, seit ich das letzte Mal so ein Gefühl gehabt hatte –, aber ich kriegte mich in den Griff. Lief in mein Zimmer hoch und zog mich an.

Lief dann weiter über vier Meter Flurboden mit Plastikbelag. Beschloss aus irgendeinem Grund anzuklopfen und tat das dann auch.

Wartete.

Klopfte noch einmal.

Wartete.

Drückte die Klinke hinunter und trat ein.

Das Zimmer war leer.

* * *

Mehr als leer. Es war verlassen.

Ich blieb auf der Stelle stehen und starrte das verlassene Bett, den verlassenen Schreibtisch, den verlassenen stummen Diener, eine halbe Minute lang an.

Zwickte mich am Arm, um sicher zu gehen, dass ich nicht irgendwo lag und träumte. In meinem Zimmer oder hinter einem Sofa in Hallsberg oder sonst irgendwo auf der Welt.

Zwickte mich noch einmal, ein wenig fester, aber es nützte nichts. Ich war hellwach wie ein Sonnenaufgang.

Dann lief ich wieder ins Erdgeschoss hinunter, um nach meinen Nächsten zu suchen. Nach meinem Vater, meiner Mutter oder Signhild. Wem auch immer.

Aber es gab niemanden dort, wie schon gesagt. Nur mein eigenes Knacken in Latten und Fugen.

Etwas ist passiert, dachte ich.

Alles ist verändert.

Ich habe einen Anfall gehabt und war fünf Jahre lang weg. So muss es gewesen sein.

Und bin dann in meinem eigenen Bett mit Blasen an den Füßen aufgewacht?

Wohl kaum.

Aber ich hatte so eine Vorahnung. Eine schreckliche Vorahnung.

Ich machte mir Tee und Brote, setzte mich an den Küchentisch und versuchte, mich zu beruhigen. Das war gar nicht so einfach.

Das war überhaupt nicht möglich.

* * *

Meine Eltern kamen um halb sieben Uhr abends zurück. Sie waren auf einem Empfang zu einem sechzigsten Geburtstag in Mosås gewesen – bei dem Chef meiner Mutter, dem Direktor Weiler.

»Öde«, sagte mein Vater. »Spannend wie eine Leichenwache in Finspång.«

Ich weiß nicht, was er gegen Finspång hatte, aber es war nicht das erste Mal, dass er den Ort als Beispiel für eine Stelle, von der man sich lieber fern halten sollte, aufs Tapet brachte.

»Jedenfalls waren viele Leute da«, sagte meine Mutter.

»Die ganze verfluchte Fabrik, ja«, bestätigte mein Vater.

»Wo ist Signhild?«, fragte ich.

Mein Vater ging zum Kühlschrank und holte sich ein Bier. Meine Mutter ging auf die Toilette.

»Hm«, sagte mein Vater. »Signhild, ja, die. Die ist ausgezogen.«

»Ausgezogen?«, wiederholte ich.

Mein Vater setzte sich an den Küchentisch und schenkte sich das Glas ein.

»Ja, so ist es«, sagte er. »So ist es beschlossen worden.«

»Wann?«, fragte ich. »Warum ...?«

»Setz dich«, sagte mein Vater.

Ich setzte mich. Er trank einen Schluck. Lockerte den Schlipsknoten und betrachtete mich mit einer Miene, die ich nicht so recht deuten konnte. Ernst und gleichzeitig ein wenig bedauernd. Aber vielleicht lag da noch etwas anderes darin, was ich auf Grund meiner Jugend noch nicht begreifen konnte.

»Sie hatte gestern mit ihrer Mutter ein Gespräch«, erklärte er. »Frag mich nicht, welche Weltprobleme sie gelöst haben, aber wir haben jedenfalls gemeinsam beschlossen, dass es das Beste für das Mädchen ist, wenn sie von hier fort kommt. Ihr ist es nicht so gut ergangen. Du warst ja nicht zu Hause, wir haben ihre Sachen gestern Abend rübergebracht.«

»Dann ist sie jetzt bei sich zu Hause?«

Ich drehte den Kopf leicht zum Lundbomschen Haus hin. Mein Vater saß ein paar Sekunden lang schweigend da.

»Das glaube ich nicht.«

»Was? Wo ist sie dann?«

»Ich weiß es nicht.«

Am liebsten hätte ich mir wieder in den Arm gezwickt, aber das war in der Situation nicht unbemerkt möglich, also ließ ich es lieber bleiben.

»Warum denn?«, wiederholte ich. »Warum weißt du es nicht?«

»Nun ja«, sagte mein Vater.

Nun ja?, dachte ich. Was zum Teufel meint er damit? Es vergingen weitere Sekunden.

»Du musst doch wissen, wo sie hin ist?«, versuchte ich es noch einmal.

»Nein, das weiß ich nicht. Danach musst du ihre Mutter fragen.«

»Sie kann doch nicht so einfach ...?«

Mir fehlten die Worte. Ich schluckte und bemerkte, dass mein Vater plötzlich einen ziemlich verkniffenen Gesichtsausdruck bekommen hatte. Als hätte die Geduld ihn verlassen, und es begann wieder, nach Finspång zu riechen.

»Stell keine Fragen mehr, dann werde ich auch keine stellen«, sagte er. »Ich denke, du würdest gut daran tun, wenn du die Übereinkunft mit unterschreibst.«

»Ich verstehe nicht ...«
»Das tust du wohl.«
Plötzlich bildete ich mir ein, dass ich es doch täte. Ich stand auf und verließ die Küche.
»Sie lässt dich grüßen«, sagte meine Mutter, die soeben aus der Toilette kam. Als ob sie gehört hätte – oder zumindest wüsste –, worüber mein Vater und ich gerade gesprochen hatten.
»Grüßen?«, fragte ich. »Was hat sie denn gesagt?«
Meine Mutter blieb mit hängenden Armen stehen und schien nachzudenken.
»Nichts Besonderes«, sagte sie. »Sie hat nur ... ja, dich grüßen lassen.«
»Danke«, sagte ich und stürzte zur Tür hinaus.
Ja, ich *stürzte* tatsächlich.

* * *

Natürlich muss sie zu Hause sein, das war der erste Gedanke, der mir kam, als ich mich draußen auf der Straße bremste. Klar wie Kloßbrühe. Die haben nur beschlossen, dass wir uns nicht mehr sehen sollen.

Ich blieb einen Moment lang stehen und überlegte, ob ich nicht einfach rüberrennen und mit der Tür ins Haus fallen sollte, beschloss dann aber, ein wenig abzuwarten. Besser, vorher zu versuchen, sich ein wenig zu besinnen, dachte ich. Einen Spaziergang machen und vielleicht eine Art von Plan aufstellen, es konnte nichts schaden, ein wenig vorbereitet zu sein.

Ich ging zum Marktplatz. Kaufte im neuen Zeitschriftenkiosk ein kleines Päckchen John Silver und bei Törners eine Bratwurst mit Kartoffelbrei, ging dann weiter den Hagendalsvägen hinauf bis zum Kungsvägen. Es war ziemlich kalt und windig, der Kumlasjö sah ungewöhnlich düster in der zunehmenden Dunkelheit aus. Genau genommen erschien mir die ganze Welt düster, und die Dohlen flogen krächzend um den Wasserturm.

Verdammter Scheiß, dachte ich. Warum hat sie nicht den Mund halten können? Warum musste sie von uns erzählen?

Denn so musste es gewesen sein. Signhild hatte ernsthaft mit ihrer Mutter geredet, aber statt sie zur Rede zu stellen, wie ich es vorgeschlagen hatte, war es genau andersherum gelaufen. Ester Bolego hatte ihre Tochter entlarvt.

Entlarvt, dass sie ein ausgeprägtes Liebesverhältnis mit diesem bleichgesichtigen Mauritz vom Nachbarhaus hatte. Das war klar wie Kloßbrühe, das war der Inhalt der von meinem Vater angedeuteten Absprache gewesen. Keine Fragen, kein Kommentar. Gentlemen's agreement. Perkele aber auch, um es auf Finnisch zu sagen.

Zu der Zeit durfte man sich in Kumla nicht der physischen Liebe und dem Bumsen widmen, wenn man erst siebzehn Jahre alt war. Vielleicht ja an anderen Orten auch nicht, und schon gar nicht, wenn man zum weiblichen Geschlecht gehörte. Dann bekam man einen schlechten Ruf, so war es nun einmal. Signhild gehörte ganz offensichtlich zum weiblichen Geschlecht, und mir war klar, dass ich in diesem Fall nicht viel dagegen zu setzen hatte. Da hätte ich mindestens zehn Tanten Ida als Rückenstärkung gebraucht, bevor ich mich auf eine derartige Debatte einließ, da brauchte ich gar nicht drum herum reden.

Ich wanderte den ganzen Kungsvägen Richtung Norden entlang, über das Viadukt, bis zur großen Kreuzung. Rauchte das halbe Päckchen Zigaretten auf und wurde von einem Regenschauer vollkommen durchnässt, der ohne jede Vorwarnung eingesetzt hatte. Aber das interessierte mich nicht. Ich ging weiter, jetzt wieder Richtung Stadt, die Mossbanegatan entlang, und überlegte tatsächlich, ob ich bei Tante Ida vorbeischauen sollte, als ich an ihrem Haus vorbeikam, verwarf den Gedanken aber gleich wieder. Ich muss jetzt erst einmal bei Ester Bolego klingeln, dachte ich. Ich musste einfach. Da gab es kein Entrinnen.

* * *

»Ja?«, sagte sie und versperrte die Türöffnung mit ihrem grandiosen Bauchumfang.
»Signhild«, sagte ich. »Ich möchte mit ihr sprechen.«
»Sie ist nicht hier.«
»Wo ist sie dann?«
»Tut mir Leid, Mauritz, aber das kann ich dir nicht sagen.«
»Lassen Sie mich rein. Ich weiß, dass sie da ist.«
»Nun sei nicht albern, aber bitte schön.«
Sie machte einen Schritt zur Seite, und ich trat in den Flur.
»Du kannst gern das ganze Haus durchsuchen, aber ich würde es begrüßen, wenn du in einer Viertelstunde damit fertig bist. Ich erwarte nämlich so gegen acht Uhr eine Freundin.«
Ich verließ das Lundbomsche Haus zehn Minuten später. Es war sinnlos. Signhilds Zimmer war ebenso leer wie ein geplündertes Grab, und es war offensichtlich, sogar einem plattfüßigen Epileptiker wie mir, dass sie sich zumindest nicht hier befand, wo immer sie sonst auch sein mochte.
»Warum wollen Sie mir nicht sagen, wo sie ist?«, fragte ich, als ich wieder an der Tür stand.
»Ich dachte, deine Eltern hätten es dir erklärt?«
Ich schüttelte etwas hoffnungslos den Kopf. »Wann kommt sie zurück?«
Ester Bolego produzierte etwas, das ein Zwischending zwischen einem Lachen und einer Fratze war.
»Warum sollte sie überhaupt hierher zurückkommen?«
Genau in dem Moment, in der Sekunde, als sie die Tür

schloss, hätte ich ihr am liebsten eins in die Fresse gegeben. Mein Blut rief nach Taten – aber ein junger, gutezogener Gentleman schlägt einer schwangeren Frau keins aufs Maul, also ballte ich stattdessen die Fäuste in der Tasche. Es erschien mir wie eine ungewöhnlich sinnlose Handlung.

* * *

Es war ungefähr vier Stunden später, kurz vor Mitternacht, dass ich den Brief fand.

Er steckte in meinem Bücherregal, zwischen Hemingways »The Sun Also Rises«, das ich noch nicht gelesen hatte, und Steinbecks »Früchte des Zorns«, das ich zweimal angefangen hatte, und wenn ich nicht vor Verwirrung und Verzweiflung so blind gewesen wäre, dann hätte ich ihn natürlich schon viel früher entdeckt.

Auf jeden Fall muss er sich ja schon dort befunden haben, als ich nach dem Klassenfest in der Morgendämmerung hereingetaumelt war. Er hatte seit mehr als einem Tag da gelegen, und das machte die Sache nicht gerade besser.

Der Inhalt war kurz und bündig:

Lieber Mauritz!
Alles hat sich verändert, ich kann nicht sagen, wie. Aber ich muss dich jetzt verlassen. Ich werde solange in dem Haus eines Bekannten wohnen, du darfst nicht glauben, dass meine Mutter mich gegen meinen Willen wegschickt, das war viel mehr mein Beschluss als ihrer.
Verzeih mir, wenn ich dich enttäusche, aber es gibt keine andere Lösung, glaube es mir.
Sei so lieb und suche nicht nach mir, ich bin weit fort.
Danke für alles.
Signhild

Wenn ich in die Hölle kommen werde und der Teufel eine Nacht aus meinem Leben herauspicken will, die er mir in die Ewigkeit mitgibt, dann denke ich, er wird diese Nacht nehmen.

III

28

Der Herbst verging.

Der Schah von Persien ließ sich selbst und Farah Diba zu Kaiser und Kaiserin ausrufen, in Kapstadt in Südafrika führte Doktor Christiaan Barnard die erste geglückte Herztransplantation der Welt aus, und in Kumla erhängte sich ein Schachspieler.

Letzterer hieß Jaan Kogel. Er war nach Kriegsende als Flüchtling mit einem Boot aus Estland gekommen und allgemein bekannt als ein Mann des Friedens. Er war allein stehend, dreiundvierzig Jahre alt und wohnte seit einem knappen Jahrzehnt in einer kleinen Zwei-Zimmer-Wohnung am Franzénsväg in Prästgårdsskogen.

Ich weiß nicht, wie das Gerücht entstand, aber zwei oder drei Tage nach seinem Tod war Kogel das Hauptgesprächsthema in der ganzen Stadt. Nicht nur an seinem Arbeitsplatz in Yxhult und im Schachclub, was ja ganz normal gewesen wäre, sondern überall. Es war, als wäre ein Feuer ausgebrochen.

Kogel spielte Schach.

Er besaß mindestens drei verschiedene karierte Flanellhemden.

Er hatte Sveas Konditorei mehrmals wöchentlich aufgesucht.

Und er hatte sich erhängt.

Mehr war nicht nötig. Weiß Gott nicht.

»Das ist er«, sagte mein Vater. »Die Sache ist geritzt.«

Aber das konnte er nicht in der Zeitung schreiben. Natürlich nicht. Man redet nicht schlecht über einen Toten, wie sehr er wegen wie vieler Crimes passionels auch immer verdächtigt wird. Und man schreibt schon gar nichts darüber, wenn man sich der Sache nicht vollkommen sicher ist. Die Länstidningen war immer noch die Länstidningen.

»Warum soll er es denn gewesen sein?«, fragte meine Mutter. »Ausgerechnet er?«

»Indizien«, sagte mein Vater. »Eine überwältigende Menge von Indizien.«

»Jeder Mensch hat ja wohl ein kariertes Flanellhemd«, sagte meine Mutter. »Und mindestens jeder Zehnte spielt Schach.«

»Ich habe kein Flanellhemd«, widersprach mein Vater. »Habe noch nie in meinem Leben eins gehabt. Und Kogel hat sich nun einmal erhängt. An der Krawatte am Lüftungsgitter.«

»Das führt dazu, dass er tot ist«, entgegnete meine Mutter. »Nicht dazu, dass er ein Mörder sein muss. Du willst doch nicht auch noch behaupten, er hätte einen Skåne-Akzent?«

»Ach was«, sagte mein Vater.

Ich glaube, das war eine der glaubwürdigsten Argumentationen, die ich jemals von meiner Mutter gehört habe. Mein Vater empfand es wahrscheinlich auch so, aber er konnte sich natürlich nicht so schnell geschlagen geben. Er trank eine halbe Tasse Kaffee und holte tief Luft.

»Wir können ja Urban fragen, wenn er das nächste Mal kommt«, beschloss er. »Er hat immer noch seine Finger im Spiel.«

»Kogel hat nie einer Fliege etwas zu Leide getan«, sagte meine Mutter. »Frau Santesson hat fünf Jahre mit ihm im gleichen Treppenaufgang gewohnt. Er war höflich und hat immer seinen Hut gezogen, wenn er sie gegrüßt hat.«

»Ja, wenn das so ist«, sagte mein Vater. »Ja, dann kann er es natürlich nicht gewesen sein.«

* * *

Es gab in diesem Herbst einen, der sich nicht erhängte, und das war ich. Mauritz Bartolomeus Målnberg, siebzehnjähriger Pseudoepileptiker aus der Fimbulgatan unten am neuen Wasserturm.

Aber es fehlte nicht viel.

Die ersten Wochen, nachdem Signhild fortgegangen war, wollte ich nicht mehr leben. Andererseits hatte ich auch nicht explizit den Wunsch zu sterben, wahrscheinlich ist das der große Unterschied.

Zwischen denen, die es tun, und denen, die es sein lassen, meine ich.

Während der schlaflosen Stunden in der Nacht saß ich oft am Fenster und starrte zu ihrem Zimmer hinüber, so wie ich es auch vorher immer getan hatte. Manchmal stellte ich mir auch bildlich vor, wie ich tatsächlich Kogels Beispiel folgen würde – aber nicht an einem Lüftungsgitter. Nein, in dem Kastanienbaum erhängte ich mich. Mein bleicher Körper würde das Mondlicht zurückwerfen, während er langsam schaukelte und sich ab und zu in dem kalten Herbstwind drehte, und auf meine entblößte Brust hatte ich mit einer Messerspitze die blutrote Frage geritzt: Signhild, warum?

Ich begann sogar ein Gedicht mit diesem finsteren Inhalt, aber ich erinnere mich an kein einziges Wort mehr davon, vermutlich kam ich also über ein paar lächerliche Zeilen nicht hinaus.

Tagsüber verhielt ich mich wie ein Roboter. Ich stand auf, fuhr in die Schule, ging in den Unterricht. Fuhr wieder nach Hause, schloss mich in meinem Zimmer ein, starrte aus dem Fenster oder an die Wand. Zweimal saß ich bei Tante Ida und schüttete ihr mein Herz aus, sie war der einzige Mensch, dem ich mich anvertrauen konnte, und vielleicht war das sogar so etwas wie Balsam auf meine Wunde.

Aber in allererster Linie wartete ich.

Wartete auf eine Nachricht von Signhild. Einen Brief. Ein Telefongespräch. Jedenfalls einen Bescheid darüber, wo sie sich befand.

Doch es kam nichts. Nicht das kleinste Zeichen. Einmal fasste ich Mut und rief bei Ester Bolego an, es war sechs Uhr morgens, ich schrie sie an, sie solle mir endlich sagen, wo Signhild sich aufhielt, sonst hätte sie bald noch ein Leben auf dem Gewissen.

Das war natürlich erfolglos. Ich konnte ihrer rauen Stimme anhören, dass sie nie, unter keinen Umständen, etwas verraten würde, und da warf ich den Hörer hin und weinte.

Ja, wenn ich jemals im Tal der Todesschatten gewandert bin, dann in diesen Wochen. An den Daumen des deutschen Fähnrichs mochte ich nicht denken, und so sehr ich Tante Ida auch schätzte, so wünschte ich mir ja dennoch nicht ein Lebensschicksal wie ihres.

Nach zehn, zwölf Tagen konnte ich langsam wieder nachts schlafen, und gleichzeitig tauchten neue Gedanken und Fragen in meinem Kopf auf, mitten in dem trostlosen Trauerbrei.

Einigermaßen rationale Fragen, zumindest schätzte ich sie so ein.

Was war eigentlich passiert?

Warum war Signhild so überstürzt abgereist?

War es möglich, sich auszurechnen, wo sie war?

Ich zog ihren Brief aus dem Gewühl auf meinem Schreibtisch hervor und begann, ihn zu analysieren.

Alles hat sich verändert, ich kann nicht sagen, wie.

Was zum Teufel hatte das zu bedeuten? Was hatte sich verändert?

Alles? Das erschien mir absurd. Offensichtlich hatte Signhild also dieses besagte Gespräch mit ihrer Mutter geführt, und dabei war etwas zur Sprache gekommen, was dazu geführt hatte, dass sie Hals über Kopf geflohen war.

Aber was? *Was?*

Es konnte doch wohl nicht so schrecklich gefährlich sein, wenn sie erzählt hatte, dass sie und ich zusammen im Bett gewesen waren? Leute machten so etwas, sogar in Kumla zu der Zeit. Ihre Mutter sollte doch wohl die Erste sein, die das verstand.

Nichts, um Himmel und Hölle in Bewegung zu setzen. Also musste es noch etwas anderes geben.

Wie ich es auch drehte und wendete, ich konnte es in keinem anderen Licht sehen. Nach allem, was geschehen war, war schließlich Signhilds und mein kleines Abenteuer ziemlich erbärmlich, oder etwa nicht? Von außen betrachtet, meine ich. Von innen war es größer als alles andere.

Und dann die nächste merkwürdige Formulierung: *Du darfst nicht glauben, dass meine Mutter mich gegen meinen Willen wegschickt, das war viel mehr mein Beschluss als ihrer.*

Wie sollte ich das interpretieren?

Und: *Es gibt keine andere Lösung, glaube es mir.*

Was um alles in der Welt war geschehen und hatte dazu geführt, dass es nur eine einzige Lösung gab? Und dann noch so eine Lösung?

Oder log sie?

War es so simpel? Schummelte sie einfach nur ein bisschen mit der Wahrheit, einfach um mir nicht ins Gesicht sagen zu müssen, dass sie unsere Beziehung beenden wollte? Signhild, dachte ich verzweifelt. You break just like a little girl.

Aber ehrlich gesagt, und auch wenn ich verwundbar und empfindlich wie ein gebrochenes Fußgelenk war, so fiel es mir doch schwer, so eine Erklärung zu schlucken.

Ich kann nicht sagen, wie.

Warum nur? Warum um alles in der Welt ließ sie mich ohne auch nur die Andeutung eines Grunds für ihr Weggehen zurück? Sie musste doch wissen, dass alles andere weniger schmerzhaft für mich wäre als das.

Oder wollte sie mir bewusst wehtun? Und zwar extrem weh. Aus irgendeinem obskuren Grund, der weit über mein Fassungsvermögen hinausging?

Wenn dem so war, dann war es ihr jedenfalls geglückt. Zu hundert Prozent. Nichts war schwerer zu verkraften als das. Dieses Sich-plötzlich-in-Luft-auflösen. Signhild, beschloss ich, wenn du nicht innerhalb eines Monats etwas von dir hören lässt, so werde ich dich vergessen und verleugnen! So geht man nicht mit einem Menschen um, der einen liebt. So geht man überhaupt mit keinem Menschen um.

Am dreißigsten Tag nach Signhilds Verschwinden war sie immer noch mein erster Gedanke, wenn ich morgens erwachte, und der letzte, bevor ich abends einschlief.

Liebeskummer und Mücken, hatte Tante Ida gesagt.

Lasst alle Mücken der Welt in mein Zimmer, dachte ich. Wenn ich nur den Liebeskummer los werde.

* * *

»Wir arbeiten weiterhin auf breiter Linie«, erklärte Dubbelubbe und suchte sich das größte Kotelett aus.

»Auf breiter Linie?«, fragte meine Schwester. »Was bedeutet das?«

»Das bedeutet, dass die Ermittlungen sich nicht auf eine spezielle Person ausrichten.«

»Ach ja?«, meinte meine Schwester. »Ja, das ist bestimmt gut.«

»Ich hoffe, es ist nicht versalzen«, sagte meine Mutter. »Ich denke aber...«

Wir saßen am Küchentisch. Es war der 19. November, ein Sonntag.

»Du bist also immer noch mit dem Fall beschäftigt?«, fragte mein Vater. »Ich dachte eigentlich, ihr hättet die Ermittlungen eingestellt.«

»Ich arbeite an vielen verschiedenen Dingen«, sagte Dubbelubbe. »Der Kekkonenfall ist nur einer. Warum sollten wir denn die Ermittlungen eingestellt haben?«

»Urban hat eine neue Uniform gekriegt«, berichtete Katta. »Richtig toll. Gibt es noch Zwiebeln?«

»Ja, gibt es«, sagte meine Mutter. »Sie stehen direkt vor deiner Nase. Ich hoffe nur ...«

»Hm«, sagte mein Vater. »Sagt dir der Name Kogel etwas, Urban?«

Dubbelubbe schien zu zögern. Er kratzte sich nervös am Hals, wo er eine Art Ausschlag hatte. Vielleicht von der neuen Uniform.

»Ich weiß nicht, ob ich eigentlich ...«, setzte er an.

»Ach, Quatsch«, warf mein Vater ein. »Ich habe letztes Mal, als wir uns unterhalten haben, keine Zeile darüber geschrieben, das weißt du doch wohl noch. Das hier ist nur eine kleine Tischkonversation, um die Sonntagskoteletts zu würzen.«

»Sind sie nicht genug gewürzt?«, wollte meine Mutter beunruhigt wissen. »Dabei hätte ich eher gedacht ...«

»Natürlich haben wir die Sache Kogel untersucht«, sagte Dubbelubbe. »Kommissar Vindhage überlässt nichts dem Zufall.«

»Nein, das hast du ja schon ein paar Mal gesagt«, nickte mein Vater. »Und zu welchem Schluss seid ihr also gekommen?«

»Wir überlegen uns, einen Hund anzuschaffen«, sagte Katta.

»Einen Hund?«, fragte meine Mutter. »Warum um Himmels willen denn ...?«

»Nichts Konkretes«, konstatierte Dubbelubbe. »Es ist uns nicht gelungen, eine Verbindung zwischen Frau Bolego und Kogel herzustellen. Kogel und Kekkonen kannten sich natürlich, er war auch an dem Abend, als es passiert ist, im Schachclub.«

»Aha?«, sagte mein Vater. »Und du weißt nicht zufällig, ob er Deutsch konnte?«

»Doch«, bestätigte Dubbelubbe. »Das haben sie offenbar da drüben in der Schule gelernt. Aber das muss ja nichts zu bedeuten haben.«

»Natürlich nicht«, versicherte mein Vater.

»Urban hatte einen Hund, als er ein Kind war«, erklärte Katta. »Einen Pudel.«

»Kogel war höflich und lebte zurückgezogen«, sagte meine Mutter. »Er würde nie ...«

»Ein Pudel?«, fragte mein Vater. »Wenn ihr einen Hund haben wollt, dann doch wohl einen richtigen Köter? Nein, ich nehme an, die sicherste Art, seiner Strafe zu entgehen, ist, den Löffel abzugeben. Also, zumindest konnte er Deutsch?«

»Den Löffel?«, fragte Katta.

»Wir wollen keinen Pudel haben«, sagte Dubbelubbe. »Aber einer meiner Kollegen hat Welpen gekriegt. Ich meine natürlich, dass sein Hund Junge hat. Dobermann.«

»Und der ›Mann im Hemd‹ ist immer noch aktuell?«, fragte mein Vater.

»Er ist nicht gestrichen«, sagte Dubbelubbe. »Aber Herr P hat nie wieder von sich hören lassen. Das mag schon merkwürdig erscheinen, aber bei der Polizeiarbeit stößt man auf viele merkwürdige Menschen.«

»Das kann ich mir denken«, nickte mein Vater. »Was für ein Glück, dass du so normal bist, Urban.«

»Dieser Ring ...«, sagte ich, aber als ich den Mund geöffnet hatte, stellte ich fest, dass ich gar keine Lust hatte, zu erzählen, was Signhild über den rot-grünen Stein gesagt hatte. Ich hatte keine Lust, an irgendetwas zu denken, das mit Signhild zu tun hatte. Und noch weniger, darüber zu sprechen.

»Es gibt viele Ringe auf der Welt«, sagte Dubbelubbe.

»Ich glaube, ich habe sieben, acht Stück«, informierte Katta uns.

»Wäre es nicht besser, wenn ihr euch ein Kind anschafft?«, schlug meine Mutter vor. »Ein Dobermann kann riesig werden, wie ich gehört habe ...«

Ich dankte fürs Essen und entschuldigte mich mit einer wichtigen Arbeit in Politik, für die ich üben müsste.

29

Die Schule ging ihren gewohnten Gang.

Nach dem Klassenfest bei Solveig Bramseståhl gab es keine weiteren. Wir sammelten, um die Kosten für die Küchenrenovierung bezahlen zu können, es reichte wohl für die Selbstbeteiligung bei der Versicherung, aber den Rest des Schuljahrs war Solveig dennoch etwas reserviert.

Der Mathematikstudienrat Lindmos wurde wie immer Ende November krankgeschrieben. Runkén tauchte überraschenderweise eines Tages auf und hielt einen zweistündigen Vortrag über die Jagdmethoden der Aborigines, ein Thema, das er den ganzen Herbst über daheim bearbeitet hatte – unter anderem warf er einen Bumerang durchs Fenster und traf einen Ersatzlehrer in Latein so übel am Kopf, dass eine Vertretung für die Vertretung eingesetzt werden musste. Aber ansonsten lief alles wie immer. Die Zusatzfranzösischstunden bei Mlle. de Trebelguirre waren der Höhepunkt der Woche, zumindest vom ästhetischen Gesichtspunkt, aber nicht einmal ihre kühle Erscheinung und ihr schön rollendes Zungenwurzel-R konnten mich aus meiner Lethargie erwecken. Sie, ebenso wie alle anderen jungen Frauen, diente als eine Art Zerstreuung, mehr nicht.

»Es sieht aus, als hättest du den Biss verloren, junger Mann«, stellte Angelo Grönkvist fest, als er meinen Aufsatz über das Thema »Einige Ratschläge für den, der lebendig begraben wird« zwei Tage vor Totensonntag zurückgab. »Hast du den Kontakt zu deiner schriftstellerischen Ader verloren?«

»Ich weiß nicht«, antwortete ich. »Kann schon sein.«

»Ich hatte schon gedacht, dir eine Eins zu geben, aber dieses Geschreibsel verdient wohl doch eher eine Zwei.«

»Das ist schon in Ordnung mit einer Zwei«, sagte ich.

»Gut, dass du keine zu großen Ambitionen hast«, sagte Angelo Grönkvist und schob sich gedankenverloren eine Mentholzigarette hinters Ohr. »Ambitionen sind etwas für Laufburschen und Liftboys. Geht es dir nicht gut?«

Ich musste zugeben, dass es mir nicht besonders gut ging.

»Das ist keine Entschuldigung«, sagte er. »Vergiss nicht, dass Seelenqualen mit das Fundament des westlichen Kulturkreises bilden. Du glaubst doch nicht, Strindberg hätte ›Inferno‹ geschrieben, wenn es ihm gut gegangen wäre?«

»Ich habe ›Inferno‹ noch nicht gelesen.«

»Sieh zu, dass du das tust«, schloss Angelo Grönkvist das Gespräch ab. »Dann wird es vielleicht zum Frühjahr doch noch eine Eins.«

* * *

Sigge van Hempel traf ich einmal in diesem Herbst. Es war ein nebliger Abend Ende November, und sonderbarerweise traf ich ihn an der gleichen Stelle wie beim letzten Mal. Vor der Bibliothek.

Obwohl – was weiß ich –, vielleicht hatte er ja festere Gewohnheiten, als man ahnte. Auf jeden Fall war er dieses Mal sowohl mit Bier als auch mit Zigaretten ausgerüstet, so dass ich nicht Gefahr lief, dass er mich um das eine oder andere anpumpen würde.

»Hallo, hallo«, sagte er. »Es ist Herbst geworden, verdammt noch mal.«

Da musste ich ihm Recht geben.

»Man sollte in wärmere Gegenden fahren.«

»Nach Tübingen vielleicht?«, schlug ich vor.

»Ja, genau. Woher weißt du das?«

»Das hast du letztes Mal gesagt, als wir uns getroffen haben.«

»Ach, wirklich? Äh ... da magst du Recht haben, ja. Wie ist es eigentlich mit dem Henker letztendlich gelaufen, sie haben ihn nie geschnappt, oder?«

»Jedenfalls bis jetzt nicht.«

»Ich habe gehört, dass Kogel auch den Löffel abgegeben hat. Aber selbst sozusagen. So ein Mist, es wird langsam knapp mit Schachspielern hier im Ort.«

»Ist vielleicht an der Zeit, dass du ernsthaft anfängst zu spielen?«

»Ernsthaft?«, wiederholte Sigge. Leerte sein Bier und rülpste. »Ich habe doch nie anders als ernsthaft gespielt. e2–e4 schachmatt! Verdammte Scheiße, das hat etwas Hinterhältiges an sich.«

»Wie meinst du das?«

»Na, der ganze Kram hat etwas Hinterhältiges an sich. Und dieser Hemdenmatz da im Krankenhaus! Verdammt gerissen, wenn du mich fragst.«

»Was meinst du mit gerissen?«, fragte ich wieder.

»Mit gerissen meine ich gerissen«, sagte Sigge und schaute geheimnisvoll drein. »Ach, vergiss es. Man sollte lieber auf einer sonnigen Wiese auf Hawaii oder sonst wo liegen. Und nicht hier rumlaufen und verschimmeln.«

Ich nickte. So ist es nun einmal, dachte ich. Einige bleiben hier, und andere fahren weg. Und ich zweifelte keine Sekunde daran, dass Sigge van Hempel auch in dreißig oder vierzig Jahren noch in Kumla mit einer Bierdose in der Hand herumlaufen würde.

Wenn die Gesundheit mitspielte.

»Das Leben ist insgesamt ziemlich gerissen«, sagte ich und verließ ihn.

»Was meinst du damit?«, rief er mir im Nebel hinterher. »Was zum Teufel meinst du damit?«
Aber ich kümmerte mich nicht weiter um ihn.

* * *

Am 4. Dezember brachte Ester Bolego im Krankenhaus von Örebro ein gesundes Mädchen zur Welt, und ein paar Tage später kam sie mit ihr nach Hause in die Fimbulgatan.

Es war ein Samstag, Schnee lag in der Luft, sie kamen in einem schwarzen Taxi. Ich saß in meinem Zimmer mit Jack Kerouacs »On the Road« und sah, wie sie aus dem Auto stieg, den Fahrer bezahlte und den kleinen Korb mit dem Neugeborenen trug. Meine Mutter war nicht zu Hause, aber mein Vater ging hinüber und blieb eine Weile dort. Das Mädchen sei süß, teilte er mit. Es sollte Maria heißen.

Ein paar Stunden später, als es wirklich angefangen hatte zu schneien, hörte ich das Geräusch eines Motorrads. Wieder schaute ich aus dem Fenster und sah den Dichter Olsson auf seiner Enfield heranknattern. O Sole Mio saß im Beiwagen, und eigentlich war es genau so wie beim letzten Mal.

Aber inzwischen war ein halbes Jahr vergangen, und alles hatte sich verändert. Es schneite, es war kalt statt Sommer und Sonnenschein, und wenn ich auf die sechs Monate, die vergangen waren, zurückschaute, so konnte ich kaum glauben, dass es wahr war. Kalevi Kekkonen war tot. Signhild war verschwunden. Im Lundbomschen Haus wohnte ein eine Woche altes Baby ... Hätte mir jemand erlaubt, in die Zukunft zu schauen, damals Anfang Juni, ich hätte nur den Kopf darüber geschüttelt.

Aber so ist offensichtlich, das Leben. Man lebt jede Menge von Jahren, und es passiert nichts Besonderes. Dann zieht jemand den Korken, und der Inhalt der ganzen Ketchupflasche fließt heraus. Es ist eigentlich merkwürdig, dachte ich, während der Dichter Olsson den Motor ausstellte und O

Sole Mio die Wollmütze abnahm, merkwürdig, dass man die ganze Zeit der gleiche Mensch bleibt.

Aber vielleicht bleibt man es ja auch nicht.

Vielleicht ist man genau genommen jeden Morgen, wenn man aufsteht, ein neues Individuum, mit einer Ansammlung von Eigenschaften, Erinnerungen und Träumen, die man nicht so recht einordnen kann. Soweit ich es beurteilen konnte, gab es nichts, was dagegen sprach, dass es auch so sein könnte. Im Prinzip jedenfalls.

Ester Bolego trat auf die Treppe heraus. Sie blieb dort einen Augenblick lang unbeweglich stehen, genau wie beim letzten Mal, und dann ging sie hinunter und umarmte ihren Bruder herzlich.

O Sole Mio hob das Bein am Briefkastenpfosten. Ich blieb sitzen und sah, wie sie alle drei hineingingen, dann widmete ich mich wieder Kerouac.

* * *

Es war in diesem Jahr ein ziemlich kalter Dezember, aber nach Lucia gab es ein paar mildere Tage, und da gingen sie mit dem Neugeborenen spazieren.

Immer gemeinsam, Ester Bolego und der Dichter Olsson. Manchmal hatten sie O Sole Mio dabei, manchmal nicht.

Meistens gingen sie untergehakt, und mir kam der Gedanke, dass Leute, die es nicht besser wussten, sie natürlich für ein echtes Paar halten mussten, ein Paar, das mit seinem neuen Baby spazieren ging.

Und dann würde man sicher meinen, dass es ein hübsches Paar war. Er war einen halben Kopf größer als sie, immer schwarz gekleidet, mit langem Mantel und breitkrempigem Hut. Sie in rotem oder grünem Mantel, das kastanienbraune Haar offen auf die Schultern fallend. Der Kinderwagen war eine große, weinrote Geschichte, er sah bequem und stromlinienförmig aus.

Es war natürlich unvermeidlich, dass ich früher oder später mit ihnen zusammenstieß, und eines Nachmittags, nur wenige Tage vor Heiligabend, begegneten wir uns auf der Järnvägsgatan in Höhe von Rozetskys Schuppen. Ich hatte bei OP Weihnachtsgeschenke für Katta und ihren Urban gekauft, wie ich mich noch erinnere, ein Paar rosa und weiße Teetassen, die meine Schwester mir detailliert am Telefon beschrieben hatte.

»Sieh an, unser junger Freund!«, rief der Dichter aus. »Und Kollege. Wie läuft es mit der Dichtkunst?«

»Nicht schlecht«, erklärte ich. »Sie sind zurückgekommen?«

»Wie du siehst«, sagte der Dichter. »Kreise werden gebrochen, und Kreise schließen sich.«

»Willst du dir nicht die kleine Maria ansehen?«, fragte Ester Bolego.

Ich schaute unter das Verdeck. Da war ein halber Quadratzentimeter eines schlafenden Babygesichts zu sehen, und es sah wirklich ziemlich niedlich aus.

»Hallo«, sagte ich. »Dir geht es gut, nicht wahr?«

»Ja, ihr geht es ausgezeichnet«, sagte Ester Bolego.

»Das Kindesauge ist der Spiegel der Menschlichkeit«, fügte der Dichter Olsson hinzu.

Ich nickte und überlegte schnell, ob ich es wagen sollte. Beschloss dann, es zu tun.

»Kommt Signhild über Weihnachten nach Hause?«, fragte ich.

Ester Bolego betrachtete mich ein paar Sekunden lang mit einem leichten, schwer zu deutenden Lächeln auf den Lippen.

»Nein«, sagte sie. »Das tut sie nicht.«

Wieder nickte ich.

»Haben Sie von ihr gehört?«

»Natürlich habe ich das. Es geht ihr ganz ausgezeichnet.«

»Sie können sie ... wohl von mir grüßen?«

»Wenn ich es nicht vergesse«, sagte Ester Bolego. »Nein, jetzt müssen wir aber sehen, dass wir weiterkommen.«

Genau in dem Moment geschah etwas mit ihrem Gesicht. Zumindest hatte ich den Eindruck. Die Augen wurden plötzlich rund und bekamen einen Ausdruck der Trauer oder des Mitleids, oder von etwas anderem sehr Weichem und Nacktem, und ich sah, dass sie kurz davor war, etwas ganz anderes zu sagen ... Es zuckte leicht in einem ihrer Mundwinkel, aber dann zogen sich ihre Gesichtszüge wieder zusammen, und sie wandte sich von mir ab.

Das dauerte höchstens eine Sekunde, und fast sofort begann ich, mir einzureden, dass alles nur Einbildung gewesen sei. Dass ich nicht gesehen hätte, was ich gesehen hatte. Ich weiß eigentlich nicht, warum es mir so wichtig erschien, das zu leugnen, aber so war es.

Der Dichter Olsson zündete sich eine dünne Zigarre an und spähte zum Himmel hinauf. Der sah ziemlich dunkel aus: bedrückte, bleifarbene Wolken, die Schnee enthalten mochten. Es lag so gut wie kein Schnee, und die Leute machten sich schon Sorgen, dass es wieder keine weißen Weihnachten geben könnte.

»Bedrohliche Wolken«, sagte er und blies eine Rauchwolke über den Kinderwagen. »Da sitzt ein Herr im himmlischen Saal, hält in seinen alterszittrigen Händen gebündelt ...«

Ich erkannte die Worte.

»... das Knäuel von Fäden, Tausende an der Zahl, von Menschenleben, die er entzündet«, ergänzte ich.

»Bravo«, sagte der Dichter. ›Die Marionetten‹ von Bergman. Passt gut zu der Jahreszeit. Passt eigentlich immer gut. Aber jetzt müssen wir an das neue kleine Leben denken. Schöne Weihnachten für dich!«

»Ihnen auch schöne Weihnachten«, sagte ich, und dann gingen wir jeweils unserer Wege.

Als wir einen entsprechenden Abstand zwischen uns gelegt hatten, blieb ich stehen. Drehte mich um und schaute ihnen nach. Er hatte ihr jetzt den Arm um die Schulter gelegt, und es war genau so, wie ich es mir vorher gedacht hatte. Niemand würde auf die Idee kommen, dass hier nicht Mann und Ehefrau spazieren gingen. Mit ihrem neugeborenen Kind.

Und während ich dastand und ihre Gestalten ihre Konturen langsam zu verlieren schienen und sich in der graulila Winterdämmerung auflösten, tauchte der Gedanke in mir auf, dass ich Kommissar Vindhage anrufen sollte. Und ihn fragen, woher er eigentlich die Information hatte, dass sie Geschwister waren – aber dann sah ich von selbst ein, dass er das natürlich aus einer so genannten sicheren Quelle hatte, und ließ den Gedanken fallen.

Es interessierte mich ja nicht mehr, das war die einzige Möglichkeit der Heilung.

Stattdessen machte ich auf dem Absatz kehrt. Ging nach Hause, um die Teetassen unter den Tannenbaum zu stellen.

30

Es wurde Weihnachten, und es wurde Neujahr. Silvester fuhren Elonsson und ich nach Örebro und feierten dort ohne feste Pläne. Zum Schluss landeten wir bei einem Privatfest draußen in Almby, wo Elonsson zum ersten Mal in seinem Leben mit einem Mädchen zusammenkam. Sie hieß Conny, was wir beide für einen typischen Jungsnamen hielten, aber ihr Papa war Amerikaner oder so, und es spielte ja wohl verdammt noch mal keine Rolle, wie sie hieß, meinte Elonsson.

Ich stimmte ihm zu, dass sie wirklich niedlich war, und wenn ich mich recht erinnere, so hielt die Sache mit ihnen fast einen Monat lang.

Am Dreikönigstag zählte ich meine Plattensammlung und konnte erfreut feststellen, dass sie inzwischen auf dreiundvierzig LPs (Jim Reeves nicht mitgezählt und weggeworfen) und sechzehn Singles und EPs angewachsen war. Das war trotz allem nicht schlecht, und auch mein Bücherregal sah langsam ganz ordentlich aus. Ich war sehr sorgfältig vorgegangen, als ich meine Wunschliste für Weihnachten geschrieben hatte und hatte Stig Dagerman, William Faulkner wie auch Scott Fitzgerald eingesackt. Strindbergs »Inferno« auch, Angelo Grönkvists Fingerzeig hatte ich noch in guter Erinnerung.

Größere Teile der Ferien verbrachte ich damit, auf dem Bett zu liegen und zu lesen oder Musik zu hören. Was verdammt noch mal sollte man sonst tun, das war zumindest eine Möglichkeit, sich am Leben zu halten. Modus vivendi, glaube ich, nannte ich es.

Von Signhild nicht ein Wort.

Und dann begann das letzte Gymnasiumshalbjahr. Inzwischen war es 1968, aber erst Januar. Alexander Dubček und die Pariser Revolution und die sowjetischen Panzer auf Prags Straßen standen noch vor der Tür und stampften ungeduldig, und gegen Ende des Monats traf das ein, was ich – als es denn eine Tatsache war – schon lange hätte voraussehen können.

Ester Bolego zog aus. Als ich an einem Donnerstagnachmittag auf dem Fahrrad nach Hause kam, stand ein großer Lastwagen auf der Straße, und der Dichter Olsson und zwei Möbelpacker waren dabei und beluden ihn mit Möbeln.

Aha, dachte ich. Der Nagel zu meinem Sarg. Das war's also, ich brauche mich nicht weiter drum zu kümmern.

Aber es war nicht so einfach, andere Gedanken im Kopf zu haben. Als daran zu denken, wie sie geradezu einer nach dem anderen verschwanden, die Bewohner des Lundbomschen Hauses. Anfang des Sommers hatten vier Menschen und ein Hund dort gewohnt, und alles hatte normal ausgesehen, zumindest mehr oder weniger.

Und dann, in nur einem halben Jahr:

Kalevi Oskari Kekkonen, der cholerische Uhrmacher und Schachspieler. Geköpft und mit den Füßen zuerst herausgetragen.

Signhild Kristina Kekkonen-Bolego. Weggezogen an einen unbekannten Ort aus unbekannter Ursache.

Der Dichter Olsson und O Sole Mio. Den ganzen Herbst verschwunden, aber jetzt zurückgekehrt, um sich um Ester Bolego und Klein-Maria zu kümmern. Wohin, wusste ich nicht, und ich fragte auch nicht. Ich hatte keine Worte mehr, und mein Herz war während der vergangenen Monate zu Beton erstarrt.

Ich werde sie vergessen, dachte ich. Ich werde von hier wegziehen und nicht eine Bohne von diesen Ereignissen und diesen Menschen mehr im Gedächtnis behalten.

London oder Paris oder wohin auch immer. Mindestens Stockholm.

Ich stand am Fenster und rauchte, als sie abfuhren. Ich hoffe, ihr rutscht in Mosås von der Straße, dachte ich. Ist doch alles ein verdammtes Gesindel!

Ich wusste nicht so recht, was Gesindel war, aber mein Vater benutzte diesen Ausdruck gern, und ich fand, ich konnte ihn ebenso gut verwenden. Als der Möbelwagen hinter Fredrikssons Silbertanne verschwunden war, machte ich das Licht in meinem Zimmer aus, legte mich aufs Bett und ballte die Fäuste.

* * *

In der Nacht zum 8. Februar brannte Kumlas Kirche.

Ein erschossener Mann lag oben im Turm, und das war ein Ereignis, das bei weitem alles übertraf, was in der Mitte der Welt in den letzten hundert Jahren passiert war.

Die Leute wallfahrten an diesem graunebligen Februarsamstag zur Kirche. Wenn es irgendeine Art von Statistik gegeben hätte, hätte man feststellen können, dass sie an diesem einen Tag mehr Besucher hatte als während der gesamten Gottesdienste im vergangenen Jahr.

Ich traf Klapp-Erik auf dem Weg dorthin. Es war ungefähr halb eins.

»Die Scheißkirche hat gebrannt«, sagte er. »Da sind mehr Leute als damals, als wir Brage im Stadion fertig gemacht haben.«

Ich nickte. Begriff, dass er auf das Einweihungsmatch nach der Renovierung des Stadions anspielte. 1962. Zwei zu null für den IFK, zu der Zeit gab es noch Fußballkultur in Kumla.

»Ach«, sagte ich. »Und wie sieht's aus?«

»Schwarz und elendig«, antwortete Klapp-Erik. »Ich muss nach Hause, andere Schuhe anziehen. Man kriegt kalte Füße, wenn man da nur so rumsteht. Ich war ja schon um neun da, habe es im Radio gehört.«

»Ich auch«, sagte ich. »Ich meine, ich habe es auch im Radio gehört.«

Er grüßte und klapperte weiter zum Solbacka.

Als ich angekommen war, machte ich das Gleiche wie alle anderen. Ich stellte mich hin und starrte den vom Feuer übel zugerichteten Kadaver an, den kohlrabenschwarzen Turm, und versuchte mir vorzustellen, dass es Realität war. Hatte dabei ungefähr das gleiche Gefühl im Körper wie beim Mord an Kennedy ein paar Jahre zuvor.

Oder als Olof Palme achtzehn Jahre später erschossen wurde. Das gibt's doch gar nicht, dachte ich. So etwas passiert nicht. Aber jetzt haben sie wenigstens andere Dinge, über die sie sich unterhalten können.

Und ich musste einsehen, dass in den letzten zehn Jahren tatsächlich einige Gräueltaten in unserer Gegend passiert waren. Die Rut-Lind-Geschichte. Der nicht aufgeklärte Mord an Berra Albertsson oben beim Möckeln. Kalle Kekkonen.

Und jetzt das hier mit der Kirche.

Eine ganze Menge, wie gesagt.

Ich merkte bald, dass es mir nicht gut tat, hier zu stehen und zu glotzen. Aber auch nicht, so einfach wegzugehen, es erschien mir irgendwie respektlos, nicht einmal ein wenig Zeit für den Kirchenbrand zu opfern. Man musste ja nicht gleich wie Klapp-Erik den ganzen Tag in der ersten Reihe verbringen, aber wenigstens eine Stunde oder eineinhalb, das erschien mir angemessen.

Wie eine Art Kompromiss schlenderte ich daraufhin ein wenig ziellos über den Friedhof und betrachtete die Gräber, und da fiel mir plötzlich ein, dass Signhild mir erzählt hatte, dass ihr Vater hier begraben lag. Warum nicht?, dachte ich und machte mich auf zu dem neueren Teil des Friedhofs. Für Leute, die kein Familiengrab hatten oder nicht vor 1950 gestorben waren, so ungefähr.

Ich brauchte eine Weile, um ihn zu finden, aber zum Schluss gelang es mir. Ich stellte mich davor und betrachtete ein paar Minuten lang den grauschwarzen, frostigen Stein, ohne irgendwelche Gedanken neben dem üblichen Flimmern in den Kopf zu kriegen. Ich zuckte mit den Schultern und ging weiter.

War aber keine fünfzehn Meter weit gekommen, als mein Blick auf einen anderen Stein fiel. Er war klein und unscheinbar und sah eigentlich aus, als stünde er schon ganz lange hier, obwohl es sich doch nur um ein paar Monate handeln konnte. Ich blieb stehen und las die einfache Inschrift.

>Jaan Kogel
>1924 – 1967
>Puhka rahus

Ich überlegte, was *Puhka rahus* wohl bedeuten konnte. Ruhe in Frieden oder etwas Ähnliches wahrscheinlich. Jedenfalls musste das Estnisch sein, er stammte ja von dort. Wenn ich es richtig verstanden hatte, dann hatte Kogel einen Bruder in Eskilstuna gehabt, sie waren vor gut zwanzig Jahren gemeinsam über die Ostsee hergekommen, und der war es wohl gewesen, der sich um die Beerdigung gekümmert hatte.

Jaan Kogel?

War er ein Mörder? Abgesehen davon, dass er ein Selbstmörder war?

Das konnte ich nicht glauben. Aber wenn dem wirklich so war, dann hatten sie ihn fast Seite an Seite mit seinem Opfer begraben. Das erschien mir fast anstößig. Wer war eigentlich für die Platzverteilung auf dem Friedhof von Kumla zuständig?

Und während ich da in der feuchtkalten Februarluft stand und versuchte, mir die Jahreszahlen und die estnischen Worte zu merken, kam es plötzlich wieder über mich.

Das Gleiche, was mich an jenem Junitag draußen im Wald nach dem Gespräch mit dem Dichter Olsson überkommen hatte.

Das Dasein zog sich um mich zusammen. Plötzlich war mir alles gleichzeitig ganz nah. Alle Menschen, Ereignisse und Gedanken – und die Zeit. Alle diese Tage, Wochen und Monate wurden zu einem riesig großen Augenblick zusammengepresst, und ich fühlte, dass ich mich nicht bewegen konnte. Meine Eltern und Katta und Dubbelubbe waren da. Elonsson und das Torfmoor mit Dick und Prick, und die Bryléschule und jeder verdammte Meter der Eisenbahnschienen zwischen Kumla und Hallsberg. Sigge van Hempel. Und Tante Ida und der Kastanienbaum im Regen. Ich schloss die Augen und sah Signhild. Sah sie und fühlte sie. Wie es war, des Nachts mit ihr Haut an Haut in dem engen Bett zu liegen und im gleichen Rhythmus zu atmen, wie wir uns gegenseitig berührten und wie wir die Liebe draußen im Viaskogen erfanden.

Und wie sie aus Skåne zurückkam.

Ich habe dich vermisst.

Und ich dachte, dass die Zeit ein Dieb ist. Sie stiehlt uns alles. Zuerst gibt sie uns alles, aber dann müssen wir alles wieder abliefern. Menschen, Begegnungen, Momente. So einfach ist das. So grausam ist das.

Aber als Letztes kam nicht Signhild zu mir. Als Letztes sah ich Ester Bolegos Gesicht, wie ich es durch das regennasse Autofenster am Finkvägen in Sannahed gesehen hatte. Und es saß ein Mann neben ihr, ich sah seine Hand auf dem Lenkrad liegen, aber das war alles, und ich öffnete die Augen.

Ich kann nicht sagen, wie lange das anhielt, wahrscheinlich nicht länger als ein paar Minuten, und ich brauchte mich deshalb nicht hinzulegen oder so. Ich stand einfach nur da, an Jaan Kogels einfachem Grab, ließ es kommen und ließ es wieder verschwinden.

Dann verließ ich den Friedhof und die geschändete Kirche, das war mein letzter Kontakt überhaupt mit der heiligen Krankheit, im Monat Mai machte ich Abitur, und kurz darauf zog ich aus in die weite Welt.

Viel später

Und da steht sie.
Ich erkenne sie natürlich nicht wieder, aber ihre Art zu warten, während sie hastig ihren Blick über die Ankommenden huschen lässt, gibt mir Gewissheit. Es gibt auch keine große Auswahl. Nicht für mich, nicht für sie. Ich habe absichtlich ein wenig getrödelt und steige als einer der Letzten aus dem Zug.
Hej, sagt sie. Du bist doch ...?
Ich nicke unbeholfen und reiche ihr die Hand.
Woher hast du es gewusst?
Dein Hemd. Dein Zögern. Du hast gesagt, dass du ein gelbes Hemd anziehen wirst, hast du das vergessen?
Ach so, ja ...
Ich habe es nicht vergessen. Eigentlich wäre ich gern eine Weile auf dem Bahnsteig stehen geblieben und hätte ihr Gesicht betrachtet, aber das lässt sich nicht machen. Ich habe so eine Ahnung.
Ist die Fahrt gut gelaufen?
Ja, danke. Und deine?
Ich konnte kaum schlafen.
So ging es mir auch. Man liegt wach und grübelt.
Ja. Hast du kein Gepäck?
Nur die Tasche. Ich will ja heute Abend wieder nach Hause, ich nehme an ...

Ich auch.

Wir gehen mit langsamen, geradezu zögerlichen Schritten zum Bahnhofsgebäude.

Das ist ein komisches Gefühl, sagt sie.

Ja.

Warum lebt er hier? Weißt du das?

Er ist hier aufgewachsen.

Ach so. Wir können zu Fuß gehen, oder? Wir brauchen doch kein Taxi?

Ich bestätige, dass es nicht weit ist. Nur über den Fluss und dann noch ein kleines Stück. Das können wir schaffen.

Sie schiebt ihre Tasche in ein Schließfach, und ich tue es ihr nach. Dann treten wir auf die Bahnhofstreppe hinaus, und die Sonne scheint uns direkt ins Gesicht.

Das ist ein komisches Gefühl, wiederholt sie.

* * *

Während wir oben im Krankenhaus warten, habe ich die Gelegenheit, sie mir ein wenig anzuschauen. Sie sieht jünger aus, als sie eigentlich ist. Mir fällt auf, dass sie ihrer Mutter nicht besonders ähnlich sieht, ich weiß nicht, warum mich das eigentlich verwundert. Wir reden nicht viel. In erster Linie nur Trivialitäten. Eine Krankenschwester kommt ein paar Mal vorbei und sagt uns, dass wir bald zu ihm gehen können. Er muss nur erst noch zurechtgemacht werden.

Wir nicken und erklären, dass wir Zeit haben. Den ganzen Tag.

Und wenn nötig noch länger, füge ich hinzu.

Er hat nicht mehr lange zu leben, sagt die Krankenschwester.

Wir wissen das. Wir sind informiert worden.

Es wäre ganz natürlich, die eine oder andere Frage zu stellen, aber uns beiden scheint es schwer zu fallen, die richtigen Worte zu finden.

Und wenn er uns jetzt anlügt? fragt sie, als wir wieder allein sind.

Er lügt nicht, sage ich. Er hat uns hergerufen, um uns zu erzählen, wie es war. Die Wahrheit.

Sie sitzt schweigend da und schaut auf ihre Hände.

Ja, sagt sie, das stimmt natürlich. Ich will ... wir müssen uns später mal treffen ... jetzt, wo ...

Ja, sage ich. Natürlich müssen wir uns treffen. Du weißt mehr als ich, aber sag jetzt noch nichts.

Das ist ihr etwas peinlich.

Mein Zug geht erst spätabends. Wir schaffen es auf jeden Fall ...

Ja, natürlich, sage ich lachend. Wir müssen uns ja erst einmal kennen lernen.

Sie lächelt zögernd. Holt eine Bürste aus der Handtasche und fährt sich damit ein paar Mal durch die Haare. Nein, sie sieht ihrer Mutter ganz und gar nicht ähnlich, das ist eine andere Art von Schönheit.

Jetzt kommt die Krankenschwester und sagt, dass es soweit ist.

Wir stehen so schnell auf, dass es schon komisch wirkt. Fast stoßen wir mit den Köpfen zusammen.

* * *

Er sieht aus, als wäre er geschrumpft.

An allen Gliedern, als würde er da in dem Bett unter der hellblauen Krankenhausdecke ungefähr im Maßstab 1:1,5 liegen. Es ist drei Monate her, seit ich ihn das letzte Mal gesehen habe, die Veränderung ist bedeutend. Der Krebs frisst ihn von innen auf, und der Krebs, das ist der Tod. Man hat aufgehört, ihn zu bekämpfen, sowohl er selbst als auch der Krankenhausapparat. Es fehlt nur noch das Ende. Vielleicht heute, vielleicht dauert es noch eine kurze Weile.

Trotzdem ist er ordentlich zurechtgemacht. Das dünne

Haar ist ordentlich mit Scheitel gekämmt, er trägt eines seiner eigenen weißen Hemden. Frisch rasiert und fast flott sitzt er halbwegs im Bett, aber sein Gesicht ist aschgrau und eingefallen. Es steht auf jeder Bettseite ein Stuhl; Wasserkaraffe und drei Gläser stehen auf dem Tisch. Eine kleine Schale mit Weintrauben, das hat er angeordnet und seinen Willen durchgesetzt, wie immer. Wir setzen uns.

Guten Morgen, sagt er. Meine Kinder.

Es sind nur vier Worte. Er spricht sie mit klarer, deutlicher Stimme aus, mir ist klar, dass er sie wohl abgewogen hat.

Vier Worte. Mehr ist eigentlich nicht nötig. Ich schaue meine Schwester an, aber sie will meinen Blick nicht erwidern. Es vergeht eine Weile.

Maria, sage ich. Du hast es gewusst.

Sie gibt keine Antwort.

Ich habe es geahnt, aber du hast es gewusst. Ich höre, wie anklagend ich klinge. Mein Vater hebt die Hand.

Ich habe es ihr am Telefon erzählt, erklärt er. Sonst wäre sie nicht gekommen.

Eine Zeit lang schweigen wir alle. Nur das leise Sausen der Klimaanlage ist zu hören. Entferntes Klappern auf dem Flur.

Du, sage ich. Du warst es.

Mein Vater schließt die Augen und holt ein paar Mal tief Luft.

Ja, sagt er. Ich war es. Die Stimme ist plötzlich deutlich schwächer. Eher nur ein Flüstern.

Du hast Kalevi Kekkonen getötet?

Ja.

Du hattest ein Verhältnis mit Ester Bolego, und Maria hier ist...

Deine Schwester, ja.

Er öffnet die Augen und schaut mich mit unklarem Blick an. Maria schaut mich auch an. Ich stehe langsam auf und drehe ihnen den Rücken zu. Stelle mich ans Fenster, schaue auf das Krankenhausgelände und den Stadtpark. Der Fluss schimmert durch das Laub der Bäume, ich erinnere mich, dass ich hier ein paar Mal spazieren gegangen bin.

Ester ...?, frage ich, ohne mich umzudrehen.

Meine Mutter ist vor acht Jahren gestorben, antwortet Maria hinter meinem Rücken. Herzinfarkt, es ging ganz schnell.

Ich zögere, aber die Regie scheint davon auszugehen, dass ich weiterhin die Fragen stelle. Ich denke einen Moment an meine eigene Mutter, die fast zur gleichen Zeit die Welt verließ.

Unwissend natürlich. Ahnungslos.

Ich denke an Katta. Sie wohnt seit langer Zeit mit einem anderen Polizisten in Sydney. Hat es einen Sinn, ihr das auch mitzuteilen? Ihr von unserem Vater zu berichten?

Signhild?, frage ich.

Signhild ..., keucht mein Vater, jetzt deutlich im Sterben liegend. Signhild hat es erfahren. Deshalb ist sie fortgegangen ... ja, das brauche ich dir ja nicht weiter zu erklären.

Du hast ihm den Kopf abgeschlagen? Ich verlasse den Ausblick und setze mich wieder auf den Stuhl.

Er strengt sich an, versucht, sich im Bett aufzurichten.

Ja, das habe ich gemacht. Er ist uns auf die Schliche gekommen. Hat es rausgekriegt. Es gibt mildernde Umstände, aber ich nehme an, dass du die nicht hören willst. Ich hebe sie mir lieber für Petrus auf.

Tu das, sage ich. Er verzieht das Gesicht. Versucht er zu lächeln?

Der Schachzug?

Ein Schauer durchfährt ihn, und er fängt an zu husten. Es geht vorüber.

Ich war gezwungen, den Vindhage in die Irre zu führen ...

falsche Spuren zu legen ... aber, ehrlich gesagt, war das nicht schwer.

Der Mann im Hemd? Herr P?

Erinnerst du dich noch daran? Ich hatte Angst, dass Vindhage mir zu nahe kommen könnte, deshalb ... habe ich den Brief geschrieben.

Ich frage gegen meinen eigenen Willen weiter.

Sannahed? werfe ich ein. Ein Tag im Mai, als es regnete. Ihr habt da im Auto gesessen.

Er denkt nach.

Das ist möglich.

In einem dunklen Amazon?

Ach, der? Der gehörte Nilsson von der Zeitung. Ich habe ihn mir ein paar Mal ausgeliehen.

Ein starkes Ekelgefühl überfällt mich plötzlich. Und Wut. Aber ich beiße die Zähne zusammen und schweige. Das ist sein Todestag, denke ich.

Mein Vater dreht den Kopf und schaut Maria an. Seine Tochter.

Es tut mir Leid, dass ich dir kein richtiger Vater sein konnte. Ich habe deine Mutter geliebt, aber ...

Er verstummt.

Aber was?, fragt Maria.

Sie wollte nicht, sagt er. Sie wollte nicht, dass wir ein Paar werden. Ich war bereit, aber sie hat Nein gesagt. Doch sie hat mich die ganze Zeit geschützt ...

Du hast es allein gemacht?, frage ich.

Ich war allein, nickt er. Ester war nicht beteiligt, aber das war die einzige Lösung ... ihr wisst nicht, was das für ein Mensch war. Der reinste Teufel.

Und Signhild, denke ich. In gewisser Weise hat Signhild mich geschützt. Ich frage auch das, und er zögert lange mit der Antwort, atmet schwer.

Ich weiß nicht genau, sagt er. Ihr wart ja ganz offensichtlich zusammen, und als Ester das erfuhr, da hat sie alles erzählt. Und deshalb ist Signhild Hals über Kopf abgereist ... wie gesagt. Es ging ja nicht an, dass ...

Er schließt die Augen.

Hals über Kopf, denke ich.

Es ging ja nicht an.

Ich schaue Maria an. Sie hat die Hände in einer Art gefaltet, dass mir klar wird, dass sie in irgendeiner Weise gläubig ist. Der Kopf meines Vaters auf dem dünnen Hals ist zur Seite gekippt, und er scheint nicht die Kraft zu haben, ihn wieder aufrichten zu können.

Hals über Kopf, wiederholt er dennoch. Ich bin so müde, meine Kinder. So schrecklich mü ...

Seine Hände huschen über die Decke, und dann verstummt er mit einem leicht glucksenden kehligen Laut. Eine Sekunde lang glaube ich, dass er wirklich tot ist, aber dann setzt seine Atmung wieder ein. Maria hebt ihren Blick, und wir sitzen eine Weile ganz ruhig da und schauen ihn an. Er schläft tief und fest.

Wir stehen auf und verlassen ihn.

* * *

Hast du Kontakt zu Signhild?

Es ist eine Stunde später. Im Restaurant Åkanten direkt über dem Wasserfall. Wir essen zu Mittag. Das Wetter ist schön. Es sitzen viele Leute um uns herum.

Sie schüttelt den Kopf.

Nur wenig, sagt sie. Aber ich habe natürlich ihre Adresse. Willst du sie haben?

Ich zögere.

Warum nicht?, sage ich. Doch, ja.

Sie legt das Besteck hin und sucht in ihrer Handtasche. Ich schaue auf das dunkle, schnell fließende Wasser und denke an nichts.

Nach einer Weile hebe ich meinen Blick. Maria blättert in ihrem Notizbuch. Auf der anderen Flussseite steht eine Frau und betrachtet uns.

Die Zeit ist eine Brücke.